Кирилл

Последний

Мы слабы, но будет знак
Всем ордам за вашей Стеной –
Мы их соберем в кулак,
Чтоб рухнуть на вас войной.
Неволя нас не смутит.
Нам век вековать в рабах,
Но когда вас задушит стыд,
Мы спляшем на ваших гробах.
Р. Киплинг

Никогда еще на полях войны не случалось, чтоб столь многие были столь сильно обязаны столь немногим.
У. Черчилль

ЧАСТЬ ПЕРВАЯ
ГОРЕ ПОБЕЖДЕННЫМ

Золото – хозяйке, серебро – слуге,
Медяки – ремесленной всякой мелюзге.
"Верно, – отрубил барон, нахлобучив шлем,–
Но Хладное Железо властвует над всем!"
Р. Киплинг

ГЛАВА 1

Мордор, пески Хутэл-Хара.
6 апреля 3019 года Третьей Эпохи

Есть ли на свете картина прекраснее, чем закат в пустыне, когда солнце, будто бы устыдившись вдруг за свою белесую полдневную ярость, начинает задаривать гостя пригоршнями красок немыслимой чистоты и нежности! Особенно хороши неисчислимые оттенки сиреневого, в мгновение ока обращающие гряды барханов в зачарованное море – смотрите не упустите эту пару минут, они никогда уже не повторятся... А предрассветный миг, когда первый проблеск зари обрывает на полутакте чопорный менуэт лунных теней на вощеном паркете такыров – ибо эти балы навечно сокрыты от непосвященных, предпочитающих день ночи... А неизбывная трагедия того часа, когда могущество тьмы начинает клониться к упадку и пушистые гроздья вечерних созвездий внезапно обращаются в колкое льдистое крошево – то самое, что под утро осядет изморозью на вороненом щебне хаммадов...

Именно в такой вот полуночный час по внутреннему краю серповидной щебнистой проплешины меж невысоких дюн серыми тенями скользили двое, и разделяющая их дистанция была именно той, что и предписана для подобных случаев Полевым уставом. Правда, большую часть поклажи – в нарушение уставных правил – нес не задний, являвший собою «основные силы», а передний – «передовое охранение», однако на то имелись особые причины. Задний заметно прихрамывал и совершенно выбился из сил; лицо его – худое и горбоносое, явственно свидетельствующее об изрядной примеси умбарской крови, – было сплошь покрыто липкой испариной. Передний же по виду был типичный орокуэн, приземистый и широкоскулый – одним словом, тот самый «орк», которыми в Закатных странах пугают непослушных детей; этот продвигался вперед стремительным рыскающим зигзагом, и все движения его были бесшумны, точны и экономны, как у почуявшего добычу хищника. Свою накидку из бактрианьей шерсти, что всегда хранит одну и ту же температуру – хоть в полуденное пекло, хоть в предутренний колотун, – он отдал товарищу, оставшись в трофейном эльфийском плаще – незаменимом в лесу, но совершенно бесполезном здесь, в пустыне.

Впрочем, не холод сейчас заботил орокуэна: по-звериному чутко вслушиваясь в ночное безмолвие, он кривился будто от зубной боли всякий раз, как до него долетал скрип щебня под неверной поступью спутника. Конечно, наткнуться на эльфийский патруль здесь, посреди пустыни, – штука почти невероятная, да и потом для глаз эльфов звездный свет – это вообще не свет, им подавай луну... Однако сержант Цэрлэг, командир разведвзвода в Кирит-Унгольском егерском полку, в такого рода делах никогда не полагался на авось и неустанно повторял новобранцам: «Помните, парни: Полевой устав – это такая книжка, где каждая запятая вписана кровью умников, пробовавших делать по-своему». Оттого-то, наверно, и ухитрился за три года войны потерять лишь двоих солдат и цифрой этой гордился про себя куда больше, чем орденом Ока, полученным прошлой весною из рук командующего Южной армией. Вот и сейчас – у себя дома в Мордоре – он вел себя так, будто по-прежнему находится в глубоком рейде по равнинам Рохана; и то сказать – какой это теперь дом...

Сзади донесся новый звук – не то стон, не то вздох. Цэрлэг обернулся, просчитал дистанцию и, молниеносно скинув с плеч тюк с барахлом (так, что ни единая пряжка при этом не звякнула), успел добежать до своего спутника. Тот медленно оседал наземь, борясь с подступающим беспамятством, и отключился, едва лишь сержант подхватил его под мышки. Ругаясь про себя на чем свет стоит, разведчик вернулся к своей поклаже за флягой. Ну и напарничек, ядрена вошь... хоть на хлеб намазывай, хоть под дверь подсовывай...

– Ну-ка хлебните, сударь. Опять похужело?

Стоило лежащему сделать пару глотков, как все тело его свело приступом мучительной рвоты.

– Извините, сержант, – виновато пробормотал он. – Зря перевели питье.

– Не берите в голову: до подземного водосборника уже рукой подать. Как вы назвали тогда эту воду, господин военлекарь? Смешное слово...

– Адиабатическая.

– Век живи – век учись. Ладно, с питьем-то у нас порядок... Нога опять отнимается?

– Боюсь, что так. Знаете, сержант... оставьте-ка меня здесь и добирайтесь до этого вашего кочевья – вы вроде говорили, тут недалеко, миль пятнадцать. Потом вернетесь. Ведь нарвемся на эльфов – оба пропадем ни за понюх табаку: из меня сейчас вояка – сами понимаете...

Цэрлэг некоторое время размышлял, механически чертя пальцем на поверхности песка значки Ока. Потом решительно заровнял рисунок и поднялся.

– Встаем лагерем. Вон под тем барханчиком – там, похоже, грунт будет поплотнее. Сами дойдете, или проще дотащить вас?

– Послушайте, сержант...

– Помолчите, доктор! Вы – уж простите – как дите малое: спокойней, когда под приглядом. Попадетесь в лапы к эльфам, и через четверть часа вас вывернут наизнанку: состав группы, направление движения и все такое. А я слишком дорожу своей шкурой... Короче – полтораста шагов сами пройти сумеете?

Он брел куда ему было велено, чувствуя, как нога при каждом шаге наливается расплавленным свинцом. Под самым барханом он опять потерял сознание и не видел уже, как разведчик, тщательно замаскировав следы рвоты и отпечатки ног и тел, быстро, как крот, роет в песчаном откосе дневное убежище. Потом наступило просветление: сержант бережно ведет его к норе с матерчатой выстилкой. «Как вы, сударь, хоть за пару-то суток оклемаетесь?»

Над пустыней между тем взошла луна – омерзительная, будто бы насосавшаяся гноя пополам с кровью. Света, чтоб осмотреть ногу, теперь хватало. Сама по себе рана была пустяковой, но никак не затягивалась и чуть что начинала кровоточить: эльфийская стрела, как обычно, оказалась отравленной. В тот страшный день он подчистую израсходовал весь запас противоядия на своих тяжелораненых, понадеявшись – авось пронесет. Не пронесло. В лесной чаще несколькими милями северо-восходнее Осгилиатской переправы Цэрлэг отрыл для него схорон под дубовым выворотнем, и пятеро суток он провалялся там, зацепившись сведенными судорогой пальцами за самый краешек обледенелого карниза, имя которому – жизнь. На шестой день он все же сумел вынырнуть из багрового водоворота невыносимой боли и, глотая горькую, воняющую какой-то химией воду из Имлад-Моргула (до другой было не добраться), слушал рассказы сержанта. Остатки Южной армии, блокированные в Моргульском ущелье, капитулировали, и эльфы с гондорцами угнали их куда-то за Андуин; его полевой лазарет вместе со всеми ранеными растоптал в кашу взбесившийся мумак из разбитого Харадского корпуса; ждать, похоже, больше нечего – надо пробираться домой, в Мордор.

Тронулись на девятую ночь, едва лишь он смог передвигаться; разведчик избрал путь через Кирит-Унгольский перевал, поскольку предвидел – по Итилиенскому тракту сейчас и мышь не проскочит. Хуже всего было то, что ему так и не удалось разобраться со своим отравлением (тоже еще специалист по ядам!): судя по симптоматике, это было что-то совсем новое, из последних эльфийских разработок; впрочем, аптечка так и так была почти пуста. На четвертый день болезнь вернулась – в самое неподходящее время, когда они пробирались мимо свежеотстроенного военного лагеря Закатных союзников у подножия Минас-Моргула. Трое суток пришлось им прятаться в тамошних зловещих развалинах, и на третий вечер сержант с удивлением прошептал ему на ухо: «Да вы, сударь, седеете!» Впрочем, виною тому, возможно, была не сторожившая руины нежить, а вполне реальная виселица, воздвигнутая победителями на обочине тракта – ярдах в двадцати от их убежища. Шесть трупов в истрепанном мордорском обмундировании (большая вывеска извещала посредством каллиграфических эльфийских рун, что это «военные преступники») собрали на пиршество все воронье Хмурых гор, и картина эта, наверное, будет преследовать его в снах до конца жизни.

...Нынешний приступ был третьим по счету. Трясясь от озноба, он заполз в матерчатую нору и вновь подумал: каково же сейчас Цэрлэгу – в эльфийской-то тряпочке? Немного погодя разведчик проскользнул в убежище; тихонько взбулькнула вода в одной из принесенных им фляг, потом посыпался с «потолка» песок – орокуэн маскировал изнутри входное отверстие. И стоило ему по-детски приникнуть к этой надежной спине, как холод, боль и страх начали вдруг вытекать прочь и неведомо откуда пришла уверенность – кризис миновал. «Теперь надо только выспаться, и тогда я перестану быть обузой для Цэрлэга... только выспаться...»

– Халаддин! Эй, Халаддин!

«Кто меня зовет? И как я оказался в Барад-Дуре? Не понимаю... Ладно, пускай будет Барад-Дур».

ГЛАВА 2

В полусотне миль к восходу от вулкана Ородруин, там, где легкомысленные болтливые ручьи, зародившиеся под снежниками Пепельных гор, обращаются в степенные и рассудительные арыки, тихо угасающие затем в пульсирующем мареве Мордорской равнины, раскинулся Горгоратский оазис. Хлопок и рис, финики и виноград испокон веков давали здесь по два урожая в год, а работа местных ткачей и оружейников славилась по всему Средиземью. Правда, кочевники-орокуэны всегда глядели на соплеменников, избравших стезю земледельца или ремесленника, с невыразимым презрением: кто ж не знает, что единственное занятие, достойное мужчины, это разведение скота – ну, если не считать грабежей на караванных тропах... Впрочем, данное обстоятельство ничуть не мешало им регулярно наведываться со своими отарами на горгоратские базары – где их исправно обдирали как липку сладкоголосые умбарские купцы, быстро прибравшие к рукам всю тамошнюю торговлю. Эти разворотливые ребята, всегда готовые рискнуть башкой за пригоршню серебра, водили свои караваны по всему Восходу, не гнушаясь при этом ни работорговлей, ни контрабандой, ни – при случае – прямым разбоем. Главной статьей их дохода, правда, всегда был экспорт редких металлов, которые в изобилии добывали в Пепельных горах кряжистые неулыбчивые тролли – несравненные рудокопы и металлурги, которые позднее монополизировали в Оазисе еще и каменное строительство. Совместная жизнь издавна приучила сыновей всех трех народов поглядывать на соседских красоток с большим интересом, чем на собственных, подкалывать друг дружку в анекдотах («Приходят раз орокуэн, умбарец и тролль в баню...»), а когда надо – сражаться плечом к плечу против варваров Заката, обороняя перевалы Хмурых гор и Моранноннский проход.

Вот на этой-то закваске и поднялся шесть веков тому назад Барад-Дур – удивительный город алхимиков и поэтов, механиков и звездочетов, философов и врачей, сердце единственной на все Средиземье цивилизации, которая сделала ставку на рациональное знание и не побоялась противопоставить древней магии свою едва лишь оперившуюся технологию. Сверкающий шпиль барад-дурской цитадели вознесся над равнинами Мордора едва ли не на высоту Ородруина как монумент Человеку – свободному Человеку, который вежливо, но твердо отверг родительскую опеку Небожителей и начал жить своим умом. Это был вызов тупому агрессивному Закату, щелкавшему вшей в своих бревенчатых «замках» под заунывные речитативы скальдов о несравненных достоинствах никогда не существовавшего Нуменора. Это был вызов изнемогшему под грузом собственной мудрости Восходу, где Инь и Янь давно уже пожрали друг друга, породив лишь изысканную статику Сада тринадцати камней. Это был вызов и кое-кому еще – ибо ироничные интеллектуалы из мордорской Академии, сами того не ведая, вплотную подошли к черте, за которой рост их могущества обещал стать необратимым – и неуправляемым.

...А Халаддин шагал себе по знакомым с детства улицам – от трех истертых каменных ступенек родительского дома в переулке за Старой обсерваторией мимо платанов Королевского бульвара, что упирается дальним концом в зиккурат с Висячими садами, – направляясь к приземистому зданию Университета. Именно здесь работа несколько раз дарила ему мгновения наивысшего счастья, доступного человеку: когда держишь будто птенца на ладони Истину, открывшуюся пока одному тебе, – и становишься от этого богаче и щедрее всех владык мира... И в разноголосом гомоне двигалась по кругу бутыль шипучего нурнонского, пена под веселые охи сползала на скатерть по стенкам разнокалиберных кружек и стаканов, и впереди была еще целая апрельская ночь с ее нескончаемыми спорами – о науке, о поэзии, о мироздании и опять о науке, – спорами, рождавшими в них спокойную убежденность в том, что их жизнь – единственно правильная... И Соня глядела на него огромными сухими глазами – только у троллийских девушек встречается изредка этот ускользающий оттенок – темно-серый? прозрачно-карий? – из последних сил стараясь улыбнуться: «Халик, милый, я не хочу быть тебе в тягость», и ему хотелось заплакать от переполнившей душу нежности.

Но крылья сна уже несли его обратно в ночную пустыню, изумляющую любого новичка невероятным разнообразием живности, которая с первыми лучами солнца в буквальном смысле слова проваливается сквозь землю. От Цэрлэга он узнал, что эта пустыня, так же как и любая другая, от века поделена на участки: каждая рощица саксаула, луговина колючей травы или пятно съедобного лишайника – манны, – имеет хозяина. Орокуэн без труда называл ему кланы, владеющие теми урочищами, по которым пролегал их путь, и безошибочно определял границы владений, явно ориентируясь при этом не на сложенные из камней пирамидки або, а на какие-то лишь ему понятные приметы. Общими здесь были только колодцы для скота –

обширные ямы в песке с горько-соленой, хотя и пригодной для питья водой. Халаддина больше всего поразила система цандоев – накопителей адиабатической влаги, о которых он раньше только читал. Он преклонялся перед безвестным гением, открывшим некогда, что один бич пустыни – ночной мороз – способен одолеть второй – сухость: быстро остывающие камни работают как холодильник, «выжимая» воду из вроде бы абсолютно сухого воздуха.

Сержант слова «адиабатический», понятное дело, не знал (он вообще читал мало, не находя в этом занятии ни проку, ни удовольствия), но зато некоторые из накопителей, мимо которых лежал их путь, были некогда сложены его руками. Первый цандой Цэрлэг соорудил в пять лет и ужасно расстроился, не обнаружив в нем поутру ни капли воды: однако он сумел самостоятельно найти ошибку (куча камней была маловата) и именно в тот миг впервые в жизни ощутил гордость Мастера. Странным образом он не испытывал ни малейшей тяги к возне со скотом, занимаясь этим делом лишь по необходимости, а вот из какой-нибудь шорной мастерской его было за уши не вытащить. Родственники неодобрительно качали головами – «ну чисто городской», а вот отец, наглядевшись на всегдашнюю его возню с железяками, заставил изучить грамоту. Так он начал жизнь манцага – странствующего ремесленника, двигающегося от кочевья к кочевью, и через пару лет уже умел делать все. А попав на фронт (кочевников обычно определяли либо в легкую кавалерию, либо в егеря), он стал воевать с той же основательностью, с какой раньше клал цандой и ладил бактрианью упряжь.

Война эта, по совести говоря, давно уже надоела ему хуже горькой редьки. Оно конечно, престол-отечество и все такое... Однако господа генералы раз за разом затевали операции, дурость которых была видна даже с его сержантской колокольни: чтобы понять это, не требовалось никаких военных академий – достаточно (как он полагал) одного только здравого разумения мастерового. После Пеленнорского разгрома, к примеру, разведроту Цэрлэга в числе прочих сохранивших боеспособность частей бросили прикрывать отступление (вернее сказать – бегство) основных сил. Разведчикам тогда определили позицию посреди чистого поля, не снабдив их длинными копьями, и элитное подразделение, бойцы которого имели за плечами минимум по две дюжины результативных ходок в тыл противника, совершенно бессмысленно погибло под копытами роханских конников, не успевших даже толком разглядеть, с кем они имеют дело.

Горбатого могила исправит, решил тогда Цэрлэг; пропади они пропадом с такой войной... Все, ребята, навоевались – «штыки в землю и на печку к бабам!». Из этого треклятого леса, где в пасмурную погоду хрен сориентируешься, а любая царапина тут же начинает гноиться, хвала Единому, выбрались, а уж дома-то, в пустыне, как-нибудь не пропадем. В своих сновидениях сержант уже перенесся в знакомое кочевье Тэшгол, до которого оставался один хороший ночной переход. Он с полной отчетливостью представил себе, как не спеша разберется – что там нуждается в починке, тем часом их кликнут к столу, и хозяйка, после того, как они выпьют по второй, начнет потихоньку подводить разговор к тому, каково оно – в доме-то без мужика, а чумазые мальцы – их там четверо (или пятеро? забыл...) – будут вертеться вокруг, домогаясь потрогать оружие... И еще он думал сквозь сон: дознаться бы – кому она понадобилась, эта война, да повстречать его как-нибудь на узенькой дорожке...

А в самом деле – кому?

ГЛАВА 3

Средиземье, аридный пояс.
Естественно-историческая справка

В истории любого Мира, и Средиземья в том числе, имеет место регулярное чередование двух типов климатических эпох – плювиальных и аридных: разрастания и сокращения ледяных шапок на полюсах и пояса пустынь подчинены единому ритму, представляющему собой нечто вроде пульса планеты. Эти природные циклы скрыты от глаз летописцев и скальдов причудливым калейдоскопом народов и культур, хотя именно они в значительной степени и порождают этот самый калейдоскоп. Смена климатического режима может сыграть в судьбе страны или даже целой цивилизации роль куда большую, чем деяния великих реформаторов или опустошительное вражеское нашествие. Так вот, в Средиземье вместе с Третьей исторической Эпохой шла к своему завершению и еще одна эпоха – плювиальная. Пути переносящих влагу циклонов все больше отклонялись к полюсам планеты, и в пассатных кольцах, охватывающих тридцатые широты обоих полушарий, уже вовсю шел процесс опустынивания. Еще недавно Мордорскую равнину покрывала саванна, а на склонах Ородруина росли настоящие леса из кипариса и можжевельника; теперь же пустыня неумолимо, акр за акром, доедала остатки сухих степей, жмущихся к подножию горных хребтов. Снеговая линия в Пепельных горах неуклонно отступала кверху, и ручьи, питающие Горгоратский оазис, все более походили на угасающего от непонятной болезни ребенка. Будь тамошняя цивилизация чуть попримитивнее, а страна победнее, все так и катилось бы своим чередом; процесс растянулся бы на века, а за такое время всегда что-нибудь да образуется. Но у Мордора сил было немерено, так что здесь решили «не ждать милостей от природы» и наладить обширную систему поливного земледелия с использованием воды из притоков озера Нурнон.

Здесь необходимо сделать одно пояснение. Орошаемое земледелие в пустынной зоне весьма продуктивно, однако требует предельной аккуратности. Дело тут в большом количестве соли, растворенной в здешних грунтовых водах: главная проблема состоит в том, чтобы, упаси Бог, не извлечь их на поверхность – это приводит к засолению продуктивного слоя почвы. Именно это и произойдет, если вы в процессе орошения выльете на поле слишком много влаги и заполните почвенные капилляры на такую глубину, что грунтовые воды окажутся напрямую соединены с поверхностью. Капиллярные силы плюс поверхностное испарение тут же начнут выкачивать эту воду из глубины почвы (точно так же, как поднимается горючая жидкость по зажженному фитилю светильника), и процесс этот неостановим; вы и глазом моргнуть не успеете, как на месте поля у вас возникнет безжизненный солончак. Главная же печаль в том, что, единожды промахнувшись, вы уже никакими силами не сумеете упрятать эту соль обратно в глубину.

Есть два способа избежать этих неприятностей. Во-первых, можно поливать очень понемножку – так, чтобы капиллярная влага с поверхности не соприкоснулась с зеркалом грунтовых вод. Во-вторых, возможен так называемый промывной режим: надо периодически создавать на полях избыток проточной воды, которая просто смывала бы постоянно просачивающуюся из глубины почвы соль и уносила ее прочь – в море или иной конечный водоем стока. Но тут есть одна тонкость: промывной режим можно обеспечить лишь в долинах крупных рек, имеющих ярко выраженный паводок – он-то и вычищает накопившуюся за год соль. Именно таковы природные условия, например, в Кханде – откуда и скопировали систему орошения неопытные мордорские инженеры, искренне полагавшие, будто качество мелиорации определяется числом кубических саженей вынутого грунта.

В замкнутой же котловине Мордора промывной режим создать нельзя принципиально, поскольку протекающих сквозь нее рек нет, а конечным водоемом стока является Нурнон – тот самый, чьи притоки и оказались разобраны на орошение удаленных от озера угодий. Малый перепад высот не позволял создать в этих каналах никакого подобия паводков, так что смывать соль с полей оказалось, во-первых, нечем, а во-вторых, некуда. Через несколько лет невиданных урожаев произошло неизбежное – началось быстрое засоление громадных площадей, а попытки наладить дренаж не удались из-за высокого стояния грунтовых вод. Итог: колоссальные ресурсы пущены на ветер, а экономике страны и ее природе нанесен чудовищный ущерб. Мордору вполне подошла бы умбарская система мелиорации с минимальным поливом (кстати, гораздо более дешевая), но и эта возможность была теперь невосстановимо утрачена. Инициаторы ирригационного проекта и его главные исполнители получили по двадцать пять лет свинцовых рудников, но это, как легко догадаться, делу не помогло.

Случившееся было, конечно, очень крупной неприятностью, но все-таки не катастрофой. Мордор к тому времени вполне заслуженно величали Мастерской мира, и он мог в обмен на свои промышленные товары получить любое количество продовольствия из Кханда и Умбара. День и ночь через итилиенский Перекресток спешили друг навстречу другу торговые караваны, и в Барад-Дуре все громче раздавались голоса, что, дескать, вместо того чтобы ковыряться с этим сельским хозяйством, от которого все равно одни убытки, надо развивать то, чего никто в мире, кроме нас, не умеет, – металлургию и химию... В стране действительно уже вовсю шла промышленная революция: паровые машины исправно трудились на шахтах и мануфактурах, а успехи воздухоплавания и электрические опыты сделались излюбленной темой для застольных бесед в образованных слоях общества. Только что был принят закон о всеобщем обучении грамоте, и Его Величество Саурон VIII со свойственным ему несколько тяжеловесным юмором заявил на заседании парламента, что собирается приравнять непосещение школы к государственной измене. Отличная работа многоопытного дипломатического корпуса и мощной разведывательной службы позволила свести размеры кадровой армии до минимума, так что та почти не обременяла собой экономику.

Однако именно в это время прозвучали некие слова, коим суждено было изменить всю историю Средиземья; странным образом они почти в точности повторяли пророческое высказывание, сделанное в ином Мире относительно совсем другой державы и звучащее так: «Страна, не способная себя прокормить и зависимая от импорта продовольствия, не может считаться серьезным военным противником».

ГЛАВА 4

Арнор, башня Амон-Сул.
Ноябрь 3010 года Третьей Эпохи

Слова эти произнес высокий седобородый старик в серебристо-сером плаще с откинутым капюшоном: он стоял, опершись пальцами о край овального черного стола, вокруг которого расположились в высоких креслах четыре полускрытые тенью фигуры. По некоторым признакам было ясно, что речь удалась: Совет на его стороне, и теперь пронзительные темно-голубые глаза стоящего, являющие разительный контраст с его пергаментным лицом, безотрывно следили за единственным из четверых – за тем, с которым ему сейчас предстояло сразиться. Тот сидел чуть поодаль, как бы заранее отделив себя от остальных членов Совета, и плотно кутался в ослепительно белый плащ: похоже было, что его сильно знобит. Но вот он выпрямился, сжав подлокотники кресла, и под темными сводами прозвучал его голос, глубокий и мягкий:

– Скажи, а тебе их не жалко?

– Кого – их?

– Людей, людей. Гэндальф! Я понял – ты тут из соображений высшей пользы приговорил к смерти Мордорскую цивилизацию. Но ведь цивилизация – это прежде всего ее носители. Следовательно, их тоже следует уничтожить – да так, чтобы на развод не осталось. Или нет?

– Жалость – плохой советчик, Саруман. Ты ведь вместе со всеми нами глядел в Зеркало. – С этими словами Гэндальф указал на стоящий посреди стола предмет, более всего напоминающий огромное блюдо, наполненное ртутью. – В Будущее ведет много дорог, но по какой бы из них ни пошел Мордор, он не позднее чем через три века прикоснется к силам природы, обуздать которые не сможет уже никто. Не хочешь ли еще разок поглядеть, как они в мгновение ока обращают в пепел все Средиземье вкупе с Заокраинным Западом?

– Ты прав, Гэндальф, и отрицать такую возможность было бы нечестно. Но тогда тебе следует заодно уничтожить еще и гномов: они уже однажды разбудили Ужас Глубин, и тогда всей нашей магии едва хватило на то, чтобы не дать ему вырваться на поверхность. А ведь эти бородатые скопидомы, как тебе известно, обладают ослиным упрямством и совершенно не склонны учиться на своих ошибках...

– Хорошо, оставим то, что лишь возможно, и поговорим о том, что неизбежно. Если не хочешь заглядывать в Зеркало, посмотри вместо этого на столбы дыма от их угольных печей и медеплавильных заводов. Пройдись по солончаку, в который они превратили земли к закату от Нурнона, и попробуй-ка сыскать на этой полутысяче квадратных миль хоть одну живую былинку. Только смотри не попади туда в ветреный день, когда пересоленная пыль несется сплошной стеной по Мордорской равнине, удушая на своем пути все живое... Все это они – заметь! – успели натворить едва вылезши из колыбели; как ты полагаешь, что они начнут выделывать дальше?

– Так ведь ребенок в доме, Гэндальф, это всегда сплошной разор: сначала испачканные пеленки, потом поломанные игрушки, дальше разобранные отцовские часы, а уж что начинается, когда он подрастет... То ли дело дом без детей – чистота и порядок, глаз не отведешь; только вот хозяев это обычно не слишком радует, и чем ближе к старости – тем меньше.

– Меня всегда изумляло, Саруман, как ловко ты умеешь выворачивать чужие слова наизнанку и хитрой казуистикой опровергать очевидные истины. Только на сей раз, клянусь Чертогами Валинора, номер не пройдет! Средиземье – это множество народов, живущих сейчас в ладу с природой и с заветами предков. Этим народам, всему укладу их жизни, грозит смертельная опасность, и я вижу свой долг в том, чтобы опасность эту предотвратить любой ценой. Волк, таскающий овец из моего стада, имеет свои резоны поступать именно так, а не иначе, но я входить в его положение совершенно не намерен!

– Я, между прочим, озабочен судьбой гондорцев и рохирримов не меньше твоего – просто вперед заглядываю чуть дальше, чем ты. Тебе ли, члену Белого Совета, не знать, что совокупное магическое знание в принципе не может прирастать относительно того, что было некогда получено из рук Ауле и Оромэ: ты можешь утрачивать его быстрее или медленнее, но повернуть этот процесс вспять не в силах никто. Каждое следующее поколение магов будет слабее предыдущего, и рано или поздно люди останутся с Природой один на один. Вот тогда-то им и понадобятся Наука и Технология – если, конечно, ты к тому времени не изведешь все это под корень.

– Им вовсе не нужна твоя наука, ибо она разрушает гармонию Мира и иссушает души людей!

– Должен тебе заметить, что в устах человека, собирающегося развязать войну, разговоры о Душе и Гармонии звучат несколько двусмысленно. Что же до науки, то она опасна вовсе не им, а тебе, точнее – твоему больному самолюбию. Ведь мы, маги, в конечном счете лишь потребители созданного предшественниками, а они – творцы нового знания; мы обращены лицом к прошлому, они – к будущему. Ты некогда избрал магию – и потому никогда не переступишь границы, предначертанной Валарами, тогда как у них, в науке, рост знания – а потому и могущества – поистине беспределен. Тебя гложет самый страшный сорт зависти – зависть ремесленника к художнику... Ну что ж, это и вправду веская причина для убийства; не ты первый, не ты последний.

– Ты ведь и сам в это не веришь. – спокойно пожал

плечами Гэндальф.

– Да, пожалуй что не верю... – печально покачал головой Саруман. – Знаешь, те, кем движет алчность, жажда власти, ущемленное самолюбие, – это еще полбеды, у них по крайней мере случаются угрызения совести. Но нет ничего страшнее ясноглазого идеалиста, решившего облагодетельствовать человечество: такой весь мир зальет кровью по колено и не поморщится. А больше всего на свете эти ребята обожают присказку «Есть вещи поважнее мира и пострашнее войны». Тебе ведь она тоже знакома, а?

– Я беру на себя эту ответственность, Саруман; История меня оправдает.

– О, в этом-то я как раз не сомневаюсь – ведь историю эту будут писать те, кто победит под твоими знаменами. Тут есть испытанные рецепты: Мордор надо будет превратить в Империю Зла, желавшую поработить все Средиземье, а тамошние народы – в нежить, разъезжавшую верхом на волках-оборотнях и питавшуюся человечиной... Только я сейчас не об истории, а о тебе самом. Позволь-ка мне повторить свой бестактный вопрос о людях – хранителях знаний мордорской цивилизации. То, что их надо будет убивать – не фигурально, а вполне натурально, – сомнений не вызывает: «сорняк должен быть выполот до конца», иначе эта затея вообще бессмысленна. Так вот, мне интересно – хватит ли у тебя духу поучаствовать в этой «прополке» лично; да-да, именно так – будешь ли ты своими руками отрубать им головы?.. Молчишь... Вот всегда с вами так, с радетелями за Человечество! Сочинять прожекты об «Окончательном решении мордорского вопроса» – это всегда пожалуйста, а как доходит до дела – сразу в кусты: вам подай исполнителей, чтоб было потом на кого кивать, скрививши морду, – это все, дескать, ихние «эксцессы»...

– Кончай эту демагогию, Саруман, – с раздражением бросил один из сидящих, в синем плаще, – и погляди-ка лучше в Зеркало. Опасность очевидна даже слепому. Если не остановить Мордор сейчас, мы не сможем этого сделать никогда: через полета лет они завершат свою «промышленную революцию», додумаются, что смеси селитры можно использовать не только для фейерверков, – и тогда пиши пропало. Их армии станут непобедимы, а прочие страны наперегонки кинутся заимствовать их «достижения» со всеми отсюда вытекающими... Если тебе есть чего сказать по делу – давай говори.

– До тех пор, пока белый плащ Главы Совета ношу я, вам придется выслушивать все, что я сочту нужным, – отрезал тот. – Впрочем, я не стану касаться того, что, вознамерившись вершить судьбу Мира, вы – четверо – узурпируете право, которое магам никогда не принадлежало: вижу, что это бесполезно. Будем говорить на доступном для вас уровне...

Позы его оппонентов составили выразительную групповую пантомиму «Возмущение», но Саруман уже послал куда подальше всякую дипломатичность.

– С чисто технической точки зрения план Гэндальфа по удушению Мордора посредством затяжной войны и продовольственной блокады вроде бы неплох, но имеет один уязвимый пункт. Чтобы победить в такой войне (а она будет очень тяжелой), антимордорской коалиции не обойтись без мощного союзника, для чего предлагается разбудить силы, дремлющие с предыдущей, дочеловеческой Эпохи, – обитателей Зачарованных лесов. Это уже само по себе безумие, ибо они никогда не служили никому, кроме самих себя. Вам, однако, и этого мало. Чтобы сделать победу гарантированной, вы решили на время войны передать в их руки Зеркало: ведь прогнозировать с его помощью военные операции вправе лишь тот, кто сам будет в них участвовать. Это – безумие в квадрате, но я готов рассмотреть и этот вариант, если коллега Гэндальф внятно ответит на единственный вопрос: каким способом он собирается потом вернуть Зеркало обратно?

– Я полагаю, – небрежно взмахнул рукою Гэндальф, – что проблемы следует решать по мере их возникновения. Почему вообще мы должны исходить из того, что они не пожелают возвращать Зеркало? За каким чертом оно им сдалось?

Наступило молчание; то есть такой беспредельной глупости Саруман и вправду не ожидал. А эти все, значит, считают, что так и надо... Ему показалось, будто он барахтается в ледяной каше мартовской полыньи; еще миг – и его утащит течением под ее кромку.

– Радагаст! Может, ты хочешь чего-нибудь сказать? – Это прозвучало как призыв о помощи.

Коричневая фигура вздрогнула, будто ученик, застигнутый воспитателем за списыванием домашнего задания, и неловко попыталась прикрыть рукавом плаща что-то на столе перед собой. Послышалось возмущенное стрекотание, и по руке Радагаста стремительно взбежал бельчонок, с которым тот, как видно, играл на протяжении всего совета. Он уселся было на плече у мага-лесовика, но тот, смущенный донельзя, прошептал ему что-то, нахмуря седую кустистую бровь, и зверек беспрекословно юркнул куда-то в складки одеяния.

– Саруман, голубчик... Ты уж прости меня, старого, я того... не очень, одним словом, вникал... Вы только не ссорьтесь, ладно?.. Ведь ежели еще мы начнем промеж собой собачиться, что ж в мире-то начнется, а? То-то... А насчет этих, ну, из Зачарованных лесов, ты уж, не обижайся, слишком... того... Я, помню, в молодости-то видал их, вестимо, издали – так по моему разумению они вполне даже ничего; конешно, со своей заумью – а кто без нее? Ну и с птахами да зверушками они завсегда душа в душу... не то что эти твои, мордорские... Я так себе мыслю, что оно вроде как и... того...

Вот так, резюмировал про себя Саруман и медленно провел ладонью по лицу – как будто пытался снять налипшую паутинку безмерной усталости. Единственный, на чью поддержку можно было рассчитывать. Бороться уже не было сил; все кончено – он подо льдом.

– Ты остался не в меньшинстве, а в полном одиночестве, Саруман. Конечно, все твои соображения крайне ценны для нас. – Теперь голос Гэндальфа был преисполнен фальшивого почтения, просто-таки сочился им. – Давайте сейчас же обсудим, как быть с Зеркалом, – это и впрямь непростой вопрос...

– Теперь это твои проблемы, Гэндальф, – тихо, но твердо ответил Саруман, расстегивая мифриловую пряжку у ворота. – Ты давно уже домогаешься Белого плаща – ну так возьми его. Делайте все, что находите нужным, а я выхожу из вашего Совета.

– Тогда твой посох утратит силу, слышишь! – прокричал ему в спину Гэндальф: видно было, что он по-настоящему ошарашен и перестал понимать своего вечного соперника.

Саруман, обернувшись, оглядел напоследок сумрачный зал Белого Совета. Край белоснежного плаща стекал с кресла на пол как посеребренная луною вода в фонтане; мифрил застежки послал ему свой прощальный блик и погас. И застыл на полпути устремившийся за ним Радагаст с нелепо растопыренными руками – маг сделался вдруг маленьким и несчастным, как ребенок, оказавшийся втянутым в ссору родителей. Вот тогда-то с его уст и слетела фраза, опять-таки удивительным образом совпавшая с той, что была сказана по сходному поводу в другом Мире:

– То, что вы собрались совершить, – хуже чем преступление. Это ошибка.

А по прошествии нескольких недель разведслужба Мордора доложила, что на окраинах Северных лесов неведомо откуда появились «эльфы» – стройные золотоволосые существа с мелодичным голосом и промороженными до дна глазами.

ГЛАВА 5

Средиземье, Война Кольца.
Историческая справка

Если читатель, минимально привычный к анализу крупных военных кампаний, обратится к карте Средиземья, он без труда убедится в том, что все действия обеих возникших коалиций (Мордорско-Изенгардской и Гондорско-Роханской) были в действительности подчинены неумолимой стратегической логике, в основе которой лежал страх Мордора оказаться отрезанным от источников продовольственного снабжения. Усилиями Гэндальфа в центре Средиземья возник предельно неустойчивый геополитический «сандвич», в коем роль «хлеба» играли Мордор и Изенгард, а «ветчины» – Гондор с Роханом. Ирония же судьбы заключалась в том, что Мордорская коалиция, не помышлявшая ни о чем, кроме сохранения статус-кво, имела идеальную позицию для агрессивной войны (когда можно сразу заставить противника сражаться на два фронта), но крайне невыгодную – для войны оборонительной (когда объединенные силы противника могут осуществить блицкриг, сокрушая партнеров по очереди).

Саруман, однако, тоже не терял даром времени. Он лично посетил Теодена и Денетора – королей Рохана и Гондора – и благодаря своему обаянию и красноречию сумел убедить их в том, что Изенгард и Барад-Дур не желают ничего, кроме мира. Кроме того, он частично открыл Денетору и Саурону секрет двух палантиров, что хранились с незапамятных времен в обеих столицах, и обучил тех пользоваться этими древними магическими кристаллами как системой прямой связи; этот простенький ход существенно снизил недоверие между владыками-соседями. В Эдорасе, при дворе Теодена, начало работать изенгардское консульство во главе с Гримой – великолепным дипломатом, опытным разведчиком и мастером придворной интриги. Довольно долгое время между Саруманом и Гэндальфом шла осторожная позиционная борьба, ограниченная сферой династических отношений.

Так, сын Теодена Теодред, известный своим здравомыслием и умеренностью, при неясных обстоятельствах погиб на севере – якобы при нападении орков; в итоге наследником престола был объявлен королевский племянник Йомер – блестящий полководец, кумир молодых офицеров и, что вполне естественно, один из лидеров «партии войны». К несчастью для Гэндальфа, тот в разговорах со своими приятелями начал слишком уж откровенно примерять роханскую корону. Гриме, располагавшему превосходной агентурой, не составило особого труда собрать всю эту пьяную болтовню в папочку и – через вторые руки – положить ее на стол Теодену. В итоге Йомер был выключен из активной политики до такой степени, что Грима вообще перестал уделять ему внимание (что, как стало ясно позднее, было крупной ошибкой). В Гондоре удалось полностью подорвать позиции принца Боромира, тоже известного любителя помахать мечом, и удалить его от двора; тот, разобидевшись, отбыл на поиски приключений в северные земли (что имело довольно неприятные последствия – но опять-таки позднее). В общем и целом этот раунд остался за Саруманом.

И тем не менее, хотя все три короля отчетливо понимали, что «худой мир лучше доброй ссоры», положение оставалось предельно неустойчивым. Продовольственная ситуация в Мордоре медленно, но верно ухудшалась, так что безопасность проходящих через Итилиен торговых путей на Юг стала здесь тем самым, что называют «национальной паранойей». Тут любая провокация может вызвать лавинообразный процесс, а уж за этим-то дело не стало. И когда в районе итилиенского Перекрестка несколько караванов кряду было уничтожено невесть откуда взявшимися людьми, которые были одеты в зеленые гондорские плащи (хотя говорили они с отчетливым северным акцентом), ответ последовал «по полной программе».

Саруман, немедленно связавшийся с Сауроном через свой палантир, заклинал, умолял, угрожал – все было тщетно: доводы разума перестали действовать, и король (власть которого в Мордоре была в общем-то номинальной) ничего уже не мог поделать с ополоумевшими от страха лавочниками из тамошнего парламента. И вот на рассвете 14 апреля 3016 года Третьей Эпохи мордорские войска силами в двести легковооруженных конников вступили в демилитаризованный, согласно недавнему договору с Гондором, Итилиен, «дабы обезопасить караванные пути от разбойников». Гондор в ответ объявил мобилизацию и взял под контроль Осгилиатскую переправу. Мышеловка захлопнулась.

И тогда Мордор совершил вторую ошибку... Впрочем, как и всегда в таких случаях, ошибочность стратегического решения можно установить лишь постфактум; приведи этот ход к успеху (а это было вполне реально), он наверняка остался бы в анналах как «гениальный». Короче, была предпринята попытка расколоть коалицию противника, выведя из игры Рохан, которого, вообще-то говоря, итилиенская ситуация впрямую не касалась. С этой целью за Андуин был переброшен экспедиционный корпус в составе четырех лучших полков мордорской армии. Корпус должен был скрытно пройти по северному краю роханских равнин, где, по данным разведки, не было регулярных сил противника, и соединиться с армией Изенгарда; риск был велик, но этим путем уже неоднократно проходили более мелкие подразделения. И если бы в тылу у рохирримов действительно возникла ударная группировка, способная за пять дневных переходов достичь Эдораса, те, без сомнения, и думать забыли бы о походах на Юг – день и ночь карауля выход из Хельмовой пади. С оставшимся же в одиночестве Гондором можно было бы начать поиск компромиссного решения по Итилиену.

Вот тут-то и сказало свое слово Зеркало; представьте-ка себе, что в ходе современной маневренной войны одна из сторон располагает данными космической разведки, а другая – нет. Находившийся фактически под домашним арестом Йомер получил через Гэндальфа исчерпывающую информацию о движении мордорцев и понял, что такой шанс полководец получает единожды в жизни. Воспользовавшись болезнью Теодена и своей огромной популярностью в войсках, он поднял по тревоге отборные роханские части и повел их на север; терять Йомеру теперь было нечего – в случае неудачи его, без сомнения, ожидала казнь за государственную измену.

Зеркало, однако, не подвело. Пятью днями спустя застигнутый на марше и не успевший даже толком перестроиться из походных колонн мордорский экспедиционный корпус был стремительно атакован скрытой до поры в Фангорнском лесу панцирной конницей рохирримов. Внезапный удар был сокрушителен; тем не менее значительная часть тяжелой пехоты (формируемой в основном из троллей) успела построиться в свои знаменитые «гранитные каре» и отбивалась несколько часов кряду, причем с большим уроном для атакующих. С наступлением сумерек они попытались уйти в глубь Фангорна, надеясь в чаще оторваться от конных преследователей, однако все до единого полегли под отравленными стрелами эльфийских лучников, методично бивших из своих засидок в древесных кронах.

Победа обошлась рохирримам недешево, но зато элита мордорской армии, собранная в экспедиционном корпусе, перестала существовать; уйти удалось лишь орокуэнской легкой кавалерии. Йомер вернулся в Эдорас триумфатором, и Теоден принужден был сделать вид, будто все идет по заранее согласованному плану. Одновременно королю были публично вручены доказательства того, что изенгардский консул ведет в столице Рохана разведывательную деятельность; этим, как известно, занимаются едва ли не все дипломаты от сотворения мира, однако Теодену, вынужденному теперь плыть в кильватере «партии войны», ничего не оставалось, кроме как объявить Гриму персоной нон грата.

А тем временем роханское войско, у коего еще не выветрился из головы хмель фангорнской победы, запрудило площадь перед дворцом и, грохоча мечами о щиты, требовало от своего любимца Йомера вести их вперед – не важно куда. И когда тот вскинул над собою клинок, будто пронзая клонящееся к закату солнце – «На Изенгард!!!» – стоявший чуть в отдалении, в тени стенного контрфорса, Гэндальф понял, что заслужил наконец толику отдыха: дело сделано.

ГЛАВА 6

На юге тем временем шла «странная война». Хотя Осгилиатская переправа трижды за эти два года переходила из рук в руки, ни одна из сторон не сделала никаких попыток развить успех и перенести боевые действия на другой берег Андуина. Да и сами эти боевые действия являли собою череду «благородных» поединков – не то рыцарский турнир, не то гладиаторское сражение: лучшие бойцы были поименно известны по обе стороны фронта, и ставки на них делались вне зависимости от патриотических чувств бьющихся об заклад; офицеры соревновались в учтивости и, перед тем как проткнуть противника мечом, не забывали поздравить того с тезоименитством его монарха или иным престольным праздником. Диссонанс в эту возвышенную симфонию куртуазного человекоубийства вносили лишь отряды дунаданских «следопытов», слетевшихся сюда как осы на варенье; эти занимались в основном «диверсиями на коммуникациях противника», а попросту говоря – грабежом караванов. Мордорцы считали эту публику не вражескими воинами, а просто разбойниками, с коими в военное время разговор короткий, так что немалое число их повисло на раскидистых дубах вдоль Итилиенского тракта: северяне при случае платили мордорцам той же монетой. Легко догадаться, что в глазах попавших на фронт работяг вроде Цэрлэга вся эта «война» выглядела полным дурдомом.

Фангорнское сражение круто изменило ситуацию. Армии Мордора и Изенгарда и без того-то почти втрое уступали в численности объединенным силам Гондорско-Роханской коалиции. После гибели экспедиционного корпуса возможности оборонительной стратегии оказались для Мордора полностью исчерпанными: удержать Итилиен имеющимися у него силами было теперь невозможно. Их, конечно, с лихвой хватило бы на оборону крепостей, запирающих проходы в Хмурых и Пепельных горах, однако что в том проку? Гондорцам и рохирримам не было бы никакой нужды штурмовать их – достаточно просто поддерживать блокаду и ждать, пока Мордор капитулирует – или умрет от голода. Трезво просчитав комбинацию, в Барад-Дуре поняли, что есть один-единственный шанс разорвать этот удушающий захват.

До тех пор, пока в тылу у рохирримов остается не взятый Изенгард, те наверняка не решатся перебросить войска на юго-восход, за Анориен. Хотя армия Изенгарда невелика, взять его очень непросто, ибо отсталый Рохан не располагает серьезной осадной техникой. Следовательно, в распоряжении Мордора имеется запас времени – минимум полгода. За этот срок необходимо под прикрытием вялотекущей войны в Итилиене собрать в кулак все силы, какими только располагает держава: провести всеобщую мобилизацию, прикупить наемников, получить войска от союзников – вастаков и особенно харадримов. Затем следует внезапно обрушить всю эту мощь на временно лишенный роханской помощи Гондор и сокрушить его армию в режиме блицкрига – после чего выйти из войны по известной схеме «мир в обмен на земли» (сохранив за собой итилиенский Перекресток). Риск огромен, но выбирать-то не из чего!

Зеркало оценило этот план как имеющий весьма приличные шансы на успех. Гэндальф кусал локти – война на северо-закате тем временем шла вовсе не так успешно, как он ожидал. Правда, Йомеру, совершившему стремительный марш на Закат, удалось овладеть стратегически важной Хельмовой падью, выиграв кровопролитное сражение при Хорне, и прорваться в долину Изена. В действительности, однако, эта победа рохирримов была пирровой: потери наступавших оказались столь велики, что о штурме самого Изенгарда теперь нечего было и думать; оставалась лишь осада – именно то, к чему сейчас подталкивал их Мордор.

Выход нашли эльфы. Подойдя к Изенгарду рохирримы с изумлением узрели на его месте сверкающее под закатными лучами водное зеркало, из которого нелепо, будто коряга из болота, торчала изенгардская цитадель Ортханк. Эльфы решили проблему радикально – разрушили ночью плотины на Изене и утопили спящий город вместе со всеми его защитниками. Ужаснувшийся Гэндальф с кипящим от ярости Йомером (на дне искусственного озера оказались все богатства Изенгарда, которые, собственно, и составляли цель похода рохирримов) поехали к эльфам – разбираться.

...Назад они вернулись затемно, в высшей степени немногословными и избегающими глядеть друг на дружку. Йомер, в ответ на недоуменные вопросы своих офицеров – следует ли праздновать победу? – бросил: «Как хотите», и удалился в свою палатку, где в полном одиночестве напился до остекленения, чего за ним раньше не водилось. Гэндальф зачем-то поспешил к Ортханку и пытался переговорить с затворившимся там Саруманом, подучил ледяной отказ и теперь, обессиленно сгорбившись, сидел у воды, наблюдая за переливами лунной дорожки... В конечном счете эльфы, наверное, правы – главное сейчас развязать себе руки на севере и вести рохирримов на юг... Только вот Зеркало... Неужели этот чистоплюй Саруман был тогда прав?.. Нет, об этом лучше не думать... В любом случае пути назад уже нет... И этот следопыт-дунадан, как бишь его – Арагорн? Арахорн? Зачем это, интересно, он вдруг понадобился эльфам?..

А война на юге тем временем набирала ход. Конечно, войсковые перемещения такого масштаба, как затеянные Мордором, не скроешь от разведки противника – даже если бы тот не располагал Зеркалом. Гондор тоже начал было стягивать к Минас-Тириту войска своих союзников из Анфаласа, Этира, Дол-Амрота, однако Мордор осуществил развертывание раньше. Успешно проведя отвлекающий удар на севере – общим направлением на Лориен и далее на Эсгарот – и сковав там основные силы эльфов, мордорская армия всей мощью обрушилась на Гондор. Осгилиат был захвачен с ходу: шестью днями спустя победоносная Южная армия, опрокинув и рассеяв превосходящие ее по общей численности, но бестолково расположенные гондорские части, стояла со всей своею осадной техникой под стенами так и не успевшего изготовиться к обороне Минас-Тирита: мощные Пеленнорские укрепления были перед этим взяты штурмом буквально за пару часов. И когда в покоях Денетора вдруг ожил палантир и Саурон предложил немедленный мир в обмен на признание за Мордором права на ограниченное военное присутствие в Итилиене, король Гондора тут же согласился – вполне резонно полагая, что ухитрился выменять телку на цыпленка. А вот дальше началось нечто непонятное.

На следующий день в Сауроновом палантире возник человек в белом плаще, представившийся Митрандиром, военным комендантом Минас-Тирита. Подписание мира, к сожалению, придется отложить на несколько дней, поскольку король Гондора внезапно занемог. Почему переговоры ведет не Фарамир? О, принц находится буквально между жизнью и смертью – ранен в бою отравленной стрелой... То есть как это – чьей?! У мордорской армии вообще нет на вооружении отравленных стрел? Гм... Честно говоря, он не в курсе... А принц Боромир, увы, вот уже несколько месяцев как считается погибшим где-то на севере. Одним словом, следует обождать с недельку, пока король не одолеет свой недуг; да-да, пустая формальность...

И мордорцы стали ждать. Война выиграна, скоро по домам: оно конечно, дисциплина – дело святое, но уж по случаю победы-то?.. А?.. В конце концов, если Изенгард падет, а рохирримы повернут на юг, Саруман даст знать, так что даже в самом пиковом варианте времени на подготовку к встрече – выше крыши... Знать бы им, что палантир Сарумана молчит оттого лишь, что давным-давно перебежавший к победителям Грима прихватил его с собою в качестве приданого, а армия Рохана находится уже в трех дневных переходах.

ГЛАВА 7

Гондор, Пеленнорские поля.
15 нарта 3019 года

Мордорцы поняли, что их обвели вокруг пальца, лишь когда на северном обрезе белоснежного туманного пледа, укрывшего Пеленнорские поля, стала расплываться бурая клякса роханского войска, а из отверзшихся ворот Минас-Тирита хлынул поток гондорских воинов, тут же застывающий в боевых порядках. Ярость утроила силы обманутых «победителей»; они обрушились на гондорцев так, что обратили тех в бегство, прежде чем подоспели рохирримы, и едва не ворвались на их плечах в город. Утомленная долгим переходом панцирная конница Рохана не оправдала надежд: она оказалась малоподвижной, и легкие конники-орокуэны спокойно засыпали ее тучами стрел, легко уклоняясь от ближнего боя. И хотя Южная армия Мордора почти двукратно уступала противнику в численности и была к тому же захвачена врасплох, чаша весов начала отчетливо клониться на ее сторону.

Вот тут-то в тылу мордорцев, на юго-восходном краю Пеленнорских полей, и появились свежие части врага – только что высадившиеся с прошедших по Андуину кораблей: десант был не слишком многочисленным, и мордорский главнокомандующий не придал значения первым паническим рапортам – «этих невозможно убить!». Бой между тем закипел с новой силой. На северном краю поля лучники-умбарцы и искусно маневрирующая орокуэнская конница совершенно сковали действия роханских латников: на закатном направлении боевые мумаки харадримов вновь опрокинули и рассеяли гондорскую пехоту, а инженерные части за десять минут разбили вдребезги хваленые – якобы «мифриловые» – городские ворота и начали катапультную бомбардировку внутренних укреплений. И лишь на юго-восходе творилось что-то неладное: высадившиеся с кораблей части двигались вперед как нагретый нож сквозь масло; когда командующий Южной армией появился на участке прорыва, глазам его представилась вот какая картина.

По полю в полном молчании неспешно двигалась фаланга глубиною в шесть рядов, примерно по сто человек в ряд. Воины, одетые в серые плащи с опущенными на лицо капюшонами, были вооружены лишь длинными узкими эльфийскими мечами; ни лат, ни шлемов, ни даже щитов у них не было. В облике бойцов из первых рядов было нечто совершенно несуразное, и командарму понадобилось несколько секунд, прежде чем он сообразил, в чем дело: они были буквально утыканы трехфутовыми умбарскими стрелами, но шагали себе как ни в чем не бывало... Командовал серыми держащийся позади них всадник в шлеме с глухим забралом, одетый в поношенный маскировочный плащ дунаданского следопыта. Солнце стояло почти в зените, однако всадник отбрасывал длинную угольно-черную тень; у фаланги тени не было вовсе.

Командарму-Юг тем временем доложили, что строй этих воинов нельзя прорвать ни конницей, ни боевыми мумаками – животные при виде их приходят в такой ужас, что управлять ими становится невозможно. Неуязвимая фаланга тем временем продолжала пробиваться на северо-закат – по счастью, не слишком быстро и крайне прямолинейно. Троллийским панцирным пехотинцам удалось несколько затормозить ее продвижение, а тем временем инженеры успели перетащить сюда от стен две батареи полевых катапульт. Расчет командующего был точен: в предугаданный им момент фаланга оказалась в обширной отлогой западине, и тогда установленные на ее гребне катапульты открыли ураганную стрельбу с загодя просчитанных дистанций и углов. Трехведерные кувшины с нафтой в мгновение ока обратили западину в извергающийся вулкан, и победный клич мордорцев взлетел под самый купол холодного мартовского неба.

Взлетел – и тут же оборвался, ибо из полопавшихся черно-оранжевых пузырей нафтового пламени вновь возникли надвигающиеся шеренги серых воинов. Плащи их тлели и дымились, а у некоторых горели ярким пламенем: горели и древки застрявших в их телах стрел. Вот один из этих живых факелов – четвертый справа в первой шеренге – вдруг замер и начал разваливаться на куски, подняв целый сноп искр: соседи упавшего тотчас же сомкнули строй. Стало видно, что бомбардировка не прошла для серых даром: в центральной части западины, куда пришелся основной удар, было раскидано не меньше полусотни таких дымящихся головешек: некоторые из них, однако, не оставляли попыток встать и двинуться вперед.

Командующий резко ударил кулаком по луке седла – сейчас боль вернет его в реальный мир и в просыпающемся мозгу за считанные минуты истают бледнеющие ошметья этого ночного кошмара... Хрена!.. Он по-прежнему стоит у края выжженной западины на Пеленнорских полях, а его воины, готовые идти за ним в огонь и воду, сейчас обратятся в беспорядочное бегство – ибо происходящее просто не по их части. И тогда он, не раздумывая более, вскинул над головою ятаган и с громовым криком: «Мордор и Око!!!» бросил своего аргамака в карьер, огибая серый строй с правого его фланга – ибо именно сюда сместился по каким-то своим соображениям дунадан в шлеме с глухим забралом.

Когда командарм-Юг сблизился с фалангой, конь вдруг захрапел и, встав на дыбы, едва не выбросил его из седла. Только тут он разглядел как следует вражеских воинов и понял, что многочисленные сегодняшние «паникеры» не врали. Это и вправду были ожившие мертвецы: благообразные пергаментные мумии с тщательно зашитыми глазами и ртом; чудовищно раздутые, сочащиеся зеленоватой слизью утопленники; скелеты в лохмотьях почерневшей кожи, причину смерти которых не взялся бы определять ни один патологоанатом. Мертвецы уставились на него, и молчание нарушил негромкий леденящий душу звук: так хрипит овчарка, перед тем как кинуться на врага и вцепиться ему в горло. Командующему однако, просто некогда было ужасаться – ибо от правого заднего угла фаланги уже отделился десяток серых, с явным намерением перекрыть ему путь к замершему в нерешительности дунадану, так что он вновь пришпорил аргамака.

Цепочку мертвяков он преодолел с удивившей его легкостью: оказалось, они не слишком проворны и в схватке один на один особой опасности для бойца его уровня не представляют, удавленник с торчащим наружу языком и выпученными полувытекшими глазами едва успел поднять меч, как командарм-Юг одним молниеносным проворотом кисти в горизонтальной плоскости перерубил ему запястье держащей оружие руки, после чего аккуратно развалил серого почти напополам – от правого плеча наискось вниз. Остальные почему-то подались в стороны, не делая более попыток задержать его. Дунадан между тем явно прикидывал – драться или бежать, но, сообразив, что в таком гандикапе ему не светит, решительно спешился, обнажив эльфийский меч. Вот, значит, ты как... Ну что ж, не хочешь верхами – будь по-твоему. Прокричав традиционное: «Защищайтесь, прекрасный сэр!», командующий Южной армией легко спрыгнул с коня, подумав мельком, что навряд ли этот северный разбойник заслуживает обращения «сэр». Фаланга тем временем отошла уже ярдов на сто и продолжала удаляться; семеро мертвяков замерли в отдалении, не сводя своих незрячих глаз с поединщиков; настала звенящая тишина.

Вот в этот самый миг он с внезапной, удивившей его отчетливостью осознал, что поединок этот решит судьбу не только нынешнего сражения, но и всего Средиземья на много-много лет вперед. И еще внутренний голос с какой-то странной умоляющей интонацией произнес:

«Пока не поздно, просчитай ситуацию! Ну пожалуйста, просчитай!» – как будто пытался его предостеречь и не знал – как. Но ведь он и так уже все прикинул!.. Доспехи у них у обоих легкие, а по такому раскладу изогнутый ятаган всегда даст сто очков вперед прямому закатному мечу; парень вроде не левша – тут особых сюрпризов не предвидится: конечно, верхом было бы сподручнее, ну да не будем крохоборами... Чего тут еще просчитывать – как говорится, наливай да пей!

Дунадан ожидал стоя на месте, почему-то не пытаясь маневрировать: колени чуть согнуты, вертикально поднятый меч держит обеими руками, эфес на уровне пояса: всю давешнюю его неуверенность как рукой сняло. Командарм быстро сократил дистанцию шагов до семи, приблизившись почти вплотную к радиусу полного выпада северянина, и начал обманные движения: корпус вправо – корпус влево, затем применил свой излюбленный отвлекающий маневр – молниеносно перебросил ятаган по воздуху из правой руки в левую – и обратно...

Страшный удар в спину швырнул его наземь. Он все же сумел извернуться набок («Так, позвоночник цел...»), приподнял голову и как-то совсем уже отстранение подумал: «Да, недооценил я их... оказывается, эти мертвяки могут двигаться очень быстро, а главное – бесшумно... Северный подонок...» Удивительньно, но он все же сумел привстать на одно колено, опершись на ятаган как на костыль; мертвецы, успевшие окружить его со всех сторон, застыли с поднятыми мечами в ожидании команды следопыта. Тот, однако, не спешил: сдвинув шлем на затылок и жуя соломинку, он с интересом разглядывал поверженного врага. Затем в тишине прозвучал его негромкий спокойный голос:

– Добро пожаловать, командарм-Юг! Я знал, что ты придешь сразиться один на один, как это принято у вас, у благородных, – губы его скривила усмешка, – и опасался лишь одного: что ты не спешишься вслед за мною. Останься ты в седле, все могло бы пойти иначе... Рад, что я не ошибся в тебе, «прекрасный сэр».

– Ты победил обманом.

– Глупец! Я пришел сюда, чтобы выиграть эту войну и гондорскую корону, а не какой-то дурацкий поединок. Тулкас свидетель – я множество раз играл в орлянку со смертью, но всегда ради результата, а не ради процесса.

– Ты победил обманом, – повторил командарм, стараясь не закашляться – кровь из пробитых легких медленно заполняла его рот. – Рыцари Заката – и те больше не подадут тебе руки.

– Конечно, не подадут, – рассмеялся дунадан, – потому что будут стоять преклонив колено перед новым королем Гондора. Я победил тебя в честном бою, один на один – так, во всяком случае, будет записано во всех летописях. А вот от тебя не останется даже имени – об этом я тоже позабочусь. Или, знаешь, – он замер в полуобороте, ловя стремя, – можно сделать еще интереснее: пускай тебя убьет карлик; во-от такусенький заморыш... с мохнатыми лапками. Или баба... Да, пожалуй, именно так мы и сделаем.

С этими словами он взлетел в седло и, коротко махнув своим мертвецам, тронул коня вслед за ушедшей далеко вперед фалангой. Один только раз он недовольно оглянулся – догоняют? нет? Те, однако, все еще стояли, столпившись в кружок, и мечи их взлетали и опускались, как крестьянские цепы.

ГЛАВА 8

А сражение меж тем шло своим чередом. Мордорские части и вправду дрогнули и расступались теперь перед строем мертвецов без боя, однако в юго-восходной части поля не оказалось других частей Закатной коалиции, способных ворваться в проделанную Арагорном брешь. К тому же схватка у западины показала, что серых нельзя считать «неуязвимыми»: убить их крайне трудно, но все-таки можно. А временно оказавшаяся без командирского присмотра фаланга все шла и шла себе вперед – пока не забрела чистым случаем в зону досягаемости стационарных дальнобойных катапульт, предназначавшихся для обстрела Минас-Тиритской цитадели. Мордорские инженеры не растерялись и тут же открыли огонь зажигательными нафтовыми снарядами – только уже не трехведерными кувшинами, а сорокаведерными бочками. Поражаемая чудовищными огненными смерчами, не видя противника – тот бил с закрытой позиции, – фаланга тупо лезла вперед, с каждым шагом углубляясь в сектор эффективного поражения, так что, когда подскакавший на взмыленном коне Арагорн скомандовал немедленный отход, ей пришлось проделать весь этот убийственный путь по второму разу.

На сей раз потери были столь велики, что дунадан решил, пока не поздно, пробиваться к основным силам, на закат; это, впрочем, тоже оказалось не так-то просто. Орокуэнские конники теперь вились вокруг изрядно растрепанной фаланги точно пираньи, мастерски выдергивая арканами мертвецов из шеренг – особенно из задних, –

отволакивали их в сторонку и там методично рубили на мелкие куски. Пытаясь отбить захваченных товарищей, серые вынуждены были ломать ряды, что еще ухудшало их и без того незавидное положение. И тут надо воздать должное Арагорну: он сумел восстановить сомкнутый строй и, огрызаясь короткими контратаками, провел-таки своих бойцов до гондорских боевых порядков, лично срубив по пути двух мордорских офицеров. Правда, последние полтораста ярдов им опять пришлось преодолевать под огнем полевых катапульт, так что в итоге к гондорцам пробились (едва не обратив в бегство их самих) лишь несколько десятков оживших мертвецов.

Итак, серая фаланга Арагорна практически погибла, однако дело свое сделала. Во-первых, она оттянула на себя значительные силы мордорцев и прежде всего катапульты, без которых взять внутренние укрепления Минас-Тирита так и не удалось. Важнее, однако, оказалось иное: после гибели командарма-Юг лишенная общего руководства Южная армия дала втянуть себя в схватку «лоб в лоб», на взаимное истребление – вариант, являющийся при численном перевесе противника заведомо проигрышным. Тем не менее мордорцы продолжали биться умело и отчаянно: мартовский день уже склонился к закату, а Коалиция так и не сумела реализовать свое почти двукратное преимущество. Основные события разыгрывались на северном направлении, где троллийские латники и умбарские лучники, несмотря на большие потери, так и не дали рохирримам взломать свои оборонительные порядки.

...Йомер медленно ехал вдоль строя роханской и доламротской конницы, только что откатившейся назад после очередной – вот уже четвертой за этот день – безрезультатной атаки. Впрочем, назвать «строем» это угрюмое скопище частью раненых и поголовно – измученных до последнего предела людей и лошадей было весьма затруднительно. Он как раз пытался выправить забрало своего шлема, вмятое ударом харадримской булавы, когда ему доложили, что в последней схватке в числе прочих пал и Теоден. После победоносного Изенгардского похода старик вбил себе в голову, будто Йомер непременно воспользуется грядущей славой победителя Мордора и лишит его короны, а потому следует держать племянника под неусыпным присмотром. По этой причине он лично возглавил роханский поход на юго-восход, а перед самым сражением и вовсе отстранил популярного военачальника от руководства войсками. Король твердо решил победить в этой битве лично, «без сопливых», и, не слушая ничьих советов по поводу тактики, угробил в бессмысленных лобовых атаках цвет роханского войска, а теперь вот погиб и сам.

Принявший командование Йомер озирал угрюмые ряды рохирримов, коченеющих под пронзительным мартовским ветром: он чувствовал себя врачом, которому милостиво дозволили приняться за лечение, когда больной уже впал в кому. Самое обидное – мордорская армия пребывает в точно таком же, если не в худшем состоянии; опыт и безошибочное чутье полководца подсказывали ему, что сейчас один-единственный стремительный натиск решил бы исход сражения. Он ясно видел слабые места в оборонительных порядках противника, отлично представлял себе, куда следует нанести удар и как затем развивать успех – но знал при этом и другое: он сейчас не посмеет дать своим людям команду «Вперед!». Ибо есть железный закон: приказ можно отдавать лишь в том случае, когда ты уверен, что его станут исполнять, иначе – конец всему, на чем стоит армия. А этих – он ощутил с полной отчетливостью – сегодня в атаку больше не поднимешь; бесполезняк.

И тогда он остановил коня, велел всем спешиться – чтобы его видело побольше народу – и завел такую вот, странноватую для воина, речь:

– Все мы смертны, парни: чуть раньше, чуть позже – какая, хрен, разница? По мне, так интереснее – чего с нами приключится потом. Вы небось решили – командир ваш совсем схренел, нашел время, чтоб порассуждать о загробной жизни; а вот по мне – так самое время и есть. Когда ж еще-то? Мы ведь с вами ребята простые – живем в лесу, молимся колесу; пронесло – и думать забыл до следующего раза... А мнения тут, парни, бытуют шибко разные, но насчет одного вроде бы согласны все: там каждому воздается по его вере. Одним словом, ежели кто думает, что вот сгнил его труп – и ничего в Мире не осталось, окромя пригоршни праха, то именно так с ним и будет. В иных верах и еще того краше: будешь, к примеру, до посинения слоняться в виде тени по подземному царству – чем такая жизнь, лучше уж и вправду сгнить нахрен вместе со своей телесной оболочкой. Кое-кто собирается до скончания веков возлежать на зеленой травке в чудесном саду, пить божественный нектар и играть на лютне; неплохо, только, на мой вкус, скучновато. Но есть, парни, в Восходных странах замечательная вера – мне тут на днях поведал о ней один бродячий проповедник; то есть она вообще очень неплоха – без дураков! – но уж тамошний рай – это в аккурат по мне.

Огляделся – вроде слушают – и продолжил:

– Небесные чертоги, в них пир – куда там королевской свадьбе, вино – как из кладезя, но гвоздь программы, парни, – это такие гурании. Девки, которым вечно восемнадцать, красоты неописуемой... Про ихние достоинства – тут всякий сможет убедиться от и до, поскольку всей одежи на них – по золотому браслету. Ну а уж насчет потрахаться – на земле таких искусниц и близко не бывало!.. Но есть одна загвоздка: путь в этот чертог наслаждений открыт только людям праведной и безгрешной жизни; нас с вами, – он развел руками, – туда и на порог не пустят...

По рядам прошла слабая, но отчетливая рябь, возник и замер недовольный гул, кто-то в сердцах сплюнул – и тут надули! Но Йомер вскинул руку – и вновь настала тишина, нарушаемая лишь безжизненным шелестом прошлогодней травы.

– Вернее сказать – не пустили бы, но одна лазейка для таких раздолбаев, как мы с вами, все ж таки оставлена. В этой замечательной вере всякому, кто с честью пал в битве за правое дело – а кто посмеет сказать, что наше дело не правое? – все грехи списываются, и его автоматом причисляют к праведникам. Так что ежели кто решил войти в тот рай посредством будущей безгрешной жизни – флаг вам в руки, ребята! Я лично на такое не надеюсь, а потому собираюсь свести знакомство с гураниями здесь и теперь в качестве доблестно павшего – это когда ж еще представится такой случай? Так что приглашаю с собою всех, кто хочет и может, а прочим – счастливо оставаться!

Тут он привстал в стременах и громовым голосом воззвал куда-то ввысь, приложивши ко рту рупором латную рукавицу:

– Э-ге-гей, девки!!! А ну отворяйте ваш небесный бордель, хоть время и неурочное! Готовьтесь принять три лучших полка роханской кавалерии – ставлю голову против поломанной стрелы, что этих клиентов вы не забудете до старости! Нам пора в атаку, так что будем у вас на небесах минут через десять – как раз чтоб вам подмыться!

И случилось чудо – люди вдруг начали оживать! В рядах послышались смех и замысловатая брань: с правого фланга поинтересовались – можно ли на гурании словить триппер и если да, то долго ли его лечат в тамошнем раю? Подъехавший тем временем поближе к Йомеру дол-амротский князь Имрахиль – черноусый красавец, известный своими амурными похождениями, – адресовался к молоденькому левофланговому, зардевшемуся как маков цвет:

– Не тушуйся, корнет! Знающие люди говорят, будто в том заведении можно сыскать красотку на любой вкус. Для тебя там небось припасен целый табун романтических барышень – ждут не дождутся, чтобы ты почитал им стихи при луне!

Юноша под общий хохот покраснел еще сильнее и сердито сверкнул глазами из-под пушистых, совершенно девичьих ресниц. Йомер же тем временем крутанул коня так, что из-под копыт веером разлетелись земляные комья, и взмахнул рукой:

– По коням, ребята!! Тамошняя мадам уже небось послала за лучшим вином для новых клиентов. Клянусь хохотом Тулкаса, каждый из вас сегодня получит столько нурнонского, что сможет в нем утопиться – кто на небесах, кто на земле! Павших угостят Валары, живых – король Рохана. За мно-о-ой!!!

С этими словами он отшвырнул куда-то за спину изуродованный шлем и, не оглядываясь более, погнал коня вперед, к тому самому месту, где его наметанный глаз приметил в несокрушимом частоколе троллийской панцирной пехоты крохотную чужеродную заплатку – округлые темные щиты вастакских копейщиков. Встречный ветер свистел в ушах и трепал его слипшиеся от пота соломенные волосы; рядом, почти стремя в стремя, мчался Имрахиль.

– Черт побери, князь, наденьте шлем – справа лучники!!

– После вас, прекрасный сэр! – оскалился в усмешке тот и, крутанув меч над головою, прокричал сорванным от команд голосом:

– Дол-Амрот и Лебедь!

– Рохан и Белый конь! – откликнулся Йомер, а за их

спиною уже разросся в величественное стаккато слитный грохот тысяч копыт: роханские и дол-амротские всадники двинулись в последнюю атаку – победить или умереть.

ГЛАВА 9

Всем известно, что вастакские пехотинцы – не чета троллийским; эти от удара Йомера поразлетались как кегли, и сверкающий клин конницы Заката с хрустом проломил панцирь мордорских оборонительных порядков. Чуть погодя в тыл мордорцам ударил второй клин – режущее острие из остатков серой фаланги Арагорна, заключенное в оправу из гондорских латников. Около шести вечера эти клыки сомкнулись в теле Южной армии, близ ее лагеря. На этом сражение как таковое закончилось, и начался разгром: исполинский костер, возникший на месте парка осадной техники, выхватывал из сгущающихся сумерек то застрявшую в грязи орокуэнскую повозку с ранеными, то сплошь утыканного стрелами мумака, мечущегося по полю, давя своих и чужих. Йомер, наткнувшийся посреди всей этой победной неразберихи на Арагорна, как раз церемонно обнимал под всеобщие победные клики собрата-полководца, когда заметил летящего к ним во весь опор всадника – давешнего застенчивого корнета. Парнишка, по совести говоря, показал себя молодцом – хоть к награде представляй. Когда рохирримы повстречались близ мордорского лагеря с остатками конницы южан, он съехался один на один с лейтенантом харадримов и, ко всеобщему изумлению, вышиб из седла чернокожего гиганта и сорвал с него багровый плащ со Змеем – тот самый, которым сейчас победно размахивал над головой. Спешившись в десятке шагов перед отечески оглядывающими его вождями, корнет сдернул шлем, тряхнул головою, будто норовистая лошадка, и по плечам его внезапно рассыпалась копна волос – вызолоченный вечерним солнцем ковыль роханских степей.

– Йовин! – только и сумел вымолвить Йомер. – Какого черта...

Юная воительница в ответ показала язык и, небрежно кинув брату харадримский плащ – тот так и остался сидеть в ошеломлении, прижимая к груди сестрин трофей, – остановилась перед Арагорном.

– Здравствуй, Ари, – спокойно сказала она, но лишь

Ниэнна смогла бы назвать цену этого спокойствия. – Поздравляю тебя с победой. Теперь все отговорки насчет «воинского служения», как я понимаю, утратили силу. И если я больше не нужна тебе – скажи это прямо сейчас: клянусь звездами Варды, я тотчас перестану отравлять тебе жизнь.

«Как ты могла такое подумать, моя прекрасная амазонка!» – и вот она уже сидит у него поперек седла, смотрит сияющими глазами, лепечет чепуху, а потом преспокойно целует при всем честном народе – ибо роханские девушки вообще не слишком считаются с южными условностями, а уж героиня-то Пеленнорского сражения и вовсе плевать на них хотела... А Йомер глядел на всю эту идиллию, темнея лицом, и думал про себя: «Дуреха, разуй же ты глаза, ведь у него ж на роже все написано – кто ты ему и кто он тебе! Ну почему, почему эти дуры вечно падают на таких проходимцев – добро б еще был какой красавец...» – впрочем, не он первый и не он последний в этом Мире, да и в других мирах тоже...

Вслух же он, разумеется, ничего такого говорить не стал и попросил лишь: «Ну-ка покажи, что с рукой»; когда же та принялась выступать – дескать, во-первых, она совершеннолетняя и сама разберется, а во-вторых, это даже и не царапина, а так просто... – вот тут уж он рявкнул от души, так что уши в трубочку свернулись, и в выражениях простых и энергичных расписал пеленнорской героине, что он с ней сотворит, ежели та при счете «три!» не очутится на перевязочном пункте. Йовин, рассмеявшись, откозыряла – «Слушаюсь, мой капитан!» – и только по тому, с какой непривычной осторожностью она поднималась в седло, он понял: ох, не царапиной там пахнет.. Девушка, однако, уже успела прильнуть к плечу брата – «Ну Йом, ну не дуйся, пожалуйста, если хочешь – отлупи меня как следует, только не ябедничай тетушке», – потерлась носом об его щеку, как в детстве... Арагорн с улыбкой наблюдал за ними, и Йомер вздрогнул от неожиданности, перехватив взгляд следопыта: именно такие глаза бывают у лучника за миг до того, как он спустит тетиву.

Значение этого взгляда он понял лишь назавтра, когда, откровенно говоря, было уже поздно. В тот день в палатке Арагорна собрался военный совет с участием Имрахиля, Гэндальфа-Митрандира и нескольких эльфийских вождей (их армия подошла ночью – в аккурат к шапочному разбору). На нем дунадан без обиняков разъяснил наследнику роханского престола – а теперь уже, считай, королю, – что отныне тот является не союзником, а подчиненным, и жизнь Йовин, находящейся под специальной охраной в Минас-Тиритском госпитале, всецело зависит от благоразумия брата.

– О, дражайший Йомер, без сомнения, может не сходя с этого места проткнуть меня мечом – а потом полюбоваться вот в этом полонтире, что произойдет с его сестрой; зрелище будет не для слабонервных. Нет, сама она, разумеется, ни о чем таком не подозревает; извольте убедиться, сколь трогательно она помогает ухаживать за тяжелораненым принцем Фарамиром. Что? Гарантии? Гарантия – здравый смысл: с той поры, как я займу престол Воссоединенного Королевства Гондора и Арнора, мне просто никто уже не будет опасен...

Каким образом? Да очень просто. Король Гондора, как вам известно, погиб: да-да, ужасная трагедия – повредился рассудком и сам сжег себя на погребальном костре, представьте себе... Принц Фарамир ранен отравленной стрелой и выздоровеет не скоро – если вообще выздоровеет, это зависит... гм... от многих обстоятельств. Принц Боромир? Увы. Такой надежды нет: он пал в бою с орками на Андуине, за водопадами Рэроса, и я своими руками погрузил его тело в погребальную ладью. А поскольку идет война, я как наследник Исилдура не вправе оставить страну в безвластии. Итак, я принимаю командование гондорской армией и вообще всеми вооруженными силами Закатной коалиции... Вы что-то хотели сказать, Йомер?.. Нет?..

Итак, мы тотчас же начинаем поход на Мордор; гондорскую корону я, понятное дело, смогу принять, лишь вернувшись оттуда с победой. Что до Фарамира, то я склонен отдать ему в княжение одну из гондорских земель – да хоть тот же Итилиен; по совести говоря, он всегда больше интересовался поэзией и философией, нежели делами государственного управления. Впрочем, не стоит загадывать так далеко: сейчас положение принца критическое, и он может просто не дожить до нашего возвращения. Так что беспрестанно молитесь о его выздоровлении все то время, что мы с вами пробудем в походе, дражайший Имрахиль, – говорят, будто молитвы лучшего друга имеют в глазах Валаров особую ценность...

Когда выступаем? Немедленно, как только додавим у

Осгилиата остатки Южной армии. Вопросы есть? Вопросов нет.

А едва лишь палатка опустела, человек в сером плаще, стоящий оплечь Арагорна, произнес с почтительной укоризной:

– Вы неоправданно рисковали, Ваше Величество. Ведь этот Йомер был, считай, не в себе – вполне мог наплевать на все и нанести удар...

Следопыт чуть повернул голову и процедил сквозь зубы:

– Для сотрудника тайной стражи ты кажешься мне, во-первых, болтливым, а во-вторых, не слишком наблюдательным.

– Виноват, Ваше Величество... Мифриловая кольчуга под одеждой?

Насмешливый взгляд Арагорна скользнул по сухому смуглому лицу говорившего, чуть задержавшись на рядах дырочек, обметавших его губы. С полминуты длилось молчание.

– А я уж решил было, что ты совсем отлежал мозги в своем склепе и еще примешься расспрашивать – откуда она у меня... Кстати, все забываю спросить – зачем вам зашивают рты?

– Не только рты. Ваше Величество. Считается, что все отверстия на теле мумии должны быть наглухо закрыты – иначе отлетевший дух на сороковой день вернется обратно в тело и оно примется мстить живым.

– Весьма наивный способ... э-э-э... контрацепции...

– Так точно, Ваше Величество, – позволил себе улыбнуться серый. – Благо я – живое тому подтверждение.

– Гм, живое... А как, кстати, насчет «мести живым»?

– Мы лишь выполняем приказы. Наша тень – это Ваша тень.

– То есть тебе безразлично, что я прикажу – убить ребенка или стать ему вместо отца?

– Абсолютно. И то, и другое я выполню настолько хорошо, насколько смогу.

– Ну что ж, это мне подойдет... Займись-ка пока вот чем. Намедни один из моих соратников по службе на Севере, некий Анакит, в пьяном виде похвалялся приятелям, будто скоро станет богат, как Тингол; он, видишь ли, располагает сведениями о неком легендарном мече, за которые кое-кто не пожалеет никаких денег. Эти разговоры должны прекратиться немедленно.

– Так точно, Ваше Величество. Слушателей этой болтовни...

– Зачем?..

– Вы полагаете?..

– Заруби-ка себе на носу вот что, милейший. Я убиваю без колебаний, но никогда – повторяю по складам: ни-ко-гда! – не убиваю без крайней нужды. Ясно?

– Это по-настоящему мудро, Ваше Величество.

– Много себе позволяешь, лейтенант, – произнес следопыт тоном, от которого иной собеседник покрылся бы ледяной корочкой.

– Наша тень – это Ваша тень, – спокойно повторил тот. – Так что мы с вами теперь в некотором смысле одно целое. Разрешите выполнять?

Добавить остается немногое. Армия Закатной коалиции (в которую теперь вошли и переметнувшиеся к победителям – и «прощенные» ими – вастаки) выступила в поход, самым ярким событием которого стал случившийся 23 марта мятеж вестфолдских рохирримов и лоссарнахских ополченцев, решительно не понимавших, с какой стати они-то должны класть свои головы на чужбине за Арагорнову корону? Беспощадно подавив волнения в войске, дунадан привел его на Кормалленское поле, что в устье Мораннонского прохода, где и повстречал то последнее, что смог наскрести по сусекам Мордор; тот ведь уже полностью исчерпал резервы, вложив все, что имел, в удар Южной армии. Коалиция победила, вернее сказать – гондорцы, рохирримы и вастаки просто завалили мораннонские укрепления своими трупами; эльфы, как обычно, вступили в сражение, когда дело уже было сделано. Потери победителей в той битве оказались столь велики, что пришлось спешно сочинить легенду о якобы противостоявшей им колоссальной армии Восхода. Мордорцы полегли там все, включая короля Саурона; тот бился в конном строю своей лейб-гвардии в простом капитанском плаще, так что его труп даже не был опознан. О дальнейших действиях Коалиции летописи Закатных стран повествуют более чем лаконично, ибо резня, учиненная победителями внутри Мордора, была чудовищной даже по меркам того, не слишком гуманного, времени.

Как бы то ни было, план Гэндальфа увенчался успехом (ну, не считая той мелочи, что эльфам, разумеется, и в голову не пришло возвращать Зеркало), и мордорская цивилизация прекратила свое существование. Однако маги Белого Совета как-то упустили из виду одно обстоятельство, а именно: в Мире существует Некто, ужасно не любящий полных побед и всякого рода «окончательных решений», и выказать эту свою неприязнь он может самыми невероятными способами. Вот и сейчас, равнодушно оглядывая побежденных – весь этот мусор, выброшенный на берег отгремевшей бурей, – означенный Некто вдруг задержал свой взор на паре бойцов не существующей более Южной армии, затерявшихся среди барханов Мордорской пустыни.

ГЛАВА 10

Мордор, урочище Тэшгол.
9 апреля 3019 года

– А почему бы нам не дождаться ночи? – прошептал Халаддин.

– Потому что, если там и вправду засада и если ребята эти не полные лопухи, они будут ждать гостей именно по темноте. А Полевой устав чему нас учит, доктор? – приподнял палец Цэрлэг. – Правильно – «делай обратное тому, что ожидает противник». Короче говоря, до моего сигнала с места ни ногой, а ежели я, упаси Единый, засыплюсь, то в особенности. Ясно?

Тут он еще раз окинул взглядом кочевье и пробормотал:

– Ох, не нравится мне вся эта картинка...

Урочище Тэшгол представляло собой закрепленные пески с довольно густыми рощицами белого саксаула по отлогим ложбинам меж невысоких взлобков, заросших песчаной осочкой и кандымом. Кочевье – три юрты, поставленных треугольником входами к его центру, – располагалось в укрытой от ветра овальной котловинке приблизительно в полутора сотнях ярдов от их укрытия, так что видно все было как на ладони. За час наблюдения Цэрлэг не отметил вокруг ни малейшего подозрительного движения; впрочем, не-подозрительных движений не было тоже – кочевье казалось вымершим. Все это было очень странно, однако надо было на что-то решаться.

Несколькими минутами спустя затаивший дыхание Халаддин уже наблюдал, как разведчик в своей бурой накидке буквально потек вдоль почти неразличимых складок рельефа. Вообще-то, конечно, тот был прав: единственное, чем тут мог помочь военлекарь, – это просто не путаться под ногами у профессионала... Так-то оно так, но отсиживаться в укрытии, когда товарищ в двух шагах от тебя рискует головой, не слишком приятно. Он еще раз обвел взором линию горизонта и с изумлением обнаружил, что сержант тем временем бесследно исчез. Мистика; в пору поверить, будто тот обернулся ящерицей-круглоголовкой и провалился сквозь песок, как она умеет, а может (и это вернее), заскользил вперед крохотной смертоносной змейкой – песчаной эфой. Более получаса доктор до рези в глазах вглядывался в окружающие кочевье холмы, пока не увидал вдруг Цэрлэга стоящим в полный рост прямо между юртами.

Значит, все нормально... Чувство миновавшей опасности рождало почти физическое наслаждение: каждая его жилка, находившаяся до того в напряжении, теперь блаженно отмякала, а мир, обесцвеченный адреналином, вновь обретал свои краски. Выбравшись из ямки под накренившимся почти до земли саксаулом, Халаддин легко вскинул на плечо тюк с барахлом и зашагал вперед, внимательно глядя себе под ноги – склон был сплошь изрыт норами песчанок. Спустившись почти до подножия, он поднял наконец глаза – и тут только сообразил: что-то неладно, и здорово неладно. Уж больно странно вел себя орокуэн: постоял некоторое время на пороге левой юрты и, не заходя внутрь, побрел к следующей; именно побрел – походка сержанта отчего-то утратила всегдашнюю упругость. Противоестественную тишину, затопившую котловину, нарушал какой-то едва слышный пульсирующий гул – будто бы мелкая кольцевая рябь дрожит на маслянистой поверхности болотной воды... И тогда он вдруг разом понял все, ибо узнал в этом звуке слитное гудение мириадов мясных мух.

...Даже в песчаном грунте могилу для десяти человек – четверых взрослых и шести детей – за минуту не выкопаешь; надо было спешить, а заступ они нашли всего один, так что работать приходилось посменно. Халаддин, углубившийся примерно по пояс, поднял взгляд на подошедшего Цэрлэга.

– Ты вот что... копай дальше, а я, пожалуй, еще разок

пройдусь вокруг. Хочу кое-что проверить.

– Думаешь, кто-нибудь мог уцелеть и спрятаться в песках?

– Это вряд ли – они, похоже, тут все. Просто во-он там на песке есть следы крови.

– Но ведь их же всех убили прямо в юртах...

– Вот в том-то и дело. В общем, работай, только не забывай по сторонам поглядывать. Сигнал – свистом, длинный и два коротких.

«Длинный и два коротких» он услыхал буквально минут через пять. Сержант призывно махнул рукой с маленькой дюны, рядом с которой начиналась ведущая в сторону тракта тропка, и скрылся за ее гребнем. Последовав за ним, Халаддин нашел разведчика присевшим на корточки перед каким-то округлым темным предметом; лишь подойдя почти вплотную, он сообразил, что это голова закопанного по шею человека, и человек этот, похоже, еще жив. В нескольких дюймах от его губ – так, чтобы нельзя было дотянуться, – стояла глиняная плошка с остатками воды.

– Вот кто там сражался. Как, доктор, мы не опоздали?

– Нет, все в порядке; видишь – он даже еще потеет, значит, вторая стадия обезвоживания только началась. Хвала Единому – нет солнечных ожогов.

– Да, его специально прикопали в тени бархана, чтобы не так быстро помер: крепко, видать, они на него обиделись... Можно его напоить?

– При второй стадии – только мелкими порциями. Слушай, а как ты догадался?..

– Честно сказать, я искал труп.

С этими словами Цэрлэг поднес к почерневшим и растрескавшимся губам закопанного свою кожаную флягу. Тот дернулся и начал судорожно глотать, однако его приоткрывшиеся глаза остались мутны и безжизненны.

– Стоп, стоп, парень, не спеши! Слышь, чего доктор говорит: не все сразу. Ну-ка, давай вытащим его наружу: тут все рыхлое, так что обойдемся без лопаты... Взялись?..

Чуть разворошив песок, они ухватили человека под мышки и – «Три-четыре!..» – выдернули его, как морковку из грядки. «Т-твою-то мать!..» – с чувством произнес орокуэн, стиснув рукоять ятагана: песчаные потоки разом стекли с одежды спасенного, открывши их изумленным взорам зеленый камзол гондорского офицера.

Впрочем, на интенсивность реанимационных мероприятий это открытие ничуть не повлияло, и минут через десять пленник уже был, по выражению Цэрлэга, «пригоден к употреблению». Муть, заполнявшая его серые глаза, растаяла, и теперь они глядели твердо и чуть насмешливо. Скользнув взглядом по обмундированию «спасителей», он в полной мере оценил свое положение и представился, к немалому их удивлению, на правильном орокуэнском, хотя и с акцентом:

– Барон Тангорн, лейтенант Итилиенского полка. С кем имею честь?

Для человека, который чудом избегнул мучительной смерти – и тут же обнаружил, что ему предстоит умирать по второму разу, гондорец держался просто превосходно. Разведчик оглядел его с уважением и отошел чуть в сторонку, сделав знак товарищу – давай ты.

– Военлекарь второго ранга Халаддин и сержант Цэрлэг, Кирит-Унгольский егерской. Впрочем, теперь это уже несущественно.

– Отчего же? – приподнял бровь лейтенант. – Весьма достойный полк. Если мне не изменяет память, мы с вами встречались прошлой осенью у Осгилиата – итилиенцы тогда держали оборону с южного фланга. Клянусь кулаком Тулкаса, это была превосходная баталия!

– Боюсь, сейчас не лучший случай предаваться воспоминаниям о тех рыцарственных временах – нас интересуют события менее отдаленные. Что за отряд вырезал кочевье? Имя командира, численность, задание, направление дальнейшего движения? И не советую темнить: как вы догадываетесь, мы не расположены к сантиментам.

– Вполне законно, – пожал плечами барон. – Более чем... Отряд сформирован из вастакских наемников, командир – Элоар, эльф; насколько я понял, он состоит в родстве с кем-то из лориенских владык. Численность – девять человек. Задание – челночное патрулирование зоны, прилегающей к тракту, и зачистка территории в целях борьбы с повстанцами. Вы удовлетворены?

Халаддин непроизвольно зажмурился, и перед глазами у него вновь возник игрушечный бактрианчик из шерстяных ниток, втоптанный в застывшую кровяную лужу. Вот, значит, как это у них называется – «зачистка территории». Что ж, будем знать...

– А как вы, барон, оказались в том прискорбном положении, в коем мы вас застали?

– Боюсь, эта история столь невероятна, что вы мне все равно не поверите.

– Ну, тогда я вам скажу. Вы пытались воспрепятствовать этой самой «зачистке» и ранили при этом кого-то из наемников. Или даже убили?..

Гондорец поглядел на них в явном замешательстве.

– Откуда, черт побери, вам это известно?

– Не важно. Странно, однако, ведет себя гондорский лейтенант...

– Он ведет себя так, как и надлежит солдату и дворянину, – сухо ответил пленник. – Надеюсь, вы не рассматриваете мое нечаянное признание как попытку купить себе жизнь?

– О, не беспокойтесь, барон. Полагаю, нам с сержантом следует вернуть вам долг, хотя бы частично: теперь, похоже, наш черед совершить глупость...

С этими словами он оглянулся на орокуэна; тот чуть помялся, но махнул рукою – поступай как знаешь.

– Простите за не вполне праздное любопытсво: а что вы станете делать, если мы вас освободим?

– Право же, затрудняюсь... Здесь, в Мордоре, если я попаду в руки эльфов, они завершат начатое людьми Элоара, хотя, может, и не столь экзотическим способом.

В Гондор мне дорога закрыта – мой государь убит, а служить его убийце и узурпатору я не собираюсь...

– Что вы имеете в виду, барон? Мы ведь не имели никаких новостей со дня Пеленнорской битвы...

– Денетор умер ужасной смертью – якобы сам себя сжег на погребальном костре, – а на следующий день, как на заказ, возник претендент на престол. Дело в том, что, по древней легенде, которую никто никогда не воспринимал всерьез, правившая Гондором Анарионская династия лишь хранит престол для потомков мифического Исилдура. Вот такой «потомок» вдруг и сыскался – некий Арагорн, из северных следопытов. В качестве подтверждения своих династических прав он предъявил какой-то меч – якобы это легендарный Андрил; кто и когда его видал, этот самый Андрил? Кроме того, он провел несколько показательных исцелений посредством наложения рук: правда, почему-то все исцеляемые были из тех, кто пришел вместе с ним с севера...

Наследный принц Фарамир удалился в Итилиен, где «княжит» под присмотром капитана Берегонда – того самого, что засвидетельствовал «самосожжение» Денетора.

– И что же, никто на Закате даже рта не раскрыл?

– Тайная стража Арагорна – болтают, будто она состоит из оживленных эльфийскими чарами мертвецов, – быстро отучила гондорцев задавать подобные вопросы. Йомером они вертят как хотят, что неудивительно: его сестра вместе с Фарамиром находится теперь под стражею в Итилиене. Впрочем, судя по всему, и сам Арагорн лишь марионетка в руках эльфов, а реально правит Гондором его жена, присланная из Лориена, – Арвен.

– А что у нас, в Мордоре?

– Барад-Дур разрушен до основания. Сейчас эльфы формируют что-то вроде местной администрации из всяческих отбросов. Как мне сдается, они заняты уничтожением любых проявлений культуры и целенаправленно охотятся на образованных людей. По-моему, они всерьез решили вернуть вас в каменный век.

– А вас?

– Думаю, нами они займутся чуть погодя; пока что мы им нужны.

– Ладно, – прервал наступившее молчание Цэрлэг. – Для начала надо все-таки похоронить людей с кочевья. А потом вы как знаете, но я лично собираюсь получить должок с этого самого... как бишь его – Элоар? Хозяйка синей юрты доводилась мне троюродной теткой, так что теперь он мой кровник.

– А что, если я составлю вам компанию, сержант? – спросил вдруг Тангорн и в ответ на недоуменный взгляд орокуэна пояснил: – Они забрали с собою мой фамильный меч. Снотворное – неплохо бы его вернуть; да и вообще я не прочь передать этим ребятам приветик с того света.

Некоторое время разведчик в упор разглядывал гондорца, а потом кивнул:

– Тангорн... Я ведь тебя помню по прошлогоднему Осгилиату. Это ты тогда свалил «короля копьеносцев» – Дэцзэвэга.

– Точно. Было такое дело.

– Только вот меча по твоей руке у нас не найдется. Ятаганом когда-нибудь работал?

– Да уж как-нибудь разберусь.

– Ну и ладненько.

ГЛАВА 11

***Мордор, близ Старого Нурнонского тракта.
Ночь с 11 на 12 апреля 3019 года***

– А где вы изучали язык, барон?

– Вообще-то я больше шести лет провел в Умбаре и в Кханде – если вы это имеете в виду. Но начинал еще дома: у принца Фарамира (мы с ним дружны с детства) великолепная библиотека – все, разумеется, на восходных языках; что называется, не пропадать же добру... Я, собственно, затем и отправился в Мордор – напоследок пошарить по пепелищу. Набрал целую сумку книг – ее, кстати, тоже прибрали, вместе со Снотворным, эти ребята. – Тангорн кивнул в сторону скрытой во тьме двугорбой дюны, где сейчас остановился на ночлег вытропленный Цэрлэгом отряд Элоара. – Нашел среди прочего страничку превосходных стихов, совершенно мне незнакомых:

Клянусь четой и нечетой,
Клянусь мечом и правой битвой,
Клянуся утренней звездой,
Клянусь вечернею молитвой...

Не знаете, часом, что за автор?

– Это Сахеддин. Он, вообще-то говоря, не поэт, а маг и алхимик. Время от времени публикует стихи, утверждая при этом, будто бы он всего лишь переводчик текстов, созданных в иных Мирах. А стихи и в самом деле отличные, вы правы.

– Черт побери, забавная идея!.. Ведь описывать Мир можно массой способов, но истинный поэтический текст, где нельзя заменить ни единой буквы, – наверняка самый точный и экономный из них и уже в силу этого должен быть самым универсальным! Если и есть что-то общее для разных Миров, это будет поэзия – ну, если не считать музыки... Такие тексты должны существовать помимо нас, изначально вписанные в картину Сущего и Мыслимого – шумом морской раковины, болью отвергнутой любви, запахом весенней прели, – надо лишь научиться распознавать их... Поэты делают это интуитивно, но, может быть, ваш Сахеддин действительно открыл для этого формализованный метод – почему бы и нет?

– Ну да, нечто вроде современной науки поиска рудных жил – взамен ненадежных озарений рудознатцев... Значит, вы тоже полагаете, что Мир есть Текст?

– Тот мир, в котором живу я, – без сомнения; впрочем, это дело вкуса...

«Да уж. Мир есть Текст,– подумал Халаддин.– Любопытно было бы как-нибудь перечесть на трезвую голову тот его абзац, в коем прописано, что в один прекрасный день я в компании двух симпатичных профессиональных убийц (а кто ж они еще?) приму участие в охоте на девятерых нелюдей (чего ради? чем эти отличаются от прочих?), а в последние минуты перед боем, чтобы хоть на миг забыть о медном привкусе во рту и мерзком сосущем холоде в животе, буду предаваться глубокомысленным рассуждениям о поэзии... Воистину, автор такого текста далеко пойдет, воображения ему не занимать».

Тут его размышления были прерваны, поскольку яркая двойная звездочка над гребнем укрывшего их бархана мигнула, будто бы закрытая силуэтом ночной птицы. Значит – все... эх, глотнуть бы сейчас... Присев на корточки, он принялся запихивать в заплечный чехол свое сегодняшнее оружие – коротенький, непривычной для него конструкции орокуэнский лук и колчан с шестью разномастными с бору по сосенке стрелами. Тангорн же, для которого возможности Цэрлэга были пока в диковинку, в немом изумлении уставился на разведчика, бесшумно возникшего из темноты в нескольких шагах от них.

– Ваши перешептывания, прекрасные сэры, слыхать шагов за тридцать. Так что, будь на месте тех охламонов мои ребята, вы бы уже считали Звезды на ризах Единого... Ну ладно, проехали. Похоже, я успел ухватить своего кровника за самый кончик хвоста. Как я понимаю, их отряд держит путь к тому опорному пункту на тракте, про который рассказывал барон; до него, по моим прикидкам, осталось миль пять-шесть, а там их уже не достать. Так что диспозиция у нас будет такая...

Барханные пески упирались здесь в закатную окраину обширного – десятки квадратных миль – хаммада: море, безмолвно катящее штормовые валы на угрюмый каменистый пляж. Самая большая волна, как ей и положено, вздымалась над самой кромкою берега – огромная дюна, протянувшаяся на полмили в обе стороны от горящего у ее подножия костра. Место для лагеря эльф выбрал с умом: спину прикрывает откос дюны высотою футов сорок, а перед глазами ровная как стол поверхность хаммада: двое часовых, отодвинутых вдоль линии подножия дюны ярдов на двадцать к югу и северу от костра, полностью перекрывают направления возможного нападения. Правда, с топливом тут плоховато, но ведь саксаул горит долго и жарко, почти как уголь; притащил каждый на горбу по десятку полешек в руку толщиной – невелик труд, и грейся потом целую ночь...

«А это не ловушка? – обожгло вдруг Халаддина. – Мало ли что Цэрлэг все вокруг обнюхал... Слишком уж те беспечны. Жечь костер – это еще ладно, его видно только со стороны хаммада, а там, по идее, никого быть не должно. Но то, что часовой подходит к огню – подкинуть дровишек, да и согреться чуток, – это уже полное безумие, он ведь после этого слепнет минуты на три, не меньше...» Именно во время такой вот отлучки «южного» дозорного они и подобрались к его посту шагов на двадцать; тут разведчик оставил их с бароном и растаял во мраке: ему еще предстояло, обогнув лагерь справа, по хаммаду, подползти к «северному» часовому. «Нет, – одернул он себя, – не надо шарахаться от собственной тени. Просто они настолько отвыкли встречать сопротивление, что почитают охрану стоянки за проформу. Тем более – последняя ночь в рейде, завтра смена – баня там, выпивка, все такое... Опять-таки – получить премиальные по числу отрезанных оркских ушей... Интересно, детские уши идут по той же цене или малость подешевле? А ну-ка прекрати! Прекрати немедленно!! – Он изо всех сил закусил губу, чувствуя, что его опять начинает трясти, как тогда, в кочевье, когда он увидал изуродованные трупы. – Ты должен быть абсолютно спокоен – тебе ведь сейчас стрелять... Расслабься и медитируй... Вот так... Вот так...»

Он лежал, вжавшись в мерзлый песок, и пристально разглядывал силуэт дозорного; тот без шлема (это правильно – иначе хрен чего услышишь), так что стрелять, наверное, лучше в голову. Вот ведь забавно – стоит себе человек, глядит на звезды, размышляет обо всяких приятных – в своем роде – вещах и не подозревает, что на самом деле он уже покойник. «Покойник» тем часом с завистью оглядел семь фигур, разлегшихся вокруг костра (трое к югу, трое к северу и один к закату, между огнем и откосом), а затем, воровато отвернувшись, достал из-за пазухи флягу, глотнул, крякнул и шумно обтер губы. А-атлично... Ну и бардак... Интересно, как это понравится его «северному» напарнику? И тут сердце Халаддина дало перебой и со свистом оборвалось куда-то в пустоту, ибо он понял – началось! Да причем давненько началось, только он – придурок, раззява! – все прошляпил; да и барон не лучше, два сапога пара... Потому что «северный» часовой уже бессильно оплывал наземь, опираясь спиною на крепко обнявшего его Цэрлэга: мгновение – и, бережно и бесшумно опустив тело вастака на песок, разведчик втек в заполненный спящими световой круг, точно лис в кроличий садок.

Заторможенно, будто во сне, Халаддин привстал на одно колено, натягивая лук: боковым зрением он заметил справа уже изготовившегося к рывку барона. Часовой, похоже, уловил-таки какое-то движение во мраке, но, вместо того чтобы тут же заорать: «Тревога!!!», принялся (случается ж такое помрачение мозгов!) судорожно прятать за пазуху неуставную флягу с выпивкой. Этого мига как раз и хватило Халаддину, чтобы, дотянув пятку стрелы до подбородка, привычно опустить наконечник на дюйм ниже мишени – головы четко подсвеченного сзади дозорного; двадцать шагов дистанции, неподвижная цель – младенец и тот не промахнется. Он даже не ощутил боли, когда спущенная тетива стегнула его по левому предплечью, ибо в тот же миг до него донесся хлопок попавшей в цель стрелы – сухой и звучный, как будто в деревяшку. Вастак вскинул руки – в правой так и зажата злополучная фляга, – провернулся на пятках и медленно повалился навзничь. Барон ринулся вперед и уже миновал убитого, когда от костра донесся придушенный вопль – ятаган сержанта обрушился на первого из тех троих, что лежали с северной стороны костра, и тишина мгновенно разлетелась на тысячу звенящих и воющих осколков.

Халаддин тем временем, согласно диспозиции, огибал лагерь по периметру, держась за световым кругом и вопя на разные голоса: «Окружай, ребята, и чтоб ни одна сука не ушла!!» – ну и все прочее в этом роде. Одурелые спросонья наемники, вместо того чтобы немедля рассыпаться в стороны, инстинктивно жались к костру. На южном фланге Тангорн столкнулся с троими; один тут же свернулся калачиком, бережно держась за живот, а барон уже успел подобрать выпавший из его руки меч, широкий и – хвала Туласу! – прямой, отшвырнув прочь ятаган, с которым ему пришлось начинать бой: свет от костра при этом упал на его лицо, и двое оставшихся вмиг побросали оружие и рванули прочь, истошно вопя: «Гхэу, гхэу!!!» (вурдалак, в которого якобы обращаются непогребенные мертвецы). Не ожидавший такого Халаддин начал стрелять по ним с запозданием и, похоже, так и не попал – во всяком случае, они оба канули в ночь. Цэрлэг в суматохе успел ранить еще одного из «северных» вастаков и теперь, отбежав чуть в сторону, звал:

– Эй, Элоар, где ты, трус?! Я пришел к тебе взять цену крови за Тэшгол!

– Я здесь, Морготово отродье, – откликнулся насмешливый голос. – Иди ко мне, я почешу тебе за ушком! И – уже своим:

– А ну, без паники, трупоеды! Их всего трое, и мы сейчас сделаем их, как маленьких! Мочите косоглазого – он старший, и не подставляетесь ихнему лучнику!

Эльф возник чуть правее костра – высокий, золотоволосый, в легких кожаных доспехах, – и каждое движение, каждая черточка его облика рождали завораживающее ощущение гибкой, смертельно опасной мощи. Чем-то он походил на собственный меч – тонкий мерцающий луч из голубоватого звездного льда, при одном лишь взгляде на который делалось холодно в груди. Цэрлэг с хриплым криком взмахнул ятаганом – ложный выпад в лицо и сразу по дуге справа на опорное колено, Элоар небрежно отразил удар, и всем, включая даже военлекаря второго ранга, стало ясно – сержант отхватил кусок не по своим зубам. Мастер скрадывания и просачивания нарвался на мастера-фехтовальщика, и весь вопрос в том, с которого выпада тот его убьет – со второго или с третьего. А лучше всех это понял Тангорн, который в мгновение ока перемахнул пятнадцать ярдов, отделявшие его от места схватки, и обрушился на эльфа слева, бросив беспорядочно отступавшему разведчику:

«Спину мне прикрой, дуралей!!»

Работа истиного профессионала – не важно, в какой области, – всегда захватывающее зрелище, а уж тут сошлись Мастера – высший класс. Жаль, зрителей было маловато, да и те, вместо того чтобы следить за перипетиями сценического действа, занимались в основном собственными делами – пытались убить друг дружку, а это занятие, как легко догадаться, требует известной сосредоточенности. Тем не менее оба партнера вкладывали в работу всю душу, и их филигранные па математически точно вписывались в перфорации смертоносных кружев, выплетаемых сверкающей сталью. Кстати, Тангорнова ремарка насчет «прикрыть спину» тоже была более чем уместна: сержанту пришлось немедленно принять бой с обоими оставшимися в строю вастаками – один из них, по счастью, сильно хромал. Халаддину, вооруженному одним лишь луком, ввязываться в ближний бой – да и вообще вылезать из темноты – было категорически запрещено; стрелять же по этому калейдоскопу своих и чужих было бы чистым безумием, так что он лишь перемещался в некотором отдалении, высматривая подходящую цель.

Мало-помалу стало ясно, что Тангорн одолевает. Хотя его вастакский меч был на добрых три вершка короче, он сумел дважды зацепить противника – в правое предплечье и в ногу, над самым коленом. Эльфы, как известно, плохо переносят кровопотерю, так что выпады Элоара теперь с каждым мигом теряли свою стремительную точность; барон теснил его, спокойно выжидая мгновение для решительного удара, когда случилось нечто необъяснимое. Эльфийский клинок вдруг дрогнул и отклонился в сторону, полностью открыв корпус Элоара, и меч гондорца молниеносно поразил его в нижнюю часть груди. Халаддин невольно сглотнул, уверенный, что из спины эльфа сейчас вылезет дымящееся от крови лезвие – такого удара не выдержала бы ни одна кольчуга, не то что кожаные доспехи... Но от этих доспехов клинок Тангорна отскочил как от заколдованных; эльф же, явно знавший, что так оно и будет, перехватил меч обеими руками и тут же обрушил на врага чудовищной силы рубящий удар – сверху вниз. Ни уклониться, ни отвести этот удар в сторону барон уже не мог. Он успел лишь припасть на одно колено и принять меч Элоара на свой – «острие против острия»; хлипкая вастакская сталь разлетелась вдребезги, и эльфийский клинок чуть не на треть вонзился ему в бедро. Тангорн сумел еще откатиться в сторону, избежав следующего, пригвождающего к земле, удара, но эльф настиг его одним прыжком, и... И тогда Халаддин, сообразив, что выжидать-то, пожалуй, уже нечего, выпустил стрелу.

Впоследствии он понял, что выстрел тот был просто невозможен. Доктор и так-то стрелял весьма посредственно, а уж бить навскидку не умел вовсе; тем более – по движущейся цели: тем более что Элоар был почти закрыт от него сражающимися вастаками и Цэрлэгом. Однако факт остается фактом: он тогда выстрелил не целясь – и пущенная им стрела угодила эльфу точнехонько в глаз, так что тот, как принято говорить, «умер раньше, чем тело его коснулось земли».

ГЛАВА 12

Костер к тому времени почти потух, но схватка продолжалась и в сгустившемся мраке. Оба вастака как заведенные продолжали атаковать Цэрлэга; дважды Халаддин стрелял по ним – едва лишь те отрывались от сержанта, и оба раза мазал самым позорным образом. Наконец хромающий вастак пропустил еще один удар; уронив меч, он опустился на карачки и со стонами пополз прочь, волоча раненую ногу. Халаддин плюнул было на доходягу – хрен бы с ним, не до него, – но вовремя заметил, что тот подобрался к одному из тюков и, сидя прямо на земле, уже вытащил из него лук; сунув же руку в свой колчан, он, разом оледенев, нащупал в нем одну-единственную стрелу. Они одновременно взяли друг дружку на прицел, но тут нервы у доктора сдали: он спустил тетиву – и сразу отпрыгнул вправо, уловив в тот же самый миг смертоносное дуновение, прошелестевшее полутора футами левее его живота. Вастаку повезло меньше: он, сделав свой выстрел, не мог увернуться и лежал теперь навзничь, с халаддиновой стрелою, засевшей под ключицей. Цэрлэг тем временем обманным движением заставил своего противника раскрыться и нанес ему удар в шею; все лицо орокуэна было теперь сплошь покрыто липкими брызгами, а уж про руку-то и говорить нечего – с пальцев чуть не капало... Ну что, вроде как все?.. Виктория, мать ее так...

Халаддин, не теряя ни минуты, навалил дров в угасающий костер и, устроившись так, чтобы не загораживать свет, одним отработанным движением распорол липнущую к пальцам штанину Тангорна. Крови было порядком, хотя для такой глубокой раны можно считать, что не так уж и много – бедренная артерия по крайней мере не задета; хвала Единому, что эльфийские клинки чуть ли не втрое уже вастакских. Так... жгут... Теперь затампонировать... Сержант, обойдя стоянку, деловито прикончил двоих вастаков, подававших признаки жизни, и опустился на корточки рядом с военлекарем.

– Что скажешь, доктор?

– Ну что – бывает и хуже. Кость цела, связки, сколько я вижу, практически не задеты, самые крупные сосуды – тоже. Подай-ка вон ту тряпицу.

– Держи. Идти он сможет?

– Шутить изволите?..

– Тогда, ребята, – разведчик тяжело поднялся на ноги и зачем-то тщательно отряхнул песок с колен, – тушите свет и сливайте воду. Двое-то удрали, и гнаться за ними по этой темнотище уже без смысла. Еще до рассвета они добредут до этого своего опорного пункта на тракте – заплутать по дороге им просто негде, чеши себе прямиком на север по краешку хаммада. Как только развиднеется, они начнут прочесывание. Улавливаете?

Тангорн внезапно приподнялся на локте, и Халаддин с ужасом понял, что тот оставался в полном сознании все то время, пока они ковырялись в его ране. Костер ярко высветил лицо барона, оранжево блестящее от пота; голос его, впрочем, ничуть не утратил прежней твердости, разве что чуть осел:

– Не берите в голову, парни. В конце концов я должен был стать покойником еще позавчера; доведись мне переиграть кон, я распорядился бы отсрочкой точно так же... – С этими словами он резко оттянул вниз свой ворот, открывая сонную артерию. – Давайте, сержант, – чик-чирик, и дело с концом... а то больно уж неохота обратно – по шейку в песочек. Уносите ноги, и удачи вам. Жаль, наше знакомство было столь скоротечным, но тут уж ничего не попишешь.

– Я, барон, человек простой, – спокойно отвечал Цэрлэг, – и привык действовать по уставу. А пункт сорок второй, к вашему сведению, говорит ясно: «укол милосердия» дозволяется лишь при прямой угрозе того, что раненый попадет в руки врага. Вот появится прямая угроза – завтра, к примеру, – тогда и поговорим.

– Не валяйте дурака, сержант! За каким хреном гробиться всем троим – меня-то этим вы все равно не спасете...

– Р-разговорчики в строю!! Вместе пришли – вместе и уйдем, а на прочее – воля Единого. Доктор, осмотрите тючок эльфа – нет там аптечки?

Халаддин мысленно обозвал себя ослом: поискать эльфийскую аптечку мог бы догадаться и сам. «Так, что там у него?.. Великолепный лук и колчан на тридцать стрел, каждый наконечник заключен в кожаный чехольчик – ага, значит, отравленные; чудо-оружие, непременно наложу на него лапу. Бухта эльфийской веревки – полфунта весу, пинта объему, сто футов длины, выдержит трех мумаков; в хозяйстве сгодится. Эльфийские галеты и фляга с эльфийским же вином (которое и не вино вовсе); превосходно – сейчас же дам глотнуть барону. Кошель с золотыми и серебряными монетами – надо думать, для расплаты с вастаками, сами эльфы вроде бы деньгами не пользуются; пусть будут, запас карман не тянет. Письменные принадлежности и какие-то записи... рунами... черт, темнотища, ничего не разберу; ладно, будем живы – прочтем... А, вот и она, хвала Единому!» Открыв же аптечку, он обомлел: чего тут только нет, и все – самое лучшее. Антисептики – паутина с серо-зелеными пятнами целебной плесени; обезболивающее – шарики сгущеного млечного сока лиловых кхандских маков; кровоостанавливающее – толченый корень мандрагоры с заоблачных лугов Мглистых гор; стимуляторы – орехи кола из болотистых джунглей Харада; тканевой регенератор – бурое смолоподобное мумие, способное в пять дней срастить сломанную кость или заживить трофическую язву; и много чего еще, с чем пока не было времени – да и нужды – разбираться. Эх, только бы Цэрлэг придумал способ сбить со следа погоню, а уж он поставит барона на ноги максимум за неделю...

Орокуэн между тем перетряхивал вастакские вещмешки на предмет фляг и пищевых рационов – в их положении лишние десять – пятнадцать минут роли уже не играют: нужна идея, а не будет идеи – все одно кранты. Значит, так... Можно уйти в хаммад – он знал неподалеку несколько останцов с хорошими расселинами, но там, надо думать, будут шарить в самую первую очередь. О том, чтобы зарыться в песок, не может быть и речи: по безветрию следовую дорожку дочиста не затрешь – вытропят только так. Единственное, что приходит на ум, – со всех ног рвануть на закат, в сторону гор, и попытаться достичь края лессового плато Хоутийн-Хотгор с его выдутыми ветром пещерами, но это больше тридцати миль по прямой, и с неходячим раненым на горбу тут, конечно, голяк... На этом месте его размышления прервал оклик чуть ожившего после пары хороших глотков барона:

– Сержант, можно вас на минутку? Осмотрите, пожалуйста, эльфа...

– А чего его разглядывать? – недоуменно поднял голову разведчик. – Я уже проверил – дохлый, как змеиный выползок.

– Я не о том. Все думаю – что ж это за такой кожаный нагрудник, что меч его не берет. Проверьте-ка – не поддето ли под ним что-нибудь эдакое...

Цэрлэг хмыкнул, но прервал свое занятие и вразвалку подошел к убитому. Достав ятаган, он засунул лезвие под нижний край кожаных доспехов эльфа и одним движением вспорол их от паха до горла – как будто потрошил большую рыбину.

– Гляди-ка, и впрямь кольчуга! Да какая-то странная, сроду таких не видал...

– Как будто бы светится, да?

– Точно. Слушай, ты знал или сейчас допер?

– Если б знал, то не купился бы на его фокус с незащищенным корпусом, – проворчал Тангорн. – Это ведь мифрил. Я и не мог пробить эту кольчугу, да и никто в Средиземье не сможет.

Цэрлэг послал барону острый внимательный взгляд – профессионал оценил профессионала. Подошедший Халаддин помог сержанту снять с мертвеца эту драгоценную чешуйчатую шкурку и теперь внимательно разглядывал ее. Металл в самом деле слабо фосфоресцировал, напоминая собою сгусток лунного света, и был теплым на ощупь. Весила кольчуга чуть больше фунта и была столь тонка, что ее можно было собрать в комок размером с апельсин; когда она случайно выскользнула из его пальцев и серебряною лужицей растеклась у ног, он подумал, что в лунную ночь вряд ли отыскал бы ее среди лежащих на земле бликов.

– А я-то думал, мифрил – это легенда...

– Как видите – нет... Думаю, за одну такую кольчугу можно купить половину Минас-Тирита и весь Эдорас в придачу: их осталось штук двадцать на все Средиземье и больше уже не будет – секрет утерян.

– А почему же он скрывал ее под этой кожаной декорацией?

– Потому, – ответил за Тангорна разведчик, – что только недоумок прилюдно размахивает своими козырями. Принцип Урукхая Великого: «Если ты слаб, покажи врагу, что силен; если силен – покажи, что слаб».

– Верно, – кивнул барон. – Ну и к тому же – вастаки. Прознай эти трупоеды про мифриловую кольчугу, они в первую же ночь перерезали бы ему глотку, дернули с ней куда-нибудь на юга – хоть в тот же Умбар – и стали бы там состоятельными людьми. Если только не перекрошили бы друг дружку при дележке...

Сержант мрачно присвистнул:

– Час от часу не легче! Выходит, этот самый Элоар и вправду был у них преизрядной шишкой... Так что эльфы, надо думать, в поисках нашей шайки не поленятся перевернуть каждый камешек на хаммаде и просеять каждый бархан. Ни времени, ни людей на это не пожалеют...

Он без труда и в деталях представил себе, как все это будет, благо сам не раз участвовал в операциях прочесывания – и в качестве дичи, и в качестве охотника. Надо думать, они стянут сюда не меньше полутора сотен пеших и конных – сколько их вообще наберется на этом участке тракта; конные первым делом перережут путь на Хоутийн-Хотгор и замкнут полукольцо по несходному краю хаммада, а пешие двинутся облавой от разгромленной стоянки, заглядывая по ходу дела в каждую песчаночью нору. По такому раскладу можно обойтись и без опытных следопытов – здесь (как, впрочем, и везде) противника можно тупо задавить численностью. Базироваться эта орава будет на ближний опорный пункт – только там есть достаточно емкий колодец, там же разместится и штаб командующего операцией...

Цэрлэг хорошо знал тот «опорный пункт» – караван-сарай, заброшенный вместе со всем старым Нурнонским трактом с той поры, как Закатное Принурнонье трудами ирригаторов обратилось в мертвый солончак. Это было обширное квадратное строение из саманного кирпича со всякого рода глинобитными хозяйственными пристройками: на задах – развалины прежнего, разрушенного землетрясением, караван-сарая, густо заросшие бактрианьей колючкой и полынью... Стоп-стоп-стоп!.. А ведь, между прочим, эти развалины будут последним местом, где им придет в голову шарить!.. Вот именно – последним; в том смысле, что рано или поздно доберутся и до них, методом исключения. Жалко – по первой прикидке затея смотрится неплохо... А если проложить ложную следовую дорожку – заячью петлю со скидкой?.. Ну, и дальше куда?..

Ночные минуты между тем утекали струйкой воды из прорванного бурдюка, и в выражении лица и позе разведчика обозначилось вдруг нечто такое, что Халаддин понял с неумолимой ясностью: тот путей к спасению тоже не видит. Мягкая ледяная рука залезла к доктору во внутренности и начала неторопливо перебирать их, будто рыбу, трепещущую на дне лодки; то был не страх солдата перед боем (через это он сегодня уже прошел), а нечто совсем иное – сродни темному иррациональному ужасу внезапно потерявшегося ребенка. Сейчас лишь он понял, что Цэрлэг не просто ползал за водой для него сквозь кишащий эльфами лес у Осгилиата и волок его на себе под носом у минас-моргульских часовых – разведчик все эти дни укрывал доктора своей мощной и уютной защитной аурой – «спокуха на лице, порядок в доме», – и вот она-то сейчас и разлезалась клочьями. Халаддин ведь, если честно, ввязался во всю эту дурацкую затею с «акцией возмездия» оттого лишь, что твердо положил для себя: лучше уж оказаться в самой крутой переделке, но вместе с Цэрлэгом, – и на сей раз не угадал. Круг замкнулся – Элоар заплатил за Тэшгол, они через несколько часов заплатят за эту дюну... И тогда он, потеряв голову от страха и отчаяния, заорал в лицо орокуэну:

– Ну что, доволен?!! Отомстил по первому разряду и все не налюбуешься на свою работу?! Расплатился всеми нами за одного эльфийского ублюдка, пропади он пропадом!!

– Как ты сказал? – откликнулся тот со странным выражением. – Чтобы этот эльф пропал пропадом, да?

ГЛАВА 13

И осекшийся на полуслове Халаддин увидал перед собою прежнего, привычного, Цэрлэга – который знает, как надо.

– Прости. – севшим голосом пробормотал он, не зная, куда девать глаза.

– Ладно, бывает; проехали. А теперь вспомни точно – и

вы, барон, тоже: та пара вастаков – они слиняли, когда я уже схватился с Элоаром или раньше? До или после?

– По-моему, до...

– Совершенно точно до, сержант, голову наотруб.

– Все верно. То есть они не могут знать не только о его смерти, но и даже о том, что он вообще вступал в бой... Теперь так... Доктор, сможет барон пройти хоть пару-тройку миль? Если на костылях?

– Если на костылях – пожалуй, да. Я накачаю его обезболивающими... Правда, потом будет такая реакция, что...

– Действуйте, доктор, – иначе у него просто не будет никакого «потом»! Соберите аптечку, немного воды и этих самых галет – больше ничего; ну и какое-нибудь оружие, для порядку...

Через несколько минут сержант вручил Тангорну пару крестообразных костылей, тут же изготовленных им из укороченых вастакских копий, и начал инструктаж.

– Мы сейчас расстанемся. Вы выйдете на краешек хаммада и двинетесь прямо вдоль него на север...

– Как на север?! Там же пост!

– Вот именно.

– А-а-а, понял... «Делай обратное тому, что ожидает противник»...

– Соображаешь, медицина! Продолжаю. С хаммада на песок не сходить. Если – вернее, когда, – барон начнет отрубаться, тебе придется взять его на загривок: костыли при этом не бросать, ясно? Все время следи, чтобы не открылась рана – а то кровь из-под повязки накапает дорожку. Главное для вас – не оставить за собою следов; на хаммаде это не сложно – щебенка... А я нагоню вас часа через... два – два с половиной.

– Что ты задумал?

– Потом объясню – сейчас уже каждая минута на счету. Вперед, орлы, – в темпе марша!.. Да, постой! Кинь-ка пару орешков кола – мне тоже не повредит.

И, проводив взглядом удаляющихся товарищей, разведчик принялся за работу. Сделать предстояло еще уйму вещей, часть из них – мелочи, которые немудрено и позабыть в суматохе. Например, собрать все то барахло, которое пригодится впоследствии, если им доведется выскочить живыми из этого переплета – от эльфийского оружия до

Тангорновых книжек, – и аккуратно закопать это все, приметив ориентиры. Приготовить свой тюк – вода, рационы, теплые плащи, оружие – и оттащить его в хаммад. Ну вот, а теперь – самое главное.

Идея Цэрлэга, на которую его нежданно-негаданно навел Халаддин, заключалась в следующем. Если представить себе, что Элоар при ночном нападении не погиб, а удрал в пустыню и заблудился (запросто: эльф в пустыне – это как орокуэн в лесу), эти ребята, несомненно, будут искать прежде всего своего принца (или кто он у них там), а уж только потом – партизан, замочивших шестерых вастакских наемников (невелика потеря). И теперь ему надлежало превратить это бредовое допущение в несомненный факт.

Подойдя к эльфу, он стащил с его ног мокасины и подобрал валяющийся рядом разрезанный кожаный нагрудник; заметил при этом на левой руке убитого простенькое серебряное кольцо и на всякий случай сунул в карман. Затем, вырыв ямку глубиной в пару футов, прикопал труп и тщательно заровнял песок; сам по себе такой ход был бы довольно наивен – если не создать при этом иллюзию того, что поверхность песка в этом месте является заведомо нетронутой. Для этого нам понадобится труп кого-нибудь из вастаков, желательно с минимальными повреждениями: пожалуй, тот часовой, что убит стрелой Халаддина, подойдет как раз. Аккуратно перенеся его на то самое место, где был закопан эльф, Цэрлэг перерезал вастаку горло от уха до уха и «спустил кровь», как это проделывают охотники со своей добычей, после чего уложил того в натекшую лужу, придав позе некоторую естественность. Теперь кажется вполне очевидным, что наемник погиб именно здесь: пожалуй, искать один труп прямо под другим, застывшим на пропитанном кровью песке, можно, лишь точно зная, что он там – нормальному человеку такое в голову прийти не должно.

Итак, полдела сделано – настоящий эльф исчез; теперь у него должен появиться двойник – живой и весьма даже шустрый. Орокуэн переобулся в эльфийские мокасины («Черт, не понимаю, как можно носить такую обувку – без нормальной твердой подошвы!») и побежал на юг вдоль подножия дюны, стараясь оставить хороший след на участках с более плотным грунтом; распоротый сверху донизу нагрудник он надел на себя, как безрукавку, а в руках нес свои сапоги, без которых по пустыне не больно-то походишь. Удалившись от стоянки мили на полторы, сержант остановился; он никогда не слыл хорошим бегуном, и сердце его уже колотилось в самом горле, пытаясь выскочить наружу. Впрочем, дистанция была уже достаточной, и «эльфу» теперь предстояло уйти в хаммад, где обнаружить следы практически невозможно. Шагах в пятнадцати от того места, где след обрывался, разведчик бросил на щебень кожаный доспех Элоара; этим подтверждались и личность беглеца, и, косвенно, направление его дальнейшего движения – по-прежнему на юг.

«Стоп, – сказал он себе, – остановись и еще раз подумай. Может, вообще не бросать этот нагрудник – больно уж нарочито... Так; поставь себя на его место. Ты – беглец, нечетко представляющий себе, куда двигаться дальше; от погони, похоже, оторвался, но теперь тебе предстоит бродить неведомо сколько по этой ужасной пустыне, которая для тебя куда страшнее любого врага в человеческом обличье. Самое время бросить, что только можно, для облегчения ноши; все равно проку от этого панциря – чуть, а останешься в живых – купишь себе точно такой в первой же оружейной лавке... Достоверно? – вполне. А почему снял его сейчас, а не раньше? Ну, просто не до того было; кто его знает – гонятся, нет ли, а тут как раз остановился, огляделся... Достоверно? – несомненно. А почему он распорот? Потому что найдут его почти наверняка не свои, а те, кто за мною охотится; кстати, охотятся они наверняка по следу, так что самое время мне перебираться с песка на щебенку... Достоверно? – пожалуй... В конце концов, не надо считать врагов дураками, но и запугивать себя их сверхпрозорливостью тоже не стоит».

Он совсем уж было изготовился к рывку обратно – переобулся из мокасин в сапоги и разжевал вяжуще-горький орех кола, когда при взгляде на нагрудник (тот лежал на камнях хаммада как расколовшаяся об них яичная скорлупа) его прошибло холодным пбтом от осознания едва не совершенной ошибки. Скорлупа... «Стоп, а как же эльф из нее „вылупился“ – распорол прямо на себе, что ли? На такой вот ерунде, между прочим, как раз и сгорают дотла!.. Так... распустить боковую шнуровку... Нет! Не распустить, а разрезать: я тороплюсь, а панцирь мне больше ни к чему. Вот теперь – порядок».

Назад он бежал по хаммаду, держась на едва заметный

отблеск гаснущего костра, где ждал его тюк со снаряжением. Кола переполнила тело обманчивой легкостью, и ему теперь приходилось сдерживать свой бег – иначе запросто сорвешь сердце. Подобрав тюк, он велел себе отдохнуть несколько минут и снова бросился вперед; теперь ему приходилось высматривать впереди Халаддина с Тангорном, и это естественным образом замедляло движение. Оказалось, что те прошли уже больше двух миль – отличный темп, на такое даже трудно было рассчитывать. Первым разведчик заметил Халаддина – тот отдыхал, усевшись прямо на землю и запрокинув к звездам бескровное, ничего не выражающее лицо; барон же, которого доктор последние полмили тащил на себе, вновь встал теперь на свои костыли и упрямо старался выгадать для них очередной десяток ярдов.

– Эльфийское вино все уже высосали, до капли?

– Тебе оставили.

Цэрлэг, оглядев товарищей и прикинув оставшееся расстояние, распорядился принять по дозе колы. Он знал, что завтра (если оно для них наступит) организмы их заплатят и за это снадобье, и за маковую смолку кошмарную цену, но выбора не было – иначе точно не дойти. Впоследствии Халаддин убедился, что этот участок пути совершенно стерт из его памяти. При этом он отчетливо помнил, что кола тогда не только вдохнула силу в его измученные мышцы, но и необыкновенно обострила чувства, позволив как бы вобрать в себя разом весь окоем – от рисунка созвездий, расцветившегося вдруг множеством невидимых ему ранее мелких звезд, до запаха кизячного дыма от чьего-то немыслимо далекого костерка, – а вот ни единой детали собственного их пути припомнить не получается.

Этот провал в памяти окончился так же внезапно, как и начался; мир вновь обрел реальность, а вместе с нею – боль и неимоверную усталость, такую, что она потеснила куда-то на дальние задворки сознания даже чувство опасности. Оказалось, что они уже лежат, вжавшись в землю, за крохотным гребешком ярдах в тридцати от вожделенных развалин, за которыми в начинающихся предрассветных сумерках угадывается массивный куб опорного пункта.

– Может рванем резко? – спросил он одними губами.

– Я т-те рвану! – яростно прошипел разведчик. – Дозорного на крыше не видишь?

– А он нас?..

– Пока нет: он на фоне серого неба, мы – на фоне темного грунта. Но будешь дергаться – заметит непременно.

– Так ведь светает уже...

– Заткнулся бы ты, а? И так тошно... А каменистая земля под Халаддином вдруг стала исторгать из себя новый зловещий звук – сухую и стремительную клавесинную дробь, быстро сгустившуюся в грохот, похожий на горный обвал: по тракту приближался на рысях большой конный отряд, и вновь подползший откуда-то панический страх уже вопил ему прямо в ухо:

«Заметили!! Окружают!.. Бегите!!!» И тут его вновь привел в чувство спокойный шепот сержанта:

– Товьсь!.. По моей команде – не раньше! – рвем со всех ног. Тюк, костыли и оружие – твои, барон – мой. Этот наш шанс – первый и последний.

Отряд между тем достиг опорного пункта, где сразу же возникла обычная в таких случаях суматоха: всадники с ругательствами прокладывали себе путь среди суетящихся пехотинцев, выясняли отношения пришлые и местные командиры, гортанные выкрики вастаков смешивались со встревоженным щебетанием эльфов; на крыше вместо одной фигуры появились целых три – и вот тут-то Халаддин, не сразу поверив своим ушам, услыхал негромкое: «Вперед!»

Никогда в жизни ему еще не случалось бегать с такой быстротою – откуда только силы взялись. Мгновенно домчавшись до «мертвой зоны» под полуразрушенной стеной, он сбросил поклажу и успел еще вернуться к находившемуся на полпути Цэрлэгу, тащившему на спине барона; тот, однако, лишь головой мотнул – счет на секунды, дольше будем перекладываться. Быстрее, быстрее же!! О Единый, сколько еще эти болваны дозорные будут глазеть на новоприбывших – секунду? Три? Десять? Они достигли развалин, каждый миг ожидая вопля «Тревога!!!», и тут же попадали наземь; Тангорн, похоже, был уже совсем плох – даже не застонал. Обдирая руки и лицо о густую поросль бактрианьей колючки, они забились в широкую трещину стены – и внезапно очутились внутри почти неразрушенной комнаты. Все стены ее были целы, и лишь в потолке зияла обширная дыра, сквозь которую виднелось сереющее с каждой минутой рассветное небо; входная дверь была наглухо завалена грудой битого кирпича. Только тут Халаддин осознал: все-таки прорвались! У них теперь есть убежище, надежнее которого не бывает – как у утки, выводящей птенцов прямо под гнездом кречета.

Он на мгновение прикрыл глаза, привалясь спиною к стене, – и ласковые волны тут же подхватили его на руки и понесли его куда-то вдаль, вкрадчиво нашептывая: «Все позади... передохни... всего несколько минут – ты их заслужил...» Вверх-вниз... вверх-вниз... «Что это – качка?.. Цэрлэг?.. Почему он с такой яростью трясет меня за плечо? О черт!! Спасибо тебе, дружище – я ведь должен немедля заняться Тангорном!.. И никаких „нескольких минут“ у меня, конечно же, нет – сейчас действие колы закончится и тогда я вообще развалюсь на куски... Где она там, эта чертова аптечка?..»

ГЛАВА 14

Мордор, плато Хоутийн-Хотгор.
21 апреля 3019 года

Вечерело. Расплавленное золото солнца все еще кипело в тигле, образованном двумя пиками Хмурых гор, выплескиваясь наружу острыми обжигающими брызгами, однако прозрачная лиловатая дымка уже наползала на расцвеченные закатной гуашью предгорья. Чуть холодноватая бирюза небосвода, сгустившаяся на восходной его окраине почти до лазури, гармонично оттеняла желтовато-розовые, как мякоть кхандской дыни, лессовые обрывы Хоутийн-Хотгора, прорезанные глубокими мускатно-черными ущельями. Склоны предваряющих плато плосковершинных глинистых холмов были затянуты пепельным крепом из полыни и солянок, который тут и там расцвечивали крупные красные мазки – луговины из диких тюльпанов.

Цветы эти вызывали у Халаддина двойственные чувства. Насколько хорош был каждый тюльпан в отдельности, настолько же противоестественными и зловещими казались образуемые ими сплошные полуакровые ковры. Наверное, цвет их слишком уж точно воспроизводил цвет крови: ярко-алой артериальной – когда они были освещены солнцем, или багровой венозной – когда на них, как вот сейчас, падала вечерняя тень. Полынь и тюльпаны; пепел и кровь. Впрочем, в иное время у него, вероятно, возникли бы другие ассоциации.

– Мили полторы осталось. – Шедший головным Цэрлэг обернулся к спутникам и кивнул в сторону пятна яркой зелени, натекшего на желтую глину предгорий из устья широкого распадка. – Ну как, барон, присядем передохнуть или поднажмем – и тогда уж сразу распакуемся как люди?

– Бросьте вы, парни, обкладывать меня ватой, – не без раздражения отвечал гондорец; он уже довольно уверенно наступал на ногу, хотя и продолжал пока пользоваться костылями, и даже настоял на том, чтобы нести часть груза. – Эдак я никогда не войду в нормальный режим.

– С такими претензиями ты давай вон к доктору – тут мое дело телячье. Что нам сейчас медицина порекомендует, а?

– Пожевать колы, естественно, – хмыкнул Халаддин.

– Тьфу на тебя!..

Шутка и впрямь была сомнительных достоинств: при одном воспоминании о финале их марш-броска к развалинам у опорного пункта делалось тошно. Кола в действительности не дает организму никаких новых сил – она лишь мобилизует уже существующие в нем ресурсы. Подобная мобилизация иной раз случается и сама собою – когда человек, спасая свою жизнь, прыгает чуть не на дюжину ярдов или голыми руками выворачивает из земли глыбу весом в несколько центнеров [1]; кола же позволяет совершать такие подвиги «по заказу», после чего следует расплата: человек, вычерпав в нужную минуту свои резервы до донышка, на полтора суток обращается в полнейший кисель – и физически, и душевно.

Именно это и произошло с ними в то утро, едва лишь Халаддин успел на скорую руку подштопать бедро Тангорна. Барона вскоре начало трясти – на лихорадку от раны наложился опиумный «отходняк»; он нуждался в немедленной помощи, но доктор с разведчиком к тому времени уже представляли собою выброшенных на берег медуз; они не способны были шевельнуть не то что рукой – даже глазными яблоками. Цэрлэг сумел-таки встать где-то часов через десять, но он мог лишь поить раненого остатками эльфийского вина да укутывать его всеми плащами; Халаддин же ожил слишком поздно, так что придушить баронову хворь в зародыше не успел. Хотя общего сепсиса и

[1] Английский центнер равен 100 фунтам (45,4 кг)

удалось избежать, вокруг раны развилось сильное локальное нагноение; у Тангорна открылся жар, он впал в беспамятство и, что страшнее всего, начал громко бредить. Вокруг между тем постоянно шныряли солдаты – зады развалин служили им отхожим местом, – так что сержант вполне уже предметно раздумывал, не прикончить ли барона, пока тот не угробил их всех своим бормотанием...

С этим, хвала Единому, обошлось – на второй день лечения эльфийские антисептики сделали свое дело, жар у раненого спал, и рана стала быстро затягиваться; приключения, однако, на этом вовсе не кончились. Оказалось, что в одной из соседних разрушенных комнат наемники с поста тайком от своих офицеров завели здоровенный чан с аракой – местной брагой, изготовляемой из манны, – и с наступлением сумерек сползаются сюда опрокинуть по кружечке. К солдатам они почти привыкли – сиди себе в эти минуты тихонько, как мышь под веником, благо комната их надежно изолирована от остальной части развалин; Халаддин, однако, в красках представлял себе, как какой-нибудь ретивый дежурный по гарнизону, наведя шмон на предмет животворного источника, не поленится сунуть нос и в их отнорок: «Т-а-ак... А эти трое из какого взвода? Смир-р-рна!!! Пьянь зеленая... Где ваша форма, висельники?!!» То-то будет досадно...

И все же если сидеть в развалинах было опасно, то покинуть их было бы полным безумием: конные и пешие отряды вастаков и эльфов продолжали прочесывать пустыню, не обходя своим вниманием даже свежие цепочки следов большеухой лисички. А тем временем подкралась новая напасть: сильная напряженка с водой. Слишком много ее пришлось израсходовать на раненого, а возобновить запас оказалось совершенно невозможно, поскольку у гарнизонного водопоя днем и ночью толокся народ. Через пять дней положение стало критическим – полпинты на троих; барон помянул свое Тэшгольское приключение и мрачно заметил, что он, похоже, сменял шило на мыло. Вот ведь подлянка фортуны, думал Халаддин: впервые за три недели странствий по пустыне они по-настоящему мучаются от жажды – находясь в сотне ярдов от колодца...

Спасение пришло откуда его никто не ждал: на шестой день задул самум – первый в этом году. С юга надвинулась разрастающаяся ввысь желтая пелена – казалось, что пустынный горизонт начал заворачиваться внутрь как обтрепанный край чудовищного свитка; небо стало мертвенно-пепельным, а на вываренное добела полуденное солнце можно было глядеть, как на луну, не щурясь. Затем границы между небом и землею не стало вовсе, и две пышущие жаром сковороды схлопнулись, взвихрив ввысь мириады песчинок, чей безумный танец длился потом больше трех дней. Цэрлэг, лучше прочих представлявший себе, что такое самум, от души помолился Единому за всех, кто застигнут вне крова, – даже врагу не следует желать столь ужасной участи. Впрочем, по части врагов Единый явно выслушал ходатайство орокуэна вполуха: позже им стало известно из разговоров солдат, что несколько отрядов – в общей сложности человек двадцать – не успели вернуться на базу и наверняка погибли. Продолжать поиски Элоара более не имело смысла – теперь даже трупа не найдешь... Цэрлэг же ближе к вечеру закутался в эльфийский плащ с капюшоном и под прикрытием этого удушливого песчаного тумана добрался наконец до колодца во дворе. И когда несколькими минутами спустя Тангорн, подняв мокрую еще флягу, провозгласил тост «За демонов пустыни», разведчик покрутил головою в некотором сомнении, но возражать не стал.

Они покинули свое убежище в последнюю ночь самума, когда тот уже выдохся и обратился в вялую песчаную поземку, надежно хоронящую следы. Разведчик повел товарищей на восход, к Хоутийн-Хотгору; он рассчитывал повстречать в предгорьях кочевников-орокуэнов, которые обычно пригоняют сюда скот на весенние пастбища, и малость отдохнуть и подкормиться там у кого-нибудь из своей бесчисленной родни. По дороге они завернули на место стоянки Элоара и извлекли предусмотрительно прикопанные тогда Цэрлэгом трофеи. Разведчик не поленился при этом удостовериться, что труп эльфа под слоем песка уже почти мумифицировался; вот ведь странно: эльфийских мертвецов никогда не трогают ни трупоеды, ни могильные черви – ядовитые они, что ли?..

Марш-бросок в сторону гор начали прямо с рассветом: двигаться днем – огромный риск, но надо было пользоваться тем кратким временем, пока можно идти, не заботясь об уничтожении своих следов. К концу второго дня пути отряд достиг плато, но никаких кочевий Цэрлэг пока не узрел, и это начинало его всерьез беспокоить.

...Распадок, где они стали лагерем, был зелен оттого, что здесь жил ручеек – маленький, но общительный. Он, как видно, стосковался в своем уединении и теперь спешил поведать неожиданным гостям все новости этого крохотного мирка – о том, что весна нынче припозднилась, так что голубые ирисы у третьей излучины все никак не зацветут, но зато вчера его навестили знакомые дзэрэны, старый самец с парой козочек... – и эту тихую мелодичную болтовню можно было слушать до бесконечности. Только человек, сам проводивший в пустыне неделю за неделей, не видя ничего, кроме горько-соленой жижи на дне овечьих водопоев да скудных капель безвкусного дистилята из цандоев, способен понять, что это значит – погрузить лицо в живую проточную воду Это сравнимо лишь с тем, как впервые прикасаешься к любимой после долгой-предолгой разлуки; не зря центром Рая, созданного воображением жителей пустыни, служит не какая-нибудь помпезная безвкусица типа хрустального Чертога наслаждений, а маленькое озеро под водопадом...

А потом они пили заваренный до дегтярной черноты чай, церемонно передавая друг другу единственную выщербленную пиалу, неведомо как сохраненную сержантом во всех этих пертурбациях («Настоящая кхандская, что б вы все понимали!..»), и теперь Цэрлэг степенно разъяснял Тангорну, что зеленый чай имеет бездну достоинств, вопрос же о том, лучше ли он, чем черный, сродни дурацкому «Кого ты больше любишь, папу или маму?» – каждый хорош на своем месте и в свое время, вот, к примеру, в полуденный зной... А Халаддин слушал все это вполуха, вроде как ночное бормотание ручья за большими камнями, переживая удивительные мгновения тихого счастья, какого-то... семейного, что ли?

Костер, в котором быстро сгорали сухие корневища солянок (этими серыми коряжками был почти сплошь покрыт соседний склон), ярко освещал его товарищей: чеканный профиль гондорца был обращен к лунообразной физиономии орокуэна, смахивающего на флегматичного восходного божка. И тут Халаддин с внезапной тоской понял, что это их странное содружество доживает последние дни: не сегодня-завтра пути их разойдутся – надо думать, навсегда. Барон, едва лишь окончательно заживет его рана, двинется к Кирит-Унгольскому перевалу – он решил пробираться в Итилиен, к принцу Фарамиру, – им же с сержантом предстоит самим решать, как быть дальше.

Странно, но, пройдя вместе с Тангорном путь, полный смертельных опасностей, они ничего, по сути, не узнали о его предшествующей жизни («А вы женаты, барон?» «Сложный вопрос, одним словом не ответишь...» «А где расположено ваше имение, барон?» «Думаю, это уже не существенно, его ведь наверняка конфисковали в казну...») И тем не менее Халаддин с каждым днем проникался все большим уважением, если не сказать любовью к этому чуть ироничному, немногословному человеку; глядя на барона, он, пожалуй, впервые проникся смыслом выражения «врожденное благородство». И еще ощущалась в Тангорне такая странная для аристократа черта, как надежность– надежность иная, чем, к примеру, в Цэрлэге, но совершенно при том несомненная.

Халаддин, сам будучи выходцем из третьего сословия, к аристократии относился весьма прохладно. Он никогда не понимал, как можно гордиться не конкретными деяниями своих предков – в работе ли, в войне ли, – а самою по себе протяженностью этой шеренги, тем более что почти все эти «благородные рыцари» были (если называть вещи своими именами) просто удачливыми и беспощадными разбойниками с большой дороги, чьим ремеслом было убийство, а призванием – предательство. Кроме того, доктор с самого детства презирал бездельников. И все же он подсознательно чувствовал, что если начисто изъять из общества аристократию, распутную и бесполезную, то мир безвозвратно утеряет часть своих красок; скорее всего он станет справедливее, может быть – чище, и уж наверняка – гораздо скучнее, а одно это чего-нибудь да стоит! В конце концов сам-то он принадлежал к братству куда более закрытому, чем любая иерархия крови: его плеча некогда коснулся мечом – уж это-то Халаддин знал абсолютно точно! – кое-кто помогущественнее монарха Воссоединенного Королевства или кхандского калифа. Странно, но мало кто осознает, до какой степени антидемоктратичны в самой своей сущности наука и искусство...

Размышления его были прерваны сержантом, предложившим «кинуть на пальцах», кому стоять первую вахту. Футах в пятнадцати прямо над их головами огромной пушинкою проплыла сова-сплюшка, напоминая своими печальными причитаниями – «Сплю!.. Сплю!.. Сплю!..» – о том, что хорошим детям давно уже пора на горшок и в постель. «Падайте, ребята, – предложил Халаддин, – а я заодно у костра приберусь». Вообще-то весь сегодняшний вечер – с огнем (пусть даже хорошо укрытым) и временным отсутствием дозорного – был с их стороны чистейшим раздолбайством. Цэрлэг, однако, счел, что риск, в сущности, невелик – поиски Элоара прекращены, а в обычных условиях эльфийские патрули далеко от тракта не отходят; в конце концов, людям иногда надо дать чуть-чуть расслабиться: постоянное напряжение может в свой черед выйти боком.

Костер тем временем прогорел дотла – солянки почти не дают углей, сразу обращаясь в золу, – и Халаддин, сунув Цэрлэгову «кхандскую» пиалу в котелок с остатками заварки, спустился к ручейку сполоснуть посуду. Он уже поставил на прибрежную гальку чистый котелок и отогревал дыханием пальцы, онемевшие от ледяной воды, когда по окружающим валунам пробежали быстрые отсветы – костер у него за спиною разгорался вновь. «Кому там из них не спится? – удивился он. – Что-то я против света ни черта не разберу...» Черный – на фоне огня – силуэт замер в неподвижности, протянув руки к быстро разрастающимся оранжевым язычкам. Световой круг плавно раздвинулся, выудив из мрака лежащие кучкою тюки с поклажей, прислоненные к камню костыли Тангорна и обоих спящих, которые... Как – обоих?!! А у костра кто?! И в тот же самый миг до доктора дошло кое-что еще, а именно: отправившись в свой двадцатиярдовый «посудный рейд» к ручью, он не захватил с собою оружия. Никакого. И тем самым, надо полагать, погубил спящих друзей.

Сидящий у огня между тем неспешно поворотился в сторону незадачливого часового и адресовал тому властный приглашающий жест: ясно как день – если бы это входило в его намерения, все трое давно уже были бы покойниками... В каком-то оцепенении Халаддин вернулся к костру, сел напротив пришельца в черном плаще – и тут у него разом перехватило дыхание, как от хорошего удара в корпус: тень низко надвинутого капюшона скрывала пустоту, из которой на него пристально глядела пара тусклых багровых угольков. Перед ним был назгул.

ГЛАВА 15

Назгулы. Древний магический орден, деятельность которого издавна окружена самыми зловещими слухами. Черные призраки, якобы вхожие в высшие государственые сферы Мордора; им приписывались такие чудеса, в которые ни один серьезный человек никогда в жизни не поверит. Он и не верил – и теперь вот назгул явился по его душу... А мысленно выговорив эту расхожую фразу – «явился по его душу», он едва не прикусил себе язык. Халаддин, будучи скептиком и рационалистом, всегда при этом отчетливо сознавал: есть вещи, до которых не следует дотрагиваться пальцами – оторвет... И тут он услыхал голос – негромкий и глуховатый, с трудноуловимым акцентом, причем звук, похоже, исходил не из мрака под капюшоном, а откуда-то со стороны... или сверху?

– Вы боитесь меня, Халаддин?

– Да как вам сказать...

– Так прямо и скажите – «боюсь». Видите ли, я мог бы принять какой нибудь... э-э-э... более нейтральный облик, но у меня осталось слишком мало сил. Так что придется уж вам потерпеть – это ненадолго. Хотя, наверное, с непривычки и вправду жутковато...

– Благодарю вас, – сердито ответил Халаддин, почувствовав вдруг, что страх его и в самом деле улетучился без остатка. – Между прочим, вам не мешало бы представиться – а то вы меня знаете, а я вас нет.

– Вы меня, положим, тоже знаете, хотя и заочно. Шарья-Рана, к вашим услугам. – Край капюшона чуть опустился в легком поклоне. – Точнее сказать – я был Шарья-Раной раньше, в предшествующей жизни.

– С ума сойти. – Теперь Халаддин нисколько не сомневался, что видит сон, и старался вести себя соответственно. – Личная беседа с самим Шарья-Раной – не задумываясь отдал бы за такое пять лет жизни... Кстати, у вас довольно своеобразная лексика для вендотенийца, жившего больше века назад...

– Это ваша лексика, а не моя. – Он готов был поклясться, что пустота под капюшоном на миг структурировалась в усмешку. – Я просто говорю вашими же словами– для меня это не составляет труда. Впрочем, если вам неприятно...

– Да нет, отчего же... – Бред, совершеннейший бред! – А вот скажите, досточтимый Шарья-Рана, болтают, будто все назгулы – бывшие короли...

– Есть среди нас и короли. Так же как королевичи, сапожники, портные... ну, и все прочие. А бывают, как вы видите, и математики.

– А правда, будто вы после опубликования «Натуральных оснований небесной механики» целиком посвятили себя богословию?

– Было и такое, но все это тоже осталось в той, предыдущей жизни.

– А уходя из этой самой «предыдущей жизни», вы просто расстаетесь со своею обветшалой плотью, обретая взамен неограниченные возможности и бессмертие...

– Нет. Мы долгоживущи, но смертны: нас действительно всегда девятеро – такова традиция, – но состав девятки обновляется. Что же до «неограниченных возможностей»... Это ведь на самом деле немыслимой тяжести бремя. Мы – магический щит, век за веком прикрывающий тот оазис Разума, в котором так уютно устроилась ваша легкомысленная цивилизация. А она ведь абсолютно чужда тому Миру, в коем нас с вами угораздило родиться, и Средиземье борется против этого инородного тела, обрушивая на него всю мощь своей магии. Когда нам удается принять удар на себя – мы развоплощаемся, и это просто очень больно. А вот если мы допускаем ошибку и удар все же достигает вашего мирка... Тому, что мы испытываем тогда, нет названия в человеческом языке; вся боль Мира, весь страх Мира, все отчаяние Мира – вот плата за нашу работу. Если бы вы только знали, как может болеть пустота... – Угли под капюшоном как будто подернулись пеплом. – Одним словом, вряд ли стоит завидовать нашим возможностям.

– Простите, – пробормотал Халаддин. – У нас ведь никто и не подозревает... болтают про вас невесть что... Я-то сам думал, что вы – фантомы, которым нет дела до реального мира...

– Очень даже есть. Я, к примеру, хорошо знаком с вашими работами...

– Нет, вы это серьезно?!

– Вполне. Мои вам поздравления: то, что вы сделали в

позапрошлом году по части исследования нервных волокон, откроет новую эпоху в физиологии. Не уверен, что вы попадете в школьный учебник, но в университетский курс – с гарантией... Если только, в свете последних событий, в этом Мире вообще будут существовать школьные учебники и университеты.

– Да-а? – протянул Халаддин в некотором сомнении. Что и говорить, слышать такую оценку из уст Шарья-Раны (если это и вправду Шарья-Рана) было приятно – не то слово, однако великий математик, похоже, слабовато разбирается в чужой для него области. – Боюсь, что вы путаете. Я и впрямь кое-чего достиг по части механизмов действия ядов и противоядий, но та работа по нервным волокнам – это же было просто минутное увлечение... пара остроумных экспериментов, гипотеза, которую еще проверять и проверять...

– Я никогда ничего не путаю, – холодно отрезал назгул. – Та небольшая публикация – лучшее, что вы сделали – и сделаете – за всю свою жизнь: во всяком случае, имя свое вы обессмертили. И я говорю это не потому, что так думаю, а потому что знаю. Мы обладаем определенными возможностями в предвидении будущего и изредка ими пользуемся.

– Ну да, вас же должно интересовать будущее науки...

– В данном случае нас интересовала не наука, а вы.

– Я?!

– Да, вы. Но кое-что так и осталось неясным; вот я и явился сюда задать вам несколько вопросов. Почти все они будут... достаточно личными, и я прошу об одном: отвечайте с той степенью откровенности, которую вы находите допустимой, но не пытайтесь выдумывать... тем более что это бесполезно. И кстати – не вертите головой по сторонам! Вокруг вашей стоянки нет ни одного человека в радиусе... – назгул секунду помедлил, – в радиусе двадцати трех миль, а ваши товарищи будут спокойно спать, пока мы с вами не закончим... Ну так как – вы согласны отвечать на таких условиях?

– Насколько я понимаю, – криво усмехнулся Халаддин, – вы можете получить эти ответы и без моего согласия.

– Могу, – кивнул тот. – Но делать этого не стану – во всяком случае, с вами. Дело в том, что я собираюсь обратиться к вам с неким предложением, так что мы с вами должны как минимум доверять друг другу... Послушайте, да вы никак решили, будто я пришел покупать вашу бессмертную душу? – Халаддин пробурчал нечто невразумительное. – Оставьте, это ведь полнейший вздор!

– Что – вздор?

– Покупка души, вот что. Душу – да будет вам известно – можно получить в подарок, как жертву, можно безвозвратно потерять – это да, а вот купля-продажа ее – дело абсолютно бессмысленное. Это как в любви: никакое «ты мне – я тебе» тут не проходит, иначе это просто никакая не любовь... Да и не так уж интересна мне ваша душа, по правде говоря.

– Скажите пожалуйста... – Смешно сказать, но он отчего-то почувствовал себя уязвленным. – А что же вам тогда интересно?

– Для начала меня интересует, зачем блестящий ученый бросил работу, которая была для него не средством заработка, а смыслом жизни, и пошел военлекарем в действующую армию.

– Ну, например, ему было интересно проверить на практике кое-какие свои соображения по механизмам действия ядов. Такая, знаете ли, бездна материала пропадает без пользы...

– Значит, раненные эльфийскими стрелами бойцы Южной армии были для вас просто подопытными животными? Вранье! Я ведь знаю вас как облупленого – начиная с этих ваших идиотских опытов на себе и кончая... Какого черта вы стараетесь казаться циничнее, чем вы есть?

– Так ведь занятия медициной вообще располагают к известному цинизму, а уж военной медициной – в особенности. Знаете, всем новичкам военлекарям дают такой тест... Вот вам привезли троих раненых – проникающее ранение в живот, тяжелое ранение бедра – открытый перелом там, кровопотеря, шок, все такое, – и касательное ранение плеча. Оперировать их ты имеешь возможность только поочередно; с кого будешь начинать? Все новички, естественно, говорят – с раненого в живот. А вот и не угадал – отвечает экзаменатор. Пока ты будешь с ним возиться – а он ведь все равно потом помрет с вероятностью 0,9, – у второго, с бедром, начнутся осложнения, и он в лучшем случае потеряет ногу, а скорее всего тоже сыграет в ящик.

Так что начинать надо с самого тяжелого, но из тех, кого точно можно вытащить, – сиречь с раненного в бедро. А раненный в живот – что ж... дать ему обезболивающее, а дальше – на усмотрение Единого... Нормальному человеку все это должно казаться верхом цинизма и жестокости, но на войне, когда выбираешь лишь между «плохим» и «совсем плохим», только так и можно. Это, знаете ли, в Барад-Дуре, за чаем с вареньем, хорошо было рассуждать о бесценности человеческой жизни...

– Что-то не сходятся у вас концы с концами. Если тут все строится на голой целесообразности, отчего ж вы тогда волокли на себе барона, рискуя погубить весь отряд, вместо того чтобы сделать ему на месте «укол милосердия»?

– Не вижу противоречия. Ежу ясно, что товарища надо спасать до последнего краешка – хоть бы и самому на этом деле погореть дотла: сегодня ты его, завтра – он тебя. А насчет «укола милосердия» – не извольте беспокоиться: в случае нужды – сделали бы в наилучшем виде... Хорошо было раньше – о начале войны предупреждают загодя, крестьян эти дела вообще не касаются, а раненый может просто взять – и сдаться в плен. Ну, не выпало нам родиться в то идиллическое время – что ж тут поделаешь, только пусть-ка кто-нибудь из тогдашних оранжерейных персонажей посмеет кинуть в нас камень...

– Красиво излагаете, господин военлекарь, только вот осуществление укола вы бы ведь наверняка постарались перепихнуть на сержанта. Или нет?.. Ладно, тогда еще вопрос – все о той же целесообразности. Вам не приходило в голову, что один из ведущих физиологов, сидя в Барад-Дуре и профессионально изучая противоядия, спасет неизмеримо больше людей, чем полковой врач с квалификацией фельдшера?

– Разумеется, приходило. Но просто бывают ситуации, когда человек, чтобы не утратить уважения к самому себе, обязан совершить очевидную глупость.

– Даже если это самое «уважение к себе» покупается в конечном счете ценою чужих жизней?

– ...Н-не знаю... В конце концов у Единого могут быть свои соображения на этот счет...

– Значит, решение принимаете вы, а отвечает за него вроде как Единый? Ловко придумано!.. Да вы ж ведь сами все это излагали Кумаю почти в тех же выражениях, что и я, – помните? Там, конечно, все ваши доводы пропали втуне: если уж троллю что-нибудь втемяшилось в башку – полный привет. «Мы не имеем права оставаться в стороне, когда решается судьба Отечества» – и вот великолепный механик превращается в инженера второго ранга; поистине бесценное приобретение для Южной армии! А вам между тем начинает мерещиться, будто Соня смотрит на вас как-то не так: как же, брат сражается на фронте – а жених тем временем как ни в чем не бывало режет кроликов у себя в Университете. И тогда вы не находите ничего умнее, как последовать примеру Кумая (верно говорят – глупость заразна), так что девушка остается и без брата, и без жениха. Я прав?

Халаддин некоторое время безотрывно глядел на язычки пламени, пляшущие над углями (странно: костер горит себе и горит, а назгул вроде бы ничего в него не подбрасывает). У него было явственное чувство, будто Шарья-Рана и вправду уличил его в чем-то недостойном. Какого черта!..

– Одним словом, доктор, в голове у вас, извините, полная каша. Решения принимать умеете – этого у вас не отнимешь, – а вот ни одну логическую конструкцию довести до конца не можете, съезжаете на эмоции. Впрочем, в нашем с вами случае это в известном смысле даже неплохо...

– Что именно – неплохо?

– Видете ли, решившись принять мое предложение, вы вступите в схватку с противником, который неизмеримо сильнее вас. Однако ваши действия зачастую совершенно иррациональны, так что предугадать их ему будет чертовски трудно. Вот в этом, возможно, и состоит наша единственная надежда.

ГЛАВА 16

– Любопытно, – обронил Халаддин после краткого раздумья. – Валяйте – что за предложение, я заинтригован.

– Обождите, не так вот сразу. Прежде всего имейте в виду: ваша Соня жива и здорова. И даже в относительной безопасности... Одним словом, вы можете уехать с нею – в Умбар или в Кханд. Продолжайте там свои исследования. В конце концов именно накопление и сохранение знаний...

– Слушайте, будет вам!.. – скривился он. – Никуда я отсюда не уеду... вы ведь это хотели услыхать, верно?

– Верно, – кивнул Шарья-Рана. – Но у человека должен быть выбор – а для людей вроде вас это важно втройне.

– Вот-вот! Чтоб вам потом можно было развести руками и заявить на голубом глазу: «Ты ведь сам влез в это дерьмо, парень, – никто тебя древком алебарды в спину не подпихивал!» А ну, как я сейчас и в самом деле пошлю вас на хрен со всеми вашими делами и свалю в Умбар – что тогда?

– Так ведь не свалите же!.. Вы только не подумайте, Халаддин, что я ловлю вас «на слабо»: здесь сейчас будет бездна работы, тяжелой и смертельно опасной, так что нам понадобятся все: солдаты, механики, поэты...

– А эти-то зачем?

– "Эти" понадобятся как бы не более всех остальных. Нам ведь предстоит спасать все, что еще можно спасти на этой земле, но прежде всего – память о том, кто мы есть и кем были. Мы должны сохранить ее, как угли под пеплом – в катакомбах ли, в диаспоре, – а тут без поэтов никак не обойдешься...

– Так я буду участвовать в этих ваших «спасательных операциях»?..

– Вы – нет. Я должен открыть вам печальную тайну: вся наша нынешняя деятельность в Мордоре, по сути дела, ничего уже не в силах изменить. Мы проиграли самую главную битву в истории Арды – магия Белого Совета и эльфов одолела магию назгулов, – и теперь ростки разума и прогресса, лишенные нашей защиты, будут беспощадно выполоты по всему Средиземью. Магические силы перестроят этот Мир по своему вкусу, и отныне в нем не будет места технологическим цивилизациям, подобным мордорской. Трехмерная спираль Истории утеряет вертикальную составляющую и опадет в замкнутый цикл: минуют века и тысячелетия, но меняться будут лишь имена королей да названия выигранных ими битв. А люди... люди навсегда останутся жалкими, ущербными существами, не смеющими поднять глаза на владык Мира – эльфов: это ведь только в меняющемся мире смертный способен обратить свое проклятие в благословение и, совершенствуясь в череде поколений, превзойти бессмертных... Пройдут два-три десятилетия, и эльфы обратят Средиземье в подстриженный и ухоженный газон, а людей – в забавных ручных зверушек; они отнимут у человека сущий пустяк – право на Акт творения, а взамен даруют ему бездну простых и незатейливых радостей... Впрочем, уверяю вас, Халаддин, – огромное большинство совершит этот обмен безо всякого сожаления.

– Это большинство меня не волнует – пускай оно позаботится о себе само. Так выходит, что наш главный враг – не гондорцы, а эльфы?

– Гондорцы – такие же жертвы, как и вы, и о них вообще речи нет. Собственно, и эльфы – не враги в обычном смысле; можно ли назвать человека врагом оленя? Ну, охотится на него – экая важность, так ведь и охраняет в королевских лесах: опять же – воспевает грациозную мощь старого рогача, млеет от бархатных глаз оленухи, кормит с ладони осиротевшего олененка... Так что нынешняя жестокость эльфов – штука временная, в некотором смысле – вынужденная. Когда Мир придет к неизменному состоянию, они наверняка станут действовать мягче; в конце концов, способность к Акту творения – это бесспорное отклонение от нормы, и таких людей можно будет лечить, а не убивать – как нынче. Да и незачем будет бессмертным мараться самим – найдутся свои, местные... Уже сейчас находятся... И, кстати сказать, тот, эльфийский, Мир будет по-своему неплох: застойный пруд, конечно же, эстетически проигрывает ручью, но ведь цветущие на его поверхности кувшинки поистине восхитительны...

– Ясно. А как помешать им превратить все наше Средиземье в это самое... болото с восхитительными кувшинками?

– Сейчас объясню, только вот начать придется издалека. Жаль, вы не математик – так было бы проще... Если что будет непонятно – сразу спрашивайте, ладно? Так вот, любой из обитаемых Миров включает в себя две составляющих; фактически речь идет о двух различных мирах – они имеют свои собственные законы, но сосуществуют в единой оболочке. Их принято называть «физическим» и «магическим» миром, хотя названия эти довольно условны: магический мир вполне объективен (и в этом смысле физичен), а физический имеет ряд свойств, несводимых к физике, – их можно числить за магические. В случае Арды это будут, соответственно, Средиземье и Заокраинный Запад с населяющими их разумными расами – людьми и эльфами. Миры эти параллельны, а граница между ними воспринимается их обитателями не как пространственная, а как временная: любой человек прекрасно знает, что сейчас-то волшебников, драконов и гоблинов уже не существует, но вот его прадеды всех их, несомненно, застали – ну, и так из поколения в поколение. И это не вымысел, как полагают многие, а вполне объективное следствие двухкомпонентной структуры обитаемых Миров; можно продемонстрировать вам соответствующие математические модели, но вы ведь в них все равно не разберетесь. Пока доступно?

– Вполне.

– Идем дальше. По неведомой причине (хотите – считайте это странным капризом Единого) в нашей с вами Арде – и только в ней! – возник прямой контакт между физическим и магическим мирами, который позволяет их обитателям взаимодействовать между собой в реальном пространстве-времени... ну, попросту говоря – стрелять друг в дружку из луков. Существование этого межпространственного «коридора» обеспечивается так называемым Зеркалом. Оно некогда возникло в магическом мире (именно возникло, а не было там изготовлено!) вместе с семеркой «Видящих камней» – палантиров – и не может существовать отдельно от них: дело в том, что и Зеркало, и палантиры есть продукты разделения единой субстанции – Вековечного Огня...

– Постойте, палантир – это, кажется, система сверхдальней связи, нет?

– Ну, можно его использовать и так. А еще можно, к примеру, заколачивать им гвозди... хотя нет, неудобно – круглый, скользкий... Но вот уж в качестве грузила он точно бы сгодился! Понимаете, каждый из этих магических предметов имеет бездну свойств и применений, но для подавляющего большинства из них в здешнем мире нет даже названий. Вот и используют их черт знает для чего: палантиры для дальней связи. Зеркало – для примитивного предсказывания будущего...

– Ничего себе – «примитивного»!

– Уверяю вас, это сущая чепуха по сравнению с иными его возможностями... Да и потом. Зеркало ведь рисует не объективную картину будущего Арды, а варианты – именно варианты! – индивидуальной судьбы того, кто в него заглянул. Вам ли, ученому-экспериментатору, не знать, что измерительный прибор прямо влияет на результаты измерения – а здесь-то прибором служит не что-нибудь, а человек, существо со свободой воли...

– Нет, что бы вы там ни говорили, а предсказание будущего – это впечатляет...

– Далось вам это «предсказание будущего», – досадливо отмахнулся Шарья-Рана. – А нарушение закона причинности [2], к примеру, вас как, не впечатляет?

– Че-его?!

– Того самого... Ладно, до закона причинности мы еще доберемся. Пока вам достаточно запомнить, что палантиры – в общем и целом – обеспечивают контроль над пространством, а Зеркало – над временем. Теперь идем дальше. Дело в том, что два мира Арды асимметричны по любому из параметров, так что «канал» между ними работает весьма избирательно. К примеру, множество магических существ чувствуют себя здесь как дома, а вот побывать на Заокраинном Западе – да и то ненадолго – удалось лишь считанному числу людей. Именно их и называют в Средиземье магами.

– А назгулы – тоже маги?

– Разумеется. Так вот, эту асимметрию уравновешивало одно важное обстоятельство. Сколь ни ничтожны возможности магов в том, соседнем, мире, но случилось так, что именно они сумели заполучить в свои руки Зеркало с палантирами и перетащили все это добро сюда, в Средиземье. В итоге: эльфы могут заселить Средиземье, тогда как люди не могут заселить Заокраинный Запад, но при этом контроль над межмировым «каналом» остается в руках магов – представителей здешнего мира. Контакты возможны, а вот чья-либо экспансия – нет. Как видите, Единый создал исключительно продуманную систему...

– Ну да, принцип «двойного ключа»...

– Совершенно верно. Он не предусмотрел лишь одного: часть магов была настолько очарована Заокраинным Западом, что решила любой ценою перекроить Средиземье по тамошнему образу и подобию; они объединились в Белый Совет. Другие – сформировавшие впоследствии орден назгулов – были категорически против; ну можно ли, находясь в здравом уме и твердой памяти, разрушать свой

---

2 Фундаментальный физический принцип, исключающий влияние данного события на все прошедшие.

собственный мир ради того, чтобы построить на его руинах ухудшенную копию чужого? У каждой из сторон были свои резоны, обе искренне желали сделать людей Средиземья счастливее...

– Все ясно...

– Вот-вот. Когда между Белым Советом и назгулами началась борьба за будущее Средиземья, и те, и другие быстро нашли естественных союзников. Мы стали помогать динамичным цивилизациям центрального Средиземья – прежде всего Мордору, в какой-то степени Умбару и Кханду, оплотом же Белого Совета стали традиционные социумы Севера и Заката, ну и, разумеется, Зачарованные леса. Поначалу белые ничуть не сомневались в победе. Ведь случилось так, что, когда разгорелась война, и Зеркало, и почти все палантиры находились в их руках; они фактически открыли Средиземье для эльфийской экспансии – с тем, чтобы мобилизовать против Мордора все магические силы, и местные, и пришлые. Белые маги не предвидели одного: наш путь, путь Свободы и Знания, оказался настолько привлекательным, что множество людей – самых лучших людей Средиземья – пришли, чтобы стать магическим щитом для Мордорской цивилизации. Один за другим развоплощались они под ударами магии Заката, но на смену им приходили новые. Одним словом, ваше спокойствие покупалось дорогою ценой, Халаддин, – дороже не бывает...

– Почему же мы сами ничего об этом не знали?

– А вас это и не должно касаться. Я и сейчас говорю об этом лишь за одним: вступая в борьбу, помните, пожалуйста, что вы сражаетесь и за них тоже... Впрочем, это все так, лирика... Короче говоря, расклад был крайне скверный, но мы таки сумели, ценою всех этих жертв, защитить Мордорскую цивилизацию, и та уже вышла из младенчества. Еще буквально лет пятьдесят–семьдесят – и вы завершили бы промышленную революцию, а после этого вам был бы уже сам черт не брат. С того времени эльфы, никому не мешая, сидели бы по своим Зачарованным лесам, а прочее Средиземье потихонечку отправилось бы по вашему пути. И тогда, поняв, что они проигрывают соревнование, маги Белого Совета решились на совершенно чудовищный шаг: начали против Мордора войну на уничтожение, впрямую вовлекли в нее эльфов, а в качестве платы за союз передали тем Зеркало.

– Передали Зеркало эльфам?!

– Да. Это было полнейшим безумием; сам глава Белого Совета Саруман (он достаточно дальновидный и проницательный человек) бился против этого плана до последней возможности, а когда тот все же был принят, покинул ряды белых магов. Совет возглавил Гэндальф – инициатор «Окончательного решения мордорского вопроса»...

– Постойте, это какой Саруман? Не король Изенгарда?

– Он самый. Этот вступил во временный союз с нами, поскольку сразу понял, чем кончатся для Средиземья игры с обитателями Зачарованных лесов: он ведь еще давным-давно остерегал Белый Совет: «Использовать эльфов в нашей борьбе против Мордора – все равно что поджечь дом ради того, чтобы вывести тараканов...» Так оно и вышло. Мордор лежит в руинах, а Зеркало теперь в Лориене, у эльфийской владычицы Галадриэль; немного погодя эльфы смахнут Белый Совет, как крошки со скатерти, и будут править Средиземьем по своему разумению. Помните, я вам говорил про закон причинности? Так вот, главное, что отличает магический мир от нашего, – там этот закон не действует (точнее, его действие крайне ограничено). Как только эльфы разберутся в свойствах Зеркала (это не так просто даже для них – они ведь никогда раньше с ним не сталкивались) и поймут, что оно дает власть и над законом причинности, они немедленно – и навсегда – превратят наш мир в заплеванную обочину Заокраинного Запада.

– Так, значит, никакого выхода на самом деле нет? – тихо спросил Халаддин.

– Один есть. Пока еще есть. Средиземье можно спасти, лишь полностью изолировав его от магического мира. А для этого нужно уничтожить Зеркало Галадриэль.

– И мы можем это сделать? – в сомнении покачал головой доктор.

– Мы – если речь о назгулах – нет. Уже нет. А вот вы – военлекарь второго ранга Халаддин – можете. Именно вы, и никто другой, – от указующей на него руки Шарья-Раны повеяло вдруг каким-то нездешним холодом, – способны сокрушить самую основу магической силы эльфов и сохранить этот Мир таким, каков он есть.

ГЛАВА 17

Наступило молчание. Халаддин ошарашенно воззрился на назгула, ожидая разъяснений.

– Да, вы не ослышались, доктор. Понимаете, по всему Мордору сейчас множество прекрасных людей, и ваша Соня в их числе, делают наше общее дело. Сражаются в партизанах, уводят в безопасные места детей, создают на будущее тайные хранилища знания... Ежечасно рискуют головой в развалинах Барад-Дура, хлебают дерьмо в оккупационной администрации, умирают под пытками. Они делают все, что в человеческих силах, – не думая о себе и не ожидая ничьей благодарности. Но от вас – понимаете, Халаддин, от вас одного – зависит, чем в итоге окажутся все эти жертвы – платой за грядущую победу или просто продлением агонии. Я и рад бы избавить вас от такого ужасного груза, но не могу. Это – ваше. Так уж выпало...

– Да нет же, это просто какая-то ошибка! – Он протестующе замотал головою. – Вы там что-то напутали... Вот вы говорите – «сокрушить магию эльфов», а я ведь ничего не смыслю в магии, совсем ничего! У меня никогда не было магических способностей... даже такую чепуху – спрятанный предмет найти при помощи рамки – и то не могу...

– Вы даже не подозреваете, насколько близки к истине! Такое полное отсутствие магических способностей, как в вашем случае, – штука немыслимо редкая, почти невозможная. Понимаете, природа начисто лишила вас стрел и меча, но снабдила взамен замечательным щитом: человек, абсолютно не способный к магии, и сам должен быть абсолютно невосприимчив к чужим магическим воздействиям. Эльфы теперь вошли в такую силу что без проблем сотрут в порошок любого чародея, но с вами им придется играть по правилам рационального мира – и тут козыри несколько уравниваются. Ну и плюс к тому – эта ваша склонность к непрогнозируемым эмоциональным решениям; тоже, между прочим, не подарок... Честно сказать, шансы на победу все равно невелики, но во всех иных вариантах их нет вовсе.

– Но поймите, я же не могу взяться за работу, в которой ни черта не смыслю. – Он был просто в отчаянии. – Сам-то погибну – это ладно, но я ведь угроблю усилия стольких людей... Нет, не могу А потом – Соня! Вы ведь, помнится, говорили – она в безопасности, берите ее и езжайте себе в Умбар, а теперь выходит, что она тоже работает на вас. Как так?

– Насчет Сони не беспокойтесь – она у вас молодец. Я ведь видел ее тогда, в Барад-Дуре... Город горел несколько дней кряду – так что закатные и сами не могли в него войти, в подвалах было полно народу – дети, раненые... А она как раз занималась поиском людей по развалинам и проделывала иной раз совершенно невозможные вещи. Да вы ведь и сами должны знать за ней этот дар – абсолютное бесстрашие: можно бояться за других, но только не за себя... Кстати, вы замечали, что женщины вообще бывают наделены этим даром несравненно чаще мужчин? Поймите, с человеком, который не боится, ничего случиться не может – недаром в том санитарном отряде ее почитали за живой талисман; это – настоящая древняя магия, а не какие-нибудь дешевые заклинания, уж поверьте слову профессионала. Сейчас она в одном из наших укрытий в Пепельных горах – тридцать шесть ребятишек из Барад-Дура и «мама Соня»: там-то уж и вправду безопасно...

– Спасибо.

– Не за что; она просто на своем месте... Послушайте, Халаддин, я, кажется, совсем вас застращал всей этой патетикой. Не сидите вы с таким похоронным видом! Призовите на помощь свой здоровый цинизм и посмотрите на эту историю как на чисто научную теоретическую задачу. Эдакое, знаете ли, умственное упражнение – собирание головоломки.

– Вам, между прочим, – хмуро отвечал Халаддин, – должно быть известно, что ученый и пальцем не шевельнет, не будучи уверен, что у него в руках находятся все фрагменты головоломки и что она в принципе собираема. Искать в темной комнате черную кошку, которой там отродясь не было, – такими делами наука не занимается, с этим, пожалуйста, – к философам...

– Ну, на сей счет могу вас успокоить: в нашей с вами темной комнате черная кошка есть, это с гарантией, – вопрос в том, чтобы ее поймать. Итак, задача. Дано: крупноразмерный магический кристалл, условно называемый Зеркалом, пребывающий в самой середке Зачарованного леса, в Лориене, у эльфийской владычицы Галадриэль. Требуется: разрушить упомянутый кристалл. Попробуем?

– Параметры кристалла? – без особой охоты включился в игру Халаддин.

– Так спрашивайте!

– Н-ну... Для начала – форма там, размеры, вес...

– Форма – чечевицеобразная. Размеры – полтора ярда в диаметре, фут в толщину. Вес – около десяти центнеров, в одиночку не поднимешь. Кроме того, он наверняка будет вставлен в какую-нибудь металлическую оправу.

– Та-ак... Ладно. Механическая прочность?

– Абсолютная. Так же, как и у палантиров.

– Как это понимать – абсолютная?

– Так вот прямо и понимать – хрен расколешь.

– Дык... А как же, простите-с?..

– А вот этой информацией, – голос назгула внезапно стал металлическим, офицерским. – вы уже обладаете. Так что извольте-ка напрячь свою память.

«Ч-черт, тоже мне выискался на мою голову... А не пошел бы ты в баню, а?.. Постой-ка, постой... Что он тогда говорил – насчет Зеркала и палантиров?..»

– Зеркало и палантиры, они ведь возникли как продукты разделения Вековечного Огня... Тогда, наверное он же их и разрушает, нет?

– Браво, Халаддин! Именно так, и никак иначе.

– Нет, постойте, а где ж его взять-то, этот самый Вековечный Огонь?

– Полный Ородруин в вашем распоряжении.

– Шутить изволите? Где Ородруин и где Лориен?

– Так ведь, – развел руками Шарья-Рана, – в том-то и состоит ваша задача.

– М-да, – покрутил головою Халаддин, – неслабо.. Значит, так: пробраться в эльфийскую столицу – раз, – он загнул палец, – охмурить тамошнюю Королеву – два сперeть у нее медальончик весом в десять центнеров – три, доволочь его до Ородруина – четыре... ну, на то чтобы спихнуть его в кратер, отдельного пункта заводить не станем... И на все про все времени мне дается – э-э-э?.

– Три месяца, – сухо обронил назгул. – Точнее, сто дней. Если не управитесь к первому августа – можете сворачивать операцию: все это уже никому не понадобится.

Для очистки совести он и вправду минуты три по-раскладывал в мозгах этот сумасшедший пасьянс – да нет, куда там, – после чего с явным облегчением сказал:

– Ладно, Шарья-Рана, сдаюсь. Давайте вашу отгадку

– А я ее не знаю, – спокойно отвечал тот и, обратив к звездам то, что когда-то было лицом, пробормотал с какою-то странной тоскою: – Время как летит... Меньше часа уже...

– К-как это не знаете? – наконец выдавил из себя Халаддин. – Вы же сказали, решение все-таки есть!..

– Все верно. Решение действительно есть, но я лично его не знаю. А если б и знал, то открыть его вам все равно не имел бы права – иначе это махом похоронит всю затею. По условиям игры вы должны проделать весь ваш путь самостоятельно. Это не значит, что вам обязательно идти в одиночку – тут все на ваше собственное усмотрение; можете принимать техническую помощь от других людей, но все решения должны быть только вашими собственными. Я, со своей стороны, готов сообщить вам любую информацию, которая может пригодиться в вашей миссии, – но никаких конкретных подсказок; считайте, что перед вами не я, а том некой «Энциклопедии Арды». Но имейте в виду: в вашем распоряжении – меньше часа.

– Любую информацию? – Любопытство взяло в нем верх над всеми прочими чувствами.

– Любую немагическую информацию, – поправил назгул. – Все, что вашей душе угодно: о технологии производства мифрила, об эльфийских династиях, о Кольце Всевластья, о законсервированной мордорской агентуре в Минас-Тирите и Умбаре... Спрашивайте, Халаддин.

– Постойте, постойте!.. Вы сказали – только «немагическую», а сами помянули Кольцо Всевластья. Как это так?..

– Послушайте, – несколько раздраженно заметил Шарья-Рана, – у вас осталось, – он опять зачем-то поглядел на небо, – минут пятьдесят. Честное слово, та дурацкая история – а никакой магией в ней действительно не пахло – не может иметь никакого отношения к вашей миссии!

– А это утверждение, между прочим, прямая подсказка!

– Туше! Ладно, слушайте – коли не жаль времени. Теперь вам решать, что важно, а что нет.

Он и сам пожалел о своем любопытстве, ибо понял – воспоминания эти не слишком приятны для Шарья-Раны. Тот, однако, уже начал свое повествование, и Халаддину опять померещилось, будто во мраке под капюшоном блуждает бесплотная саркастическая усмешка.

– Это была одна из многих наших попыток вбить клин между Закатными союзниками, из коей, к сожалению, ничего путного не вышло. Изготовили роскошное кольцо (металлурги порезвились от души), распустили слух, будто бы оно дарует власть над всем Средиземьем, и перекинули его за Андуин. Надеялись, что рохирримы и гондорцы вцепятся друг дружке в глотку за этот подарочек... Эти-то и впрямь проглотили наживку вместе с леской и поплавком, но Гэндальф – тот, конечно, сразу почуял, откуда дует ветер. Он, чтобы спасти Закатную коалицию от развала, обвел их всех вокруг пальца: первым добрался до Кольца, но у себя хранить его не стал, а сделал так, чтобы оно как в воду кануло.

Спрятал его он на совесть: нашей разведслужбе понадобилось два года, чтобы нащупать след. Оказалось, что Кольцо в Шире; есть такая дыра на крайнем Северо-Закате – резные наличники, мальвы по палисадникам и свинья в луже посреди главной улицы... Ну и что прикажете делать? Ни гондорцы, ни рохирримы в тот Шир отродясь не заглядывали. Выкрасть Кольцо и опять перебросить его к Андуину – так наши уши будут торчать из этой истории на добрую сажень. Вот тогда и родилась неплохая идея – сделать вид, будто бы мы тоже охотимся за Кольцом, и спугнуть с места его широкого хозяина. И решили – от большого ума, – что сподручнее это проделать самим назгулам: чего там, ребята, – одна нога здесь, другая там... Вот мы сдуру и ввязались в это дело напрямую – что нам, мягко сказать, не по чину. А ведь дилетант – он и есть дилетант, будь он хоть семи пядей во лбу. От пары настоящих разведчиков проку тогда было бы в сто раз больше, чем от всего нашего Ордена...

Вообще-то назгул может принимать любой облик, но в тот раз мы были в своем настоящем виде, как сейчас. Вот вы – образованный человек, и то давеча с лица сбледнули, а тамошним-то много ли надо? Деревня ведь... Короче говоря, нарядились мы пострашнее, проехались по тамошним местечкам при полном параде и только что не орали в рупор на всех перекрестках: «А где тут живет такой-сякой хозяин Кольца Всевластья? А подать его сюда!» Хорошо хоть у них там не то что контрразведки – полиции, и той нет: эти бы сразу смекнули: э, нет, ребята, – если человека и вправду ловят, это делают не так, совсем не так!.. Ну, те-то деревенские увальни – хозяин Кольца с его приятелями – ни в чем, понятное дело, не засомневались. Так что мы спокойно и не торопясь погнали их на Восход – слегка попугивая, чтоб не больно-то по трактирам засиживались.

А тем временем наши люди аккуратненько навели на этих ребят гондорского принца Боромира. Ради него, собственно говоря, весь огород и городили: этот за Кольцо Всевластья готов был из костей родного отца клей сварить. А как принц присоединился к отряду (там и еще кой-какой народ поприлепился) – все, думаем, дело в шляпе; не надо нам больше рядом отсвечивать и публику эту нервировать. Теперь колечко наше само до Минас-Тирита доплывет в лучшем виде... Перепоручили дальнее сопровождение Кольца отряду орокуэнов и думать забыли об этом деле. За что и поплатились. Выходят наши на Андуин; глядь – погребальная ладья. Боромир. Привет горячий... Видать, приключилась там у них там какая-то разборка, и отыскались в той компании ребята покруче, чем он. Кольца с той поры и след простыл; да его, собственно, и не искал никто – «до грибов ли нынче»?

В общем, маху мы тогда дали капитально, чего там говорить; по сию пору стыдно вспомнить... Ну как, доктор, развлекла ли вас сия назидательная новелла? Впрочем, вы, похоже, и не слушаете вовсе...

– Простите великодушно, Шарья-Рана! – Халаддин оторвал наконец свой остановившийся взор от прозрачно-оранжевых угольев и вдруг улыбнулся. – Ваша история странным образом натолкнула меня на одну идею. И я, похоже, нашел решение своей головоломки... ну, во всяком случае, некий подход к решению. Скажите, имею я право, по условиям нашей игры, сообщить его вам? Или это будет считаться подсказкой?

ГЛАВА 18

– Нет. – чуть подумав, ответил Шарья-Рана. – В смысле – не будет. Давайте ваше решение.

– Только вы мне сначала расскажете про палантиры, ладно?

– Сколько угодно. Это тоже магические кристаллы; вас, с вашими ограничениями по части магии, они могут заинтересовать только в качестве системы связи. Все, что окружает один кристалл, может быть передано другому – изображения, звуки, запахи: подчеркиваю – передается не информация об этом окружении, а оно самое. Как это происходит – понять довольно сложно, да вам и ни к чему. Мысли и чувства, понятное дело, никуда не передаются – это все басни. Палантир может работать на прием, на передачу и на двустороннюю связь; в принципе возможен одновременный контакт и между несколькими кристаллами, но это очень сложно.

– А выглядит-то он как?

– Шар из дымчатого хрусталя размером с голову ребенка.

– Ага, по крайней мере компактен – уже плюс... Тогда, значит, так. Семерка палантиров и Зеркало составляют комплементарную пару и порознь не существуют, верно? Поэтому можно вместо самого Зеркала скинуть в Ородруин палантиры – и результат будет тот же самый! А вы мне сейчас дадите информацию – где их искать. Это законно?

– Хм... Остроумно! Только вот, к сожалению, технически невыполнимо... во всяком случае, по моему разумению. Вам ведь нужна вся семерка, без изъятия, – иначе ничего не выйдет, а некоторые из палантиров практически недосягаемы. У нас в Мордоре один-единственный, и с ним проблем нет. Палантир Денетора, надо думать, прибрал к рукам Арагорн, Саруманов – достался Гэндальфу... Ну, до этих, пусть теоретически, добраться можно. Итого – три. Но есть еще палантир закатных эльфов: тамошний владыка Кирдэн хранит его в башне Эмин-Бераида – чем это для вас лучше Лориена? Только что путь длинее... Ну, и наконец – палантир Осгилиата, сброшенный некогда в воды Андуина (где его теперь искать?), и еще два арнорских, из Аннуминаса и из башни Амон-Сул, – эти пребывают на затонувшем корабле, на дне Льдистого залива. Если хотите, могу сообщить вам точные координаты, но решительно не вижу, чем бы это могло вам помочь...

Халаддин почувствовал, как у него зарделись кончики ушей. Нахальный щенок! Вознамерился в три минуты решить задачу, которую величайший математик всех времен обмозговывает уже небось не первый год... Так что он несказанно удивился, услыхав слова Шарья-Раны:

– А вы молодец, Халаддин... Право слово, я сейчас

только по-настоящему успокоился: значит, вы все-таки взялись за складывание этой головоломки – и теперь вас ничто уже не остановит.

– Да, ловко вы меня в это дело втравили, – пробурчал он, – ничего не скажешь. А кстати, где спрятан наш, мордорский палантир? Это я так, на всякий случай...

– А вы попробуйте догадаться сами. Цэрлэг вас за этот месяц небось чему-то научил, нет?

– Ну, вы и задачки ставите!.. Хоть скажите, когда его прятали?

– Сразу после Кормалленской битвы, когда стало ясно, что Мордор падет.

– Ага... – Он на пару минут погрузился в размышления. – Значит, так. Сначала – где его заведомо быть не может: во всех ваших убежищах, партизанских базах, и прочая, и прочая. Объяснять надо?

– Мне – нет. Давайте дальше.

– В самом Барад-Дуре, со всеми его замечательными тайниками, прятать нельзя – впереди штурм и пожары...

– Логично.

– Переправлять за границу стремно. Во-первых, именно в это время – сразу после Кормаллена – тысячу раз попадешься по дороге, во-вторых, кто его знает, как поведут себя после поражения тамошние агенты... Хотя спрятать его, к примеру, в Минас-Тирите было бы весьма соблазнительно!

– Н-н-ну... Ладно, принимается.

– Пещеры, заброшенные шахты, старые колодцы исключаем: вокруг таких мест отирается куда больше случайного народу, чем обычно думают. По той же причине нельзя его утопить, привязавши к буйку, в каком-нибудь симпатичном заливчике Нурнона: рыбаки – люди любознательные.

– Опять верно.

– Короче говоря, я, пожалуй, закопал бы его в глухом, безлюдном и совершенно неприметном месте, в горах или в пустыне, хорошенько запомнив ориентиры. Хотя, конечно, тут есть свой риск: придешь за ним лет через пять – а валун, под которым он лежал, вместе со всем склоном снесло в речку оползнем... Или нет, стойте, – вот еще замечательный вариант! Заброшенные руины с настоящими тайниками, вдали от всякого жилья, куда нормальный человек в жизни не полезет, – ну, вроде Минас-Моргула или Дол-Гулдура.

– Да-а-а... – протянул назгул. – Вам палец в рот не клади... Все точно – Дол-Гулдур. Я сам его тогда и отвез. Туда – на планере, обратно – пешком: один ведь, планерную катапульту запустить некому... Палантир переведен в режим «прием» и невидим для остальных кристаллов: лежит он в тайнике за шестиугольным камнем в задней стенке камина в Большом зале; обшит рогожей с серебряной оплеткой – в руки можно брать безбоязненно. Пазы тайника появляются при одновременном нажатии на соседний, ромбический, камень и на левый нижний в каминном своде – до него можно дотянуться только ногой. Вы запоминайте, повторять не буду.

– А я мог бы воспользоваться этим палантиром?

– А почему нет?

– Ну, кристалл-то магический, а вы вроде говорили, что я ни к какой магии не должен иметь касательства.

– Кристалл – магический, – терпеливо объяснил Шарья-Рана, – а связь – нет. Если вы, к примеру, будете использовать палантир в качестве грузила для сети, то пойманные ею рыбки не станут от этого волшебными, исполняющими три желания.

– Тогда уж, одно к одному, расскажите, как им пользоваться.

– Ну и с кем вы собрались через него общаться? С Гэндальфом? Впрочем, это ваше дело... В принципе ничего сложного тут нет. В оптике разбираетесь?

– В пределах университетского курса.

– Все ясно... Тогда лучше «на пальцах». Внутри палантира есть две постоянно горящие оранжевые искорки. Соединяющая их линия соответствует главной оптической оси кристалла...

Халаддин молча слушал объяснения назгула, удивляясь тому, с какой четкостью тот рассовывает всю эту сложную и весьма объемную информацию по полочкам его памяти. Дальше начались вещи совсем уж диковинные. Темп объяснений Шарья-Раны стремительно нарастал (а может, это время замедлялось? – он теперь и этому бы не удивился), и хотя мозг Халаддина в каждый отдельный миг воспринимал лишь одну-единственную фразу – смысловой иероглиф, не имеющий связи с контекстом, – он был абсолютно уверен: в нужную минуту все эти сведения – о партизанских отрядах Хмурых гор и о дворцовых интригах в

Минас-Тирите, о топографии Лориена и о паролях для связи с мордорскими резидентами во всех столицах Средиземья – незамедлительно всплывут в его памяти. И когда это внезапно окончилось и стоянку затопила вязкая, будто бы загустевшая от холода предутренняя тишина, первой его мыслью было: немедленно разыскать в аптечке Элоара яд и дальше уже никогда с ним не расставаться. В жизни случается всякое, а он теперь осведомлен о таких вещах, что ни при каких обстоятельствах не должен попасть в руки врага живым.

– Халаддин!.. – окликнул его Шарья-Рана; голос был непривычно тих и прерывист – казалось, будто назгул задыхается от долгого подъема. – Подойди ко мне...

«Да ему ведь совсем скверно, запоздало сообразил он, как же я сам не заметил, полено бесувственное... что с ним? – похоже, сердце...» Мысль эта – «сердце призрака» – отчего-то не показалась ему нелепой ни в то мгновение, ни в следующее, когда он отчетливо понял: Все! – благо уж чего-чего, а умирающих он за эти годы нагляделся досыта. Голова сидящего назгула бессильно качнулась, и он прикоснулся к плечу опустившегося перед ним на колени человека.

– Ты все понял? Все, что я тебе сказал? Халаддин лишь кивнул – в горле застряло что-то Шершавое.

– Больше мне дать тебе нечего. Прости... Только еще кольцо...

– Это – из-за меня? Из-за того, что вы... мне?..

– Даром ничто не дается, Халаддин. Погоди... Дай-ка я об тебя обопрусь... Вот так... Время уже кончалось, но я успел. Все-таки успел... Остальное теперь не важно. Дальше пойдешь ты...

Шарья-Рана некоторое время молчал, собираясь с силами; потом заговорил, и речь его почти что обрела прежнюю плавность:

– Сейчас я сниму заклятия со своего кольца, и... Словом, меня не станет... А ты возьмешь его и получишь право в случае нужды действовать именем Ордена. Кольцо назгула отливают из иноцерамия: редчайший благородный металл, на треть тяжелее золота – ни с чем не спутаешь. Люди боятся этих колец и правильно делают: твое же будет чистым – никакой магии, но знать об этом будешь только ты. Не испугаешься?

– Нет. Я ведь хорошо запомнил: с человеком, который не боится, ничего случиться не может. Это и вправду древняя магия?

– Древнее не бывает...

Он внезапно понял, что Шарья-Рана пытается ему улыбнуться – и не может: темнота под его капюшоном, недавно еще переменчивая и живая, как ночной ручей, стала похожа на брикет угольной пыли.

– Прощай, Халаддин. И помни: у тебя в руках есть все, что нужно для победы. Повторяй это как заклинание и ничего не бойся. А теперь держи... и – отвернись.

– Прощайте, Шарья-Рана. Все будет как надо, не беспокойтесь.

Бережно приняв из рук назгула тусклое тяжелое кольцо, он послушно отошел в сторону и не видел уже, как тот медленно откидывает капюшон. И лишь услыхав за спиною стон, исполненный такой муки, что сердце его едва не остановилось (вот что означает – «вся боль Мира, весь страх Мира, все отчаяние Мира»!), он обернулся – но на том месте, где только что сидел Шарья-Рана, уже не было ничего, кроме тающих на глазах лохмотьев черного плаща.

– Это ты кричал?

Халаддин обернулся. Молниеносно повскакавшие на ноги товарищи (барон еще продолжал по инерции вращать вокруг себя зловеще поблескивающее Снотворное) хмуро глядели на него, ожидая объяснений.

ГЛАВА 19

Наверное, специалист по части тайных операций действовал бы иначе, но он таковым не был и потому просто рассказал им все как есть – понятное дело, не отягощая мозгов орокуэна всяческими «параллельными мирами». Итак, к нему явился назгул (вот смотрите – кольцо) и поведал, будто бы он, Халаддин, – единственный человек, способный помешать эльфам превратить все Средиземье в свое поместье, а людей – в крепостных. Для этого он должен уничтожить Зеркало Галадриэль. Сроку – сто дней. Он решил принять на себя эту миссию – раз уж так сложилось, что больше некому. Как именно приступать к делу, у него пока нет ни малейшего представления, но авось что-нибудь да и придумается.

Цэрлэг кольцо оглядел с опаской и в руки его брать, понятное дело, не стал (береженого Единый бережет!); по всему было видать, что доктор теперь поднялся в его глазах на совершенно недосягаемую высоту. А вот назгулы, между прочим, здорово упали: посылать человека на верную смерть – это нормально и естественно, на то и война, но вот ставить перед подчиненным заведомо невыполнимую задачу... Словом, настоящий фронтовой офицер так никогда бы не поступил. Пробраться в Лориен, куда еще ни один человек не проникал, найти во вражеском населенном пункте неизвестно где спрятанный и наверняка хорошо охраняемый объект, который к тому же нельзя уничтожить на месте, а надо выкрасть и потом тащить на себе хрен-те куда... Во всяком случае, пока ему, командиру разведзвода Кирит-Унгольского егерского полка Цэрлэгу, не будет поставлена четкая задача – от сих до сих, он и пальцем не шевельнет: он в эти дурацкие игры – «пойди туда – не знаю куда, принеси то – не знаю что» играть не собирается... А вот это уже ваши проблемы, господин военлекарь второго ранга – это вы, между прочим, старший по званию.

Тангорн был краток:

– Я дважды ваш должник, Халаддин – так что если третий меч Гондора может чем-то помочь в этой миссии, то он в вашем распоряжении. Но сержант прав: лезть в Лориен напрямую – это просто самоубийство, у нас не будет ни единого шанса. Надо придумать какой-то обходной маневр, а это, как я понимаю, по вашей части.

Так вот и случилось, что спать на исходе той ночи он улегся уже в качестве командира отряда из трех человек. Причем оба его подчиненных – отменные профессионалы, не чета ему самому, – ждали от него четкой задачи, коей он им – увы! – поставить не мог.

Весь следующий день Халаддин просидел в лагере у ручья; он заметил, как товарищи ненавязчиво отстраняют его от всяческих хозяйственных дел («Твоя задача сейчас – думать»), и с крайним неудовольствием понял, что «работать на заказ» у него не выходит – хоть тресни. Сержант кое-что порассказал ему о Лориене (орокуэну как-то раз довелось участвовать в рейде по окрестностям Зачарованного леса): о тропинках, аккуратно обсаженных столбиками с надетыми на них черепами незваных визитеров; о смертоносных ловушках и летучих отрядах лучников, осыпающих тебя тучей отравленных стрел и тут же бесследно растворяющихся в непроходимой чаще; о ручьях, чья вода вызывает у человека неодолимый сон, и о золотисто-зеленых птицах, которые собираются стайкой вокруг любого появившегося в лесу существа и начисто демаскируют его своим дивным пением. Сопоставив все это с тем, что поведал ему о нравах и обычаях лесных эльфов Шарья-Рана, он понял: эльфийский социум абсолютно закрыт для чужаков, а попытка проникнуть в Зачарованный лес без местного проводника окончится на первой же миле.

Некоторое время он обдумывал вариант с использованием планера, который, как он помнил, оставил в Дол-Гулдуре Шарья-Рана (именно отсюда мордорцы совершали раньше эпизодические облеты Лориена). Ну, долетит он (пускай не он сам, а некто, смыслящий в пилотировании) по воздуху до эльфийской столицы и сумеет приземлиться там на какую-нибудь полянку; ну, украдет или захватит с боем Зеркало (допустим на минутку и такое): а дальше что? Как его оттуда вытащить? Планерной катапульты там нет (откуда ей взяться), да и кто приводил бы ее в действие? К тому же нет на свете такого планера, чтобы поднял груз в десять центнеров. Да, с этого конца тоже ничего не выходит... Попробовать захватить в плен кого-нибудь из эльфийских командиров и заставить его провести их отряд через ловушки Зачарованного леса? Тот наверняка наведет их прямиком на засаду: если то, что он узнал об обитателях Лориена, правда, эльф наверняка предпочтет смерть предательству...

Не обошел он вниманием и записи, найденные ими среди вещей Элоара. То были по большей части хозяйственные путевые заметки; единственным же содержательным текстом оказалось неотправленное письмо, начинающееся словами «Милая матушка!» и адресованное «Леди Эорнис, клофоэли Владычицы». Почти половину его занимало замечательное по своей художественной выразительности описание долины реки Нимродэль – с этим местом у них с матерью, похоже, были связаны какие-то особо теплые воспоминания (вообще чувствовалось, что память о рощах, достающих до самого неба мэллорнов, где в изумрудной траве прячутся россыпи золотых эланоров, служила эльфу душевной опорой среди ненавистных мордорских песков). Элоар также тревожился, верны ли слухи о размолвке его кузины Линоэль с женихом, досадовал на своего старшего брата Эландара – зачем тот «пробуждает несбыточные надежды в душах своих подопечных из Гондора и Умбара», радовался за мать – ведь именно ей в этом году выпала высокая честь организовывать летний Праздник танцующих светлячков... Ну и прочая ерунда – в том же духе. Что семейство Элоара входит в самую что ни на есть лориенскую элиту (эльфийскому званию «клофоэль», как он знал из разъяснении Шарья-Раны, трудно найти точный аналог – не то фрейлина, не то королевский советник) – так они догадывались об этом и раньше. Что эльфы осуществляют тайное проникновение в самые разные государства Средиземья, а ведает этой деятельностью, в числе прочих, некто Эландар – это наверняка небезынтересно для тамошних властей и контрразведывательных служб, но к их собственной миссии отношения явно не имеет... Одним словом – тут тоже полный голяк.

Халаддин мучился так весь день, полночи провел у костра за крепчайшим чаем и, так ничего и не придумав, разбудил Цэрлэга и завалился спать – утро вечера мудренее. Надо сказать, что, поглядев с вечера на спокойно и основательно готовящихся к походу товарищей, он твердо положил себе: расшибиться в лепешку, но придумать хотя бы какое-нибудь промежуточное решение. Даже он понимал: армия, стоящая день за днем в ожидании, без ясного приказа, разлагается в полный кисель.

Спал он в ту ночь скверно, несколько раз просыпался и по-настоящему забылся лишь с рассветом. Он увидел чудесный цирк-шапито и себя – сбежавшего с уроков втроклашку с оттопыренными ушами и пальцами, липкими от сахарной ваты. Вот он с замершим сердцем следит за немыслимо прекрасной девушкой в белоснежной накидке, отрешенно идущей над темною бездной по тончайшему золотому лучу; он никогда раньше не видел, чтобы канатоходец при этом еще и жонглировал тремя большими шарами – как же это возможно? «Но что это?!! Да ведь это же Соня! Не-е-ет!!! Остановите ее – это совершенно не ее дело, она не умеет!.. Да-да, я понимаю – ее уже не вернуть: назад – еще страшнее... Да-да, если она не испугается, с нею ничего не случится – это древняя магия... Ну конечно же, магия: ведь шары, которыми она жонглирует – это не что иное, как палантиры! Все три Видящих камня, до которых можно добраться в этой части Средиземья, – это мы сами разыскали их и отдали ей... Интересно, если у нас с Соней будет по палантиру, можно ли передать через него прикосновение?..»

С этой мыслью он и проснулся; оказалось – давно уже утро. Над костром уютно булькает котелок – Цэрлэг наловил силками несколько кекликов, – а Тангорн любовно возится со своим обожаемым Снотворным. Именно солнечный луч, отраженный лезвием меча, и разбудил Халаддина: трогать доктора товарищи явно не собирались – хотели, чтобы тот выспался вволю. Проводив глазами стремительный блик, пробежавший дугою по камням на теневой стороне распадка, он грустно подумал: вот кто без проблем достиг бы дворца Владычицы Галадриэль – солнечный зайчик!..

...Ослепительная вспышка осветила все закоулки его измученного мозга, когда две эти мысли – последняя мысль сна и первая по пробуждении, – разлетаясь навеки, по чудесной случайности соприкоснулись кончиками крыльев. Вот вам и решение – послать при помощи палантира солнечный зайчик... Подобные прозрения снисходили на него далеко не впервые (например, когда он догадался – и доказал, – что сигнал, идущий по нервному волокну, имеет не химическую, а электрическую природу) – и все же каждый раз в этом есть некая волшебная новизна, как во встрече с любимой... Любое творчество имеет две составляющие: миг озарения, а затем кропотливая техническая работа (иной раз – на годы), конечная цель которой – сделать то, что открылось тебе, доступным для остальных людей. Природа озарения едина – хоть в поэзии, хоть в расследовании преступлений, откуда оно берется – неведомо никому (ясно лишь, что не из логики); само же это мгновение, когда ты – пусть даже на неуловимо краткое время! – становишься вровень с самим Единым, и есть то единственное, ради чего по-настоящему стоит жить...

– Господа! – объявил он, подходя к костру. – Похоже, я сумел-таки сложить нашу головоломку; ну, пускай не всю, но существенную ее часть. Суть идеи проста: мы, вместо того чтобы нести Зеркало к Ородруину, перенесем Ородруин к Зеркалу.

Цэрлэг, с замершей на полпути ко рту ложкой бульона, бросил опасливый взгляд на барона: командир-то наш, похоже, того... повредился на почве чрезмерных умственных усилий... Тангорн же, вежливо приподняв бровь, предложил доктору для начала положить себе кекликов – пока те не остыли, а уж потом ознакомить общество со своими экстравагантными гипотезами.

– Да какие, к дьяволу, кеклики! Вы только послушайте! Кроме Зеркала, бывают еще другие магические кристаллы – палантиры. Один у нас есть – ну, по крайней мере мы можем его забрать когда захотим...

Он излагал все, что ему известно о свойствах Видящих камней, поражаясь тому, с какой точностью его не обремененные особыми научными и магическими познаниями спутники извлекают из этого вороха информации существенные – с их точки зрения – детали. Все стали абсолютно серьезны: начиналась работа.

– ...Итак, пусть мы имеем два палантира; один работает на прием, другой – на передачу. Если сбросить «передатчик» в Ородруин, то он, разумеется, разрушится, но перед тем, за миг до своей гибели, успеет передать часть Вековечного Огня в окрестности «приемника». Так вот, наша задача – разместить такой «приемник» поблизости от Зеркала.

– Ну что же, прекрасный сэр, – задумчиво произнес барон, – во всяком случае, пресловутого «благородного безумия» в вашей затее хватает с избытком...

– Вы лучше скажите, – почесал в затылке Цэрлэг, – как мы доставим палантир в Лориен и найдем в этом самом Лориене Зеркало?

– Пока не знаю. Могу повторить то же, что и вчера: авось что-нибудь да и придумается.

– Вы правы, Халаддин, – поддержал его Тангорн. – По крайней мере на первое время у нас есть конкретная задача – найти недостающий палантир. Я думаю, нам следует начать с Итилиена: Фарамир наверняка что-нибудь знает о судьбе кристалла, принадлежавшего его отцу. Уверен, кстати, что общение с принцем доставит вам ни с чем не сравнимое удовольствие...

ЧАСТЬ ВТОРАЯ
КОРОЛЬ И ПРАВИТЕЛЬ

Это ведь больше ради красного словца говорится: «Вся

земля наводнена войсками». Один солдатишка наводнит собой ровно столько земли, сколько у него под сапогами.

Р. Л. Стивенсон

ГЛАВА 20

Итилиен, Эмин-Арнен.
3 мая 3019 года

– Который час? – сонно спросила Йовин.

– Спи дальше, зеленоглазая. – Фарамир чуть приподнялся на локте и нежно поцеловал ее в макушку. Кажется, это он ненароком разбудил девушку, резко дернувшись во сне: раненая его рука продолжала сильно затекать, но он не показывал виду – зная, что она любит спать прижавшись к нему всем телом и устроив голову на плече. Они, как водится, уснули лишь под утро, так что солнечные лучи давно уже заливали бревенчатые строения форта Эмин-Арнен, проникая и в узкое окошко их «княжеской опочивальни». В былые времена принц неукоснительно вставал с зарею – по жизненному ритму он был «жаворонком» и лучше всего работалось ему в утренние часы. Теперь, однако, он с чистой совестью дрых чуть не до полудня: во-первых, как-никак медовый месяц, а во-вторых, узнику торопиться решительно некуда.

Она, однако, успела уже выскользнуть из-под его руки, и теперь ее смеющиеся глаза глядели на принца с деланной укоризной.

– Слушай, мы с тобой совсем подорвем общественную нравственность Итилиенской колонии.

– Было б чего подрывать, – проворчал он. Йовин меж тем перепорхнула солнечным зайчиком на дальний конец ложа, как была – голышом – уселась там, скрестив ноги, и принялась приводить в порядок свою пшеничную шевелюру, бросая по временам на Фарамира быстрый внимательный взгляд из-под опущенных ресниц. В одну из их первых ночей он полушутя сказал ей, что одно из самых ярких и утонченных наслаждений, доступных мужчине, – наблюдать, как любимая поутру расчесывает волосы, и с той поры она постоянно оттачивала и шлифовала этот их ритуал, ревниво наблюдая за его реакцией: «Тебе по-прежнему нравится, милый?» Он усмехнулся про себя, вспомнив князя Имрахиля: тот утверждал, будто северянки, при всех их внешних достоинствах, в постели являют собою нечто среднее между снулой рыбиной и березовым поленом. «Интересно, это мне так крупно подфартило или, наоборот, – ему, бедолаге, всю дорогу не везло?»

– Я сделаю тебе кофе?

– Вот уж это точно подрыв общественной нравственности! – расхохотался Фарамир. – Княгиня Итилиенская на кухне – ночной кошмар ревнителя аристократической чопорности...

– Боюсь, им придется смириться с моей дикостью и невоспитанностью. Сегодня, к примеру, я собираюсь на охоту – хочу приготовить на ужин настоящую запеченную дичь, и пускай они там все полопаются от возмущения. А то стряпня здешнего повара мне уже не лезет в горло: парень, похоже, изо всех приправ знает только мышьяк и стрихнин.

«Пускай съездит, – подумал он, – тогда, может, прямо сегодня и начнем Игру?..» Последнее время их с Йовин стали беспрепятственно выпускать из форта – по одному; что ж, и на том спасибо, система заложников тоже имеет свои плюсы.

– А ты мне сегодня почитаешь?

– Обязательно. Ты опять хочешь про принцессу Элендейл?

– Н-ну... В общем, да!

Вечернее чтение тоже стало для них ежедневным ритуалом, причем у Йовин было несколько любимых историй, которые она, как ребенок, готова была слушать снова и снова. Сама девушка – как, впрочем, и почти вся роханская знать – ни читать, ни писать не умела, так что волшебный мир, раскрытый перед нею Фарамиром, совершенно поразил ее воображение. Собственно говоря, с этого все и началось... Или раньше?

...В день боя за Пеленнорские укрепления принц командовал правым флангом обороны: он сражался в первых рядах, так что было совершенно непонятно, каким образом тяжелая бронебойная стрела могла поразить его со спины – в трапециевидную мышцу, чуть левее основания шеи. Плоскости ее трехгранного жала были снабжены глубокими продольными желобками для яда, так что, когда добрый рыцарь Митрандир довез его до Минас-Тирита, принцу было уже совсем худо. Его зачем-то унесли в отдельное помещение госпиталя, а дальше – удивительным образом позабыли. Он лежал прямо на каменном полу, абсолютно беспомощный – яд вызвал слепоту и паралич, так что он даже не мог позвать на помощь, – чувствуя, как замогильный холод, уже растворивший нацело левую руку и шею, неостановимо разливается по всему телу. Мозг его при этом работал совершенно четко, и он с неумолимой ясностью осознал: его сочли мертвецом.

Прошла вечность, доверху заполненная одиночеством и отчаянием, пока он не ощутил на губах пряный вкус какой-то маслянистой жидкости; отдушка показалась ему знакомой, вызвав из памяти полузабытое название ацелас. Холод отступил – чуть-чуть, как бы нехотя, – и тогда из мрака возник повелительный голос:

– Принц, если вы в памяти – пошевелите пальцами правой руки.

Как же это сделать – пошевелить пальцами, если он их не ощущает? Наверное, надо вспомнить во всех деталях какое-нибудь движение... ну, например, как он извлекает меч из ножен, ощущая под пальцами упругую кожу, которой обшита рукоять...

– Так, отлично.

Неужто получилось? Видимо, так...

– Теперь усложним задачу. Одно движение будет означать «да», два движения – «нет». Попытайтесь сказать «нет».

Он старался представить себе, как дважды подряд сжимает кулак... Для чего?.. Ага! Вот он берет со стола перо, делает запись и откладывает его. Теперь ему нужно взять его снова, чтобы внести исправление...

– Превосходно. Итак, позвольте представиться: Арагорн, сын Арахорна. Я – прямой потомок Исилдура – желаю выразить вам свое монаршее благоволение: династия гондорских Правителей, последним представителем коей являетесь вы, хранила мой престол так, как должно. Однако многотрудное служение окончено – я пришел, чтобы снять это бремя с плеч вашей династии. Отныне и навеки имя ваше будет стоять первым среди славнейших родов Воссоединенного Королевства. Вы понимаете, что я говорю, Фарамир?

Он понимал все превосходно, но пальцами шевельнул дважды – «нет»: иначе выходило бы, будто он косвенно соглашается с этим бредом. Потомок Исилдура, надо же! А почему бы не прямо Илюватара?

– Вы ведь всегда были среди них белой вороной, принц. – Голос Арагорна был тих и участлив, прямо сердечный друг, да и только. – Ну, то что их всех безумно раздражали пяти ученые занятия – понятно: и впрямь, не царское это дело... Но вам ведь ставили в вину даже создание Итилиенского полка и организацию разведывательной сети за Андуином – разве не так?

Ответить «да» не позволяла гордость, «нет» – честность: все было чистой правдой – этот самый Арагорн и впрямь неплохо разбирался в гондорских раскладах... Когда началась война, Фарамир, сам будучи превосходным охотником, сформировал из вольных стрелков (а частью – и просто лихих людей) специальный полк для лесных операций – Итилиенский, и спустя небольшое время знаменитые кирит-унгольские егеря почувствовали, что их монополии на молниеносные рейды по оперативным тылам противника пришел конец. Принц лично командовал итилиенцами во множестве боев (когда, например, попал в засаду и был уничтожен целый караван боевых мумаков) и даже успел написать нечто вроде трактата по той области военного искусства, что несколькими веками спустя назовут «войной коммандос». В результате среди столичных аристократов стала бытовать шуточка, будто он намерен ввести в свой рыцарский герб новые атрибуты – кистень и черную маску... А еще задолго до войны Фарамир, глубоко и искренне любивший Восход и его культуру, усилиями добровольцев-единомышленников организовал в тамошних странах регулярный сбор военной и политической информации – фактически первую в Закатных странах разведслужбу. Именно опираясь на ее доклады, принц отстаивал в Королевском совете линию на сотрудничество с заандуинскими государствами – за что, естественно, заработал ярлык пораженца и едва ли не пособника врага.

– Отец – тот всегда считал вас размазней и, когда Боромир погиб, стал в открытую искать способа аннулировать ваше право на престолонаследование... Вы, впрочем, ничуть этому не огорчались и даже, помнится, пошутили тогда: «Если уж перо набило мне мозольку на сгибе среднего пальца, то скипетр и подавно сотрет ладони до костей», – право же, превосходно сказано, принц, ни прибавить ни убавить! Так что, – голос Арагорна зазвучал вдруг сухо и жестко, – давайте считать, что мы с вами просто вернулись к исходному положению: гондорский престол вам не принадлежит, только взойдет на него не ваш беспутный братец – царство ему небесное, – а я. Вы слушаете меня?

«Да».

– Значит, ситуация такова. Денетор умер... это тяжкий удар, но, думаю, вы его переживете. Война в разгаре, страна в безвластии, и я – Арагорн, потомок Исилдура, разбивший сегодня на Пеленнорских полях рати Восхода, – принимаю, по просьбе войска, корону Воссоединенного Королевства. Это однозначно: варианты есть лишь по части вашей собственной судьбы, принц. Итак, вариант первый: вы добровольно отрекаетесь от престола (не забывайте: ваша династия – не короли, а лишь Правители!) и убываете из Минас-Тирита на княжение в одну из гондорских земель; думаю, Итилиен подойдет в самый раз. Вариант второй: вы отказываетесь, но тогда я и не подумаю вас лечить – с какой стати? – и получу корону после вашей скорой смерти. Кстати говоря, о том, что вы еще живы, не догадывается никто, кроме меня: похоронная церемония назначена на нынешнее утро, и я просто не стану ей препятствовать. По прошествии нескольких часов вы услышите, как над вами стукнет плита, закрывающая отверстие склепа... Ну, остальное дорисует ваше воображение. Вы меня поняли, Фарамир?

Пальцы принца молчали. Ему всегда было присуще спокойное мужество философа, но перспектива быть заживо погребенным способна вселить разрушительный ужас в любую душу.

– О нет, так не пойдет. Если вы через полминуты не дадите ясного ответа, я уйду, а через пару часов – когда действие ацеласа закончится – за вами явятся могильщики. Поверьте, мне более по душе первый вариант, но если вы сами предпочитаете склеп...

«Нет».

– "Нет" – в смысле «да»? Вы согласны стать князем Итилиенским?

«Да».

– Значит, мы пришли к взаимопониманию; вашего слова вполне достаточно – пока. Спустя небольшое время, когда к вам вернется способность говорить, мы посетим вас вместе с князем Имрахилем – он, по смерти Денетора, временно управляет городом и страной. Имрахиль засвидетельствует перед вами мои династические права, с коими он к тому времени ознакомится; вы же, в свой черед, подтвердите, что слагаете с себя обязаности гондорского Правителя и намерены удалиться в Итилиен. Благородство князя и его дружба с вами известны всему Гондору, так что его обращение к народу будет, как я полагаю, воспринято должным образом. Вы согласны? Отвечайте же – да или нет?!

«Да».

– Кстати, отвечаю на ваш невысказанный вопрос – отчего бы мне не убрать вас по второму варианту, что вроде бы проще и надежнее. Соображения тут вполне прагматические: живой и отрекшийся Фарамир в Итилиене безопасен, а вот его прах, хранимый под полом усыпальницы гондорских правителей, наверняка породит целые сонмы самозванцев – Лжефарамиров... Да, и еще одно. Я уверен, что у вас и в мыслях нет изменить данному вами слову, но на всякий случай имейте в виду: вылечить вас не сможет никто в Средиземье, кроме меня, а лечение это будет еще долгим, и обернуться может по-всякому... Вы меня поняли?

«Да». (Чего уж тут не понять: хорошо, если просто отравят, а то ведь превратят в растение – будешь пускать слюни и делать под себя...)

– Вот и замечательно. А напоследок скажу вот что – думаю, для вас это немаловажно... – В голосе Арагорна, к немалому удивлению принца, зазвучало неподдельное волнение. – Я обещаю править Гондором так, чтобы у вас, Фарамир, ни разу не появилось случая сказать: «Я сделал бы это лучше него». Я обещаю, что при мне Воссоединенное Королевство достигнет расцвета и величия, невиданных в иные времена. И еще я обещаю, что история Короля и Правителя войдет во все летописи так, что прославит вас на вечные времена. А теперь выпейте вот это и засните.

Очнулся он по-прежнему во власти мрака и немоты, однако страшный холод отступил в левую часть тела, в окрестности раны, и – о счастье! – он уже ощущал боль, и даже мог немного шевелиться. Рядом раздавались чьи-то голоса, но затем они снова умолкли... И тогда появилась Девушка.

ГЛАВА 21

Сначала была только рука – маленькая, но не по-женски крепкая; рука наездницы и фехтовальщицы, как он сразу определил для себя. Девушка не обладала навыками настоящей сестры милосердия, но возиться с ранеными ей было явно не в новинку: почему она, однако, все делает одной рукой – может, тоже ранена? Он попытался прикинуть ее рост (исходя из того, как далеко она достает, присевши на край его ложа) – выходило где-то около пяти с половиной футов. А как-то раз ему несказанно повезло: она склонилась над ним, и в этот миг ее рассыпавшиеся шелковистые волосы упали на лицо принца. Так он узнал, что она не носит прически (значит, почти наверняка северянка, из Рохана); самое же главное – он теперь ни с чем на свете не спутает этот запах, в котором, как в предвечернем степном ветерке, сухой жар прогретой за день земли смешивется с терпким освежающим ароматом полыни.

Лекарство Арагорна между тем делало свое дело, и уже на следующий день он произнес первые слова, коими, разумеется, стали:

– Как вас зовут?

– Йовин.

Йовин... Будто звук колокольчика – только не здешнего, латунного, а тех фарфоровых, что привозят изредка с Дальнего Восхода. Да, голос был вполне под стать его обладательнице – какою он ее нарисовал в своем воображении.

– А что с вашей левой рукой, Йовин?

– Так вы уже можете видеть?!

– Увы! Это лишь результаты моих умозаключений.

– Ну-ка объясните...

Тогда он описал ее внешность – какою она составилась из тех кусочков мозаики, что оказались в его распоряжении.

– Потрясающе! – воскликнула она. – А теперь скажите – какие у меня глаза?

– Наверняка большие и широко расставленные.

– Нет, а цвет?

– Цвет... гм... Зеленый!

– Я вам и вправду поверила, – в голосе девушки зазвучало неподдельное разочарование, – а вы, оказывается, просто видели меня где-то раньше...

– Клянусь чем угодно, Йовин, – я просто назвал свой любимый цвет, вот и все. Так, значит, я угадал?.. Но вы так и не ответили – что с вашей рукой; сами-то вы не ранены?

– О, совершеннейшая царапина, поверьте, особенно на фоне вашей раны. Просто мужчины имеют обыкновение оттирать нас в сторонку, едва лишь приходит черед делить плоды победы.

Йовин четко, как профессиональный военный, описала события Пеленнорской битвы, не забывая при этом то подать ему лекарство, то поправить повязку. Фарамиру все время казалось, будто от девушки исходит какое-то особое тепло; вот оно-то (а вовсе не лекарства) и прогнало прочь тот смертельный озноб, что терзал его тело. Однако когда он, движимый благодарностью, накрыл ладонь Йовин своею, та мягко, но весьма решительно отобрала руку и со словами: «А вот это уже совершенно излишне, принц» покинула своего подопечного, наказавши кликнуть ее – буде возникнет настоящая нужда. Опечаленный этим странным афронтом, он задремал (теперь это и вправду был нормальный сон, освежающий и лечащий), а по пробуждении услыхал поблизости от себя окончание некого разговора, причем в одном из собеседников он узнал Иовин, а в другом – к немалому своему удивлению – Арагорна.

– ...Так что тебе придется поехать вместе с ним в Итилиен.

– Но почему, Ари? Я больше не могу без тебя, ты же знаешь...

– Так надо, дорогая. Это совсем недолго – недели три, может быть, месяц.

– Это очень долго, но я сделаю все, как тебе нужно, не беспокойся... Ты хочешь, чтобы я была возле него?

– Да. Ты закончишь его лечение: у тебя хорошо выходит. Ну и вообще – поглядишь, как он там устроится на новом месте.

– Знаешь, а он очень милый...

– Ну конечно! У тебя будет превосходный собеседник – думаю, ты не будешь с ним скучать.

– Не буду скучать? Как ты добр!..

– Прости, я вовсе не то хотел сказать... Голоса удалились, потом хлопнула дверь, и Фарамир подумал, что хотя, конечно, это не его дело, но... И тут он вскрикнул от внезапной боли: вновь обретенный свет ворвался в его зрачки и будто бы обжег их нежное с отвычки донышко. А она уже сидела рядом, встревоженно схватив его за руку:

– Что с вами?

– Ничего, Йовин, кажется, зрение возвращается.

– Нет, правда?!

Все вокруг плавало и шло радужными ореолами, но боль быстро утихла. Когда же принц наконец отер слезы и впервые разглядел Йовин, сердце у него сперва замерло, а затем обдало его обжигающей волной: перед ним была та самая девушка, которую он нарисовал в своем воображении. Не похожая, а именно та – от цвета глаз до жеста, которым она поправляет волосы. «Это я сам ее создал, – обреченно подумал он, – и теперь никуда уже не денусь».

...Форт Эмин-Арнен, имеющий отныне служить резиденцией Его Высочества князя Итилиенского, никаким фортом, собственно говоря, не был. Это был циклопических размеров бревенчатый дом о трех этажах с невероятно запутанной планировкой и кучей архитектурных излишеств – всяческих башенок, светелок и внешних галерей. Смотрелось это все, однако, на удивление гармонично: чувствовалось, что к его созданию приложили руку уроженцы Ангмара – именно там, на далеком лесном Севере, процветает подобное деревянное зодчество. Расположен он был с точки зрения ландшафтной архитектуры выше всяческих похвал, а вот с военной – хуже некуда, что называется, ни Богу свечка, ни черту кочерга: ничто ни от чего не прикрывал. К тому же окружающий его частокол неведомые эстеты от фортификации сооружали со столь явным отвращением к своему делу, что он тянул разве что на учебное пособие для Военно-инженерной академии – «Как не надо строить внешние укрепления: найди восемь ошибок». Вероятно, именно по этой причине Эмин-Арнен был оставлен мордорцами без боя – как заведомо незащитимая позиция, и достался своим нынешним хозяевам в целости и сохранности.

Впрочем, кого тут следовало бы называть «хозяином», было не вполне ясно. Князя Итилиенского, во всяком случае, назвать таковым можно было бы лишь в качестве издевки: он не обладал даже правом самостоятельно выходить за ворота форта. Его гостья, сестра короля Роханской Марки Йовин, с немалым удивлением поняла, что имеет тот же странный статус, что и принц. Она безо всякой задней мысли попросила вернуть ей меч, пошутив при этом, что без оружия чувствует себя не вполне одетой, – и услыхала ответную шутку: «Красивой девушке дезабилье всегда к лицу». По челу Йовин пробежало облачко досады: комплимент лейтенанта Белого отряда (сорока человек, выделенных им Арагорном в качестве личной охраны) был, даже на ее раскрепощенный вкус, на грани фола; положив для себя впредь держаться с этой публикой более официально, она пожелала видеть командира отряда капитана Берегонда.

В конце концов, всякая шутка имеет свои границы; они не в Минас-Тирите, и гулять безоружной по здешним лесам, где запросто могут шастать недобитые гоблины, по-настоящему опасно. – О, Ее Высочеству не о чем беспокоиться: гоблины – это проблема ее телохранителей. – Уж не хочет ли он сказать, что ее повсюду будут сопровождать те четверо мордоворотов? – Несомненно, и на то имеется личное распоряжение Его Величества; впрочем, если Ее Высочеству не нравятся эти четверо, их можно заменить другими. – Между прочим, Арагорн ей не государь и не опекун, и, если так дело пойдет, она тотчас же возьмет и вернется обратно в Минас-Тирит... или даже не в Минас-Тирит, а в Эдорас! – К сожалению, до письменого приказа Его Величества это тоже невозможно. – То есть... то есть, попросту говоря, она пленница ? – Ну что вы такое говорите. Ваше Высочество! Пленники – те под замком сидят, а вы – да скачите себе куда угодно, хоть до самого Минас-Моргула (не к ночи он будь помянут), но только при охране и без оружия...

Странное дело, но Йовин лишь теперь осознала, что отсутствие меча на поясе Фарамира может объясняться вовсе не причудами поэтической натуры принца, а вполне земными причинами.

Одним словом, выходило – методом исключения, – что настоящим хозяином Итилиена является Берегонд – но уж это было заведомой чушью: достаточно хоть раз взглянуть, как тот пробирается бочком по коридорам форта, стараясь не встретиться глазами со своим пленником. Капитан был конченым человеком, поскольку знал: именно он охранял покои Денетора в день трагедии и он же публично объявил о самоубийстве короля; знал– однако ничего этого не помнил. В памяти его на месте того кошмарного дня зияла какая-то обугленная дыра, в которой по временам угадывалась белесая тень Митрандира; тот, похоже, имел некое касательство к этому делу, но какое – Берегонд понять не мог. Трудно сказать, что удержало капитана от того, чтобы покончить с собой; может быть, вовремя сообразил, что тем самым полностью возьмет на себя вину за чужое преступление – на радость настоящим убийцам. В Минас-Тирите его с той поры окружала глухая стена презрения – в историю с самосожжением, разумеется, мало кто поверил, – так что о лучшем командире для Белого отряда Арагорну нечего было и мечтать: понятно, что на этой должности нужен человек, который ни при каких обстоятельствах не столкуется с Фарамиром. И вот тут Арагорн, при всем своем знании людей, допустил ошибку: он никак не предвидел, что принц, который в детстве частенько сиживал на коленях у Берегонда, окажется едва ли не единственным на весь Гондор человеком, верящим в невиновность капитана.

Люди же из Белого отряда, которые не только несли охрану форта, но и исполняли все обязанности по дому – от мажордома до повара, – с принцем практически не общались. «Так точно. Ваше Высочество», «Никак нет. Ваше Высочество», «Не могу знать. Ваше Высочество» – причем «не могу знать» отчетливо преобладало. Велено охранять – охраняют, велят прикончить – прикончат; только вот разобраться – кем именно велено – Фарамир так и не смог: в то, что эти головорезы реально подчиняются Берегонду, он не верил ни на грош. При этом от Арагорна никаких депеш вроде бы тоже не поступало: разве что у них налажена конспиративная связь с Минас-Тиритом через голову капитана – но к чему такие сложности?..

Да, поистине странная компания обосновалась той весною под крышей Эмин-Арнена; самое же забавное – все участники спектакля «Князь Итилиенский и его двор» в трогательном единстве пеклись о том, чтобы странности эти не стали достоянием досужих языков за воротами форта – там, где шла нормальная человеческая жизнь.

В этой жизни редкий день обходился без того, чтобы Фарамир не благословил новых своих подданных – очередную группу переселенцев из Гондора. Многие из них, однако, не спешили предстать пред светлы очи, а, напротив того, забивались в самую дальнюю лесную глухомань: сборщики податей явно представлялись им существами более зловредными и опасными, нежели «гоблины», которыми якобы кишмя кишели здешние чащобы. За годы войны эти люди научились мастерски владеть оружием, напрочь отвыкнув при этом гнуть спину перед лендлордами, так что контролировать возводимые ими укрепленные лесные хутора князь Итилиенский не смог бы и при всем желании – коего у него не было. Он старался лишь доводить до сведения новоприбывших, что здесь никто не собирается состригать с них шерсть вместе с кусками шкуры, и, пожалуй, небезуспешно: во всяком случае, в Поселке стали регулярно появляться угрюмые вооруженные мужики с дальних выселок, предметно интересующиеся ценами на мед и копченую оленину. По всему Итилиену в тот год стучали топоры: поселенцы рубили избы, расчищали лес под пашню, ставили мельницы и смолокурни: они обустраивались в заандуинских лесах всерьез и надолго.

ГЛАВА 22

Со времени окончания Мордорского похода минул месяц, и за все это время Йовин не получила от Арагорна ни единой весточки. Ну что ж, мало ли какие бывают обстоятельства... Если она и пришла уже к определенным выводам, то держала их при себе, и поведение ее не изменилось ни на йоту; единственное – перестала, как в первые дни, спрашивать у Берегонда, нет ли чего нового из Минас-Тирита. И еще Фарамиру показалось, будто ее удивительные, серые в зелень, глаза сменили оттенок на более холодный – голубоватый; впрочем, это уж было бы совершеннейшей мистикой. К принцу девушка относилась с искренней теплотой и симпатией, однако возникшую между ними душевную близость она с самого начала обратила в дружбу, напрочь исключающую что-либо иное, и тот принужден был подчиниться.

...Они как раз сидели за обеденным столом в неуютном из-за своих размеров Рыцарском зале форта, когда в дверях возник гондорский лейтенант в запыленном плаще, сопровождаемый несколькими солдатами. Фарамир первым делом предложил гонцу вина с олениной, но тот лишь отрицательно качнул головой. Дело настолько спешное, что он лишь сменит коней и поскачет обратно. У него именное повеление: забрать находящуюся в Эмин-Арнене Йовин (та, не сдерживаясь более, подалась вперед, и сияющее лицо ее, казалось, рассеяло сумрак зала), коию надлежит эскортировать в Эдорас, ко двору короля Йомера.

Дальше шли какие-то минас-тиритские новости, из которых сознание Фарамира выудило лишь незнакомое ему доселе имя – Арвен. Арвен... Звучит как гулкий удар гонга; интересно знать, мельком подумалось ему, начало какого поединка этот гонг возвещает... Принц поднял взор на Йовин, и сердце его сжалось: перед ним была бескровная маска боли с глазами на пол-лица – ребенок, которого сперва обманули, подло и безжалостно, а теперь еще хотят выставить на всеобщее посмешище.

Впрочем, это проявление слабости длилось лишь мгновение. Кровь шести поколений степных витязей взяла свое: сестра короля Роханской Марки не вправе вести себя как дочка мельника, соблазненная владетельным сеньором. С очаровательной улыбкой (тепла, правда, в той улыбке было как в лунном свете, заливающем снежный перевал в Белых горах) Йовин поведала лейтенанту, что полученный им приказ весьма странен: ведь она не подданная человека, называющего себя королем Гондора и Арнора. В любом случае они сейчас находятся вне пределов Воссоединенного Королевства, так что, если князь Итилиенский (кивок в сторону Фарамира) не возражает против ее присутствия, она, пожалуй, погостила бы здесь еще.

Князь Итилиенский, понятное дело, не возражал, и его во всей этой ситуации по-настоящему печалило лишь одно. Он безоружен, и если люди Арагорна имеют предписание в случае нужды увезти девушку силой, драться ему сейчас предстоит тем самым кинжалом, которым он только что разделывал оленью лопатку – воистину достойный конец последнего представителя злополучной Анарионской династии. Что ж, по крайней мере стиль этого трагифарса будет выдержан до самого финала... Тут принц зачем-то перевел взгляд на стоящего справа от стола Берегонда и вздрогнул от изумления. Капитан неузнаваемо преобразился – взгляд его обрел былую твердость, а рука привычно покоилась на рукояти меча.

Им обоим не требовалось слов: старый воин сделал свой выбор и готов был умереть рядом с Фарамиром.

А вот офицер явно растерялся: применение оружия против августейших особ в его инструкции, надо думать, оговорено не было. Йовин между тем снова улыбнулась ему – на сей раз и вправду обворожительно – и твердо взяла инициативу в свои руки:

– Боюсь, вам все же придется задержаться, лейтенант. Отведайте оленины – она сегодня и вправду превосходна. Ваши солдаты тоже, вероятно, нуждаются в отдыхе. Гунт! – Это дворецкому. – Проводите людей короля и покормите их хорошенько – они с дороги. Да, и распорядитесь насчет бани!

У Йовин еще достало сил досидеть до конца обеда и даже поддерживать беседу («Передайте, пожалуйста, соль... Благодарю вас... А что слыхать из Мордора, лейтенант? Мы ведь в нашей глуши совсем оторвались от жизни...»), однако было ясно как день – она держится на последнем пределе. Глядя на нее, Фарамир вспомнил виденное им однажды перекаленное стекло: по виду – стекляшка как стекляшка, а щелкни по ней ногтем – разлетится в мельчайшие брызги.

Той ночью он, разумеется, не спал; сидел за столом у ночника, тщетно ломая голову – можно ли тут хоть чем-нибудь помочь? Принц превосходно разбирался в философии, вполне прилично – в военном деле и в искусстве разведки, но вот в тайнах женской души он, по совести говоря, ориентировался весьма слабо. Так что когда дверь его комнаты распахнулась без стука и на пороге возникла прозрачно-бледная Йовин – босиком и в ночной рубашке, – он пришел в совершеннейшую растерянность. Та, однако, уже шагнула внутрь – отрешенно, как сомнамбула; рубашка соскользнула к ногам девушки, и она приказала, вскинув голову и низко-низко опустив ресницы:

– Возьмите меня, принц! Ну же!!

Он подхватил на руки это легонькое тело – о черт, да у нее же нервный озноб, зуб на зуб не попадает! – и, перенеся ее на свое ложе, укрыл парой теплых плащей... Что там еще есть? Пошарил вокруг глазами – ага! Фляга с эльфийским вином – то, что надо.

– Ну-ка, выпей! Сейчас согреешься...

– А вы не хотите согреть меня как-нибудь иначе? – Она не открывала глаз, и тело ее, вытянутое в струнку, продолжала колотить крупная дрожь.

– Только не сейчас. Ты же возненавидишь меня на всю оставшуюся жизнь – и поделом.

И тогда она безошибочно поняла – можно; наконец-то можно... И, не заботясь более ни о чем, разревелась, как в далеком-далеком детстве, а он прижимал к груди это дрожащее и всхлипывающее, бесконечно дорогое существо и шептал ей на ухо какие-то слова – он и сам не помнил какие, да и не имели они никакого значения, и губы его были солоны от ее слез. А когда она выплакала до дна всю эту боль и мерзость, то спряталась обратно в норку под плащами, завладела его рукою и тихо попросила: «Расскажи мне что-нибудь... хорошее». И тогда он стал читать ей стихи, лучшие изо всех, что знал. И всякий раз, стоило ему остановиться, она стискивала его ладонь – как будто боялась потеряться в ночи, и произносила с непередаваемой детской интонацией: «Ну еще немножко! Пожалуйста!..»

Она уснула под утро, не выпуская его руки, так что он еще подождал, сидя на краешке ложа, пока сон ее не станет крепче, – и лишь тогда склонился над ней, осторожно коснувшись губами виска, а потом устроился в кресле... Глаза он открыл спустя пару часов от какого-то шороха, тут же услыхал сердитое: «Пожалуйста, отвернись!», а несколькими секундами погодя жалобное: «Слушай, дай мне чего-нибудь накинуть – не могу же я разгуливать средь бела дня в таком виде!» А уже стоя в дверях (на ней теперь был его охотничий камзол с подвернутыми рукавами), она вдруг вымолвила – тихо и очень серьезно: «Знаешь, те стихи... Это что-то необыкновенное, со мной никогда в жизни такого не бывало. Я приду к тебе сегодня вечером, и ты почитаешь мне еще что-нибудь, ладно?» Короче говоря, к тому времени, когда в Эдорас отправилось послание, в коем Фарамир справлялся у Йомера – не возражает ли тот против решения своей сестры Йовин стать княгиней Итилиенской, вечерние литературные чтения прочно вошли в их семейный обиход.

– ...Ты меня не слушаешь?..

Йовин, давно уже умывшаяся и одевшаяся, огорченно глядела на принца.

– Прости, малыш. Я и вправду задумался.

– О грустном?..

– Скорее – об опасном. Вот думаю – а не пришлет ли нам с тобой Его Величество король Гондора и Арнора свадебный подарок? Как бы твоя давешняя шуточка насчет мышьяка и стрихнина не оказалась пророческой...

Произнося эти слова, он нарушил одну неписаную заповедь: не упоминать в этих стенах об Арагорне. Лишь однажды, в самом начале их романа, Йовин внезапно и без видимой связи с предшествующим разговором сказала:

– Если тебя интересует, каков он был как любовник, –

она стояла отвернувшись к окну и с преувеличенным вниманием разглядывала что-то во дворе, не замечая его протестующего жеста, – то могу сказать совершенно честно: очень так себе. Понимаешь, он ведь привык только брать – всегда и во всем; одним словом, «настоящий мужчина»... – Губы ее при этих словах скривила горькая усмешка. – Конечно, множеству женщин именно это и нужно, но я-то к их числу не принадлежу...

Некоторое время она вопросительно глядела на Фарамира, а затем кивнула и задумчиво произнесла – как будто подведя про себя некий окончательный итог:

– Да, пожалуй что с него станется... У тебя есть план, как избежать такого подарка?

– Есть. Но все зависит от того, согласится ли сыграть за нашу команду Берегонд.

– Прости, если я лезу не в свое дело... Ведь этот человек убил твоего отца; каков бы он ни был, это все-таки отец...

– Думаю, что Берегонд тут ни при чем. Больше того: я сегодня попробую это доказать, и прежде всего – ему самому.

– А почему именно сегодня?

– Потому что раньше было нельзя. В тот день – помнишь, в обеденном зале? – он вел себя очень неосторожно. Я специально не общался с ним все эти дни, чтобы хоть как-то усыпить бдительность ребят из Белого отряда, но сейчас, похоже, расклад такой, что пан или пропал. Одним словом, пригласи его заглянуть ко мне по какому-нибудь невинному поводу; да смотри, чтобы разговор ваш происходил на людях – у нас никаких секретов нету! А ты сама – когда поедешь сегодня на охоту – оторвись ненароком от сопровождающих и поспрошай у народа, эдак невзначай, насчет одного лесного хутора...

В глазах вошедшего в комнату Берегонда тлел слабый огонек надежды: может быть, не все потеряно?

– Здравия желаю. Ваше Высочество!

– Здравствуй, Берегонд. И не надо так официально... Я просто хочу, чтобы ты помог мне связаться с Его Величеством.

С этими словами принц, порывшись в стоящем у стены вьючном ящике, осторожно водрузил на стол большой шар из дымчатого хрусталя.

– Видящий камень!.. – изумился капитан.

– Да, это палантир; второй сейчас в Минас-Тирите. Арагорн из каких-то соображений не желает, чтобы я пользовался им сам, и наложил на него заклятие. Так что будь добр, возьми шар и вглядись в него...

– Нет! – отчаянно замотал головою Берегонд, и на лице его отразился ужас. – Что угодно, только не это!! Я не хочу увидеть обугленные руки Денетора!

– Так ты уже видел их? – Принц внезапно ощутил смертельную усталость: значит, он все же ошибся в этом человеке...

– Нет, но мне говорили... Их видит всякий, кто заглянет в его палантир!

– Не беспокойся, Берегонд. – В голосе Фарамира послышалось облегчение. – Это не тот палантир, не Денеторов. Тот – как раз в Минас-Тирите, он тебе неопасен.

– Да?.. – Капитан с некоторой все же опаской взял Видящий камень в руки, довольно долго всматривался в него, а затем со вздохом поставил обратно на стол. – Простите, принц, – ничего не вижу.

– Ты уже увидел все, что надо, Берегонд. Ты не виноват в гибели Денетора – можешь спать спокойно.

– Что??! Как вы сказали?!!

– Ты не виноват в гибели Денетора, – повторил принц. – Извини, но мне пришлось ввести тебя в заблуждение: наш палантир – как раз тот самый. В нем и в самом деле бывают видны черные скрюченные пальцы, но их видят только те, кто сам приложил руку к убийству короля Гондора. Ты ничего не увидал – стало быть, чист. В тот день твоя воля была парализована чьей-то мощной магией – думаю, что эльфийской.

– Правда? – прошептал Берегонд. – Вы, наверное, просто хотите меня утешить, и это все же другой палантир... (Ну скажи, скажи мне, что это не так!)

– Да ты сам подумай – кто бы мне дал этот самый «другой палантир»? Мне и этот-то вернули потому лишь, что сочли его безнадежно испорченным: сами они и вправду не могут разглядеть в нем ничего – ладони Денетора загораживают все поле зрения. О том, что люди, непричастные к преступлению, могут пользоваться им по-прежнему, они, по счастью, даже не подозревают.

– А для чего вы мне сначала сказали – не тот?

– Видишь ли... Дело в том, что ты – человек

легковерный и очень внушаемый; именно этим и воспользовались эльфы с Митрандиром. Я боялся, что ты просто примыслишь себе эту картинку – самовнушение иногда играет с людьми и не такие шутки... Но теперь, хвала Эру, все позади.

– Все позади, – хрипло повторил Берегонд. С этими словами он опустился на колени и глядел теперь на принца с такой собачьей преданностью, что тому стало неловко. – Значит, вы позволите служить вам, как в старые времена?

– Да, позволю, но только немедленно подымись... А теперь скажи, являюсь ли я для тебя сувереном Итилиена?

– А как же иначе, Ваше Высочество?!

– Раз так, то вправе ли я, оставаясь вассалом гондорской короны, сменить личную охрану, навязанную мне Королем?

– Разумеется. Но это легче сказать, чем сделать: Белый отряд подчиняется мне лишь номинально. Я ж ведь тут, считай, просто квартирмейстер...

– Ну, об этом я уже давно догадался. Кстати, кто они? Дунаданы?

– Рядовые – дунаданы. А вот офицеры и сержанты... Это все люди из тайной стражи Короля. Откуда они взялись у нас Гондоре – никому не ведомо; болтают, – Берегонд зачем-то покосился на дверь, – чуть ли не ожившие мертвецы. Кто у них за главного – я и сам не пойму.

– М-да... В любом случае от этих ребят следует избавиться – и чем скорее, тем лучше. Ну так что, капитан, – рискнешь за компанию со мной?

– Вы спасли мою честь – значит, жизнь моя принадлежит вам безо всяких оговорок. Но трое против сорока...

– Я полагаю, что нас все же не трое, а куда больше. – При этих словах Берегонд изумленно воззрился на принца. – Где-то неделю назад мужики с одного лесного хутора привезли к нам в форт воз копченой оленины и затеяли ссору со стражей у ворот: те, как обычно, потребовали от них оставить луки по ту сторону частокола. Там еще был такой чернявый, блажил на всю округу – отчего это, дескать, благородным дозволяют заходить в княжескую резиденцию при оружии, а вольным стрелкам с Дроздиных выселок – хрен. Припоминаешь?

– Ну, что-то такое было... А в чем дело?

– В том, что этот чернявый – барон Грагер, лейтенант Итилиенского полка, а до войны – мой резидент в Кханде; и я склонен полагать, что в этих самых Дроздиных выселках сидит не он один... Так вот, твоя задача – установить связь с Грагером, а дальше будем действовать по обстановке. Между собой мы отныне будем связываться только через тайник – если стоять на шестнадцатой снизу ступеньке винтовой лестницы в северном крыле, то на уровне левого локтя будет щель в стенной обшивке – как раз для записки: ни с верхней, ни с нижней площадки лестницы отследить закладку тайника невозможно – я проверил. Далее. По выходе от меня уйдешь в запой, денька эдак на три: я ведь приглашал тебя за тем, чтобы ты попробовал связать меня с Арагорном через палантир – а ты, понятное дело, узрел в нем Денетора... Только не переиграй – офицеры Белых кажутся мне весьма проницательными людьми.

...А буквально в тот же день в Поселке случилось первое преступление – поджог. Какой-то придурок запалил – нет, вы не поверите: не дом соперника, наставившего ему рога, не амбары кабатчика, отказавшегося налить чарку в долг, не сеновал соседа, который много о себе понимает... Запалили голубятню, которую держал угрюмый одинокий кузнец, переехавший сюда из Анфаласа и потому, видать, сохранивший некоторые городские привычки. Кузнец любил своих голубей до самозабвения, а потому посулил серебряную марку тому, кто наведет его на след поджигателя. Местная полиция в лице двоих констеблей (сержантов Белого отряда) в свой черед рыла носом землю: зная нравы анфаласцев, можно было не сомневаться – если вовремя не посадить виновного под замок, то расследовать придется уже не поджог голубятни, а предумышленное убийство...

Фарамир выслушал эту дурацкую историю, высоко заломив левую бровь – он был крайне удивлен. Уточним: в самом деле удивлен. Одно из двух: либо противник допустил первую крупную ошибку, либо он, напротив, видит весь замысел принца насквозь. В любом случае Игра уже началась; она началась раньше, чем он ожидал, и не так, как он ожидал, но пути назад уже не было.

ГЛАВА 23

Хмурые горы, перевал Хотонт.
12 мая 3019 года

– Вот он, ваш Итилиен. – Горец-тролль опустил к ногам тюк с поклажей и махнул рукою вперед, туда, где ниже по ущелью громоздились друг на дружку плотные клубы нежно-зеленого дыма – густое криволесье из низкорослого каменного дуба. – Нам теперь дальше ходу нет. Тропа тут, однако, набитая – не заплутаете. Где-то час погода упретесь в ручей, так перекат будет чуток пониже. Смотрится страшновато, но перейти, однако, можно... Тут главное дело – не дрейфь и наступай прямиком в буруны, в них-то как раз самый затишок и есть. Сейчас перепакуемся – и вперед.

– Спасибо, Матун. – Халаддин крепко пожал широченную, как лопата, ладонь проводника. И сложением, и повадкою тролль походил на медведя: добродушный и флегматичный сладкоежка, способный в мгновение ока обратиться в смертоносный боевой механизм, страшный не столько даже своей чудовищной силою, сколько проворством и хитростью. Нос картофелиной, растрепанный веник рыжей бороды и выражение лица крестьянина, у которого ярмарочный фокусник только что извлек из-за уха золотую монету, – все это скрывало до поры до времени превосходного воина, умелого и беспощадного. Глядя на него, Халаддин всегда вспоминал слышанную где-то фразу: лучшие на свете бойцы получаются из людей сугубо мирных и семейных – когда такой вот мужик, воротясь однажды вечером с работы, находит на месте своего дома пепелище с обугленными костями.

Он еще раз окинул взором нависающие над ними заснеженные громады Хмурых гор – даже Цэрлэгу никогда в жизни не провести их отряд по всем этим ледяным циркам, вертикальным стенкам с обомшелой «сыпухой» и необозримым стланникам из рододендрона.

– Вернешься на базу – не сочти за труд напомнить Ивару, чтобы в июле встречали нас на этом же месте.

– Не боись, паря: командир никогда ничего не забывает. Раз уговорено – весь конец июля будем тут как штык.

– Верно. Ну а не будет нас первого августа – выпейте на помин души.

Цэрлэга Матун на прощание хлопнул по плечу так, что тот едва устоял на ногах – «Бывай здоров, разведка!». С орокуэном они за эти дни скорешились не разлей вода. Тангорну же он, понятное дело, даже не кивнул: его б воля – так он бы этого гондорского хмыря... Ладно, командованию видней. Он партизанил в бригаде Ивара-Барабанщика с самого начала оккупации и хорошо знал, что возврата разведгруппы положено ждать на точке рандеву максимум три дня, а тут – неделя! Задание особой важности, понял? Так что и гондорский хмырь, надо думать, тут не просто для мебели...

«Да, – думал тем временем Халаддин, наблюдая за мерным – в такт шагам – покачиванием тюка на спине идущего впереди него барона, – теперь все зависит от Тангорна: сумеет ли тот в Итилиене прикрыть нас от своих – как мы в эти дни прикрывали его. Что он личный друг принца Фарамира – это прекрасно, спору нет, только до сего замечательного принца еще поди доберись... К тому же может статься, что и сам Фарамир этот по нынешнему своему статусу чистейшей воды декорация при Арагорновом правлении. А у барона весьма специфические отношения с Минас-Тиритскими властями – в Воссоединенном Королевстве его уже десять раз могли объявить вне закона... Одним словом, мы запросто можем повиснуть всею троицей – хоть на ближайшем суку (там, где повстречаемся с первым гондорским патрулем), хоть на стене Эмин-Арнена; и что забавно – в лесу барона вздернут за компанию с нами, а в форте – нас за компанию с ним. Да, великое дело – хорошая компания...»

Надо думать, что барона столь же мрачные мысли одолевали дней десять назад, когда они убедились: путь в Итилиен через Моргульское ущелье и Кирит-Унгольский перевал наглухо закрыт эльфийскими постами, а значит, придется искать помощи у партизан Хмурых гор. Самым страшным было бы нарваться на один из тех мелких отрядов, что не признавали над собою никакой власти и не помышляли ни о чем, кроме мести: тут не помогли бы никакие ссылки на «миссию», а уж с пленниками партизаны теперь расправлялись с не меньшей жестокостью, чем их враги... По счастью, Цэрлэг – следуя информации Шарья-Раны – сумел-таки найти в ущелье Шаратэг базу вполне дисциплинированного соединения, подчиняющегося единому руководству сил Сопротивления. Командовал отрядом кадровый военный – однорукий ветеран Северной армии лейтенант Ивар. Сам уроженец этих мест, он создал в ущелье совершенно неприступный укрепрайон: помимо всего прочего, Ивар наладил на своих наблюдательных постах замечательную систему звукового оповещения – за что и получил прозвище «Барабанщик».

Лейтенант бестрепетно взвесил на ладони предъявленное Халаддином кольцо назгула, кивнул и задал один-единственный вопрос – чем он может поспособствовать господину военлекарю в выполнении его спецзадания. Перебросить их разведгруппу в Итилиен? Нет вопроса. По его мнению, идти следует через перевал Хотонт – он в это время года считается непроходимым, так что с итилиенской стороны почти наверняка не охраняется. К сожалению, лучший из его проводников – Матун – сейчас на задании. Могут ли они обождать денька три-четыре? Тогда нет проблем: заодно пускай пока отъедятся и отоспятся – маршрут группе предстоит тот еще... И лишь когда им – всем троим – вернули отобранное на партизанском передовом посту оружие, Тангорн возвратил доктору взятый у того накануне яд из Элоаровой аптечки: обошлось.

В этой части страны Халаддину никогда раньше бывать не доводилось, и он с искренним интересом наблюдал за жизнью Шаратэгского ущелья. Горные тролли жили небогато, но держались с поистине княжеским достоинством; только вот гостеприимство их – на взгляд чужака – порою выходило за всякие разумные пределы и заставляло Халаддина испытывать острое чувство неловкости. Теперь по крайней мере ему стали понятны истоки той удивительной атмосферы, что царила в барад-дурском доме его университетского однокашника Кумая...

Тролли всегда селились большими дружными семьями, а поскольку на крутом склоне дом на три десятка персон можно строить одним-единственным способом – загоняя его в вертикаль, – жилища их являли собою толстостенные каменные башни высотою по двадцать – тридцать футов. Искусство каменной кладки, родившееся при возведении этих миниатюрных крепостей, сделало впоследствии выходцев из троллийских поселений ведущими градостроителями Мордора. Другим коньком троллей была металлургия. Сперва они открыли ковку железа, сделав тем самым оружие дешевым – а стало быть, общедоступным; дальше наступил черед железо-никелевых сплавов (большая часть тамошних железных руд относилась к числу естественно-легированных), и теперь мечи, висящие на поясе каждого здешнего мужчины, достигшего двенадцати лет, стали лучшими в Средиземье. Неудивительно, что тролли отродясь не знали над собою ничьей власти, кроме собственных старейшин: только полный псих может затеять штурм троллийской башни ради того, чтобы, уложив под ее стенами полдружины, забрать в качестве налога (или церковной десятины) десяток худосочных овец.

В Мордоре понимали это отлично, а потому лишь набирали здесь воинов – что немало льстило самолюбию горцев. Позднее, правда, когда основным их занятием стала добыча руды и выплавка металлов, товар этот обложили драконовскими налогами – но тем, похоже, все это была Божья роса: безразличие троллей к богатству и роскоши вошло в поговорку – так же, как их упрямство. Данное обстоятельство, кстати, породило известную в Средиземье легенду: будто бы те тролли, которых все знают, составляют лишь половину этого народа. Другая же его половина (в Закатных странах их ошибочно называют «гномами», путая с другим мифическим народом – подземными кузнецами), напротив, повернута на стяжательстве и всю жизнь проводит в тайных подземных галереях в поисках золота и самоцветов; они скаредны, сварливы, вероломны – ну, одним словом, во всем являют собою полную противоположность настоящим, надземным, троллям. Как бы то ни было, факт остается фактом: троллийская община действительно подарила Мордору множество выдающихся личностей, от военачальников и мастеров-оружейников до ученых и религиозных подвижников, но ни единого сколь-нибудь заметного представителя торгового сословия!..

Когда закатные союзники – в рамках «Окончательного решения мордорского вопроса» – успешно «зачистили» предгорья и принялись выкуривать троллей из их ущелий в Хмурых и Пепельных горах, они быстро уразумели, что сражаться с горцами – это тебе не коллекционировать отрезанные уши в Горгоратском оазисе... Троллийские поселки к тому времени сильно обезлюдели (множество мужчин полегли и в Эсгаротском походе, и на Пеленнорских полях), однако при войне в этих теснинах численность как таковая особой роли не играла: горцы всегда имели возможность встретить врага в самых узких местах, где десяток хороших бойцов могут часами сдерживать целую армию – пока установленные выше по склону катапульты методично размочаливают парализованную колонну. Трижды похоронив под рукотворными лавинами крупные отряды, вторгавшиеся в их долины, тролли перенесли боевые действия в предгорья – так что теперь в этих местах вастаки с эльфами по ночам не смели и носа высунуть из немногочисленных хорошо укрепленных пунктов. А в горные поселки, ставшие теперь партизанскими базами, постоянно стекался народ с равнин – раз так и так приходит конец, лучше уж его встретить с оружием в руках и не в одиночку.

ГЛАВА 24

Среди тех, кто объявился за эти недели в Шаратэге, встречались любопытнейшие персонажи. С одним из них – маэстро Хаддами – доктор познакомился в штабе Ивара, где маленький умбарец с пергаментным лицом и невыразимо грустными глазами трудился писарем, а время от времени дарил лейтенанту в высшей степени интересные идеи по части разведывательных операций. Маэстро был одним из крупнейших в стране мошенников и в момент падения Барад-Дура отбывал в тамошней тюрьме пятилетний срок за грандиозную аферу с авализованными банковскими векселями. Технических деталей ее Халаддин оценить не мог (поскольку в финансах не смыслил ни бельмеса), однако судя по тому, что одураченные негоцианты – главы трех старейших торговых домов столицы – приложили титанические усилия, дабы замять дело, не доводя его до суда и огласки, замысел и вправду был хорош. В разрушенном дотла городе перспективы на работу по специальности (сиречь – крупные финансовые махинации) были понятно какие, так что Хаддами извлек свое загодя прикопанное золотишко и подался на Юг – в надежде добраться до исторической родины, однако превратности судьбы, на кои столь щедро военное время, привели его вместо вожделенного Умбара к шаратэгским партизанам.

Маэстро был сущим кладезем разнообразнейших талантов, которые он, стосковавшись по общению с «интеллигентными людьми», с удовольствием демонстрировал Халаддину. Он, например, с немыслимой точностью имитировал почерки других людей – что, как легко догадаться, весьма ценно в его профессии. О нет, речь шла не о каком-то там примитивном воспроизведении чужой подписи, отнюдь! Ознакомившись с несколькими страничками, исписанными рукою доктора, Хаддами составил от его имени связный текст, при виде которого у Халаддина в первый момент закралась мысль: да я же небось сам это и написал – просто запамятовал, когда и где, а он нашел листок и теперь дурит мне голову...

Все оказалось проще – и одновременно сложнее. Выяснилось, что Хаддами – гениальный графолог, который по особенностям почерка и стиля составляет абсолютно точный психологический портрет пишущего, а затем фактически перевоплощается в него, так что тексты, которые он пишет от имени других людей, в некотором смысле аутентичны. А когда маэстро выложил доктору все, что узнал о его внутреннем мире, исходя из нескольких написанных строк, тот испытал замешательство, густо замешенное на страхе – это была настоящая магия, и магия недобрая. На миг у Халаддина возник даже дьявольский соблазн – показать маэстро какие-нибудь записи Тангорна, хотя он ясно понимал: это было бы куда большей низостью, чем просто сунуть нос в чужой личный дневник. Никто не вправе знать о другом больше, чем тот сам желает о себе сообщить, и дружба, и любовь умирают одновременно с правом человека на тайну.

Вот тогда-то его и посетила странная идея – дать Хаддами для экспертизы письмо Элоара, найденное среди вещей убитого эльфа. Содержание письма они с бароном разобрали по косточкам еще во время своего хоутийн-хотгорского сидения (надеялись найти в нем хоть какие-нибудь зацепки, как пробраться в Лориен), однако ничего полезного для себя так и не извлекли. И вот теперь Халаддин – сам не зная для чего – пожелал, пользуясь случаем, ознакомиться с психологическим портретом эльфа.

Результаты повергли его в полное изумление. Хаддами соткал из ломких завитков рунического письма образ человека в высшей степени благородного и симпатичного, может быть, излишне мечтательного и открытого до беззащитности. Халаддин возражал – графолог стоял на своем: он проанализировал и другие записи Элоара, его топографические и хозяйственные заметки – результат тот же, ошибка исключена.

– Значит, цена всем вашим измышлениям, маэстро, – ломаный грош! – вышел из себя Халаддин и поведал опешившему эксперту, что он сам застал в Тэшголе, не скупясь на медицинские подробности.

– Послушайте, доктор, – вымолвил после некоторого молчания как-то даже осунувшийся Хаддами, – и все-таки я настаиваю – там, в этом вашем Тэшголе, был не он...

– Что значит «не он»?! Может, и не он сам изнасиловал восьмилетнюю девочку перед тем, как перерезать ей горло, но это сделали те, кем он командовал!..

– Да нет же, Халаддин, я вовсе не об этом! Понимаете, это глубокое, немыслимо – для нас, людей, – глубокое раздвоение личности. Представьте себе, что вам пришлось – ну, так уж сложилось, – участвовать в чем-то подобном Тэшголу. У вас есть мать, которую вы нежно любите, а у эльфов иначе и быть не может: дети наперечет, каждый член социума поистине бесценен... Так вы, надо думать, сделаете все, чтобы избавить ее от знания об этом кошмаре, а при эльфийской проницательности тут не обойдешься враньем или примитивным умолчанием, вам надо и вправду перевоплотиться в иного человека. Две совершенно разные личности в одном существе – так сказать, «для внешнего и для внутреннего потребления»... Вы меня не понимаете?

– Признаться, не совсем... Раздвоение личности – это не по моей части.

Странно, но похоже, что именно этот разговор и натолкнул Халаддина на решение той самой, главной, задачи, над которой он бился, и решение это ужаснуло его своей примитивностью. Оно лежало прямо на поверхности, и ему теперь казалось, будто он все эти дни старательно отводил глаза в сторону, делая вид, что не замечает его... В тот вечер доктор добрался до башни, куда их определили на постой, затемно; хозяева уже легли, но очаг еще не погас, и он теперь сидел перед ним в полной неподвижности, глядя на оранжевую россыпь угольев остановившимся взглядом. Он даже не заметил, как рядом с ним появился барон.

– Послушайте, Халаддин, на вас лица нет. Может, выпьете?

– Да, пожалуй, не откажусь...

Местная водка обожгла рот и прокатилась тягучей судорогой вдоль хребта; он отер выступившие слезы и поискал глазами, куда бы сплюнуть сивушную слюну. Полегчать не полегчало, но какая-то отрешенность и вправду пришла. Тангорн тем временем сходил куда-то в темноту за вторым табуретом.

– Еще?..

– Нет, благодарю.

– Что-то случилось?..

– Случилось. Я нашел решение – как подкинуть эльфам наш подарочек.

– Ну и?..

– Ну и вот – размышляю на вечную тему: оправдывает ли цель средства...

– Гм... Бывает и так, а бывает и эдак – «по обстановке»...

– Вот именно; математик сказал бы: «Задача в общем виде нерешаема». И Единый – в своей неизреченной мудрости – вместо однозначной инструкции решил снабдить нас таким капризным и ненадежным прибором, как Совесть.

– И что же сейчас говорит ваша совесть, доктор? – Тангорн глядел на него с чуть насмешливым интересом.

– Совесть – вполне недвусмысленно – говорит: нельзя. А Долг отвечает: надо. Такие вот дела... Славно жить по рыцарскому девизу: «Делай, что должно – и будь что будет», – верно, барон? Особенно если тебе уже Доверительно шепнули на ушко – что именно должно...

– Боюсь, в этом выборе вам никто не помощник.

– А я и не нуждаюсь в чьей-то помощи. Более того, – он отвернулся и, зябко поежившись, протянул руки к остывающим угольям, – я хочу освободить вас от всех обязательств по участию в нашем походе. Если даже мы и победим – следуя моему плану, – это, поверьте, будет не та победа, которой можно гордиться.

– Вот как? – Лицо Тангорна окаменело, и взгляд его внезапно обрел тяжесть горного обвала. – Значит, ваш замысел таких достоинств, что участвовать в нем большее бесчестье, чем бросить в беде своего друга – ведь я до сих пор считал вас за такового? Я весьма ценю вашу заботу о чистоте моей совести, доктор, но, может, вы все же дозволите мне принять решение самому?

– Как угодно, – равнодушно пожал плечами Халаддин. – Можете сперва выслушать мои соображения – и отказаться потом. Это довольно сложная комбинация, и начать тут придется издалека... Как вы полагаете, барон, какие отношения связывают Арагорна с эльфами?

– Арагорна с эльфами? Вы имеете в виду – сейчас, после того как они усадили его на гондорский престол?

– Разумеется. Вы вроде говорили, будто неплохо знаете восходную мифологию: не помните ли, часом, историю про Цепь гномов?

– Признаться, запамятовал...

– Ну, как же... Весьма назидательная история. Когда-то давным-давно боги пытались усмирить Хахти – голодного демона Ада, могущего пожрать весь Мир. Дважды они сажали его на цепь, изготовленную божественным Кузнецом – сперва из стали, потом из мифрила, – и дважды Хахти рвал ее, как паутинку. Когда же у богов осталась последняя – третья – попытка, они унизились до того, что обратились за помощью к гномам. Те не подвели и изготовили по-настоящему несокрушимую цепь – из голоса рыб и звука кошачьих шагов...

– Голос рыб и звук кошачьих шагов?

– Ну да. Ни того, ни другого больше не существует именно потому, что все это – сколько его было в Мире – целиком пошло на ту самую цепь. Только, как мне сдается, на нее потратили и еще некоторые вещи, которых теперь в Мире тоже не сыскать; к примеру, благодарность владык – одна из таких вещей... А кстати: как, по-вашему, боги расплатились с теми гномами?

– Надо думать, ликвидировали их. А какие тут еще могут быть варианты?

– Именно так! Вернее сказать – собирались ликвидировать, но гномы были тоже не лыком шиты... Впрочем, это уже отдельная история. Так вот, возвращаясь к Арагорну и эльфам...

Рассказ его был долог и обстоятелен – он и сам проверял сейчас на прочность свои логические конструкции. Затем наступило молчание, нарушаемое лишь завыванием ветра за стенами башни.

– А вы страшный человек, Халаддин. Кто бы мог подумать... – задумчиво произнес Тангорн; он оглядел доктора с каким-то новым интересом и, пожалуй что, с уважением. – В работе, за которую мы взялись, всякого рода карамельные сопли неуместны, однако если нам и вправду суждено победить так, как вы задумали... Словом, не думаю, чтобы у меня когда-нибудь возникло желание вспоминать с вами эту историю за кубком доброго вина.

– Если нам суждено победить так, как я задумал, – эхом откликнулся Халаддин, – не думаю, чтобы у меня возникло желание видеть свое отражение в зеркале. (А про себя добавил: «И уж во всяком случае, я никогда не посмею взглянуть в глаза Соне».)

– Впрочем, – усмехнулся барон, – я позволю себе вернуть вас на грешную землю: эти разговоры удивительно напоминают скандальный дележ ненайденного сокровища. Вы еще сперва выиграйте этот бой, а уж потом предавайтесь душевным терзаниям... Пока что у нас появился свет в конце тоннеля – и не более того. Не думаю, чтобы наши шансы остаться в живых были выше, чем один к пяти, так что это по-своему честная игра.

– Наши шансы? Значит, вы все-таки остаетесь?

– Куда ж я денусь... Уж не думаете ли вы, что сумеете обойтись без меня? Как вы, к примеру, собрались общаться с Фарамиром? А ведь без его участия, пусть даже и пассивного, вся ваша комбинация окончится не начавшись. Ладно... Теперь вот что. Я полагаю, придуманную вами наживку следует забрасывать не где-нибудь, а именно в Умбаре; эту часть работы я возьму на себя – там вы с Цэрлэгом будете мне только обузой. Давайте ложиться, а детали я продумаю завтра.

Назавтра, однако, возникли дела иного рода: появился наконец долгожданный проводник, Матун, и они двинулись покорять Хотонт. Стояла вторая неделя мая, но перевал еще не открылся. Отряд трижды попадал под снежные заряды – их тогда спасли только спальные мешки из шкуры толсторога; как-то раз, проведя полтора суток в хижине-иглу, сооруженной Матуном из наскоро нарезанных кирпичей плотного фирна, они едва сумели потом прокопаться наружу. В воспоминаниях Халаддина весь этот маршрут слипся в какой-то вязкий тягучий кошмар. Кислородное голодание соткало вокруг него сплошную завесу из крохотных хрустальных колокольцев – после любого движения неодолимо хотелось опуститься в снег и блаженно вслушиваться в их убаюкивающий звон; похоже, не врут, что замерзнуть – самая лучшая смерть... Из этого полузабытья его вывел один лишь эпизод: когда примерно в полумиле от них, по другую сторону ущелья, появилась неведомо откуда огромная мохнатая фигура – не то обезьяна, не то вставший на задние лапы медведь; существо это двигалось вроде бы неуклюже, но невероятно быстро, и, не обратив на них внимания, бесследно растворилось в каменных россыпях на дне троговой долины. Вот тогда-то он впервые увидал напуганного тролля – никогда бы не подумал, что такое вообще возможно. «Кто это был, Матун?» Но тот только рукой махнул, будто отгоняя Нечистого: мол, пронесло, и ладно... Так что они-то теперь идут по торной тропке меж раскидистых итилиенских дубов, наслаждаясь пением птичек, а Матун тем временем возвращается в одиночку через все эти «живые» осыпи и фирновые поля.

...Вечером того же дня они вышли на поляну, где человек десять мужиков городили частокол вокруг пары недостроенных изб. При их появлении все они тут же похватали луки, а старший их серьезным голосом скомандовал: положить оружие на землю и подойти ближе – медленно и держа руки над головой. Тангорн, приблизившись, сообщил, что их отряд следует прямиком к принцу Фарамиру. Мужики переглянулись и полюбопытствовали, откуда тот свалился – с Луны или с печки. Барон между тем внимательно пригляделся к одному из строителей – тому, что сидел наверху сруба, оседлав стропило, – и наконец расхохотался от души:

– Так-так, сержант!.. Славно встречаешь своего командира...

– Ребята!! – завопил тот, едва не сверзившись со своей верхотуры. – Лопни мои глаза, если это не лейтенант Тангорн! Извиняйте, господин барон, не признали: видок у вас – того... Ну, теперь, почитай, все наши в сборе – так что мы этот ихний Белый отряд... – и в совершеннейшем восторге адресовал прячущемуся за лесами Эмин-Арнену смачный непристойный жест.

ГЛАВА 25

Итилиен, хутор Дроздиные выселки.
14 мая 3019 года

– ...Значит, так прямо и ляпнул на весь Эмин-Арнен: «Вольные стрелки из Дроздиных выселок»?

– А что мне еще оставалось – ждать, пока Вековечный

Огонь смерзнется? И принца, и девушку выпускают из форта только в компании ребят из Белого отряда, а при них беседовать вроде как не с руки...

Фитилек масляной плошки, отставленной на край грубого дощатого стола, бросал неровные отсветы на лицо говорившего, по-цыгански смуглое и хищное – ни дать ни взять разбойник-маштанг с караванных троп заандуинского Юга; неудивительно, что в свое время этот человек чувствовал себя как рыба в воде и в кхандских караван-сараях среди бактрианьих погонщиков, контрабандистов и вшивых горластых дервишей, и в умбарских портовых кабаках самой что ни на есть сомнительной репутации. Много лет назад именно барон Грагер обучал впервые попавшего за Андуин «салагу» Тангорна и азам ремесла разведчика и – что, может быть, еще важнее – бесчисленным южным «примочкам», не вникнув в которые так и останешься чечако – вечным объектом приторно-ядовитых подначек любого южанина, от уличного мальчишки до царедворца.

Хозяин Дроздиных выселок вопросительно прикоснулся к кувшину с вином, но, наткнувшись на едва заметный отрицательный кивок Тангорна, согласно отодвинул его в сторонку: объятия и прочие эмоции по поводу встречи остались позади – теперь они работали.

– Быстро установили связь?

– Через девять дней – те должны бы уже забыть о том дурацком эпизоде. Девушка как-то раз поехала на охоту – это для нее дело обычное, – увидала на одной из дальних полянок пастушка со стадом и очень грамотно оторвалась от сопровождающих – минут на десять, не больше...

– Пастушок, значит... Не иначе как сунула ему золотую монету с запиской...

– Не угадал. Она вытащила ему занозу из пятки и рассказала, как однажды в детстве они на пару с братом защищали свой табун от степных волков... Слушай, а они там, на Севере, и вправду все делают своими руками?

– Да. У них даже принцы крови в детстве пасут коней, а принцессы работают при кухне. Так что пастушок?..

– Она просто попросила его о помощи – но так, чтобы об этом не узнал ни один человек на свете. И – вот тебе слово профессионала: случись чего, мальчишка дал бы изрезать себя на ломти, но не сказал бы ни слова... Короче говоря, он нашел хутор Дроздиные выселки и передал на словах, что в будущую пятницу в поселковом кабаке «Красный олень» капитан Берегонд будет ждать крепко подвыпившего человека, который хлопнет его по плечу и спросит – не он ли командовал мортондскими лучниками на Пеленнорских полях...

– Что-о-о?!! Берегонд??!

– Представь себе. Ну, мы-то тогда изумились не меньше твоего. Однако согласись – люди Арагорна, надо думать, выставили бы в качестве наживки кого-нибудь менее приметного. Так что принц все сделал верно...

– Да вы тут просто с ума посходили! – развел руками Тангорн. – Как можно хоть на грош верить человеку, который сперва убил своего государя, а теперь вот, по прошествии месяца, предает и новых своих хозяев?

– Ничего подобного. Во-первых, к гибели Денетора он не причастен – это выяснено совершенно точно...

– Это, простите, как выяснили – в кофейную гущу заглянули, что ли?

– Заглянули. Только не в кофейную гущу, а в палантир. Короче говоря, Фарамир ему теперь полностью доверяет – а принц, как тебе известно, неплохо разбирается в людях и лопоухой легковерностью не страдает...

Тангорн подался вперед и даже присвистнул от изумления:

– Постой, постой... Уж не хочешь ли ты сказать, что палантир Денетора находится в Эмин-Арнене?

– Ну да. Эти, в Минас-Тирите, решили, будто кристалл «заклинило», им-то всем из него являлся только призрак убиенного Короля; так что, когда Фарамир пожелал его забрать с собою – «на память», те были даже рады.

– Та-а-ак...

Барон невольно оглянулся на дверь в соседнюю комнату где сейчас устраивались на ночлег Халаддин с Цэрлэгом. Ситуация стремительно менялась; что-то им последнее время неприлично везет, мельком подумал он, – ох, не к добру это... Грагер, проследив за его взглядом, кивнул в сторону перегородки:

– Эта парочка... Они и впрямь ищут Фарамира?

– Да. Им вполне можно доверять – наши с ними интересы, по крайней мере сейчас, полностью совпадают.

– Ну-ну... Дипломатическая миссия?

– Вроде того. Прости, но я связан словом... Командир итилиенцев некоторое время что-то прикидывал в уме, а потом проворчал:

– Ладно, разбирайся с ними сам – мне и своей головной боли хватает. Запихну их пока что на самую дальнюю базу, на Выдряном ручье – чтоб под ногами не путались, – а там видно будет.

– Кстати, а почему ты изо всех твоих баз засветил именно Дроздиные выселки?

– Потому что сюда нельзя подобраться незаметно – мы в любом случае всегда успеем ускользнуть. Да и народу здесь всего ничего – скорее наблюдательный пункт, чем база.

– А сколько всего наших?

– Ты – пятьдесят второй.

– А их?..

– Сорок.

– Да, нашими силами форт не поштурмуешь...

– Про штурм и думать забудь, – отмахнулся Грагер. – Уж чего-чего, а прикончить принца они успеют при любом раскладе. Тем более – Фарамир категорически требует, чтобы его освобождение было абсолютно бескровным, дабы никто не посмел его обвинить в нарушении вассальной присяги... Нет, у нас другой план – мы готовим побег из Эмин-Арнена: а вот когда князь Итилиенский окажется под нашей охраной, мы сможем разговаривать с Белыми уже другим тоном – «А не пойти ли вам, ребята, отсюда на?..».

– И как – есть уже конкретный план?

– Обижаешь – все уже почти что сделано! Видишь ли, главная проблема была в Йовин: их выпускают за ворота Эмин-Арнена только порознь, а в одиночку принц, разумеется, никуда не уйдет. Так вот, нам пришлось решать головоломку: чтобы князь с княгиней оказались, во-первых – вместе, во-вторых – без прямого надзора, и в-третьих – вне здания форта.

– Гм... Сразу приходит на ум их опочивальня: правда, там не выполняется третье условие...

– Ты почти угадал. Баня.

– Ну вы даете! – расхохотался Тангорн. – Подкоп?..

– Разумеется. Баня стоит внутри частокола, но поодаль от основного здания. А копаем мы от соседней мельницы – почти двести ярдов по прямой, не ближний свет. Сам знаешь, с подкопами всегда главная проблема – куда девать свежевырытую землю: с мельницы-то ее можно вывозить в мешках, запачканных мукой, – все выглядит вполне натурально. Самый уязвимый момент – если дозорные из форта примутся, просто от скуки, считать мешки и сообразят, что муки увозят куда больше, чем привозят зерна... Так что рыть приходилось не во всю силу – тише едешь, дальше будешь, – но на этой неделе, похоже, все-таки управимся.

– А Белый отряд так ни о чем и не подозревает?

– Берегонд клянется, что нет. Правда, его они, конечно, ни о чем таком не информируют, но какие-то признаки тревоги он бы все же заметил.

– У них есть своя агентурная сеть в Поселке и на хуторах?

– В Поселке, разумеется есть, а вот на хуторах – не похоже. Понимаешь, у них крупные проблемы по части связи со своими людьми вне форта. Местные общаться с Белым отрядом избегают (про этих ребят тут болтают невесть чего – чуть ли не ожившие покойники), а нам это сильно на руку: любой контакт поселянина с Белыми сразу бросается в глаза. Сейчас-то они, конечно, поумнели и перешли на безличную связь – через тайники, но поначалу светили свою агентуру только так.

– Хозяин поселкового кабака работает на них?

– Похоже, что да. Это сильно осложняет нам жизнь.

– Торговцы, которые мотаются в Гондор за товаром?

– Один торговец. Другой – мой человек; я все ждал, что они попытаются и его завербовать, тогда мы получили бы доступ к их каналу связи, но тут покамест не клюнуло.

– Ты пока просто держишь их всех «под колпаком»?

– Не только. Поскольку счет пошел на дни, я решил оставить их без связи с Минас-Тдритом – пускай посуетятся. Это малость отвлечет их и от мельника, и от наших хуторов.

– Кстати, о связи. Не держит ли кто из поселковых голубей?

– Держал, – ухмыльнулся Грагер. – Только вот голубятня – фьюить, и сгорела. Такие дела...

– А ты не зарываешься? Они ведь небось на рога встали...

– Еще бы не встали! Но я ведь говорю – счет на дни, тут уж кто вперед. Опять-таки, расследованием поджога голубятни занимались целых два сержанта – представляешь? Так что теперь мы точно знаем, кто у них в Белом отряде ведает контрразведкой... Видишь ли, – задумчиво произнес бывший резидент, не отрывая чуть сощуренных глаз от светильника, – меня по-настоящему пугает легкость, с которой я угадываю их ходы: достаточно просто поставить себя на их место – а как бы я строил свою сеть в таком же вот поселке? Но ведь это просто означает, что и они, едва узнав о нашем существовании – а они узнают непременно, это вопрос ближайшего времени, – будут вычислять мои ходы с той же самой легкостью. Так что нам остается одно – играть на опережение... О-о! – Его вскинутый палец замер подле виска. – Похоже, гости! Никак ребята из форта рискнули-таки связаться с Минас-Тиритом напрямую – я жду этого уже третий день.

...Повозка катилась по тракту в быстро сгущающихся сумерках, и ночной озноб уже вовсю норовил заползти за воротник и в рукава правящему на передке владельцу поселковой бакалейной лавки. Совиная падь – самое глухое и мрачное место на всем пути от Поселка до Осгилиата – была уже почти позади, когда из непроглядно-темных кустов орешника по сторонам дороги бесшумно возникли четыре тени. Торговец хорошо знал правила игры, а потому безропотно отдал разбойникам кошель с дюжиной серебряных монет, на которые собирался закупить в Гондоре мыла и специй для своей лавки. Те, однако, к деньгам особого интереса не проявили и приказали пленнику раздеться: это было уже не по правилам, однако упершееся в его подбородок лезвие не располагало к дискуссии. Но по-настоящему – до струек холодного пота – бакалейщик испугался только тогда, когда главарь, поковыряв кинжалом подошвы его сапог, неторопливо ощупал камзол и, удовлетворенно хмыкнув, распорол один из швов: запустив пальцы в прореху, он ловко, как фокусник, извлек наружу квадратный лоскут тончайшего шелка, исписанный едва различимыми во мраке значками.

Торговец и вправду не был профессионалом и, когда разбойники деловито перебросили веревку через ближайший сук, сделал несусветную глупость: заявил, что он – человек короля. Чего он собирался этим добиться? Ночные убийцы лишь недоуменно переглянулись: их опыт подсказывал, что люди короля столь же смертны (если их повесить), как и любые другие. А тот, который сочинял тем временем из свободного конца веревки затяжную петлю, сухо заметил, что шпионаж – не вечерняя партия в дартс в «Красном олене», когда проигрыш составляет пару пива. Собственно говоря, продолжал он, тщательно вывязывая «пиратский» узел (так, чтобы жертва могла хорошенько разглядеть все эти зловещие приготовления), – собственно говоря, парню еще крупно повезло: нечасто засыпавшемуся шпиону удается умереть столь быстро и относительно безболезненно; его счастье, что он лишь связник и все равно ничего не знает об остальной организации... Тут организм несчастного лавочника разом исторг из себя все жидкие и твердые продукты метаболизма, и связной принялся взахлеб выкладывать все, что ему известно, а знал он (как и предполагали люди Грагера) не так уж и мало.

«Разбойники» удовлетворенно переглянулись – они свои роли сыграли безупречно. Старший вывел из-за кустов коня и, отдав пару кратких распоряжений, исчез: захваченную шифровку давно ждали в Дроздиных выселках. Один из оставшихся окинул трясущегося пленника взглядом, весьма далеким от восхищения, и носком сапога подвинул к нему брошенную на траву одежду:

– Вон там, за деревьями, ручеек. Поди приведи себя в порядок и оденься – поедешь с нами. Сам понимаешь, что с тобой будет, если попадешься своим дружкам из Белого отряда.

...Буквенный шифр, которым была написана шелковка, оказался на удивление простым. Обнаружив в не слишком длинном сообщении семь «редких» букв "Ґ". Тангорн с Грагером тут же сообразили, что имеют дело с так называемой прямой подстановкой («простая тарабарщина»), когда одна буква стандартно заменяется другой на протяжении всего текста. Обычно для этого порядковые номера 58 букв, составляющих Кертар Даэрон, смещают на условленное число; например, при смещении на 10 вместо "X" (номер 1) употребляют "Y" (11), а вместо "q" (номер 55) – "A" (7). Совершеннейший примитив: на Юге такие, с позволения сказать, «шифросистемы» используют разве что для тайных любовных посланий... Угадав со второго раза число смещения – 14 (дата составления шифровки), Грагер витиевато выругался: похоже, им пытаются всучить дезинформацию.

Дезинформацией, однако, сообщение не было. Отнюдь... В нем некто по кличке Гепард, капитан тайной стражи Его Королевского Величества, сообщал «коллеге Грагеру», что в их игре, похоже, возникла патовая позиция. Грагер, конечно, может нейтрализовать Гепардову сеть за стенами форта и сильно затруднить им связь с Минас-Тиритом, но к решению основной его задачи все это не приблизит лейтенанта ни на шаг. Не следует ли им двоим встретиться для переговоров – хоть в Эмин-Арнене (под гарантии безопасности), хоть на одном из хуторов по выбору барона?..

ГЛАВА 26

Итилиен, Эмин-Арнен.
Ночь с 14 на 15 мая 3019 года

– Послушай, вот ты говоришь – принцессы Элендейл на самом деле не было на свете, ее просто выдумал этот Альруфин... Йовин сидела в кресле, забравшись в него с ногами, сплетя на колене свои тонкие пальцы и смешно нахмурившись. Принц улыбнулся и, присев на подлокотник, попытался разгладить эту милую морщинку прикосновением губ, но у него ничего не вышло.

– Нет, Фар, подожди – я серьезно. Ведь она живая, понимаешь, – по-настоящему живая! А когда она погибает, чтобы спасти своего любимого, мне хочется плакать, будто я и вправду потеряла друга... Вот саги про древних героев – это, конечно, тоже здорово, но как-то не так, совсем не так. Все эти Гил-Гэлады и Исилдуры – они какие-то... ну, вроде как каменные статуи, понимаешь? Перед ними преклоняешься – и только, а вот принцесса – слабая и теплая, ее можно любить... Я непонятно говорю?

– Ты говоришь очень здорово, зеленоглазая. Мне сдается, Альруфин был бы рад услыхать твои речи.

– Элендейл должна была жить в начале Третьей Эпохи. Никто, кроме нескольких летописцев, не помнит даже имен тех конунгов, что правили тогда на роханских равнинах; так кто же более настоящий – они или эта девушка? Значит, Альруфин – страшно вымолвить! – превзошел в могуществе самих Валаров?

– В некотором смысле – да.

– Знаешь, мне вдруг пришло в голову... Представь себе, что кто-нибудь, такой же могущественный, как Альруфин, напишет книгу о нас с тобой – ведь может быть такое, правда? Тогда какая из двух Йовин будет настоящей – я или та?

– Ты, помнится, – улыбнулся Фарамир, – давеча просила объяснить – «на доступном для глупой бабы уровне», – что такое философия. Так вот, эти твои рассуждения как раз и есть философия – правда, довольно наивная. Понимаешь, над этими вещами задолго до тебя размышляло множество людей, и далеко не все из найденных ими ответов – не стоящая внимания глупость. Ну вот, например... Да-да, войдите! – откликнулся он, услыхав стук дверь и озадаченно покосился на Йовин: ночь на дворе, кого это там принесла нелегкая?

Вошедший был одет в черную парадную униформу сержанта гондорских Стражей Цитадели (принца всегда интриговало это обстоятельство: отряд Белый, а форма – черная), и при виде его у Фарамира отчего-то сразу засосало под ложечкой – похоже, они где-то крупно прокололись... Он велел было Йовин удалиться в соседнюю комнату, однако гость мягко попросил ее остаться – то, что они будут сейчас обсуждать, имеет прямое отношение и к Ее Высочеству.

– Прежде всего позвольте представиться, князь, – пусть и с некоторым опозданием. Имени у меня нет, но вы можете называть меня Гепардом. Я на самом деле не сержант, а капитан тайной стражи (вот мой жетон) и руковожу здешней контрразведкой. Несколько минут назад я арестовал коменданта Эмин-Арнена по обвинению в заговоре и государственной измене. Однако не исключено, что Берегонд лишь выполнял ваши приказания, не особо вникая в их смысл, и тогда его вина не столь велика. Собственно, именно в этом я и хотел бы сейчас разобраться.

– Не могли бы вы выражаться яснее, капитан? В лице Фарамира не дрогнул ни один мускул, и он сумел бестрепетно встретить взгляд Гепарда – пустой и страшный, как и у всех офицеров Белого отряда; если же не брать в расчет глаза, то лицо капитана было вполне располагающим – мужественное и при этом немного печальное.

– Как мне сдается, князь, вы совершенно превратно понимаете суть моих обязанностей. Я должен любой ценой – повторяю: любой – оберегать вашу жизнь. Не потому, что вы мне симпатичны, а потому что таков приказ моего короля: любое несчастье, случившееся с вами, молва однозначно припишет Его Величеству, а с какой стати ему платить по чьим-то счетам? Это с одной стороны. А с другой – я обязан предотвратить возможные попытки склонить вас к нарушению вассальной присяги. Представьте себе, что какие-нибудь недоумки нападают на форт и «освобождают» вас, дабы превратить в знамя Реставрации. Если при этом погибнет хоть кто-нибудь из людей короля – а они погибнут наверняка, – Его Величество при всем желании не сможет закрыть глаза на такую историю. Королевская армия вступит в Итилиен, а это скорее всего прямиком приведет Воссоединенное Королевство к кровопролитной гражданской войне. Так что считайте – я здесь для того, чтобы оберегать вас от возможных глупостей.

Странно, но в речи Гепарда (в интонациях? нет, скорее в построении фраз...) было нечто такое, отчего у Фарамира возникло отчетливое ощущение, будто он вновь разговаривает с Арагорном.

– Я весьма ценю вашу заботу, капитан, однако не понимаю, какое отношение все это имеет к аресту Берегонда.

– Видите ли, некоторое время назад он встретился в «Красном олене» с высоким худощавым человеком, у которого вдоль левого виска идет длинный шрам, а одно плечо заметно выше другого. Вы, часом, не знаете, о ком речь? Внешность запоминающаяся...

– Признаться, не припоминаю, – улыбнулся принц, стараясь, чтобы улыбка не вышла кривоватой – было отчего... – Наверное, проще спросить об этом у самого Берегонда.

– О, Берегонду предстоит ответить на целую кучу вопросов. А вот ваша забывчивость, князь, весьма удивительна. Я понимаю – капитан Итилиенского полка Фарамир может и не помнить в лицо всех своих солдат, но уж офицеров и сержантов-то, по идее, обязан... Внешность, повторяю, приметная...

– При чем тут Итилиенский полк?

– Ну как же – при чем? Видите ли, многие из воевавших в составе сего замечательного подразделения не вернулись по окончании войны домой, в Гондор. Особенно примечательно полное отсутствие вернувшихся офицеров и сержантов – общим числом до полусотни. Ну, часть наверняка погибла – время военное, – но ведь не все же!.. Как вы полагаете, князь, куда б они все могли подеваться – уж не к нам ли в Итилиен?

– Возможно, – равнодушно пожал плечами принц. – Только я об этом не имею ни малейшего представления.

– Вот именно, князь, вот именно: не имеете представления! Заметьте, остаться в Итилиене, с которым была связана их служба и где княжит любимый ими капитан (а вас в полку действительно любили – это ни для кого не секрет), вроде бы совершенно нормально и естественно. Только отчего-то ни один из них не приехал в Эмин-Арнен официально представиться и попроситься к вам на службу... Согласитесь, это не то что неестественно, это – весьма и весьма подозрительно! Логично предположить, что полк сохранился как единая дисциплинированная организация, только перешедшая на нелегальное положение, и теперь эти люди вынашивают планы вашего «освобождения». К чему это приведет – мы, кажется, уже обсудили.

– Ваши домыслы, капитан, весьма любопытны и по-своему логичны, однако если это все «доказательства» измены Берегонда, коими вы располагаете...

– Оставьте, князь, – досадливо поморщился Гепард, – мы ведь с вами не в суде присяжных! В настоящий момент меня волнуют не юридические закорючки, а истинная степень вины этого заговорщика-дилетанта. И тут сразу возникает вопрос: каким образом комендант, служивший в Минас-Тирите, в отряде Стражей Цитадели, мог выйти на контакт с сержантом Ранкорном, вольным стрелком, который всю войну безвылазно просидел в Итилиенских лесах? Значит, кто-то их познакомил (пусть даже заочно), и первый претендент здесь – вы, князь... Ну так все-таки: Берегонд действовал по своему почину или – что больше похоже на правду – выполнял ваше поручение?

«Вот и все, – понял Фарамир, – зачем же они послали тогда на связь именно Ранкорна – его ведь и в самом деле так легко опознать по словесному портрету... Словесные портреты сержантов – ох, и глубоко же они копают... И „Красный олень“, видать, перекрыт куда плотнее, чем я думал... Мы проиграли вчистую, только платить нам придется разную цену: меня ждет продолжение почетного пленения, а капитана – мучительная смерть. Самое ужасное – я ничего не могу для него сделать: придется предоставить Берегонда его судьбе и жить дальше с несмываемым ощущением собственной подлости... Глупейшая иллюзия, будто с победившим врагом возможны какие-то соглашения. На таких „переговорах“ в принципе невозможно что-либо выторговать – ни для себя, ни доя других; все идет по единой схеме: „Что мое – то мое, а что твое – тоже мое“. Вот потому-то и существует железный закон тайной войны: при любых обстоятельствах молчать либо отрицать все – вплоть до факта собственного существования. Признав свою роль в контактах с итилиенцами, я не спасу Берегонда и лишь ускорю гибель Грагера и его людей...»

Все это вихрем пронеслось в голове принца, прежде чем он поднял взгляд на Гепарда и твердо произнес:

– Я не имею ни малейшего представления о контактах коменданта с людьми из Итилиенского полка – если таковые и вправду имели место. Вам прекрасно известно, что мы с ним за все это время не обменялись и десятком фраз – этот человек как-никак убил моего отца.

– То есть, – сухо резюмировал контрразведчик, – вы не хотите избавить вашего человека... ну, если не от смерти, так хотя бы от пыток?

«Он знал, на что идет», – подумал Фарамир, а вслух ответил:

– Если тут и вправду имела место измена (в чем вы меня пока не убедили), капитан Берегонд должен понести суровую кару. – И затем, тщательно подбирая формулировки, закончил: – Я же готов поклясться тронами Валаров, что никогда не собирался – и не собираюсь – нарушить свое слово: обязательства перед сюзереном нерушимы.

– Поня-атно, – задумчиво протянул Гепард. – А вы что скажете, Йовин? Вы тоже готовы для пользы дела совершить предательство и отдать на съедение волкам своего человека? Впрочем, – усмехнулся он, – о чем я говорю... Ведь на дыбу попадет всего лишь какой-то офицер из простолюдинов; экая важность для особы королевской крови – ей-то самой в любом случае ничто не грозит!..

Среди многочисленных достоинств Йовин умение владеть лицом не значилось – она побледнела и беспомощно оглянулась на Фарамира. Гепард безошибочно нашел уязвимое место в их обороне: девушка была органически неспособна оставаться безучастной, когда рядом гибнет товарищ. «Молчи!» – взглядом приказал ей Фарамир, но было поздно.

– А теперь послушайте меня вы, оба! Меня совершенно

не интересуют чьи-то признания – я не судья, а контрразведчик; мне нужны лишь сведения о дислокации бойцов из Итилиенского полка. Я не собираюсь убивать этих людей: моя цель – именно предотвратить кровопролитие... Уж тут вам придется поверить мне на слово – вы проиграли, и ничего иного вам не остается. Сведения эти я получу от вас, чего бы это ни стоило. Никто, разумеется, не вправе подвергнуть допросу третьей степени сестру короля Рохана – но уж зато присутствовать при пытках сданного вами Берегонда я ее заставлю от начала и до конца, клянусь молчанием Мандоса!

Принц между тем рассеянно играл пером, лежащим поверх неоконченной рукописи, не замечая того, что левый локоть его ненароком сдвинул на самый краешек стола недопитый бокал. Еще чуть-чуть, и бокал упадет на пол, Гепард непроизвольно повернет голову на звук – и тогда он перемахнет через стол, чтобы добраться до горла шефа контрразведки, а уж там – что черт пошлет... Но тут дверь распахнулась без стука, и в комнату стремительными шагами вошел лейтенант Белого отряда: двое рядовых застыли в полумраке коридора прямо за порогом. «И тут опоздал», – обреченно понял Фарамир, однако лейтенант, не удостоив его вниманием, беззвучно зашептал на ухо Гепарду нечто весьма того удивившее. «Мы продолжим нашу беседу минут через десять, князь», – бросил капитан уже через плечо, направляясь к двери. Лязгнул замок, прогрохотали, стремительно удаляясь, сапоги, и настала тишина – смутная и какая-то растерянная, будто бы сама осознающая свою предгрозовую мимолетность.

– Что ты там ищешь? – Она была на удивление спокойна, если не сказать – безмятежна.

– Что-нибудь вроде оружия.

– Да, это правильно... Надеюсь, и на мою долю тоже?

– Видишь, малыш, я втянул тебя во все это и не сумел уберечь...

– Глупости. Ты все делал верно. Фар, просто удача в этот раз была на их стороне.

– Давай прощаться?..

– Давай. Что бы ни случилось, у нас все же был этот месяц... Знаешь, это, наверное, зависть Валаров: мы с тобой получили слишком много счастья...

– Ты готова, зеленоглазая? – Теперь, по прошествии

этих мгновений, он обратился в совершенно иного человека.

– Да. Что мне надо делать?

– Смотри внимательно. Дверь открывается на нас, и косяки тоже вдвинуты внутрь...

ГЛАВА 27

А Гепард тем временем, опершись на зубцы надвратного укрепления, не сводил глаз с жесткого ястребиного лица Грагера, знакомого ему ранее лишь по словесному портрету. Пятачок перед воротами форта был выхвачен из мрака десятком факелов – их держали составляющие свиту барона всадники в маскировочных плащах Итилиенского полка. Переговоры шли трудно, что называется – колючками вперед: «высокие договаривающиеся стороны» были согласны в том, что следует избежать кровопролития – и только. Друг другу они – вполне обоснованно – не верили ни на ломаный грош («А что, если я сейчас попросту захвачу вас, барон, и разом решу все мои проблемы?» «Для этого вам придется открыть ворота, капитан. Откройте – и поглядим, чьи лучники круче...»); оба ни на шаг не отступали от предварительных условий. Грагер требовал, чтобы итилиенцев допустили в форт – нести охрану покоев Фарамира. Гепард желал узнать расположение их лесных баз («Вы, никак, держите меня за идиота, капитан?» «Ну, ведь предлагаете же вы мне добровольно впустить вооруженного противника внутрь крепости...»). Попрепиравшись таким манером минут пятнадцать, они сошлись на том, что Белый отряд запросит инструкций из Минас-Тирита, а итилиенцы завтра беспрепятственно пропустят гонца; на том и расстались.

Кого как, а Гепарда этот балаган не ввел в заблуждение ни на миг. Едва поднявшись на стену и оценив ситуацию, он обернулся к сопровождавшему его лейтенанту и негромко скомандовал: «Объявить тревогу, только без шума. Всех, кого можно, – во двор. Замрите и ждите лазутчика: сейчас, под прикрытием этой говорильни, кто-то из Итилиенского полка полезет через стену – надо полагать, через заднюю. Брать только живым: за жмурика – на части разомкну».

Он был совершенно прав и ошибся лишь в паре деталей. Лазутчик выбрал не заднюю стену, а переднюю. Он бесшумно закинул на гребень халтурного эмин-арненского частокола крохотную кошку на невесомой эльфийской веревке (буквально в десятке ярдов от стоявшей у ворот форта кавалькады, там, где ночной мрак, оттесненный в стороны факелами итилиенцев, казался – по контрасту – гуще всего), паучком по паутинке взмыл наверх, а затем дуновением ночного ветерка скользнул во двор едва ли не из-под самых сапог топтавшихся на стене дозорных: те, никак не ожидая подобной наглости, не сводили глаз – и луков – с ярко подсвеченных людей Грагера. И еще одна неугаданная Гепардом мелочь: человек, пытающийся сейчас вызволить принца (экспромт, рожденный меньше часа назад безнадежностью и отчаянием), был не из Итилиенского полка, а из другого. Из Кирит-Унгольского.

...Надобно заметить, что полковая принадлежность сержанта Цэрлэга послужила в Дроздиных выселках предметом для весьма бурной дискуссии – как по сути, так и по форме. «У вас совсем крыша уехала, друг мой? – такова (или почти такова) была первая реакция Грагера, когда Тангорн вдруг предложил использовать для проникновения в Эмин-Арнен не одного из итилиенских рейнджеров, как они решили поначалу, а „заезжего профессионала“ из Мордора. – Орк есть орк, и вверять ему жизнь принца!.. Конечно, соблазнительно, что он ориентируется во внутренних помещениях форта – это еще с той поры, как они тут квартировали, да? – и к тому же умеет работать с замками... Но все же, черт побери, барон, – своими руками вводить в покои принца вооруженного мордорца...» «Я ручаюсь за этих ребят головой, – терпеливо объяснял Тангорн. – Хоть я и не вправе рассказать тебе об их миссии, но поверь: случилось так, что все мы – по крайней мере сейчас – сражаемся в одной команде против общего врага, и они не меньше нашего заинтересованы вырвать Фарамира из лап Белого отряда».

Впрочем, работа в разведке давно уже приучила Грагера к тому, что временное совпадение интересов рождает порою совершенно фантастические альянсы, а на вчерашнего врага сплошь и рядом можно полагаться крепче, чем на иного друга-приятеля. Кончилось тем, что он взял всю ответственность на себя и формально зачислил Цэрлэга – «на время проведения рейда в форт Эмин-Арнен» – в состав Итилиенского полка и вручил орокуэну соответствующую бумажку – на случай, если тот попадется в плен к Белым. Сержант в ответ только фыркнул – с захваченным орком церемониться не станут в любом случае, пускай уж лучше его повесят как мордорского диверсанта, а не как гондорского заговорщика, – однако Халаддин велел ему не умничать.

– ...И помните, сержант: при снятии часовых и всем таком прочем – никакого кровопролития! Считайте, что вы на учениях.

– Очень мило. А они понимают, что это – учения?

– Надеюсь, что да.

– Ясно. Значит, в случае чего меня вздернут на учебной веревке...

Говорят, будто в дальневосходных странах существует зловещая секта оборотней-ниньокве – супершпионов и суперубийц, способных внутренне перевоплощаться в животных, сохраняя при этом людское обличье. Воплотившись в геккона, ниньокве может вопреки всем законам физики лазить по гладкой вертикальной стене, став змеей – проскальзывает в любую щель, а будучи все же застигнут стражей – обращается в летучую мышь и улетает по воздуху. Цэрлэг искусством ниньокве отродясь не владел (что, кажется, втайне подозревал за ним Тангорн), однако командир разведвзвода кирит-унгольских егерей и безо всяких магических штучек умел многое.

Во всяком случае, к тому времени, когда поднятые по тревоге бойцы Белого отряда заняли свои позиции во дворе форта, он уже успел взобраться на одну из внешних галерей и теперь, сменив кошку на слесарный инструмент, занимался ведущей внутрь дверью. Навыками настоящего взломщика сержант не обладал, однако в работе по металлу кое-что смыслил, а любой эмин-арненский запор (сколько он помнил по прошлому году) запросто открывался при помощи складного ножа и пары кусков проволоки. Несколькими минутами спустя он уже бесшумно скользил по полутемным и совершенно пустым (все Белые наружи – весьма кстати!) коридорам форта; орокуэн никогда не жаловался на зрительную память и пространственную ориентацию, но чувствовал – отыскать «княжеские покои» в этом трехмерном лабиринте будет ох как непросто.

...Цэрлэг миновал почти треть пути – то неподвижно застывая перед углами, то молниеносно прошмыгивая через открытые пространства, то бочком семеня по ступенькам (так, чтобы не наступить на их могущую скрипнуть середку), – когда потаенный внутренний сторож, благодаря которому он только и сумел выжить в эти годы, опять – как и всегда – провел ему вдоль хребта своей ледяною ладошкой: «Берегись!!!» Он вжался спиною в стену и бочком, медленно и плавно, двинулся к маячившему в десятке ярдов впереди завороту коридора. Сзади никого не было видно, но чувство опасности оставалось близким и совершенно отчетливым; когда сержант ускользнул за спасительный поворот, он был насквозь мокрым от пота. Присев на корточки, он осторожно, почти на уровне пола, выставил за угол карманное зеркальце – коридор был по-прежнему пуст. Он подождал так несколько минут – ничего, а затем вдруг явственно почувствовал: опасность отдалилась, он больше не ощущает ее. Это, однако, ничуть его не успокоило, и он вновь двинулся вперед еще более настороженным и готовым к самому худшему.

...Когда Гепард засек краешком глаза мелькнувшую в глубине коридора тень, он точно так же влип в стену и мысленно выругался последними словами – все-таки прошляпили, дармоеды! Положение у капитана было, скажем прямо, не ахти: на все огромное здание – лишь трое часовых; один сторожил комнаты Фарамира с Йовин, другой – Берегонда, третий – вход в подвалы форта. Бежать за подмогою наружу? Тот может за это время выпустить принца, и они тут на пару наворочают таких дел, что потом век не расхлебаешь. Орать во всю мочь: «Тревога!» – еще того краше: наверняка канет в этот чертов лабиринт и изготовится там к бою, так что взять его можно будет, лишь основательно издырявив – что крайне нежелательно. Да, похоже, ничего не остается, кроме как двинуться за гостем самому и свинтить его теплым в рукопашной схватке один на один – благо по этой части Гепард мог бы дать фору кому угодно...

А приняв это решение, он внезапно ощутил забытое им чувство радостного возбуждения – ибо есть ли на свете более изысканная забава, чем охота на вооруженного человека?.. И тут же замер, изумленно прислушиваясь к себе: да, теперь сомнений не осталось – он вновь обретал эмоции! Значит, для всего этого есть строгая очередность... Сперва к нему вернулась память (правда, что с ним было до того, как он оказался во втором ряду серой фаланги, идущей по Пеленнорским полям, он не помнил по-прежнему), потом –

способность к самостоятельным логическим решениям, затем он стал – как встарь – ощущать боль и усталость, а теперь вот появились и эмоции. Интересно, а не вернулась ли среди прочего способность ощущать страх?.. «Эдак я, пожалуй, и вправду стану человеком, – мысленно усмехнулся он. – Ну ладно, пора за работу».

Соваться прямо в тот коридор, по которому двигался лазутчик, он, разумеется, не стал: не исключено, что тот тоже его приметил и теперь поджидает за ближайшим углом. Лучше воспользоваться тем, что в этом форте хозяин все-таки он, так что можно передвигаться существенно быстрее противника: нет нужды замирать, прислушиваясь, перед каждым углом. Значит, можно идти кружным путем и все равно добраться до места первым... А до какого места?.. Если гость движется к комнате Фарамира (куда ж еще?), то надо встречать его на Площадке двух лестниц – тот ее никак не минует, и у него. Гепарда, будет не меньше трех минут, чтобы подготовиться к встрече.

Шеф контрразведки, как и предполагал, появился на площадке раньше чужака и теперь, сбросив плащ, дабы тот не стеснял движений, тщательнейшим образом выбирал место для засады. «Мне нужно перевоплотиться в собственную дичь... Так... Если тот не левша, то двигаться должен вдоль левой стены... А заглянул бы я за внезапно открывшуюся справа винтовую лестницу? Непременно... Так!.. Значит, я окажусь при этом спиной к этой нише? – точно... А ниша-то – прелесть, даже с пары ярдов не скажешь, что в ней может уместиться что-нибудь толще метлы... А вот мы еще этот светильничек погасим, она у нас в тенек уйдет... Да, вот теперь полный порядок, здесь я и встану. Итак, я здесь, а он, значит, в двух ярдах спиною ко мне. Ну что, рукоятью меча по затылку?.. Ч-черт, не хочется... Не могу понять отчего, но внутренний голос отчетливо протестует, а его в таких делах надо слушаться. Значит, руками... удушающий захват? Правой рукой – за волосы на затылке, рывок вниз, заламывая голову назад, одновременно пяткой сзади-сверху под опорное колено и внутренней костяшкой левого предплечья по оттянутому горлу. Да... надежно, но таким манером можно и пришибить насмерть – а покойники, как известно, народ неразговорчивый. Тогда – хадакодзиме, но тут хорошо бы, чтоб он сам открыл горло – например, пусть поглядит наверх... А как бы нам его заставить глядеть наверх? Думай, Гепардушка, думай...»

...Когда Цэрлэг достиг полутемного, странной конфигурации расширения коридора, в конце которого угадывались уходящие налево ступени, предощущение опасности вновь накатило на него, да так, что его буквально повело от озноба – неизвестный враг был где-то совсем рядом. С минуту он всматривался и вслушивался – ничего, затем двинулся вперед – шажок за шажком, абсолютно бесшумно («Черт, может, все же плюнуть на ихние запреты и вытащить ятаган?») – и вдруг замер как вкопанный: справа открылся широкий «отнорок», через который проходила еще одна лестница – винтовая, – и за этой лестницей явно что-то скрывалось. Он скользнул вперед вдоль левой стены, не сводя глаз с отнорка – ну, кто там еще? – и остановился, едва не расхохотавшись в голос. Ф-ф-фу!.. Да это же просто меч, прислоненный здесь, за лестницей, кем-то из Белых. Странное, однако, место для хранения личного оружия... Может, он и не прислонен вовсе – судя по положению, мог ненароком соскользнуть по лестнице сверху. А что это, кстати, там еще лежит, на верхней ступеньке?..

Внутренний сторож Цэрлэга успел заорать «Сзади!!!» лишь за неуловимую долю секунды до того, как руки врага бесшумно сомкнулись вокруг его шеи. Сержант успел только напрячь шейные мышцы – и это все. Гепард четко, как на тренировке, захватил его горло согнутой в локте правой рукой, затем правая кисть контрразведчика намертво легла на левый бицепс, а левая рычагом уперлась в затылок Цэрлэга, плюща хрящи гортани и пережимая сонные артерии. Хадакодзиме – неразрываемый удушающий захват. Привет.

ГЛАВА 28

Звучит банально, но все на свете имеет свою цену. Цена воина – это сколько времени и денег (что суть одно и то же) требуется на то, чтобы обучить, вооружить и экипировать нового – ему на замену. При этом для каждой эпохи существует своя пороговая величина, сверх которой увеличивать цену подготовки бойца бессмысленно: уровень некоего мастерства уже достигнут, а полной неуязвимости все равно не добьешься. И что толку тратить силы на превращение среднестатистического солдата в фехтовальщика экстра-класса, если это все равно не убережет его ни от арбалетной стрелы, ни от (что еще более обидно) кровавого поноса?

Взять хотя бы рукопашный бой. Штука куда как полезная, но для достижения совершенства здесь требуются годы непрерывных тренировок, а у солдата, мягко говоря, есть и иные обязанности. Выходов здесь может быть несколько; в мордорской армии, например, сочли, что человека следует обучить не более чем дюжине приемов – но зато уж эти комбинации движений должны быть вбиты ему в подкорку буквально до уровня коленного рефлекса. Конечно, всех на свете ситуаций не предусмотришь, но уж освобождение-то от заднего удушающего захвата в означенную дюжину входит однозначно.

Делай раз! – стремительный чечеточный притоп чуть назад: каблуком – по своду стопы противника, кроша ее по-птичьи хрупкие косточки, оплетенные нежнейшими нервными окончаниями. Делай два! – складываясь в коленях и чуть проворачиваясь в бедрах, заскользить из ослабшего от страшной боли захвата вниз и чуть вправо – до тех пор, пока нельзя будет резкой отмашкой назад всадить левый локоть ему в пах. Дальше уже – после того как руки его упадут к отбитым гениталиям – возможны варианты: Цэрлэга, к примеру, на «делай три!» учили наносить сдвоенный удар открытыми ладонями по ушам: конец барабанной перепонке, отключка гарантирована. Это вам не изысканный балет дальневосходных боевых искусств, где иероглифы поз – лишь нотная грамота для записи Музыки Сфер; это – мордорский рукопашный бой, тут все делают просто и всерьез.

Он первым делом опустился на колено и задрал веко шустрого сержанта Белого отряда (порядок, инструкция Грагера соблюдена – зрачок реагирует) – и лишь после этого позволил себе обессиленно привалиться к стене. Зажмурившись, заставил себя преодолеть боль и сглотнуть: хвала Единому – гортань цела. А если б у того оказалась при себе веревочная удавка? Тогда – точный шандец... «Как же это я так лопухнулся, а? Но главное – как он-то сумел меня вычислить?.. Постой, но тогда ведь и у дверей Фарамира меня уже должны поджидать с нетерпением...»

...Часовой-дунадан в коридоре, ведущем к «княжеским покоям» услыхал на лестнице тяжелые шаркающие шаги...

Шорох, сдавленный стон, тишина... Потом снова неверные шаги... Он быстро попятился в глубь коридора, обнажил меч и ждал, ежесекундно готовый поднять тревогу. Солдат был готов ко всему, но, когда в проеме коридора возник Гепард – согбенный в три погибели и опирающийся левой рукой о стену, – у него все же отвисла челюсть. Выставив перед собою клинок, часовой выдвинулся вперед и окинул стремительным взглядом лестницу, по которой тот только что поднялся, – ничего; Манве Великий, кто ж это его так? Или, может, отравился?.. Капитана между тем силы оставили совершенно – он медленно сполз по стене и замер, уронив голову и по-прежнему держась за живот; чувствовалось, что последний участок пути он преодолел уже в полузабытьи, «на автопилоте». Дунадан разглядывал Гепарда со смешанным чувством изумления, страха и – что греха таить – некоторого злорадства. Тайная стража, мать их!.. Ниньоквы недоделанные... Еще раз оглядел лестницу, откуда приковылял капитан, и присел на корточки осмотреть раненого.

Странно, но факт: когда капюшон, скрывавший до поры лицо Гепарда. скользнул назад, солдат в первую секунду решил было, будто загадочный и всемогущий шеф контрразведки из каких-то своих соображений решил временно обратиться орком. Эта абсурдная мысль пришла ему в голову первой, а на другие времени уже не осталось: удар «тигриная лапа», который избрал для этого случая Цэрлэг, очень эффективен, и наносить его лучше всего именно в направлении снизу вверх; ничего другого уже не потребовалось. Штука жестокая, что и говорить, но уговор, помнится, был только насчет смертоубийства, а про членовредительство речь не шла: пускай мы на учениях – но ведь не на пикнике же, черт побери! Для порядка обшарив часового (ключей от «княжеских покоев» не было – да он на это и не рассчитывал), сержант достал оставленную под лестницей поклажу и, слазив в мешок со своими «полезняшками», взялся за замок.

«Надо же, – думал он, поддергивая длинноватые для него рукава Гепардова камзола, – всю войну обходились без этого, а тут пришлось потерять невинность. „Законы и обычаи войны“, пункт об использовании чужой военной формы и медицинской символики: за это вешают на ближайшем суку – и, между прочим, правильно делают...

Впрочем, сейчас это будет весьма кстати: к принцу наверняка лучше заявиться в облике привычного для него тюремщика, а не какого-то орка. Я сейчас опять опущу на лицо капюшон и – идея! – не говоря ни слова, вручу ему Грагерову бумагу». Замок наконец щелкнул, и Цэрлэг перевел дух: полдела сделано. Следует заметить, что с запором он возился опустившись на колени и дверь распахнул – так уж случилось – раньше, чем выпрямился. Только это его и спасло – иначе даже кошачья реакция орокуэна не позволила бы ему перехватить удар, нанесенный Фарамиром.

Ударить входящего в дверь, притаившись за ее косяком (если он прилично выступает из стены), – штука нехитрая, можно даже сказать – напрашивающаяся, однако тут есть одна тонкость. Лучше всего человек воспринимает происходящее на уровне его глаз; и если вы, к примеру, решите со всего размаху обрушить на голову визитера что-нибудь вроде ножки от стула, то ваше движение застигнет врасплох лишь полного лопуха. Именно поэтому знающие люди (к каковым относился и принц) не гонятся за силой удара. Они приседают на корточки и бьют не по вертикальной дуге, а по горизонтальной. Удар, как уже сказано, получается слабее, однако приходится он... ну, в общем, в аккурат куда надо, а главное – среагировать на него невероятно трудно.

Сценарий дальнейших событий был, по мысли Фарамира, таков. Скукожившегося от боли Гепарда (или кто там будет входить первым) он вдергивает в комнату прямо на себя – так, что тот вылетает за левый край дверного проема. Одновременно занявшая позицию у правого косяка – за открывшейся дверью – Йовин захлопывает ее обратно и наваливается на нее всем телом. Те, кто остался в коридоре, разумеется, тут же кинутся эту дверь высаживать, но первый свой натиск они от неожиданности наверняка произведут вразнобой, так что девушка имеет все шансы продержаться. Этих секунд принцу хватит на то, чтобы окончательно вырубить Гепарда и завладеть его оружием. Йовин тем временем отскакивает в сторону; оправившиеся от первой растерянности «коридорные» дружно, под «три-четыре!..» налегают на дверь – и влетают в комнату, теряя равновесие (возможно даже – не удержавшись на ногах). Один из них тут же получает от него удар мечом – от всей души: шутки кончились. Вряд ли после этого останется в строю больше двух Белых, а поскольку принц как-никак входит в двадцатку лучших фехтовальщиков Гондора, шансы четы князей Итилиенских кажутся вполне приличными, ну а если Йовин сумеет завладеть вторым мечом, так просто превосходными. Затем они переодеваются в форму перебитых бойцов Белого отряда и пытаются выбраться из форта.

План Фарамира имел ряд уязвимых пунктов (в основном по части синхронности их с Йовин действий), но в целом был не так уж плох, особенно если помнить, что цель они себе ставили – достойно умереть, а уж вырваться на свободу – это как выйдет. Однако, как уже сказано, отворивший дверь орокуэн не успел встать с колен, так что первый Фарамиров удар пришелся ему в грудь и он сумел выставить блок. Изумленный проницательностью пленника (распознал-таки – восхитился сержант – орка под капюшоном сержанта Белого отряда!), Цэрлэг перекувырнулся через голову назад, в коридор, а когда вновь оказался на ногах – выскочивший следом Фарамир уже отрезал ему путь к отступлению, а импровизированная дубинка в руках принца обратилась в размытое облако и перехватить ее не было никакой возможности. А когда мгновение спустя за спину ему проскользнула еще и эта светловолосая дикая кошка – вот тут уж сержанту ничего не осталось, кроме как клубочком перекатываться по полу у них под ногами, увертываясь от ударов и взывая самым унизительным образом: «Я свой, свой, принц! Я от Грагера и Тангорна! Да остановитесь же вы, черт побери!!»

Впрочем, Фарамир и сам уже кое-что сообразил, разглядев лежащее дальше по коридору тело часового.

– Стоять! – рявкнул он. – Руки на затылок! Ты кто такой?

– Сдаюсь, – улыбнулся сержант и протянул принцу свое «удостоверение». – Вам бумага от Грагера, там все написано. Вы читайте, а я пока затащу в комнату этого, – он кивнул на Белого, – нам понадобится его форма.

– Забавно, – хмыкнул принц и протянул Грагерову записку обратно Цэрлэгу. – Значит, у меня в друзьях уже появились и орокуэны...

– Мы вовсе не друзья, принц, – спокойно возразил тот. – Мы союзники. Барон Тангорн...

– Что-о?! Так он жив?!

– Да. Это мы спасли его – там, в Мордоре: и кстати,

именно он настоял, чтобы выручать вас отправился я... Так вот, барон просил, чтобы вы, покидая форт – а мы сейчас его покинем, – прихватили с собою палантир.

– За каким чертом он им сдался? – Принц был удивлен – но и только. Похоже, он предоставил всю инициативу друзьям-итилиенцам (в лице сержанта-орокуэна) и приготовился действовать «в режиме ППП» – «подержи – подай – принеси». Он лишь вопросительно качнул подбородком в сторону дунадана, которого Цэрлэг тем часом уже вытряхнул из камзола. «Жив, жив, – успокоил его орокуэн. – Просто призадумался малость. И второй тоже жив – там, дальше по коридору. Мы ваше указание – чтоб, значит, без крови – свято блюдем». Принц только головой покрутил – с этим орлом, похоже, не пропадешь.

– Вы тут давеча помянули, будто спасли Тангорна. Коли так – я ваш должник, сержант: мне этот человек по-настоящему дорог.

– Ладно, сочтемся, – хмыкнул тот. – Надевайте форму – и вперед. А мечей у нас теперь – даже один лишний.

– Как это – лишний? – подала наконец голос Йовин. – Это вы бросьте!..

Орокуэн вопросительно глянул на Фарамира: тот только руками развел – поди, мол, поспорь с ней...

– Будем спускаться вниз по частоколу или попробуем открыть ворота?

– Ни то, ни другое, принц. Двор сейчас битком набит Белыми, причем все по своим постам и глядят в оба – на халяву не проскочишь. Попробуем уйти через подземный ход.

– Тот, что начинается в винном погребе?

– Других тут вроде нет. Берегонд говорил вам о нем?

– Разумеется. Я знаю, что закрывающая его дверь отворяется наружу, а запирается изнутри, так что с внешней стороны ее нельзя ни отпереть, ни высадить – как и в любом потайном ходе из крепости. Перед входом в винный погреб всегда стоит пост: вино есть вино, вроде бы ничего необычного. Где хранится ключ – Берегонд не знал, а специально выспрашивать опасался. Так вы нашли ключ к той двери?

– Нет, не нашли, – беспечно отозвался Цэрлэг. – Я просто попытаюсь взломать замок.

– Как это?

– Точно так же, как взломал запор ваших «покоев» и еще парочку по дороге. И как придется взломать еще внешний замок винного погреба. Между прочим, как раз это и будет самый опасный момент: возня с дверью подвала, когда все мы будем у всех на виду. А вот если мы без шума снимем часового и быстро отомкнем ее – три четверти дела, считай, сделано: вы, принц, в вашей новой форме, встаете на часах – будто бы ничего не случилось, – мы с Йовин и вырубленным охранником прячемся внутрь, и я тогда спокойно и без суеты начинаю колдовать с дверью в сам подземный ход.

– Но ведь тот замок будет очень трудно открыть...

– Не думаю. Он наверняка очень прочен и массивен – чтобы дверь нельзя было выломать, а значит – не особенно сложен. Ну ладно, по коням!.. Вы взяли палантир, принц? Нам надо успеть, пока Белые толкутся во дворе – они ведь до сих пор ждут меня там, – а перед винным погребом лишь один часовой.

– Погодите! – опять окликнула их Йовин. – А Берегонд? Ведь не можем мы его бросить!

– Так Берегонд схвачен? Мы не знали...

– Да, только что. Им все о нем известно. Цэрлэг раздумывал лишь пару секунд:

– Нет, ничего не выйдет. Мы не знаем, где они его прячут, и потратим слишком много времени на поиски. Грагер сегодня ночью накроет всех Гепардовых людей в Поселке – так что если мы освободим принца, то завтра выменяем и Берегонда. А не вытащим вас – его все равно не спасти.

– Он прав, Йовин. – Фарамир затянул лямки на вещмешке с палантиром и вскинул его на плечо. – Двинулись, во имя Эру!

...Дунадан, охранявший подвал, окинул взором обширный полутемный зал. Слева был главный вход в здание форта, справа расходились веером три главные лестницы, ведшие в оба крыла – северное и южное – и в Рыцарский зал. Странная, однако, затея – поместить вход в подземелье не в каком-нибудь укромном уголке здания, а в этом «общем предбаннике»... Впрочем, странным и противоестественным в этом самом Итилиене было решительно все. Начиная с князя, который не князь, а не пойми кто, и кончая порядками в их Белом отряде: где это видано – выдавать офицеров за сержантов и рядовых? Ладно бы секретили от врага, от всех этих местных террористов (коих никто пока в глаза не видал), а то ведь друг от дружки! Вроде под одними погонами служим – а не знаем, что сержант Гронт на самом деле в капитанском чине, а наш лейтенант, его светлость сэр Элвард, так вообще «рядовой». Смех сказать, но ведь эти, из тайной стражи, про сэра Элварда-то небось и по сию пору не подозревают: нам ведь как говорили на инструктаже – у тайной стражи свои дела, а у дунаданской лейб-гвардии Его Величества – свои... Не знаю, может, шпику такие порядки – маслом по сердцу, но военному человеку все это как серпом... по гландам. Эдак еще окажется, что самый главный тут вообще какой-нибудь повар либо камердинер – то-то будет смеху...

Часовой встрепенулся – в недоброй, будто бы густеющей по затемненным углам тишине обезлюдевшего форта гулко отдавались приближающиеся шаги двух человек. Он увидал их через несколько секунд – по лестнице северного крыла стремительно, чуть не бегом, спускались рядовой и сержант. Путь они держали прямиком к выходу и выглядели при этом встревоженными сверх всякой меры – за подмогой бегут, что ли? Сержант при этом осторожно нес на вытянутых руках вещмешок с каким-то большим округлым предметом. Почти поравнявшись с часовым, они, не сбавляя шага, перекинулись парой фраз и разделились: рядовой продолжал двигаться к выходу, а сержант, похоже, решил показать дунадану свою находку. Ну-ка, что это там у него? Смахивает на отрубленную голову...

Все дальнейшее случилось столь стремительно, что часовой опомнился, лишь когда его руки оказались будто бы схвачены обручем, а возникший из-за плеча сержанта рядовой (в коем он с изумлением узнал Фарамира) приставил ему к горлу клинок. «Пикнешь – убью», – не повышая голоса посулил принц. Дунадан судорожно сглотнул, и на лице проступила трупная желтизна; по вискам его побежали крупные капли пота. Ряженые переглянулись, и по губам «сержанта» (сумрачный Мандос, да ведь это же орк!) пробежала презрительная усмешка – вот она, боевая элита Заката... Каковая усмешка, как выяснилось, была совершенно безосновательной: парню и впрямь было очень страшно умирать, однако по прошествии пары секунд он одолел свою слабость и заорал: «Тревога!!!» – да так, что слово это отдалось ответными кликами и звоном оружия по всему Эмин-Арнену.

ГЛАВА 29

Оборвав одним коротким взмахом руки вопль дунадана (тот даже не застонал – просто мешком осел на пол), орокуэн обернулся к Фарамиру и адресовал Его Высочеству несколько слов, самым мягким из которых было «долбо...б». Его Высочество воспринял это как должное: именно принца ни с того ни с сего обуяла сентиментальность, и он возжелал лишь припугнуть часового, не вырубая того (как настаивал Цэрлэг). «Гуманизм», как водится, вышел боком – солдат все равно заполучил предначертанную ему комбинацию переломов и внутренних кровоизлияний, только совершенно уже зазря: их положение, похоже, стало безнадежным.

Впрочем, на разборки времени не было. Цэрлэг молниеносно сорвал с часового черный плащ, швырнул его подбегающей Йовин и рявкнул, указав на дверь в подвал:

«Встать там, оба! Мечи на караул!»; сам же он стремительно выволок дунадана на середку помещения. Группа из шести солдат, ворвавшихся в дверь несколько секунд спустя, застала лишь свежие следы только что случившейся здесь стычки: пост у двери подвала на месте – готовый к отражению повторного нападения, еще один дунадан застыл на полу; опустившийся же возле него на колени сержант, едва обернувшись в их сторону, властно указал на южную лестницу и вновь низко склонился к раненому. Солдаты помчались, куда им было велено, грохоча сапогами и едва не задев орокуэна ножнами мечей. Группа получила передышку – на несколько секунд.

– Будем с боем пробиваться к частоколу? – Принцу явно не терпелось сложить буйну головушку.

– Нет. Действуем по первоначальному плану. – С этими словами Цэцерлэг извлек свои инструменты и принялся спокойно изучать замок.

– Но они ведь сразу поймут, чем мы тут занимаемся!

– Угу... – Отмычка вошла в замочную скважину и принялась ощупывать щеколды.

– И что тогда?

– Догадайся с трех раз, философ!

– Драться?

– Умница... Я буду работать, а вы – защищать меня. Как и положено нашим с вами сословиям...

Принц не выдержал и рассмеялся: парень определенно был ему по душе. Впрочем, в тот же самый миг всем стало не до смеха – передышка кончилась тем, чем и должна была кончиться: с южной лестницы воротилась пара недоумевающих дунаданов – так кого ищем-то, господин сержант? – а в дверях нарисовались трое настоящих сержантов Белого отряда. Эти-то сразу сообразили, что к чему, и заорали: «Стой!! Бросай оружие!» – ну, и все, что полагается орать в таких случаях.

Цэрлэг между тем продолжал сосредоточенно (можно даже сказать – отрешенно) ковыряться в замке, не обращая внимания на то, что творилось у него за спиной. Начавшийся там диалог был предсказуем на все сто («Отдайте меч, Ваше Высочество!» «А вы попробуйте взять!» «Эй, кто там!..»), так что он обернулся, да и то лишь на миг, единственный раз – когда оплечь его впервые раздался тягучий перезвон соприкоснувшихся клинков. Трое Белых сержантов тотчас сдали назад; один из них, кривясь от боли, бережно прятал под мышку кисть правой руки, а оружие его валялось на полу – «магический круг», воздвигнутый вокруг двери мечами Фарамира и Йовин, работал пока безупречно. Принц, в свою очередь, не имел возможности оглядываться на дверь (ощетинившееся сталью полукольцо Белых вокруг них быстро смыкалось – свора, загнавшая оленя), однако некоторое время спустя он услыхал за спиною металлический щелчок, а вслед за тем – странный смешок Цэрлэга.

– Что там такое, сержант?

– Все нормально. Просто ситуация: наследный принц Гондора и сестра короля Рохана, не щадя жизни, прикрывают какого-то орка...

– И верно – забавно. Как оно там?

– Порядок. – Сзади раздался скрип заржавелых петель, и пахнуло затхлым холодом. – Иду внутрь, а вы удерживайте дверь, пока я не скажу.

Белые тем временем выстроили вокруг них настоящий частокол – и замерли; в действиях их принц отчетливо ощущал растущую растерянность: «Черт побери, а где же Гепард и прочее начальство?» Он, однако, не сомневался: те, кто их окружил, не атакуют потому лишь, что не подозревают о существовании подземного хода. Наконец перед ними возник рядовой с белой повязкой на рукаве и отвесил Фарамиру изысканный поклон:

– Прошу простить. Ваше Высочество. Я – сэр Элвард, лейтенант дунаданской лейб-гвардии. Может быть, вы найдете возможным отдать свой меч мне?

– Чем же это вы лучше прочих?

– Возможно, тайная стража совершила некие действия, которые вы сочли оскорбительными для вашей чести. В таком случае лейб-гвардия Его Величества – в моем лице – приносит вам глубочайшие извинения и гарантирует, что ничего подобного не повторится, а виновные будут строжайше наказаны. Тогда мы могли бы счесть весь этот досадный инцидент исчерпанным.

– Рыбка задом не плывет, лейтенант. Мы с Ее Высочеством решили или выйти из форта свободными людьми, или умереть.

– Вы не оставляете мне иного выхода, кроме как разоружить вас силой.

– Валяйте, лейтенант. Только аккуратнее – а то ненароком порежетесь...

На сей раз натиск был более серьезен. Однако до тех пор, пока обе стороны не переступили некую грань, преимущество оставалось на стороне четы князей Итилиенских: Йовин с Фарамиром без особых колебаний наносили противникам колющие удары по конечностям, на что те пока не решались. Спустя небольшое время в рядах нападающих было уже трое легкораненых, и атака захлебнулась: дунаданы действовали вяло и все чаще оглядывались на своего лейтенанта – скомандуйте же хоть что-нибудь внятное, черт побери! Рубить их или как?.. Люди из тайной стражи предусмотрительно заняли позиции в задних рядах, предоставив всю инициативу (и ответственность) сэру Элварду, поскольку ситуация очевидным образом складывалась так, что куда ни кинь – всюду клин.

И вот, когда Фарамир уже мысленно поздравлял себя – как удачно они выигрывают время для Цэрлэга, – тот внезапно возник рядом с ним, сжимая в руке ятаган, и произнес совершенно безжизненным голосом:

– Там новенький умбарский замок, принц, – мне его не открыть. Так что сдавайтесь, пока не поздно.

– Поздно, – отрезал Фарамир. – Можем мы как-то спасти жизнь вам, Цэрлэг?

– Навряд ли, – качнул головою орокуэн. – Меня-то уж точно в плен брать не станут.

– Йовин!..

– Мы предстанем перед Мандосом рука об руку, милый, – что может быть замечательнее!

– Ну, тогда хоть повеселимся напоследок. – С этими словами Фарамир бесшабашно двинулся на строй Белых, как раз туда, где стоял сэр Элвард. – А ну держитесь, лейтенант! Клянусь стрелами Оромэ, мы сейчас забрызгаем своей кровью весь камзол вашего хозяина – да так, что ему вовеки не отмыться!

А когда зал наполнился звоном и воинственными кликами (теперь рубка пошла так, что ясно было – вот-вот появятся первые покойники), откуда-то сзади, от северной лестницы, донесся голос – вроде бы и негромкий, но разом проникший в сознание всех сражающихся: «Остановитесь все! Фарамир, прошу вас, выслушайте меня!» Было в этом голосе нечто такое, что схватку и вправду как бы приморозило на несколько мгновений, и Гепард (в плаще с чужого плеча, опирающийся левой рукою на что-то вроде костыля, а правой – на плечо сержанта Белых) достиг середины зала. Он остановился посреди всеобщего оцепенения, и тогда вновь прозвучал его повелительный голос: «Уходите, Фарамир! Быстрее!» Брошенный рукою капитана небольшой блестящий предмет несильно ударил в грудь Цэрлэга, и сержант с изумлением подобрал с пола хитрый двухбородочный ключ от умбарского замка...

Вот тут-то оцепенение разом кончилось! Фарамир с Йовин, следуя команде орокуэна, мгновенно сместились назад, к двери, сам он опять шмыгнул в погреб, а сэр Элвард, до которого наконец-то дошла суть происходящего, воскликнул: «Измена!! Они же сейчас уйдут по подземному ходу!» Пару секунд лейтенант обдумывал ситуацию, а затем принял окончательное решение и, указывая на принца мечом, прокричал сакраментальное:

«Убейте его!!» Тут уж все пошло серьезней некуда. Сразу стало ясно, что Йовин, во всяком случае, больше пары минут никак не продержится: девушка, надо заметить, фехтовала превосходно, как бы не лучше принца, просто трофейный дунаданский меч был ей не по руке – тяжел. Оба уже заработали по касательному ранению (он – в правый бок, она – в левое плечо), когда сзади раздалось:

«Путь свободен, принц! Отступайте по очереди – в проход между бочками. Вещмешок у меня!»

Несколькими секундами спустя принц, вслед за Йовин, оказался в погребе. Стоя на пороге, он нанес удачный встречный удар наседавшему на него дунадану, после чего сумел разорвать дистанцию и теперь быстро пятился в темноту, в узкую щель между поставленными друг на дружку – в три ряда – пустыми бочками. «Быстрее, быстрее!!» – раздался (как ему показалось – откуда-то сверху) голос Цэрлэга. В проходе уже появились Белые – их силуэты четко выделялись на фоне освещенного дверного проема, как вдруг спереди раздался глухой деревянный грохот, похожий на обвал, и наступила полная тьма – от входа не пробивался уже ни единый лучик. Фарамир замер было в растерянности, но тут рядом с ним откуда-то возник орокуэн, схватил за руку и потащил во тьму; плечи принца задевали за стенки прохода, сзади раздавались вопли и ругательства дунаданов, а спереди, из темноты, их тревожно окликала Йовин. «Что это там случилось, Цэрлэг?» «Ничего особенного: просто я раскачал бочки верхнего ряда, обрушил их вниз и завалил проход. У нас теперь не меньше минуты форы».

Девушка поджидала их у небольшой необыкновенно толстой дверцы, выходившей в узкую и низкую, около пяти футов высотой, земляную галерею: вокруг стояла полная темь, даже орокуэн мало что различал.

– Йовин – вперед, и живо! Только палантир захватите... А вы, Фарамир, давайте-ка помогите мне... Да где же оно, черт побери?

– Что вы там ищите?

– Бревно. Небольшое бревнышко, футов на шесть. Его должны были подтащить к дверце люди Грагера... Ага! Вот оно!.. Затворили дверь, принц? Теперь подпираем ее снаружи бревном... Протискивайтесь-ка сюда. Хорошенько упираем торец... в ямку... Хвала Единому, пол тут земляной – держаться будет как надо.

Несколькими секундами погодя дверца ходуном заходила под ударами – они поспели как раз вовремя.

А наверху, в Эмин-Арнене, шла тем временем крутая разборка. Бледный от ярости сэр Элвард орал шефу контрразведки:

– Ты арестован, Гепард, или как тебя там!.. И имей в виду, сволочь: у нас, на Севере, предателей вешают за ноги – так, чтобы у них было время хорошенько поразмыслить перед смертью...

– Заткнись, болван, без тебя тошно. – устало отмахнулся капитан. Присев на ступеньки лестницы и закрыв глаза, он терпеливо ждал, пока ногу его заключат в какое-то подобие лубка: временами по лицу его пробегала судорога боли: перелом стопы – штука поистине страшная.

– В общем, ты арестован. – вновь повторил дунадан: он перевел взгляд на офицеров тайной стражи, стоящих полукругом позади своего командира, и внезапно ощутил страх – а его напугать было нелегко. Семь фигур застыли в странной неподвижности, а глаза их, обычно темные и пустые будто высохший колодец, вдруг наполнились багровым мерцанием, как у хищного зверя.

– Нет-нет, не вздумайте, – обернулся к своим людям Гепард, и багровое свечение тотчас исчезло – будто его и не было. – Пускай он считает меня арестованным, если ему так спокойнее: нам сейчас для полного счастья не хватает только резни внутри Белого отряда...

В тот же миг со двора форта донесся гомон голосов, затем дверь распахнулась, и, сопровождаемый совершенно обалделыми дозорными, вошел человек, увидеть которого они ожидали сейчас менее всего.

– Грагер... – ошеломленно откликнулся сэр Элвард. – Как вы смели явиться сюда? Вам, между прочим, никто не давал гарантий безопасности...

– Гарантии безопасности, – усмехнулся барон, – сейчас уже нужны не мне, а вам. Я пришел по поручению моего сюзерена, князя Итилиенского, – с нажимом произнес он. – Его Высочество согласен забыть все то зло, которое вы ему причинили и собирались причинить. Более того: князь предлагает план, который позволил бы Его Величеству сохранить лицо, а лично вам – головы на плечах.

ГЛАВА 30

Итилиен, Поселок.
15 мая 3019 года

Утро в тот день выдалось чудесное, и акварельная

голубизна гор Эфель-Дуат (это ж надо додуматься – назвать их Хмурыми!) была столь прозрачна, что их заснеженные вершины казались невесомо парящими над необозримым изумрудным руном Итилиена. Высящийся на соседнем холме Эмин-Арнен стал на эти минуты именно тем, чем и виделся, наверное, своим создателям – не крепостью, а волшебной лесною обителью. Лучи восходящего солнца чудесно преобразили луг на окраине Поселка – обильная роса, прежде затягивавшая его благородным матовым серебром, внезапно вспыхнула неисчислимыми россыпями крохотных бриллиантов: наверное, ранний майский рассвет застиг врасплох гномов, собирающихся тут для своих ночных бдений, и они теперь попрятались по норкам полевых мышей, в панике побросав свои любовно разложенные на траве сокровища.

Впрочем, у трех или четырех сотен людей, по большей части – крестьян и солдат, собравшихся в этот час на лугу, означенная роса вряд ли вызывала какие-либо положительные ассоциации (не говоря уж о поэтических сравнениях), ибо вымочила их всех до нитки, и теперь они едва не стучали зубами от озноба. Никто, однако, не уходил, напротив – народ постоянно прибывал. К жителям Поселка присоединялись теперь и люди с дальних хуторов: весть о том, что Белый отряд поутру оставляет Эмин-Арнен, передавая свои обязанности вновь воссозданному Итилиенскому полку, разнеслась по всему краю с совершенно немыслимой скоростью, и ни один человек не желал пропустить такое зрелище. Теперь они глядели на два замерших друг напротив друга строя – черный и зеленый, на офицеров, адресующих друг другу сложные движения обнаженными мечами («Пост сдал» – «Пост принял»), и – удивительное дело! – впервые осознавали себя не переселенцами из Гондора, Арнора или Белфаласа, а итилиенцами.

Князь Итилиенский был несколько бледен и в седле, как отмечали про себя знатоки, чувствовал себя не слишком комфортно: впрочем, бледноватых физиономий с мутными взорами хватало и в рядах Белого отряда («Ох, ребята, чую, нынче ночью они там у себя в замке гуляли по-сизому...» «Да уж, вон от тех трех Белых, в заднем ряду справа, перегар небось – хоть закусывай; на ногах не стоят, болезные»). Фарамир меж тем поблагодарил Белый отряд за верную службу, церемонно попрощался с офицерами своей личной охраны и обратился к народу с речью.

– Сегодня, – сказал он, – мы торжественно провожаем домой друзей, которые пришли к нам на выручку в самое тяжелое время – когда юная итилиенская колония была беззащитна перед стаями кровожадных гоблинов и волколаков; земной поклон вам, доблестные Стражи Цитадели! («Слышь, кум – стаи гоблинов... ты хоть одного тут видал, хотя б издаля?» «Ну, сам-то, вестимо, не видал, но знающие люди сказывают, будто намедни на Выдряном ручье...») Память об этой помощи навсегда останется в наших сердцах – так же как само княжество Итилиенское навсегда останется вассалом Воссоединенного Королевства, его заандуинским щитом. Однако оборонять Королевство мы будем по своему разумению: мы живем не в Анориене, а за Великой Рекой, а потому нам придется жить в мире и согласии со всеми здешними народами – нравится это кому-то или нет. («Об чем это он, кум?» «Ну, я так себе понимаю, что вот, для примера, тролли в Хмурых горах: сказывают, будто железо у них там – по цене грязи, а вот с лесом весьма напряжно...» «Так-то оно так...») Одним словом. Его Величеству королю Гондора и Арнора – трижды виват! («Чудно это, кум...» «Ты лучше гляди, дурья башка, – там справа уже бочки выкатывают! На халяву – можно и за Его Величество... Ур-р-ра-а!!!»)

...Гонец из Минас-Тирита – лейтенант дунаданской лейб-гвардии – появился на лугу, когда церемония была в разгаре: конь его был в мыле и тяжко поводил запавшими боками. Сэр Элвард, свернутый в бараний рог людьми из тайной стражи («Будьте любезны улыбаться, сэр!.. Кому сказано – улыбайся!») и теперь бессильно наблюдавший все это неслыханное предательство – сдачу без боя ключевой крепости, – встрепенулся, и в сердце его затеплилась отчаянная надежда: Его Величество каким-то образом проведал о мятеже и посылает Отряду приказ взять к ногтю всех этих трижды изменников – от Фарамира до Гепарда... Увы! Пакет был и в самом деле от Арагорна, но предназначался он как раз капитану тайной стражи. Тот прямо на месте сломал печать с Белым деревом и погрузился в чтение; затем неторопливо сложил депешу и со странным смешком протянул ее сэру Элварду:

– Прочтите, лейтенант. Думаю, вам это будет

небезынтересно.

Письмо являло собой детальную инструкцию – как Белому отряду действовать в новых обстоятельствах. Арагорн писал, что для сохранения статус-кво следует выявить базы Итилиенского полка и уничтожить их одним ударом – так, чтобы не ушел ни единый человек; операция должна быть молниеносной и совершенно секретной, а кому приписать в дальнейшем сие чудовищное злодеяние – горным троллям, гоблинам или лично Морготу, – это уж на усмотрение капитана. Но!!! Если есть хотя бы тень сомнения в успехе подобной операции (может статься, например, что время упущено и итилиенцев уже почти столько же, сколько Белых), проводить ее не следует. Тогда надлежит выдать нужду за добродетель и передать охрану Эмин-Арнена офицерам Итилиенского полка – в обмен на подтверждение Фарамиром своей вассальной присяги, а самим возвращаться в Минас-Тирит, оставив на месте лишь агентурную сеть. Его Величество еще раз повторял, что жизнь Фарамира неприкосновенна при любых обстоятельствах; тех же, кто – сознательно или по недомыслию – спровоцирует открытое столкновение между Белыми и итилиенцами (что немедля приведет к партизанской войне в княжестве и взорвет изнутри все Воссоединенное Королевство), ждет казнь за государственную измену. Короче говоря: во-первых, «начал делать – так уж делай, чтоб не встал»; во-вторых, «не уверен – не обгоняй»...

«На свете есть множество владык, – писал в постскриптуме Его Величество, – которые обожают облекать свои приказы в форму намеков, дабы иметь потом возможность спрятаться за спину непосредственного исполнителя – их, дескать, „неверно поняли“. Так вот, Элессар из рода Валандила к их числу не принадлежит: он всегда принимает ответственность на себя и называет вещи своими именами, а в его приказах содержится лишь то, что в них содержится. Если же в Белом отряде найдутся офицеры, которые – имея усердие не по разуму – примут категорические запреты за завуалированные пожелания государя, то капитану Гепарду надлежит нейтрализовать оных офицеров любой ценою».

– Как видите, лейтенант, сохраняя вам жизнь в ходе ваших ночных кунштюков, я в известном смысле нарушил приказ Короля.

– Так вы знали об этом приказе заранее? – Сэр Элвард глядел на Гепарда с суеверным страхом.

– Вы переоцениваете мои возможности. Просто я в отличие от вас умею просчитывать комбинацию хотя бы на пару ходов вперед.

– ...Уходят! Ты гляди – и вправду уходят! – выдохнул наконец Грагер, провожая глазами потянувшуюся по Осгилиатскому тракту колонну Белых: пальцы левой руки он, однако, продолжал держать скрещенными особым образом – «дабы не сглазить». – Я, грешным делом, до последней секунды не верил, все ждал от них какой-нибудь подлянки... Вы гений. Ваше Величество!

– Во-первых, не Ваше Величество, а Ваше Высочество; и имейте в виду, барон, – к шуткам на эту тему я совершенно не расположен...

– Виноват, Ваше Высочество.

– Впрочем, – тут Фарамир со скупой улыбкой оглядел собравшихся вокруг них бойцов Итилиенского полка, – вам всем дозволяется обращаться ко мне – по старой памяти – «мой капитан»; привилегия эта, ясное дело, не наследственная. А теперь, парни. Ее Высочество проводит вас в замок – там уже все накрыто и откупорено: мы с господами офицерами и... э-э-э... гостями с Восхода догоним вас минут через десять... Так что это вы там, барон Грагер, давеча благодушествовали – «уходят, уходят»... Вы и вправду так думаете?

– Никак нет, мой капитан. Их агентурная сеть...

– Вот именно. И что теперь прикажете с нею делать?

– Ничего, Ваше Высочество.

– Ну-ка объяснитесь...

– Пожалуйста. Отдавать под суд выявленных нами людей Гепарда бессмысленно: если Итилиен был и остается вассалом Гондора, то в их работе на монарха Воссоединенного Королевства нет состава преступления. Иногда в подобных случаях шпиона по-тихому ликвидируют, но это крайняя мера: тем самым мы фактически объявим Минас-Тириту, что находимся с ними в состоянии... ну, если не войны, то открытой вражды. И наконец, самое главное, принц: я почти уверен, что их сеть выявлена нами не полностью; взяв лишь известную нам ее часть, мы позволим им в дальнейшем спокойно использовать оставшихся на свободе агентов. А вот если мы не тронем никого, то вычислить, что же именно нам известно, окажется невозможным, и тогда им – по законам конспирации – придется исходить из того, что вся эта агентура засвечена; думаю, они если и не поставят на ней крест, то законсервируют надолго. Во всяком случае, я на их месте не стал бы приближаться к такой «полузасвеченной» сети и на три полета стрелы...

– Ладно, это все теперь на ваше усмотрение, барон Грагер. Жалую вам капитанский чин и соответствующие полномочия.

– Ого! – рассмеялся Тангорн. – Я вижу, принц, становление Итилиенского государства идет не вполне обычным путем: первой по счету его институцией станет контрразведывательная служба...

– С волками жить... – пожал плечами Фарамир. – Впрочем, все это вряд ли интересно нашим гостям. Где вы там, Цэрлэг?.. Признаться, я пребываю в некотором затруднении: за сегодняшние ночные подвиги вас, безусловно, следовало бы возвести в рыцарское достоинство, однако здесь сразу возникает бездна формальных сложностей... Да и нужно ли воину пустынь звание гондорского рыцаря?

– Совершенно ни к чему, Ваше Высочество! – покачал головою Цэрлэг.

– Ну вот видите... Тогда нам ничего не остается, кроме как последовать древним легендам: просите все, чего вашей душе угодно, сержант! Только имейте в виду – дочерей на выданье у меня пока не предвидится, а в княжеской казне... сколько там у нас, Берегонд?

– Сто тридцать шесть золотых, Ваше Высочество.

– М-да... на вендотенийскую сокровищницу, как видите, не тянет... Вам, наверное, нужно время подумать, сержант? Да, кстати, за мною ведь еще один должок: за спасение вами вот этого прекрасного сэра...

– Прошу прощения. Ваше Высочество... – смутился орокуэн. – Но мы... как бы это сказать... все вместе, так что просьба у нас будет общая. Лучше, если вам все расскажет барон Тангорн: считайте, что я вроде как передал свое право ему...

– Вот как? – Принц с веселым изумлением оглядел трех товарищей. – Чем дальше – тем интереснее. Просьба, надо полагать, конфиденциальная?

– Да, Ваше Высочество.

– ...Насколько я понимаю, барон, речь пойдет о палантире, – начал Фарамир, когда они отъехали шагов на двадцать; он был хмур, и на лице его не осталось и следа веселости.

– Так вы уже догадались, принц?

– Я же не полный дурак; иначе с чего бы это вы просили захватить его с собой при побеге? Просто мне и в голову не приходило, что вы с этими ребятами одна компания... Значит, теперь придется отдать магический кристалл в руки мордорцев. В хорошенькую историю я вляпался с вашей подачи, ничего не скажешь...

– Это не так, Ваше Высочество. Халаддин не состоит сейчас на мордорской службе, он действует сам по себе – и, смею утверждать, в интересах всей цивилизации Средиземья... Печаль в том, что я не вправе посвятить вас в суть возложенной на него миссии и прошу поверить мне на слово.

– Да не об этом речь, – отмахнулся Фарамир. – Ты же знаешь – я всегда доверял тебе... кое в чем – даже больше, чем самому себе. Дело в другом: а не окажется ли так, что вы – трое – на самом деле лишь чьи-то марионетки и этот кое-кто просто загребает жар вашими руками? Проанализируй-ка ситуацию еще раз – только уже не как друг Халаддина и Цэрлэга, а как профессиональный разведчик...

– Анализировал многократно и вот что скажу: кто бы ни затеял все это изначально, Халаддин будет вести только свою собственную игру, а этот парень – верьте слову – весьма прочен на излом, хотя по виду не скажешь. И еще: мне он нравится по-настоящему, и я сделаю все, чтобы привести его к победе.

– Ладно, – проворчал принц после некоторого раздумья, – будем считать, что ты меня убедил. Так чем конкретно я могу вам помочь?

– Во-первых, принять мою отставку, – начал барон и, встретив изумленный взгляд Фарамира, пояснил: – Мне придется на некоторое время наведаться в Умбар: я предполагаю действовать там в качестве частного лица – дабы не поставить ненароком в ложное положение Ваше Высочество...

ГЛАВА 31

Гондор, Минас-Тирит.
17 мая 3019 года

– Ее Величество Королева Гондора и Арнора! – возгласил церемониймейстер и бесследно растаял в воздухе – будто бы его тут и не было. Все-таки дворцовая челядь обладает, помимо выучки, еще и сверхъестественным чутьем: у Арагорна были стальные нервы (профессия кондотьера обязывает), и истинные чувства свои – когда кто-либо произносил при нем «Ее Величество Королева» – он скрывал вроде бы до полной неразличимости, но вот поди ж ты... Как-то ведь чует, шельма, что каждый такой раз у Его Величества Элессара Эльфинита возникает мимолетное как дуновение ветерка желание: либо сдать произнесшего сии слова на попечение ребят из тайной стражи (не к ночи они будь помянуты), либо просто извлечь из ножен Андрил и аккуратненько развалить того напополам – от темечка до копчика...

Бог ты мой, до чего же она была прекрасна! Ни в одном из человеческих языков не найти нужных слов, чтобы описать ее красоту, а сами эльфы в словах не нуждаются... Впрочем, не в красоте как таковой было дело; абсолютная, поистине звездная, недоступность – вот тот поводок, на котором его уверенной рукой вели все эти годы, с той самой поры, как он впервые попал в Зачарованные леса и повстречал там – о, чисто случайно! – Арвен Ундомиэль, дочь самого Владыки Элронда, Вечернюю Звезду Имладриса. Никому уже не узнать, почему эльфы остановили свой выбор именно на нем – одном из бесчисленных дунаданских князей (собственно говоря, князем почитает себя едва ли не каждый дунадан – уверенно выводя свою родословную если и не прямиком от Исилдура, то уж от Эарендура-то с гарантией); как бы то ни было. Перворожденные не промахнулись: возложенную на него задачу Арагорн выполнил с блеском.

А сейчас он глядел на нее с совершенно неведомым ему доселе чувством – отчаянием: дальнейшая борьба бессмысленна – сколько же можно гнаться за миражом... Да, пора подводить итог, а самому себе врать не резон. Итак, безвестный атаман северных следопытов выиграл величайшую в истории Средиземья войну, взошел на престол

Воссоединенного Королевства и стал-таки первым среди владык Заката – только вот к обладанию этой женщиной все это не приблизило его ни на шаг.

– Чего ты хочешь от меня, Арвен? – Он понимал, что говорит не то и не так, но ничего поделать с собою не мог. – Я сокрушил Мордор и положил к твоим ногам корону Гондора и Арнора; если тебе этого мало – я раздвину границы нашего королевства за Рунное море и Вендотенийские горы. Я завоюю Харад с дальневосходными странами и сделаю тебя королевой Мира – только скажи!..

– А разве ты не хочешь этого сам?

– Уже нет. Мне теперь нужна только ты... Знаешь, мне отчего-то кажется, будто тогда, в Дольне, я был тебе ближе, чем сейчас...

– Пойми, – на лице ее вновь появилось выражение усталого сострадания – учительница, в который раз разъясняющая правило правописания тупому ученику, – я не могу принадлежать никому из людей – не мучай себя понапрасну. Вспомни историю принца Валакара и царевны Видумави; как там пишут в ваших собственных летописях: «Гондорцы считали себя много выше северян по рождению; брак с низшей, хотя и союзной расой считался оскорблением». Понятно, что там все кончилось гражданской войной... А ведь с высоты моего происхождения не видно разницы даже между Исилдуром и каким-нибудь чернокожим вождем из Дальнего Харада... Но даже это пустяк по сравнению с главным – возрастом: ведь ты для меня даже не мальчишка, а младенец. Ну не назовешь же ты женой трехлетнюю девчушку – даже если та внешне будет выглядеть как взрослая...

– Вот как?..

– Конечно. Ты и ведешь себя как избалованный ребенок. Наигрался за считанные дни знаками королевской власти и вот уже возжелал новую игрушку – Арвен, Вечернюю Звезду Имладриса. Вдумайся: даже любовь ты хочешь выменять за пригоршню леденцов – короны людских царств... Неужели ты, столько лет имея дело с эльфами, так до сих пор и не понял – никому из нас не нужна власть как таковая? Поверь, для меня нет разницы между гондорским венцом и вот этим кубком – и то, и другое лишь куски серебра с самоцветными камнями...

– Да, похоже, что я и вправду младенец. И обманули вы

меня – тогда, в Лориене, – именно как младенца.

– Ты обманул себя сам, – спокойно возразила она. – Вспомни, пожалуйста, как было дело.

Мгновение – и стены дворцового зала заволокло серебристым туманом, из которого выступили смутные силуэты лориенских мэллорнов, и он вновь услыхал – будто бы совсем рядом – мягкий голос Элронда: «Может быть, с моей дочерью возродится в Средиземье царствование Людей, но, как бы я ни любил тебя, скажу: для малого Арвен Ундомиэль не станет менять хода своей судьбы. Только король Арнора и Гондора сможет стать ее мужем...» Голос Владыки замер беззвучным шелестом, и Арагорн вновь увидал рядом с собою Арвен – та небрежным мановением руки вернула залу настоящий его облик.

– Сказано было именно так, Арагорн, сын Арахорна. Это чистая правда – только король Арнора и Гондора может стать мужем эльфийской принцессы; но разве тебе обещали, что он непременно станет им?

– Ты как всегда права, – криво усмехнулся он. – Младенцу – коим являюсь я – и в голову не могло прийти такое: Владыка Дольна пытается отпереться от своего слова... Что ж, лазейки в контракте он отыскивает отменно – куда там умбарским стряпчим...

– С тобою честно расплатились за работу – Возрожденным Мечом и троном Воссоединенного Королевства.

– Да, троном, которым я не распоряжаюсь!

– Ну, не надо прибедняться. – Она чуть поморщилась. – И потом, ты ведь с самого начала знал, что по восшествии на престол получишь эльфийского советника...

– Скажите лучше – наместника.

– Ты опять преувеличиваешь... К тому же тебе пошли навстречу: советником в Минас-Тирит прислали не кого-нибудь, а меня – чтобы в глазах твоих подданных все это выглядело как обычный династический брак. А вот ты – ты вообразил себе невесть что и вознамерился пополнить свою коллекцию девок еще и дочерью эльфийского Владыки!

– Ты же знаешь, что это не так. – В голосе его не было уже ничего, кроме усталой покорности. – Когда в Лориене ты взяла из моих рук кольцо Барахира...

– Ах, это... Ты хочешь мне напомнить историю Берена и Лучиень? Пойми же наконец: это не более чем легенда, причем легенда людская – у эльфов она может вызвать лишь смех.

– Спасибо за разъяснение... Попросту говоря – для вас любовь между эльфом и человеком проходит по разряду скотоложства, так?..

– Давай прекратим этот глупый разговор... Ты очень кстати помянул давеча о необходимости соблюдать соглашения. Не кажется ли тебе, что второй за последние недели «несчастный случай» с людьми из моей свиты – это чересчур?

– А, вот ты о чем...

– Именно об этом, дорогой. И если вы тут вообразили, будто Лориен неспособен защитить людей, которые на него работают, мы преподадим твоей тайной страже такой урок, что они запомнят его навсегда... Если будет кому запоминать.

– Придется напомнить тебе, дорогая. – проснувшаяся злость помогла ему прийти в себя – так подымает на ноги живительная вонь нюхательной соли; наведенный морок таял в мозгу, и дунадан вновь становился самим собою – белым полярным волком, вышедшим против стаи шакалов, – придется напомнить, что хозяева тут пока еще не вы. Давай называть вещи своими именами: будь твоя «свита» настоящим посольством, их всех давным-давно уже повысылали бы из страны – с формулировкой «за деятельность, несовместимую с дипломатическим статусом».

– Знаешь, – задумчиво произнесла Арвен, – тебя порою губит чрезмерная логичность – из нее следует предсказуемость. Ты не стал бы прибегать к подобным мерам без крайней нужды – следовательно, погибшие вплотную подошли к чему-то сверхсекретному и необыкновенно важному. Так что мне осталось лишь выяснить, чем именно они занимались в свои последние дни.

– Ну и как – есть успехи?

– О, и еще какие! Если только это можно назвать успехами... Мы – каюсь – смотрели сквозь пальцы на твои игры с мертвецами; честно говоря, никто не верил, что смертный овладеет заклятием Тени до той степени, чтобы по-настоящему вернуть их к жизни. Но теперь ты вознамерился унаследовать еще и черное знание Мордора – собираешь где только можно эти отравленные осколки и, похоже, вообразил, будто тебе и это сойдет с рук... Да, не спорю: ты – авантюрист высочайшего класса (мы, собственно, такого и выбирали – из многих и многих), человек очень умный, отчаянно храбрый и абсолютно безжалостный – и к другим, и к себе. Знаю – тебе не в новинку жонглировать живой коброй, но поверь: никогда еще – никогда, клянусь чертогами Валинора! – ты не затевал такой опасной игры, как сейчас...

– Ну, я еще и человек весьма прагматичный. Фокус в том, что для вас эти игры не менее гибельны, чем для меня – рад, что ты наконец уяснила себе степень опасности. Так что я готов отыграть задний ход, едва лишь получу отступного.

– Ого!.. А дорого ли ты просишь?

– Тебе уже известна цена – и другой не будет.

Арвен молча двинулась прочь, будто вертикальный солнечный луч, пронзивший запыленную комнату, и когда она обернулась на его негромкий оклик «Обожди!», это была победа почище Пеленнора и Кормаллена.

– Обожди, – повторил он и, небрежно подкинув на ладони серебряный кубок – тот самый, коим она иллюстрировала давеча свои инвективы, – поймал его и одним движением смял в горсти, как бумажный фунтик: рубины инкрустации каплями крови брызнули меж пальцев и с костяным стуком запрыгали по мраморному полу. – Клянусь чертогами Валинора, – медленно повторил он вслед за нею, – я теперь тоже не вижу разницы между гондорской короной и кубком; извини, но короны под рукой не случилось...

С этими словами он небрежно кинул ей этот кусок мятого серебра – так, что Арвен волей-неволей пришлось его поймать, – и, не оглядываясь, вышел прочь: кажется, впервые поле боя осталось за ним. Да, она права – он вступил в игру, опаснее которой не бывает, и поворачивать назад не собирается. Он хочет эту женщину – и он ее получит, чего бы это ни стоило. Этому не бывать до тех пор, пока эльфы остаются эльфами? Что же, значит, надо сокрушить самую основу их силы. Задача немыслимой сложности, но куда более увлекательная, чем, к примеру, завоевание Харада...

Тут его наконец вернул к реальности голос дежурного лейб-гвардейца: «Ваше Величество!.. Ваше Величество!.. Там прибыл Белый отряд из Итилиена. Прикажете принять?»

...Арагорн молчал, опустив голову и сложив руки на груди; сидящий перед ним в кресле Гепард (нога в лубке неловко отставлена в сторону) вот уже несколько минут как закончил свой невеселый отчет и теперь ожидал приговора.

– В тех обстоятельствах, капитан, – поднял наконец взор Его Величество, – ваши действия следует признать оправданными. Сам я – будь на вашем месте – действовал бы так же... Впрочем, это и неудивительно.

– Так точно. Ваше Величество. Наша тень – это Ваша тень.

– Ты, кажется, хотел что-то спросить?

– Да. В Итилиене мы были связаны по рукам и ногам категорическим приказом сохранять жизнь Фарамиру. Не считаете ли вы необходимым пересмотреть...

– Нет, не считаю. Видишь ли, – дунадан задумчиво прошелся по комнате, – я прожил бурную жизнь и повинен во множестве грехов, в том числе и смертных... Но вот клятвопреступником я не был никогда – и не буду.

– Какое это имеет отношение к реальной политике?..

– Самое прямое. Фарамир – человек чести; значит, пока я не нарушил своих обязательств, и он не отступит от своих. А меня в общем-то устраивает статус-кво...

– Но в Итилиен сейчас начнут стекаться все те, кто недоволен властью Вашего Величества!

– Разумеется – и это просто замечательно! Я ведь тем самым избавляюсь от оппозиции в Гондоре, причем заметь: абсолютно бескровно. Ну а уж как отвратить помыслы означенной публики от реставрации прежней династии – это теперь будет головная боль Фарамира: он, повторяю, тоже связан словом.

– И вас не волнует то, что князь Итилиенский, похоже, уже начал какие-то тайные шашни с Восходом?

– В твоем рапорте этого не было! Откуда информация?

– Дело в том, что ногу мне сломал разведчик-орокуэн, а чинил ее той же ночью врач-умбарец – звали его, как сейчас помню, Халаддин. Эти ребята пришли из-за Хмурых гор в компании с небезызвестным бароном Тангорном...

– А ну-ка опиши мне этого самого доктора! Гепард удивленно взглянул на Арагорна: тот подался вперед, а голос его чуть заметно дрогнул.

– ...Да, это он, несомненно, – пробормотал дунадан и на несколько секунд прикрыл глаза. – Значит, Тангорн разыскал в Мордоре Халаддина и приволок его в Итилиен, к Фарамиру... Черт побери, капитан, самую скверную новость ты все-таки приберег на закуску! Похоже, я крупно недооценил этого философа...

– Простите, Ваше Величество, я пока не в курсе – что собой представляет этот Халаддин?

– Видишь ли, тебе сейчас предстоит возглавить одно небольшое сверхзасекреченное подразделение – группу «Феанор»: она даже не входит в структуру Тайной стражи и подчинена напрямую мне. Стратегическая задача «Феанора» на все обозримое время – собирать знания, оставшиеся после Мордора и Изенгарда: мы попробуем использовать все это для наших собственных целей. Одними книгами тут не обойдешься – необходимы и сами люди... Так вот, восемнадцатым номером в нашем списке значится доктор Халаддин. Можно, конечно, предположить, что он чистым случаем повстречался с Тангорном – умбарским резидентом Фарамира, – но я лично в такие совпадения не верю.

– Так вы думаете... Фарамир занимается тем же самым, что и вы?

– Обычно верные мысли приходят в умные головы одновременно; кстати, и эльфы сейчас заняты такими же поисками – правда, с иной целью... Но фокус в том, что Фарамиру – при его давних связях на Восходе – искать куда легче, чем остальным. Кстати сказать, списки, на которые мы сейчас ориентируемся, составлены на основе довоенных докладов его заандуинских резидентов – хвала Манве, что архивы Королевского совета попали к нам, а не к эльфам... Короче говоря, капитан, немедленно найдите Тангорна и вытряхните из него все, что можно: после этого продумайте – как нам наложить лапу на добычу итилиенцев. Более важного дела сейчас нет.

– Организовать похищение прямо из Эмин-Арнена? – обескураженно покачал головою Гепард. – Но наша тамошняя сеть практически разгромлена этим чертовым Грагером, и такую операцию она вряд ли потянет...

– Тангорн не станет сидеть в Эмин-Арнене. Фарамир наверняка отправит его в Умбар, где барон столь успешно работал перед войной: там сейчас полно мордорских эмигрантов, да и для тайных дипломатических миссий лучшего места не найти. Халаддина они наверняка уже где-нибудь спрятали... Впрочем, это-то мы легко проверим. Я сейчас пошлю гонца в Эмин-Арнен – в любом случае следует передать мои наилучшие пожелания князю Итилиенскому. И если гонец не застанет там ни Халаддина, ни Тангорна – а именно так, я полагаю, и будет, – немедля отправляй своих людей в Умбар. Действуй, капитан. И поправляйся быстрее, работы невпроворот.

– ...А где сейчас пребывает Росомаха?

– Он в Изенгарде, командует шайкой мародеров-дунгар. Его задание – пробойный огонь.

– А Мангуст?

– Этот в Миндоллуине – каторжник на каменоломнях, – отвечал сотрудник «Феанора», вводящий Гепарда во владение наследством, и пояснил: – В рамках операции «Пересмешник», господин капитан. Его выход оттуда намечен на будущий вторник.

– Можете ли вы ускорить завершение этой операции?

– Никак невозможно, господин капитан. Мангуст работает без прикрытия, а каменоломни – вотчина людей Королевы. Если его засветить, он не проживет и пяти минут – «попытка к бегству», и никаких концов...

– Ладно, – он прикинул, за сколько дней обернется гонец в Эмин-Арнен, – до вторника время терпит. Как только появится – немедля ко мне.

ГЛАВА 32

Гондор, гора Миндоллуин.
19 мая 3019 года

С птичьего полета миндоллуинские каменоломни, где добывают строительный известняк для Минас-Тирита, смахивали на выщербленную по краю фарфоровую чашку, дно и стенки которой облепили в поисках следов сахара сотни крохотных и въедливых домовых муравьев. В погожие дни – а сегодня как раз и был такой – белоснежная воронка работала как рефлектор, собирающий солнечные лучи, и во внутренних, непродуваемых, ее частях стояло адское пекло. И это – в середине мая; о том, что здесь будет твориться летом, Кумай старался не думать. Конечно, тем из пленных, кто угодил в Анфалас, на галеры, приходилось еще хуже – но это, согласитесь, довольно слабое утешение. Сегодня ему еще крупно повезло: выпала работа на самой верхней бровке, где был прохладный ветерок и почти не было удушающей известковой пыли. Правда, тех, кто трудился на внешнем периметре каменоломен, заковывали в ножные кандалы, но он находил такую цену вполне приемлемой.

В паре с Кумаем вот уже неделю как работал Мбанга, погонщик боевого мумака из Харадского корпуса, не владевший всеобщим языком. За полтора месяца надсмотрщики вколотили в того необходимый и достаточный – с их точки зрения – словарный запас («встал», «пошел», «понес», «покатил», «руки за голову»); только вот на словосочетании «ленивая черная скотина» стороны пришли в состояние лингвистического ступора, так что пришлось оставить просто «черномазый». Расширять этот запас путем общения с другими заключенными Мбанга не стремился, находясь в каком-то постоянном полусне. Может быть, он не уставал оплакивать своего погибшего Тонго – ведь между мумаком и погонщиком складывается дружба совершенно уже человеческая, далеко превосходящая все то, что возникает между всадником и любимым конем. А может, харадрим просто пребывал душою на своем немыслимо далеком Юге – там, где звезды над ночною саванной до того огромны, что стань на цыпочки – и дотянешься до них кончиком ассегая, и где каждый мужчина способен путем несложной магии обратиться во льва, а женщины – все как одна – прекрасны и неутомимы в любви.

...Когда-то в тех местах существовала могучая цивилизация, от которой ныне не осталось ничего, кроме заросших буйной тропической зеленью ступенчатых пирамид да мощенных базальтовыми плитами дорог, ведущих из никоткуда в никуда. А история Харада в нынешнем его виде началась меньше сотни лет назад, когда Фасимба, молодой и энергичный вождь скотоводов из внутренней части страны, поклялся уничтожить работорговлю – и действительно уничтожил. Здесь следует в скобках заметить, что в странах Юга и Восхода торговля рабами существовала испокон веков, однако сколь-нибудь массового характера не имела: дело по большей части ограничивалось продажей красоток в гаремы и тому подобной экзотикой, не имеющей экономической подоплеки. Ситуация разительно изменилась, когда Кхандский халифат поставил дело «на промышленную основу», наладив по всему Средиземью бесперебойную торговлю чернокожими невольниками.

На берегу глубокого залива, примыкающего к устью Куванго – основной водной артерии Восходного Харада, – вырос хорошо укрепленный кхандский городок, который так прямо и назывался – Невольничья Гавань. Жители его поначалу пытались охотиться на чернокожих сами, но быстро убедились, что дело это хлопотное и опасное: как выразился кто-то из них – «все равно что стричь свинью: визгу много, а шерсти чуть». Однако они не пали духом и наладили взаимовыгодные контакты с прибрежными вождями (главным их торговым партнером стал некто Мдиква). С той самой поры живой товар стал поступать на рынки Кханда бесперебойно – в обмен на бисер, зеркальца и ром скверной очистки.

Многие лица указывали и жителям Невольничьей Гавани, и их респектабельным контрагентам в Кханде, что ремесло, коим они зарабатывают на жизнь, грязнее грязи. Те в ответ философски замечали, что бизнес есть бизнес и если есть спрос, то он все равно будет удовлетворен – не этим продавцом, так другим (по нынешним временам эта аргументация известна всем и каждому, так что вряд ли есть нужда воспроизводить ее во всех деталях). Как бы то ни было, промысел в Невольничьей Гавани процветал, а его участники быстро богатели, удовлетворяя попутно самые свои затейливые сексуальные фантазии, благо черных девушек (равно как и мальчиков) в их временном пользовании всегда было хоть отбавляй.

Таково было положение дел на тот момент, когда Фасимба удачно отравил на дружеской пирушке шестерых окрестных вождей (вообще-то отравить должны были как раз Фасимбу, но он весьма умело нанес упреждающий удар – это вообще был его стиль), после чего присоединил их владения к своим и провозгласил себя Императором. Объединив воинов всех семи областей в единую армию и введя в ней строгое единоначалие и неукоснительную смертную казнь за любые проявления трайбализма, юный вождь пригласил военных советников из Мордора, который всегда полагал нелишним иметь управу на кхандских соседей. Мордорцы достаточно быстро обучили чернокожих бойцов, коим страх был неведом ровно в той же степени, что и дисциплина, согласованным действиям в сомкнутом строю, и результат превзошел все ожидания. Кроме того, Фасимба первым оценил истинные возможности боевых мумаков; то есть использовали-то их в битвах с незапамятных времен, но именно он сумел поставить приручение детенышей на поток и тем самым фактически создал новый род войск.

Эффект получился примерно тот же, что в наше время с танками: одна машина, приписанная к пехотному полку, – это, конечно, штука полезная, но не более того, а вот полсотни танков, собранных в единый кулак, – сила, принципиально меняющая весь характер войны.

Так вот, спустя три года после начала своей военной реформы Фасимба объявил войну на уничтожение прибрежным вождям, промышлявшим охотой за рабами, и за каких-то полгода сокрушил их всех; дошла наконец очередь и до Мдиквы. В Невольничьей Гавани царило уже полное уныние, когда от берегового царька прибыл гонец с добрыми вестями: воины Мдиквы встретились в решающем бою с хваленой армией Фасимбы и разбили ее наголову, так что в город скоро приведут много хороших сильных рабов. Кхандцы, мысленно переведя дух, не преминули, однако, пожаловаться гонцу, будто цены на невольничьих рынках метрополии за последнее время сильно упали (что было чистейшим враньем). Тот, однако, не слишком огорчился: рабов захвачено столько, что рома теперь хватит на полгода вперед.

В назначенный час в город пришел невольничий караван, ведомый лично Мдиквой, – сто восемьдесят мужчин и двадцать женщин. Скованные между собою мужчины, вопреки посулам гонца, смотрелись неважно: изможденные, сплошь в кровоподтеках и ранах, небрежно перевязанных банановыми листьями. Но зато женщины, которых вели совершенно обнаженными в голове колонны, были таких достоинств, что весь гарнизон столпился вокруг них истекая слюной и ни на что иное глядеть уже не желал. А зря... Ибо цепи были бутафорией, кровь – краской, а сами невольники – личной гвардией Императора. Под повязками из банановых листьев были скрыты звездообразные метательные ножи, разящие на пятнадцать ярдов, однако гвардейцы вполне могли бы обойтись и безо всякого оружия: каждый из них в беге на короткую дистанцию доставал лошадь, мог увернуться от летящей в него стрелы и разбивал ударом кулака стопку из восьми черепиц. Городские ворота были захвачены за какие-то секунды, и Невольничья Гавань пала. Руководил операцией лично Фасимба – именно он и привел в город «невольничий караван», нарядившись в знакомый всему побережью леопардовый плащ Мдиквы: Император хорошо знал, что различать в лицо «всех этих головешек» представители высшей расы так и не сподобились. Впрочем, самому Мдикве плащ был теперь без надобности: свирепые огненные муравьи, на чьей тропе его привязали (а именно такое наказание теперь полагалось за участие в работорговле), уже превратили берегового владыку в идеально очищенный скелет.

По прошествии двух недель к причалу Невольничьей Гавани подошел кхандский корабль, предназначенный для перевозки рабов. Капитан, несколько удивленный безлюдьем на пристани, отправился в город: назад он вернулся сопровождаемый тремя вооруженными харадримами и заплетающимся от страха языком потребовал на берег носильщиков из числа команды. Впрочем, груз, который им надлежало принять на борт для отправки в Кханд, привел бы в содрогание кого угодно.

Это были полторы тысячи выделанных человеческих кож, точным счетом – 1427 штук: все население городка Невольничья Гавань за изъятием семерых младенцев, которых Фасимба, по неведомой причине, все же пощадил. На каждой из них рукою городского писаря (с тем честно расплатились за работу – казнили его последним и сравнительно легкой смертью) было нанесено имя владельца, а также подробно описано, каким именно пыткам тот был подвергнут перед тем, как быть освежеванным. На кожах, принадлежавших женщинам, было помечено – сколько именно черных воинов всесторонне оценили достоинства их владелиц; женщин в городе было мало, а воинов много, так что цифры были разные, но во всех случаях впечатляющие... Лишь немногим жителям Невольничьей Гавани посчастливилось заработать краткую пометку «погиб при штурме». А последним номером программы было чучело, изготовленное из губернатора, который приходился родственником самому калифу. Профессиональные таксидермисты, вероятно, не одобрили бы использование в качестве набивочного материала бисера (того самого, которым кхандцы платили за рабов), однако у Императора были свои резоны.

...Одни скажут, что такая чудовищная жестокость не может иметь никакого оправдания: вождь харадримов, дескать, просто-напросто облек в форму мести угнетателям свои собственные садистские наклонности. Другие примутся рассуждать об «историческом воздаянии»; ну а что при этом не обошлось без «эксцессов и перегибов» – так что ж поделать, харадримы – не ангелы, они за прошлые годы такого нахлебались... Дискуссия на эти темы вообще представляется довольно бессмысленной, а в данном конкретном случае просто не имеет отношения к делу. Ибо то, что Фасимба сотворил с жителями злосчастного городка, не было ни спонтанным проявлением патологической жестокости вождя, ни местью за страдания предков – а был это важный элемент тонкого стратегического плана, задуманного и осуществленного с абсолютно холодной головой.

ГЛАВА 33

Кхандский калиф, получивший в подарок шкурки своих подданных и чучело родственника, среагировал именно так, как и рассчитывал Император: отрубил голову капитану со всей командой (впредь не возите чего ни попадя!), публично поклялся набить такое же чучело из Фасимбы и немедля снарядил в Харад экспедиционный корпус. Памятуя о печальной судьбе корабельщиков, советники не то что не возразили против этой дурацкой затеи – они не решились даже настоять на предварительной разведке. Калиф же, вместо того чтобы заниматься реальной подготовкой похода, предавался праздным мечтаниям – каким именно пыткам он подвергнет Фасимбу, когда тот попадется к нему в руки.

Спустя месяц двадцатитысячная кхандская армия высадилась в устье Кубанго, у развалин разрушенной дотла Невольничьей Гавани, и двинулась в глубь страны. Здесь следует заметить, что кхандские воины, если считать по количеству навьюченного на них железа (а особенно украшающих оное железо золоченых финтифлюшек), не имели себе равных во всем Средиземье. Беда в том, что их боевой опыт сводился по большей части к подавлению крестьянских восстаний и иным полицейским операциям. Однако против чернокожих дикарей, похоже, вполне хватало и этого: харадримы в панике разбегались, едва завидев перед собою грозно сверкающую под солнцем железную фалангу. Преследуя беспорядочно отступающего противника, кхандцы миновали полосу прибрежных джунглей и вышли в саванну – где и повстречали на следующее же утро терпеливо поджидающие их основные силы Фасимбы.

Командовавший походом племянник калифа слишком поздно уразумел, что харадская армия превосходит кхандскую по численности примерно вдвое, а по боеспособности – раз эдак в десять. Собственно говоря, битвы как таковой просто не было: была сокрушительная атака боевых мумаков, а затем преследование бегущего в панике противника. Впрочем, характер потерь кхандцев говорит сам за себя: полторы тысячи убитых – и 18 тысяч пленных; харадримы потеряли чуть больше ста человек.

Небольшое время спустя калиф получил от Фасимбы подробный отчет о битве вкупе с предложением обменять пленных на находящихся в кхандском рабстве харадримов – всех на всех. В противном случае предлагалось прислать в Невольничью Гавань корабль, способный принять на борт 18 тысяч человеческих кож: а в Кханде теперь твердо знали, что по этой части Император слов на ветер не бросает. Фасимба сделал и еще один дальновидный ход: освободил пару сотен пленников и распустил их по домам, дабы те довели до всего кхандского населения суть харадских предложений. В народе, как и следовало ожидать, поднялся ропот и отчетливо запахло восстанием. Через неделю калиф, не располагавший на тот момент никакими военными силами, кроме дворцовой охраны, капитулировал. В Невольничьей Гавани произошел предложенный Фасимбой обмен. И с той поры Император обрел среди своего народа статус живого бога на земле – ибо в глазах харадримов возвращение человека из кхандского рабства мало чем отличалось от воскрешения из мертвых.

С той поры страшноватенькая империя харадримов (в коей не было ни письменности, ни градостроительства, но зато с избытком хватало ритуального каннибализма, мрачной черной магии и охоты на колдунов) изрядно расширила свои границы. Сперва чернокожие продвигались лишь на юг и на восход, но в последние лет двадцать они обратили свои взоры к северу и отгрызли уже преизрядный кусок кхандской территории, вплотную приблизившись к границам Умбара, южного Гондора и Итилиена. Мордорский посол при императорском дворе слал в Барад-Дур депешу за депешей: если не принять срочных мер, то скоро перед цивилизованными государствами центрального и закатного Средиземья появится противник, страшнее которого не бывает: неисчислимые шеренги великолепных воинов, не ведающих ни страха, ни жалости.

И тогда Мордор, руководствуясь кхандской поговоркой «Единственный способ извести крокодилов – это осушить болото», начал посылать на Юг своих миссионеров. Они не слишком докучали чернокожим рассказами о Едином, но зато неукоснительно лечили ребятишек и обучали их счету и письму, которое сами же и разработали для харадского языка на основе всеобщего алфавита. И когда один из создателей этой письменности, преподобный Альджуно, увидал первый текст, созданный рукою маленького харадрима (это было замечательное по своей поэтичности описание львиной охоты), то понял, что не напрасно жил на этой земле.

Было бы явным преувеличением сказать, что деятельность эта привела к заметному смягчению тамошних нравов. Сами миссионеры, однако, оказались окружены почти религиозным почитанием, и теперь любой харадрим при слове «Мордор» демонстрировал самую белозубую из своих улыбок. Кроме того, Харад (не в пример иным «цивилизованным» странам) не страдал избирательным выпадением памяти: здесь отлично помнили – кто им в свое время помогал в войне против кхандских работорговцев. Поэтому когда мордорский посол обратился к императору Фасимбе Третьему за помощью в борьбе против Закатной коалиции, тот незамедлительно послал на помощь северным братьям отборный отряд конницы и мумаков – тот самый Харадский корпус, что столь доблестно сражался на Пеленнорских полях под багровым знаменем со Змеем.

Из всего корпуса в той битве уцелели лишь несколько человек, и в их числе – командир конницы, знаменитый капитан Умгланган; с того самого дня его неотступно преследовало одно видение – яркое, как наяву... Посреди голубой нездешней саванны в грозном ожидании застыли лицом друг к другу две шеренги, разделенные пятнадцатью ярдами – дистанцией убойного броска ассегая; обе они составлены из славнейших воинов всех времен, но в правой шеренге на одного бойца меньше. Пора уже начинать, но грозный Удугву, отчего-то сжалившись над Умгланганом, медлит давать сигнал к величайшей из молодецких потех – ну, где ты там, капитан? Занимай скорей свое место в строю!.. И как быть, если сердце воина неодолимо зовет его туда, к подножию черного базальтового престола Удугву, а долг командира повелевает вернуться с отчетом к своему Императору? Это был тяжкий выбор, но он избрал Долг, и теперь, преодолев тысячу опасностей, добрался уже до границ Харада.

Он принесет Фасимбе печальную весть: те люди Севера, что были харадримам как братья, пали в бою, и в северных землях нет отныне никого, кроме врагов. Но ведь это по-своему прекрасно – ибо теперь впереди множество битв и славных побед! Он повидал в деле воинов Заката – тем ни за что не выстоять против черных бойцов, когда это будет не крохотный добровольческий корпус под багровым стягом, а настоящая армия. Он доложит, что отставания по кавалерии, которого они так опасались, более не существует: совсем еще недавно харадримы вовсе не умели сражаться верхом, а теперь вот вполне достойно противостояли лучшей коннице Заката. А ведь те еще незнакомы с харадской пехотой: из всего, что он там повидал, с нею могла бы сравниться лишь троллийская – а теперь, соответственно, никто. Ну а мумаки есть мумаки – почти что абсолютное оружие; не потеряй мы двадцать штук в той проклятой лесной засаде – еще неизвестно, как повернулось бы дело на Пеленнорских полях... Боятся огненных стрел? – не беда: поправим при дрессировке детенышей... Ну что же, Закат сам выбрал свою судьбу, сокрушив стоявший между ним и харадримами Мордор.

...Погонщика Мбангу занимали в эти минуты проблемы куда менее глобальные. Не подозревая о существовании математики, он тем не менее с самого утра решал в уме довольно сложную планиметрическую задачу, которую инженер второго ранга Кумай – будь он в курсе планов напарника – сформулировал бы как «минимизацию суммы двух переменной длины отрезков»: от Мбанги до надсмотрщика и от надсмотрщика до края обрыва каменоломни. Конечно же, он не ровня Умглангану, чтобы рассчитывать на место в шеренге лучших бойцов всех времен, однако если он сейчас сумеет погибнуть так, как задумано, то Удугву – в своей бесконечной милости – позволит ему вечно охотиться на львов в своей небесной саванне. Выполнить задуманное, однако, было куда как не просто. Мбанге, истощенному полутора месяцами голодухи и непосильной работы, предстояло голыми руками убить здоровенного верзилу, вооруженного до зубов и отнюдь не беспечного, причем управиться с этим делом следовало не более чем за двадцать секунд: дальше сбегутся соседние надсмотрщики, и его попросту запорют плетьми – жалкая смерть раба...

Все произошло настолько быстро, что даже Кумай упустил первые движения Мбанги. Он увидал лишь черную молнию, метнувшуюся к ногам надсмотрщика: харадрим присел на корточки (якобы поправить кандалы) – и вдруг прыгнул с места головою вперед; так кидается на свою жертву смертоносная древесная мамба, с немыслимой точностью пронзая сплетение ветвей. Правое плечо чернокожего со всего маху врубилось в опорное колено стоящего вполоборота к ним стражника – точнехонько под коленную чашечку; Кумаю померещилось, будто он и вправду расслышал вязкий хруст, с которым рвется суставная сумка и выскакивают из своих гнезд нежные хрящевые мениски. Гондорец осел наземь даже не вскрикнув – болевой шок: мгновение – и вскинув на плечо бесчувственное тело, харадрим семенящим кандальным шагом заспешил к обрыву. Сбегающуюся со всех сторон охрану Мбанга опередил на добрых тридцать ярдов; достигнув заветной кромки, он швырнул свою ношу вниз, в сияющую белую бездну, и теперь, вооруженный захваченным мечом, спокойно поджидал врагов.

Конечно же, ни один из этих закатных трупоедов не, посмел скрестить с ним клинок – они просто расстреляли его из луков. Это, однако, не имело уже никакого значения: он сумел погибнуть в бою, с оружием в руках, а значит – заработал свое право на первый бросок ассегая в загробных львиных охотах. Что может значить такой пустяк, как три раны в живот, на фоне этого вечного блаженства?

Харадримы всегда умирают с улыбкой, и улыбка эта – как уже начали догадываться отдельные дальновидные люди – не сулила Закатным странам ничего доброго.

ГЛАВА 34

– Подох, зараза! – разочарованно констатировал белобрысый детина, аккуратно раздробив каблуком пальцы Мбанги (ноль реакции), и перевел свои налитые кровью глазки на застывшего чуть в стороне Кумая. – Но пусть меня повесят, – он перекинул бич из руки в руку, – если его приятель не заплатит за Эрни всей своею шкурой...

От первого удара Кумай инстинктивно прикрылся

локтем, с которого тут же сорвало лоскут кожи. Зарычав от боли, он рванулся было к белобрысому – и тогда в дело вступили четверо остальных... Били его долго, вдумчиво и изобретательно, покуда не сообразили: дальше – уже без пользы, все одно отрубился наглухо. А что б вы думали – кто-то ведь должен ответить всерьез за разбившегося надсмотрщика, или как?..

Тем часом подгреб начальник караула, рявкнул: «А ну, кончай развлекуху!» и разогнал их матюгами по своим постам – ему-то, ясный перец, лишний жмурик в рапорте вовсе не в кайф. Тут ведь как: ежели эта скотина окочурится прямо здесь, на месте, – изволь объясняться с начальником работ (тот еще гусь!), а вот ежели чуть погодя, в бараке, – тогда пожалуйста: «естественная убыль», и никаких тебе вопросов... Он кивком подозвал кучку заключенных, боязливо поглядывавших на экзекуцию из некоторого отдаления, и по прошествии недолгого времени Кумай уже валялся на гнилой соломе своего спального места. Впрочем, любому понимающему человеку хватило бы сейчас и беглого взгляда на этот полутруп в окровавленных лохмотьях кожи, чтобы понять: не жилец... Надобно заметить, что пару месяцев назад тролль, будучи тяжело ранен в Пеленнорской битве, ухитрился-таки обмануть смерть – но на этом, похоже, фарт его выдохся насовсем.

...Когда конница Йомера прорвала оборону Южной армии и началась общая паника, инженер второго ранга Кумай оказался отрезанным от своих чуть севернее лагеря, на территории парка осадных приспособлений; вместе с ним оказались в окружении семеро бойцов инженерных частей, над коими ему – как старшему по званию – волей-неволей пришлось принять командование. Не будучи большим знатоком военной стратегии и тактики, он ясно понял одно: еще несколько минут – и вся эта брошенная на произвол судьбы техника попадет в руки врага; единственное, что остается, – это ее уничтожить. Железной рукою наведя порядок в своем подразделении (один из семерых, вякнувший нечто вроде «Спасайся кто может!», так и остался лежать у вязанки штурмовых лестниц), тролль убедился, что по крайней мере нафты у них – хвала Единому! – хоть залейся. Через минуту его подчиненные уже сновали как муравьи, поливая горючим механизмы катапульт и подножия осадных башен, а сам он поспешил к «воротам» – разрыву в сплошном кольце повозок, ограждавшем парк, – где и столкнулся нос к носу с передовым разъездом рохирримов.

Конные витязи отнеслись к возникшему перед ними одинокому мордорцу без должного пиетета – за что и поплатились. Кумай считался силачом даже по троллийским меркам (как-то раз во время студенческой гулянки он прошелся по карнизу, неся при этом на вытянутых руках кресло с мертвецки пьяным Халаддином), так что в качестве оружия воспользовался не чем-нибудь, а подвернувшейся под руку оглоблей... Назад успел сдать лишь один из четверых всадников – остальные так и полегли там, где их строй повстречался с этой чудовищной вертушкой.

Впрочем, рохирримов это не особо обескуражило. Из сгущающихся сумерек тут же возникли еще шестеро конников, которые сразу рассыпались в ощетинившееся копьями полукольцо. Кумай попытался было перегородить просвет ворот, развернув за заднюю ось одну из повозок, однако понял – не поспеть; тогда он отступил чуть назад и, стараясь не терять врагов из виду, скомандовал через плечо:

– Зажигайте, мать вашу!..

– Не поспеваем, сударь! – откликнулись сзади. – До больших катапульт никак не добраться...

– Жгите, что можно!! Не до жиру – закатные в парке!! – рявкнул он и воззвал – уже на всеобщем языке – к изготовившимся для атаки рохирримам: – А ну, кто не трус?! Кто сойдется в честном бою с горным троллем?!

И – проняло! Строй рассыпался, и спустя какие-то секунды перед ним уже стоял спешившийся витязь с белым плюмажем корнета: «Вы готовы, прекрасный сэр?» Кумай перехватил свою жердь за середку, сделал стремительный продольный выпад – и обнаружил рохиррима в паре ярдов прямо перед собою; спасло тролля только то, что роханский клинок был слишком легок и не смог перерубить оглоблю, на которую тот принял удар. Выгадывая секунды, инженер торопливо попятился в глубь парка, но разорвать дистанцию так и не сумел; корнет был проворен как ласка, а в ближнем бою шансы Кумая с его неуклюжим оружием были совершенно нулевые. «Поджигайте и сваливайте на хрен!!!» – вновь заорал он, отчетливо поняв, что самому-то ему точно пришел конец. И точно: в следующий миг мир взорвался белесой вспышкой ослепляющей боли и тут же опал ласковой прохладной чернотой. Удар корнета напрочь расколол ему шлем, и он уже не увидел, как буквально через мгновение все вокруг обратилось в море огня – его люди сделали-таки свое дело... А спустя несколько секунд пятящиеся от жара рохирримы увидали, как из глубины этой гудящей печи неверными шагами бредет их легкомысленный офицер – сгибаясь под тяжестью бесчувственного тролля. «За каким чертом, корнет?..» «Но я же должен узнать имя этого прекрасного сэра! Он как-никак пленник моего копья...»

Очнулся Кумай лишь на третий день – в роханской санитарной палатке, где в рядок с ним лежали и трое его «крестников»: степные витязи не делали различия между своими и чужими ранеными и одинаково лечили всех. К несчастью, «одинаково» в данном случае означает «одинаково скверно»: голова инженера пребывала в самом плачевном состоянии, а из лекарств ему за все это время перепал лишь бурдючок вина, который принес пленивший его корнет Йорген. Корнет выразил надежду, что по выздоровлении инженер второго ранга окажет ему честь и они еще разок встретятся в поединке – но желательно с каким-нибудь более традиционным оружием, нежели жердь. И, разумеется, он может считать себя свободным, по крайней мере в пределах лагеря – под слово офицера... Однако неделей спустя рохирримы отбыли в мордорский поход – добывать для Арагорна корону Воссоединенного Королевства, и в тот же день Кумая вместе со всеми остальными ранеными отправили в миндоллуинские каменоломни: Гондор уже был вполне цивилизованным государством – не чета отсталому Рохану...

Как он ухитрился выжить в те первые каторжные дни – с разбитой головой и сотрясением мозга, постоянно швыряющим его в омуты беспамятства, – было полнейшей загадкой; скорее всего – из одного лишь троллийского упрямства, просто назло тюремщикам. Впрочем, никаких иллюзий насчет дальнейшей своей судьбы он не питал. Кумай в свое время прошел (согласно традиции, принятой в состоятельных троллийских семьях) всю рабочую цепочку на отцовских рудниках в Цаганцабе – от рудокопа до помощника маркшейдера; он достаточно хорошо разбирался в организации горных работ, чтобы понять – экономические соображения здесь никого не волнуют, и они отправлены в Миндоллуин вовсе не затем, чтобы принести хозяевам каменоломен некую прибыль, а чтобы сдохнуть. Для мордорских военнопленных установили такое соотношении пайка и норм выработки, что это было вполне откровенным «убийством в рассрочку».

На третью неделю, когда часть пленных уже отдала Богу душу, а остальные – куда денешься? – кое-как втянулись в этот убийственный ритм, нагрянули с инспекцией эльфы. Позор и варварство, разорялись они, неужто неясно, что эти люди годны на нечто большее, чем катать тачку? Ведь тут полно специалистов по чему угодно – берите их и используйте по прямому назначению, черт побери! Гондорское начальство смущенно чесало в затылках – «оплошали, ваше степенство!» – и тут же устроило своеобразную «перепись мастеров»: в результате несколько десятков счастливчиков сменили миндоллуинский ад на работу по специальности, навсегда покинув каменоломни.

Ладно, Единый им судья... Кумай, во всяком случае, покупать себе жизнь, создавая для врага летательные аппараты тяжелее воздуха (а именно это и было его ремеслом), почел невозможным: есть вещи, которых делать нельзя потому, что их делать нельзя. И точка. Побег из Миндоллуина был очевидной утопией, а иных возможностей вырваться отсюда он решительно не видел; истощение между тем исправно делало свое дело – все чаще накатывала полнейшая апатия. Трудно сказать, сколько он протянул бы в таком режиме еще – может, неделю, а может, и все полгода (хотя навряд ли год), однако Мбанга – упокой Единый его душу – ухитрился напоследок столь замечательно хлопнуть дверью, что решил заодно и все Кумаевы проблемы – раз и навсегда.

ГЛАВА 35

Ближе к вечеру в барак мордорцев, где корчился в сжигающем его жару инженер второго ранга, заглянул незнакомец: сам сухощавый и стремительный в движениях, а смуглое лицо уроженца заандуинского юга отмечено властной решительностью – скорее всего офицер с умбарского капера, по странному капризу судьбы угодивший в Миндоллуин, а не на нок-рею боевой галеры королевского флота. Он с минуту постоял в задумчивости над этим кровавым месивом, по которому совершенно уже по-хозяйски разгуливали стада жирных мух, и проворчал, ни к кому особо не обращаясь: «Да, к утру, пожалуй что, испечется...» Затем он исчез, но спустя полчаса, к немалому удивлению Кумаевых соседей, появился вновь и принялся за лечение. Распорядившись попридержать пациента – чтоб тот не дергался, – он принялся втирать прямо в сочащиеся сукровицей рубцы ядовито-желтую мазь с резким вяжущим запахом камфары; боль была такая, что разом выдернула Кумая из зыбкого забытья, и не будь он столь истощен, черта с два товарищи по бараку удержали бы его в неподвижности. Однако Пират (так его окрестили пленные) спокойно продолжал делать свое дело, и спустя буквально какие-то минуты тело раненого расслабилось, оплывая потом, температура буквально на глазах пошла на убыль, и тролль камнем погрузился в настоящий сон.

Мазь оказалась поистине волшебной: к утру рубцы не только подсохли, но и начали отчаянно чесаться – верный признак заживления. Лишь немногие из них воспалились – ими-то и занялся вновь появившийся перед утренним разводом Пират. Вполне уже оживший Кумай хмуро приветствовал своего спасителя:

– Не хотел бы показаться неблагодарным, но право слово, вы могли бы найти лучшее употребление для своего чудесного снадобья. Что толку вытаскивать с того света тех, кому так и так туда прямая дорога?

– Ну, человек должен время от времени совершать глупости – иначе он перестает быть человеком... Повернитесь-ка... так... Терпите, инженер, сейчас полегчает... Да, так вот – о совершаемых нами глупостях. Сами-то вы. простите за нескромность, отчего остались подыхать на каменоломнях? Сидели бы себе сейчас в Минас-Тирите, в королевских мастерских, и горя не знали.

– Затем и остался, – хмыкнул Кумай, – что всю жизнь следовал принципу «не суетись под клиентом»... – и тут же осекся на полуслове, внезапно сообразив: а откуда, собственно, этот парень может знать о его специальности, если он никому о ней не рассказывал и старательно скрыл ее во время «переписи»?..

– Достойная позиция, – без тени улыбки кивнул Пират. – А самое интересное, что в данном случае она же и прагматически правильная; понимаете – единственно правильная... Ведь все, кто тогда подсуетился, уже мертвы, а вы – при минимальном везении – вскорости окажетесь на свободе.

– Мертвы? Откуда вы это взяли?

– Оттуда, что я их сам закапывал. Я, изволите ли видеть, подвизаюсь в здешней похоронной команде.

Кумай некоторое время молчал, переваривая услышанное. Самое ужасное, что самой первой мыслью его было – «И поделом!». А затем: «Бог ты мой, в кого же я тут превратился...» Так что до него не сразу дошел смысл слов Пирата:

– Одним словом, вы сделали верный выбор, механик Кумай. Родина, как видите, не забыла вас и предприняла специальную операцию по вашему спасению. Я – один из участников этой операции...

– Как?.. – Он был окончательно сбит с толку. – Какая Родина?

– А у вас что, их несколько?

– Вы сошли с ума! Неужто кто-то и вправду готов уложить кучу народу ради того, чтобы вытащить отсюда меня?

– Мы выполняем приказ, – сухо отвечал Пират, – и не нам судить, что важнее для Мордора: годами создаваемая агентурная сеть или некий инженер второго ранга.

– Простите... Кстати, я как-то до сих пор не поинтересовался вашим именем...

– И правильно сделали – вам оно совершенно ни к чему. Побег начнется буквально через несколько минут, и при любом его исходе мы с вами больше никогда не встретимся.

– Через несколько минут?! Слушайте, мне, конечно, получшало, но не настолько же... Как, интересно, я пройду зону внешней охраны?

– В виде трупа, разумеется. Я, если вы не забыли, служу в похоронной команде. Не беспокойтесь – не вы первый и (стучу по дереву) не вы последний.

– Так, значит, все те, которые...

– Увы! Там как раз все было всерьез. Это – работа эльфов, и нам тогда сделать ничего не удалось... Короче говоря – вы сейчас выпьете из этой склянки и «умрете» – примерно часов на двенадцать; не думаю, чтобы после вчерашнего ваша смерть вызвала вопросы. Остальное – детали, которые вас не касаются...

– Как это так «не касаются»?

– Очень просто. Рекомендую вам дополнить ваш

замечательный принцип «не суетись под клиентом» еще одним: «Меньше знаешь – крепче спишь». Что вам положено – узнаете в свое время. Пейте, Кумай, – время дорого.

Жидкость из склянки подействовала быстро, буквально спустя несколько секунд; последнее, что он видел, – смуглое лицо Пирата со множеством мелких шрамиков вокруг губ.

...О том, что происходило дальше с его «трупом» (пульс нитевидный – шесть ударов в минуту, реакции отсутствуют), Кумай так никогда и не узнал: да и к чему, собственно, ему знать, как он катился в труповозке под кучей других мертвецов, а потом лежал, ожидая транспортировки, в соседнем заброшенном карьере, присыпанный слоем щебня? Очнулся он в полной темноте; все верно – если Пират не соврал насчет «двенадцати часов», сейчас должна быть ночь. Где это он? Судя по запаху, какой-то хлев... А стоило ему заворочаться, как рядом раздался незнакомый голос, произнесший с трудноуловимым акцентом:

– С удачным прибытием, инженер второго ранга! Можете расслабиться – путь впереди неблизкий, но главные опасности уже (тьфу-тьфу-тьфу!) позади.

– Спасибо, э-э-э...

– Суперинтендант. Просто – суперинтендант.

– Спасибо, суперинтендант. Тот человек, с каменоломен...

– Он в порядке. Больше вам знать ни к чему.

– Можно передать ему мою благодарность?

– Не думаю. Но я доложу о вашей просьбе.

– Разрешите вопрос?

– Разрешаю.

– От меня, наверное, ждут, чтобы я создавал новые типы оружия?

– Разумеется.

– Но у меня совершенно другая специальность!..

– Вы, кажется, решили поучать руководство, инженер второго ранга?

– Никак нет. – Он чуть помешкал. – Просто я не уверен...

– Зато Руководство уверено. В конце концов, – голос суперинтенданта слегка оттаял, – вы будете трудиться не в одиночку. Там собрана целая группа. Старший над вами – Джагеддин.

– Тот самый?!

– Тот самый.

– Неслабо...

Нет, все-таки в этом есть своя прелесть – ни о чем эдаком не задумываться и спокойно делать, что тебе велено...

– Короче говоря, лежите и поправляйтесь. Если бы не эта идиотская история с надсмотрщиками, можно было бы двинуться в путь хоть сейчас, а так – придется повременить.

– Знаете, чтобы отправиться домой, в Мордор, мне здоровья и сейчас хватит...

– А с чего вы взяли, – усмехнулся невидимый собеседник, – что вы направляетесь в Мордор?

– То есть как?..

– Ну, это же очень просто. Вас ведь ищут – во всяком случае, мы предусматриваем такую возможность: эльфы, как вы убедились, ребята весьма серьезные... А вам, между прочим, надо не скрываться, а работать – две большие разницы.

– Хорошо, а где же тогда?..

– Подумайте сами. Где лучше всего прятать краденое? На чердаке у полицейского. Где темнее всего? Точно под канделябром. Улавливаете?

– Вы хотите сказать... – медленно произнес Кумай, почувствовав вдруг холод под ложечкой, ибо все фрагменты этой замечательной истории с его лихим побегом начинали неумолимо складываться в совершенно иную мозаику, имя которой – инсценировка. – Вы хотите сказать – я останусь здесь, в Гондоре?

– Нет. Вообще-то спрятать вас в Гондоре было и впрямь очень соблазнительно и в обычное время не слишком сложно. Мы специально прорабатывали этот вариант, но от него пришлось отказаться... Дело в том, что в Минас-Тирите сейчас идут крутые разборки между Королем и Королевой; у обоих свои собственные секретные службы, которые бесперечь шпионят друг за дружкой, и в сферу интереса этих ребят можно попасть чистым случаем и по любому поводу. Так что сейчас здешние места для нас, к сожалению, закрыты. Но ведь Гондором и Мордором мир не кончается... И кстати: если бы вас решило использовать втемную Воссоединенное Королевство, их люди, надо думать, отправили бы вас работать именно в Мордор: армия и контрразведка победившей страны без труда создали бы там для вас такую «хрустальную башню», что пальчики оближешь. Вы согласны? На пару секунд воцарилось молчание.

– Ч-черт! Неужто у меня все так и написано на физиономии?

– Не сомневаюсь – хотя физиономию вашу мне не видать по причине темноты. Словом, оставьте-ка лучше такого рода умствования на долю специалистов и занимайтесь своим прямым делом, ладно?

– Примите мои извинения, суперинтендант.

– Не за что. Кстати, раз уж об этом зашла речь... Люди, с которыми вам предстоит работать, попали в тот «университет» разными путями; многие из них – ваши хорошие знакомые. Вы можете обсуждать с ними былые студенческие пьянки, нынешние сводки Сопротивления, философские картины мира – все, что душе угодно, кроме одного: историй вашего появления там. Болтовня на эти темы может стоить жизни множеству людей: и моих сотрудников – вроде нашего общего знакомого из Миндоллуина, – и ваших коллег, остающихся пока в руках врага. Я говорю это абсолютно серьезно и вполне ответственно. Вам все ясно, инженер второго ранга?

– Так точно, суперинтендант.

– Вот и славно. Одним словом, поправляйтесь быстрее – и в путь.

– Поздравляю вас, Мангуст. – Гепард выпрямился в кресле и оглядел замершего по стойке «смирно» лейтенанта тайной стражи. – Я ознакомился с вашим отчетом по итогам операции «Пересмешник». Шестеро спасенных – отличная работа. Объявляю вам благодарность от лица Службы.

– Слуга Его Величества!

– Вольно, лейтенант. Присаживайся – чай, не на плацу... Значит, отход из Миндоллуина прошел по экстренному варианту?

– Так точно. Тот – последний по счету – человек, которого я вел (инженер Кумай, тридцать шестой номер по нашему списку, конструктор механических драконов), буквально за день до побега попал в глупейшую историю. Тамошние вертухаи превратили его в кусок фарша, и мне пришлось срочно приводить его в порядок; честно сказать – сперва показалось, что и лечить-то уже без толку... Его-то я вытащил, но сам при этом засветился до кишок: стукачи доложили по начальству и... Словом, ваши ребята из группы прикрытия поспели как нельзя вовремя.

– Вовремя, – проворчал Гепард и с видимым отвращением обвел взором обшарпанные стены конспиративной квартиры. – Куда уж как вовремя... Два трупа, трое раненых, вся секретная служба Ее Величества стоит на ушах: ищут мордорского шпиона – смуглого человека с мелкими шрамами вокруг рта. Ну и полиция – та в свой черед ловит беглого каторжника с теми же приметами... Я так думаю – самое тебе время, лейтенант, сменить климат; собирайся-ка – тебя ждет работа на Юге, в Умбаре.

– Слушаюсь, господин капитан!

– Вот тебе досье – ознакомься. Барон Тангорн, до войны был умбарским резидентом Фарамира. Есть основания полагать, что он занят сейчас примерно тем же, что и мы, – ищет мордорских специалистов и документацию для своего князя; по некоторым прикидкам, должен в ближайшее время объявиться в Умбаре. Твоя задача – захватить Тангорна и выцедить из него всю информацию об этой затее итилиенцев. Его Величество придает операции исключительное значение.

– При получении информации я вправе обойтись с ним жестко?

– А по-другому не выйдет: судя по этому досье, барон не из тех, кто станет покупает себе жизнь за доверенные ему тайны. Впрочем, его в любом случае придется после допроса ликвидировать – ведь мы формально в союзе с Итилиеном, так что эта история никак не должна выплыть наружу.

– В каком качестве он прибудет в Умбар? Официально или...

– Скорее всего «или». У тебя есть важное преимущество: Тангорн, по всей видимости, пока не подозревает, что за ним охотятся. Не исключено, что он – по крайней мере поначалу – будет вполне легально жить в одной из тамошних гостиниц, и тогда его захват не составит проблемы. Но барон – стреляный воробей: почуяв неладное, он исчезнет в этом городе как лягушка на дне заводи.

– Ясно. Я буду действовать самостоятельно, в одиночку?

– Самостоятельно, но не в одиночку. Тебе будут приданы трое сержантов – отберешь их сам, из наших. Если найдешь его сразу, этого должно хватить за глаза. Но если вы все же его спугнете...

– Такого не может случиться, господин капитан!

– Случиться может все и со всяким, – раздраженно отозвался Гепард, невольно покосившись на свою ногу. – Так вот, ведя розыск в городе, ты не вправе обращаться за помощью к тамошней резидентуре, хотя это и очень жаль: у них чертова уйма сотрудников, а главное – превосходные контакты в местной полиции...

– Могу я узнать – отчего?

– Оттого, что есть данные – в Умбаре активно работают эльфы и существует мощное проэльфийское подполье. Лориен ни под каким видом не должен узнать о вашей операции – это строжайший приказ, – а я опасаюсь утечек: наших – дикая нехватка, и в умбарской резидентуре, к сожалению, работают одни только люди... – Тут Гепард чуть помедлил и как-то очень буднично закончил: – На всякий случай ты получишь мандат по форме "Г".

Мангуст поднял глаза на капитана, как бы ожидая подтверждения услышанному. Так вот что означает – «Его Величество придает операции исключительное значение»... Мандат по форме "Г" дает сотруднику тайной стражи право действовать «именем Короля». При заграничных операциях это нужно лишь в двух случаях: чтобы отдать прямой приказ послу и чтобы отстранить от должности (либо казнить прямо на месте) шефа региональной резидентуры...

ЧАСТЬ ТРЕТЬЯ
УМБАРСКИЙ ГАМБИТ

«На треть солдат, на треть полисмен, на треть злодей», – как любил говорить о себе этот человек, принадлежавший к легендарному поколению своей профессии. Он охотился на коммунистов в Малайе, на мау-мау – в Кении, на евреев – в Палестине, на арабов – в Адене и на ирландцев – всюду и везде.

Дж. Ле Карре

ГЛАВА 36

Умбар, Рыбный рынок.
2 июня 3019 года

Креветки были великолепны. Они расположились на оловянном блюде будто изготовившиеся к бою триремы на тусклой рассветной глади Барангарской бухты: колючие рострумы в путанице усиков-снастей грозно устремлены на врага, лапки-весла подобраны вдоль корпуса – как и положено перед абордажем. Полдюжины на порцию – да больше, пожалуй что, и не осилить: одно слово – «королевские», едва умещаются на ладони; к тому же острый сок, сообщающий неповторимое очарование чуть сладковатому розовому мясу, вовсю уже разъедал отвыкшие от этого лакомства губы и кончики пальцев. Тангорн покосился на дожидающийся своей очереди поднос с крупными печенными на угольях устрицами: обомшелые конические каменюки от жара чуть треснули по шву, застенчиво демонстрируя свое смуглое содержимое, и было в этом нечто очаровательно-непристойное. Нет, все-таки нигде в мире не умеют готовить морскую снедь так, как в маленьких харчевнях вокруг Рыбного рынка – куда там фешенебельным ресторациям с набережной Трех звезд! Жаль, нельзя испросить трепангов: не сезон... Он вздохнул и вновь принялся за истекающую горячим пряным соком креветку, рассеянно прислушиваясь к болтовне своего сотрапезника.

– ...И согласитесь, барон: ваши страны – это крохотный, но возомнивший о себе невесть что полуостров на крайнем северо-закате ойкумены. А населяют его форменные параноики, вбившие себе в голову, будто весь остальной мир спит и видит, как бы их завоевать и поработить. Да кому, скажите на милость, нужны ваши чахлые осинники, сплошь заросшие мухоморами, не тающие по полгода снега и та бурая пенистая кислятина, что вы пьете взамен нормального вина?!

Не то чтобы разглагольствования этого хлыща сколь-нибудь всерьез задевали патриотические чувства Тангорна (тем более что почти все из сказанного было чистой правдой); просто в устах высокопоставленного сотрудника министерства иностранных дел Умбарской республики подобного рода сентенции звучали весьма странно – особенно если учесть, что встретились-то они именно по его инициативе... Барон не особо удивился, когда нынешним утром хозяин облюбованной им гостиницы «Счастливый якорь» с должным подобострастием вручил своему постояльцу конверт, сплошь облепленный правительственными печатями. Ну что же, прошло уже три дня, как он объявился в Умбаре, где наверняка оставил по себе – как бы это помягче сказать? – неоднозначную, но зато наверняка яркую память; вполне естественно, что статс-секретарь Гагано (по устной просьбе шефа Северного направления МИД Алькабира) запросил итилиенского гостя о конфиденциальной встрече. А в итоге Тангорн вот уже четверть часа как «принимает к сведению» хамские наезды этого болвана... «Стоп! – сказал он себе, – а такой ли уж он болван, каким старается выглядеть? Ну-ка, прощупаем его на прочность... что-нибудь эдакое, невинное».

– Ну, «крохотный возомнивший о себе полуостров» – это и вправду было неплохо сказано, – благодушно признал барон. – Но вот последний пункт обвинения – насчет «бурой кислятины» – я все-таки берусь оспорить. Верите ли, но не далее как с полминуты назад я думал про себя: эх, к этим бы здешним креветкам – да пару пинт нашего доброго биттера! Чтобы был черный и горький, как деготь, а пена должна быть такой плотности, чтоб удерживала на весу мелкую монетку... – Тут он мечтательно улыбнулся и одарил собеседника жестом, исполненным усталой снисходительности. – Вы просто не представляете себе, господин статс-секретарь, что такое настоящий гондорский биттер. Делаешь первый, самый длинный глоток, и на языке остается тающий привкус дыма – знаете, будто бы в парке по весне жгут прошлогодние буковые листья; недаром его так и называют: копченое пиво...

Господин статс-секретарь ответствовал в том смысле, что в сортах пива он разбирается никак не хуже самих аборигенов (благо не первый год работает по Северному направлению), равно как и в сортах тюленьей ворвани, столь любимой лоссохами с побережий Льдистого залива. М-да... Не первый год он, стало быть, на Северном направлении... Можно, конечно, сколь угодно глубоко презирать чужаков, но зачем же в открытую демонстрировать им подобные чувства? Ну а то, что получаемые архаичным верхним брожением биттеры и стауты почитай уж лет сто как не делают нигде, кроме Эриадора, и что знаменитое широкое копченое пиво вообще не биттер, а лагер, просто солод для него карамелизуют особым образом... – да нет, не знать таких вещей о стране, с которой работаешь, профессионал просто не имеет права! Воля ваша, но странные пошли нынче сотрудники у умнейшего и аккуратнейшего Алькабира...

Итак, зачем все-таки они назначили ему встречу? Версия первая: просто выманить его из номера, чтобы без помех пошарить в багаже на предмет писем, вверительных грамот и прочего. Ну, такая дешевка была бы под стать разве что дубиноголовым бойскаутам из гондорской резидентуры – умбарская секретная служба (сколь он ее помнил по прежним годам) действует не в пример изящнее... Вариант второй: Алькабир от лица МИДа сообщает ему, что республика изменила своей многовековой практике временных союзов и балансирования между разнонаправленными силами; она решила капитулировать перед сильнейшим – сиречь Гондором – и демонстративно отказывается от любых контактов с итилиенским эмиссаром (за коего они его, несомненно, принимают). Вариант третий – наиболее смахивающий на правду: Алькабир дает ему понять, что хотя республика и в самом деле изменила означенной многовековой практике, в ней есть могущественные силы, несогласные с этим решением; так что «итилиенскому эмиссару» следует иметь дело именно с ними, а не с МИДом и иными официальными инстанциями – каковые и призван олицетворять своей персоною надутый недоумок Гагано. Главное, что при любом из этих раскладов лезть в кабинеты Голубого дворца, размахивая своими полномочиями (если бы таковые у него и впрямь были), явно несвоевременно... И на этом месте Тангорна внезапно разобрал смех: «Значит, я не верю, что Алькабир случайно, без задней мысли, прислал на встречу со мною именно Гагано, а Алькабир не верит что я действительно в отставке и не являюсь полномочным (хотя и неофициальным) представителем Фарамира. Возникшие на основе этих – вполне произвольных – посылок картины внутренне непротиворечивы, и не вполне понятно, какого рода факты могли бы разубедить каждого из нас...»

– Что это вас развеселило, барон? – надменно вопросил статс-секретарь.

– Да так, пришла на ум одна забавная логическая конструкция... Впрочем, мы с вами заболтались; вам, вероятно, пора уже возвращаться в присутствие – скромному путешественнику, вроде меня, не следует подолгу отвлекать от дел столь ответственную персону. От души благодарю за весьма содержательную беседу. И, если вас не затруднит, передайте дражайшему Алькабиру следующее – только, если можно, дословно и без отсебятины. Скажите, что я-то в полной мере оценил его решение возложить переговоры со мною именно на статс-секретаря Гагано, но вот ребята, что сидят на Приморской, 12, – они слишком уж просты и незатейливы и, боюсь, таких изысков не оценят...

Тут Тангорн внезапно осекся, ибо при упоминании о гондорском посольстве его собеседник затравленно огляделся по сторонам (можно подумать – он ожидал узреть за ближайшим столиком пару-тройку сотрудников тайной стражи Его Величества в черной парадной униформе, разложивших уже прямо на скатерти свой пыточный инструментарий) и, бормоча невнятные извинения, устремился к выходу. Сидевший по соседству с ними одинокий джентльмен купеческой наружности, вдумчиво лакомившийся икрою морского ежа, в свой черед воззрился на барона, и на лице его смешались – во вполне естественной для такого казуса пропорции – смущение, недоумение и испуг. Тангорн в ответ улыбнулся и, кивнув в направлении удаляющегося статс-секретаря, вполне искренне пожал плечами и сокрушенно покрутил пальцем у виска. Затем придвинул к себе блюдо с подостывшими устрицами (не пропадать же добру!), привычным движением извлек моллюска из его неприступной на вид фортеции и погрузился в размышления.

Внушительный особняк на Приморской улице, где с недавних пор обосновалось посольство Воссоединенного Королевства (правильнее, впрочем, было бы назвать его «Умбарским территориальным департаментом тайной стражи»), заслуженно пользовался среди горожан самой зловещей репутацией. Скорая аннексия Умбара была для Минас-Тирита делом решенным, и его теперь именовали не иначе как «пиратская гавань на исконных землях Южного Гондора». Посол, не утруждая себя особыми церемониями, готовился приступить к обязанностям наместника, а люди из гондорской резидентуры уже сейчас вели себя в городе как хозяева. Они почему-то величали себя «разведчиками», хотя в действительности были обыкновенными мокрушниками; Тангорн глядел на эту публику с теми же примерно чувствами, как благородный бандит классической школы – на стаю малолетних отморозков. Исчезновения людей и всплывающие в каналах трупы со следами пыток стали последнее время обычным делом; до сих пор умбарцы могли успокаивать себя тем, что все эти ужасы касаются в основном эмигрантов из Мордора, однако недавнее покушение на знаменитого адмирала Карнеро развеяло и эти иллюзии.

Словом, Арагорново посольство – контора серьезная, спору нет, но чтоб одно лишь упоминание о нем ввергло в такую панику крупного правительственного чиновника, находящегося «при исполнении»... "Что-то тут не так. Разве только... разве только этот хмырь сам работает на гондорцев! Ага, значит, он с перепугу решил, будто я его расколол и собираюсь сдать. Эк я удачно пошутил – воистину, дуракам счастье... А вот у Арагорновых людей нервы что-то совсем ни к черту. Любопытно, кстати: а кому можно сдать изменника в этом городе, где вся полиция либо куплена с потрохами, либо запугана до дрожи в коленках, а гондорское посольство при желании могло бы уже сейчас рассылать исходящие циркуляры чиновникам правительственной администрации? Правда, тут есть еще секретная служба и военные, но они, странным образом, тоже ведут себя так, будто все происходящее их не касается... Впрочем, черт бы с ним, с этим Гагано, – у меня сейчас своих проблем выше крыши! Хватит и того, что моя скромная персона успела уже ненароком заинтересовать гондорскую резидентуру.

Вот ведь дьявол, – думал он, отхлебывая как-то разом утратившее вкус вино, – ну почему все они решили, будто я привез с собою зашитый в подштанники мандат чрезвычайного и полномочного посла княжества Итилиен и предложения об оборонительном союзе? Ладно, будем считать – соотечественники меня пока лишь упреждают: не заводи, мил-друг, официальных контактов с властями республики, не надо!.. Ну что же, такое предостережение я готов свято выполнять – ведь моим планам это ничуть не противоречит. А забавно, черт возьми, было бы довести до всеобщего сведения правду, чистую правду и ничего, кроме правды: поймите, ребята, я действительно ни с какого конца не собираюсь лезть в эту вашу гондорско-умбарскую кашу! У меня совершенно иная задача: я обязан за три недели выйти на серьезный контакт с конспиративными структурами эльфов, не зная о них ничего, кроме одного-единственного имени, почерпнутого из захваченного нами письма Элоара – «Эландар»..."

Тангорн допил вино, бросил на стол последнюю свою умбарскую серебряную монетку с надменным профилем Кастамира (Шарья-Рана дал им координаты нескольких резервных денежных захоронок, но расплачиваться мордорскими золотыми дунганами он избегал) и, чуть прихрамывая, направился к выходу. Любитель морских ежей из-за соседнего столика тем временем тоже завершил свою трапезу и неторопливо обтер платком сперва пальцы, а затем губы – тонкие и будто бы сморщенные множеством мелких шрамиков: сигнал «Внимание!». За столиком прямо у дверей расположилась компания из трех моряков, сосредоточенно поглощавших суп из моллюсков: правый из них небрежно отодвинул на край стола початую бутыль барангарского – «Готовы!». Тангорн должен был достичь дверей харчевни через шесть-семь секунд, и именно за эти секунды лейтенанту тайной стражи Мангусту следовало принять решение: то ли пойти на экспромт и брать барона прямо сейчас, то ли действовать по первоначальному – тщательно проработанному – плану. Ну кто мог предвидеть, что его агент Гагано так по-дурацки проколется?..

Всего и дела-то было – прозрачно намекнуть Тангорну от имени умбарского МИДа на несвоевременность официальной его аккредитации (похищать дипломата чужой – причем вроде как союзной – державы лейтенанту совершенно не улыбалось), и с этой задачей статс-секретарь справился вполне успешно. К сожалению, тот вообще был трусоват (его и завербовали-то, шантажируя сущей чепухой), так что Мангустово требование держать встречу в тайне от своего постоянного куратора из резидентуры повергло умбарца в полный ужас: он отлично понимал, что на Приморской такую «забывчивость» наверняка сочтут за двурушничество – со всем отсюда вытекающим. Гагано боялся обоих своих гондорских хозяев до дрожи и в итоге после Тангорнова выстрела наугад просто развалился на куски...

«Нет, – сказал себе Мангуст, – только не дергайся. Ничего непоправимого пока что не случилось: барон, ясное дело, сообразил, что его собеседник связан с гондорской разведкой, но почти наверняка усмотрит в этом лишь стремление Минас-Тирита окоротить дипломатическую активность Эмин-Арнена... Ладно, решено: пускай себе уходит, действуем по исходному плану». Лейтенант спрятал платок в карман – вместо того чтобы уронить его на стол, – и Тангорн беспрепятственно миновал компанию моряков за столиком у входа. Он смешался с уличной толпой и не торопясь направился в сторону набережной; дважды проверился, но слежки не обнаружил.

Ее и вправду не было: Мангуст здраво рассудил, что главное сейчас – не спугнуть ненароком их подопечного. Через несколько часов подготовка операции будет полностью завершена; последний штрих – они получат в свое распоряжение пару комплектов подлинной формы умбарской полиции. Сегодня же вечером за Тангорном явится в «Счастливый якорь» полицейский наряд; они предъявят исполненный по всей форме ордер и попросят его проследовать с ними в участок для дачи показаний... А умереть барону позволят не раньше, чем он выложит все о достижениях итилиенской разведслужбы в ее охоте за мордорскими технологиями.

ГЛАВА 37

Наверное, никто уже не узнает, когда люди впервые стали селиться на этом удлиненном гористом полуострове и на плоских болотистых островах замыкаемой им лагуны. Во всяком случае, если жители Воссоединенного Королевства произносят «Нуменор» с непременным придыханием, закатыванием глаз и воздеванием к небу указательного пальца, то умбарцы вполне искренне чешут в затылке: «Как-как? Нуменорцы? Да нешто всех этих варваров упомнишь – их тут через нас знаете сколько прошло?» Судьбу Умбара как великой морской державы предопределили два обстоятельства: великолепная закрытая гавань и то, что высшая точка полуострова имеет отметку 5.356 футов над уровнем моря – единственные настоящие горы на всем побережье к югу от устья Андуина. В этих засушливых широтах слово «горы» означало «лес», «лес» означало «корабли», а «корабли» – «морскую торговлю», каковая торговля естественным образом сочетается с каперством и (что греха таить!) с откровенным пиратством. Плюс фантастически выгодное расположение на стыке всего и вся: истинный перекресток Мира, идеальная перевалочная база транзитной торговли и конечный пункт караванных путей из стран Восхода.

Сплошная линия укреплений на Чевелгарском перешейке, соединяющем полуостров с материком, и отличный военный флот (гарантия от вражеских десантов), делали Умбар совершенно неприступным; тем удивительнее было то, что на протяжении всей истории его завоевывал всяк, кому не лень. Вернее сказать – умбарцы каждый раз, не доводя до греха, признавали над собою протекторат соответствующей континентальной державы и платили ей отступного, разумно полагая, что война – даже победоносная – обойдется их торговой республике во всех смыслах дороже. Их положение можно сравнить с положением предпринимателя, который без всякого удовольствия, но спокойно отслюняет рэкетиру за «охрану», загодя закладывая эти деньги в стоимость своего товара; ему абсолютно наплевать, к какой именно из преступных группировок принадлежит его «крыша», важно лишь, чтобы «братва» не затевала автоматной пальбы друг по дружке прямо перед зеркальными витринами его заведения.

На материке грандиозные сражения сменялись многомесячными осадами, а прославленные короли (вечно озабоченные тем, чтобы завоевать новые земли, взамен того, чтобы толково управлять теми, что у них уже есть) в который уж раз мысленно отрубали голову своим министрам финансов, взявшим моду обрывать горний полет стратегической мысли венценосца своим пошло-торгашеским: «Казна пуста, сир, а жалованье войску не плачено с прошлого сентября!» – одним словом, жизнь била ключом... Умбарцы же тем временем, сидя за чевелгарскими укреплениями, знай себе обустраивали свои топкие острова, соединяя их системой дамб и мостов и прорезая каналами. Мегаполис, поднявшийся прямо из бирюзовых вод лагуны, по праву считался прекраснейшим городом Средиземья: денег у местных купцов и банкиров было несчетно-немерено, так что прославленные архитекторы и скульпторы вот уже четвертый век кряду трудились тут не покладая рук.

Последние лет триста Умбар вошел в такую силу, что почел излишним откупаться данью от кого бы то ни было. Безраздельно господствуя на морях, он перешел к тактике временных оборонительных союзов – то с Мордором против Гондора, то с Гондором против Мордора, то с Кхандом против них обоих. Однако за последний год ситуация радикально изменилась: Мордор рухнул в небытие – не без помощи Умбара, предоставившего в решительный момент Арагорну десантный флот (дабы раз и навсегда избавиться от конкурента по караванной торговле), Кханд, раздираемый религиозной войной, утратил всякое влияние на прибрежные области, а с юга надвигалась новая сила, с которой, похоже, каши не сваришь, – харадримы. В итоге выбор у республики оказался еще тот – между южными дикарями и северными варварами. Сенат выбрал последних, надеясь защититься от харадримского нашествия мечами Арагорна, хотя было ясно как день: на сей раз платой за союз будет прямая оккупация страны «великим северным соседом». Так что хватало тут и тех, кто полагал умбарскую независимость вкупе с гражданскими свободами вполне достойными того, чтобы положить жизнь, защищая их с оружием в руках.

Большинство горожан, впрочем, об этих печальных материях не думали – или по крайней мере старательно отгоняли от себя подобные мысли. Веселый космополитичный Умбар с его простецкими и как-то по-свойски продажными властями вел свою обычную жизнь «Главного перекрестка мира». Здесь действовали храмы всех трех мировых и множества местных религий, а купец из любой страны, заключив сделку, мог отметить ее в ресторанчике со своей национальной кухней. Здесь собирали, выменивали и крали информацию дипломаты и шпионы из таких стран, о которых в Воссоединенном Королевстве никто и слыхом не слыхивал – и где в свой черед ничуть не интересовались заснеженным медвежьим углом по ту сторону Андуина. Здесь можно было отыскать любой товар, какой только рождали земля, воды и недра Арды или создавали руки и головы ее обитателей: от экзотических фруктов до редчайших лекарств и наркотиков, от дивной красоты платиновой диадемы со знаменитыми вендотенийскими изумрудами до мордорского булатного ятагана, которым можно разрубить камень, а потом обернуть клинок вокруг пояса на манер ремня, от невиданных окремнелых зубов (якобы драконьих, обладающих магическими свойствами) до рукописей на утраченных ныне языках; известный анекдот: «Существует ли на самом деле

Кольцо Всевластья? – Нет: иначе его можно было бы купить на умбарском базаре». А как тут тасовалась кровь, и какие красотки выныривали из этой бурлящей вселенской мешанки! Во всяком случае, Тангорн по пути от Рыбного рынка до набережной Трех звезд насчитал по меньшей мере полдюжины таких метисочек, что просто «держите меня четверо».

На набережной он заглянул в знакомый по прежним временам погребок выпить своего любимого золотистого муската. Сладость и горечь в нем столь тонко уравновешивают друг друга, что вкус будто бы исчезает вовсе, и вино обращается в овеществленный аромат – вроде бы простой и даже грубоватый, а в действительности сотканный из неисчислимого множества оттенков – многозначностей и недосказанностей. Задержи глоток на языке – и увидишь наяву горячие от солнца топазовые ягоды, чуть припудренные известковой пылью, и ослепительно белую каменистую дорогу через виноградник, а потом, просто из дрожания полуденного марева, сами собою родятся в душе упоительные ритмы умбарских шестистиший-такато...

Странное дело, думал он, подымаясь по выщербленным ступенькам из прохладного подвального сумрака (еще одна проверка – слежки по-прежнему нет), странное дело, но когда-то ему всерьез казалось: прочувствуй по-настоящему, до конца, вкус этого волшебного напитка – и постигнешь самую душу города, где он рожден. Чудесный, проклятый, нежнейший, капризный, насмешливый, порочный, вечно ускользающий от подлинной близости Умбар... Стерва немыслимой красы и шарма, напоившая тебя приворотным зельем – специально, чтобы флиртовать на твоих глазах с каждым встречным-поперечным, – когда есть лишь один выбор: либо убить ее, либо махнуть рукой и принять такой, какова она есть. Он – принял и вот теперь, вернувшись после четырехлетней разлуки, понял наконец с полнейшей определенностью: вся гондорская жизнь барона Тангорна была не более чем затянувшимся недоразумением, поскольку настоящий его дом – здесь...

Он остановился у парапета, опершись локтем о теплый розоватый известняк, окинул взором величественную панораму обеих умбарских бухт. Харманской и Барангарской, и вдруг сообразил: да ведь именно здесь, на этом самом месте, он тогда встретился с бароном Грагером –

в самый первый день своего пребывания в Умбаре! Резидент выслушал Тангорново представление и холодно отчеканил: «Плевать я хотел на Фарамировы рекомендации! К настоящей работе, юноша, я вас допущу не раньше, чем через полгода. К концу этого срока вы обязаны знать город лучше, чем местная полиция, говорить на обоих здешних языках без следов акцента и располагать кругом знакомств во всех слоях общества – от уголовников до сенаторов. Это – для начала. Не справитесь – можете отправляться обратно: займитесь художественными переводами, это у вас и вправду выходит неплохо». Воистину, все возвращается на круги своя...

Сумел ли он стать здесь своим? Вряд ли это вообще возможно... Но, как бы то ни было, он научился слагать весьма ценимые знатоками такато, вполне сносно разбираться в оснастке судов и непринужденно изъясняться с хармианскими контрабандистами на их фигурной фене: он и сейчас сумеет с завязанными глазами провести гондолу по лабиринту каналов Старого города и по сию пору держит в памяти не менее дюжины проходных дворов и иных мест, где можно оторваться от слежки, даже если его «зажмут плечами» – примутся в открытую вести целой бригадой... Он сплел тогда здесь весьма неплохую агентурную сеть, а потом у него появилась Элвис – человек, для которого в этом городе не существовало тайн... Или, может быть, это он появился у нее?

Элвис была самой блестящей куртизанкой Умбара; от матери – уроженки Белфаласа, содержавшей в порту непритязательное заведение под названием «Поцелуй сирены», – она унаследовала сапфировые глаза и волосы цвета светлой меди, мгновенно сводящие с ума любого южанина, а от отца – корсарского шкипера, угодившего на нок-рею, когда девочке не исполнилось еще и годика, – мужской склад ума, независимость характера и тягу к хорошо просчитанным авантюрам. Это сочетание и позволило ей подняться из трущоб припортового квартала, где она родилась, в собственный особняк на Яшмовой улице, в котором собирался на приемы высший свет республики. Наряды Элвис регулярно вызывали разлитие желчи у жен и официальных любовниц высших сановников, а тело ее послужило моделью для трех живописных полотен и предметом для дюжины дуэлей. Провести с нею ночь стоило целого состояния – либо не стоило ничего, кроме, к примеру, удачного стихотворного посвящения.

Именно так это и случилось однажды с Тангорном, заглянувшим «на огонек» в ее салон: ему необходимо было завязать контакт с регулярно появлявшимся там секретарем кхандского посольства. Когда гости стали расходиться, красотка остановилась перед забавным северным варваром и с возмущением, которое никак не вязалось с ее искрящимися от смеха глазами, произнесла:

– Говорят, барон, вы давеча утверждали, будто бы у меня крашенные волосы, – (тот открыл было рот, дабы опровергнуть сей чудовищный поклеп, да вовремя сообразил – от него ждут вовсе не этого). – Так вот – я натуральная блондинка. Хотите убедиться?

– Что, прямо сейчас?

– Ну а когда же! – И, взяв его под руку, решительно двинулась из гостиной во внутренние покои, промурлыкав на ходу: – Поглядим, так ли ты хорош в постели, как в танце...

Оказалось – более чем... К утру Элвис подписала безоговорочную капитуляцию, условия которой вполне добросовестно выполняла на протяжении всех последующих лет. Что до Тангорна, то ему это поначалу казалось восхитительным приключением – и не более того; барон осознал, что эта женщина исподволь заняла в его жизни куда больше места, чем он мог себе позволить, лишь когда та со своеобычной щедростью одарила вниманием юного отпрыска сенатора Лоано – пустоголового красавчика, сочинявшего тошнотворно-слащавые вирши. Последовала дуэль, насмешившая весь город (барон действовал тогда мечом, как дубиной, нанося удары исключительно плашмя, так что парень отделался сильными ушибами и сотрясением мозга), приведшая в ярость Грагера и в полное недоумение – умбарскую секретную службу: разведчики так себя вести не имеют права! Сам Тангорн принял головомойку, устроенную ему резидентом, с полным равнодушием и попросил лишь о немедленном переводе из Умбара – ну, скажем, в Кханд.

От года, проведенного в Кханде, у него почему-то не осталось никаких связных воспоминаний: выжженные солнцем до ослепительной белизны стены глинобитных домов – глухие, без окон, будто бы навсегда закрытые непрозрачной вуалью лица местных женщин; запах перекаленного хлопкового масла, вкус пресных лепешек (едва остыв, те вкусом и консистенцией становятся похожи на замазку) и надо всем этим – нескончаемый звук зурны, будто выматывающее душу гудение исполинского москита... Нет, он так и не сумел полюбить эту страну, погруженную в вечную дрему. Барон пытался забыть об Элвис, с головой уйдя в работу: приторные ласки тамошних красавиц, как он уже убедился, тут помочь не могли... Странно, но внезапный приказ Грагера – возвращаться назад, в Умбар, – он поначалу никак не связал со своими рапортами. Оказалось, однако, что одна из вскользь оброненных им идей (проанализировать реальный товарооборот между Мордором и прочими заандуинскими государствами) показалась его шефу настолько перспективной, что тот почел необходимым заняться этим лично – прямо на месте, в Кханде. Тангорна же, к полнейшему его изумлению, Грагер оставил вместо себя на должности умбарского резидента:

– Больше, извини, некого... да и потом – знаешь, как говорят здесь, на Юге: «Чтобы научиться плавать, надо плавать».

А на следующий день по возвращении его разыскала женщина, одетая в глухой кхандский балахон; она грациозно откинула вуаль и произнесла с поразившей его застенчивою улыбкой:

– Здравствуй, Тан... Ты будешь смеяться, но я ждала тебя все это время. И если понадобится – буду ждать еще столько же.

– Да ну?! Не иначе, как ты решила посвятить себя служению Валья-Векте, – съязвил он, отчаянно пытаясь вынырнуть из этого треклятого сапфирового омута.

– Валья-Векте?

– Если я не путаю, это она в аританском пантеоне ведает целомудрием, верно? А храм аритан как раз в трех кварталах от твоего дома – так что это служение будет не слишком для тебя обременительным...

– Я совсем о другом, – пожала плечами Элвис. – Конечно же, я за этот год переспала с кучей народу, но это была просто работа, и ничего более... – Тут она глянула на него в упор и залепила в лоб: – Только знаешь, Тан, не строй себе иллюзий: в глазах людей, называющих себя «порядочными», моя работа выглядит ничуть не более постыдной, чем твоя – я имею в виду то, чем ты тут занимаешься на самом деле...

Некоторое время он переваривал сказанное, а затем

нашел-таки в себе силы рассмеяться:

– Да, нечего сказать, уела... Что ж, твоя правда, Эли. – С этими словами он привычно обнял ее за талию, будто бы готовясь закружить в танце. – И пропади они все пропадом!

– Я тут ни при чем, – печально улыбнулась она. – И ты ни при чем... Просто мы с тобой приговорены друг к другу – и ничего с этим не поделаешь.

Это было чистой правдой. Они расставались множество раз – и иногда надолго, но потом все начиналось ровно с того же самого места. Из тех разлук она встречала его по-всякому: иногда от одного ее взгляда в комнате оседал слой изморози в палец толщиной; иногда казалось, будто Арда треснула до самых своих потаеных глубин и наружу вырвался испепеляющий протуберанец Вековечного Огня; а иногда она просто со вздохом проводила ему ладошкой по щеке: «Заходи. Что-то ты совсем с лица спал... Съешь чего-нибудь?» – примерная домохозяйка, встречающая супруга из рутинной деловой отлучки. Оба уже поняли с полной отчетливостью: каждый из них несет в крови смертельную дозу неизлечимой отравы, и противоядие (дающее, впрочем, лишь временное исцеление) можно получить только у другого.

ГЛАВА 38

Впрочем, умбарская жизнь Тангорна, как легко догадаться, отнюдь не сводилась к одним лишь любовным переживаниям. Следует заметить, что профессиональные обязаности барона накладывали вполне определенный отпечаток и на его отношения с Элвис. Поскольку та недвусмысленно дала ему понять, что осведомлена об оборотной стороне его деятельности, барон решил поначалу, что его подруга неким образом связана с умбарской секретной службой. Опровержение тому он получил довольно досадным для себя образом, когда дважды «дарил» ей информацию, прямо предназначенную для передачи коллегам, и оба раза информация не прошла – причем во второй раз «закупорка канала» едва не сорвала тщательно спланированную операцию.

– ...Как ты думаешь, Эли, неужто я настолько неинтересен вашим службам, что их люди даже не просили тебя приглядывать за мной?

– Отчего же – конечно, просили. Сразу, как только ты вернулся... С чем пришли – с тем и ушли.

– А у тебя тут же возникли неприятности...

– Ничего серьезного, Тан, не бери в голову, прощу тебя!

– Может, тебе стоило согласиться – хотя бы для виду?

– Нет. Я не желаю – ни для виду, никак... Понимаешь, чтобы стучать на того, кого любишь, надо быть высокоморальным существом с глубоким чувством гражданского долга. А я – всего лишь продажная девка, мне такое недоступно... Ладно, давай закончим с этой темой?..

Это открытие навело барона на мысль самому использовать необозримые связи Элвис для сбора информации – но не секретной (упаси Господь!), а вполне открытой. Дело в том, что их с Трагером занимали не столько боевые корабли нового поколения, закладываемые на верфях Республики, или состав «умбарского огня» (загадочной зажигательной смеси, используемой при осадах и морских сражениях), сколько такая проза жизни, как обороты караванной торговли и колебания цен на продовольствие на рынках Умбара и Барад-Дура. Весьма интересовали барона и новейшие технические достижения – они теперь во все большей степени определяли лицо Мордорской цивилизации, всегда вызывавшей у него самое искреннее восхищение... Удивительно, но факт: именно полулюбительская команда Фарамира (а члены ее, надобно заметить, не состояли на государственной службе и за все годы не получили из гондорской казны ни гроша) интуитивно пришла к тому стилю работы, что стал характерен для разведок лишь в наши дни. Общеизвестно, что сейчас едва ли не всю разведывательную информацию (в том числе наиболее серьезную) добывают не лихие тайные агенты, увешанные микрофотоаппаратами и бесшумными пистолетами, а аналитики, прилежно роющиеся в газетах, биржевых сводках и иных открытых материалах...

Пока Тангорн вникал – следуя рекомендациям Элвис – в деятельность умбарских финансистов (в сравнении с ней магия Белого Совета выглядела просто детской игрою в «чижика»), Грагер, ставший на это время купцом второй гильдии Альгораном, основал в Кханде компанию, которая занялась поставками в Мордор оливкового масла в обмен на продукты тамошних «высоких технологий». Торговый дом «Альгоран и Ко» процветал; четко отслеживая конъюнктуру на местном рынке сельхозпродукции, фирма постоянно расширяла свое участие в импортных поставках продовольствия и на некоторое время сумела даже монополизировать импорт фиников. Правда, самолично посещать свой барад-дурский филиал глава компании избегал (он не имел оснований полагать, что в мордорской контрразведке служат одни лопухи, не знающие своих обязанностей), однако в его положении этого и не требовалось: место полководца – не в первых рядах атакующих, а на пригорке в отдалении.

Результатом этой деятельности стал двенадцатистраничный документ, известный ныне историкам как «Меморандум Грагера». Сведя в единое целое тенденции к увеличению нормы прибыли от караванной торговли (как ее отслеживали биржи Умбара и Барад-Дура), появление в мордорском парламенте серии протекционистских законопроектов, инициированных аграрным лобби – реакция на резкий рост себестоимости местного продовольствия, – и добрый десяток иных факторов, Грагер с Тангорном доказали с непреложностью математической теоремы: импортозависимый по продовольствию Мордор не в состоянии вести сколь-нибудь продолжительную войну. Он намертво завязан на караванную торговлю с соседями (которая, как легко догадаться, абсолютно несовместима с военными действиями), а потому больше всех озабочен поддержанием мира и стабильности в регионе и, следовательно, не представляет никакой угрозы для Гондора. С другой стороны, безопасность торговых путей для Мордора – вопрос жизни и смерти, так что тут он будет действовать предельно жестко и, возможно, не вполне обдуманно. «Если у кого-либо возникнет желание заставить Мордор воевать, – заключали разведчики, – нет ничего проще: достаточно начать терроризировать караваны на Итилиенском тракте».

Фарамир в специальном докладе довел эти соображения до Королевского совета Гондора – очередная его попытка доказать с фактами в руках, что пресловутая «мордорская военная опасность» не более чем миф. Совет, по обыкновению, выслушал доклад со вниманием, ничегошеньки не понял, а в качестве резолюции адресовал принцу давно уже привычный набор попреков и назиданий: они вкратце сводились к тому, что, во-первых, «джентльмены чужих писем не читают», а во-вторых – «ваши шпионы вконец обленились и совершенно не ловят мышек». Засим меморандум Грагера был отправлен в архив, где и пылился (вместе со всеми прочими докладами Фарамировой разведслужбы) до тех пор, пока не попался на глаза посетившему Минас-Тирит Гэндальфу...

Когда началась война – в точности по расписанному ими сценарию, – Тангорн с ужасом понял, что это его рук дело.

– ..."Мир есть Текст", парень, – все в точном соответствии с твоими художественными вкусами. Ты-то чем недоволен? – деревянно ухмыльнулся Грагер, нетвердою рукой разводя по стаканам очередную порцию не то текилы, не то еще какого-то самогонного пойла.

– Но ведь мы же с тобой писали другой Текст, совершенно другой!

– Что значит – другой? Текст, эстет ты мой ненаглядный, существует лишь во взаимодействии с Читателем. Каждый человек пишет свою собственную историю принцессы Элендейл, а уж чего там хотел сказать сам Альруфин – не имеет ровно никакого значения. Выходит, мы с тобою сочинили настоящий художественный текст – раз читатели, – тут резидент покрутил пальцем где-то в районе уха, так что не понять было, кого он имеет в виду – Королевский ли совет, или некие истинно высшие Силы, – сумели прочесть его таким вот непредсказуемым образом...

– Мы их предали... Нас с тобой разыграли втемную, как младенцев, но это не оправдание – мы их предали... – вновь повторил Тангорн, оцепенело вглядываясь в мутноватую ядовито-опалесцирующую глубину стакана.

– Это точно – не оправдание... Ну что, поехали? Он не мог уже сообразить, который день длится их запой – благо ни на какой службе они себя более не числили. Начали сразу, едва лишь прослышавший о войне глава торгового дома «Альгоран» примчался, загоняя коней, в Умбар и узнал от него подробности. Странно, но, будучи порознь, они еще кое-как держались, а тут глянули друг другу в глаза и поняли – разом и окончательно: конец всему, что было им дорого, и погубили это дорогое они своими собственными руками. Два благонамеренных идиота... И был кошмарный тошнотно-перегарный рассвет, когда он очнулся от кувшина ледяной воды, бесцеремонно вылитого на него Грагером.

Грагер был точь-в-точь прежний – стремительный и уверенный, а его налитые кровью белки и многодневная щетина казались деталями не слишком удачного камуфляжа.

– Подъем! – сухо сообщил он. – Мы снова в деле. Нас вызывают в Минас-Тирит – лично доложить Королевскому совету о перспективах сепаратного мира с Мордором. Естественно, срочно и совершенно секретно... Черт меня дери, может быть, кое-что еще можно исправить! Его Величество Денетор – достаточно прагматичный правитель, и ему, видать, эта война тоже нужна как щуке зонтик.

Они трудились над документом три дня, без сна и еды, на одном кофе, вложив в эту работу всю душу и все свое мастерство: ошибиться по второму разу они не имели права. Это действительно был шедевр: сплав неумолимой логики и безошибочной интуиции, основанный на блестящем знании Восхода и изложенный великолепным литературным языком, способным тронуть любое сердце: это была дорога к миру – с предметным описанием опасностей и подвохов, подстерегающих на этом пути. Уже направляясь в порт, он улучил минутку, чтобы заскочить к Элвис: «Я тут ненадолго отлучусь в Гондор, так что не скучай!» Та побелела и вымолвила едва слышно:

– Ты ведь уходишь на войну, Тан. Мы расстаемся надолго, а скорее всего – навсегда... Неужели ты не мог хотя бы проститься со мною по-человечески?

– С чего ты взяла, Эли? – искренне изумился он. Пару секунд колебался, а потом махнул рукой и раскололся: – Сказать по правде, я затем и еду, чтоб остановить эту идиотскую войну... В любом случае она мне отвратительна, и играть в эти игры я не собираюсь – клянусь тебе чертогами Валинора!

– Ты уходишь воевать, – безнадежно повторила она, – я знаю это наверно. Что ж, я буду молиться за тебя... И пожалуйста, ступай – не стоит сейчас на меня глядеть.

...А когда их корабль миновал уже угрюмые штормовые побережья Южного Гондора и вошел в устье Андуина, Грагер пробормотал сквозь зубы:

– Представляешь, прибываем мы в Минас-Тирит, а там делают большие глаза: «Кто вы такие, ребята? Какой Королевский совет, вы в своем ли уме? Это какая-то шутка, никто вас не звал и не ждет». То-то будет смеху...

Но это была никакая не шутка, а ждали их

действительно с нетерпением – прямо на пристани Пеларгира:

«Барон Грагер и барон Тангорн? Вы арестованы». Так задешево купить лучших разведчиков Заката могли только свои.

ГЛАВА 39

– А теперь поведайте нам, барон, как вы там в своем Умбаре продавали Родину.

– Я б ее, может, и продал – по здравому-то размышлению, – только ведь на такую Родину хрен найдешь покупателя.

– Занесите в протокол: обвиняемый Тангорн чистосердечно признается, что планировал перейти на сторону врага и не сумел этого сделать лишь по не зависящим от него обстоятельствам.

– Вот-вот, именно так и записывайте – «может, чего и планировал, но ничего не успел».

– Да для того, чтобы вас четвертовать, с лихвою хватит и тех документов, что вы привезли с собою, всех этих ваших «предложений о мире»!

– Они были составлены по прямому приказу Королевского совета.

– Эту басню мы уже слыхали! Вы можете предъявить этот приказ?

– Черт побери, я уже набил мозоль на языке, втолковывая вам, что он поступил под литерой "Г", а такие документы – согласно инструкции – подлежат уничтожению сразу по прочтении!

– Полагаю, джентльмены, что нам с вами просто не к лицу вникать в обычаи воров и шпионов...

Эта сказочка про белого бычка тянулась уже вторую неделю. Не то чтобы вина разведчиков (а уж тем более – грядущий приговор) вызывали у тяжущихся сторон какие-либо сомнения – просто Гондор, как ни крути, был правовым государством. Сие означает, что здесь неугодного человека нельзя отправить на плаху по одному лишь мановению начальственной длани: необходимо соблюсти приличия, обставляя это дело должным числом формальностей. Главное – Тангорна ни разу не посетило ощущение несправедливости происходящего, то самое предательское чувство, что обращает иной раз в полный кисель мужественных и вполне вроде бы здравомыслящих людей, побуждая их писать унизительные и бесполезные «обращения на высочайшее имя». Разведчиков собирались казнить не по ошибке и не по навету, а именно за то, что они совершили – пытались остановить войну, абсолютно ненужную их стране; пенять не на кого – все честно и по правилам... И когда однажды ночью барона подняли с койки («На выход с вещами!»), он просто не знал, что и подумать.

В помещении тюремной канцелярии их с Грагером встретили начальник Пеларгирской тюрьмы и принц Фарамир, одетый в полевую форму какого-то неизвестного им полка. Начальник был хмур и растерян – его явно понуждали к какому-то крайне неприятному решению.

– Вы читать умеете? – холодно вопрошал принц.

– Но в вашем приказе...

– Не в моем, а в королевском!

– Так точно, сэр, в королевском! Так вот, здесь сказано, вы формируете специальный добровольческий полк для особо рискованных операций в тылу врага и имеете право вербовать в него преступников, как тут сказано, «хотя бы и прямо из-под виселицы». Но здесь не сказано, что это могут быть люди, обвиняемые в государственной измене и сотрудничестве с врагом!

– Но ведь не сказано и обратное. Не запрещено – значит разрешено.

– Формально так, сэр. – Из того, что какой-то там тюремщик обращается к наследнику гондорского престола просто «сэр», а не «Ваше Высочество», Тангорн заключил: дела принца совсем плохи. – Но это же очевидный всякому недосмотр! В конце концов, на мне лежит ответственность... время военное... безопасность Отчизны... –Тут начальник несколько приободрился, отыскав наконец точку опоры. – Одним словом, я не могу разрешить – до письменного разъяснения свыше.

– О, разумеется, в годину испытаний мы не вправе слепо блюсти букву инструкции – следует поверять ее своим патриотическим чутьем... Вы ведь, я вижу, патриот?

– Так точно, сэр... то есть Ваше Высочество!! Рад, что вы верно поняли мои мотивы...

– А теперь слушай меня внимательно, тюремная крыса, – не меняя тона, продолжал принц. – Обрати внимание на четвертый пункт моих полномочий. Я могу не только принимать к себе добровольцами крепостных, преступников и прочая: я наделен правом насильственно мобилизовывать – именем короля – чиновников военизированных ведомств, к коим относится и твое. Так что я увезу отсюда либо этих двоих, либо тебя, и клянусь стрелами Оромэ – там, за Осгилиатом, у тебя будет вдоволь возможностей проявить свой патриотизм! Ну так как?..

Они обнялись, лишь когда стены тюрьмы скрылись в отдалении. Тангорну навсегда запомнилось, как он стоит посреди ночной улицы, опершись от накатившей вдруг слабости на плечо принца; глаза его закрыты, а на запрокинутое к небу лицо медленно оседает холодная морось, напитавшаяся городскими дымами... Жизнь и свобода – что еще, в сущности, нужно человеку? Фарамир, не теряя ни минуты, уверенно повел их темными, тонущими в грязи улицами Пеларгира к порту.

– Черт вас побери, парни, почему вы нарушили мой приказ – сидеть в Умбаре и не высовывать оттуда носа? И что это за история с вашим вызовом?

– Приказ до нас не дошел, а насчет вызова... мы думали, это ты нам все растолкуешь как член Королевского совета.

– Уже нет: Королевскому совету пораженцы ни к чему.

– Вот оно как... Послушай, а этот самый твой полк... Ты придумал все это специально, чтобы вытащить нас?

– Н-ну, скажем, не только для этого.

– А ты ведь здорово под ставился...

– Плевать. У меня сейчас восхитительный статус – «дальше фронта не пошлют, меньше взвода не дадут», вот я и использую его на всю катушку.

У причала они отыскали небольшое суденышко: рядом, прямо на пирсе, кемарили, кутаясь в маскировочные плащи, двое странноватого вида солдат. Они приветствовали (явно неуставным образом) Фарамира, окинули оценивающими взглядами разведчиков и, не мешкая, принялись готовиться к отплытию – насколько мог судить Тангорн, весьма умело. «Что, принц, будем трогаться, не дожидаясь рассвета?» «Знаешь, то, что в приказе нет оговорки насчет государственных преступников, – и впрямь чистый недосмотр; ты как, хочешь проверить, быстро ли они спохватятся?»

Фарамир как в воду глядел. «Дополнение No 1 к

Королевскому указу No 3014-227: О нераспространении амнистии преступникам, пожелавшим принять участие в обороне Отечества, на лиц, повинных в государственных преступлениях» прибыло в Пеларгир с нарочным на следующее утро: суденышко же принца к тому времени прошло почти полпути до пристаней Харлонда, где базировался формирующийся Итилиенский полк. Их, конечно, достали бы и там, но когда полицейские чины с ордером на арест появились в лагере итилиенцев, выяснилось, что разыскиваемые – какая жалость, буквально час назад! – отплыли в составе разведгруппы на тот берег Андуина; да, рейд будет долгим – может, месяц, а может, и больше; нет, группа работает в автономном режиме, связь с нею не предусмотрена: впрочем, вы можете сами отправиться за Осгилиат и поискать их там – за компанию с орками... Тогда – увы – ничем не могу помочь, прошу меня простить; сержант, проводите гостей – у них срочные дела в Минас-Тирите!

Верно говорят – «война все спишет»: спустя небольшое время о резидентах-"изменниках" просто-напросто позабыли – стало не до них. Всю войну Тангорн провел в Итилиене; сражался без особого энтузиазма, но храбро и умело, солдат берег всеми силами – так же, как когда-то берег агентов своей сети. Последнее, впрочем, было в их полку нормой: отношения между офицерами и нижними чинами у итилиенцев вообще весьма отличались от общепринятых. Вилланы, выслуживавшие вольную, и разбойники, отрабатывавшие свою амнистию, егеря, всю жизнь караулившие оленей в королевских лесах, и браконьеры, всю жизнь этих оленей промышлявшие, аристократы-авантюристы, водившие прежде дружбу с Боромиром, и аристократы-интеллектуалы из их былой, довоенной, компании – все они составили в итоге удивительный сплав, который нес на себе неизгладимую печать личности своего демиурга, капитана Фарамира. Нечего удивляться, что Арагорн приказал расформировать полк на следующий же день после Пеленнорской победы.

До Мордора Тангорн добрался уже сам по себе как частное лицо – убийцу тянуло на место преступления: битва у Кормалленских ворот была позади, и он застал только пир победителей на развалинах Барад-Дура. «Гляди, – приказывал он себе, – и не отворачивайся: любуйся на свою работу!..» А потом его случайно занесло в Тэшгол, как раз когда там шла «зачистка», – и струна лопнула... С той поры он он жил с твердым убеждением:

Высшие Силы даровали ему тогда вторую жизнь, но даровали ее не просто так, на халяву, а чтоб он смог искупить то зло, которое сотворил по недомыслию в жизни предыдущей, дотэшгольской. Чутье подсказало ему тогда примкнуть к Халаддину, но как убедиться, что выбор верен?.. И вдруг он с абсолютной, какой-то нездешней, ясностью понял: эта самая вторая жизнь дана ему не насовсем, а взаймы, и ее отберут назад, едва лишь он выполнит свою миссию. Да, именно так: не угадает (или сделает вид, что не угадал) – будет себе жить до глубокой старости, угадает – обретет искупление ценою жизни. У него есть лишь право на этот невеселый выбор, но это право – единственное, что отличает его от мертвецов Арагорна.

...Последняя мысль – об Арагорновых мертвецах – вернула Тангорна обратно из мира воспоминаний на предвечернюю набережную Трех звезд. Итак, мертвецы... Скорее всего никто и никогда не узнает, откуда они взялись (уж кто-кто, а эльфы умеют хранить свои секреты), но вот умбарские корабли, которые доставили этот кошмарный груз под стены Минас-Тирита, – дело совсем другое: у них есть владельцы и экипажи, приписные листы и страховые счета. Эльфийская агентура, несомненно, поработала и по этой части, пряча концы в воду (например, уже состряпана легенда, будто это был пиратский флот, пришедший грабить Пеларгир), но времени пока прошло не так уж много и кое-какие следы еще могут остаться незатертыми. Эти следы и приведут его к людям, нанимавшим корабли, а те, в свою очередь, – к неведомому пока Эландару: на более низком уровне начинать ту Игру, что они с Халаддином собрались предложить Лориену, просто бессмысленно.

Самое забавное, что помочь ему в этих поисках должен не кто-нибудь, а мордорская разведка, в контактах с которой их с Грагером облыжно обвиняли четыре года назад; ожидая казни в Пеларгирской тюрьме, он и представить себе не мог, что когда-нибудь и вправду будет сотрудничать с этими ребятами... Он сумел бы, наверное, провести расследование и своими силами, однако его сеть законсервирована и на ее восстановление уйдет не меньше пары недель, которых у него нет. А у мордорцев наверняка куча материалов по этому эпизоду – не может не быть, иначе их резидента надо просто гнать в шею. Вопрос в том, захотят ли они делиться с ним этой информацией, да и вообще идти на контакт – ведь он для них сейчас просто гондорец, враг... Ладно, все прояснится завтра. Связь, которую дал Халаддину Шарья-Рана, выглядела так: портовая таверна «Морской конек», нечетный вторник (сиречь – завтра), одиннадцать часов утра: взять бутыль текилы и блюдечко с резанным на дольки лимоном, расплатиться золотой монетой, поговорить (безразлично о чем) с кем-нибудь из толкущихся у стойки моряков, посидеть минут десять за столиком в левом заднем углу зала – после чего надлежит следовать к площади Кастамира Великого, где у правой из ростральных колонн и произойдет сама встреча и обмен паролями... Ну что, побродить еще по набережным, а потом не торопясь возвращаться в гостиницу?

Тут его окликнули: «Вы ведь ждете девушку, благородный господин,– так купите для нее цветок!» Тангорн лениво обернулся, и у него на миг перехватило дыхание: дело не в том, что девчушка-цветочница была сама прелесть, просто маленькую корзинку ее наполняли фиолетово-золотые орхидеи сорта меотис, невероятно редкого в это время года. А меотисы были любимым цветком Элвис.

ГЛАВА 40

Все эти дни он под разными предлогами откладывал встречу с нею – «Никогда не возвращайся туда, где был счастлив». С того времени, когда она так удачно напророчила ему: «Ты уходишь на войну», утекло много воды и еще больше – крови... Ни он, ни она больше не будут прежними – так стоит ли бродить по пепелищу и затевать сеансы некромантии? Элвис (как он узнал за это время) теперь в высшей степени серьезная и положительная дама: великолепная интуиция позволила ей сколотить на биржевой игре весьма приличное состояние; вроде не замужем, но не то обручена, не то помолвлена с кем-то из столпов делового мира – на кой черт ей сдался беспокойный и опасный призрак из прошлого?.. И вот теперь вся эта замечательная эшелонированная оборона рухнула в одночасье.

– Сколько стоят твои цветы, красоточка? Я имею в виду

– вся корзина?

Девушка – ей на вид было лет тринадцать – изумленно поглядела на Тангорна:

– Вы, верно, нездешний, благородный господин! Это ведь настоящие меотисы, они дорогие...

– Да-да, я знаю. – Он полез в карман и вдруг сообразил, что у него совсем не осталось серебра. – Хватит тебе дунгана?

Ее чудные глаза вмиг потухли; в них промелькнули, сменяя друг друга, недоумение и испуг, а потом осталось одно усталое отвращение.

– Золотая монета за корзину цветов – это слишком много, благородный господин... – тихо проговорила она. – Я все понимаю... Вы поведете меня к себе?

Барон никогда не страдал избытком сентиментальности, но тут сердце у него стиснуло от жалости и гнева.

– Прекрати сейчас же! Мне не нужно ничего, кроме твоих орхидей, честное слово. Ты ведь никогда прежде этим не промышляла, верно?

Она кивнула и по-детски шмыгнула носом.

– Дунган – огромные деньги для нас, благородный господин. Мы с мамой и сестренкой могли бы жить на них полгода...

– Вот и живите себе на здоровье, – проворчал он, вкладывая в ее ладошку золотой кругляш с профилем Саурона. – Помолись за мою Удачу, она мне наверняка понадобится, и очень скоро...

– Так, значит, ты вовсе не благородный господин, а рыцарь Удачи? – Теперь она являла собой чудесную смесь любопытства, детского восхищения и вполне взрослого кокетства. – Вот никогда бы не подумала!

– По типу того, – ухмыльнулся барон и, подхватив корзинку с меотисами, направился в сторону Яшмовой улицы, провожаемый ее серебристым голоском:

– Тебе обязательно повезет, рыцарь, верь мне! Я буду молиться изо всех сил, а у меня легкая рука, правда!

Тина, старая служанка Элвис, отворившая ему дверь, отшатнулась, будто увидав привидение. «Ага, – подумал он, – выходит, мое появление настоящий сюрприз и, наверное, не всем придется по вкусу». С этой мыслью он и направился к гостиной, откуда доносились звуки музыки, провожаемый горестными причитаниями старушки – та, похоже, уже почуяла: этот визит из прошлого добром не кончится... Общество, собравшееся в гостиной, было небольшим и весьма изысканным; играли Аквино – Третью сонату, причем играли превосходно; на бесшумно возникшего в дверях барона поначалу не обратили внимания, и он несколько мгновений наблюдал со спины за Элвис, одетой в облегающее темно-синее платье. Потом она обернулась к дверям, взгляды их встретились, и у Тангорна возникли одновременно две мысли, причем одна другой тупее: первая – «Есть же на свете женщины, которым все на пользу, даже годы», а вторая – «Интересно, выронит она свой бокал или нет?».

Она двинулась к нему, медленно-медленно, будто преодолевая сопротивление, но сопротивление – это почувствовалось сразу – именно внешнее; ему казалось, что дело тут в музыке – она превратила комнату в прыгающий с камня на камень горный ручей, и Элвис сейчас приходилось брести по его руслу против течения. Затем ритм начал меняться, Элвис стремилась к нему – но музыка не сдавалась, из бьющего в колени потока она стала вдруг непроходимой зарослью ежевики: Элвис приходилось теперь разрывать эти колючие плети, ей было трудно и больно, очень больно, хотя она и старалась не показать виду... А потом все кончилось: музыка смирилась, опала обессиленными спиралями к ногам Элвис, и та, будто еще не веря, осторожно провела кончиками пальцев по его лицу:

«Господи, Тан... Мальчик мой... Все-таки вернулся...» Наверное, они простояли так, обнявшись, целую вечность, а потом она тихонько взяла его за руку: «Пойдем...»

Все было так – и не так. Это была совсем другая женщина, и он открывал ее по-новому, как в самый первый раз. Не было ни вулканических страстей, ни утонченных ласк, подвешивающих тебя на дрожащей паутинке над пропастями сладостного беспамятства. Была огромная, всепоглощающая нежность, и оба они тихо растворились в ней, и не было уже для них иного ритма, кроме трепета Арды, продирающейся сослепу сквозь колючую звездную россыпь... «Мы приговорены друг к другу», – сказала она когда-то; что ж, коли так, то сегодня приговор, похоже, привели в исполнение.

– ...Ты надолго к нам, в Умбар?

– Не знаю, Эли. Честное слово, не знаю... Хотелось бы

навсегда, но может случиться – на считанные дни. В этот раз, похоже, решаю не я, а Высшие силы.

– Понятно... Стало быть, ты опять в деле. Тебе понадобится помощь?

– Вряд ли. Может, какие-нибудь мелочи...

– Милый, ты же знаешь: ради тебя я готова на все – хоть на любовь в миссионерской позиции!

– Ну, такой жертвы от тебя точно не потребуется, – в тон ей рассмеялся Тангорн. – Разве только какая-нибудь ерунда – разок-другой рискнуть жизнью...

– Да, это легче. Так что тебе нужно?

– Я пошутил, Эли. Понимаешь, эти игры стали теперь по-настоящему опасны – это тебе не прежние идиллические времена. Честно говоря, и заглядывать-то к тебе было совершеннейшее безумие, хоть я и хорошо проверялся... Так что сейчас глотну кофе и побреду на ватных к себе в гостиницу.

На миг воцарилось молчание, а затем она окликнула его странным, как-то разом осевшим голосом:

– Тан, мне страшно... Я – баба, я умею чувствовать вперед... Не ходи, умоляю тебя...

Да на ней и впрямь лица нет, никогда ее такой не видал... Так-таки никогда? – ив памяти его тотчас всплыла картина четырехлетней давности: «Ты уходишь воевать, Тан...» Черт, час от часу не легче, с неудовольствием подумал он... А она тем временем приникла к нему – не оторвешь, и повторяла в отчаянии:

– Останься со мной, пожалуйста! Вспомни – ведь за все эти годы я никогда ни о чем тебя не просила... Ну один раз, ради меня!

И он уступил, просто чтобы успокоить ее (ладно, какая, в сущности, разница, откуда идти поутру на связь в «Морской конек»?), – и команда Мангуста прождала его этой ночью в «Счастливом якоре» впустую.

Что ж, не явился сегодня – явится завтра. Чем устраивать беготню по всему городу, лучше подождать его у норы, нам не к спеху; да и делить группу захвата чревато: как-никак барон в свое время был «третьим мечом Гондора», не хрен собачий... Уж что-что, а ждать Мангуст умел как никто другой.

Секретная служба Умбара, надежно запрятавшаяся в

пропахших бумажной пылью, сургучом и чернилами недрах Министерства иностранных дел под нарочито-невнятной вывеской ДСД – «Департамент специальной документации», была организацией-невидимкой. Государственную тайну составляет даже местоположение ее штаб-квартиры: «Зеленый дом» в Болотном переулке, который изредка поминают, должным образом понизив голос, «хорошо информированные лица» из числа сенаторов и высших чиновников, в действительности всего лишь архив, в коем хранятся рассекреченные документы, вылежавшие положенный по закону стодвадцатилетний срок. Имя директора Депертамента известно лишь трем лицам: канцлеру, военному министру и генеральному прокурору республики (сотрудники Конторы имеют право убивать лишь с санкции прокуратуры – впрочем, случается, что санкцию эту им выдают задним числом), а имена четырех его вице-директоров – никому, кроме него самого.

В отличие от спецслужб, создаваемых на полицейской основе (эти, как правило, навсегда сохраняют неистребимую тягу к помпезным административным зданиям на главных столичных улицах и к запугиванию собственных сограждан байками о своем всемогуществе и вездесущности), ДСД возник скорее как служба безопасности крупной торгово-промышленной корпорации – более всего он озабочен тем, чтобы при любых обстоятельствах остаться в тени. Организационная структура Департамента скопирована с заморро – умбарских преступных синдикатов: система изолированных ячеек, соединяемых в единую сеть лишь через своих руководителей, которые в свой черед образуют ячейки второго и третьего порядков. Сотрудники Конторы живут под специально разработанной личиною не только за границей, но и дома; они никогда не носят оружия (кроме случаев, когда этого требует их легенда) и ни при каких обстоятельствах не открывают своей принадлежности к организации. Обет молчания и умберто (принцип, который Грагер некогда сформулировал для Тангорна как «За вход – дунган, а за выход – сто») объединяют ее членов в некое подобие тайного рыцарского ордена. Трудно в это поверить, зная умбарские нравы, но за три века существования ДСД (впрочем, официальное свое название Контора меняет с той же регулярностью, как змея – кожу) случаи предательства в его рядах можно перечесть на пальцах одной руки.

Задача Департамента состоит в том, чтобы «снабжать высшее руководство Республики точной, своевременной и объективной информацией о положении дел в стране и за ее пределами» (конец цитаты). Вполне очевидно, что объективен может быть только источник незаинтересованный и независимый, и потому ДСД – согласно закону – лишь собирает информацию, но не участвует в выработке политических и военных решений на ее основе и не несет ответственности за последствия таковых решений; это – измерительный прибор, которому категорически запрещено вмешиваться в изучаемый процесс. Такое разделение функций по-настоящему мудро. В противном случае разведка начинает либо угодничать перед властями (сообщая им лишь то, что те сами хотели бы услыхать), либо выходит из-под их контроля (и тогда начинаются такие прелести, как сбор компромата на собственных граждан, провокации или безответственные подрывные акции за рубежом; необходимость всего этого опять-таки обосновывают посредством тщательно отпрепарированной информации).

Так что с точки зрения закона все происходившее в тот летний вечер в одном неприметном особнячке, где встретились директор ДСД Альмандин, его первый вице-директор Джакузи, ведающий агентурной и оперативной работой внутри страны, и начальник штаба адмирала Карнеро флаг-капитан Макариони (преодолевшие ради такого случая извечную и общую для всех Миров неприязнь между «ищейками» и «солдафонами»), носило название вполне определенное, а именно: «государственная измена в форме заговора». Не то чтобы кто-то из них рвался к власти – вовсе нет: просто разведчики слишком хорошо предвидели, чем кончится для их маленькой процветающей страны поглощение ее жадным деспотичным Гондором, а потому никак не могли безропотно следовать в кильватере за жидко обделавшимся «высшим руководством»...

– Как здоровье вашего шефа, флаг-капитан?

– Вполне удовлетворительно. Стилет лишь задел легкое, а слухи о том, что адмирал едва ли не при смерти, распускаем мы сами. Его превосходительство не сомневается, что через пару недель будет на ногах и ничто не помешает ему лично возглавить операцию «Сирокко».

– А вот у нас скверные новости, флаг-капитан. Наши

люди сообщают из Пеларгира, что Арагорн резко форсировал подготовку флота вторжения. По их оценкам, он будет полностью готов примерно через пять недель...

– Гром и черти!! Это же значит – одновременно с нами!..

– Именно так. Не мне вам объяснять, что в последние дни перед полным боевым развертыванием армия и флот абсолютно беспомощны – как омар во время линьки. Они готовятся в Пеларгире, мы – в Барангаре: идем фактически голова в голову, преимущество составит два-три дня, но кто из двух эти самые дни выиграет, тот и возьмет другого тепленьким в его родной гавани. Разница – что они готовятся к войне в открытую, а мы секретим все от собственного правительства и две трети сил тратим на маскировку и дезинформацию... Скажите, флаг-капитан, можете вы хоть на сколько-то ускорить подготовку в Барангаре?

– Только ценой уменьшения ее скрытности... Но теперь придется рискнуть – иного выхода нет. Значит, главное сейчас – как следует запудрить мозги Приморской, 12, но это уж, как я понимаю, по вашей части...

Когда моряк откланялся, шеф ДСД вопросительно взглянул на своего товарища. Разведчики составляли весьма забавную пару – тучный, будто бы засыпающий на ходу Альмандин, и сухой и стремительный как барракуда Джакузи; за годы совместной работы они научились понимать друг дружку не то что с полуслова – с полувзгляда.

– Ну?..

– Я тут поднял материалы по главарю гондорской резидентуры...

– Капитан тайной стражи Марандил, крыша – второй секретарь посольства.

– Он самый. Редкостная мразь, даже на их общем фоне... Интересно, они всех своих подонков сплавили на отхожий промысел к нам в Умбар?

– Не думаю. В Минас-Тирите эти ребята сейчас действуют точно так же, как здесь, – только что трупы потом кидают не в каналы, а в выгребные ямы... Ладно, не отвлекайся.

– Так вот, Марандил. Это, я вам доложу, такой букет добродетелей...

– И ты не иначе как решил его вербануть на каком-нибудь цветочке из этого букета...

– Не совсем так. На том, что относится к прошлому, его не возьмешь – Арагорн все грехи им списал. А вот настоящее... Он ведь, во-первых, вопиюще непрофессионален, а во вторых – совсем без стержня и держать удар категорически не умеет. Если он допустит крупную промашку, на которой его можно будет прижать, – дело в шляпе. И наша задача – помочь ему совершить такую промашку.

– Ну что ж, работай в этом направлении... А пока суть да дело – брось-ка им какую-нибудь кость, чтобы отвлечь внимание от Барангарской бухты. Отдай им, к примеру... да хоть все, что у нас есть по мордорской резидентуре!

– За каким чертом она им сейчас сдалась?

– Вообще-то ни за каким, но они, как ты верно заметил, вопиюще непрофессиональны. Рефлекс акулы – сперва глотают, а потом уже думают: а надо ли было?.. Так что они сейчас наверняка примутся с азартом потрошить никому уже не нужную мордорскую сеть, забыв обо всем на свете. Опять-таки – «жест доброй воли» с нашей стороны: это даст нам отсрочку, а ты тем временем готовь силок на Марандила.

...Пухлое досье ДСД на мордорскую резидентуру в Умбаре было в тот же вечер передано на Приморскую, 12, и вызвало там состояние, близкое к эйфории. А среди прочих наколок была в досье и такая: «Таверна „Морской конек“, одиннадцать утра нечетного вторника: взять бутыль текилы с резаным лимоном и сесть за столик в левом заднем углу зала».

ГЛАВА 41

Умбар, таверна «Морской конек».
3 июня 3019 года

Когда Тангорн толкнул слепленную – тяп-ляп – из корабельной обшивки входную дверь и начал спускаться по осклизлым ступенькам в общий зал, пропитанный неистребимыми запахами прогорклого чада, застоявшегося пота и блевотины, было без нескольких минут одиннадцать. Народу по раннему часу было немного, но часть уже на развезях. В углу парочка халдеев вяло мутузила хнычущего оборванца: видать, пытался улизнуть не заплатив, а может, чего стянул по мелочи; на потасовку никто не обращал внимания – чувствовалось, что тут такие эстрадные номера просто входят в стоимость обслуживания. В общем, «Морской конек» был тем еще заведеньицем...

На барона никто не косился – выбранный им на сегодня прикид фартового парня был безупречен; четверо резавшихся в кости поморников с немыслимых размеров золотыми перстнями на татуированных лапах явно попытались оценить на глаз Тангорново положение в иерархии криминального мира, но, похоже, разошлись во мнениях и вернулись к прерванной игре. Тангорн меж тем небрежно облокотился о стойку и оглядел зал, шикарно перебрасывая языком из одного утла рта в другой сандаловую зубочистку размером чуть не в галерное весло. Не то чтоб он надеялся понять, кто тут осуществляет контрнаблюдение (благо достаточно для того уважал мордорских коллег), но все-таки... У стойки потягивали ром двое морячков, судя по одежде и говору – анфаласцы, один постарше, другой совсем еще пацан. «Откуда приплыли, парни?» – дружелюбно полюбопытствовал барон. Старший, естественно, глянул на сухопутную крысу как на пустое место и до ответа не снизошел; младший, однако, не удержал морского фасона и выдал-таки сакраментальное: «Плавают рыбы и дерьмо, а моряки ходят.» Эти, похоже, были настоящие...

Выполнив таким образом пункт о «разговоре», Тангорн царственным жестом швырнул на стойку золотую вендотенийскую ньянму:

– Текилы, хозяин, – но только самой лучшей! Вислоусый, чем-то смахивающий на тюленя кабатчик хмыкнул:

– А она, парень, у нас одна: она же и лучшая – она же и худшая. Будешь?

– Хрена ли с вами поделаешь... Тогда уж, одно к одному, построгай-ка лимончика на закусь.

А когда он устроился со своею текилой за левым угловым столом, то уловил краем глаза некое движение в зале и как-то разом, не успев даже просчитать расклад, понял: все, провал. Они были здесь раньше него (голову наотруб!) – значит, это не он приволок их на хвосте; засвечена сама явка, здесь ждали мордорского связного – и дождались-таки... Вот ведь сгорел – глупее не придумаешь... Четверка поморников разделилась – двое заняли позицию по бокам входной двери, а двое уже направлялись к нему, развинченно-плавною походкой огибая столы и не вынимая правой руки из-за пазухи. Будь при бароне Снотворное, он, конечно, разделался бы с этими ребятами без проблем и даже особо их не уродуя, однако безоружный (меч явно дисгармонировал бы с избранною им маской) он был теперь их законной добычей; вот тебе и – «Истинные профессионалы не носят оружия»!.. Мелькнула на миг совсем уж дурацкая мысль: грохнуть бутыль текилы о край стола и... «Что ты несешь, – тоскливо одернул он себя. – „розочка“ – не меч, ею от четверых все равно не отмахаешься; ты сейчас можешь полагаться только на голову... на голову – и на Удачу. А прежде всего надо поломать их сценарий и выгадать время...» Так что он не стал даже подниматься им навстречу; дождался, пока у него над ухом не прозвучало зловещее: «Руки на стол, и сиди как сидишь», чуть поворотился в сторону говорившего и процедил – будто сплюнув сквозь зубы:

– Идиоты!.. Такую операцию изгадить... – После чего вздохнул и устало посоветовал правому: – Закрой пасть, придурок, – назгул залетит.

– Сейчас пойдешь с нами, и без глупостей, – сообщил тот, но в голосе его отчетливо прозвучала нотка неуверенности: чеканный минас-тиритский говор был вовсе не тем, что они ожидали услыхать из уст захваченного «орка».

– Ясное дело, с вами – куда ж еще. Ставить скипидарную клизму раздолбаям, что лезут куда ни попадя, не ставя в известность Центр... Но с вашего разрешения, – с издевательской вежливостью продолжил барон, – я все-таки допью: за свой несостоявшийся капитанский жетон... Да не торчите вы надо мною, как Белые Башни, – куда я денусь! Оружия не ношу – можете меня обхлопать.

Правый из «поморников», чувствуется по всему, готов уже был брать под козырек. На левого, однако, все это не произвело впечатления; а может, и произвело – просто он лучше знал инструкции. Присел за столик барона напротив хозяина и сделал знак товарищу занять позицию у того за спиной.

– Руки держи на столе – иначе сам понимаешь. – С этими словами он и вправду нацедил Тангорну стаканчик текилы и пояснил: – Я тебя сам обслужу. Для верности.

– Прелестно, – ухмыльнулся барон (в действительности

– решительно ничего прелестного: один напротив, фиксирует лицо и глаза, второй, невидимый за спиною, готов чуть что шандарахнуть по затылку, – расстановочка хуже некуда). – А палец ты мне тоже сам полижешь?

А когда глаза у того полыхнули злобой («Поговори, поговори у меня...»), примирительно рассмеялся – будто бы только сейчас сообразил:

– Извиняй, парень, я ничего обидного в виду не имел. До меня не сразу дошло: ты ведь, похоже, в этом городе без году неделя и даже не знаешь, как пьют текилу. Вы небось все думаете – а, самогон, дрянь! – так вот, ничего подобного. То есть конечно, ежели ее стаканами и без закуси, это и впрямь несъедобно; а на самом деле – замечательная штуковина, только пить ее надо умеючи. Тут главное что? – Тангорн расслабленно откинулся на спинку и мечтательно полуприкрыл глаза. – Главное – переслоить ее вкус солью и кислотой. Вот гляди: наносишь на ноготь большого пальца щепотку соли – чтоб она не ссыпалась, место это надо лизнуть, – с этими словами он потянулся к стоявшему посреди стола блюдечку с солью и перцем; «поморник» при этом его движении весь подобрался и опять сунул руку за пазуху, но орать «Руки на место!» не стал – похоже, натурально мотал на ус, – теперь касаешься соли самым-самым кончиком языка, и – оп-паньки! – Черт, черт, черт – что ж за гадостью поят в этом «Морском коньке»! – А теперь лимончиком ее, лимончиком! А-атлично...

– А вот еще хороший способ... Наливай-ка по второй, раз уж ты у меня сегодня заместо официанта!.. Это будет уже не с солью, а с перчиком. – Он вновь потянулся было к солонке, но замер на полпути и раздраженно обернулся ко второму «поморнику»: – Слышь, друг, сдал бы ты чуток назад, а? Терпеть не могу, когда дышат в ухо чесноком!

– Стою согласно инструкции, – сердито отвечал тот. "Дурашка, – отчего-то подумалось барону, – «согласно инструкции» тебе прежде всего нельзя вступать со мною в разговоры... "Г" у парня мягкое, фрикативное – уроженец Лебеннина... Впрочем, это абсолютно не важно, а важно то, что стоит он не строго позади меня, а на шаг левее, и росту в нем – шесть футов без пары дюймов... Все? Да, все: голова то, что от нее требовалось, сделала – очередь за Удачей..." Секундою спустя Тангорн, все так же небрежно развалясь на стуле, дотянулся пальцами левой руки до блюдечка с красным молотым перцем и, не глядя, легким небрежным движением перебросил его за плечо – точнехонько в лицо лебеннинцу, а одновременно прямо под столом резким тычком всадил мысок башмака в костяшку голени своего визави.

Известный факт: при неожиданности человек всегда делает вдох – так что теперь «поперченный» выбыл из строя на все обозримое будущее; тот, что напротив, придушенно вякнул: «Уй, с-с-сука!» и, скрючившись от боли, рухнул под стол – но, похоже, ненадолго: устроить ему перелом не вышло. От дверей уже мчались, опрокидывая стулья, двое остальных – один с умбарским кинжалом, второй с кистенем, а Тангорн только еще лез за пазуху к корчащемуся на полу лебеннинцу, как-то отстранение думая про себя: если у него там какая-нибудь ерунда вроде кастета или выкидухи – конец... Но нет – хвала Тулкасу! – это был большой умбарский кинжал из тех, что носят на поясе горцы Полуострова: полуярдовый, плавно сходящийся на конус клинок, которым можно наносить не только колющие, но и рубящие удары; не бог весть что, но все-таки оружие воина, а не вора.

Однако когда он сошелся с парочкой из дверей, то быстро уразумел – прорваться малой кровью не выйдет: парни не робкого десятка, а оружием (по крайней мере коротким) владеют немногим хуже него. И когда левая рука его обвисла от удара кистенем (даром что вскользь), а с тылу нарисовался третий – хромающий, но вполне боеспособный, – барон смекнул: дело дрянь. Совсем. И принялся драться всерьез, без дураков.

...Угрюмый гондольер, получивший серебряную «кастамирку», причалил к полуразвалившейся грузовой пристани и появился несколькими минутами спустя с новым платьем для пассажира – настоящие лохмотья, если сравнивать с шикарным попуганным нарядом «фартового парня», но зато без следов крови, Тангорн, переодевшись прямо на ходу – чтобы не терять времени, сунул за пазуху трофейный кинжал и серебряный жетон, снятый с шеи одного из «поморников». «Каранир, сержант тайной стражи Его Величества Элессара Эльфинита»; сержанту жетон был уже ни к чему... «Третий меч Гондора» ушел, оставив после себя убитого и двоих раненых; впрочем, о раненых, надо полагать, уже «позаботились» в лучшем виде – тайную полицию в «Морском коньке» жаловали не больше, чем в любом портовом притоне любого из Миров...

Сам он отделался двумя ранениями – оба пустяковые, считай, царапины; с онемевшей от удара рукой дело обстояло хуже, но это было наименее серьезным из того, что сейчас заботило барона. В конце концов, у него есть на такой случай кой-какие снадобья из Халаддиновой аптечки. Итак... Четверка «поморников» канула с концами: хватятся их не раньше, чем часа через два-три, но этот люфт по времени – единственный, похоже, плюс, который наличествует в его раскладе. Вскоре за ним начнет охоту вся гондорская резидентура и, что гораздо серьезнее, местные полицейские. Они чудовищно коррумпированны, но дело свое знают – будьте-нате; то, что в «Морском коньке» отметился старый их знакомец барон Тангорн, они установят через своих осведомителей не позднее, чем через пару часов, сразу же блокируют порт, а ближе к вечеру начнут методично прочесывать город. На сленге разведчиков его положение называется «прокаженный с колокольчиком»: он не вправе ни обратиться за помощью к людям из своей старой законсервированной сети (его довоенные материалы по ней вполне могли оказаться в руках минас-тиритского Центра), ни отдаться под защиту умбарской секретной службы (те могут его прикрыть, лишь если он признает себя «человеком Фарамира» – что для него категорически невозможно). Самое же печальное – он безвозвратно потерял связь с мордорской резидентурой, теми единственными, кто мог ему помочь выйти на Эландара... Короче, он провалил задание, а сам теперь помечен для смерти; то, что в происшедшем нет его личной вины, не имеет значения – миссии Халаддина суждено остаться невыполненной.

Итак, у него больше нет ни единого агента, ни единой связи, ни единой явки; а что же у него есть? У него есть деньги – много денег, больше четырехсот дунганов в шести тайниках, – да еще надежно припрятанная мифриловая кольчуга (Халаддин дал ее ему для продажи – на тот крайний случай, если не удастся найти золото Шарья-Раны): есть пара резервных норок, из его «домашних заготовок» – их раскопают максимум через пару дней, – и есть кое-какие старые (не факт, что работающие) связи в криминальном мире. И это, пожалуй, все... Нет даже Снотворного – меч так и остался в доме у Элвис, а о возвращении на Яшмовую улицу (равно как в «Счастливый якорь») теперь нечего и думать.

А когда гондольер высадил его поблизости от портовых пакгаузов, ему уже было ясно: единственно разумная тактика при таком сверхпоганом раскладе – блефовать напропалую. Не забиваться в тараканью щель, а напасть на них самому.

ГЛАВА 42

Умбар, Приморская. 12.
4 июня 3019 года

Мангуст неспешною походкой шел по коридорам посольства. Чем тяжелее и опаснее ситуация, тем более нетороплив, обстоятелен и вежлив (по крайней мере на людях) обязан быть командир; так что, судя по безмятежной улыбке, намертво приклеенной к Мангустову лицу, дела были хуже некуда.

Резидента, капитана Марандила, он застал в кабинете.

– Здравия желаю, господин капитан! Лейтенант Мангуст – вот мой жетон. Выполняю у вас, в Умбаре, совершенно секретное задание Центра. Сожалею, но у меня возникли проблемы...

Марандил не стал даже отрываться от созерцания своих ногтей; по всему было видать, что некий невидимый простым глазом заусенец на левом мизинце занимает его куда больше, чем неприятности какого-то заезжего гастролера. Тут к тому же дверь распахнулась, и лейтенанта самым бесцеремонным образом отодвинул в сторонку ввалившийся следом детина едва ли не семи футов роста:

– Пора начинать, босс! Девочка – пальчики оближешь!

– А вы уж там небось закусили сладеньким... – сварливо, но как-то по-семейному откликнулся капитан.

– Как можно! «Право первой ночи» за сеньором, а уж мы все в очередь за вами – чай, не баре... Но барышня уже раздета и ждет с нетерпением.

– Ну, тогда пошли – а то, неровен час, замерзнет ожидаючи!

Детина заржал, а капитан начал было вылезать из-за стола, но натолкнулся на взгляд Мангуста – и было в этом взгляде нечто такое, что он вдруг почел нужным объясниться:

– Да это из ночного улова, из мордорской агентуры! Ей ведь, стерве, потом все одно в канал...

Мангуст уже безучастно разглядывал вычурную лепнину на потолке кабинета («Экая, право же, безвкусица»): он всерьез опасался, что не совладает с переполняющим его бешенством и оно выплеснется наружу через зрачки. Конечно, разведка – жестокая штука, допрос третьей степени – он и есть допрос третьей степени, «девочка» должна была соображать, на что идет, когда ввязывалась в эти игры, тут все честно и по правилам... А вот не по правилам – абсолютно не по правилам! – было то, как ведут себя его коллеги, эта «сладкая парочка»: будто бы они не под погонами служат, а... Впрочем, черт бы с ними со всеми – наведение порядка в региональных резидентурах в задачи «Феанора» не входит, по крайней мере пока. И лейтенант вновь обратился к Марандилу, причем в столь мягко-увещевательном тоне, что любой понимающий человек сразу смекнул бы – все, это уже край:

– Прошу простить, господин капитан, но мое дело не терпит отлагательств – верьте слову. Право же, с той работой, – он кивнул в направлении детины, – ваши подчиненные превосходно справятся без вас.

Детина просто-таки зашелся от хохота и, явно поощряемый ухмылкой босса, лениво процедил:

– Да плюнь ты, лейтенант! Известное дело – три четверти всех проблем решаются сами собою, а остальные просто неразрешимы. Айда лучше с нами в подвал – тебе, как гостю, крошка отпустит вне очереди. Хошь – она тебе полижет, а хошь – ты ей...

Марандил с тихим наслаждением наблюдал, как опускают столичного визитера. Содействие ему оказать, конечно, придется – куда денешься, но только пускай сперва прочувствует как следует: тут, в Умбаре, он никто, а звать его – никак...

– Ты как стоишь в присутствии старших по званию? – бесцветным голосом осведомился Мангуст, смерив взглядом Марандилова холуя и чуть задержавшись на носках его сапог.

– А че? Нормально вроде стою – с ног не падаю!

– А это мысль... – задумчиво произнес лейтенант и легким, как танцевальное па, движением скользнул вперед. Он был ниже своего противника на голову и едва ли не вдвое уже в плечах, так что тот ударил вполсилы: колотуха-то – что твоя гиря, неровен час пришибешь на хрен... Ударил – и застыл в изумлении: Мангуст не то чтобы уклонился от удара или отпрянул назад – он просто исчез, буквально растаяв в воздухе. Детина так и стоял, вытаращив глаза, пока его не похлопали сзади по плечу: «Але!» – и ведь действительно обернулся, дурачина...

Мангуст переступил через распростертое тело – брезгливо, будто это была навозная куча, – остановился перед невольно попятившимся обратно за стол Марандилом, в глазах у которого теперь плескалась откровенная паника, и сухо заметил:

– Что-то подчиненные у вас на ногах не стоят. Голодом их морите, что ли?

– Да ты крутой парень, лейтенант! – выдавил из себя улыбку тот. – Уж не серчай: хотелось поглядеть тебя в деле...

– Я так и понял. Считаем тему закрытой?

– Ты, часом, не из этих... как их – ниньоквэ?

– Это другая техника, хотя принцип тот же... Давайте-ка вернемся к нашим баранам. Насчет подвальных развлечений: боюсь, вам придется задержаться или даже – простите за плоский каламбур – воздержаться. Скомандуйте своим людям, чтобы начинали без вас. Да, и пускай приберут отсюда этого хамоватого юношу.

От вина, равно как от кофе. Мангуст отказался и тотчас перешел к делу:

– Вчера ваши люди пытались захватить в «Морском коньке» барона Тангорна. Что все это значит? Вы, часом, не запамятовали, что Итилиен – вассал гондорской короны?..

– Да мы и понятия не имели, что это Тангорн! Просто он вышел на накрытую нами мордорскую явку; вот ребята и решили, что это их связной.

– Ага... – Мангуст на мгновение прикрыл глаза. – Что ж, это меняет дело... Теперь нет никаких сомнений – барон накрепко повязан с Мордором. Впрочем, для них он теперь тоже засвечен...

– Не беспокойтесь – поймаем его еще до вечера. В розысках задействованы не только наши люди, но и умбарская полиция – они уже нашли одну его берлогу, он покинул ее буквально за полчаса до их появления...

– Вот это и есть предмет моего к вам визита. Вам следует немедля прекратить розыски Тангорна. Полиции наврете – дескать, вышло недоразумение, нестыковка действий двух братских спецслужб; одним словом: «милые бранятся – только тешатся»... тем более это до некоторой степени соответствует действительности.

– Не понял юмора!..

– А вам и нечего понимать, капитан. Вам знакома эта литера – "Г"? – Марандил глянул на шелковку в руке лейтенанта и отчетливо сбледнул с лица. – Бароном занимаюсь я, и вашей резидентуры дело это совершенно не касается. Отзовите своих сотрудников, а главное – повторяю – немедленно остановите умбарскую полицию: если Тангорн попадет в их руки, а не в мои, это будет катастрофа, за которую мы оба ответим головой.

– Но, господин лейтенант... Он же убил четверых моих людей!

– Правильно сделал, – пожал плечами Мангуст. – Дураков, которые начинают корешиться с задержанными, и надо убивать. На месте... Теперь так: вы прекращаете всякие активные поиски Тангорна и спокойно ждете. Не исключено, что в ближайшее время он каким-то образом проявится сам...

– Проявится сам? Он что, псих?

– Отнюдь. Просто он, судя по всему, попал в безвыходное положение. А барон – насколько я его себе представляю – относится к людям, склонным играть ва-банк... Так вот, если вам станет известно что-нибудь эдакое – немедля известите меня: поднимите на флагштоке посольства вымпел Дол-Амрота, и к вам вскоре зайдут за информацией. После чего вы навсегда забудете о том, что слышали такое имя – Тангорн. Ясно?

– Так точно! Послушайте, господин лейтенант, мы раскопали, что у него тут раньше была баба...

– Яшмовая, 7, что ли?

– Да-а... – разочарованно протянул Марандил. – Так вы уже знаете?

– Разумеется. Похоже, он провел там позапрошлую ночь; и что дальше?

– Ну так тогда надо ее тряхнуть как следует!..

– Да? И что ж вы надеетесь из нее вытрясти? – устало поморщился Мангуст. – В каких позициях они занимались любовью и сколько раз за ночь она испытала оргазм? Что еще она может рассказать? Тангорн – не круглый идиот, чтобы посвещать любовницу в служебные дела.

– Ну, все-таки...

– Капитан, я повторяю вам еще раз: выбросьте из головы все, что связано с Тангорном, – это теперь мои проблемы, а не ваши. Если повстречаете его на улице – перейдите на другую сторону, а потом просто подымите у себя в посольстве дол-амротского Лебедя, ладно? И кстати – о ваших проблемах: я так понял, что вы сейчас трясете старую мордорскую сеть. Простите нескромный вопрос – для чего?

– Как это для чего?

– Так. Чем, скажите на милость, она вам мешала? И в любом случае зачем вы начали их хватать – вместо того чтобы подержать под колпаком и выяснить связи?

– Мы торопились – а то вдруг ДСД ведет двойную игру..

– ДСД?! Так это они отдали вам мордорскую сеть?

– Ну да! «Жест доброй воли»...

– Капитан, это же сказочки для умственно отсталых детишек! Вы не хотите еще разок подумать – зачем они сделали вам такой роскошный подарок? Чего от вас хотят взамен?.. Ладно, это – как уже сказано – ваши проблемы, поступайте, как знаете. Честь имею!

Мангуст направился было к двери, но на полпути вдруг обернулся:

– Да, и еще одно. Предвосхищая ваше служебное рвение, капитан... – Он чуть замешкался, будто подыскивая нужное слово, а потом отбросил свои колебания: – Так вот, если хоть кто-нибудь из твоих людей подойдет к дому на Яшмовой ближе, чем на три полета стрелы, я тебя накормлю омлетом из твоих собственных яиц. Ты меня понял?

Они встретились взглядами лишь на миг, но Марандилу и мига хватило, чтобы уразуметь с полнейшей непреложностью: этот – накормит.

...Предвидение Мангуста оправдалось буквально на следующий день. С Марандилом пожелал срочно встретиться в городе один из оперативных сотрудников умбарской полиции, инспектор Ваддари. Инспектор не входил в число тех полицейских, что впрямую работали на гондорское посольство, однако представление обо всех этих играх имел неплохое: это был старый и опытный сыщик, ориентировавшийся в изнанке жизни как мало кто другой. И по возрасту, и по квалификации он давно уже должен был бы носить нашивки комиссара – и по этой причине брал на лапу без малейших угрызений совести. Следует заметить, что коррупция в умбарской полиции вообще была освященной веками традицией (полицейский или таможенник, не берущий взяток, вызывал опасливое недоумение не только у сослуживцев и начальства, но и у честных обывателей: «Не, ребята, к такому лучше в темное время спиной не поворачиваться»), но Ваддари от иных своих коллег отличался тем, что полученную мзду отрабатывал всегда честно и сполна, без ссылок на «объективные трудности».

– Ваши люди, господин секретарь, разыскивали некого Тангорна, но вчера поиски эти были срочно прекращены. Вас все еще интересует этот человек?

– Н-ну... Пожалуй, да, – осторожно подался вперед Марандил.

– Я готов сообщить точное место, где он будет сегодня вечером. Если мы договоримся о цене...

– Могу я узнать, откуда эта информация?

– Можете. Он сам прислал мне письмо и назначил встречу.

– А отчего это вы решили продать своего потенциального клиента?

– И не думал даже. Просто в выдвинутых им условиях встречи нигде не оговорено, что о ней не должны знать посторонние, так что я строго следую букве договора. А если Тангорн такой возможности не предусматривает, то он просто дурак, с которым не стоит иметь дела.

– М-да... И сколько же вы хотите?

– Три дунгана.

– Ско-о-олько?!! Ты че, мужик, совсем оборзел?! Утерял сцепление с реальностью?..

– Наше дело предложить...

– Да мне, если хочешь знать, на это дело вообще положить с прибором...

– Ты мне-то дурочку не катай по полу – я как-никак опер, а не фраер! Полтора суток землю носом роете, а потом вдруг – ах, обознатушки-перепрятушки! Дураку ясно – розыски этого гуся поручены теперь другой команде, а умбарскую полицию побоку... Так что придется мне самому пошустрить, кто там еще топает за этим парнем. А времечко-то капает!..

– Ладно: два!

– Сказано три, значит, три; я тебе что – фисташками на рынке торгую? Да не жмись ты, можно подумать – из своих кровных платишь!

– Ладно, хрен с тобой. Два сразу, а третий – когда мы его возьмем, по твоей наколке.

– А вот это уж хрен тебе! Я сообщаю – когда и где, а все остальное – твои проблемы, и меня не колышет. Все три – прямо сейчас.

– А ежели ты меня попросту кинешь?

– Слушай, мы с тобой серьезные взрослые люди. Я ж не портовый алкаш и не карту пиратского клада за бутылку предлагаю...

Спрятав монеты в карман, Ваддари начал инструктаж:

– Площадь Кастамира знаешь?

– Это где посередке озеро с тремя впадающими в него каналами?

– Она самая. Озеро круглое, полтораста ярдов в поперечнике, каналы впадают в него под углом 120 градусов – на «двенадцати», «четырех» и «восьми часах» по циферблату, если отсчитывать от ростральных колонн. Набережная озера не сплошная, а с лестницами, спускающимися к воде – по две на каждый промежуток между каналами, итого шесть. В семь вечера я должен быть на той из лестниц, что примыкает справа к «восьмичасовому» каналу, одетый в багровый плащ и шляпу с черным плюмажем. На одном из каналов появится наемная гондола – водное такси; гондольер посадит меня, ориентируясь по этим приметам, и дальше будет следовать моим указаниям. Я должен передвигаться от лестницы к лестнице, но не подряд, вдоль берега, а пересекая озеро: «семь часов» – «одиннадцать часов» – «три часа», и так далее. Картина понятная?

– Вполне.

– В это время дня движения по озеру практически нет; если появятся другие гондолы, я должен причалить и подождать, пока они скроются в каналах. Тангорн сойдет с одной из лестниц – если, разумеется, убедится, что опасности нет, – и подсядет в мою гондолу. Он будет переодет и загримирован; мы узнаем его, когда он вытащит из-за пазухи лиловый головной платок и дважды махнет им. Вот и все. Флаг тебе в руки, секретарь, счастливо оставаться.

Ваддари встал и двинулся к выходу из кофейни, где они встретились, мельком подумав на ходу: «Голову даю наотруб

– обведет он их вокруг пальца...»

Капитан же, вернувшись к себе в посольство, первым делом заполнил бухгалтерскую ведомость на агентурные выплаты: 4 (прописью – четыре) дунгана. Хотел было записать «пять», но удержался: жадность фраера губит, а птичка (обратно же) по зернышку клюет – а сыта бывает.. Ну что, подымать Дол-Амротский флаг? И отдать Тангорна прямо на блюдечке этому столичному горлохвату? «А вот хрен тебе за щеку, а не коронную операцию, – внезапно решился он. – Такой расклад, как сегодня, приходит на руки раз в жизни. Я захвачу его сам, а победителей не судят...» Тут ему припомнились на миг глаза Мангуста, и его вновь передернуло ознобом; а может, ну его?.. «Нет, – успокоил он себя, – дело верное, промашки быть не может: у меня есть точное время и место встречи, есть тридцать два оперативника и пять часов на подготовку – а за пять часов, помнится, солнцеликий Демиург аритан ухитрился создать Арду со всею ее требухой: воду с рыбами, воздух с птицами, землю со зверями, огонь с драконами и человека со всеми его мерзостями...»

ГЛАВА 43

Умбар, площадь Кастамнра Великого.
5 июня 3019 года

– Сколько вы насчитали, Джакузи?

– Тридцать два.

– А я вижу только дюжину...

– Мне не хотелось бы показывать их, тыкая пальцем...

– Господь с вами, голубчик! Все-таки вы оперативник, а я всего лишь аналитик, уж по этой-то части вам все карты в руки, – Альмандин покойно откинулся на спинку плетеного стула, смакуя вино; они сидели под полосатым тентом одного из маленьких открытых кафе на площади Кастамира, почти прямо под ростральной колонной, сплошь утыканной отрубленными носами гон-дорских кораблей, и лениво наблюдали за коловращением праздной вечерней толпы. – Что ж, если их и вправду тридцать два, то Марандил вывел на дело весь наличный состав резидентуры, кроме штатной охраны... Кстати, а нашего бенефицианта вы, часом, не видите?

Джакузи еще раз окинул взором заполненные публикой набережные округлого грязноватого озера. Благородные господа и морские офицеры, лоточники и накрашенные девки, уличные музыканты и гадальщицы, нищие-попрошайки и рыцари удачи... Сотрудников гондорской резидентуры он распознавал среди них мгновенно (хотя некоторые из них были замаскированы, надо отдать им должное, довольно удачно), но вот барона – к своему крайнему неудовольствию – обнаружить никак не мог. Разве только... Да нет, глупости.

– Похоже, его здесь нет. Он наверняка тоже засек этих ребят, плюнул и убрел себе на цыпочках.

– Да, профессионал именно так и поступил бы, – кивнул Альмандин. – Но барон будет действовать иначе... Хотите пари?

– Постойте-ка... – Вице-директор по оперативной работе озадаченно глянул на своего шефа. – Так вы что же – считаете Тангорна дилетантом?

– Не дилетантом, дорогой Джакузи, а любителем. Вам понятен этот нюанс?

– Признаться, не совсем...

– Профессионал – не тот, кто в совершенстве владеет техникой ремесла (с этим-то у него как раз полный порядок), а тот, кто, получив задание, всегда выдает конечный результат, невзирая ни на какие привходящие моменты... А барон – так уж случилось – никогда в жизни не служил за жалованье: он не связан ни присягою, ни умберто и привык к немыслимой роскоши – делать лишь то, что сам находит правильным. И если окажется, что приказ противоречит его представлениям о чести и совести, он просто не станет его выполнять, наплевав на последствия – и для себя лично, и для дела. Сами понимаете – такому человеку место не в разведслужбе, а в вендотенийских монастырях...

– Я, кажется, понимаю, что вы имеете в виду, – задумчиво кивнул Джакузи. – Барон живет в мире моральных стереотипов и запретов, немыслимых для нас с вами... Знаете, я тут освежал в памяти его досье и наткнулся на любопытный разговор – дружеская болтовня по пьяному делу. Его спросили – способен ли он при необходимости ударить женщину? Он некоторое время размышлял – причем явно всерьез, – а потом признался, что убить, может быть, и способен, но вот ударить – никогда, ни при каких обстоятельствах... Впрочем, его досье вообще смотрится весьма забавно – это, я вам доложу, не досье, а какое-то литературное обозрение: чуть ли не наполовину состоит из стихов и художественных переводов. Я еще тогда подумал, что такого полного собрания такато Тангорна, как у нас в Департаменте, нет нигде в мире...

– Жаль только, издать их можно будет не раньше, чем через сто двадцать лет – согласно закону о рассекречивают... Ага! Гондола... Ну так как – хотите пари, что он сейчас выкинет какой-нибудь безумный фортель и в итоге обведет всех этих ребят вокруг пальца?

– Я полагаю, нам с вами уместнее помолиться за его Удачу, а вернее сказать – за ошибку Марандила...

Маленькая трехместная гондола причалила у спускающейся к воде лестницы, чтобы принять на борт господина в багровом плаще и шляпе с черным плюмажем, а затем начала неспешно пересекать озеро. Тут на лице Джакузи появилось какое-то сонное выражение; он неторопливо извлек золоченый сангиновый карандашик, начертал несколько слов на салфетке, перевернул ее текстом вниз и со словами: «Ладно. Делайте ваши ставки...» передал карандаш Альмандину. Тот в свой черед сделал такую же запись, и теперь оба они безмолвно наблюдали за развитием мизансцены.

Гондола описала не вполне замкнутый треугольник и вернулась к лестнице, соседней с той, откуда начала свое движение. Место это было издавна облюбовано компанией прокаженных, закутанных в глухие полосатые балахоны, – они кормились здесь подаянием. «Холодная проказа» – болезнь смертельная и неизлечимая, однако в отличие от проказы «горячей» практически незаразная (ее можно подхватить, лишь если сам раздавишь одно из тех мелких кровянистых вздутий, которыми покрыты руки и лицо больного, или, к примеру, выпьешь с ним молока из одной кружки), а потому заболевших ею никогда не изгоняли из поселений; кхандские хакимиане даже почитали их за особо угодных Богу. День за днем эти скорбные фигуры, затянутые в свои полосатые саваны, безмолвно взывали к милосердию горожан и как бы напоминали им: сравните-ка это с тем, что кажется вам несчастьями в вашей обыденной жизни... Они были до того неподвижны, что казались просто неким архитектурным элементом вроде каменных кнехтов для швартовки гондол; поэтому когда одно из этих матерчатых изваянии вдруг встало и, чуть прихрамывая, двинулось к лестнице, стало ясно – вот оно, началось...

Прокаженный ступил на верхнюю ступеньку, и в руке его мелькнул извлеченный из рукава лиловый головной платок. В тот же миг компания зевак, толпившихся вокруг уличного фокусника – тот жонглировал тремя кинжалами ярдах в двадцати от лестницы, – распалась: двое рванули вправо и влево, отрезая человеку в балахоне пути к отступлению, а двое других и сам фокусник, расхватав порхавшие в воздухе клинки, ринулись прямиком к добыче. Вот тут-то и стало ясно, что человек малость не рассчитал: начал спускаться к воде, когда гондола была далековато – ярдах в пятнадцати от берега. Впрочем, он бы, наверное, все равно успел спрыгнуть в лодку и спастись, если бы не трусость пассажира в багровом плаще: тот, узрев трех вооруженных преследователей, перепугался настолько, что гондольер, повинуясь его панической жестикуляции, немедля начал отгребать прочь, бросив подельника на произвол судьбы. Человек в балахоне отчаянно заметался по нижней, уходящей в воду, ступеньке – спасения ждать было неоткуда. Парою секунд спустя его настигли «зеваки»: они мгновенно заломили ему руки за спину, а «жонглер» коротко, без замаха, врубил по печени и тут же, на возвратном движении, – ребром ладони по шее. Вот и все. «За задницу – и в конвертик»...

Однако когда «прокаженного» волоком вытащили с лестницы на набережную, вокруг сразу столпился возмущенный народ: к такому обращению с больными здесь как-то не привыкли. Двое случившихся поблизости хакимиан в желтых тюбетейках паломников незамедлительно вступились за «божьего человека», и возникший скандал стал плавно перерастать в драку. Люди Марандила со всех концов площади прорывались – плечом вперед – сквозь густеющую толпу к месту событий, а где-то в отдалении уже раздавалась скребущая по нервам трель полицейского свистка... Человек в багровом плаще тем временем высадился на берег за три лестницы от места свалки, отпустил гондолу и неторопливо двинулся прочь; по всему было видать, что судьба лжепрокаженного его не больно-то заботит.

– Ну, как вам представление, дорогой Джакузи?

– Превосходно. Положительно, в Тангорне погиб

великий режиссер...

Выражение лица вице-директора по оперативной работе вроде бы ничуть не изменилось, однако Альмандин знал своего сотрудника много лет, а потому видел: страшное напряжение, в котором тот пребывал последние минут десять, утекло прочь, и в уголках его губ рождалась тень торжествующей улыбки. Что ж, это и его победа тоже... Джакузи тем временем остановил спешащего мимо официанта:

– Друг мой, бутылку нурнонского!

– Не боишься спугнуть фарт?

– Ничуть. Все уже позади, и Марандил теперь, считай, у нас в кармане.

Ожидая нурнонское, они с любопытством наблюдали за тем, как развиваются события на набережной. Потасовка там внезапно прекратилась (хотя гвалт, пожалуй, даже усилился), и на месте свалки как-то само собою возникло пустое пространство, посреди которого лежал человек в балахоне, тщетно пытающийся привстать на четвереньки. «Зеваки» и «жонглер» между тем полностью утратили интерес к своей жертве: они не только выпустили ее из рук, но и резко попятились назад, в толпу; правый разглядывал свои ладони, и на лице его был ужас.

– Видите, шеф, до ребят наконец дошло, что прокаженный-то – самый настоящий! А это ведь не тот случай, когда уместно выражение «лучше поздно, чем никогда»... Хватая его, они наверняка раздавили кучу гнойничков на руках и по уши перемазались сукровицей, так что теперь вся троица – покойники... Реагируют весьма эмоционально, но мне трудно их осуждать... Узнать, что жить тебе осталось (если это можно назвать жизнью) несколько месяцев, – довольно яркая новость, тут трудно сохранить невозмутимость.

– Прокаженный, надо полагать не остался в накладе?

– Уж это наверняка! Думаю, каждый из полученных тумаков принес ему не меньше, чем кастамирку: Тангорн не из тех недоумков, что норовят сэкономить на мелочах... Как это называют у них, на Севере «на дерьме сметану собирать», да?

Когда нурнонское золотистыми ключами вскипело в бокалах, Джакузи нахально (сегодня имел полное на то право) спросил: «Кто платит?» Альмандин согласно кивнул и перевернул свою салфетку, потом сравнил обе записи и честно признал: «Придется мне». На его салфетке было единственное слово – «Гондольер», а у вице-директора по оперативной работе значилось: «Гондольер – Т. На берегу будет акция прикрытия».

ГЛАВА 44

Когда на набережной затихли последние отголоски скандала, а прокаженный занял свое привычное место, Альмандин с любопытством спросил:

– Слушай, если бы на месте этого болвана Марандила был ты... Я не спрашиваю: сумел ли бы ты взять барона (такой вопрос оскорбителен), но мне интересно – сколько человек бы тебе понадобилось? Против ихних тридцати двух?..

Джакузи с полминуты что-то прикидывал, озирая набережные, а потом вынес свой вердикт:

– Трое. Причем совершенно не обязательны суперфехтовальщики или мастера рукопашного боя; надо только, чтобы они умели – хотя бы по минимуму – работать с метательной шелковой сетью. Видите – все три здешних канала впадают в озеро под низенькими мостами: их просвет – явно меньше десяти футов. Ставлю на каждый по человеку: то, что объект захвата – гондольер, вполне очевидно, но в любом случае у нас была бы система сигнализации... Когда он проплывает под мостиком, оперативник роняет сверху сеть, дальше – прыжок вниз, прямо в гондолу, и укол иглою, смазанной соком манцениллы... Вы были абсолютно правы, шеф: эта его затея – совершеннейшая авантюра, расчет на дурака. Отвлекающий маневр с прокаженным был очень неплох, но это не меняет сути дела... Ни один профессионал не стал бы так совать голову в петлю. Он действительно всего лишь любитель – хотя и блестящий, и удачливый; ему повезет раз, повезет другой, но на третий он таки свернет себе шею...

– Глянь-ка, – прервал его Альмандин, указывая взглядом на противоположный конец площади, – наш несравненный Ваддари уже берет бедного Марандила своею грубой пятерней за всякие нежные места... Ну, этот точно своего не упустит! Кстати – вербовать капитана ты пойдешь сам или пошлешь кого-нибудь из своих людей?

...Кафе было точно таким же, как то, где сидели руководители ДСД – те же плетеные стулья, тот же полосатый тент, – только вот обстановка за столиком была куда менее праздничной. Гондорский резидент – тот просто пребывал в прострации: не отрывая глаз от лежащего на скатерти жетона – «Каранир, сержант тайной стражи Его Величества Элессара Эльфинита», – он лишь тупо кивал вслед фразам, которые ронял Ваддари:

– ...Так вот, барон сегодня просто проверял – обознались вы тогда, в «Морском коньке», или ловите именно его. Теперь картина ясна, и он передает вам этот жетон, а на словах вот что – дословно: «Я вас не трогал, но если хотите войны – получайте войну. И раз вам мало семи покойников, я открою охоту на ваших людей по всему Умбару; вы еще увидите, что это такое – мастер-одиночка против оравы отожравшихся бездельников». Впрочем, это все ваши с ним разборки, они меня не колышат. А у нас с вами есть свое дельце...

– Какое еще дельце? – Марандилу, похоже, было уже все равно. Даже его гориллы, торчавшие для подстраховки за дальним столиком, видели, что с боссом неладно.

– Очень простое. Если Тангорн на связь со мною просто не вышел, это полбеды. А вот если вышел, но вы все лопухнулись и не просекли фишку насчет гондольера – это уже совсем другой компот. Не знаю как голову, но офицерские шнуры-то за такой прокол точно снимут... Мне сейчас надо писать отчет по встрече – Тангорново письмо пришло в полицию с обычной почтой и зарегистрировано канцелярией... А ну, кончай дурака валять! Я те щас посигналю гориллам! Я ведь тут тоже не один... Думаешь – убрал меня, и с концами?.. Вот так... сел спокойно... Что у вас, на Севере, за привычка – отнимать силой то, что тебе предлагают купить? Мне ведь, для моего отчета, абсолютно по хрену – кто там правил гондолой... Ну, чего молчишь?

– Не понял...

– Ты, парень, чего-то с горя совсем поглупел. Все просто, как апельсин: пять дунганов – и никакого гондольера не было. То есть был, конечно, но не Тангорн. Стоит твой капитанский жетон пяти дунганов, как ты полагаешь?

...Когда инспектор добрался до своей неуютной холостяцкой квартиры, он уже успел обмозговать предложение Тангорна. Конечно же, барон пошел на сегодняшний отчаянный риск вовсе не затем, чтобы отправить на тот свет трех гондорских оперативников и официально объявить Марандилу: «Иду на вы!» Настоящей целью его, как ни странно, было просто встретиться с Ваддари, чтобы подрядить того для некой деликатной работы. Работа предвиделась не особо сложная (срок, правда, маловат – неделя), но зато предельно опасная: любая оплошность приведет инспектора прямиком в провонявший кровью, горелым мясом и предсмертной рвотой подвал на Приморской, 12. В случае же успеха барон готов раскошелиться на сто пятьдесят дунганов – жалованье комиссара полиции за двенадцать лет беспорочной службы. Ваддари прикинул цену риска и счел дело стоящим; он никогда не был трусом и, раз взявшись за работу, всегда доводил ее до конца.

– Судя по вашему виду, дорогой Джакузи, вас можно поздравить с победой.

– Это было даже легче, чем я ожидал, – он сломался моментально. «Если мы доведем до сведения минас-тиритского Центра историю об улизнувшем гондольере, то выяснится, что вы дважды держали Тангорна в руках и дважды упускали. Ни один контрразведчик не поверит в такие совпадения. „Вы работаете с бароном на пару и при этом, прикрывая сообщника, хладнокровно убили семерых подчиненных“ – вот как это все будет выглядеть на следствии. Вас отправят в подвал, выбьют признания о работе на Эмин-Арнен, а затем ликвидируют». Эта логическая цепочка показалась ему безупречной, и он подписал агентурное обязательство. Так что пускай Макариони форсирует работы в Барангаре – гондорская резидентура ослепла и оглохла... А знаете, что он потребовал в качестве платы? Оказывается, сейчас у них в Умбаре, помимо Марандиловых людей, работает спецкоманда, подчиненая непосредственно Центру...

– Та-а-ак...

– Барангаром эти ребята, по счастью, не занимаются – они зачем-то ловят Тангорна, отстранив от этого дела местную резидентуру. Командует ими некий лейтенант по кличке Мангуст, имеющий мандат категории "Г"; по утверждению Марандила – профессионал высочайшего класса...

– Весьма интересно...

– Марандил нарушил прямой его приказ – забыть о существовании барона, и может быть арестован, едва лишь сообщение об этом дойдет до лейтенанта. Так вот, капитан желает – «во избежание...» – нашими руками ликвидировать этого самого Мангуста и его людей. Я нахожу просьбу вполне резонной: мы ведь теперь должны оберегать этого мерзавца как зеницу ока – по крайней мере до начала «Сирокко». Одним словом, шеф, не миновать вам запрашивать санкцию генерального прокурора. Наш дражайший Альмаран – большой законник и вечно подымает несусветную вонь по поводу ликвидации, но здесь он должен пойти нам навстречу...

– А ты не боишься, что он задаст себе вопрос: человек, санкционировавший убийство кадрового офицера гондорской разведки, – долго ли он после этого проживет и какой смертью умрет?

– Альмаран – чистоплюй и крючкотвор, но отнюдь не трус; помните дело Аррено, когда он наплевал и на угрозы, и на ходатайства двух сенаторов и отправил-таки на виселицу троих главарей заморро? А в случае с Мангустом все предельно ясно: нелегал, в Умбар прибыл по подложным документам, сам готовит похищение и убийство... Нет, тут не должно возникнуть проблем.

– Верно: с этого конца не должно; настоящая проблема в том, что этих ребят еще надо найти...

– Найдем! – несколько беспечно отозвался вице-директор по оперативной работе. – В этом городе пока еще все-таки мы хозяева. Разыскать Тангорна вопрос одного-двух дней, а на эту наживку поймаем и тех, кто за ним охотится.

– Ну-ну..

...Альмандиново «ну-ну...» оказалось пророческим. Оперативники ДСД обшарили Умбар, что называется, от киля до клотика, но не обнаружили ни Мангуста, ни Тангорна: оба лейтенанта как в воду канули... А впрочем – почему «как»? На четвертый день поисков стало совершенно ясно: обоих разыскиваемых в городе нет и скорее всего тело барона покоится на дне одного из каналов, а Мангуст уже сошел на берег где-нибудь в Пеларгире, дабы отрапортовать об успешно выполненном задании... Да и хрен бы с ними с обоими – опасность для Марандила миновала, а лезть в эти гондорско-итилиенские разборки нет решительно никакого резона.

Самое интересное: заключение умбарской секретной службы о том, что Тангорна нет в городе, в точности соответствовало истине. Барон к тому времени давно уже пребывал на борту зафрахтованной им фелюги «Летучая рыбка», которая все эти дни пролежала в дрейфе милях в десяти от побережья на траверзе мыса Джуринджой – южнее Умбара, поодаль от основных морских путей. Три контрабандиста, составляющие экипаж фелюги – Дядюшка Сарракеш с парою своих «племянничков» – находили подобное времяпрепровождение странным, однако мнение свое держали при себе, здраво полагая: человек, выложивший полсотни дунганов за трехнедельный фрахт, вправе рассчитывать, чтобы ему не докучали расспросами и советами. Даже если они ненароком влипли в какое-то грандиозное дело типа прошлогоднего налета на золотой транспорт республиканского казначейства, их дунганы стоят такого риска; впрочем, пассажир мало походил на делового, хотя и явился с рекомендацией самого Хромого Виттано, коего щутейно (и, естественно, за глаза) величали «Князем Хармианским». Прошлой ночью, с двенадцатого на тринадцатое, экипажу наконец-то выпал случай продемонстрировать работодателю свои профессиональные навыки. «Летучая рыбка» под самым носом у быстроходных галер береговой охраны проскользнула в кружево шхер, обрамляющих закатный край Хармианской бухты; в одном неприметном заливчике они приняли – после обычного в таких случаях обмена сигналами – почту для барона, а затем вновь отошли за Джуринджой.

Одно письмо было от Ваддари. Инспектор сообщал, что задание выполнено: он установил адреса двух конспиративных квартир, которыми владеет в городе гондорская резидентура, и собрал полную информацию об их содержателях и о системе охраны. А вот по второй позиции (как, впрочем, и предвидел Тангорн) вышел полный голяк: все лица, имевшие отношение к истории с кораблями для Арагорна, либо умерли – в результате скоропостижных хворей и несчастных случаев, – либо напрочь потеряли память, а все документы портовой канцелярии оказались переправленными (без сколь-нибудь заметных подчисток) за много лет; короче, выходило, будто уймы умбарских кораблей вроде как вовсе не существовало в природе. Дальше – больше; так, оба прощупанных на сей предмет сенатора в один голос утверждали, что сами-то они запамятовали подробности того заседания, когда решено было выступить на стороне Гондора в Войне Кольца, но все это наверняка можно отыскать в протоколах Сената от двадцать девятого февраля; попытки же напомнить отцам-законодателям, что нынешний год – не високосный, воспринимались ими как глупая шутка. От всей этой истории за милю воняло какой-то зловещей чертовщиной, и Тангорн от души одобрил решение Ваддари не засвечиваться на интересе к этой корабельной афере – дабы не навлечь на себя очередной несчастный случай.

Тем большую цену приобретало второе сообщение – сведения, собранные за это время Элвис и переправленные через того же Ваддари и, далее, через людей Виттано. Она переговорила со множеством своих приятелей из художественных и деловых кругов; тема разговоров была вполне невинной и не должна была насторожить тех, кто мог бы пасти ее в эти дни – и по линии ДСД, и по линии Приморской, 12. Наиболее важная информация, как водится, совершенно открыто лежала на самом видном месте; картина же вырисовывалась весьма занятная...

Примерно три года назад, когда на севере стала разгораться война, среди умбарской молодежи внезапно возникло повальное увлечение эльфами. Для тех, кто попроще, дело ограничилось модой на эльфийскую символику и песнопения, а вот вниманию персон более взыскательных была предложена целая идеология. Идеология эта – по крайней мере в изложении Элвис – выглядела как дичайшая смесь из учений кхандских дервишей («Ничего не иметь, ничего не желать, ничего не бояться») и мордорских анархистов (переустройство общества на основах абсолютной личной свободы и социального равенства), приправленная буколическими бреднями о «всеобщем единении с Природой». Можно только диву даваться – как могли клюнуть на такую незатейливую мякину юные умбарские интеллектуалы, но ведь клевали же, черт побери, да еще как клевали! Более того – через небольшое время оказалось, что не разделять подобные взгляды просто неприлично и даже опасно: лица, имевшие несчастье высказать о них иное мнение, нежели восторг и умиление, стали подвергаться остракизму и откровенной травле – «дети всегда жестоки»...

А спустя год все кончилось – столь же внезапно, как и началось. От всего движения (а это, вне всякого сомнения, было организованное движение) осталась лишь художественная школа эльфинаров – весьма любопытный, надо заметить, вариант примитивизма – да еще с десяток полоумных гуру, вдохновенно проповедующих скорое обращение всего Средиземья в Зачарованные леса; главным их занятием, впрочем, было всячески поносить друг дружку и трахать обкурившихся травкою малолеток из числа своей паствы... Серьезные молодые люди от всех этих игр отошли совершенно и вернулись в лоно своих семей, с коими больше года как пребывали в полном расплеве. Объяснения их не блистали разнообразием – от «лукавый попутал» до «кто в юности не был революционером – лишен сердца, а кто потом не стал консерватором – лишен мозгов»; впрочем, нужны ли какие-то особые объяснения родителям, вновь обретшим возможность лицезреть любимое чадо за семейным столом? Все это можно было бы счесть ерундой, не заслуживающей специального внимания (мало ли какие поветрия случаются в молодежной среде – перебесились, и ладно), если бы не одно обстоятельство.

Дело в том, что вернувшиеся, – а среди них были и отпрыски знатнейших родов Республики – все как один прониклись необычайным рвением к государственной службе, чего в среде «золотой молодежи» сроду не наблюдалось. Превращение полубогемного мечтателя или светского шалопая в образцового чиновника вообще смотрится весьма странно, а когда такие случаи начинают исчисляться десятками и сотнями, в этом проглядывает нечто настораживающее. Если же добавить, что за прошедшие два года все они сделали фантастическую карьеру (демонстрируя при этом изумительную спайку и взаимовыручку – куда там членам заморро) и изрядно поднялись ввысь по административной лестнице, то картина выходила просто-таки пугающая. Не было ни малейших сомнений: по прошествии семи-восьми лет именно эти ребята займут ключевые посты во всех умбарских ведомствах – от МИДа до Адмиралтейства, от казначейства до секретной службы – и абсолютно бескровно, не нарушая никаких законов, получат в свои руки все рычаги реальной власти в Республике. Самое же фантастическое – никому в Умбаре до этого не было дела, разве только какой-нибудь престарелый маразматик из столоначальников растроганно прошамкает: «Вот ругаем мы нашу молодежь, а она, оказывается, ого-го!.. Орлы! На благо Отечества...»

...Тангорн отложил составленный Элвис список из примерно трех десятков вернувшихся и в глубокой задумчивости наблюдал теперь за чайкой, неотступно следовавшей за кормою «Летучей рыбки». Она совершенно неподвижно висела в голубой ветреной бездне, напоминая собою галочку на полях; ту самую галочку, коей надлежит сейчас пометить одно из имен в списке – того, с кем предстоит работать. И дело тут не в трудностях конкретного выбора; печаль состояла в том, что ребята эти – исходя из того немногого, что ему удалось узнать, – были ему по-настоящему симпатичны. Идеалисты-бессребреники, чья честность сравнима только с их же наивностью... К сожалению, втолковать им, что в самом Лориене (в настоящем, а не в том, что выстроен их юношеским воображением), насколько можно судить, ни свободой, ни бессословным равенством даже не пахнет и что взрастившая их – на свою голову – «продажная прогнившая псевдодемократия» все-таки имеет ряд преимуществ перед теократической диктатурой, не представлялось возможным.

Итак, он ищет самых симпатичных и, может быть, самых близких ему по духу людей Умбара.

Он ищет их, чтобы убить.

Как там говаривал Халаддин? «Оправдывает ли цель средства – задача в общем виде нерешаемая»...

ГЛАВА 45

Умбар, улица Фонарная.
Ночь с 14 на 15 июня 3019 года

Умбарцы в один голос утверждают, что человек, не видавший Большого Карнавала, не видел вообще ничего в этой жизни; звучит, наверное, излишне категорично – однако основания для того имеются... Дело тут вовсе не в красоте ночных фейерверков и костюмированных шествий, хотя они великолепны и сами по себе: неизмеримо важнее иное.

Второе воскресенье июня – день, когда разлетаются в пыль все сословные перегородки общества: уличные девки обращаются в благородных барышень, а барышни – в девок, пара же комедиантов, которые представляют в лицах анекдот из жизни славящихся своим тупоумием горцев Полуострова, запросто могут оказаться на поверку один сенатором, а второй – членом гильдии нищих; это день, когда время обращается вспять и всякий может заново обрести свою восхитительно легкомысленную юность – как теплые ласковые губы незнакомой девушки в черной полумаске, которую ты похитил в танцевальном вихре у ее предыдущего кавалера: день, когда наживаться грешно, а воровать – западло. В этот день всем дозволяется все – кроме одного-единственного: нарушать инкогнито партнера...

В этом смысле действия пары благородных господ, отставших от увитого серпантином хоровода, который под треск петард удалялся вдоль Фонарной улицы от места ее пересечения с Мятным переулком, следует признать предосудительными – хотя совершались оные действия, похоже, с самыми благими намерениями. Эти двое – один в разноцветном трико циркового гимнаста, другой с головы до ног увешанный бубенчиками шута – склонились над лежащим на земле человеком, одетым в сине-золотой плащ звездочета. Они не слишком умело пытались привести того в чувство («Эй, мужик, ты че?»), снявши с него при этом серебристую маску; чувствовалось, что и сами «спасатели» едва стоят на ногах.

Тут из переулка навстречу им выпорхнула щебечущая стайка из трех девушек в домино разного цвета.

– Кавалеры, кавалеры! – загомонили они, хлопая в ладоши. – И как раз по штуке на каждую! Чур, гимнаст мой! Пойдешь со мною, красавчик?

– Легче на поворотах, подруги, – отмахнулся тот. – Видите – нашего третьего кореша чего-то совсем развезло...

– Бедненький... Перебрал, да?

– Без понятия. Так вроде классно выступал в хороводе и вдруг ни с того ни с сего оп-па – и уже в дровах. Вроде и пил-то немного...

– А если я верну его к жизни поцелуем? – кокетливо проворковало синее домино.

– Сделай одолжение, крошка! – ухмыльнулся шут – Может, проблюется – оно знаешь как пользительно...

– Фу, какие вы... – обиделась девушка.

– Ладно, красотки, не дуйтесь как мыши на крупу, – примирительно рассмеялся гимнаст и твердою рукой приобнял бордовое домино несколько ниже талии (за что был немедленно вознагражден томным: «Ах, нахал!..») – Все вы, девицы, совершеннейшая прелесть, мы вас любим до умопомрачения, и все такое... Выпить нету? Жалко... Тогда сейчас сделаем как – вы двигайте по Мятному на набережную, там возьмите на лотках нурнонского на всю нашу компанию, – с этими словами он протянул девушке кошелек, набитый мелким серебром, – а главное – забейте местечко поближе к музыкантам. А мы вас нагоним через пять минут – только оттащим эту пьянь зеленую во-он в тот скверик, пускай подремлет на травке... Вот же, блин, навязался на нашу голову!..

А когда девушки, звонко цокая каблучками по брусчатке, скрылись в переулке, шут, будто бы еще не веря себе, покрутил головою и перевел дух:

– Уф-ф! Я уж решил – все, придется их мочить...

– Да, я знаю – ты у нас любитель простых и быстрых решений, – проворчал гимнаст, – за тобою гляди в оба... А вот куда б мы тут три трупа девали – это в твою умную голову не приходило?

– Ума не приложу, – честно развел руками тот. – Ну дык что, командир? Вроде как проехали?

– Не факт. Так что мочить – не мочить, но вот потопать за ними следует... Хрен его знает, что за девки, хотя на прикрытие не похоже. Двигай-ка следом за ними на набережную, и если что – немедленно назад.

– А вы? В одиночку-то...

– Манценилла – штука верная, парень оклемается не раньше, чем через час. Подсоби-ка взвалить его на загривок, – с этими словами гимнаст опустился на колено рядом с неподвижным звездочетом, – а уж сотню ярдов до нашего крылечка я как-нибудь сам осилю.

...Звездочет всплывал из своего наркотического оцепенения медленно и тяжко; однако едва лишь он начинал подавать признаки жизни, как ему зажали ноздри и влили в раскрывшийся рот флакон стимулятора на основе колы – время уже поджимало, надо было поторапливаться с допросом. Он мучительно закашлялся (часть обжигающей жидкости попала не в то горло) и открыл глаза: с первого же взгляда он понял, куда попал, – да и чего тут было не понять... Помещение без окон (но скорее все же цокольный этаж, чем подвал), двое в карнавальных костюмах – циркового гимнаста и шута; постой-ка... ну да – они же отплясывали вместе с ним в одном хороводе, а потом – точно! – именно этот гимнаст и дал ему глотнуть вина из стеклянной фляги с выдавленными на ней веселыми дальневосходными дракончиками... Хорошее вино – только вот с пары глотков вырубаешься напрочь, а потом оказываешься неведомо где, и руки твои уже наглухо примотаны к подлокотникам кресла, а на табурете перед тобою красуется жестяной тазик с инструментами, при одном взгляде на которые все внутренности как будто окунаются в ледяную слизь... Но как же так – он ведь точно помнит, что гимнаст и сам отхлебывал вино из той фляги... Противоядие?.. А, черт, какая теперь разница, важно – кто они такие... Департамент? Или все же Приморская, 12? Он перевел взгляд на озаряемое багровыми отблесками лицо шута, который деловито шуровал в угольях, заполняющих большую напольную жаровню, и его передернуло ознобом – да так, что едва не свело мышцы между лопаток.

– Господин Альгали, младший секретарь МИД, если я не ошибаюсь? – нарушил молчание гимнаст: он сидел чуть в отдалении, внимательно разглядывая своего пленника.

– Не ошибаетесь. С кем имею честь? – Тот, похоже, уже овладел собою и внешне не выказывал страха – одно лишь удивление.

– Мое имя вам все равно ничего не скажет. Я представляю тайную стражу Воссоединенного Королевства и надеюсь на сотрудничество с вами. Здесь, конечно, обстановка не столь роскошная, как на Приморской, 12, но подвал мало чем уступит тамошнему...

– Странные у вас методы вербовки агентуры, право слово, – пожал плечами Альгали, и в глазах его промелькнуло что-то вроде облегчения. – Пора бы уж вам понять: здесь, на Юге, любую вещь проще купить, нежели отнимать силой. Вы хотите заполучить меня в свою сеть? Да сколько угодно! Чего ради было устраивать этот идиотский спектакль?

– Спектакль вовсе не так уж глуп, как может показаться. Нам ведь нужны не документы по обстановке в Кханде, к коим вы имеете доступ по службе, а нечто совсем иное.

– Не понял... – озадаченно приподнял бровь секретарь.

– Да ладно осину-то гнуть! Все ты уже понял, если не дурак... Нам нужна эльфийская сеть, в которой ты состоишь, – имена, явки, пароли. Ну?!!

– Эльфийская сеть? Да вы чего, ребята, кокнара нанюхались? – небрежно хмыкнул Альгали – пожалуй, чуть более небрежно, чем следовало бы по обстановке.

– А теперь послушай меня – только очень внимательно. Прибегать в нашей беседе ко всему этому, – гимнаст широким жестом обвел тазик и жаровню, – мне страсть как не хочется. Вариантов тут два. Либо ты сам выкладываешь все, что тебе известно, после чего возвращаешься домой и дальше спокойно работаешь на нас. Либо ты опять-таки выкладываешь все – но уже с нашей помощью, – тут он опять кивнул на жаровню, – и тогда ты отсюда уже не выйдешь: видок у тебя после этого будет сам понимаешь какой, зачем лишний раз травмировать чувства твоих эльфийских дружков? Мне больше нравится первый вариант, а как тебе?..

– Мне тоже. Только вот сказать мне все равно нечего – что так, что эдак. Вы промахнулись – я просто не тот, кто вам нужен.

– Это твое последнее слово? Я имею в виду – последнее до того, как мы начнем?

– Да. Это ошибка – я и слыхом не слыхивал ни про какую эльфийскую сеть.

– А вот тут ты прокололся, парень. – Голос гимнаста рассыпался удовлетворенным смешком. – Понимаешь, будь ты нормальным умбарским чиновником, так ты бы сейчас бился в истерике, умываясь соплями, либо начал тут же сочинять эту самую сеть из головы. Мы, конечно, отлавливали бы тебя на вранье, ты начинал бы плести сызнова... А ты отчего-то даже не пытаешься потянуть время. Так что если у меня и были сомнения насчет тебя – теперь все ясно. Имеешь что возразить?

Альгали молчал – говорить было не о чем и незачем. А главное – на него снизошла неведомо откуда странная безмятежность. Сила, частичкою которой он себя сознавал, пришла ему на помощь; он почти физически ощутил ее присутствие – будто бы прикосновение теплых материнских ладоней: «Потерпи, сынок! Надо потерпеть – это будет совсем недолго и не так уж страшно... Не бойся, я здесь, с тобой!» И – удивительное дело – незримое присутствие этой силы не укрылось и от гимнаста; ему хватило одного лишь взгляда на отрешенную улыбку Альгали, чтобы безошибочно понять: все! – ускользнул, гад, протек между пальцев. Теперь тот уже не в его власти, дальше можно делать с ним все что угодно – умрет, не проронив ни слова. Такое случается; нечасто, но случается... И тогда он просто ударил по лицу привязанного к креслу человека, вложив в этот удар всю свою ярость: «А, сволочь, подстилка ты эльфийская!!!» – расписавшись в полном своем поражении.

– "Эльфийская подстилка?" Как интересно!..

Никто и не заметил, как в дверь проскользнул четвертый ряженый, в костюме разбойника-маштанга. Впрочем, маштангов меч был явно не маскарадных достоинств: обрушившись рукоятью на темечко гимнаста, он разом выключил того из дальнейших событий. Шут тем временем успел отскочить в сторону и обнажить свой клинок, но это ему мало чем помогло: слишком уж разным был класс фехтовальщиков, так что гостю не понадобилось и десяти секунд, чтобы длинным диагональным выпадом вспороть грудь хозяина – так, что брызнувшая во все стороны кровь попала и на звездочета. Аккуратно обтерев лезвие меча подобранной с полу тряпкой, маштанг с хмурым удивлением разглядывал пленника:

– Насколько я понимаю, прекрасный сэр, эти ребята лепили вам принадлежность к эльфийскому подполью. Это так?

ГЛАВА 46

– Не понимаю, о чем вы говорите. – Дикция Альгали оставляла желать лучшего: он сейчас ощупывал языком шатающиеся зубы, пытаясь оценить масштабы урона.

– Черт побери, юноша, я ведь не полный дурак, чтобы спрашивать – принадлежите ли вы к подполью! Я спрашиваю – чего от вас хотели люди из тайной стражи Арагорна?

Альгали молчал, пытаясь разобраться в ситуации. Все это отчетливо смахивало на скверный спектакль, где отважный избавитель («весь в белом») является из каминной трубы аккурат в тот самый миг, когда принцесса уже угодила в волосатые лапы главаря разбойников, но лишиться невинности странным образом еще не успела... Точнее –

смахивало бы, кабы не ряд обстоятельств: меч, которым маштанг разрезал к тому времени стягивающие его ремни, был самым настоящим, удар, нанесенный этим мечом в грудь шута, был – судя по звуку – тоже настоящим, а кровь, капли которой Альгали отер со своей правой щеки, была действительно кровью, а не клюквенным соком... В общем, похоже, он и в самом деле ненароком угодил в чью-то чужую разборку: ну что ж – хуже, чем было, не будет.

– Кстати, меня зовут барон Тангорн. А как ваше имя, прелестное дитя?

– Альгали, младший секретарь МИД, к вашим услугам.

– Очень приятно. Так вот, давайте разберем ситуацию. Мое появление в этом особняке смотрится как несомненный «рояль в кустах» – такие совпадения могут случаться только в книжках, так что я кажусь вам персонажем до крайности подозрительным...

– О, отчего же – я чрезвычайно признателен вам, барон, – с преувеличенной церемонностью поклонился Альгали. – Если бы не ваше благородное вмешательство, меня наверняка ждал бы довольно скверный конец. Эти люди, верите ли, вбили себе в голову, будто я состою в какой-то эльфийской организации...

– А теперь давайте поглядим на все это с моей точки зрения. Я – уж извините – буду исходить из того, что мои гондорские коллеги не ошиблись... И попрошу меня не перебивать! – Тут в голосе маштанга отчетливо звякнул командный металл. – Итак, я прибыл в Умбар из Итилиена со специальной миссией: установить контакт с эльфами и довести до их сведения некую жизненно важную информацию – понятное дело, не задаром. К сожалению, о моей миссии стало известно Арагорну, который желает воспрепятствовать передаче этих сведений – для него это тоже вопрос жизни и смерти. Его тайная стража начала за мною охоту. Третьего числа они пытались взять меня в таверне «Морской конек», и с той поры мы с ними играем в кошки-мышки по всему городу: правда, по ходу игры мышка вдруг обернулась скорпионом – им эти развлечения обошлись в семь покойников... да считая этого, – он небрежно кивнул в направлении шута, – уже восемь... Так вот, нынче вечером я наконец-то нащупал одну из их конспиративных квартир, Фонарная, 4; натурально, наношу им визит. И что же является моим очам? Люди из тайной стражи самозабвенно, начисто забыв о внешней охране особняка, допрашивают человека якобы из эльфийской сети – той самой сети, выход на которую я безуспешно ищу вот уже две недели... Так как там насчет «роялей в кустах»? И которое из двух наших «совпадений» смотрится более подозрительным?

– Ну, если рассуждать теоретически...

– О, разумеется, теоретически! Мы ведь договорились, что ваша принадлежность к эльфийской сети – не более чем условное допущение... Так вот, я, несмотря ни на что, склонен верить в вашу историю; если честно – мне просто не из чего выбирать. Для начала вам необходимо спрятаться...

– И не подумаю даже! Мне эти ваши шпионские игры...

– Слушай, ты что – идиот? Раз уж ты попал в поле зрения людей с Приморской, 12, – все, полный привет! Ты докажешь им свою непричастность к эльфийской сети, лишь умерев под пыткой; тогда они разведут руками и скажут: «Это ж надо – обознались...» Так что, даже если ты и вправду ни сном ни духом, ищи щелку, где отсидеться; и я – заметь – совершенно не склонен вникать в твои проблемы и предлагать тебе собственные захоронки... А вот если ты из эльфийского подполья, тебе после такого «чудесного освобождения» предстоит долго и муторно объясняться с вашей собственной службой безопасности – или как она там у вас называется. Тогда ты просто изложишь им все, чему был свидетелем, и скажешь следующее: барон Тангорн из Итилиена ищет связь с Эландаром...

– Впервые слышу такое имя.

– А ты и не мог его слышать – тебе это не по чину. Так вот, если твое начальство сочтет дело стоящим, жду тебя в семь вечера по пятницам в ресторане «Зеленая макрель». Но обязательно передай: я не стану иметь дело ни с кем, кроме самого Эландара, – шестерки меня не устраивают.

А когда маштанг вывел звездочета на крылечко особняка, в ночь, пронизанную вспышками карнавальных фейерверков, он напоследок остановил своего подопечного:

– Обожди. Во-первых, запомни дом, номер и все такое – это, поверь, тебе пригодится. Во-вторых... Когда я выясню у этого самого гимнаста, каким образом Приморская, 12, вышла на младшего секретаря МИД Альгали, я запечатаю его письменные показания в пакет, который будет ждать тебя в Харманской слободе, в доме Мамаши Мадино... Ну ладно, парень, двигай, а я пошел беседовать с нашим общим приятелем – пока там угольки в жаровне не совсем остыли...

Не похоже было, однако, чтобы младший секретарь всерьез проникся предостережениями маштанга. Он некоторое время слонялся по ночным улицам (надо полагать – пытался «обнаружить слежку»; смех, да и только!), а потом зашел в бар «Падучая звезда», издавна облюбованный всякого рода артистической и прибогемной публикой; там и всегда-то было шумно, а уж в карнавальную ночь было просто не протолкнуться. Здесь, на свету, сразу стало видно, что пережитое приключение не прошло для Альгали даром: у него, например, заметно дрожали руки. Ожидая у стойки, пока бармен смешает ему «Незабудку» – сложный коктейль из одиннадцати компонентов, – он механически складывал столбик из монеток, но пальцы не слушались и столбик дважды обрушивался; поглядевший на эти архитектурные экзерсисы бармен крякнул и отставил коктейль в сторонку:

«Давай-ка я тебе, парень, стакан рома нацежу – так-то оно будет лучше...» Пару часов он прокемарил в уголке, не вступая ни с кем ни в какие разговоры; затем вдруг заказал себе второй коктейль, после чего выбрался наружу и переулками вышел на совершенно безлюдный в этот предрассветный час мост Исполненных желаний. И исчез.

Если кто-то следил за Альгали, он наверняка помянул бы на этом месте нечистую силу: только что вот был человек – и нету... В принципе можно допустить, например, прыжок в проходящую под мостом гондолу, однако висячий мост Исполненных желаний имеет пролет в тридцать футов высотой; вряд ли МИДовский клерк способен на такого рода цирковые эскапады, да и синхронизация действий тут должна быть просто запредельная – а откуда ей взяться?.. Впрочем, все прочие варианты объяснения были ничуть не менее фантастичны; можно, конечно, многозначительно произнести: «Эльфийская магия!» – однако навряд ли эти слова что-нибудь объясняют: короче говоря, каким именно образом Альгали добрался до неприметного рыбацкого домика на берегу Барангарской бухты, осталось загадкой.

По прошествии пары часов он стоял посреди хижины, совершенно раздетый, раскинув руки и закрыв глаза. Тоненькая черноволосая девушка, чем-то похожая на печальную птичку вивино, медленно, почти не касаясь, вела раскрытые ладони вдоль спины Альгали. Обследовав таким образом все его тело, девушка отрицательно покачала головой: «Все чисто, никакой магической пыли».

– Спасибо тебе, маленькая! – У человека, что сидел в углу на рассохшемся бочонке, было жесткое, спокойное лицо капитана, стоящего на сотрясаемом штормом мостике. – Устала?

– Не так чтобы очень. – Она пыталась улыбнуться, но улыбка вышла совсем уж бледной.

– Отдохни с часок...

– Я не устала, правда!

– Отдыхай. Это приказ. Потом еще раз проверишь его одежду – каждую нитку: я все же опасаюсь, что ему всадили «маячок»... Ну а ты что скажешь? – обернулся он к парню в карнавальном костюме летучей мыши.

– Контрнаблюдение слежки не выявило – по крайней мере от «Падучей звезды» до моста. Я прошел следом за ним (так и так надо было отвязать веревочную лестницу, по которой он спускался в гондолу) – все чисто.

– Были проблемы?

– Никаких. Как только пришел сигнал тревоги – коктейль «Незабудка» плюс рассыпающийся монетный столбик, – мы подняли группу прикрытия. Бармен за вторым коктейлем передал ему, на котором по счету столбике мостового ограждения искать лестницу, и все прошло без сучка без задоринки.

– Ладно. Пока все свободны. А вы, Альгали, накиньте на себя что-нибудь, присаживайтесь и начинайте свое повествование. Слушаю вас внимательно.

...Проводив взглядом удаляющегося по Фонарной МИДовского секретаря, человек, представившийся ему бароном Тангорном (а это был действительно он), вернулся в дом. На полуподвальном этаже вовсю кипела работа: гимнаст и шут – живые и здоровые – тщательно прибирали помещение. Шут уже успел стащить с себя окровавленную одежду (свиная кровь была налита в спрятанный за пазуху пузырь, который и рассек меч барона) и теперь, кривясь от боли, снимал поддетую под нее мифриловую кольчугу. Увидав Тангорна, он повернулся боком, демонстрируя тому наливающийся лиловым отек:

– Что ж ты делаешь, командир! Гадом буду – ты мне ребро сломал!

– За те дунганы, что ты огреб, можно и потерпеть. Если

намекаешь на прибавку – перебьешься.

– Не, ну ты в натуре!.. Ткнул бы аккуратненько – и все дела; захреном было лепить со всей дури? А кабы кольчужка твоя порвалась?

– Так ведь не порвалась же, – равнодушно отозвался барон. – Давай-ка, кстати, ее сюда.

Кольчугу он предварительно выкрасил черной эмалью, так что она теперь по виду не отличалась от старинного мордорского доспеха мелкого плетения – демонстрировать подельникам мифрил в его планы никак не входило.

– Инспектор! – окликнул он гимнаста, тщательно счищавшего тем временем кровяные брызги со спинки кресла. – Не забудьте вернуть на место жаровню.

– Послушайте, барон, – раздраженно отозвался тот, – не надо меня учить, как затирать следы!.. – после чего воспроизвел (и вполне к месту – как вынужден был признать про себя Тангорн) известные поговорки про оборзевшего сынка, вознамерившегося давать отцу сексологические рекомендации, и про то, что заниматься любовью прямо посреди набережной Трех Звезд не следует главным образом по той причине, что окружающие замучают своими советами.

– А это все вы где раздобыли? – Тангорн повертел в руках зловещего вида щипцы, извлеченные им наугад из груды в жестяном тазу.

– Купил за три кастамирки у базарного зубодера все его хозяйство, ну и еще добавил кой-чего из слесарного инструмента. Чуть заляпал засохшей кровью – и вполне товарный вид, если особо не вглядываться...

– Ладно, орлы. Благодарю за службу. – С этими словами он отдал Ваддари и его подручному по мешочку с золотом. – Сколько вам еще нужно времени на приборку? Минут десяти хватит? – Инспектор что-то прикинул в уме и кивнул. – Отлично. Твой корабль, – тут барон обернулся к шуту, – отплывает с рассветом; в тех краях пятидесяти дунганов вполне хватит, чтоб завести питейное заведение либо постоялый двор и навсегда позабыть об Умбаре – и об умбарских сыщиках, верно? Только не советую публиковать мемуары о событиях нынешней ночи...

– А че это такое – «публиковать мемуары», а, командир?

– Это когда начинают по пьяному делу травить истории из своей жизни. Или – от большого ума – отправляют письмецо в полицию...

– Ты базар-то фильтруй, слышь, командир! – вскинулся тот. – Чтоб я когда-нибудь подельников закладывал...

– Вот и продолжай в том же духе. И имей в виду: Хромой Виттано мне кое-чем обязан и числит себя моим побратимом, так что в случ-чего он тебя достанет не то что в Вендотении – на Заокраинном Западе.

– Обижаешь, командир...

– Я не обижаю – просто остерегаю от ошибок. А то знаешь, у людей частенько возникает такой соблазн – дважды получить плату за одну и ту же работу... Все, орлы, счастливо оставаться. От души надеюсь, что мы больше не встретимся.

С этими словами барон двинулся было прочь, но в дверях замер и простоял пару секунд как бы в нерешительности: для той работы, что предстояла ему сейчас на верхнем этаже особняка, определенно требовалось собраться с духом.

ГЛАВА 47

Дело в том, что дом на Фонарной, 4, действительно был конспиративной квартирой гондорской резидентуры, только вот настоящие ее хозяева, два сержанта тайной стражи, никакого участия в описанных выше событиях не принимали: все это время они провели в гостиной наверху – спеленутые по рукам и ногам и с кляпами во рту. Сержанты были захвачены врасплох в ходе молниеносной операции, разработанной Ваддари с Тангорном и осуществленной ими при участии налетчика по кличке Свинчатка, которому приспела пора срочно менять умбарский климат. Третий подельник понадобился барону не только из-за своих профессиональных навыков, но и затем, чтобы число похитителей Альгали совпало с числом подлинных обитателей Фонарной, 4. А поскольку по ходу инсценировки один из двух похитителей был «убит» Тангорном, то теперь расстаться с жизнью от удара меча – только уже взаправду – предстояло одному из сержантов... «Воистину, Мир есть Текст, – подумал мельком барон, толкнув дверь гостинной, – и никуда от этого не деться».

– Ну что, орелики, узнаете? – Тангорн был теперь без маски, и, пока он освобождал своих пленников от кляпов, те имели полную возможность разглядеть его, сравнивая натуру с розыскными ориентировками; по тому, как съежился один и окаменел лицом второй, было ясно: узнали и ничего хорошего для себя не ждут. – Потолкуем по душам, или сразу рубить вас на гуляш?

Тот, что поначалу съежился, разразился теперь бессвязными проклятиями – видно было, что он отчаянно пытается заглушить свой страх. А вот второй, по всему видать, был крутым парнем: он глядел прямо и твердо, а потом разлепил губы и как будто забил по шляпку:

– Делай свое дело, гад! Только помни – рано или поздно мы все равно до тебя доберемся. И повесим за ноги, как и полагается с предателями...

– Да, наверное, так оно и будет... со временем, – пожал плечами барон, извлекая из ножен меч (что ж, теперь выбор ясен). – Вот только тебя среди этих «мы» не будет, уж это я гарантирую.

С этими словами он вонзил клинок в грудь пленника и тут же выдернул его обратно; брызнуло так, что просто прелесть... За эти годы «Третий меч Гондора» искрошил в боях тьму народа, но никогда еще ему не доводилось хладнокровно убивать безоружного и беспомощного человека, пусть даже и смертельного врага; он ясно понимал, что делает еще один шаг за ту грань, откуда не бывает возврата, но выбора уже не было. Единственное, что он себе позволил, – нанести удар точно в правую верхнюю часть груди: с такими ранениями иногда выживают, и если парень крепко дружен с Удачей, то, может, и выкарабкается. Труп как таковой барону был ни к чему – однако рана должна быть настоящая, чтобы у эльфов потом не возникло подозрения, что это все любительский спектакль.

Когда же он, сжимая окровавленный меч, обернулся ко второму сержанту, тот судорожно заскреб по полу связанными ногами в тщетной попытке отползти и, как выразился бы Свинчатка, «раскололся до самой жопы»: а ведь говорят, будто от перемены мест слагаемых сумма не меняется... Меняется, да еще как! Тангорну пришлось даже прервать поток его откровений, ибо все эти сведения о делах и делишках Приморской, 12, его сейчас не слишком интересовали.

– Ладно. А как давно ваша резидентура начала разрабатывать эльфийское подполье?

– Я про такое даже и не слыхал. Может, другие...

– Как это – «не слыхал»? А эльфа-то тогда вы зачем похищали? – пришибленно озадачился тот.

– Какого такого эльфа?

– Ну, не эльфа – человека из эльфийского подполья... которого я только что выпустил из вашего подвала.

– Я... я не понимаю! Мы и слыхом не слыхивали ни про каких эльфов!

– Ага! – зловеще усмехнулся Тангорн. – У меня, стало быть, глюки... Или, может, его кто-то тайком подбросил к вам в подвал, а?

– Послушайте, я рассказал все, что знаю, если я попадусь в руки Марандила – мне конец. Какой мне смысл врать?

– Ну ладно, хватит мне вола крутить! Я, если хочешь знать, и на вашу берлогу-то вышел, наблюдая за тем парнем из эльфийского подполья – Альгали, младший секретарь МИДа. Так что я своими глазами видел, как двое ребятишек в карнавальных костюмах угостили его какой-то отравой, а потом заволокли в ваш особнячок. Ну, тут я и решил нанести визит... Или, может, тут где-то прячутся за портьерами еще двое ваших, а?

– Да нет же, клянусь вам чем угодно! Мы никого не похищали!.. – Глаза у сержанта стали совершенно безумными – было от чего.

– Так... Похоже, я наконец-то наткнулся на нечто стоящее в той груде объедков, что ты пытаешься мне скормить. Надо думать, это – ваша основная операция и ради ее прикрытия вы готовы пожертвовать чем угодно... Только я теперь заинтересовался этой историей всерьез: не рассчитывай, что ты сумеешь сдохнуть так же легко и быстро, как твой напарник! Знаешь, что я проделаю с тобой для начала?..

Сержант относился к категории людей, у которых от страха голова начинает варить куда лучше, чем в спокойном состоянии. Дабы избегнуть того кошмара, который посулил ему барон, он молниеносно сочинил свою версию: мол, так и так – схватили младшего секретаря МИД Альгали, действуя по устному, не оформленному документацией приказу Марандила... Тангорн уличал его в расхождениях, тот тут же вносил в свое повествование соответствующие коррективы – и так до тех пор, пока история эта не обрела логическую стройность и должное правдоподобие. А в действительности барон, искусно задавая наводящие вопросы, попросту заставил сержанта выстроить ту самую легенду, которую сам же и разработал в предшествующие дни...

Когда тот изложил все это на бумаге – причем дважды, Тангорн связал его по-новой, забрал жетоны обоих сержантов (разговорчивого, как выяснилось, звали Араван, а крутого – Моримир: снимая цепочку с его шеи, барон прикоснулся к сонной артерии – пульс, по крайней мере пока, прощупывается) и покинул дом, провожаемый истошными воплями своего подневольного собеседника: «Развяжи меня!! Дай мне уйти!!» Впрочем, попасть в руки своих корешей с Приморской, 12, тому следовало, по замыслу Тангорна, чем позже, тем лучше: барон не поленился отыскать постового полисмена (что в карнавальную ночь отнюдь не просто) и довел до его сведения, что в доме на Фонарной, 4, приоткрыта дверь, а изнутри доносятся крики о помощи: «На шутку вроде не похоже – может, кто хулиганит по пьяному делу?» Затем он запечатал в пакет, предназначенный для передачи в Хармианскую слободу, показания Аравана вместе с его жетоном. Копию же показаний завтра утром получит посол Воссоединенного Королевства: пускай-ка они с Марандилом как следует поломают голову – что бы это все значило: недоумение, как всем известно, порождает бездействие...

На «Летучую рыбку» Тангорн возвратился, когда уже совсем рассвело, и тут же заснул каменным сном. Дело сделано – теперь осталось только ждать: заброшенная наживка – подлинное имя одного из главарей подполья – столь вкусна, что эльфы просто не могут проигнорировать встречу: они придут хотя бы затем, чтобы его убрать... Надо думать, эльфийская проверка займет несколько дней, так что в «Зеленой макрели» ему следует появиться лишь в следующую пятницу, двадцатого; теперь у него вдосталь времени, чтобы продумать и беседу с Эландаром, и прикрытие с путями отхода.

– ...А беседовать он станет лишь с самим Эландаром – шестерки его, видите ли, не устраивают...

– Вы сошли с ума! – Взор Великого Магистра был ужасен. – Он не может знать этого имени, да и никто вне Лориена не может!

– И тем не менее это так, мессир. Следует ли нам идти с

ним на контакт?

– Разумеется. Только не вам, а мне самому – дело слишком серьезное. Либо у него в самом деле есть какая-то важная информация – и тогда надо ее добыть, либо он нас провоцирует – и тогда необходимо его ликвидировать, пока не поздно... Сколько времени понадобится вашей службе безопасности, чтобы проверить эту странную историю с чудесным освобождением?

– Думаю, четырех дней хватит, мессир. В принципе в эту пятницу уже можно будет идти в «Зеленую макрель».

– И еще одно. Этот Альгали... Он слышал имя, которое ему знать не положено. Озаботьтесь, чтобы он его не разболтал – никому и никогда.

– Так точно, мессир. – Шеф службы безопасности на секунду отвел глаза в сторону. – Если вы считаете это необходимым...

– Да, считаю. Этот парень засвечен до кишок: за ним сейчас начнут охоту и тайная стража, и ДСД, а мы не вправе подвергать риску все подполье... Знаю, знаю, что вы сейчас подумали: «Кабы речь шла не о человеке, а об эльфе, так ты небось рассудил бы по иному...» Верно?

– Никак нет, мессир, – деревянным голосом откликнулся тот. – Безопасность Организации – превыше всего, это азбука. Я лишь хотел напомнить, что идти на связь с Тангорном должен именно Альгали и забирать пакет в Хармианской слободе – тоже он. Так что с этой акцией придется повременить минимум до пятницы...

Да, с мимолетной гордостью подумал Великий Магистр, классно мы их воспитали, и всего за каких-то два года. Произносишь магическую фразу: «Есть такое слово – надо», и никаких тебе вопросов; кто бы мог подумать, что все эти гуманисты-свободолюбцы будут столь самозабвенно щелкать каблуками и брать под козырек – находя в том глубокий сакральный смысл, недоступный их слабым цивильным мозгам... Впрочем, если вдуматься, этому Альгали еще повезло. Все равно они – покойники, все до единого, но только он умрет счастливым, исполненным иллюзий и веры в светлое будущее, а тем перед смертью придется полюбоваться на дело рук своих и понять, кому они на самом деле мостили дорогу...

– Бочка гною!!! С тех гондорских недоумков взятки

гладки, но вы-то куда глядели, Джакузи?!

Вице-директор по оперативной работе нечасто лицезрел шефа в таком состоянии. Отчет о Тангорновом ночном налете на Фонарную, 4, довел Альмандина до крайнего градуса ярости; да и новости о минас-тиритской ситуации, только что сообщенные ему Димитриадисом, третьим вице-директором ДСД (политическая разведка), тоже, видать, не улучшали настроения...

– Вы хоть понимаете, что этот псих со своей вендеттой не сегодня-завтра похоронит Марандила, а вместе с ним и всю операцию «Сирокко»?!

– Боюсь, это никакая не вендетта, а Тангорн – отнюдь не псих, просто мы не в состоянии разгадать его план... Фантастика, но этот любитель продолжает выигрывать кон за коном! В пору поверить, что ему помогают Высшие Силы...

– Ну ладно, хватит разводить мистику!.. Что там с капитаном?

– Если барон хотел его сломать, это удалось в полной мере. А письменные показания Аравана беднягу просто добили: клянется, что не отдавал никакого приказа похитить Альгали и вообще ни сном ни духом...

Какой-то бред! Может, что-то прояснят показания самого этого эльфинара, когда мы его разыщем...

– Альгали оставьте в покое! – бросил Альмандин. – К обеспечению безопасности вашего агента Марандила это не имеет отношения. Вам все ясно?

– Так точно! – угрюмо глядя в стол, отвечал оперативник.

Опять он упирается лбом в ту же самую стену. Два года назад, когда он положил на стол директора ДСД первые материалы по проэльфийским организациям Умбара, ему было приказано немедля свернуть оперразработки по этому направлению и законсервировать уже внедренную агентуру. С той поры он буквально повсюду натыкается на следы этих конспиративных структур, будто на россыпи мышиного помета в старом комоде, но всякий раз получает указание не лезть со своим суконным сыщицким рылом в калашный ряд Высокой политики: «Это все по линии Димитриадиса». Надо думать, шефа политической разведки в ту же самую пору и в тех же примерно выражениях информировли, что «это все по линии Джакузи», однако проверить эту догадку не представлялось возможным: приватные консультации между двумя вице-директорами (равно как и любые такого рода контакты между сотрудниками вне их служебной подчиненности) были категорически исключены правилами Департамента – это каралось как отступление от умберто... «Ладно, – решил он в какой-то момент с удивившим его самого чувством облегчения, – наверное, у Альмандина есть свои резоны, невидимые с моего уровня информированности, – тайный стратегический союз с эльфами против Гондора или что-то вроде... В конце концов, я – сыщик – свою работу выполнил, а дальше пускай думает руководство с аналитиками. Как говаривал незабвенный Жестянщик: „Наше дело – прокукарекать, а там хоть не рассветай“...»

– Как вы полагаете, Джакузи, – способен капитан продолжать работу?

– Он сейчас абсолютно деморализован; хнычет и умоляет, чтобы ему позволили немедленно бежать – как было когда-то уговорено...

– Вот именно! – Директор в раздражении прихлопнул ладонью утреннюю шифровку из штаба Карнеро. – Покрывать то, что творится в Барангарской бухте, Марандилу и без того с каждым днем все труднее: подчиненные-то его не слепые... – «Подчиненные не слепые... Это не про меня ли с эльфами?» – шевельнулось было в голове у Джакузи, но он поспешно шарахнулся от этой мысли. – А тут еще целая цепочка громких провалов с кучей трупов – по милости этого итилиенского авантюриста. Не сегодня-завтра с нашего капитана сорвут офицерские шнуры и отдадут под суд... Короче говоря, немедля найдите Тангорна и изолируйте его любой ценою – любой, ясно? Сможете сделать это бескровно – ради Бога, нет – ликвидируйте его к чертовой матери, и дело с концом! Теперь насчет гондорской резидентуры. Способны ли мы в случае чего просто-напросто блокировать все их каналы связи с Континентом – любые связи? И продлить эту блокаду вплоть до второй декады июля, когда начнется «Сирокко»?

– Думаю, да. Мы перекроем сухопутные пути через Чевелгар, а Макариони свяжется с береговой охраной, и они перейдут на усиленный вариант несения службы.

– Так. Теперь вот что: раз Тангорн все-таки в городе, то и Мангуст, надо полагать, тоже тут как тут. По этой части – есть что-нибудь новое?

– Как вам сказать... Появился один след, пока, правда, очень смутный. Понимаете, мои люди несколько последних дней не спускали глаз с Тангорновой подруги, Элвис. Так вот, обнаружилась довольно странная деталь; вроде бы мелочь, но...

...Самые банальные меры – такие, к примеру, как усиление режима патрулирования, – приводят иногда к совершенно нежданным результатам. Проглядывая поутру двадцатого числа ежедневную сводку происшествий, Джакузи наткнулся на рапорт береговой охраны: в ночь с девятнадцатого на двадцатое при попытке войти в Хармианскую бухту была захвачена фелюга известного контрабандиста Дядюшки Сарракеша «Летучая рыбка». Помимо самого шкипера, на борту находился экипаж из двух человек; трюм фелюги был абсолютно пуст, так что формальных оснований для ареста судна не имеется, к вечеру Сарракеша придется отпустить. В рапорте, однако, было отмечено, что «Летучая рыбка» пыталась уйти от пограничной галеры, двигаясь буквально впритирку с изобилующим мелями и рифами побережьем Полуострова; возможно, заключали пограничники, на фелюге имелся еще и пассажир, который, пользуясь темнотой, спрыгнул за борт и вплавь достиг берега.

Трудно сказать, чем именно эта банальная портовая история привлекла внимание вице-директора ДСД, скорее всего какое-то смутное предчувствие... Дядюшка Сарракеш, насколько он помнил, связан с заморро Хромого Виттано и специализируется на запрещенных законом поставках в Харад стального оружия в обмен на орехи кола, ввоз которых, в свой черед, составляет государственную монополию Республики. Кола – штука весьма дорогая, и объем возвратного контрабандного груза обыкновенно невелик (не более десятка зерновых мешков), выкинуть его за борт, чуть только завоняло паленым, – дело двух-трех минут, так что пустота трюма «Летучей рыбки» ничуть не удивила вице-директора. Странно другое: специально обученная полицейская собака действительно не учуяла на судне свежего запаха колы; это заставило его со всем вниманием отнестись к версии пограничников, что на самом деле единственным «грузом» фелюги был неведомый пассажир. В обычное время все это было бы сущей ерундой – но только не сейчас, когда Департамент со всей тщательностью перекрывал возможные каналы связи Приморской, 12, и разыскивал гондорских агентов-нелегалов из команды Мангуста. Джакузи счел, что в этот критический для страны момент шутки неуместны, и приказал подвергнуть захваченных контрабандистов активному допросу; спустя пару часов один из «племянников» Сарракеша сломался и описал их ушедшего вплавь пассажира, в коем Джакузи без труда узнал барона Тангорна.

Узнал – и выругался, кратко, но смачно, «малым морским загибом», поскольку понял: в обозримые сроки достать барона не представлятся возможным. Сарракеш родом с Полуострова, и Тангорна он, вне всякого сомнения, направил в один из тамошних горных поселков, к своей родне. Даже если точно узнать, где укрылся барон (а это весьма проблематично), – что в том проку? Горцы все равно никогда в жизни не выдадут беглеца полиции. Закон гостеприимства для жителей Полуострова свят и нерушим, торг с ними на этот предмет бесполезен; ну а чтобы добыть Тангорна силой, парою жандармов не обойдешься – тут понадобится серьезная войсковая операция, которую, естестественно, никто не санкционирует... Отправить в горы убийц-ниньокве? Как крайний вариант, конечно, годится, но... Ладно: рискнем подождать, пока барон попытается вернуться на Острова – зачем-то ведь ему приспичило прошлой ночью, невзирая на очевидную опасность, лезть на «Летучей рыбке» прямо в Хармианскую бухту: связь с контрабандистами Виттано он временно потерял, так что водный путь в город для него закрыт, а уж блокировать Длинную дамбу проще пареной репы.

– Найдите мне все, что у нас есть по родственным и дружеским связям Дядюшки Сарракеша, – распорядился вице-директор, вызвав своего референта. – Вряд ли на него заведено отдельное досье, так что придется прочесать все материалы по заморро Хромого Виттано. Теперь второе: кто у нас нынче ведает агентурной работой среди горцев Полуострова – Расшуа?..

ГЛАВА 48

Умбарский полуостров,
близ поселка Игуатальпа,
24 июня 3019 года

Ореховому дереву, в тени которого они устроили привал, было лет двести – никак не меньше; оно в одиночку держало своими корнями здоровенный участок склона по-над тропою, что ведет из Игуатальпы к перевалу, и с работою этой, похоже, справлялось превосходно: весенние дожди, небывало обильные в нынешнем году, не оставили здесь ни оползней, ни свежих промоин. Ветерок временами ерошил роскошную крону, и тогда солнечные блики начинали бесшумно капать сквозь нее на желтовато-кремовую палую листву, скопившуюся у подножия ствола меж основаниями могучих корней. Тангорн с наслаждением вытянулся на этом дивном ложе (все ж таки для его раненой ноги здешние тропы не подарок), откинулся на левый локоть и тут же ощутил под ним некое неудобство. Сучок? Камешек? Пару секунд барон расслабленно решал дилемму: то ли разворошить этот плотный эластичный ковер в поисках помехи, то ли плюнуть и сдвинуться самому чуть правее: оглянулся, вздохнул и передвинулся сам – нарушать здесь что-нибудь, пусть даже такую неприметную малость, не хотелось.

Открывающаяся его глазам картина была исполнена удивительного покоя: даже водопад Уруапан (триста футов овеществленной ярости речных богов, пойманных в ловушку своими горными собратьями) казался отсюда просто шнуром серебряного шитья, пущенным по темно-зеленому сукну лесистого склона. Чуть правее, формируя центр композиции, высились над туманною бездной башни монастыря Уатапао – старинный подсвечник из темной меди, сплошь покрытый благородною патиной плюща. «Интересная архитектура, – думал Тангорн, – все, что я в свое время повидал в Кханде, выглядело совершенно иначе: впрочем, оно и неудивительно: сам местный вариант хакимианской веры весьма отличен от кхандской ортодоксии. Ну а по большому-то счету горцы как были, так и остались язычниками; принятие ими два века назад хакимианства – самой жесткой и фанатичной из мировых религий – было не более чем поводом лишний раз противопоставить себя кисельно-веротерпимым жителям Островов, всем этим ничтожествам, которые обратили свою жизнь в сплошное „купи-продай“ и всегда предпочтут выгоду чести, а виру – вендетте...» Тут неспешные раздумья барона были прерваны самым бесцеремонным образом, ибо спутник его, успевший к тому времени опорожнить заплечный хурджин и разложить прямо на нем, как на скатерти, неостывшие еще утренние хачапури и бурдючок с вином, отложил вдруг кинжал, которым строгал на лепестки твердую, завяленную до прозрачности красного витражного стекла бастурму, поднял голову и, не отрывая взгляда от заворота тропы, привычным движением потянул к себе лежащий чуть в сторонке арбалет.

Впрочем, на сей раз тревога оказалась ложной, и парою минут спустя прохожий уже сидел, скрестив ноги, у их расстеленного хурджина и произносил тост – длинный и затейливый, как петли карабкающегося на заоблачную кручу серпантина. «Родственник, – был он кратко представлен Тангорну (тот лишь плечами пожал: в этих горах все друг другу родственники – а которые не родственники, так свойственники или, в крайности, кумовья), – из Ирапуато, через долину». Затем горцы завели чинный разговор о видах на урожай кукурузы и о способах закалки клинка, практикуемых кузнецами Игуатальпы и Ирапуато; барон же, чье участие в застольной беседе все равно сводилось в основном к вежливым улыбкам, принялся воздавать должное местному вину. Невероятно терпкое и густое, оно таит в своей янтарной глубине мерцающие розоватые блики – точь-в-точь первый солнечный отсвет легший на влажную от росы стену из желтоватого ракушечника.

Раньше Тангорн не понимал прелести этого напитка, что неудивительно: тот совершенно не выносит транспортировки – ни в бутылях, ни в бочонках, и все, что продается внизу, не более чем подделка. Пить здешнее вино можно только прямо на месте, в первые часы после того, как его зачерпнули кувшином на бамбуковой ручке из пифоса, где оно выбродило, – дальше оно годится лишь утолять жажду. Сарракеш во время их вынужденного безделья на борту «Летучей рыбки» с удовольствием просвещал барона по части местного виноделия: как измельчают виноград в деревянном шнеке – прямо вместе с кистью (отсюда и берется необычная терпкость этих вин) – и по желобкам сливают сок в закопанные по садам пифосы, как потом впервые откупоривают пробку, аккуратно зацепив ее сбоку длинным крючком и отвернувшись в сторону, чтобы вырывающийся из сосуда густой и буйный винный дух – джинн – не ударил в лицо и не свел человека с ума...

Впрочем, большая часть воспоминаний старого контрабандиста о своем сельском житье-бытье не отличалась особой теплотой. То был весьма специфический мир, где мужчины вечно настороже и не расстаются с оружием, а одетые во все черное женщины обращены в безмолвные тени, всегда скользящие по дальней от тебя стене: где крохотные окошки в толстенных стенах домов – лишь бойницы под арбалет, а главный продукт местной экономики – трупы, образующиеся в результате бесконечной бессмысленной вендетты: мир, где время остановилось, а каждый твой шаг предрешен на десятилетия вперед. Нечего удивляться, что веселый авантюрист Сарракеш (которого в ту пору звали совсем иначе) с самого детства ощущал себя там инородным телом. А рядом между тем было море, открытое для всех и уравнивающее всех... И теперь, когда он недрогнувшей рукою направлял фелюгу наперерез взмыленным штормовым валам, рявкая на замешкавшуюся команду: «А ну, шевелись!! Р-р-ракушки, зелень подкильная!..» – всякому становилось ясно: вот он, человек на своем месте.

Именно поэтому морской волк позволил себе категорически упереться, когда Тангорну приспичило в город непременно к двадцатому числу:

– И думать не моги! Сгорим как пить дать.

– Мне завтра надо быть в городе.

– Слушай, мил-человек, ты ведь меня подрядил не как гондольера, чтобы прокатиться вечерком по Обводному каналу. Тебе нужен был профессионал, верно? И если этот профессионал говорит: «Сегодня не пройти», – значит, так оно и есть.

– Я должен попасть в город, – повторил барон, – кровь из носу!

– Непременно попадешь – прямиком на нары. Береговая охрана два дня как перешла на усиленный вариант несения службы, ты понимаешь, нет? Горло лагуны сейчас заткнуто так, что там даже дельфин не пронырнет незамеченным. Надо выждать – долго-то в таком режиме они и сами не продержатся... хотя бы до начала той недели, чтоб по крайней мере луна пошла на ущерб.

Некоторе время Тангорн обдумывал ситуацию.

– Ладно. Если засыплемся – чем это тебе грозит? Полгода тюрьмы?

– Тюрьма – пустяки, главное – конфискуют судно.

– А сколько стоит твоя «Летучая рыбка»?

– Да уж никак не меньше трех десятков дунганов.

– Отлично. Я ее покупаю – за полсотни. Идет?

– Ты просто псих, – безнадежно махнул рукою контрабандист.

– Пусть так. Но монеты, которыми я плачу, чеканили не в сумасшедшем доме.

А дальше все вышло в точности как предрекал Сарракеш. И когда в полусотне саженей прямо по носу фелюги взметнулся пронизанный лунными бликами фонтан – это настигшая их галера дала предупредительный выстрел из катапульты, – шкипер, прищурясь, оценил дистанцию до кипящих по левому борту бурунов («Летучая рыбка» пыталась в ту ночь, пользуясь своей ничтожною осадкой, проскользнуть вдоль самого берега Полуострова – по утыканным рифами мелководьям, недоступным для боевых кораблей), обернулся к барону и скомандовал: "Давай-ка за борт! До берега чуть больше кабельтова [3] – не растаешь. В поселке Игуатальпа отыщешь дом моего двоюродного брата Боташанеану – там отсидишься. Пятьдесят дунганов отдашь ему. Руби концы, торопыга..." «Ну и что, интересно, я выгадал тогда, – размышлял барон, – сунувшись очертя голову в ту авантюру? Верно говорят: „короче – не значит быстрее"; все равно неделя потеряна – что так, что эдак... Ладно, все мы крепки задним умом...» Тут в застольной (хотя правильнее, наверное, – «захурджинной»?) беседе горцев всплыло новое словечко – «альгвасилы», и с этого момента он начал слушать более чем внимательно.

Собственно, это не альгвасилы, а городские жандармы, и командует ими не местный коррехидор, а собственный офицер. Девять человек – офицер десятый, появились в Ирапуато позавчера. Якобы ловят знаменитого разбойника Уанако, только делают это как-то странно: патрулей так и не выслали, а все шляются по дворам и выспрашивают – не встречал ли кто в поселке чужих? Да кто ж им, островным шакалам, что-нибудь расскажет, даже ежели чего и впрямь видал... А с другого конца, коли вдуматься, парней тоже можно понять: «борьбу с разбойниками», как того требует

---

[3] Кабельтов составляет одну десятую часть морской мили, или 185,2 метра.

начальство, изобразили – и ладушки; они ж не по уши деревянные – за нищенское жалованье шастать по скалам и осыпям, подставляя башку под арбалетный болт, пока их кореша спокойно обстригают караванщиков на Длинной дамбе...

Когда гость отбыл, Тангорнов спутник (звали его Чекорелло, а уж кем он там приходится Сарракешу, барон давно отчаялся понять) задумчиво заметил:

– А ведь это тебя ловят.

– Точно, – кивнул Тангорн. – Ты никак прикидываешь – не сдать ли меня в Ирапуато?

– Ты что, схренел?! Мы ж с тобой ели один хлеб!.. – Тут горец осекся, сообразив, но тона не поддержал. – Знаешь, те, внизу, всегда про нас говорят – мы, дескать, тупые, шуток не понимаем. Может, оно и так: тут люди продетые и за такую шуточку запросто могут перерезать горло... А потом, – он вдруг расплылся в хитрой улыбке (точь-в-точь дедушка, посуливший внучатам фокус с «отрыванием» большого пальца), – за твою голову все равно никто не даст пятидесяти дунганов, которые ты задолжал нашему семейству. Лучше уж я проведу тебя до города, как уговорено, и честно получу эти денежки, верно?

– Чистая правда. А задумался ты насчет обходных тропинок, нет?

– Ну... В Ирапуато теперь не сунешься, придется кругалем...

– Кругалем... Все серьезнее, чем тебе кажется. В Уахапане появились эти странные коробейники – вчетвером и увешанные оружием от головы до пяток, а в Коалькоман на три недели раньше положенного заявился сборщик налогов с альгвасилами. Теперь вот – Ирапуато... И это мне очень не нравится.

– Да-а, дела... Уахапан, Коалькоман, Ирапуато – обложили со всех сторон. Разве только...

– Если ты про дорогу на Туанохато, – отмахнулся барон. – можешь не обольщаться: там, поди, уже объявился кто-нибудь еще – вроде бродячих циркачей, который развлекают публику, навскидку гася свечки из арбалета и разрубая ятаганом подброшенную абрикосовую косточку. Но это-то как раз ладно – хуже другое. Обложили – тут ты прав – со всех сторон, и только в наш поселок никто из них носа не кажет; с чего бы это, а?

– Может, пока просто не добрались?

– Отпадает. В этот самый Уахапан можно было добраться только через Игуатальпу, нет? Ты лучше вот что скажи – если бы такая команда заявилась к нам в поселок, сумели бы они меня поймать?

– Да ни в жисть! Ты ж нас озадачил на предмет прохожих, следили как надо. Тут хоть сотню жандармов нагони – я б все равно успел тебя вывести из поселка задами и огородами. А там горы – ищи-свищи... Ежели с ищейками – так на то есть табачок с перчиком...

– Все верно. И они это понимают не хуже нас с тобой. Ну так как?

– Ты хочешь сказать... – горец сузил глаза и стиснул рукоять кинжала так, что костяшки пальцев побелели, – ты хочешь сказать – они пронюхали, что ты в Игуатальпе?

– Наверняка. Как – сейчас уже не важно. Это первое. А второе, что мне по-настоящему не нравится – больно уж топорно они работают... Кажется, что все эти «коробейники», «ловцы разбойников» и «сборщики налогов» сплели вокруг нас нечто вроде затягивающегося невода. Но это только по виду невод: на самом деле тут цепь загонщиков, которые шумом и воплями гонят зверя на стрелков...

– Что-то я не врубаюсь...

– Это очень просто. Вот ты, к примеру, когда услыхал про жандармов в Ирапуато, первым делом о чем подумал? Правильно – про обходную горную тропку. А теперь скажи – много ли надо ума, чтобы посадить у той тропки парочку арбалетчиков в маскировочных плащах?

Чекорелло долго молчал, а потом выдавил из себя сакраментальное «Чего делать-то будем?» – официально признав тем самым Тангорна за старшего.

– Думать, – пожал плечами барон. – А главное – не делать резких движений, они ведь ждут от нас именно этого. Значит, Уахапан, Коалькоман, Ирапуато – все это не более чем «загонщики»; а теперь давай пораскинем мозгами – где они поставили настоящих «стрелков» и как мимо них проскользнуть...

«Итак, – думал он, – задача стандартная: я опять ловлю некого барона Тангорна, шатена тридцати двух лет от роду и шести футов росту, который – в дополнение к совершенно неуместной для здешних краев нордической наружности – обзавелся недавно еще и особой приметой в виде легкой хромоты... Как ни странно, задачка не так уж проста, как кажется. Где же я буду ставить на него эту самую „стрелковую цепь“? Кстати, а что она собой представляет? Ну, с этим-то как раз ясно: это – оперативники, способные его опознать (и чтоб ни-ка-ких там мордоворотов, увешанных оружием, на три полета стрелы вокруг). Барон наверняка будет переодет и загримирован, так что даже для людей, помнящих его в лицо, это непростая задача. Много ли наберется таких людей? Вряд ли больше дюжины, а скорее всего человек семь-восемь – как-никак четыре года прошло. Значит, дюжина... Разбиваем их на четыре смены (больше шести часов кряду опознаватель работать не способен – „глаз замыливается“)... М-да, негусто... Дробить эту команду совершенно бессмысленно – надо собрать их в единый кулак, в отряд „стрелков“; о том, чтобы включить часть опознавателей в состав отрядов-»загонщиков", не может быть и речи – распылив людей, мы... Тьфу!! Что-то я совсем поглупел!.. Какие, к чертям, опознаватели среди «загонщиков», если те с Тангорном заведомо не встретятся – не полный же он дурак... Да и вообще этим отрядам знать суть операции ни к чему – бродят себе по кустам, хрустя ветками, и ладно... Значит, так: годных людей – с гулькин хрен, распылять их нельзя, и сконцентрировать их всех надо... Ну конечно же!.."

– Нас будут ждать на Длинной дамбе – ее и в самом деле никак не минуешь, – объявил он по прошествии получаса несколько даже припухшему от непривычных умственных усилий Чекорелло. – А пройдем мы вот как...

– Ты рехнулся! – только и смог ответить горец, выслушав Тангорнов план.

– Мне это говорили множество раз, – развел руками барон, – так что если я и вправду сумасшедший, то очень удачливый сумасшедший... Ну так как – идешь со мною? Имей в виду: долго уговаривать не стану – одному-то мне будет легче.

– Все сходится, мессир. Люди с Приморской, 12. действительно пытались его схватить и в «Морском коньке», и потом еще раз – на площади Кастамира. Оба раза он от них уходил. В «Коньке» – четверо убитых, на Кастамира – трое заразившихся проказой; дороговато для прикрытия разовой дезинформации, на мой вкус. Фонарная, 4, – это действительно конспиративная квартира гондорской тайной стражи, а он действительно совершил на нее налет: один из сержантов–содержателей квартиры – тяжело ранен мечом в грудь, рассказ Альгали подтверждает лечащий врач. Жетон тайной стражи подлинный, почерк этого самого Аравана полностью соответствует тому, которым он сейчас строчит объяснения в полицейском управлении. А Альгали сейчас ищет вся гондорская резидентура – носом землю роют... Словом, не похоже, чтобы это была подстава.

– Почему же тогда он не появился двадцатого в «Зеленой макрели»?

– Возможно, засек у ресторана наших ребят из группы прикрытия и резонно решил, что мы нарушаем условия соглашения. Но это в лучшем случае, а в худшем – до него все-таки добрались люди Арагорна... Будем надеяться на лучшее, мессир, и ждать следующей пятницы, двадцать шестого. А прикрытие придется снять – иначе опять все сорвется.

– Верно. Но покинуть «Зеленую макрель» своими ногами он не должен...

ГЛАВА 49

Умбар, Приморская, 12.
25 июня 3019 года

Мангуст неспешною походкой шел по коридорам посольства.

Не крался вдоль стен стремительной невесомой тенью, а именно шел – так, что шаги его отзывались эхом по всем закоулкам спящего здания, а настенные светильники с исправной периодичностью выхватывали из полумрака черный парадный мундир с серебряными офицерскими шнурами по левому плечу. Впрочем, Марандил почти сразу сообразил, что это все шутки неверного света: на самом-то деле лейтенант был в партикулярном, а «серебро» на его плече и груди – просто пятна какой-то белесой плесени... Да нет, не плесень – это же самая натуральная изморозь!.. Изморозь на одежде – откуда ей взяться?.. И в тот же миг лица капитана коснулось слабое, но вполне отчетливое дуновение – будто ледяное дыхание склепа; язычки светильников при этом дружно кивнули, как бы подтверждая: это не глюк, не надейся! Стены посольства, превращенного в неприступную крепость, два кольца по-собачьи преданной охраны, ДСД с его непревзойденной системой сыска – все оказалось попусту...

Можно было физически ощутить смертный холод, которым так и веяло от приближающейся фигуры – и холод этот, намертво приморозив к полу подошвы Марандиловых сапог, разом обратил панический вихрь его мыслей в застывшее желе. «Ну вот и все. Ты ведь с самого начала знал, что кончится именно этим... Получив показания Аравана, ты понял – когда, а теперь вот узнал – как, только и всего...» Лейтенант меж тем прямо на глазах перевоплощался в самого настоящего мангуста, который неспешно, чуть враскачку, подбирается к кобре – плоская треугольная морда с прижатыми ушками, сама чем-то смахивающая на змеиную, рубиновые бусины глаз и ослепительно белые иглы зубов под встопорщенными усами. А ведь кобра – это он, Марандил... Старая измученная кобра с обломанными ядовитыми зубами... Вот сейчас, прямо сейчас эти челюсти сомкнутся на его горле, и ударит фонтанами кровь из порванных сонных артерий, и захрустит ажурная кость шейных позвонков... Он попятился, тщетно заслоняясь руками от надвигающегося кошмара, – и вдруг грохнулся навзничь: зацепился каблуком за задранный краешек ковровой дорожки.

Именно боль (в падении он сильно расшиб локоть) и выручила капитана, вернув его к реальности. Ужас отчего-то поменял свою модальность – из парализующего сделался подстегивающим, и Марандил, мгновенно вскочив на ноги, рванул прочь по полутемному коридору, да так, что пунктир настенных светильников слился в огненную черту. Лестница... вниз... махом через перила – на следующий пролет... и еще раз... здесь же должен торчать охранник – куда он подевался?.. коридор, ведущий к кабинету резидента... охрана, где же вся охрана, дьявол их раздери?!. А за спиною шаги – мерные, будто нарезающие на аккуратные ломтики плотную и вязкую тишину коридора... А-а-а-а!!! – да ведь это же тупик!.. куда, куда теперь?.. в кабинет – выбирать не из чего... ключ... в скважину не лезет, сука!.. о кретин, это ж от сейфа... спокойнее, спокойнее... Ауле Великий, помоги – этот чертов замок и так-то вечно заедает... а шаги ближе и ближе – как ледяная капель на выбритую макушку... (кстати, интересно, а почему он не переходит на бег? – заткнись, идиотина, не каркай!)... спокойно... поворачиваю... Все, порядок!!!

Ящерицею проскользнув в щель чуть приоткрывшейся двери кабинета, он навалился на нее изнутри всем телом и успел запереться на ключ в тот самый миг, когда шаги оборотня достигли порога. Зажигать внутри свет капитан не стал – не было сил; трясущийся и потный – хоть выжимай, он уселся прямо на паркет посреди комнаты, в обширном квадрате лунного света, перечеркнутом решеткой оконного переплета. Странное дело: умом Марандил понимал, что кошмарный преследователь никуда не делся, но здесь, сидя на этом серебристом коврике, отчего-то ощущал себя в безопасности – будто в детской игре, когда ты успел прокричать: «Трик-трак, чур я в домике!» Он рассеянно вгляделся в рисунок лунных теней на полу рядом с собою и тут только догадался поднять взор на само окно. Поднял – и едва не завыл от ужаса и отчаяния.

На карнизе, почти прижавшись лицом к стеклу, стоял человек, в облике которого было нечто удивительно напоминающее гиену. Этому второму оборотню явно ничего не стоило вышибить ногою оконный переплет и спрыгнуть в комнату, однако он не двигался с места и лишь глядел на Марандила в упор круглыми бледно фосфоресцирующими глазами... Сзади тем временем послышался слабый металлический скрежет – Мангуст уже занялся дверным запором. «Хорошо хоть ключ остался в скважине», – промелькнуло в голове капитана, и в ту же секунду на дверь обрушился страшный удар. Рядом с замком возникло рваное овальное отверстие дюймов шести в поперечнике, сквозь которое хлынула из коридора струя тусклого света: струя эта, впрочем, почти мгновенно усохла до нескольких лучиков – дыру чем-то заткнули снаружи, – а потом вдруг раздался щелчок отпираемого замка, и дверь кабинета распахнулась настежь... Только тут Марандил понял, что лейтенант просто прошиб ударом кулака дверную филенку, просунул руку в дыру и спокойно повернул изнутри торчащий в скважине ключ. Капитан метнулся было к подоконнику (человек-гиена с наружного карниза пугал его меньше, чем Мангуст), и тогда из непроглядной тьмы по углам комнаты с бесшумной грацией выскользнули еще двое – он отчего-то сразу понял: волки.

Они выволокли его за ноги из-под стола, куда он пытался забиться, и стояли теперь над добычей, ощеря клыки и обдавая капитана острым запахом псины и жарким мясным дыханием, а он, осознав уже с полной неотвратимостью, как предстоит ему сейчас расплатиться за свое предательство, раздавленно скулил на полу, судорожно пытаясь прикрыть горло и пах... И вдруг все это наваждение развеялось, повинуясь бесстрастному голосу Мангуста: «Капитан Марандил, именем короля вы арестованы. Сержант, отберите у него оружие, жетон и ключи от сейфа. В подвал его!»

Нет! Нет!! Не-е-ет!!! Это неправда, этого просто не может быть... С кем угодно, но только не с ним – капитаном тайной стражи Марандилом, главою умбарской резидентуры!.. Но его уже волокут вниз по крутым выщербленным ступенькам (ему вдруг со странной отчетливостью припомнилось, что ступенек этих ровно двадцать штук, а на четвертой снизу есть по центру здоровенная выбоина), а потом, в подвале, единым махом вытряхивают из одежды и, голого, подвешивают за связанные большие пальцы на крюк в потолочной балке... И тогда перед ним вновь возникает лицо Мангуста – глаза в глаза:

– Твои шашни с умбарской секретной службой меня сейчас не интересуют. Я хочу знать – кто надоумил тебя навести на нашу группу эльфов, стравив их подполье с тайной стражей Его Величества. На кого ты работаешь в Минас-Тирите – на людей Арвен? Что им известно о миссии Тангорна?

– Я ничего не знаю, клянусь чем угодно! – хрипит он, корчась от боли в выдернутых суставах и отлично понимая, что это еще пока легкая разминка. – Я не отдавал никаких приказов о похищении этого Альгали – Араван либо рехнулся, либо работал от себя...

– Приступайте, сержант... Так кто велел тебе засветить меня эльфам?..

Они хорошо знают свое дело и очень точно дозируют боль, не давая ему ускользнуть в настоящее беспамятство, и это длится долго, бесконечно долго... А потом все кончилось: милость Валаров воистину беспредельна, и ласковые ладони Вайры подхватывают его, унося в самое надежное из убежищ – в сумрачные покои Мандоса.

...Солнечный луч бил Марандилу прямо в глаза – время

близилось к полудню. Он со стоном оторвал тяжеленную – будто и не спал вовсе – голову от свернутого плаща, заменявшего ему подушку, тщетно пытаясь то ли проглотить, то ли выплюнуть крик, что так и застрял в пересохшем горле. Привычно нашарил на полу рядом с диваном недопитую бутылку рома и, выдернув зубами пробку, сделал несколько крупных глотков. Вообще-то алкоголь ему уже не помогал – чтобы по-настоящему прийти в себя, требовалось нюхнуть кокнара: страх за эти дни полностью выел резидента изнутри, оставив лишь жалкую сморщенную оболочку. За ворота посольства капитан теперь не выходил вовсе, а спал только днем, не раздеваясь: он отчего-то убедил себя, будто Мангуст явится за ним именно в полночь – как в преследовавших его кошмарах.

Кошмары эти были затейливы и разнообразны. Мангустова спецкоманда то проскальзывала внутрь его кабинета тенями-ниньокве, то заявлялась вполне натуральными призраками прямо из глубин большого настенного зеркала кхандской работы (очнувшись в тот раз, он тут же разбил его вдребезги), а то просто вламывалась в дверь, как обычный полицейский наряд – при всех регалиях и документах. Ярче всего ему запомнился тот сон, где на него напали четыре огромных – с кошку размером – нетопыря. Неуязвимо-верткие, они гоняли капитана по всему ночному зданию и со злобным писком хлестали его по голове своими кожистыми крыльями, норовя добраться до глаз: ладони, которыми он прикрывал лицо, и затылок с шеей были уже изорваны в кровавый фарш их мелкими острыми клыками – и лишь тогда последовала неизменная сюжетная развязка: «Капитан Марандил, именем короля вы арестованы. Сержант, отберите у него оружие, жетон и ключи от сейфа. В подвал его!»

– Господин секретарь! Господин секретарь, очнитесь! – Тут только он сообразил, что проснулся не сам по себе – в дверях кабинета переминается вестовой. – Вас срочно вызывает господин посол.

«Срочно вызывает» – это что-то новенькое. Получив десять дней назад в утренней почте пакет с показаниями Аравана, Чрезвычайный и полномочный посол Воссоединенного Королевства сэр Элдред потребовал от резидента объяснений: получив же вместо таковых жалобный лепет на тему «я не я и корова не моя», он стал шарахаться от капитана как от зачумленного, демонстративно прервав с ним всякие дела. Самый ужас состоял в том, что версия событий, продиктованная Аравану Тангорном, оказалась столь убедительной, что Марандил усомнился в собственном рассудке: а вдруг он и вправду отдал такой приказ – находясь в каком-то помрачении ума? Он утвердился в этом настолько, что ликвидировал раненого Моримира («А ну как тот, придя в себя, тоже подтвердит факт приказа на похищение Альгали?»): ликвидировал второпях, оставив множество следов, и тем самым отрезал себе всякие пути к отступлению. Марандил физически ощущал удушливую пустоту, возникшую вокруг него в резидентуре: подчиненные – все как один – избегали встречаться с ним взглядом, а в помещениях, куда он заходил, тотчас замирали всякие разговоры. Умом он понимал, что самое время уходить в бега, но оказаться в одиночку в городе боялся еще больше. Оставалось лишь уповать на то, что ДСД доберется до Мангуста раньше, чем тот – до него; в то, что лейтенанта сумеет остановить его собственная охрана (та получила соответствующий приказ), он уже не верил.

– Что там за пожар? – хмуро спросил он вестового, пытаясь привести в порядок одежду, изрядно пожеванную после сна.

– Труп там какой-то нашли – говорят, по вашей части. Приметы – много мелких шрамиков на губах...

В кабинет посла Марандил почти вбежал – и был тотчас аккуратно взят под руки двумя занявшими позицию по бокам от двери оборванцами в перемазанных грязью камзолах. Сэр Элдред стоял чуть поодаль; в его позе и выражении лица причудливым образом смешивались оскорбленное аристократическое высокомерие и служебное подобострастие – чувствовалось, что его превосходительство только что получил пресловутую скипидарную клизму ведра эдак на три. В кресле же посла сидел, нога на ногу. Мангуст собственной персоной – столь же чумазый, как и его подчиненные.

– Капитан Марандил, именем короля вы арестованы. Сержант, отберите у него оружие, жетон и ключи от сейфа. В подвал его! – И, вставая, бросил через плечо: – А вам, господин посол, настоятельно рекомендую дать по заднице мешалкой начальнику охраны. Вообще-то к вам сюда можно пробраться минимум четырьмя способами, но чтоб даже входы в ливневую канализацию не были забраны решетками... То есть такое раздолбайство просто в голове не укладывается! Так что не удивляйтесь, ежели как-нибудь поутру обнаружите в посольском саду цыганский табор, а в вестибюле – пару дрыхнущих бродяг...

Нет! Нет!! Не-е-ет!!! Это неправда, этого просто не может быть... С кем угодно, но только не с ним – капитаном тайной стражи Марандилом, главою умбарской резидентуры!.. Но его уже волокут вниз по крутым выщербленным ступенькам (ему вдруг со странной отчетливостью припомнилось, что ступенек этих ровно двадцать штук, а на четвертой снизу есть по центру здоровенная выбоина), а потом, в подвале, единым махом вытряхивают из одежды и, голого, подвешивают за связанные большие пальцы на крюк в потолочной балке... И тогда перед ним вновь возникает лицо Мангуста – глаза в глаза.

– Твои шашни с умбарской секретной службой меня сейчас не интересуют. Я хочу знать – кто надоумил тебя навести на нашу группу эльфов, стравив их подполье с тайной стражей Его Величества. На кого ты работаешь в Минас-Тирите – на людей Арвен? Что им известно о миссии Тангорна?

– Я ничего не знаю, клянусь чем угодно! – хрипит он, корчась от боли в выдернутых суставах и отлично понимая, что это еще пока легкая разминка. – Я не отдавал никаких приказов о похищении этого Альгали – Араван либо рехнулся, либо работал от себя...

– Приступайте, сержант... Так кто велел тебе засветить меня эльфам?..

Они хорошо знают свое дело и очень точно дозируют боль, не давая ему ускользнуть в настоящее беспамятство, и это длится долго, бесконечно долго... А потом все кончилось: милость Валаров воистину беспредельна, и ласковые ладони Вайры подхватывают его, унося в самое надежное из убежищ – в сумрачные покои Мандоса...

Как же – «уносят»... Дожидайся!

– ...И не надейся, паскудина, что ты сдохнешь раньше, чем выложишь все! Так на кого из свиты Арвен ты работаешь? Как осуществляется связь?

Ничего не кончилось – все только начиналось...

ГЛАВА 50

Умбар, Длинная дамба.
26 июня 3019 года

Умбарская Длинная дамба не значится среди двенадцати чудес света – как их перечислил некогда в своей «Всеобщей истории» Аш-Шарам, но это, пожалуй, говорит лишь об особенностях личного вкуса великого вендотенийца: тот отдал предпочтение не функциональным сооружениям (сколь угодно грандиозным), а изысканным безделушкам вроде барад-дурского шпиля или Висячего храма в Мендоре. Семисотсаженная насыпь, соединившая четыре века назад Полуостров с Островами, исправно поражала воображение каждого прибывающего в Умбар: она была шире любой из городских улиц и позволяла разминуться двум бактрианьим караванам. Собственно, за этим ее и строили – теперь купцам, возившим по Чевелгарскому тракту товары с материка и на материк, не было нужды возиться с паромными переправами. Не задаром, ясное дело: как утверждали злые языки, из тех серебряных монет, что переплатили за эти четыре века в городскую казну караванщики, можно было бы насыпать рядышком вторую такую же дамбу.

Перед массивным зданием таможни, высившимся у въезда на дамбу со стороны Полуострова, раскинулся целый городок из пестрых шатров, палаток и бамбуковых балаганчиков. Здесь купец, истомленный пятидневным переходом по крутым серпантинам Чевелгарского тракта, имел все возможности потратить свои денежки более приятным для себя способом, нежели в кабинете сборщика таможенных пошлин. Стелющийся над мангалами сизоватый шашлычный чад – едва ли не более вкусный, чем сами шашлыки, девушки всех цветов кожи и телесных объемов, ненавязчиво демонстрирующие свои прелести, прорицатели и маги, сулящие за какую-то пикколу предсказать результат грядущей сделки, а за кастамирку – раз и навсегда стереть в порошок всех твоих конкурентов... Напористо взывали к милосердию нищие, шныряли карманники, артистично завлекали в свою компанию лохов шулера и наперсточники; тут же степенно вершили свой собственный рэкет полицейские (место было хлебное – чего там... Говорят, некий начинающий страж порядка на полном серьезе подал своему начальнику такой вот рапорт: «Испытывая крайнюю денежную нужду по случаю рождения третьего ребенка, прошу хотя бы ненадолго перевести меня на Длинную дамбу»). Словом, эдакий Умбар в миниатюре – во всей своей красе.

...Сегодня очередь двигалась совсем уж по-черепашьи. Мало того что таможенные чиновники будто бы норовили заснуть на ходу (что не мешало им неукоснительно совать носы в каждый тюк) – так еще возник дополнительный затор на самой дамбе, где строителям приспичило менять дорожную облицовку. Здоровенный чернобородый караван-баши из Кханда уже понял: таможенники – да порази их Всемогущий трясучкой и гнойными язвами! – промурыжили его столько времени, что раньше обеда его бактрианам уже не попасть на Острова никакими силами – а значит, сегодняшний базарный день пошел ишаку под хвост. Ладно, чего теперь дергаться и пускать дым из ушей... на все воля Всемогущего. Поручив присматривать за животными и товаром своему помощнику, он, чтобы скоротать время, решил прошвырнуться по палаточному городку.

Подзаправившись в одной из харчевен (лагман, три порции превосходного шафранного плова и блюдо сладких пирожков с курагой), он двинулся было назад, но застрял перед маленьким помостом, где призывно изгибалась оливково-смуглая танцовщица, всю одежду которой составляли несколько разлетающихся шелковых ленточек. Два горца с Полуострова так и пожирали ее глазами – начиная с двигающихся во вполне недвусмысленном ритме стройных бедер и матово-лоснящегося живота; при этом они, разумеется, не забывали время от времени сплевывать, как бы в крайнем омерзении («Тьфу, и чего городские в том находят? Ведь ни кожи в ней, ни рожи»), а также обмениваться между собою прочувствованными обобщениями на предмет морального облика горожанок. Караван-баши уже прикидывал – почем ему встанет более тесное знакомство с танцовщицей в ее палатке позади помоста, но тут принесла откуда-то нелегкая хакимианского проповедника – облаченную в полусгнившие лохмотья плешивую мумию с горящими как уголья глазами, – и тот с ходу обрушил шквал обличении на головы распутников, «похотливо взирающих на непотребство, чинимое падшей сестрою нашей». «Падшей сестре» все это было абсолютно по барабану, а вот караванщик предпочел быстренько слинять в сторонку: ну его к Богу в рай, а то припечатает еще, чего доброго, каким-нибудь кошмарным проклятием...

Бабу, однако, хотелось до невозможности: пять дней воздержания, шутка ли... Впрочем – какие наши годы! Он пошарил глазами вокруг себя, и – нате вам, тут же, буквально в десятке шагов, обнаружил искомое. На первый взгляд девка была неказиста – худышка годков семнадцати, да еще и с украшением в виде хорошо выдержанного, цветов побежалости, фингала под левым глазом, – но кхандец опытным взглядом оценил достоинства ее гибкой фигурки и едва только не облизнулся в открытую: эт-то, ребята, что-то с чем-то! Ну а что до рожи, так ее, как известно, в случ-чего можно и портянкой прикрыть.

– Скучаем, подруга?

– Отвали, – равнодушно откликнулась та; голос был чуть хрипловатый, но приятный. – Ты ошибся, дядя, – я не по этому делу.

– Так уж и не по этому! Может, просто настоящей цены пока не давали? Так тут все будет путем, не боись... – И, хохотнув, сцапал ее за руку – вроде шутя, но хрен вырвешься.

Девушка ответила краткой тирадой, которая запросто могла бы вогнать в краску пиратского боцмана, высвободила – одним точным непринужденным движением – свою руку из лапищи караванщика и быстро отступила назад, в проулок между залатанной палаткой и кривобоким балаганчиком из камышовых циновок; вообще-то ничего хитрого тут нет – просто вырываться надо строго в сторону большого пальца схватившего тебя человека, концевой его фаланги, – однако по первому разу такое впечатляет и, как правило, наводит на верные выводы. Но только не сейчас: раззадоренный караван-баши (это ж надо – какая-то малолетняя потаскушка будет корчить из себя недотрогу!) со всех ног ломанулся в проулок меж палатками за ускользающей добычей...

Не прошло и полминуты, как кхандец появился обратно на площади. Ступал он теперь очень осторожно, вроде как на цыпочках, и, тихонько мыча от боли, прижимал к животу правую кисть, бережно прикрывая ее левой. Ну, мужик, извиняй – сам дурак, чего тут еще скажешь... Выбить из сустава большой палец потянувшейся к тебе руки – сущий пустяк для любого оперативника ДСД, даже для зеленого новичка, а уж девушка-то была отнюдь не новичком. Чуть погодя Фей (под этим именем ее знали товарищи по Департаменту) вернулась в «свой» сектор площади, однако злосчастный караванщик навряд ли сейчас узнал бы ее, даже столкнись они нос к носу: шлюха канула в небытие, и вместо нее возник мальчишка-водонос, оборванный и чумазый, но безо всяких следов синяка под глазом – а ведь внимание наблюдателя обычно фиксируется именно на таких вот «приметах»... Вернуться на свой пост она, надобно заметить, успела как раз вовремя: слепой нищий, сидящий у самого въезда на дамбу, заунывно возопил «Помогите кто чем может, люди добрые!» вместо всегдашнего своего «Люди добрые, помогите кто чем может!» – сигнал «Ко мне!»

Розыскную ориентировку («Северянин, шатен шести футов росту, глаза серые... тридцать два года, но выглядит моложе... прихрамывает на правую ногу...») Фей, разумеется, помнила дословно, хотя в этот раз она была задействована лишь в оперативном обеспечении, непосредственно подчиняясь одному из опознавателей – слепому нищему. О том, что нищим этим является сам первый вице-директор ДСД собственной персоной, она, разумеется, даже не подозревала – равно как и о том, что Джакузи был вчера предупрежден со всей серьезностью: если его затея с облавной охотой на Тангорна не будет реализована в течение ближайших суток, то отставкой без мундира ему не отделаться... Оглашая воздух своим звонким «А вот кому воды, холодной воды со льдом!», девушка ловко ввинтилась в толпу, пытаясь с ходу угадать, кто именно привлек к себе внимание ее командира.

На дамбу как раз въезжал воз с мешками, судя по всему – кукуруза; пару мулов вел в поводу высокий худощавый горец лет двадцати восьми–тридцати, и зазор между его малиновой феской и дорожной брусчаткой составлял в аккурат требуемые шесть футов. Что же до остального... Даже если забыть о хромоте (каковая в действительности могла быть точно такой же «отвлекалочкой», как и ее давешний синяк), то уж глаза-то его были ну никак не серыми. Мешки... мешки – это серьезно, и как раз по этой причине тут барону ничего не светит. Проскочить дамбу в какой-нибудь винной бочке или ковровом тюке – ход напрашивающийся; он настолько заезжен, банален и многократно обсмеян, что именно своей опереточностью может соблазнить склонного к парадоксальным решениям Тангорна. Оттого-то таможенники и работают сегодня с предельным тщанием (среди них запущен слух: на дамбе, дабы пресечь всяческое мздоимство, работают инкогнито специальные ревизоры из Казначейства), а все повозки селян – те из-за дорожного ремонта движутся совершенно по-черепашьи – успевает незаметно обследовать специально обученная собака.

Поставив, таким образом, крест и на мешках, и на их хозяине. Фей скользнула цепким взглядом по вклинившемуся в очередь («А ну, поберегись!.. Осади в сторону – плетки захотел?!») наряду конных жандармов с их уловом – шестерыми скованными попарно арестантами-горцами, – и, убедившись, что тут полный порядок, перевела взор дальше... Так вот оно что!..

Богомольцы-хакимиане, возвращающиеся в город после Шавар-Шавана – традиционного трехнедельного паломничества в одно из своих горных святилищ. Человек тридцать, лица в знак смирения закрыты капюшонами власяниц, чуть не половину составляют припадочные и увечные – в том числе и хромые... Воистину идеальная маска; даже если удастся опознать барона (что практически нереально), как извлечь его из толпы паломников? Силой – отдав соответствующий приказ бригаде «дорожных ремонтников»? Да тут заварится такая каша, что и подумать страшно, а завтра в городе вообще может дойти до всеобщей резни между хакимианами и аританами... Выманить его на обочину? Но как?.. За этими размышлениями она едва не пропустила момент, когда «ее» слепец встал, уступая свое – весьма кормное – местечко другому члену гильдии нищих, и, стуча палкою по дорожным плитам, двинулся вслед за паломниками: это означало, что он опознал Тангорна с полной уверенностью.

Несколькими мгновениями спустя Фей из водоноса обратилась в поводыря. На некотором отдалении за ними следовали два горца – те самые, что вместе с незадачливым караван-баши глазели на танцовщицу (одним из них был Расшуа – резидент ДСД на Полуострове), а еще дальше – странноватая компания из двух полууголовного вида щеголей и зачуханного таможенного чиновника; наступил обеденный перерыв и у бригады ремонтников – они тоже гуськом потянулись к городу. Засада на дамбе свою задачу выполнила: старый конь – Джакузи – борозды не попортил...

– Он молодец, девочка. Задумано было превосходно, я ему аплодирую... Это ведь, если по-честному, чистое везение, что я сумел его расколоть – а остальные-то наши и вовсе лопухнулись. Жаль, он играет не в нашей команде...

В голосе вице-директора по оперативной работе звучала почти что нежность; что ж, победа располагает и к великодушию, и к самокритичности. Тут в его памяти вдруг всплыл столик кафе на площади Кастамира, вкус нурнонского, выпитого ими тогда за успех гондольера, и свой собственный вердикт: «Он всего лишь любитель – хотя и блестящий, и удачливый; ему повезет раз, повезет другой, но на третий он таки свернет себе шею...» Что ж, вот он и наступил – тот самый «третий раз»: ни одному человеку не может везти до бесконечности.

– А как вы сумели узнать его под капюшоном?

– Под капюшоном?.. А, так ты небось решила – он один из паломников?

– Простите?...

– Конечно, нет. Он – арестант, правый в первой паре. Лицо замотано окровавленной тряпкой, а хромают они все: кандалы – это тебе не фунт изюма...

– Но жандармы...

– Жандармы – самые что ни на есть настоящие. А он – действительно арестант, в том-то и весь смысл! Отличное решение, по-настоящему изящное... Ты, главное, не останавливайся и не открывай рот, а то люди оборачиваются. Учись, девочка, пока еще живы мастера... Я не про себя – про него.

ГЛАВА 51

– Я все-таки не понимаю... вернее, не все понимаю, – призналась Фей, поскольку чувствовала: командир ее пребывает в отличном настроении и потому вполне расположен к объяснениям.

– Он рассчитал верно: сами жандармы наше внимание привлекут с несомненностью (трофейная униформа – стандартный способ маскировки), а вот их добыча – если, конечно, жандармы подлинные – навряд ли. Вот он и сделался такой добычей. Как именно – пока не знаю, да это и не суть важно: вариантов тьма... прийти, к примеру, в Ирапуато и в местной корчме выплеснуть кому-то из них полкружки вина на мундир... Они его, конечно, отметелят на совесть (что позволит ему закутать разбитую рожу), но зато потом без помех проведут в город, да еще и спрячут на пару-тройку месяцев в самом надежном убежище – в тюрьме; там его не стали бы искать ни мы, ни люди Арагорна. Это – если он собирается отсидеться; а может связаться через уголовников с кем-нибудь из своих людей – да хоть с той же Элвис, – те сунут сколько надо в лапу судьям либо тюремному начальству, и он будет на свободе уже через пару дней... Только вот в мои планы позволить ему отсиживаться на нарах совершенно не входит.

Следуя ярдах в пятидесяти позади жандармов (это действительно оказались «охотники за разбойниками» из Ирапуато), Джакузи со своею спутницей достигли здания полицейского управления порта. Здесь арестованных разделили: четверых повели дальше, по направлению к виднеющейся за Обводным каналом тюрьме Ар-Хоран, а Тангорна и скованного с ним горца (Расшуа к тому времени успел уже идентифицировать того как некоего Чекорелло, троюродного племянника Сарракеша) старший наряда самолично завел в здание полиции. Выждав для порядка минут пятнадцать, Джакузи тоже двинулся внутрь. Дежурному, вознамерившемуся было преградить путь двум оборванцам, он сунул под нос жетон комиссара полиции (удостоверений прикрытия у него при себе была целая куча, от флаг-капитана инженерной службы Адмиралтейства до инспектора таможни, главное тут было не перепутать – где какое предъявлять) и сухо приказал тому проводить их к начальнику управления.

– Комиссар Рахмаджанян, – представился он, зайдя в кабинет. Его хозяин, неопрятного вида толстяк с вислыми щеками, казавшийся ожившей карикатурой на полицейского начальника, сделал не слишком успешную попытку извлечь из кресла свой необъятный зад и поприветствовать посетителя:

– Старший инспектор Джезин. Присаживайтесь, комиссар. Чем могу служить? Кстати – девушка ваш сотрудник?

– Разумеется.

«Мальчиковый» камуфляж Фей не ввел Джезина в

заблуждение ни на миг. Джакузи, впрочем, и так уже понял по целой куче деталей, что начальник, с одной стороны, достаточно проницателен (что неудивительно: портовое Управление – сущее золотое дно, претендентов на этот лакомый пост всегда выше крыши), а с другой – прост и незатейлив как грабли: к примеру, на столе у него совершенно в открытую стоит непочатая бутыль эльфийского вина, за которую в магазинчике «Эльфинит» на набережной Трех Звезд ему пришлось бы выложить примерно три своих месячных оклада... «Совсем уж оборзели», – сокрушенно отметил про себя Джакузи; впрочем, забота о незапятнанности риз умбарской полиции в задачи ДСД, по счастью, никоим образом не входила.

– Примерно с полчаса назад к вам в управление должны были доставить двух арестованных, горцев... – начал было он, однако старший инспектор энергично запротестовал:

– Вы ошиблись, комиссар, за последнюю пару часов никого не доставляли!

Это было до того неожиданно, что Джакузи попытался было втолковать толстяку, что спорить глупо – все происходило прямо на его глазах...

– Значит, вам померещилось, комиссар, – нагло отвечал тот, сделав знак подпирающему косяк дежурному. – Вот и капрал подтвердит: нет у нас никаких горцев-арестантов и никогда не было!

– Нас тут не понимают, девочка, – горько покачал головою Джакузи. Фраза была условной. Мгновение спустя указательный палец Фей, обретший вдруг твердость стального штыря, вонзился в основание горла капрала – точно во впадинку между ключиц, а еще через секунду толстенная дверь кабинета оказалась запертой изнутри, отрезав старшего инспектора от его снующих по коридору подчиненных. Джакузи тем временем перехватил руку Джезина (тот потянулся было за оружием) и легким нажатием на кисть заставил того растечься по креслу, подавившись собственным криком. Оглядясь по сторонам, вице-директор по оперативной работе снес ребром ладони горлышко эльфийской бутылки, привел полицейского в чувство, вылив тому на голову и за шиворот ее драгоценное содержимое, после чего приподнял беднягу за воротник и осведомился со всею возможной задушевностью:

– Где горцы?

Толстяк трясся и потел, но молчал. Деликатничать не было времени – с минуты на минуту могли начать высаживать дверь,– так что Джакузи изложил свои пропозиции предельно кратко:

– Десять секунд на размышление. Потом я стану считать до пяти и на каждый счет – ломать тебе по пальцу. А при счете «шесть» перережу горло – вот этой вот бритвой... Погляди мне в глаза – я смахиваю на шутника?

– Вы ведь из секретной службы?– страдальчески пролепетал сизый от ужаса старший инспектор: было ясно как день, что свои нашивки он выслужил, не подставляя шкуры под бандитские ножи в притонах Хармианской слободы.

– Шесть секунд прошло. Ну?!

– Я все расскажу – все, что знаю! Они приказали мне выпустить их...

– Приказали выпустить?! – Джакузи показалось, что пол комнаты стремительно ушел у него из-под ног, и в животе возникло омерзительное ощущение падения в пустоту.

– Они – люди гондорского короля, из тайной стражи. Выполняли задание на Полуострове, но горцы их расшифровали и приговорили к смерти. Они сумели бежать, лесами добрались до Ирапуато – там сейчас городские жандармы ищут разбойника Уанако – и велели командующему операцией эвакуировать их в город под видом арестантов... А у нас, в Управлении, они распорядились дать им какую-нибудь городскую одежду и выпустить через задний выход. И еще они сказали, – тут он страдальчески скривился, – если я кому-нибудь – не важно кому – сболтну об этой истории, они отыщут меня хоть на дне морском, хоть на Заокраинном Западе... Я понимаю – официально гондорская тайная стража нам не указ, но... Словом, вы меня понимаете...

– С чего вы взяли, что они люди Арагорна?

– Один из них – лицом явный северянин, из Гондора, – предъявил жетон сержанта тайной стражи Его Величества...

– Сержант Моримир или сержант Араван... – с трудом выговорил Джакузи, не узнавая своего голоса; это же просто затмение мозгов – как он мог упустить из виду жетоны тайной стражи, доставшиеся Тангорну при налете на Фонарную, 4?..

– Так точно, сержант Моримир! Выходит, вы знаете этих людей?

– Лучше, чем хотелось бы. Когда этот самый Моримир переодевался, вы не обратили внимание, что у него в карманах?

– Только деньги, больше ничего.

– И много денег?

– Примерно десять кастамирок и еще мелочь.

– Что из одежды вы им дали?

Вице-директор по оперативной работе механически кивал, фиксируя каким-то дальним краем сознания детальнейшие описания лохмотьев, коими Джезин услужливо снабдил высоких гостей; все равно это уже без толку. Десять кастамирок... Он обернулся к Фей:

– Сейчас выйдешь отсюда через тот же задний выход, что и они. Налево, в сторону Обводного канала, будет магазин Эруко. Возможно, они сменят одежду прямо в нем: магазинчик не из дешевых, но уж десяти-то кастамирок им должно хватить. Если нет, следуй дальше по набережной...

– К Блошиному рынку?

– Верно. Им сейчас дозарезу нужно переодеться – и это наш единственный шанс. Действуй...

Он грузно опустился на каменную оградку рядом со входом в полицейское управление: не глядя протянул руку – присевший рядом Расшуа тут же вложил в нее фляжку с ромом, – сделал пару глотков и теперь остановившимися глазами гядел на скользящее к закатной черте солнце. В голове была полная пустота. Конечно же, со временем они нападут на след Тангорна, но его лично это уже не спасет: срок, отпущенный ему Альмандином, истекает через час. Впрочем, никакой ненависти к барону он не испытывал – игра была честной...

– Мой командир, есть! – Фей возникла перед ним, сияющая, счастливо запыхавшаяся – чувствуется, бежала всю дорогу. – Они переоделись у Эруко, точно как вы сказали, а сейчас зашли в Морской кредитный банк, прямо по соседству.

Этого не могло быть, но это было. Судьба в тот день будто бы задалась целью продемонстрировать, сколь мало значат наши собственные усилия и умения в сравнении с ее капризами. «В конце концов, – думал он, поспешая вслед за Фей к Морскому банку (девушка предусмотрительно оставила там дозор из трех уличных мальчишек), – в конце концов я, похоже, отделался испугом (тьфу-тьфу-тьфу!), а вот барон... Да, от него удача сегодня отвернулась капитально: все вроде бы делает превосходно, хоть в „Наставление по оперативной работе" вставляй, – а вот поди ж ты...»

К тому времени, когда Тангорн с Чекорелло, одетые теперь с неброской роскошью, вновь появились на улице, сыщики ДСД уже сплели вокруг такую паутину, что не разорвать. Приятели между тем троекратно обнялись, как принято прощаться у горцев, а потом двинулись каждый в свою сторону. Цель посещения ими банка разъяснилась довольно быстро: один из оперативников, владевший навыками «карманной тяги», установил на ощупь, что Чекорелло теперь «набит золотом, как сентябрьская форель – икрой». Джакузи распорядился не тратить время на горца – пускай себе проваливает на все четыре стороны – и, не отвлекаясь, вести Тангорна. Тут как раз прибыло подкрепление – резервная бригада наружного наблюдения, и отныне шансы барона вырваться из-под колпака стали нулевыми: никакому одиночке не выстоять против организации – если это сколько-нибудь серьезная организация.

Следующие два часа Тангорн лихо и очень грамотно крутил по городу – то растворяясь в базарной толпе, то затаиваясь в пустых и гулких проходных дворах, то внезапно спрыгивая в наемные гондолы, – однако не сумел не то что оторваться, но хотя бы даже обнаружить слежку: ДСД – это вам не гондорская резидентура, профессионалы высочайшего класса... Один только раз совсем уж было успокоившийся Джакузи (он теперь держался в отдалении – нечто вроде штаба операции) получил от Высших Сил щелчок по носу – а вот не расслабляйся прежде времени! Наблюдатели доложили, что барон, тщательнейшим образом проверившись, зашел в ресторан «Зеленая макрель»; следует ли идти туда следом за ним, рискуя при этом засветиться, или просто подождать у выхода?

– Зады ресторана перекрыли? – спросил Джакузи скорее для порядка. Оперативник в ответ лишь судорожно сглотнул...

– Мать вашу!.. – рявкнул вице-директор, вновь чувствуя, что летит в пустоту. – Неужто не знаете – в этой чертовой «Макрели» сортирное окошко таких размеров, что через него кабана можно вытащить наружу?! Вышвырну из Конторы к чертовой матери, раззявы!

Произнося последнюю фразу, он успел подумать: если Тангорн все же засек слежку и успел зайти в ресторанный туалет, то он, Джакузи, никого уже ниоткуда не вышвырнет... Однако обошлось. Оказалось, барон сейчас чинно ужинает в отдельном кабинете «Зеленой макрели» с двумя джентльменами, в одном из которых оперативники уже опознали бесследно исчезнувшего секретаря МИД Альгали.

ГЛАВА 52

Умбар, ресторан «Зеленая макрель».
26 июня 3019 года

– А чем, кстати, закончилась та история с расстроившейся помолвкой вашей кузины? – небрежно спросил Тангорн, когда ужин был окончен и Альгали, повинуясь едва заметному кивку своего спутника, покинул их и выбрался из кабинета в общий зал.

– Ничем особенным; Линоэль, надо полагать, крутит новый роман... Кстати, если вы надеетесь сразить меня своей осведомленностью по части лориенской великосветской хроники, то эффект, должен вам признаться, скорее обратный: новости-то той сто лет в обед...

«Один-ноль в мою пользу, – отметил про себя барон, – иначе зачем ты сразу полез объясняться? Выходит, не так уж эти эльфы мудры и проницательны, как о них говорят...» Вслух же он произнес, чуть пожав плечами:

– Я просто хотел удостовериться, что вы действительно Эландар; прозвучало имя «Линоэль» – этого, собственно, я и добивался. Конечно, очень наивно, но... – Тут он улыбнулся чуть смущенной улыбкой. – А вы не могли бы снять полумаску?

– Извольте.

Да, собеседник его, вне всякого сомнения, был эльфом: зрачок не круглый, а вертикальный, как у кошки или змеи: можно, конечно, глянуть еще и на кончики его ушей, скрытые сейчас под прической, но особой нужды в том нет... «Что ж, вот ты и добрался до цели. „...Через мшистые леса и бурные реки, через топкие болота и снежные горы лежал путь рыцаря, и привел его волшебный клубок в ущелье Уггун, где вместо земли был спекшийся шлак, вместо ручьев – текучая желчь, а вместо зелени – дурман-трава с разрыв-травою. Здесь-то и обретался в своем логове под гранитными глыбами Дракон...“ Правда, на самом деле ты (коль уж следовать древним балладам) вовсе не доблестный рыцарь, а его пройдоха-оруженосец, который подкрался ко входу в пещеру с тем, чтобы забросить туда наживку и тотчас дать деру. Сражаться с выползшим наружу змеем предстоит Халаддину, но шанс на победу появится у доктора, только если чудовище сожрет перед тем подброшенную тобой отравленную приманку: засургученный пакет, извлеченный два часа назад из сейфа Морского банка, где он хранился все это время вместе с мифриловой кольчугой и еще кой-какой мелочевкой... Что ж, это, конечно, до ужаса не по-рыцарски, но наша задача – освободить мир от дракона, а не попасть в благородные герои детских сказок».

– Надеюсь, вы удовлетворены? – прервал несколько затянувшееся молчание эльф: в глубине его глаз синеватыми угарными огоньками мерцала насмешка.

– Пожалуй, да. Я не знаком с Эландаром лично, но словесный портрет, пожалуй, совпадает... – Это уже был чистый блеф, но, судя по всему, он прошел; в любом случае все возможности проверки уже исчерпаны. – А если вы не тот, за кого себя выдаете, поверьте – сейчас самое время выйти из игры... Фокус в том, что сведения, которые я собираюсь вам передать, могут стоить головы кое-кому из высших иерархов Лориена, так что те наверняка примутся охотиться за обладателем этой тайны так же, как люди Арагорна – за мною. Сын клофоэли Эорнис сумеет распорядиться этими сведениями как надо и при этом – что немаловажно – остаться в живых, а вот эльф, стоящий хоть на ступеньку ниже... Опасную информацию уничтожают вместе с ее носителями, кто бы они ни были – это аксиома; впрочем, вы и сами должны понимать, что это значит – оказаться ненароком обладателем информации не своего уровня... – С этими словами Тангорн выразительно поглядел в сторону, куда удалился Альгали.

– Да, вы правы, – спокойно кивнул тот, проследив за взглядом Тангорна. – Я действительно Эландар, а вы, барон – коли уж вам известен внутренний титул леди Эорнис, – действительно ориентируетесь в лориенской кухне. Боюсь только, вы переоцениваете мой ранг в эльфийской иерархии...

– Отнюдь. Просто вам предназначена та же роль, что и у меня, – посредник. А информация, как вы, вероятно, уже догадались, предназначена для вашей матушки. Более того: у меня есть основания полагать, что клофоэль Эорнис – тоже не конечный ее адресат.

– Та-ак... – задумчиво протянул Эландар. – Значит, Фарамир раздобыл-таки доказательства того, что кое-кто в Лориене всерьез снюхался с Арагорном и собирается использовать Воссоединенное Королевство как козырную карту в своей партии против Владычицы... И теперь князь Итилиена рассчитывает, что та взамен вернет ему минастиритский престол, так что ли?

– Я – повторяю – лишь посредник и не уполномочен называть какие-либо имена... А что, собственно, кажется вам невероятным в такой конструкции?

– В принципе она вполне правдоподобна... я бы даже сказал – слишком правдоподобна. Просто вам лично, барон, я не доверяю ни на грош, как хотите. Слишком уж много вокруг вас шума... То, что за вами охотятся люди Арагорна, вроде бы правда, но вам при этом как-то подозрительно везет: сперва в «Морском коньке», потом на этой Кастамировой луже... А уж эта история с освобождением Альгали – да кто может поверить в такие совпадения?

– Ну, тут мне трудно возражать: история и в самом деле почти невероятная, – развел руками барон. – Значит, вы продолжаете подозревать, что происшествие на Фонарной, 4, – моя инсценировка?

– Подозревал до вчерашнего дня, – хмуро признал Эландар. – Но вчера капитан Марандил был арестован и сделал исчерпывающие признания по этому эпизоду. Он и в самом деле приказал захватить Альгали...

Тангорну понадобилось все его самообладание, чтобы не уронить челюсть до полу. Воистину: «слишком хорошо – тоже нехорошо.»

– Мы топчемся на месте, уважаемый, – резко сказал он, отчего-то почувствовав: пора переходить в атаку. – Все равно решение тут принимать не вам – не ваш, извините, уровень... Меня интересует одно: располагаете ли вы возможностью переправить мое сообщение леди Эорнис – но так, чтобы об этом не узнал никто другой в Лориене? Если нет, разговор беспредметен; тогда мне придется искать другие каналы.

Эльф задумчиво погладил ладонью лежащий на скатерти пакет – явно искал следы магических воздействий. Тангорн затаил дыхание: дракон подошел к приманке и принялся осторожно ее обнюхивать. Вообще-то опасаться ему нечего – в плане физическом тут все абсолютно чисто, никаких подвохов.

– Надеюсь, – усмехнулся барон, – вы способны убедиться в отсутствии ядов или наведенной магии, не вскрывая обертки?

– Да уж как-нибудь... Однако пакет, – Эландар взвесил его на ладони, – тянет почти на полфунта, и внутри ясно ощущается металл... много металла. Что в нем есть еще, кроме самого послания?

– Послание завернуто в несколько слоев толстой серебряной фольги, чтобы его нельзя было прочесть снаружи при помощи магии. – Эльф едва заметно кивнул. – Внешняя обертка – мешковина, а в узлы обвязки, там, где расположены сургучные печати, вплетены металлические кольца. Тайно вскрыть такой пакет невозможно: нельзя ни отпарить сургуч от поверхности – он слишком глубоко проникает между нитями мешковины, ни аккуратненько срезать печать с торца тонким раскаленным лезвием – мешает заключенное внутри нее кольцо. Так опечатывают правительственную почту в Кханде – более надежного способа я не знаю... Кстати, тут есть и еще одна страховка: узлы обвязки, которыми закреплены кольца, наверняка не знакомы никому из эльфов. Вот, поглядите.

С этими словами Тангорн быстро завязал кусок шпагата вокруг рукоятки фруктового ножика и передал нож Эландару. Тот некоторое время пробовал разобраться в веревочных хитросплетениях, но затем с явным неудовольствием оставил эти попытки:

– Что-то из здешних морских узлов?

– Отнюдь. Просто эльфы – в силу своей косности – всегда вяжут тетиву к луку одним-единственным способом, а на самом-то деле таких узлов известно минимум три. Это – один из них...

Эландар раздраженно сунул пакет за пазуху и вновь принялся разглядывать узелок. Как же – высшая раса, а на такой ерунде спотыкаемся... Обидно, понимаешь! Тангорн замер, боясь поверить своим глазам. Дракон проглотил приманку... сожрал-таки, скотина... заглонул, схарчил, схрумкал, схавал! И тут эльф, будто бы почуяв эту радостную мельтешню его мыслей и чувств, поднял глаза и глянул на барона в упор, и тот с ужасом ощутил, как неодолимая сила затягивает его в бездонные щели Эландаровых зрачков, а холодные пальцы с привычной брезгливостью ворошат содержимое его души... Нельзя, нельзя глядеть в глаза дракону – это же известно даже малому ребенку! И он рванулся прочь со всей силою отчаяния, как рвется попавшая в капкан лиса, оставляя в стальных челюстях клочья шкуры, кровавое мясо с осколками костей и измочаленные обрывки сухожилий. «Я ничего не знаю – я посредник, только посредник, и ничего больше!!» Боль была страшной, вполне физической, а потом все разом кончилось – он сумел освободиться... Или эльф выпустил его сам? И тогда до него донесся голос Эландара – наплывами, будто из сна:

– То, что ты нас ненавидишь, – ерунда: политика иной раз укладывает в одну постель еще и не таких партнеров. Но ты что-то скрываешь насчет этого пакета, что-то важное и опасное, – и вот это уже по-настоящему скверно. А ну как там внутри просто-напросто какой-нибудь здешний государственный секрет вроде рецептуры умбарского огня или адмиралтейских карт?.. А на выходе меня берут под белы руки дээсдэшники, и я отправляюсь на галеры – лет на тридцать, а то и прямиком на виселицу в Ар-Хоране: время-то, почитай, военное, к шуткам не располагающее. Славно было бы подвести меня под статью о шпионаже, а?

– Это неправда... – вяло возразил он, не в силах разомкнуть веки; язык не слушался, хотелось не то проблеваться, не то просто сдохнуть... Интересно, а что чувствует женщина после изнасилования?..

– Неправда... – хмыкнул эльф.–Может, оно и так. Но только сдается мне, что от этого вашего подарочка все равно разит какой-то тухлятиной!

А дракон и не думал глотать приманку; он лишь лениво попробовал ее на зуб и, урча, уволок в свою пещеру – на всякий случай. Там и суждено ей было сгинуть – среди обрывков кольчуг тех рыцарей, что дерзнули бросить вызов чудовищу, княжеских венцов, золотых дароносиц из разрушенных им городов и скелетов замученных девушек... Все кончено, понял Тангорн; он проиграл этот бой, самый важный бой в жизни. Эру свидетель – он сделал все, что в человеческих силах, но в последний миг Удача отвернулась от него... от него и от Халаддина. Означает ли это, что он ошибся изначально и их миссия вообще неугодна Высшим Силам?

Тем временем в кабинет вернулся Альгали – пора закругляться. Эландар, вновь обратившийся в изысканного благообразного джентльмена, развлек своих сотрапезников свежим анекдотом, посетовал на дела, вынуждающие его оставить сие очаровательное общество («Нет-нет, у барон, провожать меня не надо, ни в коем случае; поскучайте-ка лучше вдвоем с милейшим Альгали еще минут десять»), на прощание наполнил бокалы из плоской серебряной фляжки («За нашу удачу, барон! Это настоящее эльфийское вино – не чета той дешевке, которой торгуют в „Эльфините“, верьте слову») и, залпом выцедив густую темно-рубиновую жидкость, вернул на лицо полумаску и направился к выходу.

Пару минут Тангорн и Альгали сидели в молчании друг против друга, а их нетронутые бокалы стояли посреди стола как пограничные столбы. "Дражайший Эландар страхуется – как бы я его не повел, выскользнув на улицу сразу вслед за ним, – лениво размышлял барон. – Интересно, а знает ли господин младший секретарь, что при желании я мог бы немедленно выбраться из этой «Макрели» через окошко в туалете? Вообще-то может знать, хотя навряд ли... Главное – мне это уже ни к чему.

До чего ж подлую шутку я сыграл с тобою, парень, – внезапно подумал он, встретив по-детски открытый взгляд «носителя информации не своего уровня». – Может, оттого и отвернулись от меня Высшие Силы? Отвернулись – и оказалось теперь, что во всем этом неотмываемом дерьме – и с тобою, и с тем парнем на Фонарной, 4, – я купался совершенно зазря. Я подшутил над тобой, а они – надо мною; все верно – боги всегда смеются последними..."

– Знаешь, я еще некоторое время посижу, а ты – если дорожишь жизнью – линяй-ка отсюда со скоростью ветра: твои кореша-эльфы приговорили тебя к смерти. Рекомендую воспользоваться сортирным окошком – человек твоей комплекции пролезет в него без проблем.

– Даже если бы я вам и поверил, – презрительно отвечал юноша, – я все равно не принял бы избавление от смерти из ваших рук.

– Да? А почему?

– Потому что вы – Враг. Вы сражаетесь на стороне Сил тьмы, так что каждое ваше слово ложь, а каждый поступок – зло по определению.

– Ошибаешься, парень, – устало вздохнул Тангорн. – Я не на стороне темных и не на стороне светлых; я, если уж на то пошло, на стороне разноцветных.

– Такой стороны не существует, барон, – отрезал Альгали, и глаза его полыхнули огнем. – Грядет Битва битв, Дагор-Дагорад, и каждому – слышите, каждому! – придется сделать выбор между Светом и Тьмой. И кто не с нами, тот против нас...

– Врешь. Такая сторона существует... да еще как существует! – Тангорн больше не улыбался. – Если я за что и сражаюсь–так это за то, чтоб милый вашему сердцу Дагор-Дагорад не настал вовсе. Я сражаюсь за право разноцветных оставаться разноцветными, не вляпываясь в эту вашу «всеобщую мобилизацию». А насчет Света и Тьмы... Силы света, как я понимаю, олицетворяет твой хозяин?

– Он не хозяин, а Наставник!

– Пусть так. А теперь погляди сюда. – С этими словами он извлек из кармана белый, похожий на кварц камешек на серебряной цепочке. – Это эльфийский индикатор ядов – встречался с таким?

Опущенный в бокалы с эльфийским вином, камешек оба раза наливался зловещим фиолетовым свечением.

– Судя по цвету, эта отрава должна подействовать где-то через полчаса... Ладно, я – враг, обо мне речи нет; но подносить яд собственному Ученику – это как, тоже в традициях Сил света?

И тут случилось то, чего Тангорн никак не ожидал. Альгали взял ближний к нему бокал, мигом поднес к губам и, прежде чем барон успел перехватить его руку, выпил до капли.

– Вы лжете! – Лицо юноши стало бледным и вдохновенным, исполненным какого-то неземного восторга. – А если нет, то что ж с того: значит, так надо для дела. Для Нашего Дела...

– Ну, спасибо тебе, парень, – покачал головою барон, очнувшись после минутного оцепенения. – Ты даже не представляешь, как ты мне сейчас помог...

Не прощаясь, направился к выходу, а в дверях еще разок обернулся бросить взгляд на обреченного фанатика: «Страшно подумать, что будет со Средиземьем, если эти детишки возьмут верх. Может, я провел свою партию не лучшим образом, но по крайней мере я играл за правильную команду».

...Джакузи нашел в себе силы не маячить лично перед входом в «Зеленую макрель», положившись на специалистов из группы наружного наблюдения. Ни факт контакта Тангорна с эльфийским подпольем, ни личность его собеседника вице-директора ДСД сейчас не занимали – не до того. Он знал, что и судьба Республики, и его собственная всецело зависят от единственного обстоятельства – куда направится барон по выходе из «Макрели»: направо или налево, к порту или в Новый город. Знал – но сам тут изменить ничего не мог, а потому лишь молился всем известным ему богам: Единому, Солнцеликому, Неназываемому, даже Эру-Илюватару северных варваров и Великому змею Удугву. А что ему еще оставалось? И когда он наконец услыхал – «Объект вышел из ресторана, направляется в сторону Нового города», первой его оформленной мыслью стало: «Интересно, кто из них внял моим молитвам? А может. Бог и в самом деле един – просто для разных стран и народов у него разные оперативные псевдонимы и легенды прикрытия?..»

– Улицы уже обезлюдели, – озабоченно докладывал между тем старший бригады наружного наблюдения, – а объект крайне осторожен. Вести его будет очень трудно...

– ...А главное – не абсолютно нужно, – рассмеявшись, продолжил за него Джакузи: теперь-то вице-директор безошибочно чувствовал – Удача на его стороне; предощущение победы, более сладостное даже, чем сама победа, переполняло все его существо. – Снимайте наблюдение, совсем. Группе захвата – действовать по второму варианту.

ГЛАВА 53

Умбар, Яшмовая, 7.
Ночь с 26 на 27 июня 3019 года

Ночная Яшмовая была пуста, однако привычка

проверяться сидела в нем уже неистребимо. Впрочем, усмехнулся про себя Тангорн, если его и вправду кто-то ведет, филерам не позавидуешь: здесь не порт с его никогда не замирающей толчеей, а солидный аристократический район, на улицах которого с наступлением темноты остается столько же примерно народу, сколько и на освещающей их Луне... Хотя, если вдуматься, кому он теперь нужен – после ареста болвана Марандила... Самое важное: нужен ли он теперь самому себе? А – Элвис? Что ему сейчас точно нужно – так это тихая норка, сидя в которой можно было бы вдосталь поразмыслить вот над чем: там, в «Зеленой макрели», он не смог победить или не захотел? В последний миг испугался собственной победы, ибо всегда помнил свой молчаливый уговор с Высшими Силами: с завершением миссии завершится и его земная жизнь... И не то чтобы он там струсил, нет – просто в решающий миг поединка с Эландаром не сумел стиснуть зубы до хруста и сделать «через не могу»; не сил, не мастерства ему там недостало и даже не удачи, а упертости и куража...

За этими размышлениями он достиг ювелирной лавки достопочтенного Чакти-Вари (бронзовая змейка на входной двери извещала потенциального грабителя, что охрану помещения тут, по вендотенийскому обычаю, несут королевские кобры; может, и вранье – влезь да проверь), затем пересек мостовую и, еще раз проверившись, открыл своим ключом калитку в восьмифутовой ограде из ракушечника. Двухэтажный дом Элвис стоял в глубине сада, сквозь который вела усыпанная песком тропинка. Мазки сусального серебра, щедро нанесенные луной на вощеную листву олеандров, еще резче оттеняли непроглядную темень, царящую под кустами, цикады звенели на своих кимвалах так, что просто закладывало уши... А те, кто поджидал барона в этом лунном саду, с легкостью могли бы спрятаться в ясный полдень посреди свежевыкошенной лужайки и абсолютно бесшумно пройти по рассохшемуся паркету, усыпанному сухой листвой, – неудивительно, что удар по затылку (полотняная колбаска, набитая песком: дешево и сердито) застал его врасплох.

Улетевший во мрак Тангорн не видал ни того, как над ним склонились несколько фигур в черных балахонах, ни того, как вокруг них возникли, будто бы соткавшись из мрака, еще фигуры – тоже в балахонах, но несколько иного покроя. Того, что произошло дальше, он не видел тоже, а если бы даже и увидал, то вряд ли бы что-нибудь разобрал: схватка ниньокве – не такая штука, за которой может уследить глаз дилетанта. Больше всего это напоминает воздушный танец сухих листьев, взмученных внезапным вихрем; бой идет в полной, совершенно противоестественной тишине, нарушаемой лишь звуком достигших цели ударов.

Когда барона по прошествии семи или восьми минут выдернула из беспамятства выворачивающая наизнанку вонь нюхательной соли, все уже было кончено. Стоило ему приоткрыть глаза, как человек в балахоне убрал склянку от его лица и, не произнеся ни слова, отошел куда-то прочь: спине было жестко и неудобно, и через пару секунд он сообразил, что его перенесли к самым дверям особняка и усадили, прислонив к ступенькам крыльца. Вокруг деловито и абсолютно бесшумно сновали «балахонники»; те, что угодили как раз в обширное пятно лунного света, волокли характерной формы тюк, из которого торчали наружу мягкие сапоги. Где-то за плечом Тангорна тихо переговаривались двое – у одного был тягучий выговор уроженца Полуострова; барон, не поворачивая головы, напряг слух.

– ...Одни трупы. На одного накинули сеть, но он успел отравиться.

– М-да... Мягко говоря – досадно. Как же это вы?..

– Парни попались – круче некуда. У нас у самих двое убитых и еще двое покалеченных – такого на моей памяти не случалось...

– Кто?..

– Джанго и Ритва.

– Ч-черт... Представите рапорт. И через пять минут – чтоб никаких следов.

– Слушаюсь.

Прошелестели по траве приближающиеся шаги, и перед Тангорном возник высокий худощавый человек, одетый в отличие от прочих в обычную гражданскую одежду; лицо его, впрочем, тоже скрывал капюшон.

– Как самочувствие, барон?

– Благодарю вас, бывало и хуже. Чему обязан?..

– Вас пытались захватить люди из спецкоманды Арагорна – надо полагать, для допроса с последующей ликвидацией. Мы этому воспрепятствовали, но на вашу благодарность, по понятной причине, не слишком рассчитываем.

– Ага! Меня, значит, использовали как приманку. – Произнеся слово «приманка», барон отчего-то вдруг издевательски расхохотался, но тут же осекся, зажмурившись от боли в затылке. – Ваша служба – ДСД?

– Мне неизвестна такая аббревиатура, да и не в аббревиатурах дело. У меня для вас скверная новость, барон: завтра вам будет официально предъявлено обвинение в убийстве.

– Сотрудников гондорской резидентуры?

– Если бы!.. Гражданина Умбарской республики Альгали, коего вы отравили нынче вечером в «Зеленой макрели».

– Ясно... А почему обвинение предъявят только завтра?

– Потому что моя служба по ряду причин не заинтересована в ваших откровениях на следствии и суде. Вы располагаете временем до завтрашнего полудня, чтобы навсегда исчезнуть из Умбара. Но если вы все же замешкаетесь и очутитесь в тюрьме, то не обессудьте – нам придется обеспечить ваше молчание иным способом... Завтра утром по Чевелгарскому тракту уходит караван достопочтенного Кантаридиса, а в нем отыщется пара свободных бактрианов; пограничная стража на Перешейке получит розыскные ориентировки с должным запозданием. Вам все ясно, барон?

– Все, кроме одного. Самым простым решением было бы ликвидировать меня – прямо сейчас. Что вас удерживает?..

– Профессиональная солидарность, – усмехнулся человек в капюшоне. – И потом – мне просто нравятся ваши такато.

Сад к тому времени уже опустел: «балахонники» один за другим беззвучно растаяли в ночной тьме, которая до того их породила. Человек в капюшоне двинулся следом за своими людьми, но, перед тем как навсегда исчезнуть в лунной тени меж олеандровыми кустами, вдруг обернулся и проронил:

– Да, барон, и еще один бесплатный совет. Пока не покинете Умбар – «ходите опасно». Я вел вас сегодня весь день, от Длинной дамбы, и меня не оставляет ощущение, что вы уже вычерпали отпущенный вам запас удачи – до самого донышка. Такие вещи чувствуешь сразу... Я не шучу, поверьте.

Что ж, похоже, его запас удачи и впрямь исчерпан. Хотя это как поглядеть: он проиграл сегодня вчистую, всем, кому только можно – и эльфам, и людям Арагорна, и ДСД, – но при этом ухитрился остаться в живых... Нет неправда: не он остался, а его оставили в живых, это разные вещи... А может, все это ему померещилось? Сад пуст, и спросить не у кого – разве что у цикад... Он поднялся на ноги и понял, что уж удар-то по голове ему точно не приснился: в черепе с шумом плескалась боль пополам с тошнотой, заполняя его где-то до уровня кончиков ушей. Сунув руку за пазуху в поисках ключа, он наткнулся на теплый металл мифриловой кольчуги: надел ее еще в банке, страхуясь перед встречей с Эландаром... Да, нечего сказать – здорово она ему помогла...

Едва лишь он попал ключом в скважину, как дверь распахнулась и перед ним предстал заспанный дворецкий – огромный флегматичный харадрим Унква, из-за плеча которого выглядывала перепуганная Тина. Отстранив слуг, он вошел в дом; навстречу ему уже сбегала по лестнице Элвис, на ходу запахивающая халат.

– Боже, что с тобой? Ты ранен?

– Никак нет – просто слегка выпимши. – Тут его и вправду качнуло так, что пришлось опереться о стену. – Проходил вот мимо... дай-ка, думаю, загляну по старой памяти.

– Врун... – Она всхлипнула, и руки ее, выскальзывая из широких рукавов, обвились вокруг его шеи. – Господи, до чего ж ты мне надоел!

...Они лежали рядом, чуть касаясь друг друга, и ладонь его медленно скользила от ее плеча до изгиба бедра – легонько-легонько, будто бы опасаясь стереть облившее их тела лунное серебро.

– Эли!.. – наконец решился он, и та, как-то сразу почувствовав, что сейчас будет произнесено, медленно села, обхватив колени и уронив на них голову. Слова застряли в горле; он прикоснулся к ее руке и ощутил, как она отодвинулась – вроде бы совсем чуть-чуть, но на преодоление этого «чуть-чуть» ему теперь понадобится вся оставшаяся жизнь, и не факт, что хватит. Это, впрочем, было в ней всегда: она в принципе неспособна устраивать сцены, но зато умеет так промолчать, что потом неделю чувствуешь себя распоследней скотиной... каковой скотиной ты на самом деле и являешься. «У нее ж тут до меня вырисовывалась какая-то серьезная матримониальная перспектива, а она ведь уже не девочка – под тридцать... Сволочь вы, господин барон, ежели по-простому, равнодушная эгоистичная сволочь».

– Ваша секретная служба любезно дала мне время до завтрашнего полудня, чтобы я навсегда убрался из Умбара, – дальше меня просто убьют. Я под колпаком, и мне уже не вырваться. Такие дела, Эли... – Тут ему вдруг подумалось: вот, наверное, как раз с такими интонациями и сообщают любовнице: «В ближайшее время встречаться не выйдет – а то моя, похоже, что-то пронюхала», и у него едва не свело скулы от отвращения к себе.

– Ты как будто оправдываешься, Тан. Зачем? Я ведь понимаю – это просто судьба... А за меня не волнуйся, – она подняла голову, и вдруг тихонько рассмеялась, – в этот раз я оказалась предусмотрительнее, чем в прошлый.

– О чем ты?

– Да так – о своем о девичьем...

Элвис встала, набрасывая халат, и было в этом движении нечто настолько окончательное, у него невольно вырвалось:

– Ты куда?

– Собрать тебя в дорогу, куда ж еще? – чуть удивленно обернулась та. – Видишь, мне так и не стать дамой из общества, прости... недостает тонкости чуйств. Надо было устроить истерику или хоть для вида позаламывать руки, верно?

Слишком многое потерял он нынче единым махом: и цель, к которой шел все эти месяцы, и веру в себя, и страну, ставшую для него – может, и против воли, – второй родиной, а теперь вот теряет Элвис... И тогда, понимая уже, что все кончено, он отчаянно ринулся вперед – будто ныряя с пирса в безнадежной попытке догнать вплавь отваливший от пристани корабль.

– Послушай, Эли... Я в самом деле не могу остаться в Умбаре, но ты... Что бы ты ответила, если б я предложил тебе уехать со мною в Итилиен и стать там баронессой Тангорн?

– Я ответила бы, – в голосе ее была одна лишь смертельная усталость, – что ты, к сожалению, всю жизнь слишком любил сослагательное наклонение. А женщины – такова уж их природа – предпочитают повелительное...

Извини.

– А если сменить наклонение? – Он изо всех сил пытался улыбнуться. – В повелительном это будет звучать так: выходи за меня замуж! Так лучше?

– Так? – Она замерла, закрыв глаза и стиснув руки на груди, будто вправду к чему-то прислушиваясь. – А знаешь – действительно гораздо лучше! Ну-ка повтори...

И он повторил. Сперва опустившись перед ней на колени, а потом подхватив ее на руки и кружась в медленном танце по всей комнате. Вот тут-то с ней и в самом деле приключилась легкая истерика, с хохотом и рыданиями навзрыд... Когда же они наконец опять оказались в постели, она первым делом приложила палец к его губам, а потом, взяв его ладонь в свои, осторожно прижала ее к своему животу и тихонько прошептала: «Тс-с-с! Смотри не напугай его!»

– Так у тебя... у нас... – только и смог вымолвить он.

– Ну да! Я ж сказала, что в этот раз была предусмотрительнее, чем тогда, четыре года назад. Что бы там дальше ни случилось, у меня останется он... Понимаешь, – она с тихим смехом прижалась к Тангорну и нежно потерлась щекой о его плечо, – я отчего-то точно знаю: это будет мальчишка – вылитый ты.

Некоторое время он лежал в молчании, тщетно пытаясь навести порядок в голове: слишком уж много всего и сразу. «Прежняя жизнь авантюриста Тангорна окончена – с этим все ясно, но, может, тихая семейная идиллия с Элвис – это и есть тот самый ее конец, который подразумевали Высшие Силы? Или наоборот – мне просто платят отступного за то, чтобы я бросил Халаддина? Но ведь я так и так бессилен уже что-либо сделать для него, моя умбарская миссия провалена необратимо... Ой ли? А если бы тебе сейчас предложили переиграть партию и отдать жизнь в обмен за победу над Эландаром? Не знаю... еще полчаса назад отдал бы не раздумывая, а сейчас – не знаю... Наверное, нашел бы благовидный предлог отвертеться – если совсем честно. Да, ловко меня стреножили... Пропади оно все пропадом, – обреченно подумал он, – нет у меня больше сил решать эти загадки, ставя себя на место Высших Сил. И пусть все идет как идет...»

– Послушай, – он оставил наконец попытки собрать в кучу разбегающиеся мысли: на поверхность все равно неуклонно вылезали всякие пустяки, – а ты не будешь скучать там, в Эмин-Арнене? Это ведь, если по-честному, такое захолустье...

– Знаешь, я тут в нашей столице мира за свои двадцать восемь годков навеселилась под завязку – хватит на три оставшихся жизни. Не бери в голову... И вообще, господин барон, – тут она обольстительнейшим образом изогнулась, закинув руки за голову, – не пора ли вам приступить к исполнению своих супружеских обязанностей?

– Всенепременнейше, дорогая баронесса!..

ГЛАВА 54

В рассветном саду пел вивино; птаха устроилась на ветке каштана прямо напротив распахнутого окна их спальни, и печальные мелодичные трели поначалу казались Тангорну нитями, вытащенными из ткани его собственного сна. Он осторожно, чтобы не потревожить спящую Элвис, выскользнул из постели и подкрался к окошку. Крохотный певец запрокинул головку так, что желтые перышки на шее встопорщились пенным жабо, и щедрыми горстями рассыпал по округе переливы великолепного финального росчерка; потом он с деланным смущением отвернулся в полупрофиль и выжидательно глянул на барона: «Ну как тебе? Понравилось?» «Спасибо, малыш! Я ведь знаю: вивино – лесная птица, она терпеть не может город... Ты прилетел специально, попрощаться со мной?» «Ну вот еще!» – насмешливо мигнул тот и упорхнул в глубь сада; да, вивино был истинным умбарцем, и нордическая сентиментальность была ему явно чужда.

Быстро и едва слышно прошлепали по полу босые ступни, и теплая со сна Элвис прильнула к нему сзади, скользнув губами по лопаткам и позвоночнику.

– Что ты там увидал?

– Там пел вивино. Настоящий вивино – в городе, представляешь?

– А-а... Это мой вивино. Он живет тут уже почти месяц.

– Поня-атно, – протянул Тангорн, ощутив – вот ведь смешно! – нечто вроде укола ревности. – А я-то уж решил, будто он прилетел сюда ради меня...

– Слушай... а может, он и в самом деле не мой, а твой? Ведь он появился у меня в саду одновременно с тобой... Да, точно – в первых числах!

– Что ж, в любом случае это лучший прощальный привет Умбара, какого можно пожелать... Ты глянь-ка, Эли, а вон еще один прощальный приветик! – вдруг расхохотался он, указав на мрачного заспанного полицейского, занявшего позицию на противоположной стороне Яшмовой улицы рядом с ювелирной лавкой Чакти-Вари. – Секретная служба тактичным покашливанием напоминает мне, чтобы до отъезда я «ходил опасно»... Ну ладно: насчет отъезда – ты как, не передумала? Может, двинешься позже, уладив здешние дела?

– Нет уж, – отрезала она, – я с тобой! В том караване два свободных бактриана – ну чем не перст судьбы? А дела... С ними все равно придется разбираться моему юристу, тут работы не на одну неделю. Наверное, лучше будет все обратить в золото – ценные бумаги у вас там, на Севере, кажется, не в ходу?

– Там про такое никто и не слыхивал, – кивнул он, с улыбкой наблюдая за одевающейся Элвис. – Ну и парочку мы с тобою являем, подруга, – просто классика: промотавшийся в дым аристократишка, все достояние которого – меч да траченный молью титул, женится на деньгах преуспевающей вдовушки из мещанского сословия...

– ...Каковая вдовушка начинала некогда свою карьеру торгуя направо и налево собственным телом, – в тон ему продолжила Элвис. – С какой стороны ни глянь – совершеннейший мезальянс... Не история, а золотая жила для кумушек из обоих сословий.

– Это точно... – Ему, похоже, пришла в голову внезапная мысль, и сейчас он что-то прикидывал про себя. – Послушай, я вдруг подумал... До полудня бездна времени. А что, если мы поженимся прямо сейчас? По ритуалу любой из умбарских религий – на твой выбор.

– Да, милый, конечно... А по какому ритуалу – мне тоже все равно... Давай по аританскому, благо их храм в двух шагах отсюда.

– Да что с тобой, Эли? Ты вовсе не рада?

– Нет-нет, что ты!.. Просто вдруг накатило предчувствие, очень скверное... как раз когда ты заговорил о женитьбе.

– Чепуха, – твердо отвечал он. – Одеваемся, и вперед; аритане – так аритане. Кстати... твой камень, если я не путаю, сапфир?

– Да, а что такое?

– Пока ты прихорашиваешься, я как раз успею прогуляться через улицу до лавки достопочтенного Чакти-Вари – на предмет свадебного подарка. Время, конечно, неурочное, но за такие деньги, – он подкинул на ладони мешочек с остатками Шарья-Раниного золота, – старикан выпорхнет из постели как вспугнутый фазан...

И тут он осекся, увидав лицо Элвис: та стремительно бледнела, а глаза ее из васильковых сделались черными – один зрачок.

– Нет!!! Тан, милый, не ходи, умоляю тебя!!

– Да что с тобой, маленькая? Это... это опять твои предчувствия? – Она быстро закивала в ответ, не в силах вымолвить ни слова. – Пойми, мне ничто не угрожает – я вышел из игры и просто никому больше не нужен...

– Хорошо, – она уже овладела собою, – пойдем. Но только вместе, ладно? Я буду готова через пять минут. Ты обещаешь, что не станешь выходить из дому без меня?

– Да, мамочка!

– Вот и умничка!

Элвис чмокнула его в щеку и выскользнула в коридор; слышно было, как она отдает какие-то распоряжения недовольно ворчащей Тине. «Браво, господин барон, – мрачно подумал он, – дожили... любимая женщина поведет вас за ручку, обеспечивая вашу безопасность – сами-то вы даже на это уже не способны... Ты и так вышел из игры битым (что никак не способствует самоуважению), но если ты сейчас и впрямь послушно дождешься Элвис, то просто потеряешь право называться мужчиной... Ну а если предчувствие ее не обманывает – тем хуже для них. И пускай цена ему как шпиону пятак в базарный день, но уж третьим-то мечом Гондора он от этого быть не перестал... У него есть Снотворное и мифриловая кольчуга – рискните, ребята! И пусть ваши головы станут моим утешительным призом – настроение как раз подходящее... Тьфу ты! – Он едва не расхохотался. – Кажется, я начинаю всерьез относиться к женским предчувствиям». Окинул взором пустой сад (из окна второго этажа он просматривался как на ладони), совершенно безлюдную Яшмовую улицу с дээсдэшником в полицейской форме... В лавке Чакти-Вари – сторожевые кобры... И что с того?.. «Черт, – успел подумать он, перекидывая ноги через подоконник, – клумбу бы не помять, а то Эли мне за свои левкои голову оторвет...»

...Элвис была уже почти готова, когда уловила краешком глаза движение в саду. С остановившимся сердцем она дернулась к окну и узрела на дорожке Тангорна: тот послал ей воздушный поцелуй, а затем направился к садовой калитке. Шепотом адресовав своему благоверному парочку выражений, более приличествующих ее портовой юности, нежели нынешнему статусу, Элвис с некоторым облегчением убедилась, что барон при оружии и, судя по его походке, явно не склонен разевать варежку навстречу красотам летнего утра. Он настороженно миновал калитку, пересек улицу, обменявшись парою фраз с полицейским, и протянул руку к бронзовому дверному молотку на входе в ювелирную лавку...

– Та-а-а-а-ан!!! – прорезал тишину отчаянный крик.

Поздно.

Полицейский вскинул руку ко рту – ив тот же миг барон, судорожно хватаясь за горло, осел на мостовую.

Когда она выбежала на улицу, «полицейского» уже и след простыл, а Тангорн доживал последние секунды. Отравленная колючка, выпущенная из улшитана – маленькой духовой трубки дальнехарадских пигмеев, – вонзилась ему в шею, на палец выше ворота мифриловой кольчуги: извлечь из ножен Снотворное «третий меч Гондора» так и не успел... Барон стиснул до синяков руки пытающейся приподнять его Элвис и с хрипом выдохнул: «Фарамиру... Передай... Сделать...»: силился выговорить что-то еще (на самом-то деле заготовленная им фраза была – «Фарамиру передай – сделать не вышло»), но не хватило воздуха в легких: алкалоиды анчара, составляющие основу пигмейского яда, вызывают паралич дыхательной мускулатуры... Ни выполнить свою миссию, ни хотя бы дать знать товарищам о ее провале барон так и не сумел; с этой мыслью и умер.

...С соседнего чердака наблюдал за этой сценой через затянутую паутиной отдушину человек по кличке Перевозчик – чистильщик из организации Эландара. Он в недоумении опустил свой арбалет, тщетно пытаясь сообразить – кто же это его так ловко опередил?.. ДСД? Для Приморской, 12, слишком уж чисто сработано... А если все это лишь очередная уловка барона?.. Может, для верности все-таки всадить в него стрелу?..

...Мангуст к тому времени успел уже избавиться от полицейской формы и, вновь став вполне законно аккредитованным при МИДе послом Его Величества султана Сагула V Благочестивого – могущественного властителя несуществующих в природе Флориссантских островов, – без лишней суеты поспешал к порту: там его ждала зафрахтованная загодя фелюга «Трепанг». Поединок двух лейтенантов закончился тем, чем и должен был закончиться, ибо профессионал отличается от любителя еще и тем, что играет не до забитого им красивого гола и не до своего «психологического кризиса», а до шестидесятой секунды последней минуты матча. К слову заметить, означенная шестидесятая секунда наступила для Мангуста как раз в порту, где ему довелось еще раз продемонстрировать свой высокий профессионализм. Вряд ли он и сам сумел бы сформулировать, что именно не понравилось ему в поведении экипажа «Трепанга», но только он полуобернулся – якобы с каким-то вопросом – к шкиперу, ступившему на сходни следом за ним, ребром ладони перерубил тому гортань и спрыгнул в жирно-ржавую, подернутую мертвыми радужными разводами воду между пирсом и корабельным бортом. Это-то и дало ему пару секунд форы – как раз чтоб извлечь из-за обшлага и закинуть в рот маленькую зеленоватую пилюлю, так что в руки оперативников Джакузи попал лишь еще один (четвертый по счету за нынешние сутки) неопознанный труп: спецкоманда из «Феанора» сыграла с умбарской секретной службой вничью – по нулям.

...А Тангорн умер на руках окаменевшей от горя Элвис так и не узнав самого главного: именно его гибель от руки людей из тайной стражи станет последним доводом, разрешившим колебания Эландара, и в тот же день Тангорнов пакет не ведомыми никому из людей путями отправится на север, в Лориен. Не узнал он и того, что Элвис разобрала его предсмертный захлебывающийся шепот как законченную фразу: «Фарамиру передай – сделано!» – и выполнит все как должно... А Некто неустанно ткущий из неприметных глазу случайностей и вполне очевидных человеческих слабостей роскошный гобелен, который мы и называем Историей, тотчас же выкинул из памяти этот эпизод: гамбит – он и есть гамбит, отдали фигуру – получили игру, и дело с концом...

ЧАСТЬ ЧЕТВЕРТАЯ
ВЫКУП ЗА ТЕНЬ

Снова и снова все то же
твердит он до поздней тьмы:
"Не заключайте мировой с Медведем,
что ходит как мы!"
Р. Киплинг

ГЛАВА 55

Темнолесье, близ крепости Дол-Гулдур.
5 июня 3019 года

– Следок-то свежий. Совсем... – пробормотал себе под нос Ранкорн: он припал на колено и, не оборачиваясь, сделал знак рукою шедшему ярдах в пятнадцати позади Халаддину – давай-ка с тропинки. Двигавшийся замыкающим Цэрлэг обогнал послушно попятившегося на обочину доктора, и теперь сержанты на пару священнодействовали вокруг небольшой глинистой водомоины, обмениваясь негромкими замечаниями на всеобщем. Халаддиново мнение следопытов, понятное дело, не интересовало вовсе; да что там Халаддин – даже голос орокуэна в том совещании значил не слишком много: у разведчиков уже устоялась своя собственная табель о рангах. Вчерашние враги – итилиенский рейнджер и командир разведвзвода кирит-унгольских егерей – держались друг с дружкою подчеркнуто уважительно (так могли бы общаться, к примеру, мастер-златокузнец с мастером-оружейником), но пустыня есть пустыня, а лес есть лес – оба профессионала превосходно сознавали границы своих епархий. Рейнджер-то провел в лесах всю сознательную жизнь.

...В ту пору он был прям спиною, ходил широко расправя плечи – правое еще не вытарчивало выше левого, – а лицо его не обезображивал скверно сросшийся багровый шрам; он был красив, смел и удачлив, а форменный бутылочно-зеленый камзол королевского лесника сидел на нем как влитой – в общем, смерть девкам... Мужики из окрестных деревень его недолюбливали, и он находил это вполне естественным: ясно, что виллану хорош лишь тот лесник, что «входит в положение», Ранкорн же к своим служебным обязанностям относился с присущим молодости ригоризмом. Будучи человеком короля, он мог поплевывать на местных лендлордов и сразу же поставил на место их челядь – те при его предшественнике взяли за правило наведываться в королевский лес как в собственную кладовую. Всем была памятна и история с забредшей в их края шайкой Эгги-Пустельги – он разделался с этими ребятами в одиночку, не дожидаясь, пока люди шерифа соизволят оторвать свои задницы от лавок трактира «Трехпинтовая кружка». Словом, к молодому леснику относились в округе с опасливым почтением, но без особой симпатии; а впрочем, что ему было до тех симпатий? Он с детства привык быть сам по себе и общался не столько со сверстниками, сколько с Лесом; Лес был для него всем – и товарищем по играм, и собеседником, и наставником, а со временем сделался самым настоящим Домом. Болтали даже, будто в жилах его есть кровь восов – лешаков из зловещей Друаданской пущи, ну да мало ли чего болтают по затерянным в лесной глуши деревушкам промозглыми осенними вечерами, когда лишь огонек лучины не дает вылезти из темных углов затаившейся там древней чертовщине...

В довершение всего Ранкорн – к крайней досаде всех окрестных девушек на выданье – вовсе перестал появляться на поселковых игрищах, а взамен того зачастил в полуразвалившуюся сторожку на окраине Друадана: там с некоторых пор поселилась пришедшая откуда-то с дальнего севера, чуть не из Ангмара, старуха травница со своею внучкой по имени Лианика. Чем уж эта веснушчатая замухрышка сумела взять такого видного парня – одному Манве ведомо; многие полагали, что не обошлось тут без колдовства: бабка-то точно владела всяческими заговорами и умела исцелять травами и наложением рук – с того и жила. Про Лианику же было известно, что та общается со всеми зверями и птицами на их языке и умеет, к примеру, заставить горностая сидеть столбиком у себя на ладони вместе с беспечно умывающей мордочку полевой мышью. Впрочем, слух этот, возможно, возник просто оттого, что людей – в отличие от лесной живности – она дичилась и всячески избегала; сперва думали даже – может, вовсе немая?

«Ничего, ничего, – обиженно вздергивали подбородок местные красавицы, если кто в их присутствии поминал о странном выборе королевского лесника, – глядишь, сойдутся породой...»

А что – по всему видать и вправду сошлись бы. Только не привелось... Потому что однажды вечером девушка повстречалась на лесной тропинке с развеселой компанией молодого сеньора, который выехал поохотиться и, по обыкновению, «чуток улучшить породу своих вилланов»; эти его забавы давно уже вызывали неудовольствие даже у иных соседей-лендлордов – «Право же, сударь, ваша наклонность трахать все, что движется и дышит...». Дело было обыкновеннейшее, по серьезному-то счету яйца выеденного не стоящее. Ну кто бы мог подумать, что эта дура потом возьмет, да и утопится... Убыло от нее, что ли? Не, братцы, верно люди говорят – все они там, на северах, чокнутые...

Хоронил Лианику один Ранкорн – старуха не пережила смерти внучки и на третий день угасла, так и не выйдя из беспамятства. Соседи пришли на кладбище главным образом полюбопытствовать – положит ли лесник на свежий могильный холмик стрелу с черным оперением, давая клятву мести? Но нет – не рискнул... Оно и верно – плетью обуха не перешибешь. Мало ли что он «человек короля» – король далеко, а лендлордова дружина (восемнадцать головорезов, по которым веревка плачет) – вот она, рядышком. А с другой стороны – конечно, жидковат в коленках оказался парень, заметно жиже, чем мнилось по первости... Эту, последнюю, точку зрения высказывали в основном те из поселковых, кто намедни побился сдуру об заклад (один к двум, а то и к трем), ставя на то, что Ранкорн объявит-таки о намерении мстить, – и теперь вот кисло выкладывал проигранные денежки на липкий от пива стол в «Трехпинтовой кружке».

Молодой сеньор, однако, так не думал: во всем, что не касалось его сдвига по части розового мясца, он был на диво осмотрителен. Лесник никак не производил на него впечатления человека, который оставит эту историю без последствий либо (что, в сущности, то же самое) примется обивать пороги суда и строчить челобитные. Эта шустрая пейзаночка, коию он мимоходом облагодетельствовал на лесной опушке, невзирая на некоторые ее возражения (черт, укушенный палец ноет по сию пору)... Откровенно говоря – знать бы загодя, что на нее всерьез положил глаз такой парень, как Ранкорн, так он просто проехал бы себе мимо... тем более и девка-то оказалась – тьфу, глядеть не на что... Ну да чего теперь говорить – сделанного не воротишь. Сопоставив собственные впечатления с мнением командира дружины, лендлорд уверился: отсутствием черной стрелы обольщаться не стоит, сие означает лишь, что Ранкорн не любитель театральных жестов и ему плевать на пересуды зевак. Серьезный человек – а значит, и отношения к себе требует серьезного... Той же ночью стоящий на отшибе дом лесника запылал со всех четырех концов. Входная дверь оказалась подпертой бревном, а когда багрово подсвеченное изнутри чердачное оконце закрыла тень вознамерившегося выбраться наружу человека, снизу, из темноты, полетели стрелы; больше уже никто вырваться из пылающего сруба не пытался.

Сгоревший заживо королевский лесник – это тебе не вшивый виллан, по собственной дурости угодивший под копыта господской охоты, тут концы в воду не очень-то упрячешь. Хотя...

– Вся округа, сэр, полагает, что это браконьеры. Покойный – царство ему небесное – держал их в черном теле, вот они ему и отомстили. Скверная история... Еще вина? – Эти слова молодой сеньор адресовал прибывшему из Харлонда судебному приставу, который – так уж случилось – остановился под его гостеприимным кровом.

– Да-да, благодарю вас! Чудный кларет, давненько не доводилось пробовать подобного, – степенно кивнул пристав – рыхлый сонный старикашка с венчиком серебристых волос вокруг розовой, как деревенское сало, лысины. Он долго любовался на пламя камина сквозь вино, налитое в тонкий стеклянный бокал умбарской работы, а потом поднял на хозяина свои выцветшие голубые глазки, оказавшиеся вдруг вовсе не сонными, а пронзительно льдистыми. – Кстати, та утопленница... Она была из ваших крепостных?

– Какая утопленница?

– Слушайте, неужто они у вас топятся регулярно – через два дня на третий?

– Ах, эта... Нет, она откуда-то с севера. А что, это имеет значение?

– Может статься, что имеет. А может, и нет. – Пристав вновь поднял бокал на уровень глаз и раздумчиво произнес: – Ваше поместье, сударь, радует глаз своей обустроенностью –

пример для подражания всем окрестным землевладельцам. По моим прикидкам, не менее двух с половиной сотен марок годичной ренты – не так ли?

– Сто пятьдесят, – не моргнув глазом соврал лендлорд и облегченно перевел дух: хвала Эру – разговор, кажется, перешел в практическую плоскость. – Да к тому же едва ли не половина уходит в налоги... А тут еще закладные...

Что ж, браконьеры так браконьеры. Соответствующую кандидатуру подобрали быстро; провисев должное время на дыбе с жаровнею под пятками, парень сделал все положенные признания и был чин-чином посажен на кол – в назидание прочим холопам. Пристав убыл в город, нежно прижимая к правому боку свой кожаный кошель, отяжелевший разом на сто восемьдесят серебряных марок... Ну что, все? Черта с два – все!..

Лендлорда с самого начала тревожило то, что никаких костей на месте сгоревшего Ранкорнова дома так и не обнаружили. Командир дружины, который лично руководил той ночной акцией, успокаивал хозяина: сруб большой, пол не земляной, а дощатый, полыхало больше часа – труп наверняка сгорел дотла, такое случается сплошь и рядом. Молодой сеньор, однако, будучи – как уже говорено – человеком не по годам осмотрительным, послал своих людей еще разок обшарить пепелище... Тут-то и подтвердились наихудшие его опасения. Оказалось, осмотрительность не чужда была и леснику, в жизни которого хватало всяческих сюрпризов: из погреба у него вел наружу подземный лаз длиною тридцать ярдов, на полу которого обнаружились недавние пятна крови – одна из ночных стрел попала в цель.

– Искать! – распорядился молодой сеньор – негромко, но таким тоном, что выстроенные по тревоге дружинники (парни оторви и выбрось) разом покрылись гусиной кожей. – Либо он, либо мы – назад хода нету. Он пока что, хвала Оромэ, отлеживается где-то в лесу. Если уйдет – я покойник, но вы – все! – умрете раньше меня, эт-то я вам обещаю...

Лендлорд лично возглавил погоню – заявив, что на сей раз не успокоится, покуда не увидит труп Ранкорна собственными глазами. Следы беглеца, ведущие в глубь леса, весь день читались хорошо и четко: тот даже не пытался их маскировать, полагаясь, как видно, на то, что его уже не числят среди живых. Правда, ближе к вечеру командир дружинников нашел в кустах рядом со следовой дорожкой настороженный самострел... Вернее сказать, сам-то самострел обнаружили чуть погодя, когда стрела уже сидела у командира в животе по самое оперение. Пока дружинники базарили промеж собою, столпясь вокруг раненого, невесть откуда прилетела вторая стрела, вонзившаяся в шею еще одному из них. Но здесь Ранкорн сам себя выдал: его силуэт мелькнул среди деревьев ярдах в тридцати чуть ниже по склону лощины, и уж тут-то они всей ватагою ринулись вдогон по узкой прогалине между кустов орешника... Так оно и было задумано – чтоб все сразу и бегом, не глядя под ноги. В итоге в ту ловчую яму угодили единым махом трое – на такое он, признаться, даже не рассчитывал; разбойнички Эгги-Пустельги, что мастерили это сооружение, потрудились тогда на совесть – восемь футов глубины, на дне колья, вымазанные мясной гнилью, так что заражение крови гарантировано в любом случае.

Сумерки меж тем стремительно сгущались. Теперь дружинники сделались очень осторожными: двигались только попарно, а когда, прочесывая лес, заметили наконец затаившегося в кустах Ранкорна, то не стали рисковать и тут же изрешетили его стрелами с двадцатиярдовой дистанции. Увы, приблизившись вплотную (в аккурат под удар пятисотфунтовой колоды, сорвавшейся из соседней кроны), они обнаружили вместо вожделенного трупа сверток коры с одетыми на него лохмотьями... Тут только лендлорд впервые осознал, что даже унести ноги из «укрепрайона» шайки Эгги, куда их так ловко заманил этот окаянный вос, будет весьма непросто: ночной лес вокруг них набит смертоносными ловушками, а четверо тяжелораненых (это плюс к двоим убитым) начисто лишили отряд мобильности. И еще он понял, что их подавляющий численный перевес при создавшемся раскладе не имеет ровно никакого значения и вплоть до рассвета роль дичи в этой охоте уготована им.

ГЛАВА 56

Заняли круговую оборону; место – хуже не выдумаешь (лощина, заросшая орешником, видимость – ноль), но перебираться на другое было еще опаснее. О том, чтоб зажечь костер, и не думали – страшно не то что подсветиться, а хотя бы подать голос; даже перевязывать раненых пришлось в кромешной темноте, на ощупь. Стиснув луки и рукояти мечей, дружинники вглядывались и вслушивались в безлунную ночь, без колебаний стреляя на любой шорох, на любое шевеление в подымающемся от прелой листвы тумане. Кончилось тем, что во втором часу ночи у кого-то сдали нервы и этот идиот с воплем «Восы!!!» пустил стрелу в своего привставшего размять затекшие ноги соседа по цепи, а потом, хрустя кустами, ринулся в глубь оборонительного кольца. Дальше произошло самое страшное, что только может случиться в ночном бою: цепь распалась и началась всеобщая паническая беготня во мраке со стрельбой вслепую – каждый против всех...

Впрочем, в данном случае ни о какой несчастной случайности и речи не было: вышеупомянутый «кто-то», спровоцировавший своим выстрелом по товарищу всеобщую неразбериху, был не кем иным, как самим Ранкорном. Пользуясь темнотою, лесник завладел плащом одного из убитых (благо их-то никто не сторожил), смешался с занимающими оборону дружинниками и принялся ждать. Собственно говоря, всадить стрелу в спину лендлорда и, пользуясь неизбежною сумятицей, беспрепятственно раствориться потом во тьме можно было уже тыщу раз – только не заслужил тот столь легкой участи, и у Ранкорна были иные планы.

Итоги боя незадачливым преследователям стали ясны, лишь когда совсем рассвело: оказалось, отряд недосчитался еще двух бойцов, но самое главное – о ужас! – бесследно пропал сам лендлорд. Полагая, что тот во время ночной неразберихи отбился от своих и затаился в темноте (вообще-то это верное решение: в лесу только полный дурак бросается бежать сломя голову – нормальный человек сядет под куст и не пошевелится, пока об него не споткнутся), дружинники ринулись прочесывать окрестности, аукая своего господина. Нашли они его в паре миль от места схватки – ориентируясь на грай уже слетевшегося воронья. Молодой сеньор был привязан к дереву, а из окровавленного рта его торчали отрезанные гениталии. «Хером подавился», – злорадно шептались потом по деревням...

К облаве на изверга с энтузиазмом подключилось все окрестное население, но с тем же успехом можно было бы ловить и лесное эхо. Дальнейшая карьера королевского лесника, коему теперь не осталось иной дороги, кроме как в разбойники, была совершенно стандартной; стандартным был и ее конец – «сколь веревочка ни вейся, а совьешься ты в петлю». Раненный в схватке с людьми харлондского шерифа и изломанный на дыбе Ранкорн должен был украсить собою тамошнюю виселицу как раз в тот самый день, когда в город прибыл барон Грагер, вербующий пополнение для изрядно поредевшего в боях Итилиенского полка. «О!.. Этот мне подойдет», – обронил барон с тем же примерно выражением, с каким посетительница колбасной лавки тычет пальцем в приглянувшийся ей кусок ветчины («...И, пожалуйста, нарежьте»); шериф только зубами скрипнул.

Дела за Осгилиатом шли так себе; Итилиенский полк сражался заметно успешнее прочих – и, как уж водится в таких случаях, пополнение получал в самую последнюю очередь. Впрочем, с пополнениями вообще обстояло кисло (у тех в Минас-Торите, кто перед войной громче всех витийствовал о необходимости «раз и навсегда освободить Средиземье от Тьмы с Восхода», как-то вдруг сразу обнаружилась масса неотложных дел по эту сторону Андуина, простонародье же с самого начала видало эту самую Войну Кольца в гробу в белых тапках), так что выговоренный некогда Фарамиром пункт по комплектации полка – «хотя бы и прямо из-под виселицы» – приходилось теперь использовать на всю катушку. Собственно говоря, «под виселицей» продолжал ходить и сам Грагер, но в разгар войны тронуть фронтового офицера – для такого у судейских чернильниц Гондора просто были руки коротки.

Превратить мешок костей, извлеченный бароном из харлондского застенка, в нечто напоминающее человека стоило полковому лекарю итилиенцев немалых трудов, но знаменитый разбойник того стоил. Стрелять из лука так, как прежде, Ранкорн больше не мог (изувеченный плечевой сустав навсегда потерял подвижность), однако следопытом он остался отменным, а его опыт засад и иных боевых действий в лесу был поистине бесценен. Войну он закончил в сержантском чине, затем посильно поучаствовал под началом своего лейтенанта в освобождении и возведении на итилиенский престол Фарамира и совсем уж было собрался приняться за возведение собственного дома – где-нибудь подальше от людей, скажем, в долине Выдряного ручья... Тут-то рейнджера и пригласил Его Высочество князь Итилиенский: не согласится ли тот сопровождать двоих его гостей на Север, в Темнолесье?

«Я больше не на службе, мой капитан, а благотворительность не по моей части». «Мне и нужен такой, чтоб не на службе. А благотворительность тут ни при чем, они готовы хорошо заплатить. Назови свою цену, сержант.». «Сорок серебряных марок», – брякнул Ранкорн, просто чтоб от него отвязались. Но жилистый крючконосый орк (он, как видно, был у тех за старшего) лишь кивнул: «Идет», и принялся развязывать плетеный кошель с эльфийским узором; ну а уж когда на столе возникла пригоршня разнообразного золота (Халаддина давно занимало – откуда у Элоара взялись вендотенийские ньянмы и квадратные ченги с Полуденных архипелагов?), отыгрывать задний ход рейнджеру стало неприлично.

Халаддин с Цэрлэгом наслаждались теперь полной безответственностью: всю подготовку похода к Дол-Гулдуру взял на себя Ранкорн. Правда, купленные для них в поселке кожаные ичиги разведчик примерял с явной опаской (обуви без твердой подошвы орокуэн решительно не доверял), но вот поняжка, которую здесь используют вместо заплечного тюка, ему определенно пришлась по душе: жесткий каркас из двух черемуховых дуг, соединенных на взаимозажим под углом девяносто градусов (гнут черемуху свежей, только что срезанной, а засыхая, она обретает твердость кости), позволяет нести угловатый стофунтовый груз, не заботясь о том, как тот прилегает к спине.

Орокуэн на эти дни, к некоторому удивлению доктора, предпочел перебраться из гостевых апартаментов Эмин-Арнена, отведенных им принцем, в казарму Фарамировой личной охраны. «Я, сударь, человек простой и во всей этой роскоши чувствую себя как муха в сметане: плохо и сметане, и мухе». Назавтра он появился с изрядно заплывшим глазом, но вполне довольный собой: оказалось, итилиенцы, наслышанные о подвигах сержанта в ночь освобождения принца, раскрутили того на спарринг с двумя лучшими рукопашниками своего полка. Одну схватку Цэрлэг выиграл, вторую проиграл (а может – хватило ума проиграть) – к полному взаимоудовлетворению сторон; теперь даже открывшаяся во время вечерних посиделок нелюбовь орокуэна к пиву встречала у рейнджеров понимание: авторитетный мужик, в своем праве... А как там у вас?.. Кумыс? Ну уж извиняй, не завезли... А как-то раз Халаддин заглянул в казарму к своему спутнику и отметил, как при его появлении разом увял оживленный разговор на всеобщем и воцарилось неловкое молчание: для крестьянских парней, избавленных наконец от необходимости стрелять друг в дружку, высокоученый доктор был сейчас лишь досадной помехой, начальством.

Путь на север избрали водный: неизвестно, кто сейчас хозяйничает в Бурых землях на андуинском левобережье. До водопадов Рэроса (это примерно две трети пути) поднимались под парусом, благо в это время года по долине Великой Реки дуют сильные и ровные южные ветры. Дальше пришлось идти на легких долбленых обласках. Эту часть пути Халаддин с Цэрлэгом провели в статусе корабельного груза: «Вы с Рекой не знакомы, и лучшее, что можете сделать для отряда, – это ни при каких обстоятельствах не отрывать задницы от донышка челнока и вообще не делать резких движений». Второго июня экспедиция достигла кольцеобразной излучины Андуина перед впадением в него берущей начало в фангорнском лесу Светлянки. Дальше начинались Зачарованные леса – Лориен по правому берегу, Темнолесье по левому; отсюда до Дол-Гулдура оставалось чуть больше шестидесяти миль по прямой. Люди Фарамира остались сторожить челны, перегнав их от греха на правый, роханский, берег, а они – трое – спустя день пути увидали перед собою зубчатую черно-зеленую стену из темнолесских елей.

Лес этот совершенно не походил на заполненные солнцем и жизнью дубравы Итилиена: полное отсутствие подроста и кустарника делало его похожим на необозримую колоннаду циклопического храма. Под сводами царила глухая тишина – толстенный ковер из ядовито-зеленого мха, испещренный кое-где мелкими белесыми цветами, смахивающими на картофельные проростки, полностью скрадывал звуки. Безмолвие и прозрачный зеленоватый сумрак создавали полную иллюзию подводного мира, которую еще усиливали «водоросли» – неопрятные седеющие бороды лишайника, свисающего с еловых ветвей; ни солнечного лучика, ни дуновения ветерка – Халаддин физически ощущал, как давит ему на грудь многометровая толща воды. Деревья были огромны; истинный размер их становился понятен лишь по упавшим стволам – перебраться через них было невозможно, а обходить – футов по сто – сто пятьдесят в каждую сторону, так что попадавшиеся кое-где участки бурелома были совершенно непроходимы, их приходилось огибать стороною. К тому же внутренность этих колод была источена в кружево исполинскими – в ладонь величиной – муравьями, которые яростно атаковали всякого, кто имел неосторожность прикоснуться к стене их жилища. Дважды натыкались они и на человеческие скелеты, довольно свежие: над ними бесшумно роились изящные угольно-черные бабочки – и это было до того страшно, что даже навидавшийся всякого орокуэн тихо осенял себя знаком Единого.

Стаи волков-оборотней и пауки размером в тележное колесо – все это оказалось детскими сказками: лес не снисходил до прямой враждебности человеку, будучи абсолютно ему чуждым, как чужд океанский простор или холодное пламя заоблачных ледников Эфель-Дуата; сила леса проявляла себя не в противодействии, а в неприятии и отторжении, оттого острее всего ощущал ее именно лесовик Ранкорн. Эту-то силу и собирал – век за веком, каплю по капле – в свои заговоренные камни Дол-Гулдур: три магические твердыни – Дол-Гулдур в Темнолесье, Минас-Моргул у Кирит-Унгольского перевала и Аг-Джакенд посреди безжизненного высокогорного плато Шураб в северном Кханде – заключали Мордор в защитный треугольник, питаемый древнею силой лесов, светом горных снегов и молчанием пустынь. Воздвигшие эти колдовские «резонаторы» назгулы, желая скрыть их истинное назначение, придали им вид крепостей; надо думать, они от души забавлялись, когда очередной закатный полководец очумело бродил по растрескавшимся плитам дол-гулдурского двора, тщетно пытаясь отыскать хотя бы след того гарнизона, что ратоборствовал с его воинством. (Последний раз этой уловкой воспользовались два месяца назад: «зеркальный гарнизон» почти две недели отвлекал на себя эльфов Лориена и эсгаротское ополчение, позволив настоящей Северной армии практически без потерь вернуться к Мораннону). Только вот в подземелья замка соваться не рекомендовалось никому – о чем, впрочем, честно упреждали выбитые на стенах надписи на всеобщем языке.

...Консилиум на тропинке затягивался. Халаддин снял с плеч поняжку (в первый миг, как обычно, возникло блаженное ощущение, будто невесомо летишь по воздуху, потом оно ушло – осталась лишь накопившаяся за маршрут усталость) и приблизился к следопытам. Оба сержанта выглядели явно встревоженными: шли они все эти дни по глухим лесным тропкам, избегая торной дороги, соединяющей Дол-Гулдур с Моранноном, однако присутствие людей даже в этих зачарованных чащах ощущалось разведчиками постоянно – и вот нате вам, пожалуйста: совсем свежие следы. Следы форменных сапог мордорского пехотинца... А Шарья-Рана между тем ни о каких мордорских частях в районе крепости не поминал ни единым словом.

– Может, какие дезертиры из Северной армии, еще с той поры?

– Да навряд ли... – почесал в затылке Цэрлэг. – Любой дезертир из здешних мест слинял бы куда угодно, хоть в самое пекло. А эти явно базируются здесь поблизости: шли-то без груза – судя по глубине отпечатков...

– Странный след, – поддержал его Ранкорн. – У людей из вашей Северной армии сапоги должны быть здорово стоптанные, а эти – будто только что с вещевого склада. Вон, гляди, как краешек ранта пропечатался.

– А из чего, собственно, следует, что это мордорцы?

– Ну, – переглянулись – с некоторой даже с обидой – следопыты, – высота каблука... форма носка...

– Я не о том. Вот мы с Цэрлэгом обуты в ичиги – и что ж с того?

Наступило краткое молчание.

– Черт... Тоже верно... Но смысл?..

Смысла в том действительно не было никакого... И решение, внезапно принятое Халаддином, было абсолютно иррациональным – прыжок во мрак. Собственно говоря, это было даже не его решение; просто какая-то сторонняя сила негромко приказала: «Вперед, парень!» – и уж тут надо либо повиноваться не раздумывая, либо вовсе не играть в эти игры.

– Значит, так... До Дол-Гулдура, как я понимаю, осталось всего ничего, дюжина миль. Сейчас подходим к дороге; дальше вы остаетесь, а я иду в крепость. Один. Если через три дня не вернусь – значит, все: поворачивайте оглобли, меня нет в живых. К крепости не приближаться ни при каких обстоятельствах. Ни при каких – ясно?

– Да вы что, сударь, спятили? – вскинулся орокуэн.

– Сержант Цэрлэг, – он и не подозревал за собою

способности к таким обертонам, – вам ясен приказ?

– Так точно... – Тот замялся, но лишь на секунду. – Так точно, господин военлекарь второго ранга!

– Вот и славно. А мне надо выспаться и хорошенько продумать, что говорить этим самым ребятам в ненадеванных сапогах – если крепость в их руках. Кто я таков, где провел эти месяцы, как добирался сюда и все такое... Откуда, кстати, у меня на ногах ичиги – тут мелочей не бывает.

ГЛАВА 57

Кумай переложил рули, и планер недвижимо замер в вышине, привычно и уверенно опершись раскинутыми крыльями на пустоту. Дол-Гулдур отсюда открывался как на ладони – со всеми его декоративными бастионами и равелинами, центральным донжоном, занятым теперь под мастерские, и ниточкой подъездной дороги, петляющей меж вересковых холмов. Он еще раз окинул взором окрестности и довольно ухмыльнулся: спрятать их «Оружейный монастырь» здесь, у черта на куличках, под самым носом у лориенских эльфов, – затея, великолепная в своем нахальстве. Правда, многие из коллег, собранных под крышею чародейной цитадели, ощущали себя не в своей тарелке (у одних беспрерывные ночные кошмары, а у иных – и открывшиеся вдруг малопонятные хвори), но тролли – народ толстокожий и флегматичный, не верящий ни в сон, ни в чох, так что инженер чувствовал себя здесь превосходно и погрузился в работу так, что даже маковка наружу не торчала.

Хотя формально старшим над ними числился Джагеддин – прославленный химик, оптик и электромеханик из Барад-Дурского университета, – реально командовал «на объекте» комендант Гризли, чем-то и вправду напоминающий огромного серого медведя из лесистых нагорий Северо-Восхода; ни настоящего его имени, ни должности, которую он занимал в разведслужбе, никто из них не знал. Кумай не мог даже сообразить, кто тот по крови; может, из тех, северных, троллей, что жили когда-то в Мглистых горах, а потом постепенно растворились среди дунгар и ангмарцев?

С комендантом Кумай спознался немедленно по

прибытии в крепость (люди суперинтенданта переправили его сюда по эстафете вдоль Дол-Гулдурского тракта – у них тут оказалась налажена настоящая ямская служба, обозы ходили едва ли не через день); Гризли устроил ему многочасовой допрос, с маниакальной обстоятельностью перешерстив всю Кумаеву жизнь, разве что не поинтересовался сексуальными вкусами его первой подружки. Детство, учеба, военная служба; имена и даты, технические характеристики летательных аппаратов и привычки его университетских собутыльников, словесные портреты горных мастеров с отцовского рудника и последовательность тостов в троллийском застолье... «Вы утверждаете, что третьего мая 3014 года, в день вашего первого полета, было пасмурно; вы твердо в этом уверены?.. А как зовут бармена в кабачке „Эчигидель“, что напротив университета? Ах да, верно, „Эчигидель“ будет чуть дальше по бульвару... Инженер первого ранга Шаграт из вашего полка – высокий, сутулый, хромает на правую ногу? Ах, квадратненький и не хромает вовсе...». Дураку ясно – проверка на вшивость, но к чему такие сложности? Когда же Кумай упомянул по ходу дела какую-то деталь своего миндоллуинского побега, Гризли укоризненно поморщился:

– Разве вас не проинструктировали, что эта тема под запретом?

– Но... – растерялся инженер, – я, право же, не думал, что этот запрет распространяется и на вас тоже...

– Вас предупреждали о каких-то исключениях из правила?

– Никак нет... Виноват.

– Привыкайте... Ладно, проверку вы прошли успешно. Угощайтесь. – С этими словами комендант придвинул Кумаю пузатый чайник с обколотым носиком и неводомо как попавшую сюда кхандскую пиалу из тончайшего кремового фарфора, а сам погрузился в изучение составленного механиком списка – что тому потребно для работы (бамбук, бальсовое дерево, умбарская парусина... уйма всего, да потом наверняка и еще что-нибудь всплывет). – Кстати, ваши прежние сотрудники, такие как мастер Мхамсурэн... будь они здесь, это заметно помогло бы делу?

– Ну еще бы!.. Только разве это возможно?

– Для нашей службы нет ничего невозможного. Нужно только припомнить об этих людях все – приметы, дружеские и родственные связи, привычки... Нам пригодится любая мелочь, так что напрягите-ка память.

А по прошествии еще получаса комендант слегка прихлопнул ладонью стопку исписанных листов, лаконично подытожив:

– Если они живы – найдем, – и Кумай отчего-то сразу почувствовал: эти – найдут.

– Переодевайтесь, господин инженер второго ранга. – Гризли указал взглядом на комплект новенькой мордорской униформы без знаков различия (так тут были обмундированы все – и конструктора Джагеддина, и обслуга, и безмолвные охранники из разведслужбы). – Пойдемте, покажу вам наше хозяйство...

Хозяйство оказалось обширным и разнообразным. Кумая, например, дожидался великолепный планер невиданной им ранее конструкции: прямые и узкие, как эльфийский клинок, крылья почти двадцатиярдового размаха держались, казалось, вообще ни на чем – какой-то невероятный материал, легче бальсы и прочнее каменной лиственницы: под стать планеру была и «мягкая» катапульта для его запуска – ну нет таких материалов в природе, хоть башку рубите! Тут только механик сообразил, что имеет дело с легендарным «Драконом» назгулов, дальность полета которого определяется единственным обстоятельством – сколько времени выдержит без посадки пилот в своей гондоле. Впрочем, пилотирование «Дракона» Кумай освоил с легкостью: известное дело – чем совершеннее техника, тем проще она в обращении.

Одновременно с Кумаем в Дол-Гулдуре объявились четверо изенгардских инженеров «пробойного огня»: так величали порошкообразную зажигательную смесь вроде той, что издавна использовалась в Мордоре для праздничных фейерверков. Изенгардцев привел сюда Росомаха – невысокий жилистый парень с чуть кривоватыми ногами, похожий на дунгарского горца; он теперь замещал Гризли, когда тому случалось отлучиться из крепости по своим секретным делам. К пробойному огню (его через небольшое время стали называть просто – порошок) мордорские мастера отнеслись поначалу весьма скептически: начиненные им каплевидные керамические сосуды с короткими крылышками летели действительно далеко, почти на две мили, но вот прицельность, мягко говоря, оставляла желать лучшего –

плюс-минус двести ярдов. К тому же как-то раз «летающая капля» разорвалась прямо в направляющем желобе, убив случившегося поблизости рабочего; узнав же от изенгардцев, что такие истории случаются – «ну, не скажешь, чтоб регулярно, но быва-ат, быва-ат», – мордорцы лишь переглянулись: «Слышь, ребята? Ну-ка его на хрен, этот пробойный огонь, – с ним своих спалишь скорей, чем чужих...»

Однако не прошло и трех дней после той аварии, как катапультисты пригласили Гризли на пробные стрельбы – похвастаться новым типом снаряда. Со стандартной трехсотъярдовой дистанции они первым же выстрелом превратили в решето группу из восьми мишеней; а всего и дела-то было – полый керамический шар, набитый порошком с рубленными гвоздями и снабженный огнепроводным шнуром для зажигательных нафтовых кувшинов. Следующий шаг напрашивался сам: поместить емкость с порошком внутрь резервуара с огневым желе, что получается при растворении мыла в светлой фракции нафты – так, чтобы при взрыве липкие прожигающие хлопья разлетались во все стороны... Гризли оглядел тогда тридцатиярдовое пятно выжженной до минерального слоя почвы и изумленно обернулся к Джагеддину: «И это все натворил один-единственный кувшин? Ну, ребята, поздравляю: наконец-то вы придумали нечто стоящее!»

Вот тогда-то Кумаю и пришло в голову, что такие снаряды – хоть зажигательные, хоть осколочные – можно не только выстреливать из катапульт, но и сбрасывать с планеров. «Бессмысленно, – возразили ему. – Ну сколько вылетов ты успеешь совершить за время сражения? Два? Три? Овчинка не стоит выделки». «Если сбрасывать снаряд просто на вражеское войско – конечно, нет. А вот если накрыть лично милорда Арагорна с милордом Митрандиром – очень даже стоит». «Думаешь, попадешь?» «Почему ж нет? Попасть-то надо не в отдельного человека, а в тридцатиярдовый круг...» «Слушай, как-то это... неблагородно...» «Чего-чего?!!» «Да нет, это я так... Той прежней, рыцарской войне с ее „Вы готовы, прекрасный сэр?“ так и так конец... Единый свидетель – не мы это затеяли».

Да, благородной войне, похоже, и вправду наставал конец... Мордорские конструкторы, например, изрядно продвинулись в совершенствовании арбалетов – оружия, которое в Средиземье всегда было под негласным запретом. («Как ты полагаешь, почему благородные рыцари так ненавидят арбалет? Я бы сказал – в этой их ненависти просматривается что-то личное, нет?..» «Как же, слыхивали: дистанционное оружие – оружие трусов». «Э, нет – тут сложнее. Против луков – заметь! – никто особо не возражает. Фокус в том, что у лучшего лука усилие на тетиве – сто фунтов, а у арбалета – тысяча». «Ну и что с того?» «А то, что лучник может свалить латника, лишь попав тому в щель забрала, в спайку панциря и тэдэ – высокое искусство, надо учиться с трехлетнего возраста, тогда, глядишь, годам к двадцати будешь на что-то годен. Арбалетчик же стреляет по контуру – куда ни попади, все навылет: месяц подготовки – и пятнадцатилетний подмастерье, сроду не державший в руках оружия, утрет рукавом сопли, приложится с сотни ярдов, и крышка знаменитому барону N, победителю сорока двух турниров, и прочая, и прочая... Знаешь, как говорят в Умбаре: „Единый сотворил людей сильными и слабыми, а создатель арбалета их уравнял“: вот теперь эти „сильные“ и бесятся – гибнет, видите ли, высокая эстетика воинского искусства!» «Точно. А тут еще податные сословия начинают чесать репу: а нахрена, собственно, они нам вообще сдались, со всеми ихними гербами, плюмажами и прочими прибамбасами? Ежели для защиты Отечества, так, может, арбалетчики-то дешевле обойдутся?» «Экий вы, батенька, ползучий прагматик...» «Что есть, то есть. И никак мне, свинорылому, не взять в толк: отчего это вышибать человеку мозги мечом благородно, а арбалетным болтом – подло?»)

Впрочем, и стальные арбалеты, снабженные приближающими стеклами, и «летающие капли», и даже сбрасываемые с небес огненные снаряды – все это выглядело невинными шалостями по сравнению с тем, чего потребовало от них на днях – устами Гризли – невидимое руководство. В Мглистых горах издавна известны несколько ущелий, где из скальных трещин сочится туман, бесследно тающий затем в неподвижном воздухе. Те немногие, кто сумел унести оттуда ноги, рассказывают, что стоит вдохнуть этот самый воздух, как во рту появляется мерзкий сладковатый привкус и лавиной наваливается неодолимая сонливость; ну а чем заканчиваются подобные сны, видно по накопившимся там россыпям звериных скелетов. Так вот, следует придумать способ напускать такой туман на врага...

Кумай был человек дисциплинированный («надо – значит надо»), однако от этой затеи руководства – отравить воздух – его замутило: надо ж было до такого додуматься – «оружие Возмездия»... Хвала Единому – он механик, а не химик, так что лично иметь касательство к этим работам ему не придется.

...Он сбросил с высоты ста футов пару булыжников (вес подобран как у разрывных снарядов; легли отлично, впритирку с мишенями), а затем посадил планер прямо на тракт милях в полутора от Дол-Гулдура, там, где дорога, рассекшая белым песчаным шрамом болезненный румянец отцветающей вересковой пустоши, утекала в сумрачный каньон, промытый ею в темнолесской чащобе; выбрался из гондолы и присел на обочину, нетерпеливо поглядывая в сторону крепости. Сейчас подведут лошадей, и он попробует поднять «Дракон» прямо с земли, разогнав его конной упряжкой, как это делали с планерами старого образца. Ну где они там? За смертью бы их посылать...

Поскольку Кумай глядел в основном в направлении Дол-Гулдура, человека, двигавшегося по дороге со стороны леса, он заметил, лишь когда тот приблизился ярдов на тридцать. Разглядев пришельца, тролль ошалело потряс головой: «Быть того не может!», а потом, не чуя под собою ног, ринулся навстречу и мгновение спустя сгреб того в охапку.

– Осторожнее, черт здоровый, ребра поломаешь!..

– Надо ж пощупать – может, ты глюк!.. Давно они тебя разыскали?..

– Порядком. Да, сразу о главном: Соня жива и здорова, она сейчас у наших, в Пепельных горах...

Халаддин внимал повествованию Кумая, не отрывая чуть сощуренных глаз от деловитой суеты пестрых земляных пчелок на цветах вереска. "Ну назгулы, ну мудрецы, мать ихнюю за ноги... Это ж надо было додуматься – засунуть палантир в эдакое осиное гнездышко... Счастье еще, что я не сунулся к этим профессионалам из разведслужбы со своею доморощенной легендой: раскололи бы в два счета, и привет горячий. А выложить Гризли с Росомахой все как есть – так это полный атас. Заявляется в ихний сверхзасекреченный «Оружейный монастырь» некий военлекарь второго ранга: «Я, парни, к вам на минуточку – заберу из тайника палантир, и обратно в Итилиен, к принцу Фарамиру. Действую по приказу Ордена назгулов – только вот отдавший мне этот приказ тут же на месте и умер, так что подтвердить сей факт некому... В доказательство могу предъявить кольцо назгула – лишенное, правда, всех магических свойств. Картина маслом... Меня ведь, пожалуй, сочтут даже не шпионом, а просто психом. В замок, может, и пустят (спецы по ядам на дороге не валяются), но обратно-то точно не выпустят; я бы, во всяком случае, не выпустил... Стоп-стоп-стоп!..»

– Эй, Халик, очнись! Ты в порядке?

– Все путем, извини. Просто пришла в голову одна идея. Я, видишь ли, выполняю тут спецзадание, никак не связанное с вашим «Оружейным монастырем»... Слыхал про такие колечки?

Кумай подкинул кольцо на ладони и уважительно присвистнул.

– Иноцерамий?

– Он самый.

– Уж не хочешь ли ты сказать...

– Хочу. Инженер второго ранга Кумай!

– Я!

– Именем Ордена назгулов... Готовы ли вы исполнить то, что я прикажу?

– Так точно.

– Учти – об этом задании не должен знать никто из твоего дол-гулдурского начальства.

– Ты думай, чего говоришь!..

– Кумай, дружище... Я не вправе открыть тебе суть операции, но клянусь чем угодно, Сониной жизнью клянусь: это единственное, что еще может спасти наше Средиземье. Выбирай... Если я явлюсь к Гризли, он наверняка затребует подтверждения моих полномочий; пока его начальство свяжется с моим, могут пройти не недели – месяцы, а к тому времени все будет уже кончено. Думаешь, назгулы всемогущи? Черта с два! Они, если хочешь знать, даже не упредили меня об этих дол-гулдурских играх разведслужбы – надо думать, и сами тут ни сном ни духом...

– Это-то понятно, – проворчал Кумай. – Когда на всегдашний наш бардак накладывается еще и секретность, никаких концов вообще не сыщешь.

– Так сделаешь?

– Сделаю.

– Тогда слушай и запоминай. В Большом зале замка есть камин; в задней его стенке должен быть камень ромбической формы...

ГЛАВА 58

Итилиен, Эмин-Арнен.
12 июля 3019 года

«Нет тяжелее работы, чем ждать» – отлито в бронзе и от употребления не стирается. Втройне тяжко, если ожидание осталось единственной твоей работой: все, что можно, уже сделано, сиди теперь и жди, звякнет ли колокольчик – «Ваш выход!». Жди день за днем, в ежечасной готовности, – а он может и не звякнуть вовсе, сие уже не в твоей власти, тут распоряжаются иные Силы...

Халаддин, вынужденно бездельничая в Эмин-Арнене после своего Дол-Гулдурского похода, поймал себя на том, что искренне завидует Тангорну, ведущему свою смертельно опасную игру в Умбаре: лучше уж поминутно рисковать жизнью, чем так вот ждать. Как же он проклинал себя за те невольные мысли, когда неделю назад осунувшийся Фарамир передал ему мифриловую кольчугу: «...А последними его словами было – „Сделано“...» Как накликал.

Вспоминалось и их возвращение от Дол-Гулдура. На сей раз проскочить незамеченными не вышло: бойцы из разведслужбы, стерегущие от эльфов тропы Темнолесья, пошли по их следу – неотступно, как волки за подраненым оленем. Что ж, теперь он по крайней мере точно знает цену собственной жизни: сорок марок – те самые, которые он тогда не поскупился отвалить Ранкорну; если б не мастерство рейнджера, они наверняка остались бы среди темнолесских елей на поживу тамошним черным бабочкам... У берега Андуина они нарвались на засаду, и когда вокруг засвистели стрелы, поздно уже было орать: «Ребята, мы ж свои, только по другому департаменту!» Он там стрелял в своих – бил на поражение отравленными эльфийскими стрелами, – и теперь ему никогда уже от этого не отмыться...

«А знаете, что самое печальное, дражайший доктор Халаддин?.. Ты, голубь, теперь повязан кровью и оттого безвозвратно утерял высший дар Единого: право выбора. У тебя за спиною вечно будут маячить и те полегшие в андуинских тальниках парни в мордорской форме без знаков различия, и отправленный на смерть Тангорн – так что стоит тебе отвернуть от цели, сказав: „Больше не могу“, как ты в тот же миг окажешься просто-напросто убийцей и предателем. Чтоб эти жертвы не оказались зряшными, ты обязан победить, а ради этой победы – снова и снова идти по трупам и немыслимой грязи. Замкнутый круг... А самая страшная работа тебе еще только предстоит; то, что ты проделаешь ее чужими руками – руками барона Грагера, – ничего не меняет. Как тогда изрек Тангорн: „Честный дележ: у организатора – чистые руки, у исполнителя – чистая совесть“: черта с два...»

(Перед тем как убыть в Умбар, Тангорн устроил прогон ключевой сцены, после чего бесстрастно констатировал:

– Никуда не годится. Ты выдаешь себя каждым взглядом, каждой интонацией; фальшь видна за версту – чтоб распознать ее, не надо быть эльфом, а они ведь куда проницательнее нас... Прости – я должен был сразу догадаться, что эта работа тебе не по плечу. Даже если они сожрут мою умбарскую наживку, ты здесь все равно не сумеешь подсечь рыбину – сорвется.

– Сумею. Раз надо – сумею.

– Нет. И не спорь – я бы тоже не сумел. Чтоб сыграть в такой сцене достоверно, зная при этом всю подноготную, мало иметь стальные нервы: тут надо быть даже не мерзавцем – нелюдем...

– Благодарю вас, сэр.

– Не за что, сэр. Может, ты со временем и сумеешь обратиться в такого нелюдя, но только времени этого нам в любом случае не отпущено. Так что я вижу единственный выход: вставить добавочную прокладку...

– Что-что?

– Это наш сленг. Надо ввести посредника, задействованного втемную... Тьфу... Словом, посредник должен быть уверен, что говорит правду. Причем, учитывая уровень контрагента, это должен быть классный профессионал.

– Ты имеешь в виду барона Грагера?

– Хм... «Соображаешь, медицина», – как говаривал твой сержант.

– И под каким соусом мы его привлечем?

– Под тем, что мы опасаемся, как бы в момент

переговоров эльфы не взломали тебе мозги при помощи всяких магически-гипнотических штучек и не превратили обмен в грабеж... Это, между прочим, чистая правда. Да и тебе малость полегче – поделишь с бароном по-братски этот чан дерьма... Как говаривал знаментый Су-Вей-Го: «Честный дележ: у организатора – чистые руки, у исполнителя – чистая совесть».

– А кто он был, этот Су-Вей-Го?

– Шпион, кто ж еще...)

...Клюнуло, когда шел к концу восемьдесят третий день из отпущенной им сотни. Стрелы последних солнечных лучей пронизывали на излете гулкое пространство пустого в этот час Рыцарского зала и, вонзаясь в дальнюю его стену рассыпались оранжевыми бликами; блики были теплыми и живыми – они так и норовили перебраться со стены на лицо и руки изящной девушки в запыленном мужском наряде, которая облюбовала Фарамирово обеденное кресло. «А ведь ее и вправду смело можно назвать девушкой, – заметил про себя Грагер, – хотя по человеческим меркам ей следовало бы дать лет тридцать, а уж сколько ей на самом деле – представить страшно. Сказать, что она прекрасна, – значит не сказать ничего; можно, конечно, описать „Портрет прелестной незнакомки“ великого Альвенди словами полицейской розыскной ориентировки, но стоит ли?.. Интересно, этот доктор Халаддин сумел ее вычислить, как вычисляют даты лунных затмений – ювелирная работа, изюм в сахаре, – но ни малейшей радости по сему поводу не выказал, скорее наоборот; с чего бы это?»

– От имени князя Итилиенского приветствую вас в Эмин-Арнене, миледи Эорнис. Я барон Грагер, вы, возможно, слыхали обо мне.

– О да...

– Эландар передал вам послание барона Тангорна? Эорнис кивнула, а затем извлекла из какого-то потайного кармашка простенькое серебряное колечко с полустертыми эльфийскими рунами и положила его на стол перед Грагером:

– Среди колец, залитых в сургучные печати вашего пакета, было и это. Оно принадлежало моему пропавшему без вести сыну, Элоару. Вам что-то известно о его судьбе... Я верно поняла смысл вашего послания, барон?

ГЛАВА 59

– Вы все поняли верно, миледи. Только давайте сразу расставим точки над "i": я всего лишь посредник, как и мой погибший друг. Наверное, есть способы при помощи эльфийской магии обшарить мои мозги, но только вы все равно не найдете там ничего сверх того, что я и так собираюсь вам сообщить.

– Вы все преувеличиваете возможности эльфов...

– Тем лучше. Так вот, ваш сын жив. Он в плену, но вернется к вам, если мы договоримся о цене.

– О, все что угодно – драгоценности, гондолинское оружие, магические рукописи...

– Увы, миледи: те, в чьих руках он оказался, – не южные маштанги, торгующие заложниками. Они, похоже, представляют разведслужбу Мордора.

Она не переменилась в лице, но тонкие пальцы ее до белизны сжали подлокотники кресла.

– Я не стану предавать свой народ ради спасения сына!

– И вы даже не хотите узнать, какая малость от вас требуется?

И когда по прошествии вечности, спрессованной в пару секунд, она ответила: «Хочу», Грагер, имевший за плечами десятки вербовок, безошибочно понял – игра сделана; дальше уже дело техники, эндшпиль при лишней фигуре.

– Итак, некоторые привходящие обстоятельства. Элоар отбился от своих и заблудился в пустыне; когда его нашли, он умирал от жажды, так что мордорские партизаны для начала просто спасли ему жизнь...

– Спасли ему жизнь? Эти чудовища?

– Оставьте, миледи: байками про «вяленую человечину» можно стращать широкую деревенщину, а меня не стоит Я как-никак воевал с орками четыре года и знаю, что почем; эти парни всегда ценили чужое мужество, а с пленными обходились по-человечески – этого у них никак не отнимешь. Беда в ином: они раскопали, что ваш Элоар принимал личное участие в «зачистках» – это, знаете ли, такой эвфемизм для обозначения массовых убийств гражданского населения...

– Но это же ложь!

– К сожалению, это чистая правда, – устало вздохнул Грагер. – Так уж случилось, что моему покойному другу барону Тангорну довелось лично наблюдать работу вастакского отряда Элоара... Щадя ваши материнские чувства, я не стану сейчас описывать то, чему барон стал свидетелем.

– Клянусь вам, это какая-то чудовищная ошибка! Мой мальчик... Постойте, вы сказали – «вастаки»?.. Наверное, он тогда просто не сумел остановить этих дикарей...

– Миледи Эорнис, командир отвечает за действия подчиненных как за свои собственные; не знаю, как у эльфов, но у людей это так... Впрочем, я рассказал все это затем лишь, чтоб вы ясно поняли: если мы сейчас не договоримся о цене освобождения вашего сына, ему не стоит уповать на конвенцию о военнопленных. Его просто-напросто отдадут в руки тех, чьи родные попали под «зачистки»...

– Что... – судорожно сглотнула она, – что я должна сделать?

– Для начала я хотел бы уточнить ваше положение в лориенской иерархии.

– А разве оно им неизвестно?..

– Только со слов Элоара, а он – согласитесь – мог просто набивать себе цену как заложнику. Им нужно знать, насколько вы могущественны: клофоэль – ранг, а не специализация, нет? Если вы занимаетесь ерундой вроде воспитания принцев или церемониала, то иметь с вами дело они полагают бессмысленным.

– Я – клофоэль Мира.

– Ага... то есть в свите Владычицы вы ведаете вопросами дипломатии, разведки и – шире – эльфийской экспансии в Средиземье?

– Можно сказать и так. Вас удовлетворяет степень моего могущества?

– Вполне... Итак, к делу. В одном из контролируемых эльфами гондорских каторжных лагерей содержится некий мордорский военнопленный. Вы организуете ему побег и взамен получаете сына, вот и все. Мне сдается, на предмет «предательства своего народа» ваша совесть может быть спокойна.

– А Лориен на такой обмен никогда не пойдет – ибо речь идет о члене царствующей фамилии Мордора...

– Я не стану комментировать эти ваши домыслы, миледи Эорнис, поскольку и сам не в курсе дела. Но в одном вы правы: если о наших контактах проведает хоть одна душа в Лориене, вам не сносить головы; ну и сыну вашему, соответственно, тоже.

– Хорошо, я согласна... Но сначала я должна убедиться, что Элоар действительно жив: кольцо можно снять и с трупа.

– Справедливо. Ознакомьтесь с этой запиской. (Момент был скользкий и ответственный, хотя Грагер об этом не знал. А вот Халаддин, если б увидал окаменевшее лицо эльфийки, которая вчиталась в нацарапанные как будто пьяною рукой руны – «Милая матушка я жив со мной обращаются хорошо», сразу понял бы: порядок, маэстро Хаддами не подвел – не зря чуть не целый день «входил в образ».)

– Что они с ним сделали, зверье?!

– По их словам, он сидит в подземной тюрьме, а это не лориенские кущи, – развел руками Грагер. – Так что чувствует он себя и вправду неважно...

– Что они с ним сделали? – тихо повторила она. – Я пальцем не шевельну, пока не получу гарантий, понятно?! Я переверну все лагеря военнопленных и...

– Да получите вы свои гарантии, успокойтесь!.. Не затем же они городили весь этот огород с выходом на конспиративную связь, чтобы самим срывать обмен, верно? Они даже предложили... – Тут Грагер сделал эффектную паузу. – Хотите с ним повидаться?

– Он... он что, здесь? – вскинулась она.

– Ну, вы уж слишком многого хотите! Вы сможете поговорить с ним через Видящие камни. В час, о котором мы сейчас условимся, ну, скажем... в полдень первого августа, идет? – Элоар подойдет к мордорскому палантиру, а вы – к своему...

– У нас в Лориене нет Видящих камней, – покачала головою Эорнис.

– Им это известно, – кивнул Грагер. – Чтобы ускорить дело, они готовы на время передать вам один из своих кристаллов: потом вернете его обратно вместе с тем пленным – куда ж вы денетесь? Однако они в свой черед требуют гарантий: есть способы обнаружить палантир при помощи другого палантира – вам, эльфам, они известны лучше, чем мне, – а открывать врагу районы своей дислокации они, понятное дело, не собираются. Поэтому есть два непреложных требования. Во-первых, переданный вам кристалл будет «ослеплен» непроницаемым мешком и при этом поставлен на режим «прием»... Простите, миледи, я ничего в этом не понимаю, просто повторяю их инструкции, как попугай; так вот, вы извлечете палантир из мешка и переведете его в режим «двусторонняя связь» только ровно в полдень первого августа. Если же вы посмеете сделать это раньше (дабы полюбопытствовать – как там обстоят дела в мордорских тайных убежищах), то не обессудьте: одной из картинок, которые вы увидите, станет казнь Элоара. Ясно?

– Да.

– И второе. Они требуют, чтобы во время сеанса связи вы находились подальше от Мордора – в Лориене... Поэтому в полдень первого августа, когда ваш палантир заработает «на передачу», они должны увидать в нем нечто такое, что есть только в Лориене... Знаете, на этом месте их вдруг ни с того ни с сего обуяла подозрительность, так что мы с ними чуть не полчаса выбирали какую-нибудь лориенскую примету, которую уж ни с чем не спутаешь и никак не подделаешь. Тут кто-то и припомнил, что у вашей Владычицы есть огромный магический кристалл, показывающий картинки будущего; во, говорят, это как раз то, что нам надо!

– Зеркало Галадриэль?!

– Они называли его иначе, но вы наверняка поняли, о чем речь.

– Да они просто сошли с ума! Получить доступ к Зеркалу Владычицы невероятно сложно...

– Почему ж это «сошли с ума»? Они так прямо и сказали: «Вот ей, кстати, и случай продемонстрировать свой реальный вес в лориенских раскладах...» В общем, так: в полдень первого августа вы вынимаете палантир из мешка, переключаете его с режима «прием» на режим «двусторонняя связь», и в этот миг они у себя в Мордоре видят в нем Зеркало Галадриэль; затем обратное переключение – и вы видите сына, живого и здорового... ну, относительно здорового. После этого вам сообщают, кого именно и из какого лагеря предстоит вытаскивать. Дальнейшие переговоры по ходу операции будете опять-таки вести через палантир. Есть возражения?

– Ничего у нас не выйдет, – вдруг произнесла она совершенно потухшим голосом, и он сразу отметил эту ее обмолвочку – «нас»; порядок, все идет как надо.

– Что такое?

– Без ведома Звездного Совета в Лориен не может быть внесен никакой магический предмет. А палантир заряжен мощнейшей магией, я просто не смогу тайно пронести его через заставу порубежной стражи.

– Да, они слыхали об этом запрете. Но неужели он распространяется и на саму клофоэль Мира?..

– Вы плохо представляете эльфийские порядки, – криво улыбнулась она. – Он распространяется на всех, даже на Владычицу с Владыкой. Порубежная стража подчиняется лишь клофоэлю Покоя – и никому, кроме него.

– Ну, если дело в одних лишь в порубежниках, то я рад устранить эту небольшую проблему, показавшуюся вам неразрешимой, – рассчитанно небрежно уронил Грагер. – Палантир вам передадут прямо в вашей лориенской столице, Карас-Галадоне.

– Как – в Карас-Галадоне?.. – ошеломленно застыла она, и Грагер кожею ощутил: что-то не так.

«Ты испугалась, – понял он, – впервые за весь разговор ты испугалась по-настоящему... С чего это вдруг? Понятное дело, узнать, что в твоей собственной столице вражеские агенты способны проделывать вещи, которые не под силу даже тебе, всесильному королевскому министру, – шок, и немалый. Но главное в другом: этот ход застал тебя врасплох, а вот все прочие повороты нашей беседы ты, получившая загодя Элоарово кольцо, в той или иной степени предвидела... предвидела – и выстроила собственную контригру, и потому все, с чем я имел дело до сих пор, – не истинные твои чувства, а то, что ты сама желала мне внушить. Я должен был бы сразу сообразить: слишком уж легко и быстро ты сломалась и пошла на вербовку, а ведь ты не могла не понимать, что это именно вербовка – до конца жизни будешь на крючке, мы же с тобой в некотором смысле коллеги... Да, конечно, сын в руках врага, ему грозит мучительная смерть. И все равно: она ведь придворный, так что на пути к своему клофоэльскому креслу (или на чем они там восседают в своем Звездном Совете?) она должна, обязана была пройти такую интриганскую шкуродерню – только держись. Решать, конечно, Халаддину, но я бы на его месте не доверил ей в руки не то что палантира – карманного ножика... Ох, кинет она при обмене этого высокоученого доктора, как младенца, голову наотруб. А может, и не кинет... в смысле – не сумеет кинуть. У парня ведь есть свои тузы в рукаве: каким образом он собирается тайно передать ей кристалл в Зачарованный лес – ума не приложу, но что он не блефует – факт».

– Вы не ослышались, миледи Эорнис, именно в Карас-Галадоне. В этом году организация Праздника танцующих светлячков возложена на вас, верно?..

ГЛАВА 60

***Лориенскнй лес. Карас-Галадон.
Ночь с 22 на 23 июля 3019 года***

Праздник танцующих светлячков, приходящийся на ночь июльского полнолуния, эльфы числят среди главнейших, так что из того, как и кем он организован в определенный год, сведущий лориенец может сделать важные выводы о реальном положении дел в «как никогда ранее едином» руководстве Лориена. Здесь любая мелочь исполнена глубочайшего смысла, ибо все они отражают нюансы той беспощадной борьбы за власть, что составляет единственный смысл жизни бессмертных эльфийских иерархов. При этом совершенно невинная деталь (вроде того, кто представляет на данном празднестве особу дольнского Владыки – двоюродный кузен или племянник) может иметь куда большее значение, чем, к примеру, потрясшее всех появление на позапрошлогоднем празднестве милорда Эстебара – прежнего клофоэля Силы, бесследно исчезнувшего десять лет назад вместе с прочими участниками «заговора Керебранта». Пару часов постоял экс-клофоэль на талоне (наблюдательном помосте в мэллорновой кроне) по левую руку от лориенских Владык, чтобы затем вновь кануть в небытие; при этом утверждали (правда, шепотом и с оглядкой), будто в подземелья под Курганом Горестной Скорби его уводили не Стражи, подчиненные клофоэлю Покоя, а танцовщицы клофоэли Звезд... Почему? Зачем? «Тайна сия велика есть».

Вообще-то это правильно: Власть, чтобы оставаться Властью, и должна быть непостижима и непредсказуема – иначе это никакая не Власть, а просто начальство... Тут, по случаю, можно вспомнить, как в одном из соседних Миров иноземные эксперты год за годом пытались предугадать извивы политики некой могучей и загадочной Державы: примечали, в каком порядке занимают в дни торжеств свои места на усыпальнице Основоположника тамошние иерархи, какие в этот раз допущены отступления от алфавитного порядка при перечислении их имен и тому подобные детали. Эксперты были компетентны и многомудры, заключения их – глубоки и безупречно логичны; стоит ли удивляться, что верных предсказаний им не посчастливилось сделать ни разу... Так что если б означенных экспертов подрядили проанализировть ситуацию вокруг лориенского Праздника танцующих светлячков 3019 года Третьей Эпохи, они наверняка выдали бы что-нибудь вроде: «Поскольку подготовка Празднества в этом году впервые возложена на клофоэль Мира, это должно означать, что в эльфийском руководстве экспансионисты решительно возобладали над изоляционистами и следует ожидать резкого наращивания эльфийского присутствия в ключевых регионах Средиземья. Некоторые аналитики полагают, что в основе этого лежит перераспределение ролей в свите Владычицы, озабоченной чрезмерным усилением позиций клофоэля Покоя». Самое забавное: сами по себе эти логические конструкции были бы вполне корректны – как, впрочем, и всегда в их горе-анализах...

Что ж до праздника, то он необычайно красив. Конечно, прочувствовать его красоту во всей полноте дано лишь эльфу; но с другой стороны, если вдуматься, человек – существо столь примитивное и убогое, что ему с лихвой хватает и тех жалких крох истинного великолепия, что всегда на виду... Лориенские жители собираются в эту ночь на тех талонах, что поближе к Нимродели: с высоты мэллорновых крон открывается сказочный вид на речную долину, где в росистых лугах, окружающих печальные заводи (серебро с чернью – как на гондолинских гривнах), рассыпаны созвездия ярчайших светильников-фиалов. Сам ночной небосвод в сравнении с этой дивной картиной предстает тусклым ее отражением в старом бронзовом зеркале – да так оно, собственно говоря, и есть: весь ход небесных светил над Средиземьем лишь исправно отображает происходящее этой ночью на берегах Нимродели. Впрочем, смертному, как уже говорено, открыта ничтожная доля происходящего там: наслаждайся неизменным от века звездным рисунком (он задается расположением стоящих в траве светильников), но вот колдовские узоры, выплетаемые фиалами танцовщиц – а именно их танец и есть изначальная основа магии Перворожденных, – людским глазам видеть совершенно ни к чему. Редко-редко смутные отголоски этого волшебного ритма долетают до человеческого мира через озарения величайших скальдов и музыкантов, навсегда отравляя при этом их души тоской по недостижимому совершенству.

...Эорнис, как и положено клофоэли Праздника, находилась в этот полуночный час посреди «небосвода», как раз там, где семь фиалов (шесть ярких и седьмой – наиярчайший) образуют на нимродельских лугах созвездие Серп Валаров, указующее рукоятью на Полюс Мира. Она пребывала в полном одиночестве (танцовщицы во главе с клофоэлью Звезд – единственные, кому открыт доступ на «небосвод», – давно уже удалились под своды мэллорнов), тщетно гадая – как барон Грагер сумеет выполнить свое обещание: «Под утро, как развиднеется, вы найдете мешок с Видящим камнем в траве рядом с тем фиалом, что изображает Полярную Звезду в Серпе Валаров». Доступ на «небосвод» запрещен – под страхом смерти – любому эльфу, даже прочим клофоэлям, и можно не опасаться, что кто-нибудь обнаружит палантир раньше нее... Да, но каким образом проникнут сюда сами эти мордорские шпионы? Стало быть... стало быть, это кто-то из танцовщиц? Но это же совершенно невозможно – танцовщица, связанная с Врагом!.. Да? А связанная с Врагом клофоэль Мира – это как, возможно?

"Но ведь я не связана с Врагом, – возразила она себе, – я просто-напросто веду свою игру. Я действительно сделаю все, чтобы спасти моего мальчика, но у меня и в мыслях нет выполнять условия предложенной ими сделки... Утром я получу палантир, в полдень первого августа узнаю имя наследника мордорского престола (а кто ж это еще может быть), а уж потом – при обмене заложников – я сумею устроить, чтоб это все так и осталось в моих руках, не волнуйтесь! Они, видать, еще не знакомы с возможностями эльфов – ну так познакомятся!

Тут опасны не люди (что они могут, эти навозные черви), а свои. Выиграв эту игру, я положу к ногам Владык палантир и голову мордорского принца; великая победа, и пусть кто-нибудь посмеет открыть рот – победителей не судят. А вот при неудаче или если мне просто не дадут довести игру до конца... Тогда все это немедленно превратится в сделку с Врагом, в Прямую измену – а клофоэль Покоя отдал бы правую руку за то, чтобы предъявить мне такое обвинение и отправить в свои подземелья под Курганом Горестной Скорби... Если у него возникнет хоть тень подозрения насчет моих переговоров с итилиенцами, Стражи примутся копать так, как они это умеют, и тогда мне конец. А ведь я замотивировала перед Владычицей свое посещение Эмин-Арнена именно тем, что «по сведениям, полученным из Умбара, кто-то в Лориене начинает свою личную игру с Арагорном, и не исключено, что этот „кто-то“ – клофоэль Покоя». Когда он узнает об этом нашем разговоре – а он узнает непременно, – у него просто не останется иного выхода, кроме как насмерть скомпрометировать меня в глазах Владык, и трудиться он будет на совесть...

А что, если, – вдруг обожгло ее, – все это, начиная с умбарских событий, просто-напросто многоходовая интрига клофоэля Покоя и рука Стража ляжет мне на плечо, едва лишь я прикоснусь к мешку с булыжником, изображающим полантыр? Эландар и эти итилиенские бароны работают против меня – на клофоэля Покоя? Да нет, бессмыслица... Это я уже шарахаюсь от собственной тени. А как могло случиться, что итилиенские шпионы – явно с ведома Фарамира – играют в одной команде с мордорцами? Ну, это-то как раз ясно: они как посредники надеются заработать на этой сделке свои «комиссионные» – скомпрометированную сотрудничеством с Врагом эльфийскую клофоэль, из которой потом хоть веревки вей... Между прочим, так бы оно и было – прийди мне в голову выполнить их условия.

Что ж, все пути назад теперь в любом случае отрезаны: меня спасет только победа в этом самом «обмене заложниками», и не только спасет – вознесет еще на ступеньку вверх! А уж после... после я разыщу тех, кто положит сегодня на Полярную Звезду мешок с Видящим камнем; я сделаю это сама, через возможности своей Службы, опередив Стражей, и предъявлю этих предателей Совету: «Наш несравненный хранитель Покоя в последнее время настолько увлекся выявлением заговоров (цену которым мы все хорошо знаем), что проспал существование в Карас-Галадоне настоящей шпионской сети Врага... А может, вовсе даже не проспал? Может, ниточки этой сети тянутся выше, чем я дерзаю предположить?» Вот от такого удара он не оправится, как бы его ни покрывал Владыка, это будет чистая победа – и Владычицы, и моя".

..."Дракон" Кумая тем временем невидимкою плыл в ночном небе Лориена вдоль тускло отсвечивающих под луною излучин Нимродели. Увидав посреди долины обширную россыпь ярких голубоватых огоньков, складывающихся в довольно точную карту звездного неба, инженер облегченно расслабился и повел планер на снижение: пока все шло в точном соответствии с планом. Он отыскал среди этих «созвездий» Ковш, который в здешних местах отчего-то называют Серпом Валаров, – порядок, там, где ему и положено быть в настоящем небе, и Полярная звезда на своем месте... Интересно, из чего делают эти фонари? Свет явно холодный – может, то же вещество, что светится в гнилушках?.. Ковш стремительно рос в размерах; Кумай нащупал у себя под ногами, на дне гондолы, мешок, извлеченный им прошлой ночью из тайника за ромбическим камнем в задней стенке дол-гулдурского камина, и вдруг выругался сквозь зубы. «О черт, он же мне не сказал, каков реальный размер этой фигуры, – как теперь, в этой темнотище, оценить свою высоту?»

Сначала-то Халаддин просил Кумая просто забрать мешок из тайника и сбросить во время завтрашнего тренировочного полета где-нибудь подальше от крепости – чтоб его можно было подобрать и уносить ноги. Но потом доктор вдруг осекся на полуслове и изумленно вымолвил:

– Слушай, так ты, наверное, и до самого Лориена отсюда долететь можешь?

– Запросто. Ну, то есть не то чтобы запросто, но могу.

– А если ночью?

– Вообще-то раньше я ночью на такие расстояния не летал... Трудно ориентироваться.

– А если ночь лунная? А в месте, которое меня интересует, будут наземные ориентиры в виде огней?

– Ну, тогда легче. Вам что, надо провести разведку с воздуха?

– Понимаешь, я вспомнил, как ловко ты теперь кидаешь со своего планера заряды по наземным целям. Вот такую штуку и надо будет проделать в Лориене...

Ночной полет Кумай замотивировал перед своим дол-гулдурским руководством четко: предложил Гризли отработать ночное бомбометание. «Это за каким еще дьяволом?» «Чтоб кидать зажигательные снаряды на лагерь противника. Если всю ночь перед битвой, вместо того чтоб спать, будешь тушить горящие палатки, утром много не навоюешь». «Гм... резонно. Ну что ж, попробуйте, инженер». Вылетел он с закатом: «Полетаю еще вокруг, пока не стемнело», – сделал широкий разворот, так чтобы его не было видно из крепости, и лишь тогда взял курс на закат-северо-закат; место впадения Нимродели в Андуин отыскал еще по свету, дальше все было делом привычным...

Кумай разжал пальцы, и мешок ушел вниз, в размеченную «звездами» темноту Спустя пару секунд нос планера закрыл Полярную звезду Ковша: порядок – если он не сильно напутал со своею высотой, цель накрыта. «Что, какая-нибудь отрава?» «Да нет. Это магия». «Магия? Делать вам нехрена ..» «Ты уж поверь лориенским ребятам этот мешочек придется сильно не по вкусу». «Ну-ну. Когда дело дрянь, всегда бросаются от врачей к колдунам...» Ладно, он свое дело сделал, а зачем это все нужно – начальству видней: меньше знаешь – крепче спишь. Теперь самое время разворачиваться и ложиться на обратный курс; путь неблизкий, да и ветер крепчает.

С привычной лихостью закладывая вираж над сонными водами Нимродели, Кумай не учел одного обстоятельства: высоты мэллорнов. Точнее сказать, он просто не подозревал, что бывают на свете такие деревья.

И был удар, когда одна из ветвей вроде бы совсем легонько притронулась к кончику крыла, разом обратив планер в крутящееся волчком семечко-крылатку вроде тех, что меллорны по осени роняют стайками на россыпи пожухлых эланоров.

И был второй удар, когда беспомощный ослепший «Дракон» швырнуло вправо, и он врезался в соседнюю крону – с хрустом раздирая шкуру обшивки, ломая хребет и ребра несущих конструкций.

И был третий удар, когда все эти обломки рухнули вдоль ствола вниз, на заполненный оцепенелыми эльфами талон – едва не к ногам самого клофоэля Покоя.

...Собственно говоря, Кумай к тому моменту дело свое уже сделал, так что его вполне можно было бы списать по графе «допустимые потери», философски помянув при этом ту самую яичницу, коию не приготовишь, не разбив яиц. Имелось, однако, одно осложняющее обстоятельство: тролль при падении крепко побился, но остался жив – а вот это, как легко догадаться, было полной катастрофой.

ГЛАВА 61

Звездный Совет Лориена
23 июля 3019 года Третьей Эпохи

Клофоэль Покоя: ...Спешить нужно при ловле блох и при внезапном поносе, высокочтимый клофоэль Силы. Так что не надо меня понукать: тролли – упрямые ребята, чтобы качественно вынуть из него информацию, мне понадобится время, и немалое.

Владычица: И сколько же вам потребно времени, клофоэль Покоя?

Клофоэль Покоя: Я полагаю, не менее трех дней, о Светлая Владычица.

Клофоэль Силы: Да ему же просто надо загрузить работой своих бездельников из-под Кургана Горестной Скорби, о Светлые Владыки! Дело-то ведь совершенно пустячное – пускай применит свой напиток правды, и через четверть часа это Морготово отродье выложит все, что ему известно.

Владыка: А в самом деле, клофоэль Покоя, отчего бы вам не применить напиток правды?

Клофоэль Покоя: Я должен понимать это как приказ, о Светлый Владыка?

Владыка: Нет-нет, зачем же...

Клофоэль Покоя: Благодарю вас, о Светлый Владыка! Странное дело: начни я учить клофоэля Силы, как надо строить в бою лучников, а как всадников. – он счел бы это оскорблением и был бы совершенно прав. А вот в изобличении преступников у нас почему-то все разбираются лучше меня!

Владыка: Ну что вы, не нужно так...

Клофоэль Покоя: Что ж до напитка правды, высокочтимый клофоэль Силы, то взломать с его помощью человеческие мозги – не проблема, на это, как вы верно изволили заметить, хватит и четверти часа. Проблема – разобраться потом в той груде хлама, что вывалится из этих взломанных мозгов; уж можете мне поверить, на отделение зерен от шелухи там уйдет не одна неделя. Это получать признания при помощи напитка правды – пара пустяков, а нам-то потребны не признания, а информация!.. А если с первого раза что-то не заладится, возникнут неясности? Передопросить-то его уже не выйдет, он ведь превратится в полного кретина... Так что уж дозвольте мне действовать более традиционными методами.

Владычица: Вы все растолковали превосходно, клофоэль Покоя, благодарю вас. Вижу – расследование в надежных руках, поступайте так, как находите нужным. Только вот еще что мне сейчас пришло в голову... Механический дракон прилетел к нам извне, а потому в ходе расследования могут обнаружиться прелюбопытные нюансы, касающиеся не столько Зачарованных лесов, сколько Средиземья. Как вы полагаете. Владыка, может быть, нам стоит подключить к расследованию клофоэль Мира? Она лучше ориентируется в тамошней специфике...

Владыка: Да-да, это весьма разумно! Не правда ли, клофоэль Покоя?

Клофоэль Покоя: Я не дерзаю обсуждать повеления Светлой Владычицы, о Светлый Владыка. Но не проще ли вовсе отстранить меня от этой работы? Коли уж мне не доверяют...

Владыка: Что вы такое говорите, и не думайте даже! Я ведь без вас как без рук...

Владычица: Нам надлежит думать не о личных амбициях, а о пользе Лориена, клофоэль Покоя. Дело из ряда вон выходящее, а два специалиста всегда лучше, чем один. Вы не согласны со мною?

Клофоэль Покоя: Как можно, о Светлая Владычица!

Клофоэль Мира: Работать рука об руку с вами, высокочтимый клофоэль Покоя, было всегдашней моей мечтой. Все мои познания и умения в полном вашем распоряжении – надеюсь, они не окажутся лишними.

Клофоэль Покоя: Я ничуть в том не сомневаюсь, высокочтимая клофоэль Мира.

Владычица: Итак, с этим вопросом покончено; впредь держите нас в курсе, клофоэль Покоя... А что хотела поведать Совету клофоэль Звезд?

Клофоэль Звезд: Мне не хотелось бы тревожить вас попусту, о Светлые Владыки и высокочтимые клофоэли Совета, но сегодня под утро на небосводе, похоже, изменился рисунок созвездий. Сие означает изменение всего магического расклада в Зачарованных лесах; здесь появилась какая-то новая магическая сила, и весьма мощная... Па моей памяти такое случалось лишь однажды – когда в Карас-Галадон доставили Зеркало Владычицы.

Владычица: А ваши танцовщицы не могли ошибиться, клофоэль Звезд?

Клофоэль Звезд: Мне и самой хотелось бы в это верить, о Светлая Владычица. Сегодня ночью мы повторим наш танец...

Кумай очнулся раньше, чем ожидали эльфы. Он поднял начиненную болью голову и разглядел ослепительно белые, похожие на фарфор стены без окон – с них будто бы стекал на пол мертвенный голубоватый свет укрепленного над решетчатой дверью фиала. Одежды ему не оставили никакой; правое запястье пристегнуто цепью к неширокой вделанной в пол лежанке; коснувшись же головы, он от неожиданности отдернул пальцы – она была выбрита, а длинный свежий шрам на темени вымазан чем-то вонючим и жирным на ощупь. Медленно откинулся назад и, прикрыв глаза, судорожно сглотнул ком омерзительной сухой тошноты; он все уже понял, и страшно ему теперь было как никогда в жизни. Он отдал бы все, что угодно, за возможность умереть прямо сейчас, прежде чем те начнут, только вот отдавать-то ему было – увы! – нечего.

– Давай-ка подымайся, тролль! Ишь разнежился, Морготово отродье! Путь на тот свет тебе выпал неблизкий, так что пора в дорогу.

Эльфов было трое – мужчина и женщина в одинаковых серебристо-черных плащах и почтительно сопровождающий их верзила в кожаной куртке. Они появились в камере абсолютно бесшумно, а передвигались с какой-то неестественной легкостью, будто огромные мотыльки, – но отчего-то было ясно, что силою они не уступят троллю. Эльфийка бесцеремонно оглядела пленника и что-то шепнула на ухо своему спутнику – судя по ее усмешке, какая-то похабень; тот даже укоризненно поморщился.

– Может, ты сам хочешь чего-нибудь рассказать, тролль?

– Может, и хочу. – Кумай сел, осторожно спустив ноги с лежанки, и теперь ждал, когда уймется головокружение; он принял решение, и страх отступил сам собою – для него теперь просто не оставалось места. – А что взамен?

– Взамен?! – От такой наглости эльф на пару секунд потерял дар речи. – Взамен – легкая смерть. Или ты находишь, что этого мало?

– Мало. Легкая смерть у меня и без того в кармане: сердце, знаете ли, больное... с самого детства. Так что пытать меня без пользы – где сядешь, там и слезешь.

– Красиво врешь, – серебристо рассмеялся эльф, – занимательно.

– Возьми да попробуй, – пожал плечами Кумай. – Начальство тебе потом за лазутчика, померšего под следствием, вдует так, что мало не покажется. Или нет?

– Начальство – это мы и есть, тролль... – Эльф, что в плаще, легко опустился на табурет, внесенный тем временем в камеру кожаным. – Но мы все равно слушаем тебя с интересом, ври дальше...

А чего тут врать-то? Он свое положение понимает, чай не маленький. Но только он не тупоголовый фанатик и помирать за все эти фантомы – родина там, присяга – совершенно не желает. Чего ради? Начальство из своих затей раз за разом посылает их на убой, а сами-то опять по тылам отсиживаются, волки позорные... Он расскажет все, что знает, а знает он немало: он ведь выполнял особые задания командования, и раньше, и сейчас. Но не задаром. Жизнь обещаете? Это ж, в сущности, такой для вас пустяк. Пусть навечно в подземной тюрьме, пусть рабом на свинцовых рудниках, пусть ослепленным и лишенным мужского естества – только бы жить!..

– Тогда рассказывай, тролль. Если расскажешь правду и эта правда окажется нам интересна, тогда мы найдем тебе работу на наших рудниках. Как вы полагаете, миледи Эорнис?

– Ну разумеется! Почему бы, в самом деле, не оставить ему жизнь?

Итак, его имя – Тучка (запутаться вроде бы не должен... его действительно звали так в детстве – Сонька, вредина, придумала, да так и прилипло: до самого университета – Тучка да Тучка...), звание – инженер второго ранга, последнее место службы – партизанский отряд... Индуна (помнится, был такой дедушка-одуванчик – читал им оптику на втором курсе). База отряда – ущелье Цаганцаб в Пепельных горах (это – отцовский рудник, тамошние места самой природой созданы для партизанской войны, быть того не может, чтоб там не было Сопротивления... Ничего более складного так вот, с ходу, все равно не сочинишь). Вчера... постойте, какое нынче число?.. Да-да, виноват–конечно, здесь вопросы задаете вы... Так вот, утром двадцать второго он получил задание – лететь в Лориен с тем, чтоб, достигнув его ночью с двадцать второго на двадцать третье, высмотреть расположение светильников в долине реки Нимродель; он лично полагает, что вся эта затея – полная хрень, просто у их начальства с горя совсем уж крыша поехала, вдарилось в какую-то мистику: нет, задание в сей раз давал не Индун – он никогда прежде того человека не видал, похоже, тот из разведслужбы, кличка– Шакал... Приметы?.. Небольшого роста, раскосый – ну, из орокуэнов, короткий шрам над левой бровью... Да нет, точно над левой...

– Все это крайне наивно, тролль. Я не называю тебя Тучкой, поскольку имя это такое же вранье, как и вся твоя история. Знаешь, есть два золотых правила поведения на допросе – избегать прямой лжи и излишних подробностей, – а ты нарушил сразу оба... Скажи-ка мне, водитель механического дракона, какой в тот день дул ветер – по силе и по направлению?

Вот и все... Ну кто мог бы подумать, что эльф смыслит в воздухоплавании? Впрочем, Кумай, неся эту околесицу, не переставал готовить для собеседников и некий экспромт: принятая троллем угодливо-униженная поза позволила ему без помех подобрать под себя ноги – и теперь, поняв, что игра так и так окончена, он развернувшейся пружиной рванулся вперед, пытаясь левой – неприкованной – рукой достать до эльфа в серебристо-черном плаще. И, похоже, действительно достал бы – не допусти он при этом очередную ошибку: встретился с эльфом глазами, а вот уж этого делать никак не следовало...

Клофоэль Покоя раздраженным взмахом руки остановил кожаного, коршуном кинувшегося было к разом оцепеневшему троллю – мол, теперь-то уж чего дергаешься, растяпа? – и насмешливо обернулся к своей спутнице:

– Так как насчет того, чтоб побыть наедине с этим красавцем, миледи Эорнис? Не передумали?

– Напротив! Он просто восхитителен – зверь, настоящий зверь!..

– Ах вы, шалунья... Знаете что – забирайте его себе, раз уж вам так приглянулись его мужские достоинства! Но только не раньше, чем мы с ним поработаем. А то он еще, неровен час, расстанется с жизнью в ваших объятиях – может ведь приключиться и такое – и унесет с собою все, что ему известно... Вас ведь такой исход огорчил бы не меньше моего, не правда ли?

ГЛАВА 62

– Не спать! – Кожаный, стоящий позади Кумаева табурета, привычно пнул инженера по пяточному сухожилию, и боль разом выдернула того из благостного секундного забытья.

– Откуда ты летел, тролль? Какое у тебя задание? – Это уже второй, тот, что за столом. Они работают на пару: один задает вопросы – одни и те же, час за часом, – другой только и знает, что бить подследственного сзади по пятке, стоит тому привстать либо, напротив, уронить чугунную от бессонницы голову; бьет вроде бы и несильно, но раз за разом по тому же самому месту, и по прошествии десятка ударов боль превратилась в невыносимую, когда все мысли – лишь о том, чтоб избежать следующего тычка, который все равно последует с неизбежностью... Кумай не строил себе иллюзий: это еще даже не цветочки, за него пока просто не взялись всерьез, ограничившись тем, что не дают пить и спать.

О том, что начнется дальше – когда они поймут наконец, что добром от него все равно ничего не добьешься, – инженер запретил себе думать. Он просто положил для себя: держаться покуда выйдет и хотя бы выгадать толику времени для Гризли с Росомахой – ребята хваткие, глядишь, все-таки сообразят, что к чему, и сумеют увести из-под удара «Оружейный монастырь». Дело в том, что, улетая, он – по дурацкой своей рассеянности – оставил в мастерской, поверх чертежей, кроки маршрута на устье Нимродели, и теперь есть надежда, что люди из разведслужбы увяжут-таки его исчезновение с этими кронами... «Но откуда им догадаться, что я не разбился, а попал в руки эльфов живым? Да и что они смогут сделать, даже догадавшись, – эвакуировать Дол-Гулдур, что ли?.. Не знаю... Озарения и чудеса – это все по части Единого, а мне осталось только держаться и надеяться...»

– Не спать! – На сей раз задний, похоже, переборщил, и

тычок его выключил Кумая по-серьезному. Когда же инженер очнулся, за столом вместо кожаного восседал тот, первый, эльф в серебристо-черном плаще.

– Тебе прежде не говорили, тролль, что ты невероятно везучий человек?

Счет времени был им потерян в какие-то незапамятно далекие времена; режущий свет, отразившись от стен, выедал слезящиеся от бессонницы глаза, и под веками накопилось уже по целой пригоршне раскаленного песка. Он зажмурился – и, не удержавшись, вновь заскользил в сонную бездну... Обратно его вернули не привычным уже ударом, а, можно сказать, вполне вежливо – потрясли за плечо: видать, и вправду что-то там поменялось в ихнем эльфийском раскладе...

– Так вот, продолжаю. Не знаю уж, кто тебя надоумил лететь на задание в мордорской форме, но наши законники – провались они в Вековечный Огонь! – сочли вдруг, что по этой причине ты должен считаться не шпионом, а военнопленным. А по законам вашего Средиземья военнопленный находится под защитой Конвенции: его нельзя принуждать к нарушению воинской присяги, и все такое... – Эльф порылся в бумагах на столе и, найдя нужное место, с видимым неудовольствием ткнул в него пальцем: – Как я понимаю, тебя, голубь, собрались на кого-то менять; распишись-ка вот здесь и отправляйся баиньки.

– Я неграмотный, – разлепил спекшиеся губы Кумай.

– Неграмотный водитель механического дракона – это неплохо... Ну, тогда приложи палец.

– Черта с два.

– Да и хрен с тобой: сейчас сделаю пометку «от подписи отказался» – и вся недолга... Эти бумаги все равно на хрен никому не нужны, кроме твоего собственного командования, ежели и вправду дойдет до обмена. Все, свободен... в смысле – увести арестованного! Хотя виноват, сэр: вы ж у нас теперь не арестант, а военнопленный...

А когда кожаные выводили инженера в коридор, клофоэль Покоя процедил ему в след:

– Счастлив твой бог, тролль: через пару часиков я бы занялся тобой по-серьезному, и... Зачем же ты все-таки летел к нам в Лориен, а?

Он окончательно уверился в своей победе, лишь увидев на столике в камере порцию эльфийских галет, а главное –

кувшин ледяной воды: глиняные стенки его были сплошь обтянуты серебристой паутинкой, тут же расползающейся под пальцами на крупные дрожащие капли. Вода имела чуть заметный сладковатый привкус, но он его не почувствовал: человек, не пивший несколько дней кряду, на это просто не способен.

И пришел сон, чудесный и легкий, как всегда после победы. Пахло домом – старым деревом и диванной кожей, отцовской трубкой и еще чем-то, чему нет названия, мама бесшумно суетилась на кухне и, украдкой вытирая слезы, готовила его любимые черные бобы, а Соня с Халиком – беззаботные, довоенные – наперебой расспрашивали о его приключениях, а это, ребята, было что-то с чем-то, вы мне не поверите...

И он, счастливо улыбаясь, разговаривал во сне.

И добро бы просто разговаривал – а то ведь впрямую отвечал на вопросы, которые задавал чей-то ровный, убаюкивающий голос.

...В Дол-Гулдуре его сочли погибшим: «По всей видимости, во время последнего своего тренировочного полета, пришедшегося на темное время суток, неверно оценил высоту и врезался в деревья: поиски трупа и обломков летательного аппарата в окрестностях замка результата пока не дали». Назавтра Гризли, следуя инструкции, опечатал бумаги инженера, включая полетные карты, и отправил все это в минас-тиритскую штаб-квартиру «Феанора» – не читая.

Звездный Совет Лориена.
25 июля 3019 года Третьей Эпохи

Клофоэль Покоя: ...Так что, как видите, вполне можно обойтись и без пыток, и без мозголомного напитка правды.

Владычица: Вы истинный мастер своего дела, клофоэль Покоя. И что же вам удалось выяснить?

Клофоэль Покоя: Имя водителя дракона – Кумай, звание – инженер второго ранга. Летел он, как мы и предполагали, из Дол-Гулдура: там, судя по его рассказам, возникло настоящее змеиное гнездо – беглые мордорские конструктора создают под крылышком своей разведслужбы невиданное оружие. Истинная цель его полета – по заданию Ордена назгулов сбросить на нимродельский «небосвод» мешок с неким магическим предметом, назначение которого ему не известно; надо думать, высокочтимая клофоэль Звезд и ее танцовщицы почуяли именно эту магию. Мои Стражи предприняли специальные поиски в долине Нимродели, но предмета этого не обнаружили: мешок кто-то унес. В связи с этим, о Светлые Владыки... прошу понять меня верно... В связи с этим я настаиваю на отстранении от расследования высокочтимой клофоэли Мира.

Владычица: Давайте называть вещи своими именами, клофоэль Покоя. Вы полагаете, что клофоэль Мира неким образом вошла в соглашение с Врагом и сброшенный из поднебесья предмет предназначался лично ей?

Клофоэль Покоя: Я не говорил этого, о Светлая Владычица. Однако доступ на «небосвод» имеют лишь танцовщицы и клофоэль Праздника. Если бы сброшенное троллем было на «небосводе» во время Танца светлячков, они бы наверняка его учуяли, а после их ухода у реки оставалась одна высокочтимая клофоэль Мира...

Владычица: А не могли этот самый «мордорский мешок» найти те эльфы, что с рассветом прибирают фиалы? И прихватить с собою, просто по недомыслию?

Клофоэль Покоя: В принципе могли, о Светлая Владычица, – мои Стражи уже прорабатывают такую версию. Потому я прошу лишь временно, до выяснения, отстранить клофоэль Мира от расследования «Дела о мордорском мешке» – и ничего более.

Владыка: Да, это кажется вполне разумной предосторожностью, не так ли?

Владычица: Вы как всегда правы. Владыка. Однако, раз уж мы допускаем прямую измену клофоэли, отчего бы не предположить, что танцовщицы, состоя в сговоре между собою, действительно обнаружили той ночью «мордорский мешок» и унесли его с собою для неких своих целей? Тогда становится понятно, отчего они по сию пору так и не сумели вынюхать в Карас-Галадоне источник, создающий столь мощный магический фон...

Клофоэль Звезд: Как мне следует понимать ваши слова, о Светлая Владычица? Вы обвиняете меня в заговоре?!

Владыка: Да-да, Владычица, я, признаться, как-то тоже утерял нить ваших рассуждении... Неужели возможен такой ужас, как заговор танцовщиц? Да ведь они способны...

Владычица: Да нет никакого «заговора танцовщиц»,

успокойтесь. Владыка!.. Я говорю просто для примера. Коли уж под подозрением находятся все – так пусть и будут все, безо всяких изъятий... Впрочем, нам, по-моему, пора выслушать клофоэль Мира.

Клофоэль Мира: Благодарю вас, о Светлая Владычица. Прежде всего я, как ни странно, хотела бы заступиться за высокочтимую клофоэль Звезд. Ей тут пеняли – дескать, отчего это она не может найти в Карас-Галадоне источник мощной магии? Однако позволю себе предположить, что поставленная перед ней задача сродни поискам прошлогоднего снега.

Владычица: Не могли бы вы выражаться яснее, клофоэль Мира?

Клофоэль Мира: Повинуюсь, о Светлая Владычица! Высокочтимый клофоэль Покоя почему-то говорит о магическом предмете, сброшенном на «небосвод» и затем злонамеренно унесенном оттуда, как о твердо установленном факте...

Клофоэль Покоя: Это и есть твердо установленный факт, высокочтимая клофоэль Мира. При допросе тролля присутствовали не только мы с вами – его показания могут подтвердить минимум трое независимых свидетелей.

Клофоэль Мира: Вас подводит память, высокочтимый клофоэль Покоя; память – и еще неистребимая привычка видеть кругом заговоры. Тролль между тем показал, что сбросил на «небосвод» мешок, о содержимом которого ему ровно ничего не известно. Почему, собственно, вы ищете вещественный предмет? Разве это не мог быть болотный огонь или иная неосязаемая магическая гадость, которая просто истаяла под солнечными лучами, заразив окрестности? Впрочем, я не дерзаю рассуждать о магических техниках в присутствии высокочтимой клофоэли Звезд...

Клофоэль Звезд: Я нахожу ваше предположение вполне вероятным, высокочтимая клофоэль Мира. Во всяком случае, куда более вероятным, чем заговор танцовщиц.

Владычица: Вы что-то еще хотели сообщить по итогам расследования, клофоэль Мира?

Клофоэль Мира; Непременно, о Светлые Владыки! Высокочтимый клофоэль Покоя убежден, что Дол-Гулдур, откуда прилетел дракон, контролируется Мордором, но я пришла к иным выводам... Ну, насчет назгулов, задание которых якобы выполнял тролль, – это заведомая чушь: уж нам-то с вами отлично известно, что Черного Ордена давно не существует. А вот история этого самого Кумая весьма интересна. Он попал в плен на Пепеннорских полях и потом, как водится, гнил в Миндоллуинских каменоломнях, пока ему не устроили побег – именно как знатоку механических драконов. Тролль по сию пору свято уверен, что его вытащила из лагеря родная мордорская разведслужба, но, похоже, беднягу просто обвели вокруг пальца. Свита королевы Арвен имеет основания полагать, что ко всем этим побегам конструкторов с Миндоллуинской каторги приложил руку не кто иной, как Его Величество Элессар Эльфинит, возмечтавший о мордорских боевых технологиях. По данным Арвен, королем создана для этих целей особая сверхзасекреченная служба, костяк которой составляют мертвецы, возвращенные им к жизни посредством заклятия Тени; об этих ребятах известно очень немногое, и среди этого немногого – что все они носят имена хищных зверей. Как вы полагаете, высокочтимый клофоэль Покоя, отчего тролль, сочиняя на ходу свою наивную легенду, в коей фигурировал «сотрудник мордорской разведки», дал этому персонажу кличку «Шакал»? Да потому просто, что все «мордорские разведчики», с кем он имел дело в Дол-Гулдуре, носили «звериные» имена! Так вот, у меня нет сомнения, что Дол-Гулдур контролирует Арагорнова служба и дракон был послан сюда именно ею. А из этого обстоятельства следует такой вопрос к высокочтимому клофоэлю Покоя: о чем, интересно, он два с лишним часа беседовал с глазу на глаз с Арагорном – помните, тогда, во время январского его визита в Карас-Галадон?

Клофоэль Покоя: Позвольте, но я беседовал с ним, выполняя волю Светлых Владык!..

Владычица: Видите, Владыка, какие интересные картинки возникают, когда информация к тебе поступает не односторонняя, а из двух независимых – и, прямо скажем, не слишком дружественных между собою – источников?

Владыка: Да-да, вы правы!.. Только я, знаете, уже немножко запутался... Ведь насчет того, что клофоэль Покоя связан с этими... мертвецами... это ведь просто шутка, верно?

Владычица: Мне бы тоже хотелось, чтобы это оказалось лишь шуткой. Итак, первая наша задача – уничтожить Дол-Гулдур, причем сделать это немедленно, пока те не спохватились...

Клофоэль Силы: О Светлая Владычица, я выжгу дотла это змеиное гнездо!

Владычица: Вы уже, помнится, «выжигали» его, за компанию с Владыкой, – не далее как три месяца тому назад... Нет-нет, у меня на ваш счет иные планы – более серьезные. Дол-Гулдуром на сей раз я займусь сама: надо раз и навсегда разрушить его стены – тогда, может, чего-то и выйдет. Кроме того, я очень хотела бы заполучить живьем кого-нибудь из этих Арагорновых «зверушек»... Сколько человек сидит в этой декоративной крепости, клофоэль Покоя?

Клофоэль Покоя: Несколько десятков, о Светлая Владычица, можно уточнить...

Владычица: В этом нет нужды. Передайте под мое командование тысячу воинов, клофоэль Силы: я выступаю немедленно. А вам всем... Клофоэли Покоя и Мира продолжают свое расследование в прежнем режиме – я нахожу, что их совместная работа дает превосходные результаты, так держать! Танцовщицы и клофоэль Звезд продолжают поиски сброшенного на Карас-Галадон магического предмета – но только обязательно вместе со Стражами, а то вдруг у нашедшего возникнет соблазн заняться изучением его магических свойств в одиночку... А вы, клофоэль Силы, остаетесь в Карас-Галадоне за старшего и приглядываете за ними всеми: это ж ведь дети, чисто дети, – неровен час устроят в доме пожар, пока мама в отлучке... Клофоэлю Покоя, к примеру, не стоит играть в солдатики со своими любимыми порубежниками, клофоэли Звезд совершенно незачем прихорашиваться перед моим Зеркалом, клофоэли Мира... Ну, словом, вы меня понимаете, клофоэль Силы?

Клофоэль Силы: Как не понять, о Светлая Владычица! Да я их, этих интриганов, насквозь вижу!..

Владыка: А как же я, Владычица?

Владычица: Ну а вам, Владыка, как обычно: являть собою верховную впасть Лориена: выходить к народу, подписывать указы и все прочее в этом духе...

ГЛАВА 63

Темнолесье, южнее крепости Дол-Гулдур.
31 июля 3019 года

Дождь был нескончаем. Вот уж третий день как в воздухе висела холодная, совершенно осенняя морось; когда в тучах погромыхивало, казалось, будто из провисшего едва не до земли матраца лениво выколачивают водяную пыль. Ручей, в который уперлась сейчас ведомая Гризли колонна, обратился за эти дни в настоящую речку, кантующую по перекатам небольшие камни. Пока шестеро бойцов возились с наведением навесной переправы (иначе не перетащить раненых), остальные стыли в неподвижности на берегу, и ледяные струйки, скатываясь по изможденным лицам и обращая пропотевшую насквозь одежду в ледяной компресс, мерно размывали то немногое, что еще оставалось от их боевого духа. То еще сочетаньеце – бегство, неподвижность и мокрый озноб...

Гризли поглядел на горизонтальную веревочную струну, под которой сейчас бессильно висел на грудной и поясной обвязках первый из тяжелораненых, на плес под перекатом, где, вспенивая кофейного цвета воду, боролись с течением переправляющиеся конники, и по закаменевшим скулам его вновь прокатились желваки. Да уж – не повезет, так не повезет: терять чуть ли не час на форсирование этой переплюйки он никак не рассчитывал, а эльфы и без того уже наступают им на пятки и жарко дышат в затылок... Большая часть его бойцов сейчас отчаянно отбивалась в осажденном Дол-Гулдуре, имея перед собою единственную задачу: отвлечь на себя основные силы вторгшейся позавчера в Темнолесье эльфийской армии, Гризли же, чудом проведя колонну из вверенных его попечению мордорских и изенгардских конструкторов сквозь не вполне еще замкнувшееся кольцо окружения, со всей возможной скоростью уводил ее теперь на юг, вдоль тракта и, в свою очередь, отвлекал на себя эльфийскую погоню от уходящего в одиночку Росомахи: тот уносил в заплечном мешке документацию «Оружейного монастыря» – ту, что не успели переправить предыдущими эстафетами.

Весь расчет Гризли строился на том, что в погоню за ними эльфы отправят сравнительно небольшие силы, которые можно будет опрокинуть и отбросить, соединившись с Арагорновыми частями, стерегущими буроземский участок тракта от настоящих мордорцев. И все шло не так уж плохо, пока они не уткнулись в этот проклятый ручей... Время, время!.. Гризли застыл, схоронившись за обомшелым стволом темнолесской ели и поминутно ожидая – вот сейчас промелькнет в дождливом сумраке между деревьями неслышная тень в серо-зеленом маскировочном плаще... Впрочем, скорее всего ничего разглядеть он так и не успеет, а последним впечатлением его жизни станет короткий посвист эльфийской стрелы.

– Господин лейтенант! – Позади вырос один из его подчиненных. – Переправа охраняемых персон и личного состава закончена. Ваша очередь.

«Резво управились, – поздравил себя Гризли и внезапно замер, окинув новым, в высшей степени внимательным взглядом разбушевавшуюся речушку и предательски скользкие, отполированные дождем валунники по ее берегам: – Ну, теперь держитесь. Перворожденные! Помяните мое слово – мы вернем себе это потерянное время сторицей...»

– Сержант!

– Да, господин лейтенант?

– Сколько у нас стальных арбалетов?.. Эльфийский сотник лорд Эреборн со своим отрядом достиг речки где-то спустя полчаса после того, как переправившаяся колонна Гризли растаяла в пелене дождя на другой ее стороне. Минут десять эльфы-наблюдатели, скрытно сосредоточившись за деревьями, изучали противоположный берег – ничего. Затем доброволец по имени Эдорет с привязанным за спиною мечом осторожно вошел в поток и, ежесекундно ожидая вражеского выстрела, стал продвигаться вперед, лавируя между бурунами и водоворотами; когда вода дошла ему до середины бедер, его сшибло с ног и понесло, однако эльф плавал как выдра и, счастливо избегнув ударов о камни, достиг вскоре затишка под другим берегом, где среди торчащих из воды ивовых ветвей, облепленных мокрой травяной ветошью, громоздились шапки рыхлой желтоватой пены. Эдорет выбрался из воды, махнул своим и остановился, прикидывая – как бы ловчее проскочить береговой валунник, не свернув себе шею на мокрых камнях; наблюдатели перевели дух и опустили луки – похоже, обошлось. Полевой устав любой армии в любом из Миров требует в такой ситуации дать разведчику время на изучение обстановки, однако Эреборн, торопясь настигнуть добычу до наступления сумерек, решил сэкономить на этих предосторожностях: повинуясь мановению руки сотника, пятеро эльфов двинулись вперед, повторяя путь Эдорета.

Когда они зашли в воду примерно по колено, над ручьем разнеслась заливистая трель синегрудого дрозда-варакушки, и по этому сигналу с противоположного берега хлестнул прицельный арбалетный залп. Трое эльфов были убиты наповал либо, тяжело раненные, захлебнулись и были унесены потоком; четвертый, с разнесенной вдребезги плечевой костью, сумел выбраться на сушу и доковылять до деревьев; а хуже всех пришлось пятому, который остался лежать у самого уреза воды, – ему стрела угодила в живот и, пройдя сквозь кишки, застряла в позвоночнике. Для застигнутого на вражеской стороне Эдорета время будто остановилось: за неуловимо краткие мгновения разведчик успел разглядеть затаившихся выше по откосу арбалетчиков (он даже сосчитал их – шестеро), трезво прикинул, сколько ему потребно времени, чтоб высвободить свой хитро увязанный меч и добежать до врагов, поминутно оскальзывась на мокрых валунах... Засим и принял единственно разумное решение: спрыгнул обратно в реку и, нырнув с головою, позволил течению нести себя прочь. Ударивший ему вдогон арбалетный болт лишь прочертил на лакированной макушке торчащего из воды камня белесый, воняющий паленой курицей высверк, мгновение спустя уже бесследно затертый дождем.

Лорд Эреборн был, что называется, «юноша из хорошей семьи»: он не обладал ни полководческим даром, ни хотя бы замешенным на пролитой крови солдатским опытом, а вот храбрости и честолюбия ему было не занимать – опаснейшее сочетание... Быстро сообразив, что они имеют дело не с арьергардом настигнутой колонны, а с кучкой стрелков, прикрывающих отход основных сил, сотник решил сыграть ва-банк, используя слабую сторону арбалета – малую скорострельность (пара выстрелов в минуту – против двух дюжин у лука), и скомандовал атаку в лоб. Эреборн вскинул над головою фамильный меч Драконий Коготь, дважды протрубил в рог и, воздымая фонтаны брызг, размашисто шагнул в поток. На сотнике был доспех из гондолинской «губчатой стали», почти не уступающей в прочности мифрилу, так что он ничуть не опасался нацеленных с того берега стрел. И совершенно напрасно.

Мгновение спустя он в полной мере оценил разницу между знакомыми ему доселе ангмарскими охотничьими самострелами и стальным арбалетом нового поколения, создающим на тетиве усилие в тысячу двести фунтов. Трехунциевый бронебойный болт врезался Эреборну в правую нижнюю часть груди на скорости восемьдесят ярдов в секунду: звенья гондолинской кольчуги с честью выдержали это испытание, не дав трехгранному жалу стрелы вгрызться во внутренности эльфа, однако полутонный удар в область печени и без того вышибет дух из кого угодно. Мелькнуло средь мутных бурунов бескровное лицо в серебристом шлеме, втянулся под воду шлейф из пузырящейся по поверхности ткани маскировочного плаща – и исчезли навсегда: древняя броня обернулась грузилом... А кинувшемуся на выручку юному ординарцу болт пришел точно в переносицу.

И атака захлебнулась. Да, любые из людей – хоть дикари-харадримы, хоть рыцари Рохана, хоть умбарские морские пехотинцы – при столь очевидном численном перевесе просто ломанули бы вперед всей массой и, замостив этот окаянный брод собственными трупами, за считанные минуты захлестнули бы реденькую цепочку стрелков. Не то эльфы; слишком высока цена жизни Перворожденного, чтобы так вот устилать их телами берега безвестной речушки в Темнолесье. По сути дела, они пришли сюда не воевать, а охотиться (пусть даже и на весьма опасную дичь) – а с таким настроем не полезешь ни на осадную лесенку, ни в воду простреливаемой переправы... Унося убитых и раненых, эльфы отступили под защиту деревьев, чтобы обрушить оттуда град стрел на позицию противника. Однако спустя небольшое время оказалось, что и перестрелка нынче тоже идет как-то неправильно – сиречь не в пользу Перворожденных. Все дело тут в многодневном дожде: тетивы эльфийских луков безнадежно отмокли, и стрелы падали без сил, а главное – совершенно невозможно было удержать прицел: дол-гулдурские же болты продолжали раз за разом находить себе добычу – воистину Морготово порождение эти арбалеты!

Пришлось отступить поглубже в лес, оставив у берега лишь хорошо замаскировавшихся наблюдателей. Сэр Таранквил, принявший командование вместо Эреборна, сосчитал уложенные в ряд тела, над которыми уже кружили неведомо откуда взявшиеся черные бабочки (надо же – и дождь им не помеха...), мысленно приплюсовал к ним тех четверых, что унесло потоком, и, скрипнув зубами, поклялся про себя тронами Валаров, что эти арбалетчики (орки они там или кто – без разницы) заплатят так, что мало не покажется, и плевать он хотел на приказ Владычицы: «Взять хоть скольких-нибудь живыми». Чуть погодя вернулась высланная им разведка, и принесенные ею вести были столь же нерадостны, как и все события последнего часа. Оказалось, по обеим сторонам от тропинки начинаются обширные буреломы – вотчина гигантских муравьев; спереди буреломы эти обрываются прямо в реку, так что из Таранквиловой затеи – отправить часть сил берегом вверх и вниз по течению, растягивая и без того жиденькую оборону противника, – ничего не выйдет. «А если вернуться и сделать крюк – насколько эти завалы тянутся назад?» «Не могу знать, сэр! Проверить?..» «Отставить!..» Времени на подобные странствия уже не оставалось – и так уже невесть сколько времени потеряно, а там, глядишь, и сумерки... Что ж, деться некуда – надо атаковать в лоб.

Впрочем, «в лоб» еще не означает «очертя голову»; сэр Таранквил был командиром несравненно более опытным, чем его предшественник, и отважно лезть в воду, изображая из себя живую мишень, отнюдь не спешил. Его бойцы вновь скрытно сосредоточились за деревьями у переправы, и вновь началась дуэль снайперов. Разница же состояла в том, что эльфийские стрелки заменили тетивы на запасные, да к тому же и дождь малость поутих; теперь стрелы их ложились как надо – и уж тут-то эльфы (вне всякого сомнения, лучшие лучники Средиземья) показали наконец, на что они способны... Мордорские арбалетчики били из положения лежа, укрываясь за камнями, – так что тел убитых было отсюда не разглядеть, однако Таранквил готов был поручиться, что в строю у тех из шестерых остались максимум двое. Лишь выжав все что можно из своего преимущества в плотности стрельбы, он скомандовал атаку... А с того берега в ответ ударил залп – растянутый и неточный, но снова из шести арбалетов. Что за Морготовы шутки – подкрепление к тем подошло, что ли?!

ГЛАВА 64

И тут стрельба с того берега совершенно прекратилась, а над камнями задергался какой-то лоскут, привязанный к ножнам меча. Эльфийские лучники успели уже попотчевать это сооружение пятком стрел, когда Таранквил наконец опомнился и скомандовал: «Прекратить стрельбу!!», а потом, уже чуть тише, продолжил: «Пока прекратить. Сдаются, что ли? Ну-ну...» Лоскут помаячил еще некоторое время, а потом вместо него взорам изумленных эльфов предстал разведчик Эдорет – живой и здоровый, с мечом в руке: «Давайте сюда, живо!»

– ...А где остальные? – осведомился сэр Таранквил, оглядев внутренность этого естественного укрепления: арбалетов, размещенных в «бойницах» между валунами, было шесть, а трупов – всего два (форма мордорская, без знаков различия, хотя сами – если судить по рожам – не орки; у одного торчит в глазнице эльфийская стрела, у другого полчерепа снесено Эдоретовым мечом).

– Не могу знать, сэр, – откликнулся разведчик, оторвавшись от фляги, протянутой кем-то из обступивших его товарищей, и с неудовольствием прервав свою сагу – как он, покровительствуемый, видать, самими Ульмо и Оромэ, сумел-таки выбраться на вражеский берег ярдах в трехстах ниже переправы, неслышно прокрался через лес и обрушился на врага с тылу. – Сначала-то их было, точно, шестеро, но когда я добрался до этого гнездышка, в нем оставался всего один птенчик, – Эдорет кивнул на зарубленного, – он-то как раз и палил изо всех арбалетов по очереди... Я так полагаю, сэр, остальные успели отойти – стрелы у них все равно почти кончились. Прикажете начать преследование?

...Когда колонну Гризли нагнал верховой от переправы (небывалая награда первому получившему ранение в том деле – сразу же ускакать с донесением к своим), они стояли кратким привалом посреди обширной вересковой пустоши, каких много здесь, у границы Темнолесья с Буроземьем. Лейтенант молча выслушал доклад, и лицо его, впервые за последние три дня, чуточку оттаяло – пока все идет как он и рассчитывал. Значит, в погоню за ними эльфы действительно отрядили не основные свои силы – те, видать, крепко увязли под Дол-Гулдуром, – а где-то порядка сотни ловцов... да скольких еще из них повыщелкают арбалетчики на той взбеленившейся речушке – вот уж, воистину, неведомо, где найдешь, а где потеряешь! Но самое главное – если мои парни продержатся хоть пару часов (а они продержатся, теперь в этом нет сомнения), мы еще до ночи успеем соединиться с людьми Его Величества: те наверняка уже получили эстафеты и форсированным маршем движутся нам на выручку – ну, теперь держитесь, Перворожденные! Неужто все-таки прорвались?..

Интересно, а где теперь организовывать новый «Оружейный монастырь» – может, и вправду в Мордоре? Хотя что я говорю: после прямого вмешательства гондорской армии прозреют даже самые лопоухие из этих умников... А с другой стороны, может, оно и к лучшему – куда они теперь денутся: «Вы ведь, ребята, уже хрен-те сколько времени верой-правдой служите врагу, хотите – передадим вас своим с соответствующими пояснениями?.. Ах, не хотите...» Будут, будут ковать нам «Оружие Возмездия» как миленькие! Впрочем, это все дело будущего, и нечего забивать этим голову; пока что моя задача – доставить охраняемые персоны в целости и сохранности, а уж там пускай соображает начальство. Нет, кто бы мог подумать, что самым большим сокровищем державы станут отныне все эти Джагеддины и им подобные... Правда, и мы тоже без работы не останемся – за этими ребятами нужен глаз да глаз.

Ведь сумели-таки, хитрецы, обратить эти дурацкие «летающие капли» в настоящее оружие! Ну, что точность попадания «капли» заметно возрастет, если придать ей в полете вращение на манер стрелы, – это они сообразили почти сразу, но только как заставить этот чертов кувшин вертеться вокруг продольной оси? Пристраивали к нему всякие спиральные крылышки вроде оперения – чепуха на постном масле... Тут кто-то и вспомнил про «Огненное колесо»: был у них там, в Барад-Дуре, такой тип праздничного фейерверка – легонький обруч на оси, который вращают прикрепленные к нему, в направлении по касательной, цилиндры с огневой смесью. И вот совместили эту игрушку с «каплей»: проделали в толще стенок – там, где огненная струя вырывается наружу через узкое горлышко, – несколько косоугольных каналов, вроде внутренней винтовой нарезки, и завертелся теперь этот «летучий кувшин» так, что любо-дорого...

Именно описание этого устройства и уносит сейчас в своем заплечном мешке уходящий в одиночку сквозь темнолесские чащобы Росомаха. Ничего, парень тертый, лес ему – дом родной, так что должен дойти; в условленном месте на берегу Андуина найдет в тальниках челнок с запасом провизии – и вперед. Путь до Минас-Тирита неблизкий, да и плыть ему придется только ночами, но уж тут спешить точно не стоит.. Так что даже если не дойдет их колонна, Его Величество получит еще одно новое оружие – и какое!

Эти размышления Гризли были прерваны наблюдателями:

– Господин комендант! Там, спереди, какой-то верховой – гонит во весь опор!

Когда лейтенант разглядел успевшего уже спешиться у головы колонны всадника, он сперва просто не поверил своим глазам, а затем расплылся в совершенно неуставной улыбке: вот уж воистину – «отец-командир», самолично привел подмогу, никому не доверил...

– Здравия желаю, господин капитан!!

– Вольно, лейтенант, – коротко отмахнулся Гепард; и серый плащ его (уж не из тех ли самых, в коих они тогда шагали по Пеленнорским полям?), и измученный конь – все было сплошь заляпано дорожной грязью. – Занимайте оборону – эльфы будут здесь через четверть часа.

– Сколько их?

– Порядка двух сотен. Высадились позавчера на севере Буроземья, перерезали тракт и двинулись вам навстречу.

– Ясно, – пробормотал Гризли; с внезапной отчетливостью припомнилось, как десятью минутами ранее он непозволительно размяк, получив депешу от переправы: «Ну все, похоже, прорвались»... Эх, надо было по деревяшке стучать – по собственной башке, к примеру.

– Вы же видите, сколько у меня людей, господин капитан... Нам не продержаться до подхода основных сил.

– О чем вы, лейтенант? Какие «основные силы»? Их нет и не будет...

– А вы?.. – только и смог вымолвить Гризли.

– Я, как видите, здесь, – пожал плечами капитан, и движение это на миг сделало его каким-то абсолютно штатским.

– Так, значит, нас просто сдали...

– Экий вы, право, лейтенант, – «сда-али», – насмешливо протянул Гепард. – Не сдали, а пожертвовали во имя Высших Государственных Интересов. Как и вы сами, к слову заметить, обошлись с защитниками Дол-Гулдура – «ради большего приходится жертвовать меньшим», верно?..

Короче, в Минас-Тирите сочли, что сходиться с эльфами «острием против острия» сейчас несвоевременно, и отвели войска с тракта, тщательно уничтожив всю тамошнюю инфраструктуру: «Что-что? Дол-Гулдур? Какой такой Дол-Гулдур? Я не я и корова не моя...»

– А вам, как я понимаю, до крайности не понравилось это решение, господин капитан...

– Я, как видите, здесь, – с расстановкой повторил шеф «Феанора». – А то ведь в нашей с вами Службе такой роскоши, как рапорт об отставке, не предусмотрено...

– Э-э-эльфы!!! – донесся спереди крик, исполненный даже не то чтоб страха, а какой-то смертной тоски.

– А ну, без паники!! – рявкнул Гепард; он привстал в стременах и, вскинув к непроглядно дождливому небу узкий эльфийский меч (ну точно – тот самый, с Пеленнорских полей!), скомандовал: – Стройте каре, лейтенант! Конных – на правый фланг!

...Может статься, он присовокупил и что-то еще, причем вполне историческое – вроде прогремевшего при сходных обстоятельствах над песчаными барханами одного из соседних Миров: «Ослов и ученых – в середину!» Но, как бы то ни было, словам этим не суждено было попасть на страницы школьных учебников Средиземья: до наступающей эльфийской цепи было далековато – не расслышать, а из тех, кто занимал сейчас оборону рядом с Гепардом, встретить рассвет первого августа не суждено было никому. Такие дела.

ГЛАВА 65

Лориенскнй Лес, Карас-Галадон.
1 августа 3019 года

Они собрались в Синем зале Галадонского дворца в несусветную рань – по настоянию клофоэли Звезд. Утро в тот день выдалось совершенно осеннее – прозрачное и студеное, как вода в лесном ключе, так что озноб, колотивший миледи Эорнис (совершенно, впрочем, незаметно для стороннего глаза), вполне мог быть вызван именно этим обстоятельством; ей, во всяком случае, хотелось думать, что это так. «Что это вдруг взбрело в голову этой повелительнице Звезд? Эру Великий, неужто ее танцовщицы нашли-таки спрятанный палантир? Ну, пускай даже не нашли (это невозможно), а просто догадались, где он...» А между тем самая главная проблема – как подобраться сегодня в полдень к Зеркалу, неусыпно охраняемому людьми клофоэля Силы, – никуда не делась, и идей у нее по-прежнему никаких...

Уже неделю как всем стало ясно – искать все же следует именно вещественный предмет (версия насчет болотного огня и иных магических эманации, подброшенная клофоэлью Мира, была честно проверена и, естественно, не подтвердилась), и начался методичный розыск. Когда говорят, что танцовщицы клофоэли Звезд «вынюхгюоют источники магии», это достаточно точный образ: они и вправду работают, как собака, охотящаяся верхним чутьем. Все эти дни напролет погрузившиеся в транс девушки кружили по Карас-Галадону, ощупывая пространство выставленными вперед ладонями – не то поиск неразличимо затаившегося средь палой листвы вальдшнепа, не то детская игра в «горячо-холодно». Пока что выходило «холодно» – магический предмет явно пребывал где-то рядышком, но в руки отчего-то не давался. Все как и предвидела Эорнис: она с самого начала опасалась не столько магии танцовщиц, сколько Стражей клофоэля Покоя с их банальной полицейской методой; впрочем, у тех расследование тоже зашло в тупик.

Опасность подобралась к клофоэли Мира с совершенно неожиданной стороны. Клофоэль Силы, которого Владычица оставила «на хозяйстве» на время своей карательной экспедиции в Темнолесье (из всех членов Совета она могла по-настоящему доверять лишь этому солдафону, никогда не игравшему в собственные игры), проявил пресловутое «усердие не по разуму». Его подчиненные, в числе прочего, заменили охрану Галадонского дверца, и в один прекрасный день ошарашенные клофоэли обнаружили, что их просто не допускают в Синий зал на заседание Совета, а все попытки объясниться с этими остолопами разбивались об их чугунное «Не приказано!». Недоразумение – понятное дело – было тут же улажено, однако все сразу уяснили себе: теперь, вплоть до возвращения Владычицы, порядки во дворце будет устанавливать клофоэль Силы – по собственному усмотрению. А поскольку Владычица впрямую запретила в свое отсутствие допускать к Зеркалу клофоэль Звезд (что было вполне разумной предосторожностью), он попросту закрыл доступ в Лунную башню, где хранился магический кристалл, для всех клофоэлей. «Ничего страшного, кашу маслом не испортишь...» Так что если за оставшиеся до полудня часы она не найдет способа преодолеть это препятствие, то весь ее детальнейшим образом разработанный план пойдет прахом, и тогда Элоара ничто уже не спасет...

– Как ваши поиски, высокочтимая клофоэль Звезд? – с любезным равнодушием осведомилась Эорнис, пока они занимали свои места вокруг стола Совета.

– Никак. Я просила вас собраться по куда более серьезному поводу...

Эорнис удивленно подняла глаза на властительницу магических стихий Зачарованного леса: та выглядела совершенно больной, а голос ее был странно безжизнен. Да, дело-то, похоже, и вправду серьезнее некуда.

– Я не стану докучать вам подробным описанием магических ритуалов, высокочтимые клофоэли Совета и вы, о Светлый Владыка, – у нас слишком мало времени... а, может статься, его уже и вовсе не осталось. Короче говоря, мы с танцовщицами примерно неделю как стали ощущать странные пульсации того магического поля, что создается Зеркалом. Сначала это была легкая дрожь, потом она обратилась в настоящие судороги, а вчера вечером судороги эти сложились во вполне определенный ритм – в высшей степени неприятный... Скажите, неужели вы все ничего не чувствуете?

– Я чувствую! – внезапно прервала повисшее за столом молчание клофоэль Памяти, и неизвестно даже, что поразило собравшихся больше – само сообщение клофоэли Звезд или это неслыханное нарушение субординации: формально-то все клофоэли были равны между собою, но никогда еще «меньшеньким» – всем этим дворцовым библиотекарям, мамкам-нянькам и церемониймейстерам – не приходило в голову встрять в разговоры Владык и «Большой четверки». – Все точно как вы сказали, о высокочтимая клофоэль Звезд! Я только не знала, что это из-за Зеркала...

«Да и откуда тебе это знать, серая ты мышь, – раздраженно подумала про себя Эорнис, – что ты вообще знаешь, кроме своих пыльных рукописей из Белерианда и дурацких саг... Но я-то хороша – как же я не связала все эти биения с Зеркалом? Вот, значит, откуда проистекает мой озноб... Другой вопрос – стоит ли признавать сей факт и тем самым лить воду на мельницу этой звездной стервы... Пожалуй, стоит – и даже следует пойти еще дальше».

– Я полагаю, высокочтимая клофоэль Памяти проявила немалое мужество, открыто высказав то, что ощущаем все мы – но боимся произнести это вслух. Чувство, испытываемое нами, – сильный беспричинный страх, не так ли, высокочтимые члены Совета?

– Может, иные барышни и испытывают «сильный беспричинный страх», но я лично ни черта не боюсь, клофоэль Мира! И не надо нам тут, знаете ли...

– Благодарю вас, высокочтимый клофоэль Силы, мы учли ваше особое мнение. Остальные члены Совета, как я понимаю, разделяют сказанное высокочтимой клофоэлью Мира. – Клофоэль Звезд слегка поклонилась в сторону Эорнис. – Только вот страх наш отнюдь не «беспричинный». Дело в том, что Зеркало... как бы это объяснить... оно в некотором смысле живое. А создаваемый им колебательный ритм – тот самый, что вы сейчас ощущаете, – хорошо известен в магических практиках: это ритм родовых схваток, но только навыворот... Страшная штука. Зеркало предчувствует свой конец – а вместе с ним и гибель всего нашего Мира... Предчувствует – и пытается докричаться до нас, понимаете? А светила над Лориеном будто сошли с ума...

– А не может это все быть как-то связано с тем магическим предметом, что никак не могут разыскать ваши танцовщицы? – подался вперед клофоэль Покоя.

– Да, может, – хмуро кивнула клофоэль Звезд; она была явно не расположена развивать эту тему и даже не ввернула чего-нибудь вроде вполне напрашивавшегося «У ваших Стражей, между прочим, дела обстоят не лучше...».

– Постойте, как вас понимать: «Наш мир обречен»? – Это уже Владыка; ты глянь-ка – проснулся наконец надежа-государь...

– Так вот и понимать, о Светлый Владыка: был – и нету. И нас всех – тоже.

– Так сделайте же хоть что-нибудь! Клофоэль Звезд! И вы тоже, клофоэль Покоя! Я... В конце концов я вам повелеваю!.. Как Владыка...

На лицах членов «Большой четверки» явственно отразилось: «И что б мы только делали без твоих повелений,

Вседержитель ты наш...» Клофоэль Звезд обменялась взглядами с клофоэлями Мира и Покоя, чуть задержалась на клофоэле Силы и наконец произнесла:

– Для начала, о Светлый Владыка, мне необходимо взглянуть на Зеркало своими глазами – сейчас же, не теряя ни часа.

– Ну да, ну разумеется! Ступайте прямо сейчас... «Вот и конец мне настал, – отрешенно подумала клофоэль Мира, разглядывая игру оттенков зелени в смарагде своего перстня. – Мне нечего возразить против ее предложения – она грамотно разыграла свои козыри, и весь Совет, включая этого маразматика, на ее стороне...» Тут, однако, над столом воздвигся персонаж в сияющих доспехах, смахивающий габаритами и тонкостью черт на каменных истуканов, что стерегут низовья Андуина. Пока Эорнис размышляла, снимает ли клофоэль Силы свой шлем и мифриловую кольчугу хоть когда-нибудь (ну, к примеру, занимаясь любовью), тот с солдатской прямотой высказался о паникерах и штафирках – что, впрочем, суть одно и то же. Он, к примеру, никаких таких зловещих ритмов не ощущает: да и откуда клофоэли Звезд, равно как и ее танцовщицам, ведом этот самый «ритм родовых схваток»? Ведь они ж вроде как девицы... Короче говоря, у него есть прямой приказ Владычицы не допускать клофоэль Звезд к Зеркалу, и попытки его нарушить будут рассматриваться как мятеж – со всем отсюда вытекающим... А вы как думали, о Светлый Владыка?!

– Да-да, – промямлил властитель Лориена (неминучий гнев Владычицы пугал его явно сильнее, нежели гипотетический конец света), – лучше все-таки подождем Ее возвращения из Дол-Гулдурского похода...

– Опомнитесь, Светлый Владыка! – Эорнис в изумлении воззрилась на произнесшую сии небывалые слова клофоэль Памяти – бедняжка, похоже, совсем утеряла чувство реальности. – Наш Мир уже скользит в пропасть, если кто и может его спасти – так это клофоэль Звезд, а этот шлемоблистающий болван уперся в инструкцию, полученную в незапамятные времена! Ну, он-то ладно – с него какой спрос, там ведь вместо мозгов бронзовая отливка, – но вы все... Эру Великий, неужели даже тут, на краю гибели, вы не способны приподняться над своими грошовыми интригами?

И Эорнис внезапно поняла, что эта книжная мышка всего лишь высказала вслух то, о чем думает вся дюжина «меньшеньких» клофоэлей, а как выяснилось секундою спустя – не только они. Потому что навстречу клофоэлю Силы, который в ярости вскочил на ноги, отшвырнув кресло, уже двигался вокруг стола своей мягкой тигриной походкою клофоэль Покоя – рука на эфесе меча, а на устах улыбочка, способная заморозить Вековечный Огонь.

– Вы тут давеча помянули о мятеже, высокочтимый клофоэль Силы... Это небезынтересная мысль, вы не находите, о Светлый Владыка?

– Ну, вы... это... – жалобно вякнул Владыка и как-то враз стушевался: «меньшенькие» уже подались к стенам, и...

– Стойте!!! – Решение, пришедшее к клофоэли Мира, было сродни вспышке молнии: все части тщетно собираемой ею головоломки внезапно встали на места – единственно возможным образом. – Я обращаюсь к вам, клофоэль Силы!

Пожалуй, никого другого он слушать бы не стал, однако клофоэль Мира во всех интригах последних лет неизменно принимала сторону Владычицы – и оттого обладала на него некоторым влиянием.

– Светлая Владычица действительно упомянула – вскользь, полушутя, – что клофоэли Звезд не следует прихорашиваться перед Зеркалом. Но на доступ к кристаллу всех прочих клофоэлей она ведь никакого запрета не налагала. Вы согласны со мною, высокочтимый клофоэль Силы?

– Это, конечно, верно...

– Ну вот видите! Значит, решено: выполняя волю Совета, я поднимусь в Лунную башню... Конечно, мои магические способности не идут в сравнение с дарованиями высокочтимой клофоэли Звезд, но уж принести ей исчерпывающее описание, в каком состоянии пребывает Зеркало, я все-таки способна.

– Да вы хоть представляете, высокочтимая клофоэль Мира, – покачала головой клофоэль Звезд, – сколь опасно заглядывать в Зеркало тому, кто не защищен моими, как вы изволили выразиться, магическими дарованиями?

– А у меня и в мыслях нет заглядывать в Зеркало: столь далеко, знаете ли, моя самоотверженность не простирается... – рассмеялась Эорнис. – Светлая Владычица, насколько мне известно, имеет обыкновение использовать для этих целей гостей Лориена из числа людей: они ведь все равно смертны – чуть раньше, чуть позже... А у нас сейчас как раз есть под руками один – этот самый летучий тролль. Он, надеюсь, еще не ликвидирован, высокочтимый клофоэль Покоя?

– Пока нет. Надо бы только привести его в порядок: когда бедняга ознакомился со своими показаниями, он просто развалился на куски – сперва пытался покончить с собой, а потом впал в полную прострацию...

– Ну, это нам не помеха. Значит, еще до полудня вы передадите тролля в мое распоряжение, договорились?

– Договорились. Только знаете, высокочтимая клофоэль Мира... Что-то я все-таки за вас тревожусь: тролль есть тролль – существо дикое, непредсказуемое, неровен час... Словом, в Лунную башню мы поднимемся втроем – вы, я и он. Так оно будет надежнее.

– Я так тронута вашей заботой, высокочтимый клофоэль Покоя.

– Не стоит благодарности, высокочтимая клофоэль Мира.

ГЛАВА 66

Часовых клофоэля Силы, стерегущих вход в Лунную башню, они миновали, когда солнце уже вплотную подобралось к зениту. По узкой винтовой лестнице двигаться пришлось гуськом. Клофоэль Покоя поднимался первым, легко и упруго шагая через ступеньку; шедшего следом тролля он на самом деле, разумеется, ничуть не опасался и даже не сковал того наручниками – ограничился наложением заклятия Паутины. Замыкала шествие миледи Эорнис, которая в последний раз прокручивала в голове детали своего плана. Да, шанс на успех есть, но он совершенно ничтожен, а что самое неприятное – тут все зависит не от ее способностей, а от невообразимого числа случайностей... Что ж, в любом случае их многолетняя партия с клофоэлем Покоя подошла к финалу и обратно из этой башни суждено сегодня спуститься лишь одному из них, а вот кому именно – это уж как карта ляжет...

Верхнее помещение Лунной башни представляло собой округлую комнату диаметром около десяти ярдов, единственное убранство которой составляло Зеркало:

кристалл был заключен в оправу из мифрила, снабженную гнутыми полуторафутовыми ножками, так что вся конструкция напоминала собою небольшой столик. Шесть стрельчатых окон открывали великолепный вид на Карас-Галадон. «Забавно, – мельком отметила Эорнис, – этот тролль – как бы не единственный человек, увидавший подлинную панораму эльфийской столицы, но он уже никому об этом не расскажет; тех из гостей, кого мы собираемся выпустить обратно, не допускают дальше талонов вдоль Нимродели, и эти недоумки уходят отсюда в святой уверенности, будто мы тут и в самом деле живем на этих жердочках...»

– Подведите его к Зеркалу, клофоэль Покоя, но Паутину пока не снимайте...

И лишь произнеся эти слова, клофоэль Мира сообразила, что с Зеркалом и вправду творится что-то неладное. Кристалл был непроглядно-черен, и чернота эта через правильные промежутки времени наливалась багровым свечением; явственно чувствовалось, что Зеркало буквально заходится в беззвучном крике ужаса и боли. «А может, ему вредно быть рядом с палантиром?» – запоздало подумала она. Ладно, теперь уже в любом случае ничего не поменяешь... «Потерпи, – мысленно обратилась она к Зеркалу, – через несколько минут все закончится». И, как бы откликаясь на эту ее мысль, кристалл будто взорвался изнутри небывало сильной багровой вспышкой, отчего-то вдруг напомнившей ей о Вековечном Огне... Мысль эта, однако, мелькнула и исчезла – стало не до того: клофоэль Покоя, похоже, заметил (или, правильнее сказать, почуял), что комната не так уж пуста, как кажется на первый взгляд: впрочем, согласно ее плану, он и должен был это заметить – причем сам, без малейшей подсказки с ее стороны... Вот ведь бред – приходится уповать на интуицию и высокий профессионализм смертельного врага!

Клофоэль Покоя тем временем внимательнейшим образом оглядывал комнату и, как и следовало ожидать, ничего подозрительного не заметил. Искать тут что-либо при помощи магии бесполезно – Зеркало создает вокруг себя магическое поле такой интенсивности, что начисто забивает поля иных предметов. Абсолютно пустая комната и низкий «столик» на тоненьких ножках... "А сумел бы я сам спрятать здесь некий предмет, пусть даже небольшой? Пожалуй, я бы попробовал... А что, запросто!

Постой-постой... Небольшой предмет... Как тогда говорил этот тролль? «Примерно с голову ребенка»! Так вот, значит, зачем тебе понадобилось подняться к Зеркалу..."

– Клофоэль Мира! Вы арестованы за измену. Отойдите к стене!

Они стояли друг против друга, разделенные Зеркалом; клофоэль Покоя обнажил меч – он не собирался давать этой гадине лишние шансы, она и без того смертельно опасна.

– Отстегни от пояса кинжал... Вот так... Теперь стилет, он у тебя в левом рукаве... Отпихни их ногой подальше! А вот теперь поговорим. Магический предмет, который безуспешно ищут танцовщицы этой звездной дуры, прикреплен к нижней поверхности «столика», верно? Чтобы его разглядеть, надо стать перед Зеркалом на карачки – такое и в самом деле никому в голову не придет. А найти эту штуку при помощи магии просто невозможно – танцовщицы попали в положение собаки, от которой требуют найти по запаху надушенный платок, спрятанный в мешке с молотым перцем... Мои тебе комплименты – превосходно придумано! Кстати, а что это все-таки?

– Палантир. – обреченно отозвалась Эорнис.

– Ого!.. – Такого тот явно не ждал. – Чей же это подарочек? Врага?

– Нет. Арагорна.

– Что ты мелешь?

– Это правда. Его Величество Элессар Эльфинит – человек дальновидный, он никогда не складывает все яйца в одну корзину. Думаешь, ты один разговаривал с ним в январе с глазу на глаз? Уберешь меня – и он тебе в твоей игре против Владычицы не помощник.

– Ошибаешься, голубушка: чем меньше союзников, тем больше их ценишь – так что никуда он не денется. А вот тебя ждет масса интересного в подземельях Кургана: тамошние ребята на диво изобретательны, а я распоряжусь, чтобы ты не умерла слишком быстро...

– Для этого тебе придется предъявить доказательства моей измены, а значит – отдать Совету палантир. Не лучше ли сохранить его для себя, а меня обратить в своего агента в окружении Владычицы? Я могу дать очень много – да ты и сам это знаешь...

– Ну ладно, хватит болтать! Лицом к стене, живо! Сесть

на пол! На пол – я сказал!!! Чем ты прилепила его к «столику» – магией?

– Нет, просто клейкий сок анкасара, – сломанно подчинилась она и, глядя в стену, умоляюще проговорила: – Выслушай же меня...

– Молчать!!

Голос, произнесший «Молчать!!», был чуть задыхающийся: клофоэль Покоя за ее спиной, похоже, уже согнулся в три погибели, ощупывая нижнюю поверхность кристалла, – стало быть, пора! Ведя свой жалкий и бесполезный торг проигравшего, она в действительности все это время упорно пробивалась сквозь плотное, бьющее навстречу прибойными валами магическое поле Зеркала к липким серым нитям заклятия Паутины, которыми клофоэль Покоя опутал тролля. Любое заклятие несет неизгладимую печать личности того, кто его наложил, и потому снимать его может лишь он сам – для прочих это смертельно опасно и, как правило, бесполезно; по счастью, Паутина создается одним из простейших заклинаний, личностного момента в нем практически нет – голая техника, так что можно рискнуть... «Сейчас все будет зависеть от того, как поведет себя освобожденный тролль. Да, конечно, он сломан известием о том, что неведомым для себя образом выложил врагу все, что только знал; важно, однако, до какой степени сломан. Если совсем и превратился в медузу – тогда все, конец: а вот если он сумел остаться человеком и сохранил хотя бы желание рассчитаться с теми, кто хитростью принудил его к предательству, я сумею ему в этом помочь. Я – ему, а он – мне...»

В тот же миг Эорнис рванула Паутину, как рвут присохший к ране бинт – одним движением, иначе тут просто нельзя. Страшная, выворачивающая наизнанку боль на миг потушила ее сознание: вот каково оно – снимать чужие заклятия, даже если это такой пустяк, как Паутина, а снимает его не кто-нибудь, а эльфийская клофоэль... Вынырнула она из своего обморока по прошествии нескольких секунд, когда все было кончено. Клофоэль Покоя ничком лежал на полу возле самого Зеркала с нелепо вывернутой головой, будто пытаясь разглядеть что-то у себя за плечом, а тролль (надо думать, он обрушился со спины на эльфа, стоящего на коленях перед «столиком», и просто свернул тому шею – голыми руками) уже вспрыгнул на подоконник с явным намерением уйти – каковое намерение ни малейших препятствий со стороны Эорнис не встретило. «Высокочтимый клофоэль Покоя освободил тролля от заклятия и по неосторожности отвернулся, – усмехнулась про себя она, – а я просто ничего не успела... Все произошло до того неожиданно, высокочтимые члены Совета! Я безмерно благодарна покойному: не вызовись он сопровождать меня в башню – и на его месте наверняка оказалась бы я...»

Удивительную картину эльфийской столицы Кумай успел окинуть взором, лишь делая последний в своей жизни шаг, так что все эти башенки и висячие мостки тут же рухнули на него падающим театральным задником, а навстречу ему стремительно рванулись шестиугольные плиты двора. Последней же его мыслью стало:

«Гады, они ведь опять соберут меня из кусков...»

А что, может, и собрали бы (кому, в сущности, ведомы пределы могущества эльфов?), только вот времени на это им уже не было отпущено... Не только на это, но и вообще ни на что. Ведь солнце к тому времени успело доползти до зенита, и Эорнис, вынув палантир из защитного мешка с серебряной прострочкой, вплотную поднесла его к совершенно обезумевшему Зеркалу, готовому, кажется, ускакать прочь на своих гнутых мифриловых ножках. Выждав условленное время, клофоэль Мира совместила между собою пару оранжевых искр внутри магического кристалла и тем самым перевела палантир в режим «двусторонняя связь»...

ГЛАВА 67

Арнор, башня Амон-Сул – Мордор,
западный край кратера вулкана Ородруин.
1 августа 3019 года Третьей Эпохи, за четверть часа до полудня

– Держать!! – сплющенным в хрип голосом – скомандовал Гэндальф, будто бы сам удерживая на весу неподъемную тяжесть – да так оно, собственно, и было; то, что тяжесть эта не вещественная, никакого значения не имело. Маги Белого Совета – все четверо – остались уже совершенно без сил, и предобморочный пот густо катился по их завосковевшим лицам. Вообще-то для той работы им бы следовало встать пентаграммой, но теперь их числа хватало лишь на квадрат... Ах, Саруман, Саруман!..

Весь пол зала занимала огромная карта Средиземья, нарисованная прямо на каменных плитах – несколько схематично, но с точным соблюдением пропорций и ориентации по сторонам света. На центральной части карты, соответствующей Арнору, лежал сейчас палантир, который разбрасывал по сторонам беспорядочные разноцветные блики – желтые, голубые, зеленоватые. Однако усилия Белых магов все же не пропадали втуне: вспышки мало-помалу обратились в ровное свечение, распавшееся затем на отдельные разноцветные лучи, тонкие как вязальная спица. Тут Гэндальф произнес краткое «закрепляющее» заклинание, прозвучавшее сейчас как команда «Майна!», маги хором повторили его, после чего позволили себе расслабиться – будто поставивив наконец на пол переносимый на руках сервант, набитый хрусталем. Порядок – первая часть работы сделана.

Цветные шнуры, что веером разбегались по полу от центрального палантира, уходя куда-то за стены зала, соединяли сейчас кристалл с шестью другими, рассеянными по Средиземью: точку на карте, где находится этот другой палантир, определить, конечно, нельзя – только направление, однако и это немало. Прежде всего Гэндальф изучил золотисто-желтый луч, ведущий строго на Закат, в необозримые океанские просторы. Желтый цвет означает, что тот, второй, палантир пребывает в нормальном рабочем состоянии – следовательно, это палантир короля закатных эльфов Кирдэна-Корабела; маг удостоверился, что луч проходит точно через ту точку линдонского побережья, где и должна располагаться башня Эмин-Бераида, и удовлетворенно кивнул: их карта сориентирована практически идеально, можно работать дальше.

Два мутно-зеленых луча, образующие почти прямую линию и ведущие один на северо-северо-закат, в Льдистый залив, а второй – на юго-юго-восход, к устью Великой Реки, его не интересовали: это наверняка погребенные в морской пучине полантиры с затонувшего корабля принца Арведуи и унесенный андуинским течением палантир Осгилиата. А вот наконец и то, ради чего все затеяно: два луча имеют лазоревый цвет (значит, палантиры работают, но при этом прикрыты защитными чехлами с серебром) и, расходясь под очень малым углом, ведут на юго-восход. В Мордор.

Мать-перемать... так и есть...

– Откуда же у них в Мордоре взялся второй кристалл, Гэндальф?

– А вы поглядите на карту: никакой линии, ведущий на Эмин-Арнен, не прослеживается. Надо думать, Его Высочество князь Итилиенский, продолжая свои довоенные восходные игры, передал палантир Денетора этим Морготовым отродьям... Сучий потрох... Жаль, Арагорн не придушил его тогда в госпитале...

– Ну, это ты зря... А если Арагорн с Фарамиром на самом деле просто заключили между собой тайный союз против эльфов – используя остатки разгромленных орков? Тогда минас-тиритский палантир мог передать оркам и сам Элессар Эльфинит... В конце концов, против эльфов сейчас играют все – включая и нас самих, – но только порознь.

И все равно, растерянно думал Гэндальф, общий смысл картины ясней не становится. Пророчество «Вакалабата» многозначно, но один из способов его прочтения таков: «Магия уйдет из Средиземья вместе с палантирами» (причем произойти это должно нынче в полдень) – либо не уйдет вовсе... Как так? Он вновь всмотрелся в темно-голубые «мордорские» лучи: один проходит через Барад-Дур и восходную оконечность озера Нурнон, второй – несколько закатнее, примерно через Горгорат и Ородруин... Ородруин?!! Так вот, значит, что они задумали...

А может... да нет, какие тут, к дьяволу, совпадения! Похоже, эти мордорские недоумки решили сбросить свой кристалл в Вековечный Огонь и тем разрушить его. Ну и на здоровье – чего они этим добьются? Конечно, это несколько перекосит магические поля прочих палантиров, да и Зеркала заодно с ними, – но не настолько же, право, чтоб из Средиземья ушла магия! Даже если при этом попутно разрушится и еще какой-нибудь палантир, оказавшийся в этот самый миг настроенным на прием...

– Гэндальф! Погляди – что-то странное с «восходным» лучом!

Глава Белого Совета, впрочем, и сам уже заметил – с тем из лучей, что проходит через восходную часть Мордора, творится неладное: он стал периодически менять яркость и цвет – казалось, будто по небосводу время от времени проползает свинцовая грозовая туча.

– Но этого просто не может быть! – вновь подал голос

маг в синем плаще. – В Средиземье есть лишь одна вещь, способная влиять на поле палантира, – Зеркало. Но Зеркало-то – у эльфов, в Лориене, а палантир в Мордоре...

И в этот миг жуткая догадка пронзила мозг Гэндальфа.

– Этот палантир не в Мордоре, – хрипло выговорил он, указывая на карту Средиземья. – Направленный в его сторону луч проходит через восходный Мордор – это верно. Но прежде того эта самая линия – глядите на карту! – проходит точно через Карас-Галадон: вот там-то он и находится – рядом с Зеркалом!

– Постой, может, это просто совпадение, у лориенских эльфов никогда не было своего палантира, а палантир Кирдэна на месте...

– Раньше не было, а теперь, как видите, есть! Я не знаю, кто сделал Владычице Галадриэль такой подарок – Арагорн, Фарамир или орки, – но она зачем-то сложила оба кристалла вместе. В полдень орки (а может, это и не орки – почем я знаю!) скинут свой палантир в жерло Ородруина, Вековечный Огонь перебросится с ородруинского полонтира на лориенский, а с него – на Зеркало, и вот тогда точно – всему конец! А когда разрушится Зеркало, в сгустки Вековечного Огня обратятся и все остальные Видящие камни – и наш в том числе. – При этих его словах Белые маги невольно отшатнулись в стороны, будто смертоносный пламень уже опалил их лица. – Вот тебе и «пророчество Вакалабата»! Живо, в треугольник! Помогайте мне – может, еще успеем...

Гэндальф опустился на колени перед палантиром, и между его ладоней замерцала густая цепочка голубовато-фиолетовых искр, которую он принялся наматывать на хрустальный шар – точь-в-точь как мотают в клубок пушистую шерстяную пряжу; в воздухе вокруг сразу возникла чуть пощипывающая в носу свежесть, будто где-то совсем рядом ударила молния. Трое остальных магов уже перелили в главу Белого Совета свою силу – всю, без остатка, и теперь просто застыли вокруг безмолвными изваяниями; никто из них в эти минуты не позволил себе думать об испепеляющем огненном драконе, ежесекундно могущем проклюнуться из своего хрустального яйца. Руки Гэндальфа двигались все быстрей и быстрей; давай, давай, Белый, на карту поставлено слишком многое, да что там многое – все!..

А потом он опустился на пол и пару секунд просто

сидел, закрыв глаза; затычку фляги с эльфийским вином пришлось вытаскивать зубами – пальцы были как отмороженные, это теперь навсегда. Отпил пару глотков, зажав флягу между ничего не чувствующих ладоней, и, не глядя, передал ее Радагасту. Успели... Все-таки успели... Световой шнур, уходящий от их палантира к ородруинскому, был теперь не голубым, а багрово-фиолетовым; едва лишь те ребята вынут свой кристалл из защищающей его серебряной оплетки, как вокруг него обовьется голубой искристой нитью Гэндальфово заклятие. Ох, не хотел бы он быть тем, кто возьмет этот шарик в руки... «Ну что ж, теперь самое время перевести дух и не спеша поразмыслить: как бы нам успеть прибрать тот палантир – он ведь наверняка так и останется после этого лежать среди ородруинских скал».

...Халаддин оторвался от созерцания мерцающего золотом багрового расплава, что кипел едва ли не у него под ногами в глубинах кратерного тигля, и, щурясь и прикрываясь ладонью, оценивал положение чуть уже заступившего за полуденную черту солнца. Лориен лежит заметно закатнее Мордора, так что их – «ородруинский» – полдень должен опережать полдень «лориенский» где-то на четверть часа... Да, пожалуй, пора все-таки вытащить палантир из мешка и ждать, когда в нем появится Зеркало – если, конечно, Кумай выполнил свою задачу... «Не смей ток думать, слышишь?! – одернул он себя. – Он сделал все, как надо, и ты знаешь это совершенно точно... А вот тебе через несколько минут предстоит убить ту женщину... ну, не женщину – эльфийку, какая разница... Впрочем, чего там – все уже думано-передумано тысячу раз. Можно бы, конечно, перепоручить „исполнение приговора“ Цэрлэгу (вон он кемарит за камушками; ну и нервы!), но это уж как-то совсем...»

Путь до Ородруина оказался не слишком сложен. До перевала Хотонт их сопровождал Ранкорн – рейнджеру так и так надо было подыскивать себе место для хутора в верховьях Выдряного ручья, а там их принял с рук на руки Матун. Для Матуна «встреча разведгруппы Халаддина» могла теперь считаться просто краткосрочным отпуском с фронта: дома, в Мордоре, продолжалась война, а тут, за Хмурыми горами, была тишь и благодать. Фарамир к тому времени уже предпринял все возможные шаги для замирения с хмурогорскими троллями, и на прошлой неделе его дипломатические усилия завершились полным успехом: в Эмин-Арнен прибыла депутация из трех троллийских старейшин. Кое-кому – «не будем тыкать в него пальцем» – это сближение очень не нравилось, так что на подъезде к Поселку старейшин поджидала специально подготовленная диверсионная группа. Однако служба барона Грагера оказалась на высоте: она не только предотвратила покушение, но и доказала, что нити этой провокации тянутся «на ту сторону Андуина»; уцелевшие в схватке диверсанты были отпущены на свободу с наказом передать Его Величеству, что тому все же следует несколько разнообразить свои приемы... Старейшин, во всяком случае, Грагеровы доказательства убедили вполне: они разломили с князем Итилиенским традиционную лепешку и убыли, оставив своих младших сыновей служить в княжеской личной охране – союз заключен (итилиенские мужики, впрочем, к тому времени давно уже завели с троллями меновую торговлю, не дожидаясь на то никаких высочайших разрешений). Контролировавшие Кирит-Унгол эльфы глядели на это в полной ярости, но поделать ничего не могли – руки коротки.

– А как там у Ивара, Матун? Как маэстро Хаддами – все развлекает вас своими шуточками?

– Погиб Хаддами, – степенно отвечал троль. – Царствие небесное, достойный был мужик – никогда и не скажешь, что из умбарцев...

Тут он присмотрелся к физиономии Халаддина и, смущенно переменившись в лице, пробурчал:

– Прошу простить, сэр! Это я не подумавши... А этот ваш гондорец?..

– Тоже погиб.

– Ясно...

В отряде Ивара они пробыли буквально несколько часов; лейтенант все порывался дать им сопровождающих до Ородруина («На равнинах сейчас неспокойно, вастакские разъезды так и шастают»), но сержант только посмеивался: «Слышь, Матун – они меня поведут через пустыню!» Все верно: помогать орокуэну в пустыне – это вроде как учить рыбу плавать, а маленький отряд в их положении куда лучше большого. Так и дошли – вдвоем; с чего начали – тем и кончаем...

Да – время... Халаддин развязал мешок, раздвинул его

жесткую ткань с вплетенными в нее серебряными нитями и взял в руки тяжелый хрустальный шар, отыскивая в его бледно-опалесцирующих глубинах служащие для настройки оранжевые искры.

...Здесь, под сводами Амон-Сул, безмерно далекий ородруинский палантир отражался сейчас в виде громадного, футов пяти-шести диаметром, мыльного пузыря. Видно было, как неведомый хозяин вертит кристалл в руках – на поверхности шара то и дело возникали ярко-алые отпечатки огромных ладоней, до того четкие, что можно было различить рисунок папиллярных линий.

– Что происходит?! Гэндальф, объясни! – не выдержал наконец маг в синем плаще.

– Ничего. В том-то и дело – не происходит ничего. – Слова Гэндальфа звучали ровно и совершенно безжизненно. – Мое заклятие не сработало. Почему – я не понимаю.

– Выходит, всему конец?

– Выходит, так.

Наступило молчание; казалось, все вслушиваются, как падают последние песчинки в песочных часах, отсчитывающих время их жизни.

– Ну что, доигрались? – прервал вдруг тишину насмешливый голос, не утративший, впрочем, за эти годы своих чарующих интонаций. – «История меня оправдает...»

– Саруман?!!

Бывший глава Белого Совета, не дожидаясь разрешений и приглашений, шагал уже по залу своей твердою размашистою походкой, и все как-то сразу почувствовали абсолютную неуместность этого словечка – «бывший».

– "Пророчество Вакалабата", верно, Радагаст? – обратился он к магу-лесовику, внимательно разглядывая световые шнуры, разбегающиеся от палантиров; прочих членов Совета он, похоже, вовсе игнорировал. – Ага... этот луч, как я понимаю, ведет к Ородруину?

– Они хотят уничтожить Зеркало... – встрял было чуть оживший Гэндальф.

– Заткнись, – не поворачивая головы, бросил Саруман и указал враз закаменевшим подбородком в сторону вновь померкшего в этот миг «лориенского» луча. – Вон твое Зеркало, любуйся. Демиург сраный...

– Мы можем чем-то помочь тебе, Саруман? –

примирительно произнес Радагаст. – Вся наша магия...

– Да, можете – исчезнуть отсюда, и поскорее. А «всю вашу магию» засуньте себе в задницу: вы что, еще не поняли, что человек на Ородруине абсолютно неуязвим для магических воздействий? Я испробую рациональные доводы – вдруг проймет... Ну, чего встали?! – прикрикнул он на растерянно столпившихся у выходных дверей членов Совета. – Кому сказано: убирайтесь отсюда все, к чертовой матери – сейчас тут так рванет, что причиндалы не поймаешь!

И, не обращая более внимания на торопливо выскальзывающих из зала Белых магов, повертел в руках палантир, настраивая его на многостороннюю связь, и негромко позвал:

– Халаддин! Доктор Халаддин, вы меня слышите? Откликнитесь, прошу вас.

ГЛАВА 68

Прошло несколько томительных мгновений, пока из глубин палантира не донесся полный изумления голос:

– Слышу! Кто меня зовет?

– Я мог бы назваться назгулом, и вы бы никогда не распознали обмана, но не стану этого делать. Я – Саруман, глава Белого Совета.

– Бывший глава...

– Нет, нынешний. – Саруман, обернувшись, бросил взгляд на оброненный второпях Гэндальфом белый плащ: оно и правильно – запутаешься еще ненароком, ссыпаясь по лестнице. – Уже три минуты как...

Пару секунд палантир молчал.

– Откуда вам известно мое имя, Саруман?

– В Средиземье не так уж много людей, абсолютно закрытых для магии; именно такого и должны были подобрать назгулы для исполнения «Пророчества Вакалабата»...

– Простите?

– Есть одно мутное древнее пророчество, гласящее, что в один далеко не прекрасный день «магия уйдет из Средиземья вместе с палантирами». Дата этого события зашифрована очень сложным образом – его ожидали, комбинируя приведенные в пророчестве цифры, уже не единожды, но пока все обходилось. Сегодня – просто очередной из таких дней, и назгулы, как я понимаю, решили воспользоваться «Вакалабатой», чтобы уничтожить палантиры и Зеркало – «Мир есть текст»... Сейчас вы сбросите свой палантир в Ородруин, лориенский палантир сожжет Вековечным Огнем Зеркало – и магический мир Арды погибнет навсегда.

– Почему погибнет? – донеслось из палантира после секундной заминки.

– А... понятно. С вами, видимо, имел дело Шарья-Рана?

– Почему вы так решили? – В голосе Халаддина послышалась нотка растерянности.

– Потому что это его теория строения Арды: два мира – «физический» и «магический», соединяемых через Зеркало. Эльфы, попав из тамошнего мира в здешний, неизбежно подорвут своей магией основы его существования. Поэтому следует разрушить Зеркало, изолировав эти миры – для их обоюдной пользы... Ну как – близко к тексту?

– А вы хотите сказать, что это все ложь? – холодно откликнулся Халаддин.

– Ни в коем случае! Это одна из теорий строения Мира – и не более того; Шарья-Рана (к коему я отношусь с превеликим почтением) придерживался ее – и это было его право, однако действовать в соответствии с ней...

– А что же гласят остальные теории? Вы рассказывайте, высокочтимый Саруман, – время у нас пока есть: когда мне придет пора кидать палантир в Ородруин, я вас предупрежу, не беспокойтесь.

– Вы очень любезны, Халаддин, благодарю вас. Так вот, общепринятая точка зрения гласит, что «физический» и «магический» миры действительно раздельны, Зеркало и палантиры действительно порождены магическим миром, однако попали они сюда, в физический мир, вовсе не случайно. Эти кристаллы составляют самую основу существования тамошнего мира – как та сказочная игла... ну, которая в яйце, которое в утке, которая в зайце, который в сундуке. Уничтожив Зеркало с палантирами, вы просто-напросто уничтожите весь магический мир. Ирония в том, что они помещены в здешнем, немагическом, мире именно для пущей сохранности – в точности как тот сказочный сундук... О, вы, разумеется, можете сказать – «это все проблемы того, магического мира, мне нет до них дела».

Так вот, вынужден вас огорчить: миры-то симметричны...

– Вы хотите сказать... – медленно проговорил Халаддин, – вы хотите сказать, что в том, магическом, мире точно так же запрятано «для пущей сохранности» нечто, обеспечивающее существование нашего мира, – наша «игла, которая в яйце», и так далее?

– Именно так. И уничтожив тот, чужой, мир, вы подпишете смертный приговор своему. Знаете – бывает такое, что рождаются близнецы с частично сросшимися телами; ясно, что если один убьет второго, то и сам через небольшое время умрет от заражения крови. Когда вы сбросите палантир в ородруинское жерло, тот мир погибнет мгновенно, а здешний начнет умирать, долго и мучительно. Сколько будет длиться такое умирание – минуту, год или несколько веков, – никому не ведомо; вы хотите это проверить?

– Это если правы вы, а не Шарья-Рана...

– Разумеется. А вы – повторяю – собрались опытным путем проверить: какая из теорий верна? Острый опыт, как принято выражаться в ваших кругах?..

Палантир молчал – Халаддин, похоже, не знал, что ответить.

– Послушайте, Халаддин, – теперь даже вроде как с любопытством продолжал Саруман, – неужто вы и впрямь все это затеяли для того лишь, чтобы прищучить эльфов? Не много ли им чести?

– Тут уж, знаете ли, лучше перебдеть.

– То есть вы всерьез верите в то, что эльфы не сегодня-завтра приберут к рукам все Средиземье?! Голубчик, это же бред! Каковы бы ни были способности эльфов (а они непомерно преувеличены людской молвой, смею вас уверить), их всего пятнадцать (ну, от силы – двадцать) тысяч на все Средиземье. Вдумайтесь: несколько тысяч – и больше уже не будет, а людей – миллионы и миллионы, и число это постоянно растет. Поверьте – люди уже достаточно сильны, чтобы не бояться эльфов, это у вас просто какой-то комплекс неполноценности!..

– Шарья-Рана, – продолжал Саруман после паузы, – прав в том, что случай нашей Арды уникален: только в ней существует прямой контакт между физическим и магическим мирами, и их обитатели – эльфы и люди – могут общаться между собою. Подумайте только, какие это открывает возможности! Пройдет совсем немного времени – и вы с эльфами станете жить в мире и согласии, обогащая друг друга достижениями своих культур...

– Жить, как предписано Заокраинным Западом? – усмехнулся Халаддин.

– Это зависит от вас самих. Неужели вы настолько лишены элементарного самоуважения, что полагаете себя послушной глиной в руках каких-то нездешних сил? Стыдно слушать, честное слово.

– Значит, настанет время, когда эльфы перестанут глядеть на людей как на навоз под ногами? Вашими б устами да мед пить...

– В прежние времена, доктор, люди при встрече съедали любого, кто не из их пещеры, но сейчас-то, согласитесь, вы научились вести себя несколько иначе. Точно так же у вас будет и с эльфами, дайте только срок! Вы очень различны – и именно поэтому необходимы друг другу, поверьте...

...Палантир умолк; Халаддин сидел сгорбившись, будто из него разом вынули какой-то стержень.

– Кто это, сударь? – Стоящий шагах в десяти, чуть ниже по склону, Цэрлэг глядел на кристалл с суеверным страхом.

– Саруман. Владыка Изенгарда, глава Совета Белых магов, и прочая, и прочая... Отговаривает: не бросайте, дескать, палантир в Вековечный Огонь – а то весь мир погибнет.

– Врет небось?

– Полагаю, что да, – отвечал Халаддин после некоторого раздумья.

На самом-то деле ни малейшей уверенности в этом у него не было – скорее наоборот. Саруман вполне мог бы заявить что-нибудь вроде: «Назгулы проиграли, а потому, уходя из этого мира, решили напоследок его уничтожить твоими руками» и убедительнейшим образом обосновать такую версию (откуда, собственно, Халаддину известно, что назгулы – «наши»? Да только со слов самого Шарья-Раны); мог бы – но не стал, и именно это обстоятельство отчего-то вызвало у Халаддина доверие ко всему, что говорил Белый маг. «Вы хотите опытным путем проверить, какая из теорий правильна?» Да, именно так оно и выходит...

"Он добился своего, – с внезапным ужасом понял Халаддин. – Я усомнился – и тем самым безвозвратно потерял право на поступок... слишком уж глубоко в меня вбито, что сомнение толкуется в пользу ответчика. Совершить задуманное мною, зная о возможных последствиях (а теперь-то я о них осведомлен – спасибо Саруману), может либо Бог, либо маньяк – а я ни то, ни Другое. Разводить потом руками: «Приказ есть приказ!» тоже не выйдет – не мой жанр... «А еще тебе ужасно не хочется собственноручно сжигать ту эльфийскую красотку, верно?» «Да, не хочется – мягко говоря. Это мне как – в плюс или в минус?»

Простите меня, ребята... простите меня, Шарья-Рана и вы, барон, – тут он мысленно опустился на колени, – только все сделанное вами оказалось попусту. Я знаю, что предаю вас и вашу память, но тот выбор, что от меня потребовался, оказался мне не по плечу... Да он и вообще не по плечу человеку – только самому Единому. Мне ничего не остается, кроме как наглухо заблокировать свой палантир от «передачи» и сжечь его в Ородруине, и пускай дальше все идет само собою, без моего участия. Ну не гожусь я в вершители судеб Мира – я вылеплен из другого теста... а если вы захотите уточнить: «Не из теста, а из дерьма» – что ж, приму как должное".

И словно для того, чтобы поддержать его в этом решении, палантир внезапно осветился изнутри и явил его взору внутренность какой-то башни со стрельчатыми окнами, нечто вроде столика на низких гнутых ножках и смертельно бледное – и оттого почему-то еще более прекрасное – лицо Эорнис.

ГЛАВА 69

Порою диву даешься – какие ничтожные пустяки способны направить течение истории в иное русло. В данном случае все в итоге решили временные нарушения в кровоснабжении левой икроножной мышцы Халаддина, возникшие из-за неудобной позы, в каковой тот пребывал последние минуты. У доктора свело ногу, а когда он неловко привстал и наклонился, пытаясь размять налившуюся болью икру, гладкий шар палантира выскользнул у него из руки и не спеша покатился по отлогому внешнему склону кратера. Стоящий чуть ниже Цэрлэг, услыхав сдавленное ругательство командира, воспринял это как руководство к действию и ринулся наперерез хрустальному мячику...

– Не тро-о-о-огай!!! – прорезал тишину отчаянный крик.

Поздно.

Орокуэн подхватил палантир и в тот же миг нелепо застыл, а тело его подернулось, будто слоем инея, мерцающими голубовато-лиловыми искрами. Халаддин отчаянно рванулся к товарищу и, не раздумывая, одним движением вышиб у того из рук дьявольскую игрушку; лишь по прошествии пары секунд доктор с изумлением осознал, что самому ему она отчего-то никакого вреда не причинила.

Лиловые искры при этом погасли, оставив после себя странный морозный запах, а орокуэн медленно завалился боком на каменную осыпь; при его падении Халаддину послышался какой-то странный глухой стук. Он попытался приподнять сержанта и поразился тяжести его тела.

– Что со мной, доктор? – На всегда улыбчиво-бесстрастном лице орокуэна были страх и растеряность. – Руки и ноги... не чувствую... совсем... что со мной?..

Халаддин взял было его за запястье – и от неожиданности отдернул руку: кисть орокуэна оказалась холодной и твердой как камень... Господи милосердный, да это же и есть камень! На другой руке Цэрлэга при падении отломилась пара пальцев, и теперь доктор разглядывал свежий, искрящийся кристалликами скол – белоснежный пористый известняк костей и темно-розовый мрамор мышц с алыми гранатовыми жилами на месте кровеносных сосудов, – поражаясь немыслимой точности этой каменной имитации. Шея и плечи орокуэна, однако, оставались пока теплыми и живыми; ощупав его руку, Халаддин понял, что граница между камнем и плотью проходит сейчас чуть выше локтя, медленно сдвигаясь по бицепсу вверх. Он собрался было бодро соврать нечто успокоительное насчет «временной потери чувствительности по причине электрического разряда», зарыв суть дела в мудреных медицинских терминах, однако разведчик уже разглядел свою изувеченную кисть и все понял сам:

– Так не бросай, слышишь?.. Добей «уколом милосердия» – самое время...

– Что там стряслось, Халаддин? – ожил в палантире встревоженный голос Сарумана.

– Что?! Мой друг превращается в камень, вот что! Ваша работа, сволочи?!

– Он что – коснулся палантира?! Зачем же ты ему позволил?..

– Дьявол тебя раздери! Расколдуй его немедля, слышишь?!

– Я не могу этого сделать: это не мои чары – сам подумай, зачем мне это? – а снять чужое заклятие просто невозможно, даже для меня... Наверное, это мои недоумки предшественники думали таким способом остановить тебя...

– Мне это без разницы – чьи заклятия! Давай расколдовывай как умеешь, либо тащи к своему палантиру того, кто это натворил!

– Их никого уже нет тут со мной... Мне очень жаль, но я ничего не могу сделать для твоего друга – даже ценою собственной жизни.

– Послушай меня, Саруман. – Халаддин сумел взять себя в руки, поняв – криком делу не поможешь. – Мой друг похоже, окончательно обратится в камень минут через пять-шесть. Сумеешь за эти минуты снять с него заклятие – и я сделаю то, чего ты добиваешься: заблокирую свой палантир от «передачи» и скину его в Ородруин. Каким способом снимать заклятие – твои проблемы; а не сумеешь – я поступлю так, как собирался, хотя ты, сказать по правде, меня почти разубедил. Ну?!

– Будь же разумен, Халаддин! Неужели ты погубишь целый Мир – вернее, два мира, – ради спасения одного-единственного человека? И даже не спасения: ведь человек-то этот потом все равно погибнет – вместе с миром...

– Да клал я с прибором на все ваши миры, понятно?! Последний раз спрашиваю: будешь колдовать, нет?

– Я могу только повторить сказанное однажды этим болванам из Белого Совета: «То, что ты собрался совершить, – хуже чем преступление. Это ошибка».

– Да?! Ну так я кидаю свой шарик в кратер! Так что сваливай-ка на хрен – если успеешь... А сколько секунд в твоем распоряжении – прикинь сам, по формуле свободного падения: я всегда был слаб в устном счете...

Лейтенант тайной стражи Росомаха в эти самые минуты тоже оказался перед лицом весьма нелегкого выбора.

Он достиг уже речных террас Андуина и имел все

шансы благополучно добраться до спасительного челнока, когда неотступно шедшие за ним по пятам эльфы загнали его в склоновый курум – крупнообломочную каменную осыпь, где так любят устраивать свое логово настоящие росомахи. Надеясь срезать угол, лейтенант двинулся прямиком по куруму, прыгая с камня на камень; при таком способе передвижения главное – не терять первоначального разгона и ни в коем случае не останавливаться: прыжок – отскок, прыжок – отскок, прыжок – отскок. Когда стоит сухая погода, это не так уж сложно, но сейчас, после многодневных дождей, накипные лишайники, заляпавшие каждый камень потеками черной и оранжевой краски, напитались водой и раскисли, и каждое такое пятно таило в себе смертельную опасность.

Росомаха не одолел еще и половины склона, когда понял, что сильно переоценил дистанцию, отделяющую его от преследователей: вокруг него начали падать стрелы. Стрелы эти приходили по очень крутой траектории, явно на самом пределе дальности, но лейтенант был слишком хорошо осведомлен о возможностях эльфов – лучших лучников Средиземья, – чтобы не бросить оценивающего взгляда через плечо. После очередного прыжка он спружинил левой ногой на покатой поверхности каменного «сундука», одновременно разворачивась влево, – и тут мокрый лишайник, сравнявшийся в скользкости с пресловутой дынной кожурой, вывернулся из-под его мордорского сапога (ох, чуяло сердце – не доведет до добра эта обувка на твердой подошве!), и Росомаху швырнуло направо, в узкую, сходящуюся на нет расселину. Он прочертил обламывающимися ногтями бессильные борозды по лишайниковым натекам на «сундучной крышке» – да разве тут удержишься... Мелькнула напоследок совсем уж дурацкая мысль: «Эх, отчего я не настоящая росомаха...» – а мгновение спустя хруст в правой щиколотке, намертво застрявшей в щели-капкане, отдался невыносимой болью в позвоночнике лейтенанта и погасил его сознание.

...Странно, но обморок его длился совсем недолго. Росомаха ухитрился распереться в щели, найдя положение, при котором вся нагрузка пришлась на левую, несломанную, ногу; теперь можно было, напрягшись, перевалить через голову освобожденный от лямок заплечный тюк. Пачка бумаг с дол-гулдурской документацией была снабжена зажигательным зарядом из «огневого желе» (умница Гризли – все предусмотрел), так что ему теперь оставалось лишь чиркнуть кремешком мордорской огневицы – герметичного фарфорового сосудика со светлой фракцией нафты. Лишь распустив затяжной шнур заплечного тюка и нащупав в кармане огневицу, он решил наконец осмотреться и запрокинулся назад (развернуться всем телом было совершенно невозможно) – как раз чтобы увидать будто бы медленно рушащиеся на него с бесцветного полуденного неба колоннообразные фигуры в серо-зеленых плащах. От настигающих эльфов его отделяли уже какие-то метры, и лейтенант безошибочно понял, что из двух оставшихся ему в этой жизни дел – запалить фитиль зажигательного заряда и разжевать спасительную зеленоватую пилюлю – ему отпущено времени лишь на одно, а уж на какое именно – офицеру «Феанора» надлежит сообразить и без подсказок... Так что последним впечатлением Росомахи, предваряющим отключивший его удар по голове, стал голубоватый нафтовый огонек, облизывающий чуть растрепанные нити вымоченного в селитре запального шнура.

Очнулся он уже на лесной прогалине, открывавшей обширный вид на долину Великой Реки. Руки связаны за спиной, мордорский мундир обратился в обгорелые лохмотья, вся левая сторона тела – сплошной ожог: хвала Ауле – сработала машинка. Он не сразу разглядел слева от себя – со стороны того глаза, что почти залеплен спекшейся сукровицей, – сидящего на корточках эльфа: тот с омерзением вытирает какой-то тряпицей горлышко своей фляги – похоже, только что вливал пленнику в рот эльфийское вино.

– Очухался? – мелодичным голосом поинтересовался эльф.

– Мордор и Око! – механически откликнулся Росомаха (экая досада – помирать в таком статусе, но так уж выпало...).

– Брось прикидываться, союзничек. – Перворожденный улыбался, а в глазах стояла такая ненависть, что щелевидные кошачьи зрачки его сошлись в ниточки. – Ты ведь расскажешь нам все про эти странные игры Его Величества Элессара Эльфинита, верно, зверушка? Между союзниками не должно быть секретов...

– Мордор... и... Око... – Голос лейтенанта звучал по-прежнему ровно, хотя лишь Манве ведомо – каких это стоило усилий: эльф как бы невзначай опустил ладонь на переломанную щиколотку пленника, и...

– Сэр Энголд, гляньте – что это?!!

Эльф обернулся на крик своих спутников и теперь оцепенело наблюдал, как за Андуином, там, где сейчас должен находиться Карас-Галадон, стремительно вырастает к самому небу нечто, напоминающее циклопический одуванчик – тонкая, сияющая нестерпимой белизной стрелка-цветонос, увенчанная прозрачно-алым шаровидным соцветием. Эру Всемогущий, если это и вправду в Галадоне, какого же оно размера?.. Да и какой после этого Галадон – там небось и пепла не осталось... И тут его отвлекли обратно – сдавленным воплем:

– Сэр Энголд, пленный!.. Что это с ним?!. Как ни стремительно он поворачивался обратно, все уже успело закончиться. Пленник был мертв, и для констатации смерти врач тут точно не требовался: на глазах у остолбенелых эльфов тот за какие-то секунды превратился в скелет, обтянутый кое-где остатками мумифицированной кожи. Коричневато-желтый череп с заполненными песком глазницами насмешливо скалил зубы из-под съежившихся почернелых губ, будто издеваясь над Энголдом: «Ну вот, а теперь спрашивай о чем угодно... Хочешь – искупай меня в напитке правды, авось поможет»...

А в Минас-Тиритском дворце Арагорн изумленно наблюдал за тем, как неуловимо преображается лицо сидящей напротив него Арвен. Вроде бы ничего и не менялось, но он чувствовал с абсолютной непреложностью – безвозвратно уходит, утекает, как чудесный утренний сон из памяти, нечто важное, может быть, даже самое главное... какая-то волшебная недоговоренность черт, которые стали теперь совершенно человеческими. И когда по прошествии нескольких мгновений эта метаморфоза завершилась, он вынес вердикт, подводящий окончательную черту под этим периодом его жизни: «Да, красивая женщина, что тут скажешь... Даже – очень красивая. И это все».

Никто из его подданных этого, разумеется, не видел, а если б и увидал – наверняка не придал бы значения. Зато они добросовестно отразили в летописях другое событие этого полудня, а именно: когда в Лориене разрушилось Зеркало, сдетонировали и все пять оставшихся в Средиземье палантиров, и тогда из волн Белфаласского залива, принимающего в себя воды Андуина, ударил в небо чудовищный гейзер чуть не в полмили вышиной. Гейзер этот породил сорокафутовую волну-цунами, которая начисто смыла несколько белфаласских рыбачьих деревушек вместе со всеми их обитателями; вряд ли, однако, хоть кому-нибудь пришло в голову, что эти несчастные тоже стали жертвами Войны Кольца.

Самое удивительное, что Его Величество Элессар Эльфинит, при всей его наблюдательности и проницательности, тоже никак не увязал между собою эти два события, пришедшиеся на полдень 1 августа 3019 года Третьей Эпохи и, в некотором смысле, ставшие финальной точкой в ее течении. Ну а уж после него никто и подавно не выстраивал такой логической цепочки – у них и возможности-то такой не было...

– Руку согни, живо! – скомандовал Халаддин, затягивая жгут на левом локтевом сгибе Цэрлэга. – Да тряпицу-то не отнимай, а то весь наружу вытечешь...

Кисть сержанта «разморозилась», едва лишь вулкан принял в свои недра палантир – так что кровища теперь хлестала, как ей и положено, когда человек начисто лишился пары пальцев. Иные, помимо жгута, способы остановки кровотечения не годились: кровоостанавливающие снадобья из эльфийской аптечки, в том числе и легендарный корень мандрагоры (способный, как утверждают, «законопатить» даже поврежденную сонную артерию), как вдруг обнаружилось, действовать перестали совершенно. Кто бы мог подумать, что это все тоже была магия...

– Слушай... Так выходит – мы победили?

– Да, черт побери! Если только это можно назвать победой...

– Я не понял, господин военлекарь... – Казалось, посеревшие от кровопотери губы не слушаются сержанта. – Как это понимать: «Если это можно назвать победой»?

«Не смей! – одернул себя Халаддин. – То решение было моим – и ничьим более; я не вправе даже самым краешком впутывать в него Цэрлэга. Он не должен даже подозревать о том, чему сейчас стал свидетелем и при этом невольною причиной – для его же собственного блага. И пускай лучше для него все это так и останется нашим с ним личным

Дагор-Дагорадом: победным Дагор-Дагорадом...»

– Ну, я просто имел в виду... Понимаешь, в нашу с тобой победу все равно не поверит ни один человек в Средиземье, «Благодарность перед строем» нам никак не светит... И помяни мое слово – эльфы и люди с того берега Андуина найдут способ изобразить дело так, что победителями в этой истории выйдут все равно они.

– Да, – согласно кивнул орокуэн и на миг замер, будто бы прислушиваясь к медленно затихающему утробному ворчанию Огненной горы. – Наверняка так оно и будет. Но нам-то с вами до этого что за дело?

ЭПИЛОГ

– ...Что скажет История?
– История, сэр, налжет – как всегда.
Б. Шоу

Имей смелость мечтать и лгать.
Ф. Ницше

Наше повествование целиком основано на подробных (хотя и страдающих некоторой неполнотой) рассказах Цэрлэга, которые хранятся в его роду как устное предание. Следует особо подчеркнуть, что никакими подтверждающими их документами мы не располагаем. Халаддин, от коего следовало бы ожидать самых развернутых свидетельств, не оставил на сей предмет ни единой строчки; остальные непосредственные участники охоты за Зеркалом Галадриэль – Тангорн и Кумай – молчат по вполне понятной причине. Так что любой желающий может со спокойной совестью объявить все это бредом выжившего из ума орка, которому вздумалось на старости лет переиграть финал Войны Кольца; в конце концов, на то и придуманы мемуары – чтобы ветераны могли задним числом обратить все свои поражения в победы.

Тем же, кому эта история показалась если и не истинной, то хотя бы заслуживающей внимания версией, будут, вероятно, небезынтересны некоторые события, выходящие за ее временные рамки. Цэрлэг рассказывает, что он сопровождал Халаддина от Ородруина до Итилиена; доктор казался тяжко больным и за всю дорогу не произнес и десяти слов кряду На одном из привалов сержант заснул до того крепко, что пробудился лишь под вечер следующего дня, причем с сильнейшей тошнотой и головной болью. Вместо своего спутника он нашел рядом с собою мифриловую кольчугу, в которую было завернуто прощальное письмо. В нем Халаддин сообщал, что Средиземье теперь избавлено от эльфийской напасти и он как командующий операцией благодарит сержанта за отличную службу и награждает того драгоценными доспехами. Сам же доктор, к сожалению, «заплатил за победу такую цену, что более не видит себе места среди людей». Последние слова навели разведчика на самые мрачные мысли, которые, по счастью, не подтвердились: судя по следам, Халаддин просто добрался до Итилиенского тракта и ушел по нему куда-то на юг.

Любопытно, что несколько лет назад некий легкомысленный аспирант с кафедры истории средневековья Умбарского университета, явно некритически восприняв эту легенду, не поленился предпринять специальные разыскания в бухгалтерских книгах восточных монастырей, которые ведутся вот уже полтора тысячелетия с какой-то противоестественной дотошностью. И что бы вы думали – разрыл-таки, шельмец, прелюбопытнейшее совпадение: в январе 3020 года (по тогдашнему летоисчислению) в пещерный монастырь Гурван-Эрэн, что в горах северной Вендотении, и вправду поступил для служения инок, по виду – умбарец, принявший обет полного молчания и пожертвовавший монастырю... иноцерамовое кольцо. Отсюда аспирант делал «поспешный, легкомысленный и (я цитирую по протоколу заседания кафедры) совершенно антинаучный вывод об идентичности указанного инока с легендарным Халаддином». Ученый совет, понятное дело, вдул «охотнику за привидениями» так, что тот навсегда зарекся отвлекаться от утвержденной темы диссертации и с той поры прилежно обметает кисточкой глиняные черепки из кхандских мусорных куч периода VII династии.

Что же до реального Халаддина, то это имя можно найти в любом университетском курсе; правда, не по физиологии, которой тот посвятил свою жизнь, а по истории науки – как пример опасности слишком далеких рывков вперед. Дело в том, что его блестящие исследования по функционированию нервного волокна настолько опередили свое время, что выпали из общенаучного контекста и были благополучно забыты. Лишь три века спустя на его работы случайно наткнулись медики Итилиенской школы, искавшие древние рецепты противоядий. Тогда-то и стало ясно, что Халаддин более чем на сто лет опередил знаменитого Веспуно и не только экспериментально доказал электрическую природу аксонного возбуждения, но и предсказал существование нейромедиаторов и даже смоделировал механизм их работы. К сожалению, подобного рода «приоритеты» интересны лишь историкам – для реального же научного сообщества все это не имеет абсолютно никакого значения. В любом случае последние из известных работ Халаддина датированы 3016 годом Третьей Эпохи, и официальная точка зрения гласит, что он погиб во время Войны Кольца.

Вернемся, однако, к Цэрлэгу – благо его историчность сомнению не подлежит. Как известно, к зиме 3020 года оккупация Мордора окончилась – внезапно и необъяснимо, и там начала потихоньку налаживаться мирная жизнь. Городское население пострадало тогда очень сильно (собственно, мордорская цивилизация с той поры так и не оправилась), но кочевников эти напасти по большей части обошли стороной. Сержант всегда говаривал, что настоящий мужик, у которого руки растут не из задницы, а откуда положено, при любых раскладах будет кум королю, и вполне утвердил эту максиму всею своей жизнью. Возвратясь в родные места, он стал в конечном итоге основателем большого и могущественного клана, который и сохранил – благодаря распространенной среди кочевых народов устной традиции – рассказ о его странствиях.

К слову сказать, дальнейшая судьба другого сержанта, Ранкорна, почти в точности совпала с Цэрлэговой – с тою, понятно, поправкой, что хозяйствовал бывший рейнджер не на плато Хоутийн-Хотгор, а по другую сторону Хмурых гор, в долине Выдряного ручья. Отстроенный им хутор со странным названием «Лианика» лет через пять разросся в настоящий поселок, а когда его маленький сынишка во время рыбной ловли подобрал на галечной косе первый в Итилиене золотой самородок, соседи-хуторяне лишь плечами пожали:

всем ведь известно – деньги завсегда липнут к деньгам... Доведись им с орокуэном повстречаться на склоне лет, они непременно перевели бы свои темнолесские дискуссии о сравнительных достоинствах темного пива и кумыса в практическую плоскость. Но – не довелось...

Мифриловую кольчугу Цэрлэг решил вернуть девушке Халаддина вместе с рассказом о подвиге своего исчезнувшего друга. Однако Кумай погиб, а самому разведчику не было известно о ней ничего, кроме имени «Соня» (весьма распространенного среди троллей) да смутных данных об ее участии в Сопротивлении, так что все его розыски оказались тщетны. Пришедший в отчаяние орокуэн – а обязательность кочевников в такого рода делах поистине беспредельна – счел себя и свой клан не владельцами, а лишь хранителями этой реликвии. Кончилось тем, что праправнук сержанта безвозмездно передал ее – вместе с прилагающейся к ней головной болью – в Нурнонский исторический музей, где ныне всякий может ее лицезреть вкупе с иными диковинками загадочной мордорской цивилизации. «Ага! – скажет на этом месте апологет легенды. – Ну уж кольчуга-то, которая есть въяве и вживе, для вас аргумент?» На это ему степенно возразят, что кольчуга – даже в рамках Цэрлэговой версии – ровным счетом ничего не доказывает, поскольку Халаддин разжился ею еще до того, как получил кольцо назгула. И будут совершенно правы!

Кстати, о мифриле. В музеях Арды таких кольчуг ныне имеется аж четыре штуки, но технология изготовления как была неизвестна, так и остается. Если хотите, чтобы приятель-металлург запустил в вас чем-нибудь тяжеленьким, задайте ему невинный вопрос об этом сплаве. Тыщу раз мерили: 86% серебра, 12% никеля, дальше хвост из 9 редких и рассеянных металлов – от ванадия до ниобия; одним словом, сосчитать могут – хоть до девятого знака после запятой, рентгеноструктурный анализ там, все такое – да ради Бога, а вот воспроизвести – хрен!.. Иные не без ехидства напоминают, что при изготовлении мифрила старые мастера якобы навсегда вкладывали в металл частичку своей души; ну а поскольку по нынешнему времени никаких душ нету, а есть одна только «объективная реальность, данная нам в ощущении», то настоящего мифрила вам, ребята, не видать как своих ушей – по определению.

Последний штурм этой проблемы предприняли пару лет назад ушлые ребята из Арнорского центра высоких технологий, получившие под это дело специальный грант от Ангмарской аэрокосмической корпорации. Кончилось все опять пшиком: представили заказчику двухмиллиметровой толщины пластину из некого вещества (86,12% серебра, 11,96% никеля и далее по списку) – якобы это и есть самый настоящий мифрил, а все остальное не более чем легенды; ну и, как водится, потребовали новых денег на изучение этого своего творения. Главарь ракетчиков не моргнувши глазом извлек из-под стола заряженный музейный арбалет, навел его на руководителя проекта и предложил тому прикрыться своей пластиною: выдержит – получишь требуемые деньги, нет – они тебе все равно ни к чему. Проект, ясное дело, накрылся медным тазом... Так ли оно было на самом деле – не поручусь (за что купил – за то продаю), однако лица, хорошо знающие шефа «Ангмар аэроспейс», утверждают, что шутка вполне в его вкусе – недаром он ведет свой род от знаменитого Короля-Чародея.

С иноцерамием, из которого якобы отливали кольца назгулов, все не в пример проще, и причина, по которой он почти никогда не попадает в руки людей, вполне очевидна. Содержание этого металла платиновой группы в коре Арды совершенно ничтожно – его кларк [4] составляет 4x10-8 (для сравнения: у золота – 5x10-7, у иридия – 1x10-7), но при этом он в отличие от других платиноидов не встречается в рассеянном виде – только крупные самородки; вероятность наткнуться на такую штуковину можете прикинуть сами, если не лень. Впрочем, не так давно на рудниках Кигвали, в Южном Хараде, в самом деле нашли самородок с фантастическим весом 87 унций; статейку в местной газете, повествующую об этом событии, так и назвали: «Находка века – шесть фунтов иноцерамия! Можно наделать колец на роту назгулов». Решительно никакими необычными свойствами (кроме плотности выше, чем у осмия) металл этот не обладает.

Впрочем, что это мы все о железяках да о железяках...

Элвис так никогда и не вышла замуж. Она чрезвычайно

---

[4] Кларки химических элементов – числовые оценки среднего их содержания на планете в целом, в ее коре, гидросфере и атмосфере, либо на космических объектах.

замкнуто жила в особняке на Яшмовой улице, посвятив себя воспитанию мальчика, родившегося у нее в положенный срок после описанных событий. Мальчик этот стал не кем иным, как командором Аменго – тем самым, чьи плавания принято считать за официальное начало эпохи Великих географических открытий. Командор оставил после себя кроки береговой линии нового континента, названного впоследствии его именем, замечательные (с чисто литературной точки зрения) записки о своих путешествиях, а также длинный шлейф из разбитых женских сердец – что, впрочем, не принесло ему счастья в семейной жизни. Помимо Великого западного материка (каковой долгое время всерьез полагали Заокраинным Западом, отыскивая в тамошних аборигенах черты легендарных эльфов), в списке открытий Аменго числится небольшой тропический архипелаг, который тот вполне заслуженно нарек Райским. Название это было впоследствии изъято Святой Церковью (тамошние девушки являли собою просто-таки живое воплощение гураний – каковыми живописует оных богомерзкая хакимианская ересь), однако два главных острова архипелага, удивительно напоминающие своей конфигурацией символ «инь-янь», все же сохранили за собою имена, данные им первооткрывателем, – Элвис и Тангорн.

На мой вкус, знаменитый мореплаватель увековечил память своих родителей так, что ничего лучшего не придумаешь. Однако история любви умбарской куртизанки и гондорского аристократа вот уже который век не дает покоя литераторам, которые по неведомой причине либо обращают ее героев в какие-то бестелесные романтические тени, либо, напротив, сводят все к довольно примитивной эротике. Не стала – увы! – исключением и последняя аменгианская киноверсия, «Шпион и блудница»: в гондорском прокате ей вполне справедливо влепили категорию «три креста», а в пуританском Ангмаре – вовсе запретили к показу. Художественные достоинства фильма довольно скромны, но зато он предельно полит-корректен: Элвис – чернокожая (тьфу, виноват! – харадо-аменгианка), отношения Тангорна с Грагером окрашены отчетливой голубизной; критики в один голос предрекали, что жюри кинофестиваля в Серебряных Гаванях, страхуясь от обвинений в «расизме», «сексизме» и прочих кошмарных «измах», увенчает ленту всеми мыслимыми призами – так оно и вышло. Впрочем, неподражаемая Гунун-Туа получила свой «Золотой эланор» за лучшую женскую роль вполне по делу.

Альмандина и Джакузи повесили во внутреннем дворе тюрьмы Ар-Хоран в одну из изнуряюще душных августовских ночей 3019 года; вместе с ними были казнены флаг-капитан Макариони и еще семеро морских офицеров, возглавлявших «Мятеж адмирала Карнеро». Именно так была названа постфактум операция «Сирокко», в ходе которой адмирал упреждающим ударом уничтожил прямо у причалов весь гондорский флот вторжения, а затем высадил десант и сжег дотла пеларгирские верфи. Попавший в безвыходное положение Арагорн принужден был – спасая лицо – подписать Дол-Амротский трактат. В соответствии с тем договором Умбар – таки да, признал себя «неотъемлемой частью Воссоединенного Королевства», но взамен выговорил для себя «на вечные времена» статус вольного города – просто Сенат его отныне официально именовался магистратом, а армия – гарнизоном; посол по особым поручениям Алькабир, который вел эти переговоры от имени Республики, добился даже особого пункта, запрещающего на ее территории деятельность тайной стражи Его Величества. Рейд же адмирала Карнеро был – к обоюдному удовольствию гондорского короля и умбарских сенаторов – признан обыкновенным пиратским набегом, а его участники – дезертирами и изменниками, забывшими о воинской присяге и офицерской чести.

Разумеется, в глазах народа сподвижники Карнеро (сам адмирал суда избежал – погиб в Пеларгирском сражении) выглядели героями, спасшими Родину от иноземного порабощения, однако – как ни крути – факт нарушения ими приказа был налицо... Генеральный прокурор республики Альмаран решил эту морально-этическую дилемму просто: «Говорите, „победителей не судят“?! Черта с два! Закон либо есть – и тогда он един для всех, либо его нету вовсе», а пафос его блестящей обвинительной речи (она приведена – хотя бы выдержками – в любом современном учебнике юриспруденции) исчерпывающе выражен ее заключительной, поистине исторической фразой: «Пусть рухнет мир, но свершится правосудие!» Впрочем, уж кто-кто, а казненные руководители умбарской секретной службы должны были бы знать, что в такого рода делах благодарность Родины почти всегда имеет довольно специфический привкус...

Соня так ничего и не узнала о миссии Халаддина (что, как мы уже поняли, стало для того предметом особой заботы) и до конца жизни пребывала в уверенности, что и он, и Кумай просто не вернулись с Пеленнорских полей. Однако время милосердно, и когда эти раны зарубцевались, она выполнила свое жизненное предназначение: стала любящей женой и замечательной матерью, составив счастье чрезвычайно достойного человека, имя которого – в рамках нашего повествования – абсолютно несущественно.

Венценосные особы, с моей точки зрения, представляют куда меньший интерес – ибо их судьба и без того известна всем и каждому. Для тех же, кто ленится протянуть руку к книжной полке или хотя бы освежить в памяти учебник по истории для шестого класса, напомним, что царствование Арагорна было одним из самых блистательных в истории Средиземья и служит одним из тех «опорных» событий, по которым проводят границу между Средневековьем («Третьей Эпохой») и Новым Временем. Не пытаясь снискать любовь гондорской аристократии (что было делом заведомо дохлым), этот узурпатор сделал абсолютно верную ставку на третье сословие, которое интересовалось не всякого рода фантомами вроде «династических прав», а процентом налоговых отчислений и безопасностью торговых путей. Поскольку с благородным дворянством у Его Величества так и так все горшки оказались побитыми вдребезги, это парадоксальным образом развязало ему руки в проведении аграрной реформы, радикально урезавшей права лендлордов в пользу свободных землепашцев. Все это и послужило основой для знаменитого гондорского «экономического чуда» и для последовавшей чуть погодя колониальной экспансии. Созданные же Арагорном (в противовес дворянской оппозиции) представительные органы власти в практически неизменном виде дожили до наших дней, доставив Воссоединенному Королевству вполне заслуженный титул «старейшей демократии Средиземья».

Общеизвестно, что король всемерно поспешествовал наукам, ремеслам и мореплаванию, продвигал на высшие государственные должности талантливых людей, не особо приглядываясь к их родословной, и пользовался среди народа вполне искренней любовью. Темным пятном на репутации

Элессара Эльфинита смотрится самое начало его царствования, когда тайная стража (организация, что и говорить, жуткая) вынуждена была железной рукою ограждать престол от посягательств феодальной вольницы; впрочем, ныне большинство специалистов сходятся на том, что масштабы тогдашнего террора безмерно преувеличены дворянскими историографами... Жена Арагорна, красавица Арвен, которой легенда приписывает эльфийское происхождение, никакой роли в делах государственного управления не играла и лишь сообщала его двору некий загадочный блеск. Детей у них не было, так что династия Эльфинитов оборвалась на ее основателе, и престол Воссоединенного Королевства унаследовали князья Итилиенские – иными словами, все вернулось на круги своя.

Дать политэкономический анализ правления первых князей Итилиенских, Фарамира и Йовин, весьма затруднительно, ибо ни политики, ни экономики у них там, похоже, не было вовсе, а была одна сплошная романтическая баллада. К созданию пленительного образа «Феи итилиенских лесов» (не правда ли, странно: когда-то в Итилиене – этом индустриальном сердце Средиземья – росли леса...) приложили руку, наверное, все поэты и художники того времени – благо скромный двор Фарамира стал для них чем-то вроде Святилища Веры, и не совершить туда паломничества считалось просто неприличным. Но даже вводя поправку на неизбежную идеализацию прототипа, приходится признать: Йовин, судя по всему, и вправду была удивительно светлым человеком.

Благодаря этой братии мы располагаем ныне и несколькими портретами принца Фарамира; лучший из известных мне приведен в опубликованной недавно аннуминасским издательством «Башня Амон-Сул» монографии «Философский агностицизм и его ранние представители». Однако в любом случае ни одно из этих изображений не имеет ничего общего с тем латунным профилем, что украшает в качестве кокарды горчичные береты коммандос из лейб-гвардии Итилиенского парашютно-десантного полка. Кстати, именно к этому полку приписаны знаменитые «мангусты» – специальное антитеррористическое подразделение, бойцов которого могла днями лицезреть на экранах телевизоров вся Арда, когда те блестяще освободили в Минас-Тиритском аэропорту пассажиров вендотенийского лайнера, захваченного фанатиками-хананнитами из «Фронта освобождения Северного Мингада».

За все время своего итилиенского княжения Фарамир осуществил одну-единственную внешнеполитическую акцию, а именно: наложил разрешительную резолюцию на рапорт барона Грагера, в коем тот просил откомандировать его на юг, за реку Харнен, для осуществления разработанного им комплекса разведывательных и подрывных операций: «...По всем признакам, именно там, в Ближнем Хараде, будет в ближайшие годы решаться судьба Средиземья». Как ни странно, дальнейшая судьба Грагера Аранийского (которого иногда не без оснований величают «спасителем Западной цивилизации») по сию пору остается собранием малодостоверных преданий и анекдотов. Известен лишь конечный результат его трудов – грандиозное восстание кочевников-аранийцев против харадского владычества, которое в итоге и привело к обрушению – по принципу домино – всей зловещей Империи харадримов, благополучно распавшейся на кучу враждующих между собою племен. Никому не ведомо, каким образом этот авантюрист-интеллектуал завоевал свой непререкаемый авторитет среди свирепых дикарей харненских саванн. Святочная история о выкупленном им по случаю на кхандском невольничьем рынке сыне аранийского вождя смотрится абсолютно недостоверной; версия о том, что его путь к вершинам власти пролегал через ложе верховной жрицы Свантантры, остроумна и романтична, однако у людей, мало-мальски разбирающихся в реалиях Юга, может вызвать лишь улыбку... Даже о смерти барона ничего толком неизвестно: то ли погиб во время львиной охоты, то ли был по нелепой случайности убит, улаживая конфликт за летние водопои между двумя мелкими аранийскими кланами.

А вот судьба Йомера была настолько удивительна, что некоторые авторы по сию пору тщатся доказать, будто он личность не историческая, а легендарная. Вступив после мордорского похода на престол Роханской Марки, он с удивлением и глубочайшим неудовольствием открыл для себя, что сражаться – по крайней мере в обозримой части Средиземья – больше не с кем. Некоторое время прославленный воитель пытался развеяться турнирами, охотой и любовными похождениями, однако успеха не достиг и впал в полнейшую меланхолию. (Историческая правда требует признать, что на пиршествах любви сего chevalier sans pew et sans-re-proche [5] отличало полное отсутствие вкуса при фантастическом аппетите – недаром эдорасские острословы предлагали своему монарху начертать на щите девиз: «На всех пригоден.») Вот тут-то в его томящейся от вынужденного безделья душе и ожили вдруг воспоминания о некой замечательной восточной вере, которая, если вдуматься, и привела его к победе на Пеленнорских полях. Йомер вгорячах решил было сделать хакимианство государственной религией Рохана, но затем ему в голову пришел еще более занимательный план.

В Кхандском халифате шла об ту пору вялая религиозная война между хакимианами двух разных толков. Каким именно способом Йомер выбрал одну из этих вер в качестве истинной, по сию пору неясно: я лично полагаю – подкинул монетку, ибо в реальных догматических расхождениях там не могли разобраться и целые синклиты докторов богословия. Как бы то ни было, он обратил в эту самую Истинную веру всю свою лейб-гвардию, тоже застоявшуюся без дела и готовую воевать с кем угодно и за что угодно (предание гласит, будто один из Йомеровых витязей, будучи спрошен, как он себя чувствует, вступивши на путь Истинной Веры, простодушно ответствовал: «Хвала Тулкасу, нормально – сапоги вроде не текут»), после чего отбыл на Юг. «На хозяйстве», в Эдорасе, король оставил своего троюродного брата; это, естественно, ввергло страну в пучину династических распрей, длившихся потом без малого век и плавно завершившихся Войной девяти замков – той самой, в коей безвозвратно полегло все роханское рыцарство.

В Кханде Йомер, к полнейшему изумлению спутников, и вправду отрекся от своей предшествующей жизни как от греховной, роздал нищим все имущество, кроме меча, и вступил в орден хананнитов (дервишей-воинов). Поставив свой полководческий талант на службу притянувшейся ему религиозной партии, он в трех сражениях сокрушил все военные силы противника и за какие-то полгода победоносно завершил двадцатишестилетнюю «священную войну»: правоверные вполне заслуженно нарекли его «Мечом Пророка», а схизматики – «Гневом Господним». В конце

[5] рыцарь без страха и упрека (фр.).

последней из этих трех битв, когда полный разгром еретиков уже не вызывал сомнения, его сразил камень из вражеской катапульты – смерть поистине наилучшая, какую только может пожелать себе истинный полководец. Хакимиане незамедлительно причислили Йомера к лику мучеников за веру, так что теперь он, надо полагать, не испытывает никаких проблем по части общения с гураниями.

На этом, собственно, вполне можно ставить точку... Но в заключении мне все же хотелось бы подчеркнуть: лакуны, имеющиеся в подлинном рассказе Цэрлэга, я заполнял по собственному разумению, и старый солдат не несет никакой ответственности за эти измышления. Тем более что многие лица, конечно же, с азартом примутся уличать рассказчика (а кого ж еще?) в расхождениях с общепринятой версией событий конца Третьей Эпохи; каковые события – надобно заметить – широкой публике Арды известны в лучшем случае по литературно обработанному эпосу Западных стран – «Властелину Колец», а то и вообще – по «историческому» телесериалу «Меч Исилдура» да по компьютерной игре-стрелялке «Галереи Мории».

Критикам этим можно было бы скучным голосом напомнить, что «Властелин Колец» есть историография победителей, которые понятно в каком виде выставляют побежденных. Ведь если там имел место быть геноцид (а иначе куда, извините, подевались после победы Запада все тамошние народы?), тут уж втройне важно убедить всех (а прежде всего самого себя), что это и не люди были вовсе, а так... орки с троллями. Или предложить им задуматься: часто ли попадались в человеческой истории властители, которые так вот, за здорово живешь, отдавали свой престол какому-то хрену с бугра (виноват: дунадану с Севера)? Опять-таки подмывает нескромно полюбопытствовать: чем на самом деле пришлось расплатиться Элессару Эльфиниту с замечательными сподвижниками, обретенными им на Тропах мертвых? То есть призвать на службу (о, ради самой благородной цели, разумеется!) силы абсолютного зла – дело обыкновеннейшее, не он первый, не он последний; но вот чтоб означенные силы, сделавши свое дело, послушно вернулись затем обратно в небытие, ничего не истребовав взамен? Ой, не знаю... Про такое мне, признаться, слыхать не доводилось. Или вот еще можно... Да, можно – но только зачем? Я, во всяком случае, вступать в подобного рода полемику не имею ни малейшего желания.

Одним словом: ребята, давайте жить дружно. Что в данном конкретном случае означает: не любо – не слушай, а врать не мешай.

Made in the USA
Middletown, DE
06 June 2020

96897136R00225